大鱼

有爱的青春陪伴者

你见过漫长冬

拉面土豆丝 著

四川文艺出版社

图书在版编目（CIP）数据

你见过凛冬 / 拉面土豆丝著. -- 成都：四川文艺
出版社，2025. 2. -- ISBN 978-7-5411-7122-2

Ⅰ. I247.5

中国国家版本馆 CIP 数据核字第 20257RL851 号

NI JIAN GUO LIN DONG

你见过凛冬

拉面土豆丝 著

出 品 人	冯　静
责任编辑	邓　敏
特约编辑	周丽萍
装帧设计	颜小曼　唐卉婷
封面绘制	茶叶蛋

出版发行　四川文艺出版社（成都市锦江区三色路 238 号）
网　　址　www.scwys.com
电　　话　0731-89743446（发行部）　028-86361781（编辑部）

排　　版　长沙大鱼文化传媒有限公司
印　　刷　天津睿和印艺科技有限公司

成品尺寸	145mm×210mm	开　本	32 开
印　张	11	字　数	450 千字
版　次	2025 年 2 月第一版	印　次	2025 年 2 月第一次印刷
书　号	ISBN 978-7-5411-7122-2		
定　价	45.80 元		

目 录

目录

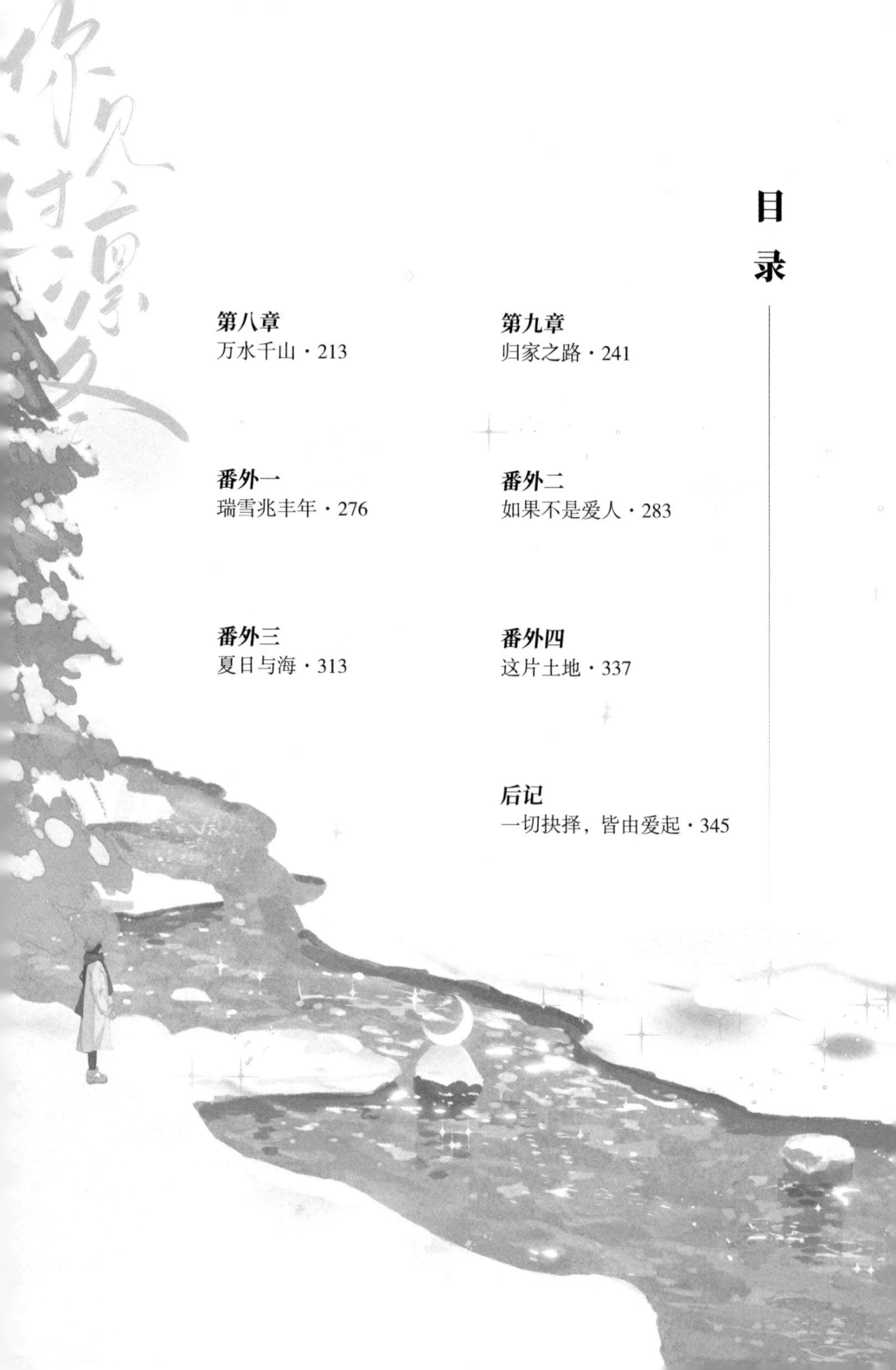

十二月末，还差几天就是元旦。

许梦冬在黑龙江伊春林都机场落地。飞机下降盘旋的时候，她透过飞机小窗下瞰，认出连绵蜿蜒的银白山脉是刚下过一场雪的小兴安岭。不知怎么，一颗悬着多年的心忽然就落回了实处。

大多数行李早已经邮寄回来，此刻搁在她脚边的就只有一个二十六寸的行李箱。

姑姑和姑父来机场接许梦冬，跟约好了似的，全程没有询问许梦冬任何关于工作上的事。他们不知道许梦冬在娱乐圈到底实绩如何，拿了什么奖，只知道这些年她遭了不少罪——节食得了胃病，拍戏吊威亚伤了腰，被黑粉潜入家里偷拍、往床上放死老鼠……

得知她和经纪公司解约，退圈回老家，姑姑和姑父都松了一口气。

哪里都不如家里好。

晚饭就在家里吃的，算是接风，一桌子家常菜，有酸菜白肉血肠、炸蘑菇、尖椒干豆腐，全都是许梦冬爱吃的。现在不用控制体重了，她大口大口扒着米饭，顺便听姑姑和姑父闲聊。

"要我说，你今年就别干了，现在采山不挣钱，在市里随便找个保安打更的活，一个月也能有两千多，还清闲。"姑姑往许梦冬碗里夹肉，话是冲着姑父说的。

姑父没抬头，闷声道："采山采山，我当一辈子采山人了，离了山，我什么也不会干。"

采山人，是指在林区里采集山货的人，采山是小兴安岭地区延续了许多年的行业。

伊春百姓们靠山吃山，一年四季大山都有馈赠。暖和的时候有野菜、野生木耳，天冷一些就是山核桃、榛子、灵芝。采山人把辛苦采来的山货装满一个又一个编织袋，然后拉到市场上售卖。

辛苦，勉强养家糊口。

姑父是老采山人了，许梦冬小时候一直和姑姑姑父住在离林区近的镇子里。不夸张地说，她从小到大的学费、生活费，哪怕一支笔、一个本子，都是靠姑父采山赚来的，每一页纸仿佛都在浓郁的松油里浸泡过，是苦涩的。

而像她一样在林区长大的孩子，数不胜数。

"镇上的人都往市里跑，你可倒好，冬冬给咱们在市里买了房子，你还要回镇里。"姑姑还在抱怨，"镇上那老房子还能住人吗？有好日子你不过，有毛病。"

姑父嘴笨，半天才憋出来一句："再干最后一年，把然然明年上大学的费用挣出来，然后就歇了。我也累了，现在上树打松塔，腿都打战。"

然然是许梦冬的表妹，姑姑姑父高龄得女，她在市里高中读高三，这会儿正一手拿筷子，一手拿手机，单手敲字敲得飞快，不知道在和哪个同学聊天，饭也顾不得吃。

姑姑厉声："郑超然！"

"知道了，知道了。"表妹悻悻地把手机收了起来，埋头吃饭。

许梦冬原本是没参与饭桌话题的，直到姑父提起另一茬："村里新建了个菌种培育基地，那儿也招工，我研究研究，去那里也行，工资给得不少。"

忽而又想起什么，姑父看向许梦冬："现在负责那个基地的，是冬冬以前的同学。"

许梦冬抬头："谁？"

"姓谭。"

许梦冬一愣。她从小到大的同学里姓谭的，怕是就那么一个。

姑姑也想起来了："啊，谭什么？我记得冬冬读书的时候有个关系特别好的男同学是不是就姓谭？经常送你回家的那个？"

许梦冬被一口蒜酱辣到，急忙喝了一口水："嗯，谭予。"

"啊……对对对，就是他。"姑父说。

许梦冬很久没见过谭予了，和她离家读大学在外闯荡的年头一样久。但在漫长的分别之前，是更加漫长的形影不离和朝夕相伴。

许梦冬认识谭予是在初中。

许梦冬家在镇子上，学校却在市里，有些距离，来回不便，她就申请住校，一个星期回家一次，坐大客车。和她一样的还有几个女孩子，都是从周边镇县来市里读书的。夏天还好，冬天天黑得早，班主任担心这几个女孩子的安全，就把谭予推了出去，勒令他确保把每个女生都送到家，然后自己再坐最晚的大客车回来。

谭予没法拒绝。

一来，他是班里个子最高的男生，男生要照顾女生，这是每个东北家庭都有的"家训"；二来，班主任是他老妈。

就这样，谭予护送一队女生，这一送就是三年。

许梦冬家最远，在终点站。她嘴闲不住，一路上缠着谭予天南海北地聊，从动漫聊到综艺，从英超聊到NBA（美国职业篮球联赛）。那时候还没有"社牛"这个词，谭予只是觉得这丫头话是真多，都不能安静一会儿。

后来他们上了同一所高中，谭予的护送职责又自动续约了三年。

尽管这次没人勒令他了。

他是自愿的。

"那孩子人不错，挺稳当踏实的，我听说是研究生毕业就回伊春了，在镇上建了菌种培育基地，种木耳和灵芝。现在出去见过世面的孩子，很少有愿意回咱们这穷乡僻壤的。"姑父说。

许梦冬还在出神，听到这儿，随后咧嘴一笑："还是家里好。"

她不也是一样？

绕了一大圈，最后回到起点。

家里有两个卧室，许梦冬和表妹然然住一间。吃完饭，许梦冬先去洗澡，出来的时候发现卧室门关着，她刚想推开，却听见房间里有说话声。

"……我听三班的人说了，她替你抄的英语报纸。

"你别解释了，上次篮球比赛她还给你送过水……

"我不管……"

许梦冬手停在门把上，干脆站在门口擦头发，直到房间里安静下来，才轻轻推门进去，装作什么都没听见的样子。反倒是然然吓了一跳，她原本还捧着手机发消息，见有人进来，慌里慌张地把手机往身后藏，再看清许梦冬，不由得松了一口气："姐！你吓死我了！"

许梦冬憋着笑："马上高考了，小心考砸了你妈揍你。"

然然更局促了，攥着手机小心翼翼地说："姐，你别告诉我妈……"

谁还没有过青春期呢？许梦冬很理解，也没有告状的打算，只是故意冷下脸提醒："你心里有数就好，自己的前途重要。"

"我知道，我知道！"然然咧嘴笑，亲亲热热挽上许梦冬的胳膊，"姐，还有件事想求你，你给我几张你的签名照呗？我班里同学听说你是演员，都想要你的签名。"

许梦冬哭笑不得："我又不红，要我签名照干吗？"

"那也是圈内人呀！"

许梦冬不知怎么反驳这个"圈内人"的定义，她只是个糊得不能再糊的女演员，毫无咖位可言，除了混个脸熟，什么都不剩。圈子是同一个圈子，可和那些明星们根本不是同一个世界的人。

"我和经纪公司解约了，以后不会再拍戏了，不是演员了。"

"那也没关系，我同学都知道你，你就多帮我签几张嘛。"

许梦冬拗不过，去行李箱翻出一些公司之前给她印的明信片，用黑笔在明信片背面挨张写了些"学业有成""金榜题名"之类的祝福语。

晚上十一点，然然背了两篇文言文才上床睡觉，手机放在床头充电。许梦冬听见她压低了声音发语音消息："……明早早自习考背诵，你千万别忘了。还有，早上给我带一个煎饼馃子，我要加烤肠的。"

电话那边的男孩子说了句"好"，后面又说了什么，许梦冬就听不清了，语气倒是很温柔。

她轻咳一声："赶紧睡觉了。"

"知道啦，姐。"

手机屏幕的亮光熄灭了，房间陷入静谧的黑暗。

东北城市暖气足，窗外是数九寒冬，冷风呼号，屋子里却是温暖如春，许梦冬只盖了棉花被的一角也并不觉得冷。姑姑给她准备的枕头是老式荞麦壳的枕芯儿，翻个身会沙沙响，有淡淡的令人安心的味道。

许梦冬回家的第一晚，睡得很安稳，还做了一个梦。

她梦见自己回到了高三那年的寒假。

她报考戏剧学院，寒假要参加艺考，坐几天几夜的大绿皮火车，哐当哐当过山海关，到北京去。北京的冬天没有黑龙江那么冷，可她一下火车就在车站被小偷划了包，准考证和钱包无一幸免。警察让她给家里人打电话，她坐在派出所的长椅上思来想去半个小时，拨给了谭予。

后来，谭予来北京找她，"护送"她补办了准考证和临时身份证，帮她找旅店，陪她去考试。

那场考试延时了。许梦冬忘不了她从考场出来，一眼就看见了等候在人群里的谭予，他在室外站了几个小时，脸颊通红。他敞开羽绒服，怀里暖着一杯加满糖的珍珠奶茶，还温热着，塞到她手里。

再坎坷的人生，也总有那么几段心想事成的顺遂时光，像是苦水里泛出来的一点甜。

只是许梦冬的那点甜，好像都是从谭予那儿索要来的。

离开他以后的这些年，她再没体会过了。

许梦冬睡得好，醒得也早，一觉起来是早上七点。她揉揉眼睛，推开房门，却发现家里就剩她和姑姑两个人了。

"然然去上学了，你姑父起早又去采山了。"

许梦冬哑着嗓子"哦"了一声。

"我去早市，你在家，还是跟我一起？"

"带我一个，我也去。"

之前网上火过一个话题——早市，是东北人生活幸福感的来源。

关于这一点，许梦冬十分同意。

一块钱一碗的豆腐脑，卤汁里面是满满当当的蛋花、木耳和虾皮；裹满软糯红豆馅儿的炸糖糕、炸麻团；现包的酸菜包子和牛肉烧卖，一笼一笼摞得老高，袅袅白气升腾而起……

姑姑给许梦冬买了串糖葫芦，像小时候一样，她边走边吃。走了一会儿，她又看见卖肉蛋汉堡的，圆圆厚实的形状，里面是鸡蛋和肉馅，三块钱一个。

东北不成文的砍价规则——凡是三块钱一个的东西，必定可以五块钱买俩。许梦冬扫了五块钱，心满意足地得到两个刚出锅的肉蛋汉堡，放在手心里焐着。

姑姑走到卖鱼的摊子前，回头问许梦冬："中午想不想吃炸带鱼？"

"想！"许梦冬嘴里塞满了，连连点头。

旭日东升，人间烟火。

许梦冬吃完糖葫芦，擦擦手，站在街口，对着人来人往熙熙攘攘的早市拍了张照片。连滤镜都不用加，晨光足以衬托眼前热闹一景，还有姑姑手上拎着的一大袋子砂糖橘。

她把照片发在微博上，定位伊春，附文案——

【回家真好啊。】

很快就有几条评论。

这个微博号是公司给许梦冬注册的，从她出道开始就一直在用，如今积累了十几万粉丝，除去因为之前的风波骂她的，剩下的活跃用户都是熟面孔。大家并不知道她已经和公司解约打算退圈了，还以为她只是单纯地回家休假，顺便过年。

许梦冬苦笑一声，也不作解释。

充实的一早上，惬意又舒适，可惜的是，这惬意的一天并没有得以完整。

中午，许梦冬帮姑姑炸完带鱼，刚端上桌，还没开吃，姑姑就接到了电话，说姑父在林子里打松塔，下树的时候没踩稳，摔下来了。好在不算高，并不严重，镇上卫生所没有检查设备，现在转到了市里医院，还是要拍个片子才放心。

许梦冬反应比姑姑快，先一步下楼，到小区门口拦出租车。医院离家很近，十分钟就到了，许梦冬是下了车去推医院玻璃大门的时候才察觉出寒意，原来她出门太急，连外套都忘了穿，此刻身上就只有一件 V 领毛衣。

更让她陡然生寒的还在后面。

她在三楼检查室门口看见了送姑父来医院的人。

八年时光足以让少年成长成男人，谭予变了，好像青葱的白杨树镌刻了些风霜雨雪的痕迹。他长手长脚，肩膀更宽了，脊背更直了，头发剪短了。大概是个子高的缘故，他穿了一件黑色冲锋衣往那儿一站，就显眼得让人难以忽略。

他手里握了一摞检查单，正在微微颔首听护士讲话，然后询问了些什么。灯影就歇在他浓密眼睫下，高挺鼻梁，神色淡淡。

他应当是看见她从电梯里走出来了的，可他并没有表现出多意外的神色，只是静静看了她一眼，像是平静无风的湖面，只一眼，又迅速收回了目光。

奇怪，他像是知道会碰见她。

这样一对比，久别重逢，不淡定的倒是许梦冬了。

她定了定神，平缓呼吸才走过去。

姑父伤得不重，下树的时候是脚先着地，有了缓冲，只是脚踝扭伤了。他艰难地走出了林子，站在盘山道边上拦车，恰巧拦到的就是谭予的车。

姑姑先是对姑父抱怨："逞能！就逞能！这下好了，伤筋动骨一百天，养着吧！"然后转头向谭予道谢，"小伙子，你送老郑过来的啊？谢谢你啊。"

谭予竟有些局促，只点了点头。

许梦冬轻咳一声，及时站出来打圆场："姑，这是谭予，我同学……这是我姑姑和姑父。"

谭予其实是认得的。

从前上学时他送许梦冬回家，一送就是六年，撞见过几次。后来两人谈恋爱了，许梦冬也不让他见她的家里人，好像是不希望别人知道她和姑姑姑父生活在一起，不想让别人觉得她的家庭有什么不一样。她不说，他也就不问。喜欢一个人，和她的家庭有什么关系？

这次顺路把人送到医院，也是纯属巧合。

"医生说要住几天院。"谭予语气自然，像是很自来熟地找到了自己的位置，"我先下楼去缴费。"

哪能真让人家去付钱呢？姑姑推了许梦冬一把，许梦冬快步上前，追上谭予的脚步。

医院人不多，他们并排站在电梯里，谁也不说话。许梦冬是不知道该说些什么好，她料想谭予应当和她一样。她悄悄去看身旁电梯镜面墙里谭予的侧脸，他五官轮廓分明，颌骨锋利，眉睫浓而长。冬天最冷的时候，他的眉毛上会冻结薄薄的一层雾凇。她看见过，也踮脚亲吻过，是凉的，冰的。

不合时宜的走神，许梦冬被自己滑坡的联想吓了一跳，赶紧敛回视线。

"回来过年？"谭予率先打破寂静。

许梦冬揪了揪自己毛衣下摆，并不打算坦言："……算是吧。"

谭予也没有追问，好像对她的答案并非十分关心，只是出于久别重逢的老友之间的客套。

然后，然后就没话说了。

许梦冬在谭予的陪同下交了费，又上楼去拿 X 光的片子。姑姑让许梦冬先照看下这边，她要去镇上把姑父的行李拿回来，证件什么的还都在行李包里，办住院手续都需要。

"姑，我去吧。"谭予又站了出来。

"怎么好再麻烦你？"

"没事。"

许梦冬并没有感受到从自己身后头顶上方投来的目光，只是听见姑姑说："那让冬冬跟你一起去。"

也是应该的。许梦冬没拒绝。

谭予的车停在楼下，她坐上车的时候揶揄了他一句："我姑，又不是你姑，你跟着瞎叫什么？"

"那我该称呼什么？"

谭予系上安全带，默默把车内空调拉高，出风口吹出缓慢而均衡的暖风，让穿着单薄的许梦冬稍微暖和了些。

这车是一辆黑色越野，倒是很符合谭予的气质，就是内饰比较简单，什么也没有。车前挡风玻璃处放了个透明文件夹，扫一眼，能隐约看见上面"菌种培育基地规划"和"农产品商标注册规则"的字样。

联想到姑父说的谭予现在正在做的事，许梦冬好奇发问："你怎么想回来搞种植了？"

谭予目不斜视："本科和研究生读的就是农林，专业对口。"

"哦。"

许梦冬想起来了，谭予当初被她骗了，她说自己要去北京的戏剧学院，谭予也就报了在北京的农业大学，结果她一声不响改去了上海，不告而别。

当初有多潇洒，如今就有多难堪。

许梦冬把头扭向窗外，干巴巴地接话："……我记得小时候镇里菌农很多啊，家家户户都种木耳，市场还没饱和吗？还要再建基地？"

"不会饱和的。东北黑木耳声名远扬，现在有太多注水打药的假货了，更便宜，真正的好木耳却卖不出去。基地现在在培育新品种，生长周期更短，更迎合市场，也能打击那些假货。"谭予说，"还有山货，现在货源有，销售渠道却太少，我在计划注册商标，看看是不是可以借助电商把农产品卖出去。"

"……想法不错。"许梦冬尴尬点评。

只是想闲聊的，没想聊这么深，涉及专业知识，她完全不懂了，索性闭了嘴。

市里到镇上一个多小时车程，此刻已经是傍晚。

东三省的夜就是来得这样迅猛。刚见天际尚有橙色夕阳，转眼间就沉寂到山的那一侧去了。黑幕降临，气温又低了几度，低垂的夜空不见星月。从小在这里长大的孩子都会看天，这意味着很快又要有一场大雪。

"这路修了啊？"快到镇子口时，许梦冬好奇地把手拢起在眉上，透过车玻璃往外望。

这条路她记得，以前上学的时候每次回镇子，大客车都会经过这里。那时候还没安路灯，唯一的光源是车前刺眼的两束远光，雪花在光里摇晃着坠落。

如今路修了，平整宽敞，有路灯，有绿化，路边甚至还有在营业的便利店。许梦冬咂舌，如果把她扔在这里，她怕是都找不回从前的家。

"前年就修了。"谭予侧头看她一眼，眼里的光线却不似车外明朗。

"变化也太快了。"

"不是变化快，"谭予说，"是你太久没回来了。"

这个"太久"，是否有具体的时间概念？

其实是有的。从许梦冬十八岁上大学，拎着两个装山货的大编织袋子踏上去上海的火车的那天起，她就没回过镇子。那几年，就算放寒假过春节她也不回来，宁愿找小剧组当群演去，或者干脆就在学校附近的餐馆打零工。姑姑给她打电话，她就一味搪塞，说自己太忙，总之就是不回去。

再后来，她毕业第二年，用所有积蓄给姑姑姑父在伊春市里头买了楼房，就更没理由回这个偏僻闭塞的小镇了。

她对这里没有任何留恋。

却不知在她走后，有人却回来了，替她守着这里的一切。

车在老家门前缓缓停下。

从这个角度可以看见不远处镇口的巨大石雕，那是镇子地标，上面镌刻着镇名。

许梦冬解开安全带，想要去拉车门，却没拉动。

"等下。"谭予脱了自己的外套，扔到她膝上，"穿着吧，外头零下三十多度。"

加羽绒内衬的冲锋衣外套，什么味道都没有，没有香水味，没有烟味，就只有谭予的体温。

以前也是一样的。

他送她回家，会把校服外套给她穿，把她裹得里三层外三层，像只行动不便的企鹅，他再满意地拍拍她的头。

"家里和上海比不了，冷。"谭予说。

家里当然没法和北京、上海那样的大都市比。

这里没有繁华的商圈，没有居高位的 GDP（国内生产总值），没有便捷的线上外卖，没有迷人眼的夜生活和缱绻情调，这里有的只是冰原、铁锈、重工业留下的黑烟，还有铁骨铮铮的茂密山林。厚重的黑土掩盖了这里曾经作为共和国长子的辉煌，一场又一场的大雪落下，终是什么也不剩了。

许梦冬曾经逃离过，又回来了。但回来的原因到底是什么，她自己也没想明白。

她抓着外套，思绪游离了半晌，然后鬼使神差地问了一句："谭予，你为什么要回来？"

她只是十分好奇谭予的答案，作为同样离开过又归家的旅人。

谭予沉默着，深深看了她一眼。

车内温黄的顶灯将他的眸色映得更加深邃。

"没什么，念旧吧。"他说。

谭予的父母都在学校工作，他们都不是土生土长的东北人。

谭予的母亲是安徽人，父亲则来自江浙一带，那个年代，师范大学毕业还是包分配的，两人服从调剂才来到了伊春这个位于黑龙江东北部的五线小城，安家，定居，最后生下谭予。

这里生活节奏缓慢，学校家属楼的外墙是砖红色的，夕阳余晖照在上面是暖融融的、金灿灿的，再往远处望，就是小兴安岭连绵斑斓的五花山。

大山物产丰富，什么都有，野生灵芝、野生木耳、鹿茸、松塔、颗颗饱满的东北大榛子，还有蓝莓、樱桃、悠悠果……谭予其实根本没进过林区山场，甚至从小到大都没去过伊春周边的镇县，这些东西，从小生活在城市中心的孩子们见过、吃过，却没真正探索过它们的一年四季，了解它们的种植、生长、采摘、收获。

谭予了解这些的途径只有两条，一是语文书上的课文《美丽的小兴安岭》，二是从许梦冬的口中。

许梦冬和谭予不一样。

她从小住在镇子的平房里，天天漫山遍野地跑，她能轻轻松松用北沉香条引火，点燃灶坑，烧火做饭。她能帮姑姑秋收，扒苞米扒得又快又好。她还能和姑父一起进山，能徒手爬上很高的松树，能在春天采一筐又一筐的野菜去集市上卖，贴补家用。

他们明明在同一个城市，却过着不同的生活。

家庭氛围和父母职业的原因，谭予从小受到的教育是沉稳踏实，含蓄内敛。而许梦冬……他就没见过她这么"野"的姑娘。

就是野，有野心，一心要往外闯荡。与此同时，她又是他见过的最美的姑娘。她个子高，五官明艳又大气，所以高三那年她说自己要参加艺考，要考戏剧学院的表演系，没人有异议。

许梦冬不会一辈子委顿在大雪封山的东北小镇里，她会成为大明星，她会站得高高的，光芒万丈……

一声喷嚏打断了谭予的思绪。

许梦冬就站在他眼前，背对着他，他们站在许梦冬小时候住过的家里。

她身上穿着他宽宽大大的外套，显得整个人纤细羸弱。从刚刚在医院里碰见她之后，他第一次鼓起勇气认真看她，才发现她这些年瘦了太多。

"全是灰，太久没打扫了。"许梦冬扬手拂了拂。

镇上的平房构造都差不多，一般都有两个屋，左右各一间，其中一间是姑姑姑父住的，另一间是许梦冬的，初中她开始住校，屋子就给了表妹然然住。现在一家人都搬去了市里，只有姑父采山时偶尔会回来落脚，住上一两宿。

"你先站外头，我收拾收拾。"谭予看了一眼她毛衣之下白皙纤细的脖颈，把她往外推，又怕她在外面太冷，只好让她站在堂屋门口。

"不用收拾了，拿个东西就走。"

许梦冬没那么娇气，她走进姑父偶尔会住的那间屋子，果然，里面灰尘少些。她在炕沿找到姑父常拿的帆布包，一翻，身份证和驾驶本果然都在。

"你不用怕我近乡情怯，或是看到这破败的小屋心里不好受，谭予，完

.009.

全不会，我对这里没什么眷恋。"

许梦冬很自然地拿了帆布包就出去了，反倒是谭予，脚步有些迟疑。

"走啊，"许梦冬半张脸都掩在外套领子里，瓮声瓮气的，"方不方便带我去看看你那个菌种基地？"

她露出晶亮清澈的双眼："我挺感兴趣的。"

这有什么不方便的？

谭予属实想不出有什么许梦冬提出的要求是他做不到的。做不到，拼命也得做，他乐意。从前是这样，现在还是一样，她开口，他就照办。

菌种培育基地不远。

当初建设的时候，选址是个大问题，移动厂房不保暖，而木耳对湿度和温度都有要求，最后只好征用当地废弃的平房。林区人家近些年搬走了不少，剩下的房子刚好就被租过来了，在窗户外裹上厚厚的棉被和塑料膜，用来保暖。

"那怎么没征用我姑姑家呢？反正也空着，还能赚你们一笔房租呢。"

许梦冬是开玩笑的，谭予却是认真在答："你家的位置有点偏，而且左右邻居都还在，面积不够。"

"哦……"

许梦冬慢悠悠跟在谭予身后。有些小路不好走，冻土覆着还没融化的积雪，深一脚浅一脚，再抬头时，有新的雪花落下来。

果然，又下雪了。

谭予带许梦冬去菌房看了看，黑漆漆的，又带她去了农产品包装的流水线，这里就明亮多了，还有工人在加班。

谭予给她解释："最近临近年关，年货订单多，一年也就这个时节忙一些。"言外之意，其他时候都闲，销量跟不上产量。

进厂子之前要换消毒无菌的安全服，谭予先换好了，然后给许梦冬换。

许梦冬这时候就很乖，让抬手就抬手，让抬脚就抬脚，让进消毒间就进消毒间。谭予拽了拽她的口罩，露出她水汪汪的双眼，把她往里推："进吧。"

许梦冬参观了农产品包装的全过程。

看她小时候最喜欢吃的松子是怎样从松塔上颗颗敲打下来，炒制，再人工开口，然后包装成一袋袋的。还有榛蘑，那是小鸡炖蘑菇的灵魂，也是极少数不能人工培育的食用菌，从山上采下来，平铺晾晒，干干爽爽，邮寄到全国各地……

许梦冬再次睁大眼睛："我现在能在网上买到吗？"

"能。"

谭予出了厂房，把手机递给她看，正是谭予这个基地的网店，都是时令特产，可惜，销量都不高。

"有考虑过其他电商渠道吗？比如短视频平台，或者是直播带货？"这么好的东西卖不出去，许梦冬看着都跟着着急。

"考虑了，也面试了几个主播，目前还没碰到合适的。"

"哦，那是要好好选。"

从厂房出来，雪陡然下大了。东北的雪就是汹涌，毫不客气，地上已经又盖住了一层。许梦冬接到了姑姑的电话，嘱咐许梦冬雪下大了，开车不安全，要不就在镇上的老房子里凑合住一宿，明早再回，住院手续明早再办也行。

许梦冬握着手机，回头望向谭予，犹豫了一会儿才开口："我姑怕咱俩下雪开夜车不安全。要不……咱俩别走了？"

不知不觉又"咱俩"了，许梦冬自己都没有意识到这微妙的变化。

"我姑父偶尔会在老房子住几晚，那里有被褥，还有电，应该不会太冷。"许梦冬清了清嗓子，"……或者赶回市里也行，你开车我应该可以放心，实在不行，咱俩换着开。"

"嗯。"谭予答应得比她预计的干脆、坦荡，"住一宿吧。"

两人又回到老房子。

谭予从厂房的保安室借过来一个电热取暖器，俗称小太阳，架在屋子里，这样即便炕是冰的，也不会太冷。晚饭则是谭予车上的面包和牛奶，吃完，两个人简单用矿泉水洗漱过，铺好了各自的被褥，分别守着炕的两头。

东北的炕就是这样宽敞，能睡好几个人。许梦冬在炕的这头望向那头，看见谭予已经关了手机，没有声响。再挪眼，透过窗玻璃上的雾气看外面，能看到远处厂房的灯在雪幕中一排排亮着，大门口两盏显眼的大红灯笼增色添彩。

这是她熟悉却又不熟悉的东北的冬天。

身边那个人也是一样。明明曾经那么亲密，此刻却像隔了一层看不见摸不着的隔阂。许梦冬没什么抱怨的，他们分开太久了，分开时也说不上体面。如今能像朋友一样说话聊天，已经是最好的结果。

犹豫很久，许梦冬开口："谭予，你睡了吗？"

"没有。"

"我想问你一件事。"许梦冬深深呼吸，空气进肺，像是带着冰碴子，"你恨我吗？"

沉默。

雪乡的冬夜有多安静？她平躺着，甚至能听见窗外簌簌的落雪声。

不知过了多久，谭予叹了口气："恨。"

那时，许梦冬走了以后，谭予去过北京的戏剧学院，他拜托了许多老师、同学、同学的同学，想通过他们联系到许梦冬，哪怕只是见她一面，问清楚分手的原因都行。可是最终得到的只是一个出乎意料的答案——许梦冬当初根本没往北京报志愿，她到底去哪儿了，谁也不知道。

连她姑姑姑父都不清楚，她填报志愿全程一个人，什么消息都没透露。

所以，恨吗？

当然恨。

恨她骗人，恨她不告而别，恨她在他为两个人规划未来的时候，悄无声息计划着离开，并未给他只言片语的交代。

后来再有许梦冬的消息，就是在网上了，万幸她没有取什么艺名，让他得以有机会窥探。

她在大学期间就频频接戏，无一例外都是质量很差的网剧，有的剧甚至很有争议，是那种靠火辣镜头博眼球的烂恐怖片。评论区很一致，都在疑惑这么年轻漂亮的一张脸，为什么要做自毁羽翼的事？

谭予的妈妈也给谭予打过电话，旁敲侧击地问他："你还能联系到冬冬吗？如果可以，劝劝她，以后的路还很长，不要这么急，这么冒进。"

谭予不知道怎么回答，他只是一遍遍翻着许梦冬的微博，一遍遍看她演的剧，把有她的镜头重复看了又看，最后一拳砸在电脑屏幕上。

那是他人生里少有的失控的时刻。

许梦冬，你到底在干什么？或是遇见了什么难事，或是被骗，或是一时没想明白？谭予自以为他是她最亲近的人，到头来，却跟个笑话一样。

空气越发凝滞。

许梦冬悠悠开口：

"谭予，你既然恨我，今天为什么还对我和颜悦色？我坦白，如果我们换位，我想杀了你的心都有。

"我没想你原谅我，但有些事过去就是过去了，没必要提了。

"我做的事，一件都不后悔。"

黑暗里，谭予睁着眼睛，喉头发干。

好样的。

她是在说，抛弃他，离开他，她不后悔。

许梦冬说完这句就没了声响，好像睡着了。谭予却睡不着，他骨头缝里都填满了焦躁，一颗心皱巴巴地疼。他不明白许梦冬大半夜跟他讲这些是为什么？他其实根本就不想听，听了还要窝火，恨不能把她拎起来狠狠收拾一顿。

就这么煎熬了一夜。

谭予根本没怎么睡，天蒙蒙亮就出去了，用雪铲清扫出门口的一条小路，然后去邻居家借灶台和食材，给许梦冬做点早饭。

镇上的人家如今都认识谭予，知道他承包了镇上的菌种培育基地，不肯收他的钱，还和他聊了几句："我看你早上从隔壁老郑家出来的？你认识他家人？"

谭予把一把细葱撒进挂面里："认识，我和许梦冬是同学。"

"啊，冬冬啊，"邻居大爷感慨一句，"那是个可怜孩子，从小寄人篱下的，虽说是亲姑姑，到底也不是亲爹亲妈，她心里不是滋味啊。"

谭予沉默着往灶坑里填了一把苞米棒。

许梦冬醒来的时候，发现自己身上盖了两床被子。她睡觉不老实，总喜欢乱蹬，谭予怕她着凉，临出门前还把他的外套盖在她的脚上。

她坐起身时，谭予刚好端着两碗面条从门外进来。

"醒了？起来吃面。"

爽滑的挂面上头卧一个流黄的荷包蛋，撒一把细葱，再滴两滴香油，热气向上升腾。谭予把筷子擦干净递给许梦冬，许梦冬就坐在炕头，双手捧着这碗面，长久地发呆。

他还记得她从小就不爱吃早饭，因为嫌麻烦。

面条除外。

她喜欢面条，特别是这种简简单单清淡的鸡蛋面。

"谭予，外面雪厚吗？"

"厚，下了一夜，过脚踝了。"

许梦冬怔然往窗外望去，目光所及是白茫茫的一片，朦胧的、温柔的、厚实的，柔软的，能掩盖一切不光鲜的、晦暗肮脏的东西。离了东北，再难看到这样的大雪。

她突然兴奋起来，狼吞虎咽地吃完了一碗面，搁下碗就往外跑。

凛冽寒风像刀子割脸，许梦冬也顾不上了。

她跟跄跄地往田埂地跑。冬季休耕，黑土冰冻，覆盖着白茫茫一片，一望无垠，甚至有些晃眼睛。有一排排玉米秸秆的是玉米地，再往旁边是大豆，再往远，就是银装素裹的山脉了。

这是她从小最熟悉的东西，比闪光灯、镜头、摄影机还要熟悉。

许梦冬忽然就明白自己为什么萌生退圈回老家的念头了，好像那个名利场圈子再繁华，再纸醉金迷，她也始终无法融入。因为在家乡，在这厚重的黑土之下有一条根，系在她的脚踝上，让她不论走得多远，走到哪儿，都对这里有所记挂。

家乡的大雪和炊烟在朝她招手，对她说，孩子，累了就回家。

她大口大口地呼吸，好像有面巨大的旗帜在胸口里鼓动、叫嚣，然后她听见了谭予跟过来的踩雪声，一步步，踏在心上。

她轻轻开口："谭予，你昨天说要招主播，你看我行吗？"

脚步声停了。

谭予站着，看着许梦冬似要融化在雪幕里的背影，眉头微微皱起。

"昨天没和你说实话，我和经纪公司解约了，现在是自由人，以后也不打算再拍戏了。

"……我想回来，留在东北，留在伊春。反正都是要找工作的，我想着主播也是出镜，我有经验，算不算符合你们的要求？

"电商我没做过，但我也想把咱们家乡的东西卖出去，我想试一试……"

许梦冬缓缓蹲下，最后像是脱力一般，坐在了满是积雪的田埂上。

谭予走到她身边，伸出手："起来，地上凉。"

许梦冬眼睛发酸。专业训练使她在拍戏的时候能三秒落泪，但那是技巧，这会儿她脑袋空空，眼泪却流得更狠。谭予看见她满脸沾湿，忽然就愣住了，理智断线。

"谭予，"她的声音被冷风切割，碎成乱七八糟的形状，"再收留我一次，行吗？"

眼泪前缀的形容词可以有很多，脆弱的、萎靡的、悲伤的、崩溃的。可它们通通不该属于许梦冬。

这么多年，谭予数不清梦到她多少回，梦里，许梦冬就是她平常的样子，梳高马尾，眉眼舒展，见人不笑不说话，牙齿整齐干净，眸色清亮，像初春冰融时的粼粼波光。

习惯了那个样子的许梦冬，所以她一哭，谭予就慌了。

那年高考结束的第二天，许梦冬就哭着给他打电话："怎么办谭予，我完了，我考不上了，我英语答题卡好像涂串行了。"

谭予家那天聚餐，谭父谭母的同事朋友来了不少，谭予在电话里听她哭得声音嘶哑，脑袋轰的一声，找了个由头溜出门，去许梦冬家里找她。

六月的太阳晒得人发昏，他从市里到镇上，又在许梦冬家门外顶着烈日站了很久，最后实在听不得她在屋里号啕大哭，狠狠心，直接把紧锁的铁门端开了。

许梦冬吓了一跳，一双眼睛红得跟兔子一样："你端门干吗？"

谭予沉默地站在她面前，眉头紧锁，胸口起伏："……你就这点出息。"

许梦冬抹了一把脸："我完了，我完了谭予，我要复读了。"

"那就复读，"谭予在外面站了太久，嗓子也有点哑，"正好，我也没考好，我也再读一年。"

有病！许梦冬才不信谭予的鬼话，他三次模拟考都是全校前几名，理综能拿第一，成绩比化学元素周期表里的氦氖还稳定。

"不哭了，行不行？"

谭予哪里会哄人？一碰到许梦冬，即便给嘴巴安上弹簧也无济于事，他哑口无言，能想到的唯一安慰许梦冬的方式就是陪着她。不就是一场考试没考好吗？一辈子那么长，这样的挑战算什么？他们还有那么多年要一起走，什么都不耽误。

"谭予，"许梦冬低着头，声音也低下去，"我不哭了，但你得答应我一个条件。"

"你说。"

"你先答应！"

谭予没招了："行，我答应。"

"我如果考不上戏剧学院，去不了北京了，你也不能离开我。"许梦冬抬眼，睫毛湿润，好像淋过大雨的雏鸟，"你得当我男朋友。"

这是许梦冬第一次和人告白。

这也是谭予第一次被人告白。他明显比许梦冬更不淡定，甚至觉得有点丢人。这么重要的事儿，怎么是由女孩儿先说出口的？他有规划、有安排，但许梦冬打直球，且又急又猛。

"你得答应我。"许梦冬蹲下来，抱着自己的膝盖，哭得更厉害了，"我当不成演员了，而且上了大学你就有花花肠子了，哪还记得我是谁。"

好一个花花肠子。这么大一顶帽子扣下来，谭予摸了摸鼻梁，发愣半晌，竟然蓦地笑起来："许梦冬，你少来这套，考砸了还讲条件是吧？"

"那不然呢？"许梦冬大喊，"事业和爱情，我总得有一样吧！"

人没有预知未来的能力。

彼时的许梦冬并不知道，事业、爱情，她其实一个也守不住。那天窗外蝉鸣清脆，柞树棵棵高耸，再往远处，盛夏时节的小兴安岭浓绿翠荫，万里蜿蜒，两个年轻的灵魂都想顺着山脉的方向往远处奔跑，那时的他们都觉得山外的世界一定盛大而热闹。

天大地大，想要的都会有。

"你先起来。"谭予俯身去拉许梦冬的胳膊肘，把她拽起来。

初次告白被抢了，初吻总不能让了。

大概是男生对这方面都无师自通，许梦冬完全是蒙的，等反应过来的时候，谭予的唇已经贴了过来。

一开始只是轻轻柔柔浅尝辄止，后来不知是谁先乱了呼吸，许梦冬被谭予吻得喘不过气，他的呼吸也像是被阳光晒过，滚烫滚烫的。她快要融化，只能软塌塌贴在谭予身上，余光瞥见他白色T恤衣领上有一根小小的线头，随着他喉结的滚动而颤抖。这线头的另一端仿佛牵在她的心上，引得她的心久久不能平静。

谭予自认为自控能力还不错，可是吻了一会儿，他就察觉到自己的变化，果断把许梦冬推开，憋着一股无名火，默不作声去修理被他踹坏的门锁。

许梦冬被这么一冷落，刚止住的眼泪又开始扑簌簌往下掉。

谭予简直一个头两个大，急急忙忙停下，慌里慌张地给她擦眼泪。

他怕她的眼泪，她知道他怕她掉眼泪。拿捏与被拿捏，食物链的上下级，很早之前就定下了。

那样毫不遮掩的、年轻热烈的爱意，一生一回，以后再难有了。

再也不会有了。

现在的谭予不会像那个夏天一样，把一颗心生生掏出来，不问归处地递到她手上了。

许梦冬用手指抵住鼻尖，度过那一阵酸涩。

寒冬清早的风冷得好似钝刀割肉。

谭予车上有抽纸，没香味，柔软，厚实，许梦冬用了好多张来擦眼泪、擤鼻涕，顺便不忘强行挽尊："不好意思哈，人上岁数了，共情能力就强，刚刚看雪景挺美的，没忍住。"

绝口不提刚刚那句暧昧的话。

多年前——"谭予，你当我男朋友吧。"

现在——"谭予，你再收留我一次，行吗？"

真要命，许梦冬这会儿冷静下来，觉得自己有点过分了。她其实没有任何歪心思，真的就是就事论事，想给自己找份工作。但奈何人与人的磁场摆在这儿，好像与谭予独处时，她说什么都不合时宜，刚刚那句就有点过界了。

她索性闭上了嘴。

从镇上回市里的路上，谭予也是一路无话，目视前方，不知在想什么。只是在许梦冬第 N 次看向那时速始终不超 40 的速度表的时候，他惜字如金地解释："道上有雪，我车没换雪地胎，得慢点开。"

伊春多雪，车子冬天要在路上跑，都要备一副雪地胎的。谭予还没来得及换。

"菌种基地的规划书，你先拿回去看看。"谭予扬扬下巴，示意许梦冬车前挡风玻璃下的文件袋，"加我微信，回头我把电子版的详细资料发给你。"

"哦，好。"

"我手机没密码，自己拿。"

"……好。"

谭予手机干干净净的，透明手机壳，也没什么花里胡哨的软件，许梦冬找到微信，点开二维码，再拿自己的手机去扫。

她发誓自己不是故意窥探的，只是余光扫过时，谭予微信置顶的那几个对话框格外显眼。

一个是群，群名称太复杂，没看清。

一个是绿油油的文件传输助手。

还有一个，备注只有一个字，韩，应该是姓氏，头像粉红色，是盖着小花被的可爱小猪。

许梦冬痛恨自己的视力怎么就这么好，她清楚地看见小猪对话框的最后一句是"早点回来"。

许梦冬心里一震，迅速按灭了手机屏。

几秒钟而已，她默默骂了自己一万遍，刚刚的暧昧氛围瞬间散得干干净净。

怎么就没想到这一茬呢？

她和谭予八年没见了。或许谭予现在不是单身，已经有女朋友了，还可能结婚成家了，她也没问，就麻烦人家跑前跑后，还让人家陪自己在镇子里过夜，还死皮赖脸要跟人家一起创业。

许梦冬，你真是猪脑子。

车窗外是白茫茫的树凇与积雪，清早放晴后的雪光晃眼，路上只有他们一辆车缓慢前行，留下深深的难以覆盖的辙印。

许梦冬深呼吸了一下，把谭予的手机放回去，面上淡定地望向窗外，另一只手的指甲却狠狠掐住了手心。

许梦冬不知道自己的失落是从哪里来的，简直莫名其妙。可这来源不明的情绪就是空前汹涌，把她心口堵得满满当当。

她清楚，没人有义务一直等在原地的，更何况当初是她先把谭予给踹了，拍拍屁股走得那叫一个潇洒自如，又凭什么要求人家八年来一直对她念念不忘，为她洁身自好守身如玉呢？

大家都要过自己的日子，谁离了谁都能活。

结婚，生子，成家，立业，沿着稳妥的人生轨迹向前。何况是谭予，他本就该有顺遂平稳而富足的一生。

那些阔别多年还能重归于好的剧情终究只是天上的月亮，看得见摸不着，太珍贵，也太稀少了。

许梦冬在医院走廊的长椅上坐了很久，调整好情绪，起身去卫生间。保洁阿姨刚好在水池涮完拖把，把卫生间的小窗打开通风。伊春靠近原始森林，空气质量好，许梦冬抬头望了一眼，透过卫生间那个狭窄的小窗，能看见外面冰蓝澄澈的冬日天空。

今天是 12 月 31 日，是一年里的最后一天。

明天是元旦，又是新的开始。

许梦冬再回到病房时，听见姑父和姑姑在斗嘴。

"你去给我办手续，我要出院回家。"

东北老一辈人的想法，若不是迫不得已，逢年过节特别是新年这样重要的日子不能在医院里度过，否则来年一整年都会不顺。姑父大半辈子都混迹在林场和庄稼地，对口口相传的风俗深信不疑。

姑姑给姑父倒了热水，吹一吹，把保温杯塞他手里："得了吧你，老实待着，听医生的。医生让你出院你才能走。喝水。"

其实如果只是崴了脚，不用住这么多天的，是姑姑勒令姑父借此机会给全身做了大体检，结果查出不少小毛病，尿酸高、胆结石、高血脂……姑姑的家庭地位高，说一不二，直接把人摁在了医院里，吃药挂水，调理好了再回家。

姑父躺在病床上，他平时本就沉默，这会儿更像小孩儿，闷声说："我要吃熘肉段。"

姑姑眉毛一竖："我看你像熘肉段。"

提起熘肉段，许梦冬也有点饿了。

如果说锅包肉是东北出圈名菜，那熘肉段就是能与之齐名争高低的选手。

腌制好的里脊肉裹面糊炸到外酥里嫩，青椒胡萝卜也过油一遭，脆生生的，再一起回锅，汤汁收到浓稠挂在肉段上，又脆又香，再舀一勺汤拌米饭，许梦冬能吃两碗。

医院是有盒饭的，不过都是粗糙普通的大锅饭，不好吃。许梦冬赶紧趁着中午饭点出医院大门，去附近的家常菜馆打包了几道菜回来，烧茄子、酸菜炒粉、蒜泥皮冻，当然还包括姑父点名要吃的熘肉段，摆满小桌板。

美中不足的是，这家的熘肉段做得一般。

许梦冬给菜拍照发到微博上，有来自南方的粉丝给她评论："这还不好吃？那什么样的好吃？"

许梦冬想了想："我高中食堂做得最好吃。"

其实也不是。纯粹是那时候没吃过什么好东西，食堂的熘肉段已经是许梦冬平时在学校敢点的最贵的菜了。好在一切都过去了。

吃完了饭，她又找了个由头把姑姑喊到走廊，从包里掏出一沓钱，一共一万块，她中午刚从取款机取的，还热乎着。姑父住院，她不能没表示。

姑姑没让许梦冬把话说出口，直接就把钱给她塞回了包里："一家人不讲究这些。"

是，是一家人，可她住姑姑家，吃姑姑家，从很小的时候就如此。现在有点积蓄了，就想尽她所能地报答，否则过不去心里这道坎。

"冬冬，你听姑说，你是好孩子，你给我们在伊春市里买的这套楼房已经花了不少，姑和姑父领你的情。你这些年一个人在外面熬着漂着不容易，赚的都是辛苦钱，你还年轻，把钱好好攒着，以后用钱的地方还多。这次回来就不走了，就留在家，在姑身边，也不用为生计发愁，姑姑姑父养得起你。"姑姑帮她捋了捋颊边的碎发，"以后结婚，别人有的，你和然然也都有，姑姑绝对让你昂首挺胸。你爸妈不在身边，没事，有姑呢。"

医院走廊空旷，低声说话也有回音。许梦冬攥着那一沓钱，僵持着的手忽然就顿了一下。

"爸妈"这俩字就像一根长针，直接戳进她心窝里，次次都能把她戳得鲜血淋漓。

许梦冬的妈妈是在许梦冬两岁的时候出走的。那时候的小梦冬不记事，对妈妈没什么印象，只记得妈妈长得很好看。

小时候，她在家里翻箱倒柜，从压箱底的泛黄相册里窥见妈妈的一角——那是爸妈的结婚照，租的婚纱，粉红色的发网束起波浪发髻，上面点缀了许多亮晶晶的饰品，妈妈有浓艳的眉眼，高挑靓丽，即便照片模糊，依然看得出是位美人。

相比之下，一旁的许梦冬的爸爸许正石就显得相貌平平。

不是所有东北男人都高大魁梧，许正石只是一个身材粗矮甚至有点丑陋木讷的普通男人，也没什么大能耐。许梦冬妈妈出走后，他在当地啤酒厂又干了许多年工，后来啤酒厂改制倒闭，他拿了几万块买断钱跟朋友南下打拼，一开始去了沈阳，后来又去了广州。他把许梦冬托付给妹妹，也就是许梦冬的姑姑照顾。

其实也不怨他，改制下岗的浪潮之下，东北土地上的一切都了无生机，要想活命，只能南下。

室外茫茫大雪，屋里的人围坐热炕头，口口相传，好像只要迈过山海关，就处处是机遇，遍地是金银。

后来懂事了，许梦冬对这种传言嗤之以鼻。

她根本就不信，因为许正石从没往家里拿过一分钱。她被托付出去，却没给她留一笔抚养费，也没给她留一分尊严。

寄人篱下不好受。

许梦冬有一次半夜起夜，听见一门之隔的地方，姑姑和姑父压低了声音的争吵。姑父指出他们如今的经济状况，许正石不给抚养费，靠他采山，养自己的孩子已经很吃力了，还要再养个许梦冬，什么时候是个头。

那年许梦冬八岁。那些争吵她字字听得清晰，却只能装作没听见，上完厕所，沉默地回到自己的房间，把厚实的棉花被盖过头顶，第二天一早顶着红肿的双眼去学校。

她是被抛弃的，所以她更加珍惜愿意收留她的人。

她的的确确是个累赘，所以就不能永远当个不争气的、派不上用场的累赘。

许梦冬开始帮姑姑分担家里的事，帮姑父上山采山货，下地干活，春种秋收，一辆解放车开得倍儿熟练。再后来，她上大学第一年，就违反学校院系规定偷偷签了经纪公司，网剧、网大、综艺相亲节目的托儿……什么都拍，什么都干。她毕业的第二年，终于如愿给姑姑姑父在伊春市里买了一套一百二十平方米的楼房。拿到房本的那一刻，她竟然有种如释重负的感觉。

她也有过委屈的时刻，但她习惯往肚子里咽，特别是和谭予分开，身边没人的这些年，哭给谁看呢？

东北的冰天雪地没法滋养眼泪，一行清泪还没滑到嘴角就冻成冰了，所以这里长大的女孩子可以泼辣，可以蛮横，唯独不能低头不能软。骨头软了，就什么都输了。

姑姑拍拍许梦冬的手背，拉她去走廊尽头打热水。

汩汩热气向上腾升，开水房里一片氤氲，许梦冬听见姑姑问："聊点别的，你那个姓谭的同学，后面联系你了没？"

忽然提起谭予，许梦冬像被戳中了心事，摇摇头："没。"

许梦冬在撒谎，其实联系了。从镇子里回来后，谭予往她微信上发了好几个菌种基地的文件，还有其他农产品的电商渠道规划。她没打开看，也没回消息。

"你跟姑姑说实话，你俩以前是不是处过对象？"

许梦冬没说话。

"那小伙子是真不错，你姑父说镇子里人对他评价很好。他父母都是做什么的？家庭怎么样？那天我看他对你还挺关心的，你俩是不是……"

"姑，"许梦冬及时打断，抿了抿嘴，"人家有女朋友了。"

"唉，那可惜了，真是……"

没什么可惜的。

许梦冬默默拎了热水壶回病房，又教姑父下载短视频，看时间差不多了，准备起身去接表妹然然放学。元旦三天假，高三只放一天，今天放学早。

许梦冬出医院大门去坐公交车，一路低头敲手机，想给那丫头发微信，问问她想吃火锅还是烤肉，晚上犒劳她，结果迎面就撞上了人。谭予像是故意拦路似的，许梦冬的额头撞在他肩膀上，发出实实在在的一声闷响。

"嗞……"许梦冬揉着额头，看见谭予手里拎着水果和礼盒，手指被冻得发红，"你干吗？"

"基地事情多，我刚忙完，来看看姑父。"他开口有雾气，"你这是去哪儿？"

然后，他又簇着眉头看她身上的羊绒大衣："怎么又穿这么少？"

"……去接我妹妹。"

"我送你。"

"不用！"许梦冬不自觉地拔高了几分音调。

她后退一步，像是要隔开距离，也像是划清界限，朝身后的住院大楼指了指，淡淡地说："你自己上去吧。我姑父姓郑，你叫他郑叔就行。"

别跟着我叫姑父了。

谭予的脸色一点点冷了下来。

东北的冬天室外，呼气成云烟，谭予的脸隐在雾气背后，后槽牙咬紧了，面色比北风更冷硬。沉默半晌，他把手里的东西往上提了提，腾出一只手，把车钥匙扔给许梦冬："车上等我。"

他也不许她反驳，直接绕开她，快步走进了医院大门。

许梦冬不想上他的车，可是太冷了。她攥着谭予的车钥匙，站在北风里再三纠结，还是没出息地钻进了车里。她把空调调高，温热的风吹出来，扑到脸上。她就这么僵直坐着享受空调，一动都不敢动，像个雕像。

她很怕自己不小心碰到了车上哪一处，或是遗落个什么东西在谭予车上。网上这样的事太多了，发圈啊、唇膏什么的。他不好解释，会给他添麻烦。

好在没过多久，大概二十分钟，谭予回来了。

医院停车场车不多，挺空旷的，从许梦冬这个角度能看见姑姑客客气气把谭予送出了楼。出于长辈对晚辈的亲昵客套，姑姑抬手在谭予肩膀上拍了拍，又嘱咐了几句什么。谭予一米八多的高个子，微微颔首，连连点头，跟母鸡下蛋似的，硬生生把自己装成一副乖巧听话的模样，给许梦冬看笑了。

沉稳，踏实，正直，孝顺，会"来事儿"——在东北，这些是对一个男孩或是男人最高的夸赞，谭予拿全了。他从小就是这样，知道怎么在亲戚长辈面前博好感。不说别的，就说班里同学的家长们，谁不说谭予是个好孩子？难怪是老师的孩子，他简直是同龄人里最成熟懂事的一个。现在也一样，他还是会谦逊和善地与人相处，唯一的不同是，他会对许梦冬摆冷脸。

许梦冬眼睁睁看着谭予和姑姑告别后转身往停车场的方向走，他脸上的笑容很快敛去了，并且在与她对视时，彻底将眸底的神色调整为漠然。

"去学校？"

"对。"

得到许梦冬的回答，谭予启动车子。

然然现在读的高中也是谭予和许梦冬的母校，去学校的那条路谭予再熟悉不过，他在路上顺口问许梦冬："发你的资料看了吗？你没回微信。"

"……还没看。"

许梦冬又撒了谎，她看了，只是刻意没回罢了。

"一会儿去哪儿？"

许梦冬报了一个商场的名字。

伊春地方小，市中心集吃饭购物一体的大商场就那么一个。

谭予又提醒了一句："今天商场人多，晚上不好打车，我在外面等你们，逛完了给我打电话，送你们回家。"

许梦冬："今晚是跨年夜，你……"

谭予显然没明白她的意思，还在提醒她："对，听说商场还搞了新年活动，人挤人的，你俩小心点，把包和手机什么的看好了……"

"谭予，"许梦冬打断他，犹豫地开口，"有点过了。"

这时恰好到了学校门口，路边有车位空闲，谭予停好车，手掌依然握在方向盘上，偏头看她，皱眉："什么意思？"

"我说你有点过了。"许梦冬低头抠指甲，音量稍低，"今晚跨年夜，明天元旦，大过节的你不回去陪陪你家里人？"

谭予解释："还没来得及跟你讲，我爸前几年身体不好，提前退休了，我妈陪他去了南方养身体，现在住在广西，那边气候暖和。"

许梦冬看谭予还没明白，于是继续讲："那别的家里人呢？你也得顾及一下是吧？"

谭予看着她。

"你这几天一直在帮我忙，各种事，大大小小的，我感激你，但是吧……"

"你有话直说。"

许梦冬打直球打惯了，磨磨叽叽她自己也难受，深吸了一口气，眼睛闭上，再睁开，像是下定了决心："谭予，你有女朋友，对吧？"

谭予挑眉。

"我不是故意看你手机的，我发誓我没有偷窥的恶习，只是之前在你车上不小心看见你的微信置顶，还有她给你发的信息，所以……"

有诧异的神色攀上谭予的脸，他疑惑了几秒，恍然明白了过来。他看一眼许梦冬，见她深深低着头，颊边碎发遮住她小巧的耳朵，轮廓微微泛红，像是车窗外那一抹刚从天际落下去的红霞。

他忽然笑了一声，落在许梦冬耳朵里，是干巴巴的，像捻成一条丝线——他并没有马上否认。

他没否认。

许梦冬闭上眼睛，深深吸了一口气："所以，你有女朋友的话，有些事我们就得避嫌了，谢谢你关心我家里人，谢谢你帮我忙，但是……不大合适。

"你和我现在是朋友，以后还会是同事，至于以前的事，都翻篇儿了，谭予。

"我领你情，真的，但为了避免不必要的瓜田李下，咱们还是需要有些边界感。"

谭予不知道，许梦冬这些年还长本事了，她能十分自如地站在假设的高处对人进行道德批判，一本正经的脸，绷直的唇线，险些让他真的萌生了做错事情的愧疚感。

可明明他什么也没做。

帽子是她给他扣的，蛮横、直接、不讲理，也不听人解释，她想怎样就怎样。她给他安一个莫须有的罪名，他就只能受着，就像八年过去了，他依旧没等来她哪怕一句分手的理由，好让他搞明白他到底哪里做得不好，所以她才不要他了。

谭予的手缓缓从方向盘上滑下来。

"许梦冬，"他的语气很冷静，"就一个问题，我是否有女朋友，对你会产生什么影响？"

"就像你说的，如果我们只是普通朋友。"他与许梦冬对视，将她愕然的眼神尽数接收，"还是说，如果我没有女朋友，你就会用另一套态度对待我？"

许梦冬不承认也不否认，且自有一番道理："对待身边单身的异性和已经有家室的异性，本来就不该是同一套标尺。"

她伸手在空中比了一条线："道德标尺，明白？

"我能接受单身的异性朋友送我回家，但不能接受有家室的异性和我在非公开场合闲聊超过十句话。"

车里暖气够足了，热烘烘的。许梦冬身上擦了香水，是浓郁的琥珀香，融化在狭窄的车内空气中。谭予搁在腿上的手掌动了动，心念也在动，刚要开口追问，许梦冬的手机响了。

"我妹妹，我接一下。"

片刻后，电话挂断。

"我妹妹说她已经走了，临时和同学约好去看电影。"许梦冬脸上有几分担忧的神色，"我怀疑这死丫头骗我，之前说好的，她明明知道我会来接她。"

青春期女孩子的教育问题让人头疼，凶凶不得，骂骂不得。许梦冬回想起自己的高中时代，十七八岁时的自己是不是也常常说谎、敏感、躲避家长、藏匿一些不可说的小秘密？

好像并没有。

一是性格使然，她习惯直来直往，心事绝不过夜，二是因为谭予那时简直就是根正苗红的小白杨。归功于同在学校工作的爸妈给他的教育，什么早恋啊、叛逆啊，通通与他搭不上边。他成绩是优秀的，品行是端正的，办公室一屋子老师全是看着他长大的叔叔阿姨大伯小婶。眼皮子底下看着，能长歪吗？

许梦冬实在放心不下，也顾不上自己婆婆妈妈招人烦，又给然然拨去了一个视频电话。确定她是和几个同学一起同行，且她再三保证自己会在晚上九点前回到家，许梦冬这才把一颗心放下来。

"你没有弟弟妹妹，不知道教育孩子有多劳心。"许梦冬这样说。

谭予并不认同，他从车后排拿了一瓶矿泉水递给口干舌燥的许梦冬："当初教育你也挺辛苦的。"

原本闷滞的气氛总算活络了一些。

许梦冬一口气喝了大半瓶水，稍稍缓和一颗焦躁的心。

谭予在给别人发微信消息，顺口问许梦冬："晚上有空吗？带你吃个饭。"

合着刚刚那番瓜李之论、避嫌之谈都白说了。

眼看许梦冬一双细眉再次皱紧，谭予不想再逗她："和基地的其他几个合伙人，年末了，该聚一聚。带你去认识认识，像你说的，以后是同事了。"

许梦冬了然。

公事，那可以。

"去呗。不过临时约人，能约得到吗？"

"能。"

许梦冬的朋友不多，她以前在全国到处飞，去各个剧组跑龙套，回到上海时偶尔会想约朋友吃个饭，喝个下午茶，但大家默认的社交规则是提前一周以上发出邀请。因为人人都忙，闲暇时间那么少，而且大家都有各自的社交圈。

这里不一样。

常住人口不到一百万的小城市，密集的人际关系与人情往来编织起生活的轮廓。所谓"摇人"，不是说说而已的，你的朋友可能是我的同学，你的邻居可能是我的亲友，社交圈高度重合，这使得"约人吃饭"成了一件再容易不过的事，几个电话就能凑一桌酒局。

厚实的冰雪会覆盖土地，却无法彻底冰冻东北人骨子里的热情与仗义，你把我当朋友，我就敢跟你交心。外面的风那么狠，那么冷，把纷扬的雪末刮上天又四散，屋里炕头却滚烫，酒杯撞在一起声响清脆，坦坦荡荡。

谭予侧身推开包厢门，示意许梦冬先进。

而她刚一踏入，就被迎面而来的热气和喧闹人声眯了眼。

外头是雪覆千里，这里是热闹人间。

"哟！仙人掌开花，了不得了不得……"

"谭予带人来啦？哎，我该叫嫂子还是弟妹？"

"叫奶奶，你横竖就是个当孙子的命。"

"滚一边儿去……"

许梦冬惊愕地望着这过于热情的一屋子人。

第一个迎上来的是一个微胖戴黑框眼镜的男人，听说话不像黑龙江口音，倒像是辽宁锦州一带的，句尾语调上扬，演小品似的，听着就让人轻松。他和许梦冬握手，自我介绍："你好你好，我叫韩诚飞。初次见面，我们这帮人太熟，闹惯了，别吓着你。"

他看了看谭予："这小子从来不带家里人来和我们聚，今天总算见着你了，还以为他要打光棍打一辈子呢。"

许梦冬吓坏了，连连摆手："不是，我不是……"她回头向谭予投去求救的眼神，那意思是，你快解释啊！解释啊！

可谭予装作没看见。

他伸手接过许梦冬的大衣外套，挂在衣架上，然后帮她拉开椅子入座。

"不是家里人。"谭予一字不差地把她的话原封不动还给她，"没有家室的普通单身异性朋友，而已。"

韩诚飞是辽宁人，也是谭予大学时的直系学长，比谭予大几岁，用他自己的话说，家里三代从商，可惜做的都不是很光鲜靓丽的生意。

韩诚飞爷爷那辈开始收购大米，当地的盘锦蟹田稻，水稻与螃蟹共生在同一片水田，利用螃蟹来除掉稻田里的害虫，螃蟹的排泄物又作为肥料回哺这连绵不绝的粮食生产地，生长出来的大米圆滚滚的，又饱满又弹牙，有浓郁回甘的香气。

后来到了韩诚飞爸爸这一辈，离开了农村，来到城市做实体生意，开饭馆，开烧烤店。

韩诚飞在大学社团自我介绍的时候，极其自豪地说东北烧烤天下第一。可惜后来拜各种抹黑东北的短视频所赐，"大金链子小手表，一天三顿小烧烤"成了大家对东北的刻板印象，韩诚飞就再也不提自己家开烧烤店这茬事儿了。

再后来，他毕业了，在研究所工作了几年后突然萌生了回家的念头，听闻谭予回了黑龙江伊春创业，他干脆直接带了自己全部身家来投奔。

"我家三代从商，不能在我这一辈断了不是？"这是他说出来的原因。还有些不好说出口的，终究是飘散在东三省猛烈入骨的北风里了。

都说投资不过山海关。可是这里有最肥沃的、能孕育万物的土地，有曾经最丰沛的石油资源、茂密的森林，以及珍贵的矿产，这里的白山黑水养大了一代代东北人。即便这里没落了，即便这一代东北人天生背负的使命就是离开东北，还是会有人想念家乡，会有人在深夜对着家的方向守望。

韩诚飞和谭予其实是一样的人，他们只是不肯服输，想看一看，赌一赌，能不能凭他们的所学救救家乡。

"妹子，我看你眼熟。"韩诚飞这样说。

桌上还有人附和："是，像个演员。"

许梦冬双手捧着热茶水，笑了笑，没否认。

"哎哟，真的是啊？"

"我就说嘛，一进来我就看出来了，没好意思问。谭予，你老同学还是明星啊？"

刚刚谭予解释过他和许梦冬的关系后，就没人开他俩的玩笑了，但这是他第一次带女孩来见朋友，况且人与人之间的亲昵与熟稔不是装得出来的。许梦冬抬手，他就知道她要喝水；她腰受过伤，坐不了硬椅子，身子稍微晃了晃，他就起身，把自己的羽绒服外套卷了卷，给她垫在腰后。

韩诚飞是聪明人，看破不说破，他也看得出来许梦冬局促，就一个劲儿和她闲聊，绝对不让话茬掉在地上："我就说咱黑龙江出美女吧？来来来，妹子，合个照，回头我给我媳妇发过去，她天天在家看电视剧，说不定是你粉丝。"

谭予抬头看他一眼："你说拍就拍，出场费掏吗？"

许梦冬倒觉得没啥，她不扭捏，大大方方绕过去，俯身和韩诚飞自拍了一张，然后仔细瞧了瞧："没美颜。"

"大老爷们的手机里哪有美颜。"

"那用我的拍。"许梦冬用自己的手机重新拍了一张，"发给你？"

"成，咱俩加微信。"

许梦冬借机看到了韩诚飞的微信头像，粉红色小猪……对上了。

"你头像用这个？"

"啊？"韩诚飞伸头望，"是啊，我媳妇儿给我换的，情侣头像，是不是挺好？"

不待许梦冬说话，谭予先开口："不好。"

"哪儿不好？"

"容易让人误会，"谭予慢条斯理地说，"你顶着这头像躺在我微信置顶里，有人想象力太丰富，误会我在外面拈花惹草，回头再跟我闹。"

许梦冬恨得牙痒痒，狠狠朝谭予瞪去一眼。

韩诚飞察言观色的能力满分，他看看许梦冬，再看看谭予，忍着笑："那不怪我，是你变态啊，干吗置顶我？"

其实还真不怪韩诚飞。

只是最近逢年末，菌种基地和工厂那边事情太多，韩诚飞每天要给谭予发很多条消息。谭予列表里的人又杂，怕忽略掉哪一条耽误事儿，索性就把韩诚飞置顶了。谁想到就那么巧，被许梦冬看见，还被她上升解读。

"再说了，女朋友？谭予你有过女朋友吗？我和我媳妇儿都把二胎提上日程了，你女朋友搁哪儿呢？啊？"

许梦冬往座位走，被椅子腿儿绊了一下。

她坐回位置，面前的小碟子已经满满当当。刚刚这一会儿，谭予给她夹了不少菜，都是她爱吃的，干炸肉、裹肉馅的锅塌豆腐、切成薄薄一片片的松花蛋肠……排骨炖豆角是大锅炖菜，东北菜量大，给料也实在，肉香，炖得软烂的油豆角更香。谭予知道许梦冬爱吃排骨里带脆骨的那一块，就夹来给她，小碟子堆成小山。

"还有没有想吃的？再加几道。"

许梦冬摇摇头，在桌底下拽了拽谭予，压低声音说："你别总给我夹菜，我又不是小孩儿，大伙都看着呢。"

谭予真不觉得有什么难为情，许梦冬在他眼里本来就是个小孩，一个没看住，就要跑走了的坏小孩。

"加个松仁玉米吧。"谭予说。

松仁玉米是许梦冬小时候最爱吃的一道菜，玉米粒甜滋滋的，只是自己家里不常做，但会经常出现在聚餐或筵席上，俗称"女士菜"，因为甜，小孩子都喜欢。

许梦冬小时候每次跟着姑姑去参加婚礼时都眼巴巴盼着这一道菜，可惜她那时已经不是家里最小的孩子了，她要学会照顾然然，一大半金灿灿香喷喷的玉米都进了然然的肚子。她永远吃不上最热气腾腾、最香的那一口，但谭予会把最好的都留给她。

"你再尝尝这个熘肉段。"

许梦冬吃了一口，疑惑抬头："哎，这不是……"

"嗯，"谭予笑了，"咱们高中以前那个食堂师傅后来单干了，这家饭店就是他开的。"

许梦冬简直感叹，为她时隔这么多年还能遇见熟悉的人，吃到熟悉的味道。

她从小就嘴甜，每次去食堂吃饭都和食堂师傅搭话，"叔，你辛苦啦""叔，天热多喝水啊"……久而久之，食堂大叔看见她就眉眼带笑，打饭从来不手抖，所以她总能比别人多吃到两三块肉。

韩诚飞也听见他们说话了："哎哎，今天吃饭这地儿是谭予找的，我说嘛，怎么突然要来这一家，敢情是上了岁数，带你回忆青春来了。"

许梦冬咽下一口菜，无辜地眨巴着眼睛，说的话却字字都戳着韩诚飞的肺管子："我俩都比你小，小好几岁呢。"

作为在场年纪最大的人，韩诚飞简直要吐血："喝酒喝酒，别扯没用的。"

聚餐，又是过节，东北人的饭桌上当然少不了酒。他们喝的是啤酒，玻璃瓶的，一提一提拎进来，丁零当啷响。许梦冬在酒量方面不会给东北姑娘丢人，白的不好说，啤的一提打底，可是谭予拦了她一下："你别喝，晚上替我开车。"

"你说替你开就替你开？我是你代驾啊？你给钱吗？"

许梦冬手已经伸出去了，被谭予握住手腕再次拦了回来，他把手机扔她面前："给，都是你的。"

许梦冬看着他。

谭予："你喝中药，不戒酒吗？"

许梦冬皱起眉："你怎么知道我喝中药？"

她的最后一部戏在三个月前杀青，演抗战时期的女学生，在片场泡了几天冷水后竟然两个月没来例假，去医院检查，被医生告知内分泌失调。她去看了中医，开了好多苦巴巴的中药回来，快喝完了也没什么用。反倒是和经纪公司签完解约协议，订好回乡的机票以后马上一身轻松，例假也正常了。

她猜想大抵还是压力大的原因。

只是这些事，她没和任何人说过。

"谭予，你从哪里偷窥我？"

谭予不回答，闷声夹菜，只是在许梦冬察觉不对真的要去查他手机的时候，一下把手机翻了过去，屏幕朝下扣在了桌面上。

如此反常，更说明有猫腻。

许梦冬慢慢向后靠，靠在了椅背上。

从她的角度，可以看见谭予耳后那一小块皮肤因为酒精而微微发红。他天生皮肤白，寸头又短，露出黑色卫衣没有遮挡住的脖颈，包厢里暖气太盛，沾了些许薄汗。再挪开视线，是他平直的肩、挺阔的背……

许梦冬盯着看了一会儿，恍惚间出了神。

她从脑袋里翻拣出了一些并不合时宜的、带有色彩的回忆——

盛夏的小房间。

屋外烈日蝉鸣，屋里狭窄闷热。空气里有刚切好的西瓜的清香，还有花露水的味道。

谭予家住在教师家属院，老楼没法安装空调，只有上了年头的电扇吱呀响着。许梦冬去谭予家，用他家里的电脑上网填报志愿，后来忘了因为点什么事，她和谭予你推我搡地闹起来。

谭予的房间铺了老式竹编凉席，冒出来的小竹刺划了她的背。高考成绩条不知被扔哪儿去了，从来不发脾气的谭予终究也只是个经不得激将的少年，捏住她的下巴，凶她："还招不招我？"

许梦冬不矫情，不示弱，哪怕是这种事上也绝对不承认自己是弱势方。她狠狠咬住他的肩膀，牙齿刺破他的皮肤："有本事你弄死我。"

……

舌尖尝到盛夏天里汗水的咸和苦，老旧风扇依旧吱呀转动。

许梦冬蓦然回神。

此刻是寒冬腊月，热络嘈杂的空气包裹在她周围，口中也有相似的淡淡苦味，只不过来源于桌上的大麦茶。

谭予在和韩诚飞聊基地明年的规划，余光瞥见许梦冬撂下了筷子，还有渐渐凝重的表情，还以为她吃坏了什么东西。

"怎么了？不舒服？"

许梦冬搁下杯子，静静看着谭予，朝他勾勾手指，示意他附耳过来。

她用最小最低的音量说出最石破天惊的话：

"谭予，今晚带我回家吗？"

许梦冬没想那么多，她只是觉得她和谭予彼此知根知底。以前的体验还挺不错，几年过去了，不知道现在的体验会如何？会不会更好？

包厢里热腾腾的空气和酒味把她熏得晕乎乎的，她明明没喝酒，也像是上了头。

然后，她注意到了谭予复杂的表情。

他扭过头看她，眼里先是疑惑、愕然、不可思议，再之后脸色就急速降温，一双眸子冷得像刚从结冰的江水里捞出来似的，直勾勾地盯着她，冒着寒气。

"……干什么呀这是？你别这么看着我呀。"许梦冬被他盯得有点心虚，本来就是心念一动，随口一提，没什么所谓。她摆摆手，把碗筷往里推了推，站起身，去卫生间。

饭店不算大，但元旦前后包厢全都客满，卫生间在走廊尽头，许梦冬路过一间间包厢，欢声笑语从每一扇门的缝隙溢出来，挤满这岁末冬夜。

她忽然觉得挺没意思的。

站在洗手台前，她给然然打个视频电话。

丫头还算乖，不到十点已经回家了，洗漱好，正躺在床上玩手机。许梦冬问她今晚看了什么电影，她吞吞吐吐说是个爱情片，剧情狗血且无聊，结尾强行大团圆。如今连十几岁最向往浪漫的小姑娘都不再相信千帆过尽还能重归于好的结局了。

"我在外面吃饭，晚些回去，你玩手机别玩太晚，伤眼睛，早点睡，门窗都关好，有事就给我打电话。"

然然答应着，挂断了。

卫生间里走出来一个中年女人，站在许梦冬旁边的洗手池前洗手。许梦冬刚刚在包厢里见过她，比屋子里一众人的年纪大些，妆容精致衣着考究，身上披着质感很好的羊绒披肩。她透过镜子朝许梦冬笑了笑："你妹妹呀？"

"是。"

"真不容易，现在管教这个年龄的孩子最操心了，我女儿也差不多大，明年读高中。"她抖落手上的水，"加个微信吧，刚刚吃饭时听你说以后打算留在本地？不走了？"

她露出惋惜的神色："好可惜呀，不拍戏了吗？那圈子光鲜亮丽的，赚钱也比其他行业容易。"

许梦冬笑了："可能是我能力不济，混了七八年也没混出名堂。至于赚钱就更别提了，知难而退吧。"

所有行业无一例外，百分之九十的收入集中在金字塔尖百分之十的人手中，底下的人能分到一口汤都要感恩戴德。

"那也挺好的。"女人笑了笑。

互换了微信，她让许梦冬给她备注姓章。

许梦冬并不知道这人的来头，也不知道她和谭予、韩诚飞这群人是什么合作关系，只是好奇地看了一下她的朋友圈——很典型的富太太生活片段，插花喝茶，瑜伽烘焙。没什么特别的。

回到包厢，饭局已经接近尾声。

许梦冬从地上的瓶子判断出谭予喝了多少，但他有自控力，走路不晃，不乱讲话，反倒更沉默了，这些酒精不足以搅浑他的理智。他一言不发，许梦冬走在前面，他就跟在她身后，视线落在她羊绒大衣下面纤细的小腿和单薄的短靴上，目光沉沉。

"去你家吗？"

车子点着火，先让空调暖一暖。

越野车的座椅对女性太不友好了，许梦冬花了很大力气才把座椅调整得适合自己。系好安全带，她偏过脑袋看谭予，发现谭予也在盯着她。他眼里雾蒙蒙的，但眼神里像藏了锐利的锋刃。

"还是以前那个小区吗？教师家属楼？"

谭予坐在副驾驶座，醉意慢慢上升显现，太阳穴隐隐闷痛。

他点了点头，阖着眼，手撑着额头："前面路口停一下，有个便利店。"

得去买瓶水，要凉的，冰的，要能一下子浇灭他身体里眼看要燃起来的火星。

但许梦冬误解了他的意思。

她把车稳稳停在路边，抻长了脖子往外望。

那只是个很小的烟酒食杂店而已。

"……不一定有卖的吧？"她抬抬下巴，示意十几米之外的那家24小时营业的药店，"药店肯定有，你去那儿买吧。"

车里空气一瞬凝滞。

谭予觉得自己的太阳穴都要炸开了，他狠狠瞪着许梦冬，试图看穿她脸上的无辜神色："许梦冬，你脑子里都装了些什么玩意儿？"

她自己说的，对于不同的异性，有不同的相处之道。

"你会邀请每一个单身的异性跟你上床？这就是你所谓的道德标尺？！"

"你是瞧不起你自己还是瞧不起我？"

"许梦冬，你……"

谭予原本还有更呛人的说辞，但被许梦冬的眼神顶回去了。她意外于他的暴怒，一双眼睛怯生生的。

"好了好了，我错了。"许梦冬做双手投降的姿势，脸上也有不耐烦，"我就这么一说，干什么呀你？"

她握着方向盘，正了正坐姿："得，我不说话了，送你回家我就走。"

谭予家不远，就在初中学校边上，许梦冬以前常来。

谭予的妈妈是化学老师，后来当了谭予和许梦冬的班主任，谭予的爸爸则一直在教务处工作，夫妻俩都是非常和善的人。

高考结束以后，谭予没瞒着和许梦冬的事儿，回家直说了，说自己在谈恋爱，结果谭予的爸妈完全没有任何惊讶。

谭予爸妈做了一大桌子菜，邀请许梦冬到家里来，帮他们一起规划报志愿。他们都同意谭予考到北京去，因为许梦冬是一定要去北京读表演系的，两个人最好不要分开，在一处也好有个照应。

当时谭母还逗自己儿子："以后冬冬当了大明星，可就不要你喽。"

谭予回道："我不能 24 小时看着她管着她，那样不对，跟个变态似的。冬冬是个人，不是我的物件。"

谭母说："不是让你看管着她，而是让你努力，努力把自己变得更优秀，你的肩膀要撑起来，不论她处在什么境地、飞得多远，你都得给她个依靠。这才是男人该做的事。"

许梦冬再次走进谭予家，熟悉感迎面而来。

这么多年，谭予家的摆设没怎么变，老式的木头橱柜、落地书架、摇椅、"年年有余"的大幅十字绣还挂在客厅……如今只有谭予一个人，他还不经常在这儿住，更多时候基地忙，他就住在镇子上，这里的生活气息就难免单薄了些。

许梦冬心里有点发酸，也说不上是因为什么。她进屋没往里走，就站在门口的地垫上，鞋都没脱，也不打算进去。

"你早点睡吧，我先回去了。"

"你怎么回？"

许梦冬看了一眼手机，零点还差十分钟。

"打车呗，实在不行叫网约车。"她胡扯呢，五线小城，又是大半夜的，哪儿来的网约车？

她笑了笑，摆摆手："没事儿，我走了，提前说声新年快乐，晚安。"

谭予就那么静静地看着她。

客厅的灯太久没换，散发着一种琥珀色的温黄，灯光下是她水亮亮的眼睛、素着的嘴唇、被风吹乱的发梢。他感觉心里像是有巨怪在撕扯，在叫嚣，喉咙也发干。

许梦冬转身，背对谭予去拨弄那门锁。

老房子的门锁是最旧的那一种，站在门里要弹开拨片才能开门出去。

"谭予……"她晃动那门锁，金属零件撞在一起，丁零哐啷，响个没完没了，"谭予你来看看，你家这门锁怎么开啊？"

谭予发出极轻极轻浅的一声叹息，轻到都没能钻进许梦冬的耳朵。

她还在研究那锁，身后人突然大步走过来，一把拽住她的手臂。她还没反应过来就被拉着转身，后背重重抵在了门上。

老旧铁门发出巨大的滞涩的声响，点亮了楼道里的声控灯。

谭予近乎发泄似的咬住她的唇，不给她任何缓冲，舌尖相触，两个人都僵了一瞬。许梦冬胸中还有未吐出的一口气，谭予不许她躲，狠狠扣着她肩膀，像是用了十成力气。他想让她疼，也想让她知错。

许梦冬看不到那盏灯了。

她在谭予身形遮挡的阴影里近乎战栗，谭予突如其来的压迫超乎她想象，最终她只能艰难地将双手抬起，拢住他的脖颈。

指腹贴上皮肤，能感受到滚烫。

好像冬夜旷野的熊熊篝火。

而她是那个迷途的旅人。

许梦冬心跳得太快了。

她未曾设想过一个吻能让自己失控成这样。上一次明显感觉到自己心脏轰然的经历还是拍戏的时候，有战争场景，道具组设置的炸点就在离她不到半米的地方，砰的一下炸开，当时她有短暂的耳鸣、发昏、缺氧、口渴……那是强烈的外界刺激带来的身体反应。

此刻的处境，有过之而无不及。

她觉得自己快要窒息了，可谭予不放过她，他覆在她脑后的那只手掌牢牢控制住她，不让她逃，也给了她可以依靠的支撑，不至于使她腿软到站不稳。她发出带有撒娇意味的一声嘤咛，终于换得半刻喘息。借着这个机会，她在门口蹬掉她的短靴，光脚踩在冰凉的瓷砖上，再次踮脚去够谭予。

啤酒淡淡的苦味，在万千复杂辗转里，透着一丝麦芽的甜。

她的嘴唇贴在他脖颈上，隔着薄薄的皮肤感受他喉结在滚，血液在沸腾。

许梦冬心理平衡了。

失控的不止她一个，这才算有来有往，势均力敌。

"去你房间呀。"

"嗯。"谭予从喉咙里溢出低低的一声。他俯首埋在许梦冬颈窝，鼻间热气灼灼，烧着她的锁骨，很快觉得不够似的，又用牙齿轻咬，跟个小狗似的。

许梦冬咯咯笑起来，轻抚他的背，拍一拍，环视一下客厅："真要在这里？也行，但你好歹要把我抱到沙发那里去吧？我走不动了谭予。"她超小声地问，"你家沙发结实吗？能扛得住吗……"

谭予以更重的啃咬回应她的出言不逊，随后的语气有几分懊丧："家里没东西。"

许梦冬借着温黄光线看清谭予红透的耳郭，像是林中雀鸟尾，深秋红叶梢。

"刚刚让你买，你还凶我。"许梦冬笑了，"现在怎么办？"

谭予闷声："忍着。"

许梦冬笑得更加欢畅了，不信谭予忍得了。谭予把她打横抱起往房间里去，轻飘飘把她扔在床上。此刻是隆冬，她记忆里的凉席此刻并没有铺在床上，她的背陷进柔软的床垫，是两个人的重量。

房间里没开灯，她在黑暗里微阖着眼睛。谭予撑着手臂，在黑暗里与她对视。

"冬冬……"他喊她小名。

"嗯。"

一个吻过后，谭予用空闲的一只手捏着她下巴，问她："我们现在是什么关系？"

"什么？"

"我问你，我们现在是什么关系？"

许梦冬的理智在融化、在蒸发，好像冻结了一整个冬天的冰凌沿着春日的屋檐缓缓滴落、流淌，每一个细胞都连接成快乐的音符。

她急急抽了一口气，眼角泛湿："你想什么关系，我们就是什么关系。"

"你知道我的意思。"谭予依旧为了这么个没头没脑的问题对她不依不饶，"我的道德标尺和你不一样，我只和我女朋友做这种事。

"所以我再问一遍，我们现在是什么关系？"

许梦冬快疯了。

她忽然觉得他们之间的分别的的确确太过漫长了，漫长到谭予忘了她这人吃软不吃硬，谁给她来硬的，她只会更硬，并且不惜自损八百地磨尖棱角，朝着招惹她的人狠狠一击。

许梦冬这样想着，也这样做了。她的眉尖逐渐皱起，原本攥紧床单边缘的手也松开了，转而抓着谭予胸前的衣服，狠狠推开，然后坐起身，平复了呼吸，整理自己的衣领："谭予，你没劲透了。"

许梦冬知道谭予想要的答案是什么，只是她不想给，也给不了。

卫生间的水龙头有些旧了，流水冲击管道的细碎声响让人焦躁。谭予擦干净手走出来，看见许梦冬坐在客厅沙发上，纤瘦臂膀抱紧双膝，下巴搁在膝盖上。

空气里犹昵昵未散。

"谭予，我们谈谈。"

谭予朝她走过去。

"你别过来，你坐那儿就行了。"许梦冬本能后撤，指了指离她最远的那把单人椅。她不能让谭予离她太近了，最好两人就别对视。谭予也无须说话，只听她讲就行了。

"谭予，你这些年其实一直在偷窥我是不是？说好听点，是关注我的微博、短视频、社交平台……"许梦冬轻轻地说出自己的猜测，"我早该猜到的，从我回伊春，咱俩在医院见第一面开始，我就该猜到了。"

她还记得那天她在医院检查室门口与谭予打了个照面。谭予当时的眼神并非久别重逢后的惊讶，而是仿佛早就知道她会出现在那里，早就知晓她已经回了家乡。许梦冬那天晚上回去复盘了很久，她只在自己的微博账号上发布过动态及定位，落地伊春的当晚就发了晚饭照片。不是只有她的粉丝们才知道她的行程，只要有心，手机一搜就知道。

还有，谭予知道她受过腰伤，知道她在喝中药要忌口戒酒，知道她常常胃疼不能吃辣，所以使饭桌上沾了辣椒的几道菜都远离她。

谭予应该还看了她上个月心血来潮去打耳洞的视频——她在自己的评论区吐槽过敏体质的人太受苦，耳洞的伤口这么久也不见好，并且因为耳钉材质不是纯银，整只耳朵都泛红发痒。

于是，刚刚，他即便那样汹涌动情地亲吻她，也克制着自己的动作，未曾碰到她的耳畔一分一毫。

许梦冬忽然觉得自己很坏。

她低着头用指甲抠着布艺沙发边缘的粗针勾脚。

"谭予，你既然经常在网上搜索我，就应该看得到关于我的那些娱乐新闻。"

谭予声线寡淡："你指哪些？"

"不太体面的那些。"许梦冬把长发顺到一侧，遮住她的半张脸，"关于我为什么这么多年还只是个跑龙套的小演员，关于我被雪藏被封杀的传言，还有那些八卦新闻……"

许梦冬有点说不下去了。

她抬眼，谭予的轮廓在她眼里蒙上了一层水雾似的朦胧。

"我知道都是假的，你在那个圈子难免有许多是非和不良竞争，还有泼脏水，我明白……"

"都是真的。谭予。"许梦冬摇摇头，打断他，"我刚刚说的所有，都是真的。"

她的目光那么真诚。

"没人给我泼脏水，我说过了，我做的事，每一件我都认，每一件我都不后悔。"

谭予愣在原地，仿佛一盆冰水从头浇下。

"世界太小了，故事会长翅膀，不只是你，我姑姑姑父也一定知道一些，即使他们远在老家，平时不上网，也还是会有风言风语传进他们的耳朵。但他们没有问我，我也就接着装糊涂。"

最亲近的家人终究给你留下了脸面，哪怕你在外面闯了天大的祸，回家来，还是能把日子将就过下去。

但谭予呢？

"你不一样。"许梦冬说，"你不是我的家人，我没有权利瞒着你，你也没有义务接纳我。我得实话实说。"

她手臂撑了一下沙发靠背，站起来时脚步有些微微晃动，好似十分艰难。

她朝谭予的方向走了几步，抬手拽住他的衣摆。棉质的黑色长袖 T 恤透着淡淡的洗衣粉的香气，下方覆盖的身躯拥有分明的骨骼和肌肉，是她想触碰、想亲吻的。

"我承认我对你还是会动心，即便过了这么多年。"许梦冬抬头，直直望进他如死灰一样的眼里，"但是，谭予，我们回不去了，真回不去了。

"你想要的，我给不了你了。"

冬天的夜那么长。

这一晚，许梦冬还想起了一桩很久远的事。

高一那年的运动会，每个班级要选一名女生站在班级队伍最前方举班牌，可以穿漂亮的裙子，还能在校报宣传栏上登照片。文科一班班主任是个年轻的男老师，他没有给大家投票的过程，直接挑了许梦冬。

那件事情过去很久之后，班主任解释自己当时并没多想，仅仅是因为许梦冬个子高，长相也是公认的好看，可是在当时，这明显偏心的行为就难免受人诟病。同班一个女生在学校里造谣，说许梦冬和班主任一定有猫腻，所以班主任才处处偏袒。

那女生说得煞有介事。女生们私下传故事，男生们则更离谱，年轻的精力无处释放，他们开始当着许梦冬的面调侃、捉弄、造谣，把她的照片打印出来贴进男厕所……

事情越来越离谱，最后惊动了校方领导。

校领导第一时间调查了那个男老师，事实证明男老师并无任何失德行为，许梦冬也是无辜的。可就当学校领导打算找造谣的学生家长谈话的时候，许梦冬闯祸了。

她把那个造谣最凶的女生叫到了校门口，在中午放学人流量最大的时候狠狠和对方打了一架。辫子散了，指甲裂了，书包里的卷子撒了一地，双方都一身伤，许梦冬最喜欢的跳跳虎小挂件也不知道掉哪里去了。

她被保卫处大叔拉去老师办公室的时候，还在办公室见到了熟人——谭予脸上也有伤，嘴角瘀青，他见许梦冬进来，一个箭步冲上去朝她吼："你哑巴啊？他们欺负你，为什么不告诉我！"

许梦冬没想着告诉谭予，告诉他又能有什么用呢？十六岁的谭予能保护十六岁的许梦冬吗？

可她低估了少年的勇敢，谭予比她强，他一个人收拾了班里那些嘴碎的男生，下手没轻重，把其中一个男生打骨折了。

那也是谭予学生时代的唯一一个记大过处分，处分通知在学校门口贴了一周，就在许梦冬举班牌的校报照片旁边。两人各自"荣耀"，顶峰相见。

那时候，许梦冬问谭予："这事儿跟你有关吗？你干吗要打架？"

那时正好是夏天，他们趁着周末去金山鹿苑看小鹿。梅花鹿群在中午时分从森林深处漫步到草场觅食，谭予一边捧着玉米粒儿喂小鹿，一边指着远处的鹿妈妈，说："鹿还知道护犊子呢，我护着你，不行啊？"

许梦冬总觉得这比喻有点奇怪。

但不论怎么说，十六岁的谭予真的保护了十六岁的许梦冬。

尽管手段稚嫩，但他的真心滚烫而热忱。

而那天他们和小鹿的合影，至今还摆在谭予的床头柜上。

冬夜寂静，凌晨道路上偶尔有车经过，远光灯由远及近，在墙壁上留下不规则的光斑。

许梦冬伸长胳膊把合影拿过来，摩挲着相框，却怎么也看不清照片上两个人的表情。

今夜她对谭予的单方面坦诚并没有换来轻松愉悦的结果，谭予沉默了很久，一言未发。她从他脸上看出了失望，于是提出离开，但谭予把她拦住。

"太晚了，在这儿睡吧。"

他帮她换上新的床单和被子，在他的卧室，在他们曾经无比亲密的这张床上。

"你睡这里，我睡我爸妈房间。"

他甚至还帮她灌了热水袋，老式的灌开水的热水袋，放进她的被窝，给她暖暖脚。

"小区供暖不好，夜里可能会冷，别踢被子。"

二十六岁的谭予还是想要保护二十六岁的许梦冬。

可是他无能为力，无计可施，甚至觉得自己从没有这样无助过，好像被太阳晒久了的老松木，心脏一点点崩裂出皲纹。

另一间卧室一直空着，没有打扫，也没有被褥，谭予就坐在光秃秃坚硬的床沿回想许梦冬的话。想来想去，想得脑袋都疼了，想到星星隐身，月亮低垂，想到天边蒙蒙亮，想到东北清晨的第一缕阳光乍泄，洒向宽敞大地。

新年的第一天。

谭予被直射进来的阳光晃了眼。

他忽然从心底升腾起好多问题，想要问问许梦冬。

他想问问她，想不想看看日出？如果她愿意，他可以带她去抚远，去看看中国最早的晨曦。

他还想问她，吃不吃现炸的油条和现磨豆浆？家附近的早市可热闹了，他会像读书的时候一样，给她打最热乎的豆浆，灌在保温杯里，加两大勺白糖。

还有，他的厨艺比以前好，可以给她安排不重样的一日三餐。菌种基地春天要下地春木耳了，他和工人们学了一道辣椒炒木耳，特别下饭，特别香。

还有愿不愿意跟他一起过个年？他带她去买年货，包她最喜欢吃的韭菜鸡蛋饺子，踩着积雪把大红灯笼挂上房，听大地红响……

还有……

他想了一夜，想到的全都是和许梦冬一起，不论做什么，做什么都行。她一个人走了那么久的夜路，携了一身风雪泥泞回家，他的本能反应不是帮她抖落和擦洗，竟只是想好好抱抱她。

这与情爱无关，只因为他见过她最澄澈的模样，世上没人比他更了解她。

昨夜黑暗里许梦冬近乎绝望的眼神直到现在都还扎在他心上，他没别的想法，只是想听听她的难言之隐，她一定有什么秘密还没有和他讲，而他只想设法帮帮她。

谭予无力地站起身。

他打开了房门，却发现另一个房间的门也是大敞着。

床单没有丝毫褶皱，客厅也空无一人，阳光围拢，静可听针落。

许梦冬早就离开了。

从谭予家出来时，晨光熹微。

街边店铺大都关着门，只有早餐铺子门口升腾着白气，包子笼屉摞得比人高。开早餐铺子利薄，一般是两口子忙碌，就赚个辛苦钱，大过节的也不能歇。

许梦冬坐下要了一屉包子和一碗小馄饨。

"别说是元旦了，元旦算个啥节啊？大年三十我们都不休的。"老板娘一边把小馄饨拨入大锅里，一边和许梦冬闲聊，"社牛"属性开始显现，"你们小年轻不知道养家糊口的难，和生计比起来，什么都是浮云。"

一句话给许梦冬的任督二脉打通了。

她刚从谭予家出来的时候还在想，要不就别去掺和菌种基地的事了，这次和谭予闹得不愉快，旧人旧事恩怨多，况且昨晚出格越界，她都要后悔死了。

但是转念一想，一码归一码。

跟人家说了自己要入伙，临时变卦更不体面。况且老板娘说得对，和生计比起来，情情爱爱算什么？

许梦冬一下就云开雾散了。

怕然然不爱吃包子，她绕路去肯德基买了早餐带回家，等然然起床吃过了再一起去医院。谁知，这丫头一路上一直盯着许梦冬瞧，眼神讳莫如深，到了医院病房更是推门就告状："妈！姐昨天夜不归宿啦！"

许梦冬把换洗衣物搁在桌子上："郑超然昨天和同学出去看电影了，还看的爱情片，不知道同学是男是女……"

互相伤害。

"姐！"

"哎。"

许梦冬十分狡黠地一笑，拎起暖壶出去打水、刷饭盒，然后再回来取医院食堂的饭卡去缴费。

她不经意听见然然坐在床沿和姑父说话，说自己想从这周开始住校，理由是住校的同学有晚自习，到晚上十点半，老师也会时不时讲讲卷子做简单辅导。

更重要的一点，寝室比家里安静，睡得会更好。

许梦冬拿了饭卡去一楼缴费处，姑姑在她身后悄悄跟了出来，走到没人的楼梯拐角，犹豫半晌才开口："冬冬，你昨晚是……"

"和朋友出去吃了个饭，太晚了，不方便，就在他家住下了。"

"哪个朋友？我认识吗？"

许梦冬没打算隐瞒："谭予。"

"啊，"姑姑面色更尴尬了，"你不是说他有对象了？"

"没有，误会。"

"那太好了。"

许梦冬属实不明白"好"在哪里，但她从姑姑眼里看出了真心实意的高兴。在长辈眼里，谭予是再好不过的女婿人选，两个人相识多年，称得上青梅竹马，随着许梦冬归乡又有了来往，这不是缘分是什么？

姑姑啧一声："挺好的孩子，你俩多接触接触。"

许梦冬没好意思说，他俩昨晚都接触得过分了。

她绕开话题，只阐述事实：

"我和他聊过了，镇子上的菌种基地缺一个电商主播，我想去试试。

"镇子离市里太远了，来回不方便，我打算搬回镇子里去住，就住咱们以前的家。"

姑姑惊讶："那小破平房？偶尔过个夜还行，怎么能常住？"

"上次回去看了下，简单修一下就行了，"许梦冬垂眼，把饭卡递进缴费窗口，"然然快高考了，我总挤在她的卧室也耽误她休息。"

善于共情、察言观色、换位思考……这些在当今被称作情商高的特质，许梦冬很小就拥有了，对于她来说这并不需要刻意锻炼，而是特殊成长轨迹给她的雕刻。

这种成长轨迹，叫作寄人篱下。

她很坚定地拒绝了姑姑的挽留，只说一切都准备好了。

于是新年初始的这几天，许梦冬开始投身于买东西、搬东西，把自己从上海搬回来的行李重新打包，运到镇子里去。

镇子里没有大型商超，快递时效慢，她需要多备点生活用品。她发出的唯一一声抱怨是这么多年过去了，市里到镇上的唯一公共交通仍然是慢悠悠的大客车。途中设置了很多站点，所以走不了高速，车次是每半天一趟，一趟要晃悠半天。

她双手提满东西站在车站等车，几个巨大塑料袋将她的手指勒得通红，半张脸隐匿在围巾底下，睫毛被雾气打湿，腾出手揉眼睛的时候听见有人喊她的名字。

"许梦冬！这儿！这儿！"

许梦冬抬头，看见一辆新能源车，这种车型在小城市并不多见，车身覆了粉色车衣，车后还贴了巨大的"实习"标志。车窗降下，露出韩诚飞的脸，他朝许梦冬招手："这儿不能停车！上来上来！赶紧！"

韩诚飞也正好要去镇上基地，没承想这样巧。

许梦冬坐进副驾驶座，被车内软装再次惊吓到，居然有盲盒车挂，还有玩偶。她伸手拨弄一下安全带上绑着的草莓熊，问："猛男粉？"

韩诚飞说："嗨，我媳妇的车，买的时候喜欢得不行，开了不到两个月就嫌弃了，只好我开。"

他随手拍了两下中控台："你们女孩子就喜欢这些华而不实的东西，二十多万买个玩具。"

许梦冬从字里行间嗅到爱情的酸臭。

"不还是买了？"

"哈哈哈，不买行吗？我媳妇儿，又不是别人媳妇儿，别说辆车了，要月亮也得摘啊。"

东北男人宠老婆的话题上过热搜，起因是若你在东北，晚饭时间站在窗户前往外望，各家厨房里忙碌的都是光膀子的老爷们儿。

许梦冬对这个标签并不完全同意，人与人的关系无关地域，只关乎人心。

"你这是要……"

韩诚飞看见后排的购物袋，许梦冬直言不讳地解释，自己以后要常驻镇子，与山货和农产品朝夕相伴了。

"真的要入伙了，韩老板。"

"欢迎欢迎……哎，不是，谭予呢？让你一个人搬？"片刻后，他一拍脑袋，"哎呀，忘了，谭予去哈尔滨了。"

许梦冬面上不动声色："去哈尔滨做什么？"

"那边电视台要采访他，现在青年人才返乡创业是个热点，一般这种事我都让谭予去，不然白瞎他那一副好皮囊了……他没和你说？"

何止是没说。

那晚尴尬过后，许梦冬和谭予再没联系过，许梦冬手机上谭予的对话框渐渐被挤了下去。她也没想着主动联系，一来没立场，二来没脸皮，三来……没必要。

韩诚飞用余光悄悄瞟许梦冬："你和谭予还没和好啊？"

许梦冬不咸不淡地问："他和你说过我俩的事儿了？"

"那没有，他那人你知道，想从他嘴里听点故事比死还难，"韩诚飞说，"但是前几天那饭局，傻子也看出来了呀，你俩那亲密劲儿，要不是正在谈，就是以前谈过。"

韩诚飞没好意思说，还有那天晚上谭予看许梦冬的眼神，好像大雪封山时林子里饿狼了的野狼。都是男人，谭予装得再怎么正直清高，眼神也骗不了人。

许梦冬觉得这事儿没什么好隐瞒，也瞒不住："嗯，以前谈过，分了。"

"我兄弟还有戏吗？"

"没有。"

俩字儿轻描淡写。

好像树梢安静落下的雪花，悄然盖过自小相识纠纠缠缠的十五年。

韩诚飞自然不知道原委，只觉得许梦冬回答得干脆。他趁等红灯的间隙看了一眼许梦冬，发现她头靠在玻璃上望着窗外，眸子被路边厚厚的积雪映衬成极淡的浅棕，像是什么都无所谓的疏离。

但韩诚飞觉得，那层疏离之下，有他看不懂的东西。

感情真难啊。

他庆幸和自己媳妇儿的相识、恋爱、结婚都无比顺遂，像是猛火爆炒的菜，油盐相撞，加点儿料掂一掂，这事儿就算成了。要是换成谭予和许梦冬这种小火慢炖的，他可真受不了，时不时还要掀开锅盖看看火候，急都急死了。

谭予收到韩诚飞的消息时，刚刚结束当天的采访。

电视台的采访流程复杂，谭予事先并不知道他还要配合当地文旅局拍摄旅游宣传片，这样一来，少说要在哈尔滨停驻一个礼拜。

韩诚飞给他发来的信息密密麻麻——

韩诚飞：【你猜我在回镇子的路上遇见谁了？】

韩诚飞：【梦冬妹子要搬回镇上住了，以后你们可就低头不见抬头见喽。】

隔了半小时。

韩诚飞：【她拎了好多东西，我说帮她收拾收拾，她不让……咋这么倔呢？】

韩诚飞：【她家房子都破成这样了，还能住人？】

又隔了半小时。

韩诚飞：【她说明天就要开始直播，事业心还挺强。】

……

谭予握着手机，眉头渐渐拢起，手指浮在屏幕上方，始终没落下去。

韩诚飞此刻适时发来最新线报。

韩诚飞：【好家伙，你前女友能文能武的。】

附带一段小视频——

小视频里，许梦冬搬了梯子上房顶，她穿着利落的黑色毛衣、牛仔裤，毛衣袖子挽到小臂，扎着马尾辫，额前有汗。她踩在梯子边缘用砖头敲打房檐下的冰凌。

太久没住人，那是雪水堆积的痕迹，巨大的冰凌，掉下来要砸死人的。

谭予还看见照片里院子地上扔了一堆工具。既然要回来住，就要把一切打理好，许梦冬在一点一点亲手修补她从前的家。

烟囱通一通，院子里的杂草拔一拔，土炕要重新铺，地面改成瓷砖或者地板，趁着过年前还要找人上门安装电视和宽带，这样大年三十可以吃着冻梨看春晚……

许梦冬没觉得这个过程痛苦。

当原本的生活轮廓被打破，就要干脆利落地寻觅下一个支点，要么在未知处落脚，要么在废墟上重建，坐地上哭是没用的，这么多年她仿佛一直都在重复这样的人生。

韩诚飞由衷赞叹，许梦冬让他一个大老爷们自愧不如。

他又给谭予发信息：【你赶紧回来帮帮她啊。】

隔了许久，韩诚飞才收到回复。

谭予：【她说她不需要我。】

许梦冬很厉害，什么事都搞得定，许梦冬能顶半边天，使使劲儿，一整个天也能扛得起来。

高一那年，许梦冬在学校门口"一战成名"，带头造谣的女生休了学，几个跟着闹事的男生也都背了处分，之后谁再提起许梦冬都会说：哦，文科一班那班花，真"虎"啊。

你们看见她打架没？

指甲裂了，满手是血，那得多疼啊，她愣是一声不吭，抓着那女生的头发不撒手，非要人当着所有围观学生的面认错才肯罢休。女生这下面子丢大了，在学校也待不下去了。

"打架嘛，横的怕愣的，愣的怕不要命的，我必须一次把她打服了，她才能怕了我。"学校放周末假，许梦冬坐在回镇子的大客车上，语气竟还有些得意扬扬。

谭予坐许梦冬后面一个位置，视线落向她白皙胳膊上，那里有好几条已经结痂的血道子，脸色黑沉如锅底。

"许梦冬，你长脑子了吗？一定要用打架解决问题？"

"你说我？你不也动手了？"

"那能一样吗？"谭予嗓门大起来，"你一女孩儿！"

"是啊，所以呢？"

许梦冬真不觉得自己哪儿做错了，她甚至没有把自己在学校挨欺负的事告诉姑姑姑父。学校让她找家长来，她对老师说："家里有十几亩地要春种呢，我姑父还要去采山，他们实在没空，我自己的事，我自己担。"

谭予气得后槽牙都咬紧了，真想拎着她的脖颈狠狠收拾她一顿。

可看见她安安静静坐在那儿，挺直的背，校服外套底下单薄瘦弱的肩膀，马尾辫发梢随着车子颠簸一荡一荡，心又瞬间软得跟什么似的。

"许梦冬……"

少年的心似春天化冻的江水荡起繁复的波澜，言语却表露不出十之一二，打了好久腹稿才又说："你遇到解决不了的事，就来找我，不管什么时候。"

"只要你需要我。"

许梦冬忘记自己当时怎么回答的，好像只是点了点头。

少年的承诺掷地有声，可惜，听的人没当回事，说的人却记了许多年。

谭予给许梦冬发信息时，她正攀梯子上房顶，满手是脏兮兮的雪水，手指都被冻得没知觉了。

谭予：【你别收拾了，基地寝室有一间是我的，你去那儿睡，先对付几晚，等我回去。】

许梦冬用僵掉的手指回信息：【不需要你，我能搞定。】

自己能做的事就没必要麻烦别人，更何况谭予是"别人"里最特殊的一个。

除了在这种生活琐碎上划清界限，工作上也要厘清。许梦冬找韩诚飞聊了聊，拿了一张银行卡出来："我积蓄不多，这里面有几万块钱，可以作为直播电商的投入成本，不管是前期试水推流还是做福利引流都是要钱的。我不想两手空空进来，只享受利润不分担风险，那不叫入伙。"

韩诚飞没敢拿这钱，表面应下，转头就给谭予打电话。

"收着吧。"谭予说。

当初他和韩诚飞还有另外一个合伙人一起出钱把基地盖起来，本就没做什么暴富的梦，要给工人发工资，要给承包菌棚的村民分红，他们想带着当地乡亲一起赚钱。

培育食用菌是个利薄的买卖，可是再怎么薄，也不至于缺许梦冬这几万块钱。

"你先收着，她要用钱就从我那边的账上走。"

"行。"

许梦冬对此并不知情。

她事业心空前旺盛，比以前拍戏时积极多了。接下来的一周，她先从基地以前的短视频账号入手，重新做内容规划、分析粉丝群体、布置直播场地、设计直播环节、上架产品……她忙到不可开交时，韩诚飞给她塞来一个助手——一个刚大学毕业的男孩子，也是基地为数不多的年轻人之一。

"冬冬姐，你好，我叫章启。"

许梦冬对他有印象，是因为上次饭局他也在场，长得白净秀气，一身昂贵潮牌显眼得很。

谭予和韩诚飞毕竟大他不少，在穿衣打扮上也比较低调，只有他像只张扬的小蝴蝶，左耳上的耳钻闪着光，一笑就露出一排大白牙。

韩诚飞寻个机会把许梦冬拽到角落，小声对她打预防针："那是个小祖宗，他妈妈是咱们本地最大的物流公司的老板，我们一直在合作，他妈妈把他送过来就是为了体验生活的，你可别真把人当苦力使。"

原来在饭局上和她加过微信的中年女人是章启的母亲，也是物流公司的合作伙伴。

许梦冬有些无语："合着是能看不能用的。"

韩诚飞想说"你最好看也别看，不然有人醋坛子要打翻"。

一周后，试播开始。

许梦冬提前在自己的微博上发了直播预热，号召自己为数不多的粉丝来捧场。

这是她和经纪公司解约以后第一次站在公开镜头前，说不紧张是假的。她料想到会出现一些非善意的言论，却没想到当她真的出现在直播间时，弹幕速度快到让她看花了眼。

【这是许梦冬吗？不拍戏，卖货了？】

【娱乐圈混不下去了是吧？信我一句，这是你应得的。】

【地址在黑龙江，回老家了？】

【老实当个普通人吧，可别再刷存在感了。】

也有零星的几个粉丝来挽尊，但很快就被淹没在了洪水一般的辱骂声里。

完全出乎意料。

许梦冬深深吸了一口气，大概是她回家这段日子过得太舒服了，以至于忘了自己还是个话题缠身的人。她退圈解约的缘由和过程都不体面，是大家都喜闻乐见的八卦故事。事实证明，互联网是有记忆的。

长时间的微笑使她嘴角发僵，作为助播的章启在镜头外疯狂朝许梦冬做手势摆口型，示意她随时可以下播。

毕竟这种场面谁也没有料到。

开播第一天，许梦冬准备的所有念白、商品介绍、福利活动全都成了无关紧要的背景板，她端正地坐在镜头中间，成了唯一的热闹话题，热闹到连她自己都恍惚，夸张地捂住了嘴巴："天哪，我以前从来都不知道我人气这么高。"

章启急坏了，干脆拿了小白板，在上面写上大大的两个字"下播"举给许梦冬看。

她余光一瞥，轻轻摇了摇头。

她紧盯着右上角迅速攀升的直播间人气和粉丝数量，拿起了商品样品，开始近乎机械地念词。

四个小时后，许梦冬在一片骂声里结束了自己的电商直播首秀。

下播那一刻，她接近虚脱。

她一口气喝完了章启递过来的矿泉水，在章启一言难尽的眼神里自嘲："吓到你了？不好意思，我也没有想到。"

章启犹犹豫豫地发表自己的看法："不是，姐，你知道男生不咋关注娱乐圈，我今天才意识到，你真的是个明星啊！"

有全无好评一片骂声的明星吗？

许梦冬不知道。

她抱着电脑看了看直播回顾和新增粉丝量，苦中作乐地得出结论："黑红也是红，你看，一晚上涨了这么多。"

其实也并非人人都为喷她而来，更多是看热闹的围观群众，闻瓜而动。

因为是第一次直播，韩诚飞也很重视，他没有急着回家，而是站在一旁看完了全程，许梦冬的冷静让他对眼前的这个女人有了新的认知——她有着东北姑娘与生俱来的热情敞亮，骨子里却是难以接近的冷淡。再往里深究，她这一颗心像深山老石一样，任你山崩海啸的，连点划痕都没有。

难怪说娱乐圈磨炼人呢。

这得修炼多久才能修炼成这样啊？

他背过身去悄悄给谭予发消息：【你看没看今晚许梦冬的第一次直播？她看上去云淡风轻，估计心里也不好受，要不要打个电话安慰一下？】

谭予没回。

"不好意思啊，老韩。"许梦冬朝他走过来，"我也没想到会是这种状况。"

"我回去复盘一下，咱们再试试。"她有点愧疚，但没想着就此放弃。

直播是在基地的空闲厂房进行的，没有暖气，室温很低，韩诚飞和章启都穿着羽绒外套尚且感觉冷，许梦冬为了上镜好看，全程穿着单薄的针织衫，这会儿已经冻透了，脚趾都发僵。

她穿上大衣，摇摇晃晃出了厂房往卫生间走去。

外头又下雪了。

章启愣愣地望着许梦冬的背影，一直到她消失在门口。

"飞哥，有个事儿问你。"

"嗯？"

"你知道冬冬姐有男朋友没？"

韩诚飞原本也在出神，听了章启的话，心猛地一跳："你问这个干什么？"

章启抿唇笑："没什么啊，冬冬姐好厉害，是我喜欢的姐姐款。"

韩诚飞心说：孩子，你可消停点儿吧。

他轻咳一声："……让你当助理，你专心在工作上行不行？再说了，你妈同意你搞对象？"

"我妈说她很喜欢冬冬姐啊。"

章启打了个响指，踮踮脚："没有男朋友吧？没有我可要动手了。"

"给我三个月，必定追到她。"

一阵北风刮起雪末子，摇摇摆摆打着旋儿。

谭予开夜车从哈尔滨赶回来，进门的时候，正好听见这句话。

善用搜索引擎是个好习惯。

章启打定主意追许梦冬后的第一件事就是上网搜索"许梦冬"，把许梦冬出道这些年的跑龙套的剧、打过酱油的综艺、露过脸的访谈全都捋一遍，最后得出结论——

她混这么多年没混出名堂是有原因的，特别是最近几年。用半个圈内术语说就是资源太差了，什么戏都接，完全没有个人规划，公司对自家艺人未免也太不负责。

顺藤摸瓜，章启又查了许梦冬之前的那家经纪公司，果然名不见经传，看上去像小作坊。

值得一提的是，许梦冬是这家公司八年前成立时签下的第一位艺人。

那时她不到十九岁，大一还没读完就接下了人生中第一部戏，成本很低的青春校园疼痛小网剧，她在里面演一个小白花。

剧组在网剧上架之后的例行宣发环节接受了平台方的采访，主持人太懂观众想听什么，问剧组里最年轻的许梦冬："谈过恋爱吗？对剧情里几个男孩女孩的感情纠葛怎么看？校园里的感情最纯真了，是否很有感触？"

多年前的采访片段，妆造和镜头清晰度都一言难尽，但章启看见许梦冬端正地坐在沙发上，两侧都是比她大了不少年纪的同组演员，个个都是老油条，对私生活缄口不言，就她像初春田里的禾苗似的，脊背挺直，眼神认真又清亮。

她说："谈过一段恋爱，就一段。"

主持人顺着追问："那为什么分手呀？"

"我做了一件很对不起他的事。"傻孩子正视着镜头，有一说一，全然不懂伪装与自我保护，"如果以后有机会，我想和他道个歉。"

挖过这一段采访的不止章启一个人。

屏幕上飘过以往的弹幕，很刺眼。

【女明星嘛，私生活都复杂。】

那时十八岁的许梦冬没毕业就出道，凭着一张年轻明艳的新面孔，掀起一小波热度，也正是因为这波热度，让她背上了一些莫须有的绯闻。

那是任何一个忽然活跃在大众视野里的女演员都有可能被泼上的一盆脏水——金钱、美貌、权力、地位……人的臆想无穷无尽，把这些东西左牵右扯搭出一个神秘的名利场，再笼上暧昧旖旎的色彩。后来，许梦冬忽然销声匿迹了，就更加证实了人们的猜测，许梦冬八成是得罪了什么人，被封杀雪藏了。

从那以后，许梦冬只能在群演和前景里露脸，再没有像样的戏找上她，唯一一部古装剧的女三，还因为被拍到和同组男演员过于亲密，而被男演员的女友粉们再次网暴。

人品有问题、私生活混乱、没有代表作、业务能力一般、在剧组耍脾气……面对这些传言，许梦冬从来没有尝试自证，连反驳都没有，就这么熬着、熬着。

接戏、拍戏、杀青，拿一笔钱，公司抽走一大半，剩下的自己攒起来，日子过得远没有别人看起来的那样光鲜亮丽，反倒有些紧巴巴的。

终于熬到今年合约期满，她第一时间订了最近的特价机票，拎着行李灰头土脸地回了老家。

没有地方能接纳她。

外面的世界落得她满头满身都是尘，没人记得她最初长什么模样。八年，时间太久了，不知从哪一天开始，她忽然开始想念家乡，想念厚实的黑土，想念松柏满山天高水阔，想念落日余晖下的荒凉，想念连下几天几夜能没过脚脖子的大雪，还有满是冰碴子味儿的冷空气。

在外受了委屈的孩子才会想家。

许梦冬下飞机的那一刻，收到手机运营商的短信：【北国好风光，尽在黑龙江。】

她跟个小傻子似的，把这条短信截图，很宝贝地存起来。

菌种基地有工人寝室，厂房改的，条件还行。

干活的工人大多是本地和周边镇县的村民，冬天农闲或大雪封山时就过来这边帮忙，按时薪算钱，早晚来回太麻烦，索性就住寝室。

谭予也住在这里。

后来章启来了，也给了他一个单间。

唯独每天不嫌麻烦从镇上到市里来回折腾的就是韩诚飞，他是这几个人里唯一成了家的。他还很自豪地说："我跟你们几个光棍儿不一样，我得回家陪媳妇儿。"

春节越来越近了。

韩诚飞上午从市里过来，路上路过水果店，拎上了两箱南果梨和车厘子，和大伙儿分着吃。

他洗好了水果，正撞上从房间出来哈欠连天的章启。不用说，这又是一宿没睡，年轻人到底精力旺盛。

章启顶着一头乱蓬蓬的头发，和韩诚飞说："早。"

还早？都快中午了。

"你晚上出去偷地雷了啊？"

章启晃晃手指："我在连夜恶补，冬冬以前拍过的所有戏我都要看一遍，喜欢一个人是要付出的，这叫做功课。"

姐都不叫了，直接叫冬冬了。

几天的直播过去，章启算是和许梦冬混熟了。

"冬冬是你叫的吗？"韩诚飞恨不得把手上的水果扣他脑袋上。

"怎么了？我单身，冬冬也单身，追女生不犯法吧？"

话音刚落，旁边那间屋子的门开了。

谭予好像也熬了大夜，黑眼圈也很重，面无表情地从韩诚飞和章启之间路过，仿佛根本没听见他们说话。

"谭予哥！我说得对吧？"章启喊道。

韩诚飞一脚就踹过去了。

章启一边跳着脚，一边故意追问："谭予哥，我能追冬冬姐吗？"

谭予脚步没停，连头也没回，嗓音透着沙哑："随便。"

章启像是得到爹妈允许能进淘气堡玩耍的小屁孩，乐颠颠朝韩诚飞抬了抬下巴，一副胜利者的姿态。

韩诚飞沉下脸，揽住他的肩膀，小声说："你知道你谭予哥和你冬冬姐以前……嗯，吧？"

章启点点头："知道啊。"

他想说自己又不傻，又不是没眼力见儿，谭予和许梦冬之间的磁场都冒火星了，这谁都看得出来，而且许梦冬多年以前在采访里提及的那个对不起的前男友八成就是谭予。

"但是分都分了，大家公平竞争。"他反问韩诚飞，"你知道他俩当初为啥分手吗？"

韩诚飞眼睛一瞪："我上哪儿知道去？"

"我觉得冬冬姐不是那样的人。"

"哪样？"

"不像网上说的那样呗，"章启说出自己几天以来的分析成果，"冬冬姐人很好的，而且她性格那么硬，怎么可能委曲求全走歪路？这里面肯定有误会。"

韩诚飞摆摆手："啊，对对对，就你聪明，我们都傻，特别是你谭予哥，人家两个人从小一起长大，他还不如你了解许梦冬。"

水果端走，一个都不给他留。

最近几天连续熬夜的还有许梦冬。

第一次直播好似荒诞闹剧，仓皇告终。第二天，许梦冬硬着头皮又直播了一次，效果差不多，来她直播间倒垃圾发泄怨气的人占三分之一，想听她讲讲剧组和圈内八卦的也占三分之一，剩下的全是看热闹的。

反正是没人对她卖的货感兴趣。

这事不能急，刚开始没有付费意愿很正常。许梦冬痛定思痛，干脆把摆出来的商品样品全都收起来放回了货架子上，坐在手机前面不卖货，纯聊天。

阴阳怪气的发言她会用玩笑化解，再难听的辱骂她会直接骂回去，主打一个真性情。每天深夜下播后，她也不急着回家，而是留下来做当天的复盘，把直播里大家感兴趣的话题记下来。

她还设置了抽奖，奖品就是基地的精包装农产品，每一份她都手写感谢信，忙得几乎每天都是凌晨才回家睡觉。

她生物钟完全颠倒，变成守夜猫头鹰。

章启则像只春夏季节躁动的大金毛。

许梦冬察觉到他的反常，是在几天以后。

他网购了好几箱东西，都是给许梦冬的。

"姐，我看你护肤品空了，给你买的新的。

"这个是加湿器，东北这边冬天太干燥了，你又熬夜，对皮肤不好。

"这一箱是零食，那边是自热小火锅，还有螺蛳粉。我看你微博发过你爱吃这个牌子的，我买的爆辣，咱俩下播可以一起吃夜宵。

"哦，对了，姐，你春节在哪里过？我打算和朋友去澳洲玩，我大学就在那儿读的。你护照没过期吧？跟我一起去好不好？我带你晒太阳去。"

……

章启说这些的时候，韩诚飞也在场。他看热闹不嫌事大，撞谭予的肩膀，低声问道："咋样？有没有危机感？"

谭予掀起眼皮往章启和许梦冬的方向看了一眼。凑巧，许梦冬也正往这边看，两人的目光撞在一起。

锐利、不善，像是林子里的捕猎者耐心告罄，向还在活蹦乱跳不知死活的雪兔投来的一束不耐烦的视线。

许梦冬赶紧转过头，装作没看见。

一个多星期后。

章启每天都陪着许梦冬直播，给她当助播，凭着一张还算俊帅的小脸在直播间卖宝。下播后，他也不回去睡觉，许梦冬敲电脑，他就在旁边递零食泡咖啡，明明自己也困得哈欠连天。

"你快回去睡吧，我马上就好了。"许梦冬从屏幕前抬头看他一眼，"你在这儿一直讲话，叽叽个没完，我效率好低。"

章启给许梦冬捏肩，嬉皮笑脸的："那我去睡啦……最近确实有点累，做直播真的太熬人了。"

要把事情做成，哪有容易的？

许梦冬本来也没指望章启能帮上什么忙，反倒是他最近殷勤得有些过了头，让她有点纠结，是不是该跟这孩子把话说开，让他别胡思乱想了？

头昏脑涨地做完当天的直播复盘，许梦冬有点饿，搞了个自热小火锅，打算吃饱回去睡觉。可刚撂下筷子，她就觉得不对劲，胃里一阵一阵绞痛。她之前看过西医也看过中医，这几年在圈子里熬得从头到脚没一处好地方，比如内分泌失调，再比如胃病。

这是陈疾，只能慢慢养，怕是最近零食、夜宵吃多了，吃辣也没节制，又犯病了。

痛觉汹涌，可是手边又没胃药。

许梦冬额头开始冒冷汗，她捂着肚子走出这间厂房，却发现基地院子里漆黑一片，院子里的照明灯不知坏了还是断电了。

加班的工人也早已经下班。

乡下的夜晚和城里可不一样，目光所及都是漆黑一片，时不时还有野狗叫，远处山脉连绵起伏，像鬼影似的，大院门口挂着的两个大红灯笼这时看起来也不温馨了，反倒像黑夜里窥视的兽眼。

一阵冷风刮过，鸡皮疙瘩顺着小腿向上攀。

许梦冬在门口跺了跺脚，硬着头皮打开手机的手电筒，打算快步跑回家喝点热水。

院子另一端，有房间亮起了灯，门打开。

谭予逆光站在门口，许梦冬只能看见他的轮廓，暖黄的灯光从他身后泻下来，暖融融的，是寒冬腊月的夜里唯一的热源。

许梦冬一下子就松了劲儿，缓缓地蹲在了原地。

谭予朝她走过来。

她抬头，额头直冒冷汗。

"怎么了？"

"胃疼。"许梦冬挤出个难看的笑，"好像最近夜宵和零食吃多了。怪章启，他买的。"

谭予衣着整齐。

许梦冬猜他或许也一直没睡。

"我看你吃得挺开心。"

冷言冷语，像是盛满了冰凌。

谭予全然没有拉她起来的意思，只是自上而下睨着她："要不要我给章启打电话，让他来扶你？"

"那不用。"许梦冬说，"不麻烦你，我打就行了。"

她真的拿出手机准备翻章启的微信，不难翻，就在列表前几个，章启每天少说要给她发几十条微信，这还是每天都见面的情况下。

零下三十度的夜晚，许梦冬手指都冻得没有了知觉。

她十分艰难地按下微信通话，然后又迅速挂掉："看我这脑子，他不就住你隔壁吗？我去问问他有没有胃药……"

远远望过去，章启房间的灯早就灭了，偌大的四方院子，就只有她这儿和谭予那屋还亮着灯，像银白荒芜里遥遥相对的两颗孤星。只可惜环境没那么浪漫，风一刮，呼呼风声像鬼号。

"他自己感冒了都还要他妈开车来接他去医院，半大的孩子，你指望他会照顾人？起来。"不明晰的光线，让谭予的脸忽明忽暗。

寝室构造都差不多，厂房改的，因此简单朴实，谭予房间里就一张单人床、一个简易衣柜、一张书桌、一个书架，除此之外再无他物。

书架和书桌是连在一起的，许梦冬随意瞥一眼，看到的大多是农业方面的专业书籍，靠最外侧的几本书最新，内容是电商和运营相关。

桌上的电脑屏幕悠悠亮着光，停留在在线文档页面——

分析直播间观众数量峰值，归纳用户画像，还有买推流的合适时机，谭予都做了分析整理……

其实这些事许梦冬也一直在做，只不过又要露脸直播又要做运营，分身乏术，原本想让章启也帮忙做一些，可是章启总要滑头，在直播间帮她倒个水捧个场还行，这些需要坐下来安静动脑子的事他就脚底抹油了。

谭予可以。

他读书时成绩就好，而学习是一种习惯和能力。

谭予从衣柜最里端翻出药箱，挑挑拣拣了几种药，然后拿着水壶出去接水。回房间的时候，他看到许梦冬坐在他电脑前聚精会神，裹紧了大衣，脑袋都快钻进屏幕里，像个小熊瞎子。

水壶烧上，他把"小太阳"拖到她脚边去，功率开到最大。

"谭予，你这些天是不是都没睡觉？"

文档是有日期的。

许梦冬想，难怪，韩诚飞好歹还时不时来直播间捧捧场，谭予每天晚上都不见人影。她之前还猜是不是谭予对她直播这事儿不大满意，还想着找机会探探他口风。谁知谭老板在闷声干大事，她播了多少天，他就帮她实时监控了多少天的数据。

屋子里的日光灯管明晃晃的，俩人对视着，黑眼圈一个比一个明显。

"把药吃了。"谭予把兑好的温水递给许梦冬，"一会儿还有冲剂，中西药不好一起吃，等半小时再吃另一种……"

他想把药瓶拿给许梦冬看一看，可许梦冬垂下眼，一声不吭就把药片吞了。和以前一样，她对他一丁点防备都没有。

"谢谢你啊。"她喝完水，把杯子递回去，"我还以为你打算和我一直这么僵着呢。"

"怎么说？"

"就是……世界上也不是只有一种感情，做不成那啥，咱俩还可以做朋友、做亲人，你说对吧？"

谭予不接这话。

他把电脑拿过来，把里面几个文档打包发到许梦冬微信上，每一个文档都标记了时间和内容方向。

他读书时学的是农林专业，隔行如隔山，以前从来没接触过互联网相关的知识，这都是创业以后现学的。

他偶尔也有偷懒的时候，但许梦冬来了以后仿佛激发了他身上的某种"好胜心"和"大男子主义"，这段日子过得好像大学期末期，每天都铆足了劲儿接收新知识，就是为了能为她多分担一些。他多做一些，许梦冬就能少做一些，他少睡一个小时，许梦冬就能多睡一个小时。

韩诚飞看见了，揶揄他。

谭予的回应无懈可击："把她累跑了，你负责招新人。"

他们心里金银不换的白山黑水，在很多人眼里是偏僻闭塞的穷山恶水，教育普及率和升学率都名列前位的东三省论起教育资源却抬不起头。除辽宁外，黑龙江和吉林的高校数量在全国吊车尾，外地朋友不必说，本地年轻人都背井离乡往外跑，跑了就不想回来。

不是家里不好，是家里生计太难。

前路狭窄，日子一眼望到头。

菌种基地开出的工资不低，五险一金也都交全，可即便这样也鲜少有人来应聘，还有的面试者过来看一眼就走了。谭予又不想把电商业务全权外包出去，因为不放心。

"哎，这个不麻烦你做，我已经让章启去整理了。"许梦冬把腿屈起来，抱着膝盖窝在椅子里，手指指向屏幕上标题为"同类型农产品电商模式分析"的文档，"章启不懂事，每天稀里糊涂，总要给他一点事情做，不能永远都长不大呀。"

谭予望着屏幕："你倒是有心。"

许梦冬歪着脑袋看他。

"我劝你一句，你既然对他没那个意思，就趁早把话说开，别拖。"谭予语气淡淡的，"感情的事，越拖越麻烦。"

这倒是出乎许梦冬的预料。

谭予怎么看出来的？

"章启人不错，就是从小家里溺爱，娇生惯养，你等他热血上头再拒绝更不好办。"

许梦冬还在装："有没有可能……我没想着拒绝呢？"

叮——

文件传输成功的提示音在安静的屋子里响起，泛着凉气。

谭予抬起眼皮看她，许久，收回目光。

"你随意。"

许梦冬思来想去不得解，最后勉强猜测出一个原因——那就是谭予实在太了解她了。

他知道她动心是什么样，喜欢一个人是什么样，所以她对章启不感兴趣是摆在明面儿上的事。这些日子，她和章启的互动落在谭予眼里就像过家家，章启只顾莽着劲儿，而许梦冬一个劲儿地躲。她在大部分事情上都能做到干干脆脆杀伐果断，唯独感情这事她会犯犹豫，会瞻前顾后，不想伤到别人。

偏偏章启不明白。

他把许梦冬一言一行里委婉的拒绝当成了欲拒还迎。

许梦冬又琢磨了几天，寻了个机会，跟章启摊了牌。

她说："我明白你的意思，但我是不婚主义，这辈子没有和谁建立家庭的打算，所以……"

章启疯狂点头，说："没关系，这并不妨碍我们谈恋爱啊！"

许梦冬为难地揉了揉脸："这只是其中一个原因啦，还有个更重要的原因就是……就是我不喜欢你。"

章启闭嘴了。

他的落寞写在脸上，好像小狗走在露天室外，被突如其来的一阵暴雨打湿了脑袋。

许梦冬也不知道怎么了，看见他眼里霎时熄灭的火焰，自己也莫名难过起来。

"姐，那我跟你请个假吧，我心情太差了。"章启闷声，"反正离春节也没几天了，我就提前去澳洲散散心了。"

"行，好的，没问题。"

许梦冬连连答应，像是自己做错了事儿似的，巴不得亲自把他送到机场去。

韩诚飞置身事外，一心吃瓜："完蛋喽，孩子被拒了，多惨。"

谭予装没听见，他也置身事外，只是找了个大纸箱子，面无表情地把许梦冬零食柜里没吃完的爆辣螺蛳粉、自热火锅、薯片、辣条全都收拾出来，满满一大箱，狠狠扔进了垃圾站。

缺了助手，许梦冬的直播事业其实并没有受到多少影响，反倒熟能生巧，以前对着手机难免有口吃的情况，如今少了许多。

只是嗓子哑了好，好了哑，反反复复。

她在手机镜头前一坐就是一晚上，下播时腰都直不起来。

更别提后半夜回到家，她有的时候妆都没卸，躺在硬炕上就睡着了。

谭予一直陪着她。

她直播，谭予就在角落坐着看电脑，忙基地技术上的事。她播多久，他也陪多久，时不时提示她什么是敏感词不能说，什么时候直播间进流量，她就要更活跃一些。

夜里就这一处亮着灯。

许梦冬达成自己主播生涯的第一笔订单，是在距离春节还有三天的时候。

腊月二十七，宰年鸡，赶大集。

小镇上的物流已经暂停，工人们也放假了，网络上大部分电商商家也已经贴了暂停发货的公告，同时段同品类的直播间一下子少了许多，于是那一晚，许梦冬的流量特别好。

她化了精致的妆，坐在镜头和补光灯前跟拥入直播间的观众聊天，依旧天南海北什么都讲，主要是那些大家喜欢的娱乐圈故事——讲自己第一次拍戏找不到摄像机，被导演骂成筛子，讲自己这个咖位的女演员的正常收入，讲某个口碑很差的女艺人其实私底下性格超好，只是说话太直总得罪人……

人都有猎奇心理，特别是对那些看似神秘的"圈内事"。

许梦冬暂时没有卖货的打算，甚至连小黄车都没挂，她的计划是先留一拨粉，赚钱的事往后放。可就在这时，弹幕跳出来一句询问：

【抽奖礼物我收到了，你家的秋木耳真的很厚实很好吃，和外面买的不一样。什么时候上链接？我要买。】

许梦冬原本在喝水，杯子里泡着胖大海，看见弹幕立马搁下杯子，语气有点激动："要下单吗？有有有，有链接！"

然后，她疯狂朝远处的谭予做手势，示意他赶紧把袋装木耳上架。

许梦冬深深吸了一口气，长时间的微笑使她嘴角发僵：

"其实我之所以一直没开始卖货，是因为心虚，我知道自己不被信任，大家对我心存疑虑是正常的，但我又觉得，日久见人心。

"人言像落在身上的雪。你们见过东北的大雪吗？一下就几天几夜不停歇，可即便是那样大的雪，也终有一天会停、会融化，然后才能看见被雪盖住的田地。"

她缓缓说着，不知不觉眼眶发红：

"我不想说人在江湖身不由己这种话，太矫情了，人都要为自己做出的选择负责。我在走投无路的时候回了家乡，家乡不计前嫌接纳了我，我就想着自己能为这里做点什么。

"谢谢大家给我这个机会。

"我不够好，但我的家乡真的很好，特别特别好。欢迎大家来东北做客。"

要买木耳的人很久没有说话。

许梦冬的手放在桌面下，紧紧攥着。

商品上架。

一秒，两秒，三秒……

许梦冬的手机后台能看到月销订单，当数字从"0"变为"1"的那一刻，她头皮都在发麻。

实难形容那一刻的感受。

比她第一部戏开播时的激动要强烈千倍万倍。

下单的人说话了：

【你今天说的这些话是真心的，不是演的。因为我看过你的戏，你没这么好的演技。】

许梦冬扑哧一声笑了。

弹幕再次跳出来：

【加油啊，许梦冬。】

许梦冬仰头，把手覆在脸上。

她咬住嘴唇，用了很长时间平复心情，然后和大家道了感谢和晚安。

这是她直播近一个月以来唯一一次提早下播。

关上手机，她低头快步走到院子里去，站在院子中央大口呼吸着。

此刻万籁寂静，远处小兴安岭银装素裹，沉默无声。兴许是因为到年下了，风雪都不来扰人团圆。

许梦冬缓缓蹲了下去。

月儿明，风儿静，树叶儿遮窗棂。

星星它不说话，低垂照墙根儿。

她把脸埋进膝盖里，肩膀一抖一抖的，难以抑制地哭出声。

大雪终会消融。

身后传来脚步声，停在距离她几步远的地方。

许梦冬狠狠擤了下鼻涕，抹把脸，回头，看见谭予倚在门框上。他不打扰她，也不拆穿她的眼泪，只是静静看着她，嘴角的笑意呼之欲出。

"这点儿出息。"

循序渐进、细水长流这种道理在许梦冬这儿是不存在的。

铺垫了这么久终于卖出一单，好似给她打了鸡血。

她先是提出要增加直播时长，从每天的四个小时增加到十个小时，少睡点没关系，要趁热打铁，然后兴冲冲告诉谭予，她过年不休息了，大年三十晚上也要照常直播。

看到她眼睛里泛着红血丝，谭予皮笑肉不笑地朝她竖大拇指："嗯，真厉害，要跟春晚抢收视率了。"

他转头就把厂房的电闸拉了。

整个基地只剩菌房的保温系统还在无声运作着，打更老大爷也在腊月二十九这天回家去了，厂房空无一人，落锁的大铁门上贴着福字和对联，红彤彤的，特别显眼。

谭予给大爷包了红包，每个工人都有，自然也不会落下许梦冬。

图个好彩头。

中国人的习俗，没有什么事情比过年还重要。

"走吧，回市里。"谭予扫去车顶的积雪。

他的越野车后头也贴了车对子，"车行万里路，人车保平安"，是韩诚飞帮他贴的，贴得七扭八歪。

许梦冬攥着红包，半张脸藏在厚厚的围巾后面，打了个哈欠："你回吧，我就在这里过年了。"

谭予以为自己听错了："你在镇上过年？一个人？"

"是啊。"

许梦冬前几天接到了姑姑的电话，问她什么时候才能放假，姑姑的公婆，也就是然然的爷爷奶奶从吉林来黑龙江过年。

姑姑说："今年过年咱们家人多，可热闹了，你快回来。"

许梦冬也喜欢热闹。

但是人得有眼力见儿。

她把围巾又往上裹了裹，朝谭予笑了笑，语气轻松："我就乐意自己过。"

姑姑在电话里拗不过她，却也明白她、心疼她，只好随她去，给她发了一大笔压岁钱。

许梦冬不要，姑姑执意要给，像叮嘱小孩一样提醒她，一个人在镇上要注意安全，去集市上多买点好吃的，别亏了嘴。

"你呢？去和叔叔阿姨团圆吗？"

谭予说过，父母如今在广西定居，依山傍水的，好气候，好地方。

"嗯，明早的飞机。"

"好呀，一路平安，替我……"

替我给叔叔阿姨拜年。

许梦冬话没说完又咽回去了，不知道该不该让谭予父母知道谭予和自己有联系。

好像没必要。

谭予深深看了她一眼，看见她耳朵被冻得通红，整个人瘦削又孑立，像是北风里摇摇欲坠的树梢雪，没化妆，素着脸，围巾之上只余一双疲惫的眼。

这段时间熬得辛苦。

"家里有吃的吗？"

"有呀，前些日子我找人上门安了新冰箱，还往里填了好多肉、菜、水果，够我吃一个正月的了。我姑还送来了烀好的猪蹄儿和酱牛肉，还有红肠和松花蛋肠，而且我会做菜，不用担心。"

"饺子呢？有饺子吗？"

"这项技能暂时还没学会，但我买了速冻饺子，韭菜鸡蛋还有白菜猪肉馅儿的。"

许梦冬勉强会下厨，但对于面食一窍不通，蒸出来的馒头能拍黄瓜，更别提饺子了。

她把谭予往车上推："行了你，比我姑还磨叨，成年人了，我还能饿死我自个儿？"

谭予倒不是怕许梦冬饿死自己，只是心里莫名有点堵，说不上是为什么。他上车，降下半面车窗，眉头微皱看着她："有事给我打电话。"

"好。"

许梦冬笑盈盈地朝他挥挥手，身后是白皑皑的半面雪坡。

就是这张笑脸，搅得谭予一晚上不得安生。

像是阴天晾在院里没收的谷子，像是点燃了引线长时间没炸开的鞭炮，谭予惴惴不安，总觉得许梦冬一个人过年实在说不过去。

镇上人家少，晚上天又黑得早，她会害怕吗？

乡下不比市里禁燃禁放，要是有捣蛋的小孩放刺溜花，点着了许梦冬家的柴火垛子怎么办？

她的有线电视和宽带都连好了吗？有春晚看吗？

去年过年时镇上还短暂停过电，今年会不会再来一遭？

……

谭予越想越远，越想越偏。

明早八点多的飞机，他直到凌晨还没入睡，用脑过度，三叉神经嗡嗡疼，爬起来灌了一杯凉水才冷静下来，又开始笑自己脑子有问题。

勉强浅眠到闹钟响起，他望着窗外晨光未至黑黢黢的天，终于自我妥协，给爸妈打了个电话。

许梦冬这一晚也没睡好。

难得不直播，一个人的夜晚需要事情来打发。她没有追综艺看剧的习惯，往手机里下了个做饭小游戏，没想到一关接一关玩上瘾了，30秒广告换一次复活机会，她看了不知多少垃圾小广告，一直玩到凌晨四点多才堪堪入睡。

没睡多久，她就被一股浓烈的气味呛醒。

那味道很熟悉，呛喉咙，还有点辣眼睛，许梦冬几乎是瞬间就清醒了，猛然坐起身，脑袋一阵犯晕。

是烧黄纸的味道。

家里这边的习俗，大年三十早上要"接年"，家里摆供桌，祭拜祖先，然后再去后山的茔地放鞭炮烧纸，请故去的祖先长辈回家过年。

有接年，自然也有送年，每个地方规矩不同。许梦冬记得小时候送年是在大年初二，供桌撤下来的供果会比一般的水果甜，会分给小孩子们吃，许梦冬最爱吃甜沙沙的红富士，那么大一个，要用双手捧着啃。

尽管如今镇上许多人家都搬走了，但习俗总有人传承。

黄纸焚烧，香火燃起，混杂着清晨冰冷的空气，还有填灶坑做饭的柴火味儿。这气味属实不令人愉悦，且每年只有两回笼罩家家户户——

一是过年。

二是清明。

后山已有鞭炮声渐次响起，三千响，大地红，崩得漫山遍野都是细碎纸屑，像是下了一场烈烈灼红的雪。

许梦冬在炕上呆愣了一会儿，起身确认门窗都已关好，可浓烈的气味如有实质，顺着烟囱和门缝直往鼻子里钻。她坐在炕沿儿上，没穿鞋，两条腿晃着。有那么一瞬间，她觉得自己还没睡醒，可望向窗外，却能看见山际边缘晨阳初升，泛着压抑的紫红霞光。

下意识重复刻板动作是心理焦虑的一种表现，无法被控制。

她开始不自觉地挠脖子。

圆润光裸的指甲在细嫩的脖颈皮肤上留下一条又一条骇人的划痕，许梦冬抻长脖子，一边抓挠，一边呆愣愣地望着角落，那里堆着包装电视的纸箱，还没来得及扔，上面写着广告词，"清晰画质，身临其境"。

——如何搭建一场身临其境？

——要有声音、气味、画面，还有未被遗忘的记忆。

她出神良久，脖子隐约传来痛觉，还有紧箍的触感，有粗犷沙哑的男声在她耳边大喊，爆炸一样的音量，夹杂在噼里啪啦的鞭炮声中——

"我掐死你。

"都别活了，咱们一家人都别活了，一起去死吧。

"你瞪我，你还敢瞪我！

"小杂种，我拉你陪葬。"

……

鞭炮声好长，怎么总也停不了。

小时候过年，镇上的孩子们会到小路上捡"小鞭儿"，就是大地红放完却没有被点燃的小鞭炮，落在地上，零零散散，小小一颗，捡着了，点着，扔出去，在空中发出啪的一声。

那是一场热闹的余韵，于未曾设防的某些瞬间，时不时在你脑海里响上一响。

直到地上的残红被下一场大雪彻底掩埋。

许梦冬大口呼吸着，吞咽的动作有点艰难，舌根泛苦，不知道是不是灰尘进了嗓子眼。

她起身，一只手捂着脖子，一只手给自己倒水。可她没拿稳热水壶，水洒了一地，壶盖掉到桌面，继而滚到地上。她正要弯腰去捡，忽然听见敲门声。

这敲门声惊得她一声大叫。

门外人显然听见了屋内的动静，敲门声更加剧烈，越来越急。

"许梦冬！"

许梦冬几乎木讷，趿拉着步子去把门打开，一双眼睛还在发直。

"你怎么了？"

谭予站在门外，身上有温暖的热气。

他刚把车停好，走到门口时碰巧听见了屋子里东西掉落的声响，抬手叩门，一连几下都没人开，然后便是一声骇人的尖叫，令他头皮都发麻，突如其来地心慌。

门打开，许梦冬没缺胳膊没少腿，好端端站在门里，但她满头的冷汗印证了他不好的猜测。

她抬头，脸色还是凄凄惶惶的："啊？我怎么了？"

"我问你呢！"

谭予的目光自上而下，最终落在她斑驳的脖颈上。她穿着米色珊瑚绒睡衣，领子稍低，更显得脖子上抓挠的痕迹极其刺眼。

"这怎么搞的？"

谭予下意识抬手，指腹堪堪碰到许梦冬的皮肤，就被许梦冬扬手打掉。

"哦，我自己抓的。"她眼神总算清明了些，"那什么……有虫子。"

胡扯，寒冬腊月有什么虫子？

谭予的脸色像是结了霜，他越发觉得不对。

"你怎么回来了？误机了？"

谭予没回答，直接一手拦开她，侧身进了屋，冷眼巡视了一圈——掉在地上的热水壶盖、没叠的被褥、吃剩一半的橘子、插在插排上的手机充电器……

他站在屋子中央，像被定在原地，一股无名火在心底爆燃起来。

"干什么呀你！"许梦冬也来了火，"屋里就我自己！大清早的，你有毛病啊？"

谭予回头看着她，眼里淬了冰，再往深了看，是压抑的火光。过了半晌，他艰难地压抑住心绪才缓缓弯腰，帮她拾起地上的壶盖。

"抱歉。"他长长呼了一口气，"我没那个意思，只是担心你。"

谭予没有把话说全。

这句话的潜台词是，你不对劲，你有事情瞒着我，从你回到我视线里的那一刻开始，周身就蒙了一层晦暗的雾。我想伸手，却摸不见实质，只能一次又一次抓空。

谭予发觉自己恨透了这种无力感。

他死死盯着她脖颈上的红痕。

"到底怎么伤的？"

许梦冬扭过头不看他："都说了自己抓的。"

她没撒谎，真的是她自己的"杰作"。

谭予沉默了很久，久到许梦冬都以为自己又思维断线了，才听见一声微不可闻的轻叹。谭予像是妥协了，不再追究这一茬，而是抬起手，用掌心蹭了蹭她的额头，把她的涔涔汗水擦净。

"我爸妈去度假了，早上给我打了电话，让我别去打扰他们二人清静。"

他环顾四周，找到许梦冬的小小行李箱。

"所以，跟我回市里？"

许梦冬茫然地看着谭予。

"我不想一个人过年，"他怕碰到她的伤，小心翼翼地把她的睡衣领子往上拽了拽，轻声询问，"就当陪我，行不行？"

谭予的车开出很远了，烧纸烧香的气味渐渐从空气中淡去，许梦冬这才把鼻子从围巾里露出来。

她在回想谭予刚刚说的话。

"你不需要担心和我同一屋檐会尴尬，春节应酬聚会很多，我从初一开始每天都要出门，早出晚归是常态，我家让给你，你随意就好。

"家里亲戚给我邮了些海鲜，太多，你在的话可以帮我分担一些。

"听说这几天街上有秧歌和花车，你带上然然去看看热闹。"

见她依然神色犹豫，谭予继续开口："还有……"

利诱不成，只能威逼，他试图站在她的角度，语气竟有些语重心长："你离开太久，怕是忘了镇子里邻里往来多，大过年的，看你家有人，肯定会来拜年串门，你能应付吗？"

当然不能。

许梦冬真忘了这件事。住在楼房，楼上楼下都是陌生人，住十几年都未必知道邻居姓甚名谁，但镇子里不一样，大家都是土生土长在这里的，彼此熟络，往上追溯几代人，还极有可能沾亲带故。

许梦冬想起自己小时候，逢年过节总有人来姑姑家串门，姑姑扯扯她的肩膀，让她叫人。

这个是六大爷，那个是姨姥姥，许梦冬嘴甜，挨个叫过去，然后会获得一片夸赞："这孩子机灵，不木讷，将来有出息。"

东北家庭对女孩子的教育从来就不是温柔内敛，你要大大方方，敢说话，敢闯，勇敢的孩子才有糖吃。可许梦冬不是天生"社牛"，她只是很想听见那一句夸赞，想给姑姑长脸。

现在……她有点怕。

微信里有消息发来，问候新年快乐。许梦冬坐在副驾驶座低头回微信，听见谭予问："要不要去买点药？"

她愣了一下抬头，发现车已经进市区了。

大年三十的中午，街边店铺大多已经关门，卷帘门上贴着大红福字对联，路上行人步履匆匆，归家的方向四面八方。

"你的伤，"谭予示意她的脖颈，"需不需要上药？"

其实没有大碍，以前也有过这种情况，指甲挠的血道子只是看着吓人，很快就好了。

许梦冬犹豫片刻，还是说："那找个药店停一下吧，我去买点碘伏棉球擦一擦。"

"你能告诉我到底怎么伤的吗？"

"都说了是自己抓的，"许梦冬做了个示范动作，"喏，脖子痒，随便抓了抓就这样了。敏感体质就是这样，没事，你别问了。"

许梦冬进药店买碘伏，放进包里，等候结账时透过药店的玻璃门，看见谭予下了车。

她推门走出去，谭予刚好朝她招手，示意她过去。

"我不吃，让她挑。"谭予对小贩说，然后轻揽许梦冬的背，把她往前推，"吃哪个？"

三轮车改的小摊，玻璃罩子里整齐码放着一排排糖葫芦、山楂、草莓、山药豆。许梦冬俯身去挑，而后看了看骑三轮车的大爷灰扑扑的棉线手套，回头问谭予："一样一个，行吗？"

谭予自然说："行。"

帮大爷解决掉一部分压力，她坐回车上，先把山楂拆开来吃。红彤彤的山楂裹着金灿灿的糖，外面再裹一层糯米纸，是她小时候的最爱。她十分珍惜地扯一点点放进嘴里，舌尖一抿，化开，然后再扯一点点。

糖衣被冻得梆硬，山楂是抠掉核的，有点酸。吃完顶上第一颗，露出尖尖的竹签，许梦冬干脆双手捏着扦子两端，方便下口咬。

许梦冬口中裹着山楂，猛一抬头，看见谭予正趁红绿灯的间隙好整以暇地欣赏她的吃相。

"干吗盯着我？一脸没安好心。"

谭予含着笑意扭过头："我在想是不是买少了。"

"谁能拿糖葫芦当饭吃啊？又不是小时候，好吃的少，现在年货齐全，想吃什么都有。"

她这一句话提醒了谭予。

他掉了个头，往最近的大型超市开去。

万幸，超市营业到下午三点。

许梦冬跟在后面，谭予走在前面，自顾自地拿起一样又一样零食往购物车里放——果冻、薯片、鸭翅鸭脖、玻璃瓶的大白梨，还有成箱的杏仁露……

超市里人倒是不少，春节装饰得花里胡哨，促销海报从吊顶悬下来，一片热热闹闹。谭予需要歪头躲开灯笼下垂着的红穗穗，然后回头询问许梦冬："还吃什么？"他语气无比自然，"你在家要是无聊，还能吃东西解闷儿。"

许梦冬一时间分不清这是好话还是赖话。

"我又不是小孩了。"

"我看没什么区别。"谭予说，"想吃什么快拿，大过年的。"

这四个字能解决春节期间的大部分矛盾。

许梦冬小时候有一段时间蛀牙很严重，医生不让吃甜食和膨化食品。那时也是过年，她陪姑姑到超市置办年货，许正石也回来了，穿着打油的皮鞋，拎着鳄鱼纹手包，传说中的广州货。许梦冬在超市货架前抱着旺旺大礼包不撒手，姑姑怕她牙疼不给买，她便红着眼圈乞求地望向许正石。

许正石出去几年，学了一口不伦不类的东北味儿粤语，大手一挥："大过年的啦，食！买！"

气得姑姑扇他肩膀："有你这么当爹的吗？"

许梦冬盘腿坐在谭予家的沙发上，拆开旺旺大礼包。

里面还有生肖贴纸，红红火火的小兔子，她举在手上看了又看，琢磨着贴在哪里比较好。

片刻后，她才后知后觉，哦，这不是自己家。

这家的主人正在厨房里忙碌。

谭予会擀饺子皮儿，也会和馅，捏出的饺子是元宝形的，圆滚滚的。许梦冬不好意思让他一个人操劳，提议自己可以做一道海鲜豆腐汤，就用谭予家亲戚邮寄来的扇贝和螺肉，还有姑姑提前给她准备好的酱牛肉和猪蹄，这就算三道菜了。

两个人的春节，也起码要八个盘，图个大吉大利。

春晚已经开始，电视声充当背景音，许梦冬和谭予在厨房背对背各忙各的。从厨房窗户望出去，对面楼的人影也都在厨房里打转转，玻璃上雾气很厚，只有家家户户窗上的小彩灯是清晰艳丽的，像深海里的一盏盏航灯。

许梦冬福至心灵，忽然想起什么来："谭予，你还记不记得，咱俩有一次在北京过年？"

谭予顿了顿，低声回答："记得。"

那是他们高三的寒假。

许梦冬去北京参加艺考，身份证和钱包都被偷了，身无分文，连吃饭钱都没了，派出所帮她联系了旅店，又让她给家里人打电话。许梦冬犹豫了半个小时，第一个电话拨给了谭予。

说来奇怪，她那么怕麻烦别人，连姑姑姑父也算在内，但只有向谭予求助的时候她不会有任何负罪感。

她在旅店住了一晚上，谭予坐了一天一夜的绿皮火车，在第二天的傍晚敲响了她的门。

许梦冬直到现在还记得谭予那天的穿着，一件黑色羽绒服，背着黑色双肩包，连帽卫衣帽子上的两条抽绳耷拉在外边。他从包里拿出三千块钱递给许梦冬，那是他自己攒的钱。

许梦冬拒绝，说自己用不了这么多。

他执意，再次递过去："穷家富路，你都拿着，我不能待太久，我跟我爸妈撒谎去沈阳看辽篮比赛，明天就得回去。"

那是谭予第一次有强烈的愿望，他急于年岁的增长，想赶紧毕业，赶紧到十八岁，赶紧让他可以光明正大地保护许梦冬。

许梦冬不知道他的心理活动，只是攥着一沓钱问他："那……你买好回家的票了吗？"

她也没出过远门，也是最近才得知有"春运"的存在。那时离春节没多少天了，正值春运返乡潮，从黑龙江出发很容易，从北京回黑龙江却一票难求。

谭予望着火车站显示余票售罄的大屏幕，愕然又无奈，最后只好和爸妈说了实话，并意料之中地挨了一顿骂。

谭母在电话里指责他胆子大，胡闹，又让他和许梦冬注意安全，实在回不来，就在北京过完春节。

这就算得了赦令。

谭予就在许梦冬隔壁开了个房间，一连几天，他每天坐地铁陪她去考试，站在考场外的人群里等她出来。很巧的是，旅店老板也是东北人，算半个老乡，看他们两个小孩独自在外地赶考过年，觉得怪不容易的，大年三十那晚请他们一起吃了年夜饭，就在旅店的小厨房里。

白菜猪肉的饺子，许梦冬吃到第三个的时候被饺子硌了牙，吐出来一看，是一枚一角硬币。

这也是习俗之一，大年三十的饺子里要放钱，吃到的人来年会行好运。

旅店老板笑着说："吃到钱啦！发大财！"

许梦冬还没开始赚钱呢，她更希望自己考运好一点，生活顺遂一点，日子松快一点。

热腾腾的饺子端上桌。

许梦冬洗了洗切过酱牛肉的刀，再把海鲜汤盛出小砂锅。

春晚还在播放，花团锦簇的歌舞节目，一片盛世升平，世界的变化那么快，不过几年，像是换了人间。

"有点想念赵本山的小品。"许梦冬说。

"嗯，以前总在零点前压轴。"谭予倒了蒜泥和醋，递给她，"趁热吃。"

不待她动筷子，他又动手夹了个饺子，放进她的小碟子。

许梦冬看着碟子里这个明显和其他"小伙伴"不同形状的饺子，抬起眼皮："大哥，别这么直接好不好？没意思。"

有预谋的还算什么幸运？

谭予只笑，不说话。

许梦冬夹起那个饺子放进嘴里。

已经做好咬到硬币的准备了，谁知，牙齿相碰，什么都没发生，片刻过后才有一缕若有似无的甜缓缓浸润舌尖。

是融化了的红糖馅，甜丝丝的。

许梦冬望向谭予，发现他也正看着她，欣赏她吃惊的表情。

"嗯？"

"恭喜你啊许梦冬，吃到了今年唯一一个糖饺子，糖比硬币的寓意好。"

"寓意什么？"

"寓意生活不会从头苦到尾，"谭予看着她的眼睛，轻轻说，"以后的日子，一定会甜一点。"

城市里禁燃禁放已经很多年。

许梦冬还是觉得有烟花自她心头轰然炸开，灼烈尾星散落四方，最亮的一颗落进了谭予的眼睛里。

她盯着谭予看了一会儿，然后猛然低下头去，继续吃面前的饺子，开始还是一个饺子分两口，渐渐变成一口一个。

谭予看得好笑，把放温的水搁在她手边："谁跟你抢了？慢点吃。"

"……饿了。"

许梦冬说话含混着，也不抬头，转眼间就把离自己最近的一盘饺子吃了个精光。

难以形容那一刻的情绪波动，或许是像饭后血糖一样，悄无声息到达一个峰值，她开始变得飘飘然，心脏也被莫名的气焰鼓动。好像趁这一刻说什么话做什么事，都是可以被宽宥和鼓励的。

这样想着，许梦冬撂下了筷子。

她端坐桌前，深呼吸了一下，用近乎正式的语气缓缓开口："谭予，如果我……"

再瞻前顾后的人也总有一些不计后果的冲动时刻，这些时刻可遇不可求。这一瞬间，她甚至想到哪怕有报应在等她，她也认了，谭予的出现像是给她濒临死亡一团混沌的生活打了一针强心剂，不论是八年前，还是八年后。

她想说，谭予，如果我想和你重新在一起，你愿意吗？

你对我仍有感情，而我也贪恋你身上的一切，我们不讲未来和以后，不放置任何前提条件，就开心当下，就只是我想和你在一起，过一天算一天。这样你能接受吗？

科班出身的许梦冬从不疑心自己的台词能力，她完全能够将一番话说得漂亮，让人心软，可她不想这样对谭予。他真心实意，那就该得到同等的真诚以待，否则未免太不公平。

思来想去，她竟然结结巴巴地重复起来："那个，谭予，我的意思是，如果我……"

后半句话眼看就要落地，一阵手机铃声突如其来，霎时将微妙的气氛撕扯开。

谭予拿起手机看了一眼屏幕："是我爸。"

此时正好零点，电视里的新年倒计时也刚刚结束，漫天华彩，恭贺新春。

音乐声、主持人的说话声，还有手机铃声，混杂在一起，如同打在许梦冬后脑勺上的重重一巴掌，让她瞬间清醒过来。

谭予示意她先把话说完。

"不了，你先接电话。"许梦冬摆摆手，把另一盘饺子挪了过来，"我再吃点，没吃饱。"

谭予揉了揉她的脑袋，有几分安抚的意味。

他进了卧室，浅浅带上门。

过了零点，谭予要和父母通视频电话，还要和家里其他亲戚打电话拜年。他的态度一如既往，礼貌、周全，是长辈们喜欢的那样，谦卑恭敬。

但即便他压低了声音，还是有不甚清晰的只言片语钻进许梦冬的耳朵——

"我一个人在家。"

"吃过了，简单做了几个菜。"

"嗯，给二叔二婶带好，身体健康，我过些日子去看他们……"

许梦冬忽然听不下去了。

她默不作声地起身，把客厅电视音量调大，然后去厨房把在温水里缓着的冻梨拿了出来。黑黢黢的外皮，卖相不佳，但轻轻用牙嗑一个小口，甜丝丝的汁水就满溢口腔。

她迅速解决掉一个冻梨，又去冰箱冷冻层翻雪糕，老式的马迭尔。奇了怪，她今晚格外想吃点凉的，好像这样才能浇灭心里的无名火。

等谭予挂了电话回到客厅，她已经彻底冷静下来了。

"刚吃完饭就吃冰，等着胃疼呢！"谭予十分自然地接过她手里的雪糕，就着她咬过的缺口咬了一口，然后问，"你刚刚要说什么？"

许梦冬笑了笑："我想说，如果我明早想吃煎饺子，可以吗？"

怎么不可以呢？

但凡是许梦冬想要的，他什么时候没有满足过？

谭予刚要答应，就被适时的一声哈欠打断。许梦冬揉了揉眼，表示自己熬不住，要睡觉了。

他只好帮她整理好自己的房间，铺好被褥和枕头，又去大衣柜顶层搬出一床新被子来，拆开外面的保护层。

"之前的棉花被太沉了，怕你睡不惯，给你买了床鸭绒被。"

许梦冬躺在柔软蓬松的被子里，嗅着崭新的羽绒味道，感觉像是钻进了一大片云朵中。

透过窗帘缝隙能窥见对面楼的一扇扇窗。

除夕夜，迈过了就是新年，天空又开始飘洒盐粒儿一样的雪籽，这是今年的第一场雪。

对面楼有一户人家最热闹，一屋子人围坐一圈，一起守岁打麻将，房间里洋溢着明亮温暖的橙黄色灯光。

许梦冬望着那家人出神，越发觉得自己像一只躲在沟渠里偷窥别人幸福人生的老鼠，忽然就庆幸自己刚刚悬崖勒马，没把不该说的话说出口。

而且就算说了，谭予也不会同意，说不定还会骂她一顿。

骂她对人生不负责任，骂她乱搞男女关系，骂她不够尊重感情。

他们的起点不同，人生路途遥远，目的地也不同，那么还有必要在半路交错纠缠吗？

许梦冬觉得自己想明白了。

她翻了个身，细细听着，直到另一间卧室陷入安静。她猜谭予已经睡了，然后才起床，光着脚去厨房。晚饭吃咸了，夜里口渴，谭予睡前烧了热水在壶里，她轻手轻脚倒水，还没来得及喝，就听见身后的声音："冬冬？"

许梦冬吓了一跳，转身，谭予正看着她。

他其实根本就没睡。

他听到细碎声响就出来查看，然后看见许梦冬光脚站在厨房，做贼似的，站在窗外透进来的隐隐光亮里。

她长发披散着，身影清清寂寂，朦胧昏暗的光线从她肩头蜿蜒而下，像是给她包裹了一层温柔又孤独的壳。

那是她与他分别这些年来自己创造出来的保护机制。

愤怒就是从这里发芽的。

谭予没意识到自己向前走了几步。

他很想今晚就亲手把那层壳击碎，触碰到真实的她，看看她到底藏了多少不让他知道的秘密。

"许梦冬，"他往前走，眼睛一直盯着她，"晚饭的时候，你到底想说什么？"

他继续往前，直到自己也走进那片虚无的昏暗里，与许梦冬面对面站着。诡异的气氛里，谁也没有下一步动作。

许梦冬没有看见谭予垂在身侧的拳头握紧了，她只是觉得谭予很奇怪，周身像是带着煞气。

"我能不能从你嘴里听到一句实话？就一句。"

许梦冬问："什么实话？"

"你心里清楚。"

谭予的视线从她的眉，到细巧的鼻尖，再到她的嘴角。

许梦冬感觉到了他目光的走向，于是下意识向后退了一步，后腰抵在大理石的操作台上，一阵刺骨的凉。

谭予也在同一时刻挪开了眼。

"手里是什么？"他呼出一口气，问她。

许梦冬无奈地摊开手，把掌心里揉成团的安神颗粒塑料袋给他看。

"最近有点睡不好。职业病吧，神经问题，睡眠总是很成问题，我看过很多医生，生理上的，心理上的，也吃过很多药。不过别担心，好很多了。"

谭予缄默着，从她手里接过那个塑料袋看了看，然后攥在手里。

许梦冬这些年受过的苦、遭过的罪何止这些？

他原本憋了一肚子的话霎时偃旗息鼓。

许梦冬总有一种打磨他身上所有尖刺的神奇能力，仿佛与她站在一起，他就势必要收敛气息，生怕有一点点锋芒扎到她。

"……去睡吧。"

他妥协了一万次，也不差这一回。

"好。"

许梦冬光着脚走回房间，在门口回头看了看谭予，发现他还站在那儿，目不转睛地望着她。

"进去。睡觉。"

他语气很冲。

谭予毫不怀疑，再多一秒，他就要控制不住对许梦冬动粗。身上的那些尖刺反过来刺到他自己，令他神志不清，他甚至想把她拆解开来，一根根骨头，一块块血肉，吞进腹中，就像对待晚饭桌上那些剥了壳的海鲜。

但他不能。

真的不能。

他劝说自己一万次，许梦冬能重新站在他面前，他就再没什么所求了。至于其他，日子那么长，可以慢慢来。

"那我睡了，晚安。"许梦冬手搭在门把上，对上谭予极深的目光。

"晚安。"他说。

托鸭绒被的福，这一晚许梦冬睡得很好，第二天起床时已经临近中午。她叠好被子打开房门，就看见桌上摆着一盘煎饺。

脆皮边缘已经凉了，看来谭予已经出去有一段时间了。

桌上有一张字条，是谭予留的。他告诉许梦冬，煎饺凉了就放进空气炸锅复热一下，并教她怎么使用。

桌上还有一把大门钥匙。

许梦冬盯着那把钥匙，心情复杂地把煎饺吃完，然后收到了谭予的微信语音。

不知是觉得自己昨晚的话有些过分，还是怕她再次不声不响玩消失，谭予在电话里事无巨细地叮嘱：

"我这几天都有饭局，还要去亲戚家拜年，白天不在家，晚上很晚才会回。"

言外之意，过了昨晚，我们不会有同处一室的尴尬。

"你安心住着，缺什么跟我讲，菌种基地和工厂初八恢复运营，我带你一起回镇里。

"如果出门，别忘了带钥匙，有事给我打电话。

"厨房放了两箱水果，还有土鸡蛋，你给姑姑姑父送过去，替我拜个年。"

最后一句。

谭予貌似在开车，声音是从蓝牙耳机传过来的，有些缥缈，像是午后光线里浮动的灰尘，落在许梦冬心尖儿上，泛着细细的痒。

"许梦冬，我不接受任何形式的不告而别。一次就够我受的，别再有第二次。拜托你了。"

谭予说到做到，一连三天，不要说同一屋檐下了，许梦冬连他人影都没见着。

晚上她入睡时谭予还没回来，第二天她起床时谭予已经走了。许梦冬只好趁路过谭予房间时偷偷往里瞄，对比出床单微小褶皱的不同，以此判断出谭予确实是回来睡觉的。

他真的很忙。

创业初期，菌种基地分工明确，谭予只做技术方面的工作，一切市场相关全部交由韩诚飞处理，但忙起来哪有那么多条条框框？特别是年关前后，每天有那么多人要见，那么多场饭局要赴，这是生意，是生意就离不开和人打交道。

谭予花了不少时间调整心态，才将自己从一个"技术人员"转变成一个合格的"生意人"。说到底，读书人有读书人的清高，但他没办法。

镇子上那么多户靠农产品为生的人家指望谭予带他们过上好日子，这摊事要么不做，一旦开了头，打碎了牙也得继续。

大年初三的晚上，许梦冬玩了很久做饭小游戏，又强撑着精神看了几节电商运营的网课，头昏脑涨，眼皮都快撑不住了，恍惚之际终于听见房门铁锁转动的声音。

她腾地来了精神，从床上爬起来，打开卧室门，正好撞见带着一身寒气刚进门的谭予。

她看见他平直的肩膀上有薄薄的浮白，便知道外面又下雪了。

农历新年才几天，就下了好几场雪。老人们说瑞雪兆丰年，或许是个好兆头。

"怎么还没睡？"谭予脚步有些虚晃，但克制住了，他低头看向许梦冬光着的脚，白皙、细瘦，眸子动了动，越发感觉嗓子干哑，"把拖鞋穿上，地上凉。"

许梦冬寻到拖鞋，趿拉着，帮他按开客厅灯。

"你喝酒了吧？"

谭予没否认，只是去沙发一角坐下。

他很少喝醉，更是从来不会借着酒劲儿做什么荒唐的事，往那里一坐，双肘撑着膝盖，头垂着。

他听见许梦冬的声音忽远忽近，好像在问他："给你倒水？"

他点点头。

不一会儿，一杯温水就塞进了他手里。

他的手是冷的，指节僵硬，但她的指尖是温暖的、柔软的，擦过护手霜，留着莓果甜香。她俯身去观察他的脸，细软的发梢不经意间划过他的侧颈，像是吹动麦浪的一缕春风。

谭予瞬间渴得更加厉害了。

他把水喝完，将杯子放在茶几上，也不看许梦冬，只是深深呼吸，把头垂得更低。

"我没事，歇一会儿。你回去睡吧。"

"真的没事？要不要吐？我扶你去卫生间？"

谭予脊背僵了一下。他不敢站起身，不能让许梦冬发觉自己身体的变化，那样不礼貌。他只好继续摇头："不用，我想坐一会儿。"

"哦。"

许梦冬耸耸肩，又倒了一杯水给谭予，然后回卧室，关上了门。

这是她和谭予几天来的唯一一次短暂对话。

这几天还发生了一件有意思的事。

事情的主人公是章启。

章启从年前飞往澳大利亚度假开始，就好像凭空消失了，没有微信消息，没有朋友圈动态。许梦冬除夕那天晚上想起他，原本打算给他发句新年祝福，可转念一想，年轻人没有经历过告白失败，怕是这会儿还走不出来呢，还是不要去招惹的好。

直到一天上午。

韩诚飞在工作群里 @ 了章启。

韩诚飞：【章启，你小女朋友拿的那个包，你在国外能买到吗？】

韩诚飞：【我媳妇喜欢，专柜没有货，你帮忙代购个回来呗？】

章启一直没回话。

许梦冬愣了。

她怀揣八卦之心私聊了韩诚飞才得知，章启前几天发了一条官宣恋爱的朋友圈，女朋友和他年龄相仿，两个人貌似是同学。照片里的女孩青春洋溢，章启揽着她的肩膀，俯身亲吻她的脸颊，配上澳洲的阳光草地，要多般配有多般配。

然而这条朋友圈，章启屏蔽了许梦冬。

"咋样啊，梦冬妹子，后悔吗？"韩诚飞看热闹不嫌事儿大，"他屏蔽你，就是不想让你看见，八成是怕你觉得他三心二意吧！"

这不是废话吗？

许梦冬其实根本没有任何生气或难过，心如一潭死水。她只是有点好奇，现在的年轻男孩子对待感情都是如此吗？说爱就爱得快，说换人也换得干脆利落。

许梦冬还能想起章启被她拒绝时泛红的眼圈，她的愧疚之心时不时还出来闹一闹，好家伙，人家那边早就翻篇了。

许梦冬哭笑不得。

又过了半天，估计是韩诚飞和章启连上了线，许梦冬正吃饭呢，收到了章启发来的微信，就一句话：【冬冬姐，对不起。】

许梦冬咬着筷子回话：【这有啥对不起的？】

章启：【我知道你不喜欢我，我再坚持只会给你添麻烦，所以我知难而退。冬冬姐，祝你幸福。】

许梦冬依旧咬着筷子，斟酌了半天：【那你还回来上班吗？】

章启：【不想回去了，我可能要再去读个硕士。】

这下许梦冬绷不住了，险些痛哭出声。

失去一个追求者她无所谓，失去一个刚刚上道的助手，她可谓损失惨重。

也是同一天，许梦冬再次故意晚睡，等到谭予回来，和谭予简单复述了整个事情的经过。

谭予手上拎了一把烤串进门。

难得正月头几天有开门营业的烧烤店，他路过，想起许梦冬以前就爱吃这些，于是去买了点。锡纸掩不住香气，他去厨房拿了个盘子装着："夜宵，

.069.

趁热吃。"

"吃什么啊，以后要我一个人直播了！"

"我帮你。"

"得了，你自己的事能忙明白吗？"

烤串好香。

许梦冬拣了一串烤鸡脖子，慢悠悠地啃："你说章启咋这样呢？到底是嘴上没毛办事不牢，一点事业心都没有。"

"你以前不是这样说的。"谭予帮她回忆她说过的话，"你说，章启年纪小，虽然是个富二代，但是很上进，好学又谦虚，以后一定能助你在电商事业勇攀高峰。"

"我说的？"

"不知道，自己想。"

谭予扭头进卫生间了，留许梦冬一个人啃着鸡脖子沉思。

他其实早就知道章启的近况，只不过没打算和许梦冬讲。

今晚饭桌上韩诚飞询问起的时候，他是怎么说的来着？

"想走就让他走，按正常标准给他结工资，如果有必要，我还可以给他开个欢送会。"

韩诚飞都要笑疯了。

许梦冬虽然不情不愿，但这事儿终归就这么结束了。她原以为自己不会再和章启有任何交集了，但隔天竟然接到了章启妈妈的电话。

她们曾有过一面之缘，还交换了微信，许梦冬对那位气质优雅的妇人印象很好，所以当对方约她一起出去逛逛街喝喝下午茶的时候，她没有多做考虑，就答应了下来。

"你说我穿哪件衣服好？这件黑的，还是这件？"许梦冬拎了两条裙子在镜子前比了又比。

谭予家的穿衣镜是老式的，右下角是一对彩色鸳鸯，左上角是话题汉字"百年好合"，是谭予父母结婚时的家当，也是快三十年的老物件了。镜子没有任何纵向拉伸的视觉效果，人是什么样照出来就是什么样，但许梦冬往镜子前一站，依旧细腰盈盈，身形窈窕。

不论男女，外形都能当武器。

谭予被许梦冬勒令站在镜子旁帮她参谋。

她肤色白，且眉眼秾艳，本就适合明亮的颜色，谭予的视线落在那条豆沙色的修身针织裙上。针织花样自上而下编成麦穗的形状，再于侧腰拧成镂空的结，大冬天的露出一截皙白的腰身……他看见许梦冬满眼兴奋，站在镜子前转圈，不知不觉就皱起了眉，冷了脸。

"黑的吧，"他语气也冷，"你不睡觉等我回来，就是为了让我帮你挑衣服？"

已经是深夜了。

许梦冬的睡眠生物钟好像越来越晚，起码这两天他深夜归家，她都还醒着，能与他说上一两句话。

谭予不能理解许梦冬如此重视章启的母亲到底为何缘由，就像他也不懂许梦冬的脑回路，为什么要让他一个钢铁直男在穿搭上为她帮忙。

当事人可没想那么多。

除了谭予，她身边也没活人了。

"……可我还是觉得粉色比较好。"许梦冬说，"比较显身材。"

谭予眉头皱得更紧："你为什么要显身材？"

许梦冬不假思索："韩诚飞说章启的妈妈是本市最大的物流公司的老板，我看过她的衣服和配饰，随便一件都是大牌，我作为合作伙伴，也应该打扮得体面一点，衣服不够，身材来凑。"

她倒是对自己挺有了解的。

谭予看着她腰侧那一小块白皙的皮肤，心里有点不是滋味。

"你自己挑吧，我睡了。"他走到卧室门口，又回头看许梦冬，"你们约了什么时候见面？"

"后天。"

"我送你。"

"哦。"

第二天晚上，许梦冬把裙子用熨斗熨了，然后洗了个澡，再从化妆包里翻出乳白色的指甲油来涂了两只手。闲来无事，她又把脚指甲也涂了。

从头到脚，事无巨细。

她想得很清楚。

她对章启和章启的家庭没有任何兴趣，之所以想和章启妈妈套近乎，也只是为了日后合作。如果关系处好了，物流费降一点点，积少成多也是不小的数目。

许梦冬为自己的经商头脑而自豪。

指甲油半干，她踩在沙发边缘，晃了晃脚，然后听见了门铃响。

"来啦！"

许梦冬以为是谭予忘了什么东西，回家来取。

她怕指甲油被蹭花，于是依旧光着脚，翘起脚指头，一蹦一蹦地往门口去。

刚洗的头发还没干，垂在肩膀，洇湿睡衣领口的一小块，身上满是沐浴露的馥郁香气。

"你忘什么啦？没带钥匙吗？"

她倾身开门，结果看见两张陌生又熟悉的面孔。

谭予的爸妈拎着大包小包站在门外，脸上的惊愕神色一点不比许梦冬少。

谭予收到许梦冬微信的时候正在饭局上，婚宴，新郎新娘都是谭予的高中同班同学，恋爱长跑，修成正果。

正月里不结婚是老习俗，但到了年轻人这里就不那么讲究了。曾经形影不离的朋友们四散在天涯海角，只有过年的时候才能齐聚老家，要想凑齐人，婚礼只能在这时候办。

新郎揽着新娘挨桌敬酒，敬到这一桌，谭予站起来祝一对新人百年好合。新郎用手臂锁住谭予的脖子，闹到一块儿去，就像从前上学时那样："哥们儿，我总算守得云开见月明了，你呢？什么时候轮到我俩喝你的喜酒？"

新娘也起哄："今天伴娘都是我的好姐妹，谭予，帮你推微信好不好？"

谭予把酒喝了，笑道："心领了，家里那个爱生气，别把我皮扒了。"

这一句话让新郎新娘都愣了。

这桌坐的都是老同学，谭予一直单身，平时日子过得又素又寡，大家都是知道的。

所以……

"那什么，你有情况了？"

谭予笑笑不说话，落在其他人眼里就是默认了。

"行啊，闷声干大事，什么时候定下来？我跟你讲，我也是亲身经历才知道结婚这事有多麻烦，回头我帮你补补课。"

"是是是，光是婚宴就要起码提前一年预订。"

"婚纱照！旅拍！也是要提前很久选地方！"

话题中心突然就转到谭予身上了。

一个男生搭着谭予的肩膀，酸酸地叹口气："咱们果然是到了年纪，这怎么一个个突然就不声不响都有着落了，我还跟这玩泥巴呢？"

白酒热辣，激得人心里暖暖的，谭予听着桌上你来我往，讲婚姻、讲房价、讲孩子……置身人间热闹烟火，那是一种于凛冽冬夜守着温暖壁炉烤火的安全感，谭予忽然有种冲动——要不他一会儿就去问问酒店经理关于婚宴预订的流程？

反正总是要订的，提前一点没什么不好。

还有结婚的彩礼，他这些年自己攒了一笔钱，不知道够不够满足对方家里的要求？

他自己对生活的物欲低，但不妨碍要给自己心爱的人最好的生活，让她衣食无忧，想吃什么吃什么，想买什么买什么。

那今年基地发展规划是不是应该重新理一下？

哦，对，还有房和车，他现在开的越野吉普不适合女孩子，女孩子会喜欢什么车？会喜欢韩诚飞给老婆买的那种可可爱爱的新能源？也不是不行，回头让许梦冬自己挑。

还有新婚旅行，国内还是国外？要提前办护照和签证。

还有……

微信一声响。

谭予回过神来时，都觉得自己可笑。

他从来不知自己有如此丰富的想象力，望见一片云彩，就自顾自幻想出春秋更迭，宇宙变迁。明明他计划里的女主人公此刻和他连恋人关系都算不上，他却把往后几十年的日子都铺陈好了。

微信接二连三地响起，全是文字消息。

谭予拿出手机看了一眼，正是某位女主人公找他。

许梦冬把一整段话分了好几条发，还有错别字，可见打字的时候有多慌乱着急，但谭予还是看明白了大意。

许梦冬：【谭予，你在哪儿，你快回来，快点快点。】

许梦冬：【你爸妈回来了，突然进门的，好像是误会了，我该怎么解释？】

许梦冬：【咱俩先对好词儿，你看到消息就回我啊！】

……

许梦冬：【回话啊！咋整啊！】

谭予被许梦冬突然飙出的东北话逗笑了。他给许梦冬回信息，安慰她别慌，他马上就到，然后起身和老同学们告别。

打车到家门口，谭予一眼就看见了在小区门口徘徊的许梦冬。

她穿着长款羽绒服，兜上了帽子，手揣在口袋里，跟个企鹅一样站在小区门口的马路牙子上，用脚尖踢着积雪，时不时还四处张望。

谭予走过去从背后拍她脑袋，她转身，帽子上的一圈绒毛衬得她脸庞澄澈，颊边有两片红，冻的。

谭予下意识就想上手帮她焐一焐，手都抬起来了突然意识到不妥，又生生落下去了。

"为什么在这儿等？"

"你爸妈在家，我说我去买点水果，就先下来了。"

许梦冬无非是不想和谭予的爸妈多聊，且也不知道如何解释自己一个离开了很多年的人，怎么就又突然出现了。她和谭予现在算是什么关系？朋友？朋友会穿着睡衣懒懒散散地突然出现在谭予家里吗？

"你爸妈为什么突然回家？不是去旅行了吗？"

"我也不知道，没和我说。"

谭予真的不知道。

年三十那天他原本要飞往广西和父母团聚的，但担心许梦冬一个人过年，临时改了主意。

谭父那时问他："你是不是有什么事儿瞒着我和你妈？有事情就说，一家人，没什么事情是解决不了的。"

他们以为是谭予事业上遇到了什么难处。

谭予鲜少露出苦笑。的确是个天大的难处，可惜没人帮得了他。

"我和你爸妈说，是我过年没地方去，你好心让我借住……这么说没问题吧？"

"随你，怎么说都行。"谭予帮许梦冬拉开单元门，"没什么可怕的，许梦冬。"

他一眼就把她看穿了。

许梦冬知道自己为什么害怕，她把对谭予的愧疚也投射到了谭予的爸妈身上。那些年，谭予爸妈对她好得没话说，他们知道她的家庭构成略微复杂，但从来也没有追问过，还依旧对她百般照顾，而她做出了那样白眼狼的行径，未曾交代一句就不告而别，简直罪该万死。

这无关她和谭予的关系。

她只是感到抱歉，因为谭予爸妈是那样和善亲切的长辈。

"等下。"

许梦冬心里在打鼓，闷头上楼，每踏一级楼梯都如有鼓槌在她心上重重地敲。谭予跟在她后面上楼，站在比她低一层的拐角，叫住她。

"干吗？"

谭予翻外套口袋。他身上沾染了清淡的酒气，并不难闻。他翻啊翻，许梦冬还没看清，他就已经把两个巴掌大小的小盒子塞进了她手里。是红色的喜糖盒，婚宴上他想着许梦冬在家，于是顺了俩回来。

"别愁眉苦脸的。"他说，"我不怪你了，我爸妈也不会怪你。"

真的是这样吗？

许梦冬看着谭予："我记得我刚回来的时候就和你说过了，如果同样的事情发生在我身上，如果以心相待反而被抛弃的是我，我会恨那个人一辈子，绝对不原谅。我就是这样的人。"

"我知道，但那是你，我不会。"

安静的楼道里，谭予顿了顿，把剩下的那半句咽了回去。

他本来想说，人和人的相处本来就不会是完全平等的，在他和许梦冬的这段关系里，他其实一直是处于低处的那一个。

就好像此时他们的站位。

许梦冬攥着那两个喜糖盒，抿紧了唇，阳光穿过楼道小窗打下来，打在她的头发上，谭予自下而上可以看到她眸子里湮灭的光彩。

"但是许梦冬，我不怪你，不代表我没有心，像你说的，是人都有情绪，"谭予语气特别平静，说出来的话却难掩心酸，"我还是想要一个解释。"

"有必要吗？"

"对你来说或许没有，对我来说，有，而且很重要，"谭予说，"不是所有事情过去了就是过去了，有些事情横在那里，是一辈子难越的坎，不论什么时候回头都要绊你一跤。你就当帮帮我，被人扔下的感觉一点也不好受，真的。"

谭予从她身边越过，向上走。

"当然，一切看你，你什么时候想说，我就什么时候听。"

许梦冬没有坦白的打算。

正如谭予所说，有些事情是不会轻易翻篇的，外人听的是故事，把你自己经历的如针如锥的人生，把你的不容易和烦恼告诉别人，痛苦就会减半吗？并不会。

还不如藏起来，永不见天日的好。

她攥着喜糖，把盒子都捏变形了，然后深深呼吸，调整了一个无懈可击的微笑挂在脸上。

谭父谭母还在家里，她得保持体面。

谭母是很通透的人，她没有追问许梦冬为何突然出现在家里，只是拉着许梦冬的手坐在沙发上，轻轻帮许梦冬顺着碎发："冬冬，一晃眼怎么就长大了呢？"

她笑眯眯地道："我还记得你和谭予上学时候的模样，你性格好，见谁都笑，不像谭予，冷着一张脸，好像谁欠他钱似的。"

谭予把瓜子、花生还有坚果端到茶几上："别损我。"

"说的是事实呀。"

谭父谭母打算订附近的酒店，被许梦冬拦下。她鸠占鹊巢，怎么能让两位长辈出去住？于是提议就在家里将就一晚，谭母和许梦冬一间屋子，谭父和谭予睡另一间。

"我明天就打算回镇子里住啦，打扰谭予这么多天我已经很抱歉了，今晚就和阿姨住一间房吧。太久没见，我有好多话想和阿姨聊，阿姨您别嫌弃我。"她把话说得周全，无懈可击，让人听了舒服。

谭母自然开心，就这么住下了。

许梦冬去卫生间时，透过镜子看自己前几天抓伤的脖颈，红痕还是挺明显的，担心被误会，于是她换了件高领的衣服遮住，可落在谭母眼里像是欲盖弥彰。

谭母早就看见了，并且默认两个孩子已经和好了，再不济也是在和好的路上。年轻人嘛，而且彼此都有情分。

"冬冬，愿不愿意跟我说说你这些年的日子？"

"你可以不当我是谭予的妈妈，你当我是老师，别忘了，你也是我的学生呀。老师想问问你，关于这些年的生活。"

谭母真的聪慧。

许梦冬望着泛黄的墙壁发呆："生活……其实谈不上，顶多算是生存。"

一开始，她不适应上海的气候，闷热、潮湿，夏天背上会起痱子；上学时的同班同学们富贵居多，她融入不进去，后来索性就独来独往。小时候觉得没朋友不能活，长大了却意识到孤独也不难熬，人生比孤独痛苦的事情有太多了。再后来……娱乐圈的故事乏善可陈，她其实一直在边缘，且那些糟烂事上网一搜就有，不需要她过多复述了。

她零零碎碎地讲，谭母认真地听，然后叹了口气："冬冬，老师真的觉得你是个好孩子。你还记得你们中考结束的时候，我和班上同学说过什么话吗？"

谭母当时说："同学们，虽然我接下来要说的话很残酷，但又不得不讲。老师希望你们记住，人生是一场冒险，不幸的遭遇无可避免，不是在这处，就是在那处。老师祝你们接下来的人生顺顺利利，每个难关都能有惊无险。"

最好一帆风顺，实在不行，那就乘风破浪。

"冬冬，你是个好孩子，有责任心，善良，重情义，就是运气不大好。"谭母说，"作为老师，能帮你的太有限。但作为谭予的妈妈，我想为你做点什么。你告诉阿姨，是不是有什么委屈？"

许梦冬沉默了，许久，轻轻笑了笑。

谭母轻抚她的肩膀，似乎在斟酌："我是不是没有和你讲过谭予的事？"

"什么事？"

谭母回忆着："你们读大学那年，你跟他分手了，我和他爸爸一开始还以为你们是吵架，后来才发现不对，谭予说他找不到你了。谭予的爸爸一直教育他，男孩子有泪不轻弹，他从小到大也很少哭的，但那天他掉眼泪了。"

那是许梦冬不曾了解过的故事。

她和谭予都缺席了彼此的一段人生。

那时许梦冬刚刚在网上提交了报考志愿。

谭予一直在规划大学的日子，想着去了北京以后他们多久能见一面？戏剧学院和农大离得远不远？周末去哪里玩？许梦冬一直想去国家大剧院看演出，是不是要提前抢票？故宫初雪听说很美，那是不同于东北雪乡的温柔浪漫的美，他要带许梦冬去拍好多照片。他的女朋友那么好看，拍出来一定会更漂亮……

许梦冬听着谭予兴奋地喋喋不休，全是对未来的无尽向往，只是微笑着回应。

她有很多事情没有告诉谭予。

比如，一天之前，她悄悄把第一志愿从北京改到了上海。

比如，一个月之前，她和家里人彻底决裂，萌生了离开的念头。

再比如，三个月之前，她险些被爸爸掐死在家里，如果不是姑姑突然回来，她真的就断气了。爸爸对她下了死手，脖子上的瘀青很吓人。

这些谭予通通不知道。

他们每天都混在一处，把最真诚澄澈的感情都给了对方。谭予沉浸在快乐里，昏了头，只顾一次次亲吻她，却没有发觉她的异样。

现世报多快呀，他的报应来了。

许梦冬走了，什么预兆都没有，就那么突然人间蒸发了。

谭予联系了许梦冬所有的同学、朋友、闺密，却得知许梦冬没有给任何人告别，没人知道她去了哪里，报了哪所学校。她像夏末的蝉鸣，跟随着最后一缕夏日晚风，就这么无声无息凭空消失了。

谭予思前想后，去找了许梦冬的姑姑姑父，即便他知道许梦冬一向对自己的家庭讳莫如深，不想他靠近，但他没办法。他还顾及着礼数拎了东西上门拜访，却看见许梦冬的姑姑擦着眼泪。

姑姑说："冬冬留了封信就走了，不知道去哪里了。一个小姑娘，会不会遇到危险？冬冬走的时候就揣了点零钱，学费从哪里来？她会不会被人骗？会不会走丢？"

谭予看了那封信。

寥寥几行而已，许梦冬叮嘱姑姑姑父不要为自己担心，她已经成年，完全可以为自己的生活负责，她会过得很好，等她安定下来再联系家里。

几行字，谭予念了一遍又一遍，他试图从字里行间找出许梦冬给自己留的话。

可惜没有。

他觉得自己脸上火辣辣的。

许梦冬连一个标点符号都没写给他。

多决绝，多厉害的姑娘。

小兴安岭上的松树挺拔，把这里的女孩子养得同样凛冽刚强，天不怕地不怕。

"阿姨，对不起。"

谭母握着许梦冬的手："不要道歉，冬冬，阿姨跟你讲这些不是想让你道歉，人一辈子太难太难了，你当时做出那样的决定一定有你不得已的理由。阿姨只是心疼你，谭予没有照顾好你，那时他也不成熟，但我觉得这些年过去了，他应该护得住你了。"

谭母还说起了谭予去找学校老师的事。

学校方面对于毕业生的归属是有保密责任的，谭予走投无路，最后只能拜托谭母找了在高中相熟的老师，拜托对方查了许梦冬的档案，最后才得知许梦冬的志愿报去了上海。

许梦冬曾说过很多次自己受不了南方城市的气候，讨厌闷热冗长的梅雨季，可她还是去了，不声不响，果断迅速，甚至全程没有透露给谭予一个字。他在她面前兴致勃勃地规划未来，简直就像笑话一样。

我在畅想以后，而你在预谋离开。

床的另一边，谭母已经微起鼾声。许梦冬却很晚还没有睡着。

谭父谭母的突然出现证实谭予说了谎，他原本应该和家人一起过春节的。他二十几年的人生里为数不多的几次说谎，都和许梦冬有关，这令她惭愧又煎熬。

谭母说："你们年轻人的事，自己去研究。你和谭予日后能重归于好，或者是说开了，只当朋友，都行。阿姨只有一个要求，以后要常和阿姨联系。"

谭母最后又说了一句："冬冬，不要妄自菲薄，也别逞强，真正爱你的人不希望看到你这样。"

冬夜那么安静。

窗玻璃上覆盖着一层朦胧雾气，看不清外面的灯、云彩，还有月亮。

许梦冬悄悄起床，轻手轻脚打开房门再关上。她又失眠了，要去厨房冲药喝。

她路过另一间卧室时，却听见里面有说话声。

老房子的隔音是大问题，而卧室门又没关严，她多么希望自己没有听清内容，可那是自欺欺人。

她还听见了打火机打火的声音，一下，隔了一会儿，又一下。

谭父是老烟枪，谭予却从来没有抽烟的习惯，至少在许梦冬的印象里，他身上永远是干干净净的清冽，不沾烟草味。可这一夜，他和父亲立于窗边长谈，却破天荒地点了一支烟。

尼古丁让人头脑发昏。

谭予抽烟的动作并不熟练，他看着自己指尖星点似的红光，想的全是许梦冬因寒冷而泛红的面颊，还有湿润的眼眶。

不是一家人，不进一家门，谭父讲话也习惯直来直往，但与谭母不同的是，他多了几分男人间的沉重和正式。

"谭予，你要讲实话，你拒绝二叔叔给你介绍的女孩儿，是不是因为冬冬？"

"是。"

"你还是想和冬冬在一起？"

"想。"

"你不记恨她？"

"恨。"

许梦冬安静地站在门外，一颗心收紧，像被洗衣机狠狠搅过，再甩干。

谭予早就说过记恨她，她知道的，只是他的那份恨意在爱意面前是那样脆弱不堪。

她不是傻，也不是反应迟钝，谭予的爱她感受到了，也正因为感受到了，所以才害怕、才会想躲。

谭父沉默了一会儿，似乎是把手里的烟抽完才叹了口气："有些话本不该我来说，但你妈妈叮嘱过我，我是来完成任务的……冬冬的家庭，你了解多少？"

"她和她姑姑姑父一家人生活，还有一个表妹，"谭予略微低头，"她妈妈在她很小的时候就离开了，这么多年没有联系，至于她爸爸……"

许梦冬心跳停拍，紧紧攥上拳。

"……她爸爸做生意失败，赔光了家产，滥赌，后来入狱。监狱只允许直系亲属探望，我去不了，但打听到他的服刑期在去年刚结束，冬冬也没有去看过他。

"那么多年他一直靠着冬冬的姑姑一家人生活。

"冬冬因此觉得自己和爸爸一样，都是累赘。

"我不知道他还会不会出现在冬冬的生活里，我只是想陪着冬冬，以前她觉得丢脸，瞒着我她家里的事，现在我知道了，就没必要装傻。冬冬一个人扛不住的，我得帮她，就当是弥补以前吧。"

弥补以前，弥补许梦冬在自己看不见的地方受到的委屈。

许梦冬并不知道，在她孤身在外漂泊的这些年，谭予已经把她家里的事情摸清了六成，谭予也因此自责。那时候他们都太年轻了，十八九岁的少男少女哪有坚实的肩膀挡风浪？许梦冬瞒着谭予她家里的事，一是不想让喜欢的人看轻自己，二是因为说了也没用。

他们都太稚嫩了。

"我询问你冬冬家里的事，不是怀疑她、嫌弃她，我和你妈妈的意见一致，希望你考虑清楚。如果你选择了冬冬，就得把她的担子担起来，这是男人的责任，护不了媳妇儿，那不叫爷们儿。冬冬她真的不容易。"谭父说。

许梦冬没有听见谭予的回答。

静了好久，她才听见谭予莫名的一声轻笑。

"我原本想问清楚她当初离开的原因，但现在想来，没那个必要。"谭予说，"生长在那样一个家庭里，想要逃离是本能，我就怪我自己，当时怎么就瞧不出来她的苦衷。"

"想好了？"

"嗯，想好了。"

"男子汉，一个唾沫一个钉，把冬冬看住了。"

谭予擅长理科，擅长逻辑思维，擅长凡事以结果为导向。既然打算和许梦冬死磕到底了，那什么过往，什么记恨，那些被时间的灰尘所掩埋的你来我往，都成了无所谓的细枝末节。

他依旧想要一个解释，但好像也不是那么着急。

人都在他身边了，急什么呢？

等她愿意敞开自己，等她对他完全信任。

这是一个漫长而辛苦的过程，而他最不怕辛苦。

房间外有人影闪过，谭予没注意到。

第二天一早，谭予醒来的时候，许梦冬就不见了。

桌上搁着热乎的豆浆油条豆腐脑，应该是许梦冬从楼下买回来的，三人份的，不知道她自己吃没吃。

谭予去客厅找许梦冬的小行李箱，发现行李箱也没了。她放在卫生间的洗漱用品也都清扫一空，台面上干干净净，没有人使用过的痕迹。

谭母懊悔："我是不是昨晚说多了，把冬冬吓跑了？还是说，她觉得和我们相处尴尬？"

谭予拨弄着桌上那两盒喜糖，里面大多数糖没动，就少了两颗俄罗斯紫皮糖。

许梦冬小时候就喜欢吃那种糖，巧克力外皮，里边是黏牙的焦糖和花生碎，可惜现在市面上很多都不正宗，不好吃。喜糖盒里的是正宗的，上面写着俄文的。

他一想到许梦冬偷偷扒开糖皮儿，把糖塞进嘴里，再小心翼翼把喜糖盒折成原状的样子，就忍不住笑。

谭母以为自己儿子受刺激了，傻了。

"你给冬冬打个电话，告诉她，我们今天就回广西了，让她回来吧。"

"不急。"谭予说。

他陪谭父谭母吃了早饭，送他们去机场，再回到家的时候，坐在许梦冬睡过的床沿给她打电话。

八年过去了，他们都成熟了。

许梦冬不会不告而别，也不会玩失联了。

她很快接起电话，告诉谭予自己要回镇上，先把行李送回去，然后还要去赴约，她今天约了章太太吃饭逛街。

她说："谭予，谢谢你这些天的收留，你是我最好最好的朋友，以前是，以后也是。"

"别扯，"谭予隔着电话凶她，"谁想跟你当朋友？"

"谭予，我明白你的意思，我也不是矫情，是因为昨晚我不小心听到你和叔叔讲话了。"

不愧是许梦冬，东北姑娘，有话直说，万年如一日的坦诚："但是对不起……别在我身上浪费时间。"

"你的意思是我们不可能了？"

"是。"

"行，我知道了，"谭予反倒笑了，"你和人约了在哪里见面？"

"干吗？"

"说好了，我送你。"

"不用了……"

谭予已经站起来了："别磨蹭，发定位。"

电话里有起身穿外套的声音。

许梦冬觉得无语："谭予，你是不是没听懂我讲话？还是你故意的？"

"对，故意的。"

谭予拿出几分无赖的架势。他读书时从来没叛逆过，如今快三十了，反倒有了那么点逆反心理的意思。

许梦冬在镇口等他，远远看见黑色越野车穿越寒风。谭予下车，帮她开车门。

"谭予，我能问问你这是要干什么吗？"

温暖的空调让人心尖松泛，许梦冬侧过头看谭予的侧脸。那些年，他也是这样风雨不误地送她放学回家。她喜欢坐大客车靠窗的位置，那时，傍晚的霞光雕刻出谭予侧脸的模样，和此刻别无二致。

也不是。

现在更坚定、更沉稳了，还有点运筹帷幄的力量。

他们真的和以前不一样了。

不一样的人，会写不一样的结局。

谭予启动车辆，盯着前方。

"冬冬，你愿不愿意跟我再试一试？"

许梦冬皱起眉头看他。

打死她也想不到这种话会从谭予口中说出来。

"我可以不考虑以后，不考虑未来，甚至不涉及结婚那一步，就只是两个人在一起，开心一天是一天，你愿不愿意？"

谭予面无表情，神色淡淡的："别急着否定，我了解你，你虽然没说，但这不就是你最想要的吗？"

谭予把许梦冬的每一条筋脉都摸得清清楚楚。

他知道她也放不下，也知道她患得患失，还知道她在躲避风险。

与此同时，他也有点心酸，因为他只能先用这种方式留住她。

先把人看住了，先把人锁在自己身边。路还很长，慢慢来，不急，真的不急。

"你考虑一下吧！"

许梦冬犹豫半晌："你知道你在说什么吗？"

谭予点点头："知道，我很清楚，所以建议你也别装傻。"

"我没有装傻，你想用这种方式把我留下来。"

许梦冬多么聪明，她怎么能不懂？

"这只是在浪费时间。你爸妈给你介绍了很好的女孩子……"

谭予打断她："你应该没有资格评判我，我愿意把时间花在谁身上都是我的自由。"

"我迟早还是会离开你。"许梦冬从没有这么冷静过，"或许要比八年前还惨烈。"

上了高速，车辆开始飞驰。

不断飞速后退的风景里，谭予笑了笑："真有那一天，也是我自找的，我认了。"

言语被吹散，带起簌簌长风。

"我记性不大好，你帮我回忆回忆，"许梦冬在副驾驶座调整了一个舒服的坐姿，歪头看着谭予，神情颇有几分自嘲，"不久之前你把我带回家，都那样了，结果刹车了，我记得那时候你很纠结来着。"

纠结到一遍遍问她：我们到底是什么关系？说啊！你说！

她不回答，他就不肯给她个痛快，最后两个人各自憋了一股火，不欢而散。

这才是许梦冬印象里的谭予，他接受的教育不允许他拥有不清不楚的关系，好像护食又一根筋的狼，他一定要确定身下的猎物切切实实是属于自己的才肯下嘴咬。

许梦冬瞄了一眼谭予握着方向盘的手，那修长的指节在那晚曾轻抚过她，可也硬生生叫停了，多有自制力的人。

她移开目光，轻轻发问："……那时候你不同意，这才隔了几天，怎么又改主意了？"

谭予平视前方，纠正她："你听清了，我说的是在一起，是正常的恋爱关系，我要当你男朋友，不是见不得人的那种关系。"

顿了顿，他又补充道："我答应你，在这段关系里你有绝对的自由。对我不满，你可以随时随地抽身，我也不会强迫你对我负什么责任，比如成家、婚姻、日久天长什么的，我不在意。就只是单纯的恋爱关系，没感情了就随时停止，谁也不亏欠谁，能理解吗？"

许梦冬挑了挑眉，嘴硬："你就那么确定我对你有感情？"

谭予不回答，连一个表情都没给她。

许梦冬讨了个没趣儿，撇撇嘴："那你对我有什么要求？事先讲清楚，我看我能不能接受。"

"第一，我们是恋爱，所以要在这段关系存续期间保持忠诚。"谭予像是早就想好了，"第二，分开可以，需要说清楚原因，好聚好散，不能不告而别。"

"没了？"

"嗯。"

许梦冬食指敲着膝盖，沉默地望向车窗外，看景色由单调银白的山林渐渐变成热闹市区。

"我考虑考虑呗？"

"成，"谭予说，"但是别太久。"

"等不起？"

"对，我等不起。"

谭予将车子停在市里最热闹的商场门口，这是许梦冬和章太太约定好见面的地方。

春节假期只到初六，此时商场门口来往的客人已经少了许多。

"几点结束？需要接你吗？"

"接你个头，别来烦我。"许梦冬也不知怎么了，或许是自觉被谭予拿捏了，胸中憋闷着一口郁郁之气长久出不来，恨不得骂谭予几句。还好忍住了，她拎起包下车，高跟长靴踩得虎虎生风。

章太太已经到了。

她站在一家奶茶店门口，手里拎着两杯打包好的布丁奶茶，正在仰头看商场负一楼超市张贴出来的促销海报。

许梦冬从前在上海也认识不少有钱人家的富太太，她们有的是自己能力强白手起家，有的是继承家业，但共同点是到了一定消费层级后会更加自律，更加注重养生和健康，像奶茶这种高糖饮品坚决不会染指。她们会聊生长在岩壁上的母树大红袍，出门保温杯里带着的是燕窝乳盏。

许梦冬当然不会以为章太太喝不起茶叶或燕窝，只是觉得她跟自己见识过的那些有钱人很不一样。

就比如，她看到许梦冬走进门，会夸张地过来给许梦冬拥抱。

许梦冬回抱她时才瞧见她手上拎着的除了奶茶，还有在旁边蛋糕店买的一元蛋挞。香倒是挺香的，就是塑料口袋沾了油，还蹭到了她昂贵的围巾上。

"冬冬啊，你的靴子真好看，哪家的？"

许梦冬低头看了看："……记不住了，一个网红小牌子，质量不大好，鞋跟不稳……"

"哎哟，那不行，我女儿刚学穿高跟鞋，我怕她崴脚，还是给她买个稳一点的。"

章太太说过，自己女儿和然然差不多大，那就是正在读高中的年纪。

"十几岁的女孩子都爱美。"

"是啊，花一样的年纪，说好也好，说愁人也是真愁人。"章太太说。

她让许梦冬叫她"姐"。她提前预订了楼上的一家日式烧肉，席间一直和许梦冬聊孩子——正值青春期的女儿，还有那个在国外待了几年就不知天高地厚、每天都在闯祸的儿子。

许梦冬贴心地承担了烤肉的职责，一边忙活，一边安静地倾听，直到章太太问："章启前段时间是不是惹你烦了？"

许梦冬拿长夹的手一顿。

"他跟我说了，在工作里认识一个漂亮的姐姐，他很喜欢，要追，我就猜到是你。后来过了没几天又跟我说他失败了，要去澳洲度假，治情伤。"章太太笑骂，"什么浑蛋孩子。"

许梦冬原本就拿不准章太太请她出来逛街吃饭的缘由，提起章启更是有些惴惴不安。看到她慌乱的神色，章太太哈哈大笑："不是，你别怕，我又不是来兴师问罪的。章启还没长大，想一出是一出，我还怕他不懂分寸招你烦呢。"

许梦冬只好尴尬地微笑着说："没有。"

"其实我今天约你出来，一是因为章启在国外，我女儿昨天和同学去滑雪了，今天在家睡大觉，实在缺个人陪我逛街，"章太太解释，"二是我想和你聊聊关于菌种基地的事。"

许梦冬没想到自己这么快就会收到邀请她跳槽的橄榄枝。

"你也知道，我家是做物流公司的，我想问问你有没有意愿换个工作，来我这里？"

面对许梦冬讶异的表情，章太太详细阐述了自己对她的欣赏——章太太看重许梦冬外形好，情商高，又在娱乐圈里混过，会待人接物。且之前她看过几场基地电商直播，觉得许梦冬能吃苦，又机灵，还有一股子韧劲儿。讲句俗不可耐的话，她觉得许梦冬很像年轻时的自己。

"小韩他们没有跟你说过我家里的事吧？我并非嫁给了有钱人，物流公司是我和我父亲一手做起来的。严格来说，我对公司有百分百的决策权。"

她这么一说，许梦冬就明白了，女老板，实权派。

"我就直说了，我觉得你在我这里发展，要比在菌种基地更有前景。"

餐厅暖气很足，铁板之上，和牛被烤得卷了边儿。

谈起事业的章太太与之前判若两人，她详细地帮许梦冬拆解了职业规划与瓶颈，她平静地告诉许梦冬，乡村电商这条路是风口，但天花板也有限，伸手就碰到了，不可能做大，自负盈亏赚个衣食无忧尚可，努努力也能帮当地农民提升生活质量，但也仅限于此了。考虑到市场同类产品的竞争，这个菌种基地还是太稚嫩了，这些农产品没有任何出彩的地方。

许梦冬并不同意，她试图说服章太太："小兴安岭地大物博，山林里藏了很多好东西，有市也有价，手段不成熟可以再进步，但不能一棍敲死。"

章太太笑了："我也是东北人，冬冬，我当然知道这片黑土有多宝贵，但是你以为只有你一个人有乡愁吗？那么多人都尝试过了，你凭什么认为你会成功呢？"

往大了看，苍茫无垠的东北平原是祖国粮仓，有一年一熟油亮甘香的东北大米，有颗粒饱满金黄满眼的大豆高粱，有糯香板栗，有纯粮小窖……

往小了看，小兴安岭腹地里有硕大饱含营养价值的蓝莓，有可做药用的珍贵的野灵芝，还有家家户户都种植口感弹润的东北黑木耳，有猴头菇，有猴腿菜……

可这些东西，有几样走出东北了？

只有东北人知道它们的好，出了山海关，再无人识。

"你想凭一己之力做到什么程度呢？"章太太问许梦冬。

"不是我一个人，"许梦冬下意识反驳，"还有韩诚飞、谭予他们……"

"是，我知道，不瞒你说，我也和他们聊过了，东北的人才市场缺少你们这样厉害的年轻人。我也缺，我给他们开了高薪，他们也不愿来我这儿。"章太太有几分无奈的神色，"你知道在咱们这儿，想招点像样的年轻人有多难吗？"

许梦冬目光坚定："我知道，回到东北，留在东北，这个决定对于我们来说同样艰难。"

我们？

这个称呼让章太太陡然回忆起那次聚餐的饭桌上，谭予默不作声给许梦冬夹菜的场景。许久，她嘴角浮上一抹笑："啧，是我忘了这一茬。"

她不跟许梦冬解释太多，也不强求，只是笑着告诉许梦冬，她身边有个助理的职位给许梦冬留着。所谓助理，能力和美貌都要有，她觉得许梦冬够格，让许梦冬好好考虑，随时都可以给她答复。

这顿饭许梦冬没吃几口，倒也没觉着饿。

章太太挽着许梦冬的胳膊下电梯，看见一楼有热气腾腾刚出锅的糖炒栗子，于是拐了个弯，去给在家里睡大觉的女儿买上一包带回去。等打包的时候，章太太问许梦冬："你家里都有什么人？爸爸妈妈都还在伊春吗？"

许梦冬望着在大锅里翻滚的一颗颗栗子，油亮亮、香喷喷的，有几分出神，撒了个谎："……在。"

"那我的建议是，回去和爸爸妈妈聊一聊，关于自己的职业规划，他们毕竟是过来人，而且父母永远都为孩子好，他们的意见值得参考。"

许梦冬沉默了。

她也拎了一袋糖炒栗子，去停车场送章太太，并且婉拒了对方送自己一程的邀请，只说自己吃多了，想散步回家。

外面的冷风那么狠，散步还是受刑？许梦冬也不知道，她只是小心地把糖炒栗子抱在怀里，像捧了一个小暖炉，暖着冰冰凉的胸口。迎面走过来一对相互搀扶的老夫妻，戴着老式的围巾帽子，拉着用来买菜的两轮小车，苍老沙哑的声音聊着孩子们马上要启程回去工作了，要多买点笨鸡蛋给他们带走。

许梦冬一个不小心踢到了车轮子，小声地说："抱歉。"

父母永远都为孩子好。大部分是如此的。

比如远道带走的笨鸡蛋，比如糖炒栗子，比如姑姑为了给高三的然然补脑，剥的一袋又一袋山核桃……

许梦冬想起自己小时候也喜欢吃核桃，还有榛子、松子、碧根果这些小零嘴儿。

有一次，许正石从广州给她带回来一大袋零食，都是她没见过没吃过的。里面有裹了亮晶晶糖浆的琥珀核桃仁，还有一颗颗圆滚滚的像榛子一样的坚果。许梦冬看了包装才知道那叫夏威夷果，家这边没有。

许正石还给她带了不少漂亮的裙子，都是广州白马的货，非常漂亮。许正石背着许梦冬，问她："这一年想不想爸爸？"

她脑袋搁在许正石脖子上，说："想，爸爸我可想你了，你别走了行不行？"

许正石捏捏她的脸："老爸得出去赚钱哪，得给我们冬冬买最漂亮的裙子和袜子，还有拉带小皮鞋。"

那双小皮鞋其实穿着不舒服，打脚，还带着一截跟，许梦冬还是把它穿去了学校的新年联欢会，在小朋友堆儿里当领舞，跳了一段《种太阳》。

许梦冬一脚踏进单元楼道。

稍微暖和了些，呼号的冷风被隔绝在外，像鬼哭。

许梦冬踩着高跟靴子逛了一天，脚踝微微发胀，这么多年她已经习惯穿高跟鞋了，就像时光轰鸣而过，她早已适应没有父母参与的人生。

那些年许正石对她是掏心掏肺地好，爸爸对女儿，怎么能不好呢？可是许梦冬怎么也没法忘记，后来，也是那样好的爸爸，掐着她的脖子把她按在炕上。空气里弥漫着烧纸钱的呛鼻味道，他的双眼布满红血丝，下手的力气也是实打实的。

他说："你妈，还有你，咱们全家人一起去死吧！"

一起去死。

都别活了。

数九寒冬的风狠狠撞在门上，轰隆隆，轰隆隆，像是催命的号角。

许梦冬本能地捂住脖颈，指尖隐隐有糖炒栗子的香甜味。她站在姑姑家楼道里缓了好一阵，等这要命的心悸感缓过去，才拎着糖炒栗子慢慢上楼梯。

妈妈走了，许正石进监狱了。

没人爱她了。

父母永远都为孩子好，会为孩子付出一切，许梦冬不想爸妈为她付出一切，就只是想要他们回来，三口人有个家，不至于再让她寄人篱下。

姑姑对她好，但终究是不一样的。她要时刻警醒着自己受到的恩惠，她要感恩，要把身上最好的东西回报给姑姑姑父，比如积蓄，比如房子，比如手里的糖炒栗子，如此才会心安。

因为这个世界上，除了父母外，所有的爱都是明码标价的。

她在家门口站定，深深呼吸。

敲门。

"姑！我给然然带了糖炒栗子！"

门开了。

许梦冬仰头，看见谭予在门里站着，愣了好几秒。

"你？"

姑姑从谭予身后挤过来："冬冬！谭予来了，来给我们拜年。"

许梦冬站在门口继续发愣。

"你这孩子，你和谭予谈对象为什么不和家里说呢？我们应该邀请谭予来家里吃饭的。"

谭予欣赏着许梦冬的怔然，回头微笑应着，态度谦和："姑，别跟我见外，我是小辈，来拜年是应该的。"

姑姑拉了一把许梦冬："进来啊！愣那儿干吗？"

许梦冬迟疑地把靴子脱了，光脚走进来。

谭予看了一眼她那薄薄的袜子，弯腰给她递来拖鞋，摆好："别着凉。"

世界上所有的爱都是明码标价的。

是吗？是这样吗？

会不会有例外呢？

许梦冬慢慢在谭予身边坐下，趁姑姑去倒茶的工夫低声问："你来干什么？"

谭予低头看着她被冻红的手指尖："身为你男朋友，来给你家里拜个年，不应该吗？"

"什么男朋友？"许梦冬攥了拳，继续低声吼他，"我答应你了吗？！你跟我耍无赖耍上瘾了是不是？"

姑姑姑父在厨房，没听见他俩的"斗争"。

谭予回道："我给你时间考虑了。"

都一下午了，该考虑好了吧？

许梦冬恨得牙根痒痒，她不知如何和姑姑姑父解释，可偏偏谭予神情无比自然。他默不作声地拉过她攥成拳头的那只手，轻轻地，一根根掰开她的手指头，和自己的手指相扣，握紧，然后放在膝盖上。

"这么凉……冷不冷？"

许梦冬心里想着，不冷，冻死也是我的事，不要你管！

但她说不出口。

因为谭予的手是暖的，温热由指尖蔓延到四肢百骸。

她甚至在抖。

谭予察觉到了，牵她的力度重了几分，但又觉得不够，干脆把她整只手都包裹在自己掌心里，紧紧握住，还放在唇边轻轻呼了呼。

他看进她慌乱的眼里。

许梦冬在谭予清澈的眸子里瞧见的，却是胸有成竹的光彩。

"许梦冬，你别犟了。"他说。

风雪覆盖整个平原,大雪降下,冰封千里,东三省有那样漫长难熬的冬季。然而,再艰难的山坳也总有攀过去的一天,初春的和煦微风吹过之时,河水总会化冻,冰雪会渐次消融。

即便心尖上的落雪存了很多年,也总会迎来骤然春回,草长莺飞。

许梦冬在轰然的心跳声中,一点点抽回自己的手,只是面上依旧平静,像是什么波澜都没有。

谭予说对了,她犟,明明谭予的提议她也很感兴趣,明明她对谭予的小心思从重逢的第一天开始就疯狂滋长,可她不想承认,放不下架子。更离谱的是,自己竟像十几岁的小姑娘一样,微微红了脸。

东北人习惯把男朋友女朋友称作"对象儿",许梦冬喜欢这个称呼,有种莫名的亲近感。

她去厨房洗水果,然然跟着进来,神秘兮兮地靠近许梦冬耳边:"姐,这就是你以前那个对象吧?你俩又和好了?"

当年她和谭予在一块的时候,然然不过十岁,倒也明白事了。

许梦冬剥了一颗栗子塞然然嘴里:"管闲事儿呢你,吃!把嘴堵上!"

谭予带来不少东西,许梦冬也不知道他提前多久准备的,有车厘子、橄榄油、营养保健品,还有一些北方不常见的苏式糕点。看得出来是用了心,不是山货或水果、牛奶这种遍地常见的串亲戚套餐。许梦冬端着一盘洗好的车厘子,正巧看见谭予礼貌谦逊地和姑姑姑父道歉:"……其实早该来拜年的,只是前几天冬冬太忙了。"

许梦冬愣了愣:"嗯?"

"没事没事,都是一家人,咱不讲究那些。"姑姑接过水果,示意许梦冬去冰箱看看还剩什么菜,谭予第一次来家里,不能太寒酸。冬天绿叶儿菜少,幸亏家里还有榛蘑,冷冻层里还有年前姑姑的公婆从吉林杀好带来的一整只鸡——农村溜达鸡,肉质又紧又香。

东北有句名言叫什么来着?

——姑爷领进门儿,小鸡吓断魂儿。

说的就是小鸡炖蘑菇。

照姑姑这意思,这只鸡今天是要"遭殃"了。

许梦冬瞥一眼谭予的后脑勺,一屁股坐沙发上:"我不去,给他煮碗面条得了。"顺顺溜溜,吃完快滚。

"你这孩子……"

谭予站起来,把在厨房里忙活的姑父请出来,然后说:"没事儿,您坐着,别忙,我去就行了。"

"那怎么行?"

"您也说了,都是一家人,别跟我见外了。"他朝倚在沙发上东倒西歪的许梦冬伸出手,"冬冬,帮我一下?"

许梦冬撩开眼皮看他一眼,目光降落在他掌纹分明的掌心之上,手指不自觉地动了动。她暗骂自己怎么就这么没出息，心跳个什么劲儿？今天到底是怎么了？昨晚没睡好？还是中午没吃饱，太饿了低血糖？

反正绝对不肯承认就是谭予闹的。

谭予当然不会真的让许梦冬做什么。许梦冬慢悠悠地剥着手里的蒜头，用余光看谭予利落地剁鸡、切配菜、泡蘑菇和粉条，真把自己当这里的主人了。她舔舔嘴唇，低声问他："你不觉得有点草率吗？"

谭予抬了抬手："袖子，再帮我挽一下。"然后回答，"还行吧，当初你跟我表白要我当你男朋友，也是这么草率的。要我帮你复习一下吗？"

有什么可复习的？时不时就梦见的场景，再过多少年也不能忘。许梦冬还记得那时屋子里闷热难当的空气，窗外吵死人的蝉鸣，她在谭予怀里喘不过气，他力气那么大，好像稍稍泄力她就能跑了似的。亲吻也用力，十八岁好像拥有无限精力和热情，唇舌绞在一起，烫得吓人。

她说，你得当我男朋友。谭予一点犹豫都没有。他好像早就做好了十足准备，他十八岁时就有那样的觉悟，自己这辈子剩余的时光怕是都要拴在许梦冬身上了。

"许梦冬，想什么呢？"谭予似笑非笑，把她看穿。

他手上还拎着刀，冷光闪闪的菜刀，剁完肉沾了点血。

许梦冬的目光从刀刃那儿一点点上移，最终停在他分明的唇上，心思分明，就这么飘远了。

他是真的了解她。

许梦冬挪开视线，压住心里的叫嚣，对谭予说道："鸡块剁小一点，太大不好啃。"说完，她洗洗手，出去了。

家里没啤酒，姑父开了谭予拎来的两瓶干红。

许梦冬最讨厌喝红酒，抿了一口，顿时被那酸苦的味道激得皱了眉。谭予坐她右手边，默不作声地把她的杯子拿走了。一顿晚饭下来，都是谭予在和姑妈姑父聊天，谈自己的基地运营状况，谈现在农产品销售渠道，谈他这几年的事业规划。

许梦冬啃着鸡块，她觉得话题未免有些太正式，真有点新姑爷上门表忠心那意思了。但她不插话，只顾闷头吃，吃饱了再抬头，一瓶红酒已见底。

谭予肤色白，一喝酒脖子先红。许梦冬看到他衣领边缘那一小块发红的皮肤，莫名其妙就觉得渴，拎来茶壶给自己倒了一杯茶，喝了又怀疑是家里供暖太足了，怎么这么热呢？

她顺手抽了张洗脸巾，打湿了拧干，扔在谭予的后颈上："你热不热？擦擦汗？"

"哦，谢谢。"谭予声音也哑，像是筛过的细沙。他继续和姑父说话，许梦冬默不作声坐回去，她吃饱了，但不想下桌。心里天人交战了一会儿，她终于还是把手从桌底下探了过去。

她轻轻地，轻轻地，摸上谭予的大腿。

谭予话说了一半，登时卡壳了。

许梦冬面上不显，另一只手挂着下巴，笑着看谭予的侧脸，一双眼水汪汪的。

说啊？怎么不说了？

男人一到年纪就爱聊事业、聊经济政治，谭予还不到三十，可不能被姑父拐跑了，有这苗头得赶紧掐断。

她不动声色，好整以暇。

桌上其乐融融，桌下暗流汹涌。

谭予的思绪像烟花炸开，许梦冬的手就搁在他大腿上，先是手掌，然后是指尖，像弹琴一样。初中音乐课上教过电子琴，许梦冬是学得最快的，第一个弹出了《小星星》，她白皙的手指灵活而轻巧，一如此刻。

"谭予，吃菜，别光喝酒。"姑姑说。

许梦冬也咯咯乐："是啊，少喝点，一会儿神志不清了。"

谭予在桌下捉住她作乱的手，狠狠攥紧，向她投来不善的一眼。那眼神许梦冬看懂了，是让她老实点。可她今天就是躁动，一颗心被谭予吊得不上不下，必须要在其他地方找补回来。

她发现自己真喜欢看谭予吃饭还有喝酒的样子。他是真的教养好，和长辈喝酒也保持清醒，添酒添菜，什么东西夹到碗里都会干干净净吃完，让人看了就舒坦。

她默默把手缩回来，喝了一口茶水，然后起身去卫生间。

她躲在卫生间里给谭予发微信消息：【要不要再考虑一下那天的提议？】

隔着卫生间的门，许梦冬听见谭予的微信响了。他为打断对话而道歉："不好意思，是工作上的事。"

然后，许梦冬很快收到了他回的一个问号。

许梦冬：【问号什么问号？带不带我回家？】

许梦冬洗了一把脸，看着镜子里的自己，忽然自嘲：许梦冬，你怎么就这么没出息？

难道是因为春天快来了？

她今天有点迫不及待，就是想和谭予发生点什么。

不怪她，是他先招惹的。

谭予的回应很快来了：【不大好。】

那么正派的谭予，长辈眼里无可挑剔的小伙子典范，在人家家里吃一顿晚饭，大半夜还把人家姑娘拐走，这叫什么事儿？谭予是干不出来。他要在许梦冬家人面前巩固好人形象。

许梦冬心里憋了一股火，怎么都不顺当，干脆破罐子破摔。

许梦冬：【不是男女朋友吗？这很正常吧？】

许梦冬：【算了，我反悔了，太麻烦了。】

谭予看见许梦冬的胡言乱语就生气，加上酒精加持，太阳穴突突地跳。

桌上还有长辈，许梦冬姑姑还在给他夹菜，他僵硬地笑了笑，把手机屏幕往自己这边偏了偏：【许梦冬，你别缩。】

许梦冬：【谁缩谁孙子！】

当时壮志凌云有多硬气，彼时就有多囧。

最后这个孙子还是由许梦冬当了。

谭予吃完饭，姑姑又打包了很多吃的给他拎上，嘱咐他："喝酒了可不能开车。"

两瓶红酒都见底了，姑父已经躺倒了，姑姑恨铁不成钢地踢一脚姑父："喝冤家呢！"

谭予心里明白，姑父是故意要试他的酒品。他还好，神志还清楚，但也免不了头昏脑涨，接过姑姑递来的东西："您放心，车先搁这儿，我打车。"

"冬冬，你下楼送谭予。"

许梦冬一口答应，弯腰穿鞋时听见姑姑又说："送完就上来，太晚了，你也别回镇上住了，和然然挤一挤。"

"……哦。"

一下子垮掉的脸色，明显失望的眼神，看得谭予发笑。

他喝了酒，到底是有点晕头转向，揉了揉许梦冬的脑袋，又掐了掐她的脸："你别跟着下来了，外面冷，我没事，自己能打车。"然后和姑姑告别，"姑，我先走了，您和姑父早点休息。"

"哎，好，有空常来。"

就这么散了局。

许梦冬去厨房刷碗，心里不是滋味，尤其是谭予临走前醉眼蒙眬望她的那一眼，像是带着钩子，幽幽的，说不清道不明。

她使劲儿蹭着手里的洗洁精泡沫，并没有发觉自己已经完全被谭予牵着走了。一物降一物，老话没毛病。

姑父已经打起了呼噜，姑姑在给姑父泡蜂蜜水，然然回房间写卷子去了。

许梦冬站在水池前出神，没一会儿就听见电话响。她擦干手去接起，发现是谭予。

他的声音哑得厉害，许梦冬十分怀疑他是强撑面子，其实出门就吐了。话筒里有呼呼风声，他沙哑的声音飘忽着，一会儿近一会儿远。

"……哦，那你等等我啊，我给你送下去。"

许梦冬在玄关找到了谭予落下的一串钥匙。大老爷们，钥匙圈拴了个小小的跳跳虎挂件，黄不拉几的，咧着嘴笑，怎么看怎么违和。

"小谭怎么了？"姑姑问。

"他钥匙落下了，到家门口了才发现。"

"那你给他送过去吧，大冷天的，别把他冻感冒了。"

"嗯。"

许梦冬穿上羽绒服下楼。回来这段日子她长了记性，东北的冬夜能冻死人绝对不是危言耸听。她一路小跑，打算去小区外最宽的主路上拦出租车。

小区里没什么行人，抬头看，能看到家家户户玻璃窗上悬挂的红灯笼和小彩灯。这边的习俗，灯会一直挂到正月十五，元宵节过后，这个年才算彻底过完，松散了一整个新年的人们要投入到新一轮的忙碌中去。周而复始，年年如此。

无聊吗？也不无聊。

大家的日子都是这样过，祖祖辈辈，一代一代。过日子嘛，大抵如此。

但有趣吗？也不尽然。

许梦冬一直对自己有清晰的认知，她不是能安于现状的人，她喜欢冒险，也喜欢不期而遇，喜欢生活里那些隐藏着的、需要手动开启的支线，像是开盲盒，可能是惊吓，也有可能是惊喜。一成不变没意思。

老天大概是听见了她的心声，所以把她的人生安排得蜿蜒曲折。

太曲折了，许梦冬都想不到人生路途的下一个拐角会发生什么。

就比如，此时此刻，她踏出小区门的下一秒……

谭予忽然出现在她身后，带了一身淡淡的酒味和热气，不由分说把她拉进怀里，死死按住。她的背贴着他的胸膛，即便他们都穿了厚重的外套，可她还是清楚感觉到心跳，一声声，两个人的，像交叠的荒诞鼓点，响在凛冽的夜里。

路上的车不多，偶尔有亮着空车标志的出租车在他们面前疾驰而过，一丝停留都没有。司机都认为他们这样的不像是要打车，分明就是一对喝多了在夜里踟蹰的男女。

谭予的下巴搁在许梦冬的颈窝，呼出的热气让她发痒。

"给你钥匙啊！"许梦冬使劲歪了歪脑袋，钥匙圈套在她的手指上，叮叮当当。

"嗯。"谭予哑着嗓子。

"你不会刚刚吐了吧？"许梦冬说出自己的猜想，"给你买点解酒的？"

喝了酒就不能吹风，当时没事，一吹风就醉倒了，这种情况很常见。

"不用。"谭予依旧埋首在她肩上。

就在许梦冬思考他醉得这么厉害，该怎么把他抬回家的时候，他的手自她肩头绕过，捏着她的下颌逼她转头。他微微俯首，印上她的唇，交换一个吻。

许梦冬有点蒙。

谭予的眼神幽深，被路上偶尔驶过的车灯切割细碎。再细看，哪有什么醉意？不用怀疑，又被摆了一道。

"谭予，你干吗？"

"不是你说的吗？"谭予牵起她的手，一起揣进自己外套口袋里，"走，

.092.

带你回家。"

实难形容此刻的心情。许梦冬觉得自己呼吸都漏了一拍，她的成长按部就班，家庭原因令她无从经历青春期的叛逆，那些年流行的校园浪漫爱情故事也没有令她有什么代入感。

她当时觉得无趣，可如今她二十六岁了，才第一次尝到这种滋味。

谭予饶有兴趣地看着她，清澈黑眸藏着细碎的光亮。外套口袋里，两个人的手十指紧扣，夜幕安安静静，只有风声，只剩风声，在许梦冬耳边聒噪——人生的新冒险要开始了，你准备好出发了吗？

许梦冬被谭予牵着，从走，到跑，十指连心，她能感觉出谭予也明显陡升的心率。他那样妥帖的人，要他不计后果地做决定，实在是稀奇。许梦冬只能将此归结于他们之间的能量场链接太过强大。

明知是悬崖，他蒙眼也跳。

这是玄学，她也解释不清。要命的是她以为只是去送个钥匙，连手机都没拿，如今两手空空。

谭予拦到空车，一言不发地把她塞进车里，自己也跟着上来。他把自己的手机扔给许梦冬，而后静静看着她。许梦冬明白，接过手机，默然按亮屏幕，按下了姑姑的号码。

"姑，我到谭予家了……

"嗯，他醉得厉害，刚刚还没事儿呢，可能是冷风一吹，就难受了。

"……我今晚不回去了，他这样我有点不放心。

"……好，放心吧，我照顾他。"

到底是撒谎，许梦冬心有余悸，下意识去摸自己微热的脸颊，抬头，发觉后视镜里出租车司机偷瞄过来的韦莫如深的眼神。

在外人眼里，他们是寂寞长夜排解孤独的男女。

许梦冬却觉得，他们更像是冒险路上的伙伴，旅途中互相取暖的行人。

无声无息的激动盘旋而上，车内气温飞快攀升，令她的脚趾都在紧张，手不知不觉回握紧了。她需要谭予帮她分担这份快要满溢出来的情绪——来源不明，也不知将在哪里宣泄。

她用余光看向谭予，发现他也在看着自己，眉眼里却有微微笑意。

她挑眉。

他压低声线，用四个字评价她："色厉内荏。"

这说法文雅了，许梦冬心里有数，她就是有色心没色胆，想吃蛇，怕蛇咬，想赏雨，又怕雷劈到自己。

谭予慢悠悠地问："我都不怕，你怕什么？"

我给你随时抽身的权利了。

我们只是短暂的亲密关系，有一天你要走，我也不拦，也没逼你跟我天长地久，你怕什么？

这怎么看都是一场无须投资即可享受回报的买卖，且回报率很可观，毕竟谭予给她的欢愉是实打实的。许梦冬其实认真厘清过，要想在这段关系里真正全身而退，无非一点——别走心，或者，别走太多。

她忽略了自己的本性，重情义的人要想做出薄情的姿态，比死还难。

"我没怕。"她说。

谭予低笑了声，落在许梦冬耳朵里，又像是钩子一样的。她一路被谭予牵着回到他家，老旧家属楼，楼道里还是声控灯，不大灵敏，使劲跺脚才能亮。谭予停在家门口，伸手示意许梦冬拿钥匙。许梦冬在自己羽绒服口袋里掏啊掏，口袋太深了，没摸着，声控灯已经灭了。她指尖堪堪碰着冰凉钥匙圈，想跺脚使声控灯再亮，可汹涌的热气已经逼近。

她的背抵在铁门上，和那一晚别无二致，灼灼呼吸交融，她几乎昏了头。

比她更昏的是谭予，他在黑暗里摸索，好不容易把门打开，然后把许梦冬抱起，勒令她把手臂绕到他颈后，自上而下地亲吻他。

他发觉自己很享受仰视许梦冬的这个角度，他仰头去够她的唇，她接吻时那样认真，眉头会轻轻皱起，长睫颤颤，眼睛微阖，温暖灯光给她镀出一层温柔的影，让她看上去十分安静虔诚。这几欲让他发疯。

占有欲是男人的本能，谭予也不例外。

她如同春天新生的湿沃土地，鲜嫩草皮，而他是浩荡而过的季风，没耐心一点点扫过，而是想要粗劣对待，斩掉每一朵花，揉捻每一棵细草，直到枝叶都软掉，草汁四溢。

谭予卧室的床品实在单调，确实是一个单身男人的独居生活水准。许梦冬绷紧成一张弓，揪住床单一角，棉织布料有着横竖交叠的纹路，她用指腹去感受，然后被谭予抓着手腕拖回来，十指紧扣。

他还有些泄愤的意思。

天底下姑娘千千万，谁让他喜欢一个这么野的呢？人野心也野，还会跑。他没和许梦冬说，自己时常会被她气得头疼。

许梦冬在黑暗里描摹谭予的轮廓，潮汐浮涌，有些失控，出乎她的意料。最奇怪的是，因为紧张，自下午开始的小腹坠疼越来越明显……

许梦冬捧着谭予的脸，看着他急切的目光，忽然觉得不对劲。

真的，越发不对劲。

她皱眉的表情越来越奇怪，谭予注意到了，于是在边缘停下："怎么了？"

许梦冬说："你能开灯吗？"

谭予以为是她想，那开就开呗。只是台灯打开，他眯了下眼睛，再睁开眼睛的时候，心下一惊。

而许梦冬用双手捂住自己的脸，心里只剩一个念头——死了算了。

最后还是谭予先把她拉起来，安慰她："……没事，没事。"

的确没什么事。

不就是大姨妈提前了吗？

许梦冬懊丧到想原地自杀。她坐在卫生间里回想这吊诡的一整天，越发觉得这是老天给她的惩罚。

让你冲动，让你不计后果，让你玩心跳，栽了吧？

她痛苦地捂住自己的耳朵，以隔绝谭予清理床单的窸窣声。他整理好一切，又下了一趟楼，给她买好用品，顺道在便利店捎上来一袋红糖，在厨房用热水冲了，喊许梦冬出来喝。

他轻叩门："你要在里面写感想吗？"

"写遗言。"

许梦冬将门拉开一条缝，接过塑料袋，躲在门后看谭予，然后瞄到了桌上那杯冒热气的红糖水。

"说来你可能不信，刚刚我在家看我姑姑给姑父泡蜂蜜水，我就在想，喝醉了有人照顾真幸福，我本来也想试着给你泡一杯的。"

谭予听了想笑："所以呢？许同学？"

"到头来还是你照顾我。"

"荣幸之至。"谭予简直要无语到苦笑，"所以您赏个脸，出来喝了？"

"那个……我先洗个澡。"

她把门阖上，片刻，又打开。

"谭予，你怎么办呢？"

她多少有点心存愧疚，毕竟还担忧谭予的身体。箭在弦上了再硬生生撅下，是不是对身体不好啊？

透过门缝，她上下打量谭予，做出邀请的手势："要不……一起？"

谭予再次被气笑了："饶了我吧，谢谢你啊。"

伊春毗邻小兴安岭的原始森林，空气质量好，气候也好，但许梦冬发觉家乡的优点不止于此。

每个背井离乡的人脚底都生出一条根，连接家乡的土地和一颗渴望远行的心，外面的世界固然好，但只有踩在这片土地上，你的心才是安的，脏腑才是平静的。许梦冬回家这两个月，明显感觉自己的身体状况要好了许多，虽然依旧一身毛病，胃还是时不时不舒服，睡眠还是成问题，结节问题始终是个困扰……

但起码有进步，她内分泌好些了，大姨妈不那么汹涌且痛苦了。

她抱着暖水袋，望着空旷的院子发呆。她两只脚底和小腹都贴着暖宝宝，手边搁着马克杯，里边是热腾腾的红糖姜茶。

年过完了，工人们陆续回到基地，工厂也渐渐有了人烟。

许梦冬也开始重新回归工作状态，继续她的直播事业。

章启说走就走了，她一开始还想着拼一拼，大不了辛苦些，可又播了几天渐渐发现一个人真的熬不住。

谭予有他自己的事情要做，但他依旧每晚都会到许梦冬的直播间给她做助播，可每每看见他的黑眼圈和布满红血丝的眼，许梦冬都有些于心不忍。

羊毛，不能可着一只羊薅。

她算了一下用人成本，终于在她单场直播交易总额破两千的时候稍稍有了底气，向谭予和韩诚飞两位老板提出申请，她要招人。

如今的直播电商收入还不能覆盖支出，许梦冬准备了一肚子的话打算劝说，可谁知，韩诚飞和谭予没有任何迟疑，爽快同意，且答复一致——"一句话，你招就行，只要你能招得到。"

韩诚飞早给许梦冬科普过了这里招员工的困难，基础工人门槛低，尚且招不满，更不要提需要有行业经验的专业人员，年轻人根本留不住。

许梦冬神秘兮兮地笑了笑，悄悄和谭予说："我其实早就有人选啦！"

新助手是许梦冬的旧相识，也是老朋友。许梦冬当初入行时片约很满，公司给她派了一个生活助理，是一个叫阿粥的女生，比许梦冬大几岁，两个人合作了三年，后来阿粥辞了职，从这个圈子里退了出去，听说是回老家结婚生子了。

再次联系上，是因为阿粥在平台上偶然刷到了许梦冬的直播间。

很多艺人都跨界做直播了，这本不稀奇，可是阿粥发现许梦冬的直播风格很随意，没有任何运营痕迹，完全野蛮生长。她又向还在业内的朋友们打听，这才知道许梦冬已经解约退圈了，如今是个全职电商主播，零经验，摸着石头过河，全靠一腔闯劲儿。

"阿粥问我在哪里，我说在黑龙江老家，她想也没想就说要来找我。她很有责任心，工作很认真，我挺信任她的。"许梦冬如此对谭予说。

"她是哪里人？"谭予帮她掸掉帽子上的雪。

"……我还真忘了，不过她结婚生子去了杭州，这些年一直在电商创业园区工作，那边做电商比较厉害嘛。"

"这么巧？"谭予提醒许梦冬，"咱们这儿地理位置偏，城市也不发达，她怎么会愿意来这里定居工作？"

许梦冬明白谭予的意思："我问过了，她说她离婚了，孩子归她前夫，她现在只想换个生活环境，恰好我们以前关系又很好，很投缘，所以……"

谭予倒是没什么所谓，只是怕许梦冬吃亏，于是嘱咐道："凡事多留个心眼，别跟个傻狍子似的。"

"你才傻狍子！"许梦冬轻巧一闪，躲开谭予想摸她脸颊的手，扭头走了。

谭老板手停在半空，握了握拳，尴尬放下，然后就听见一声扑哧。

韩诚飞在不远处目睹全程，憋笑憋得太难受。

谭予没好气地问："笑什么？"

"你管我笑什么呢？"韩诚飞犯贱，"我笑有的人啊，好不容易把媳妇追回来了，结果还是营养不良。"

"什么叫营养不良？"

"天天吃素呗！所以营养不良！"

谭予沉默了。

自那个荒诞的夜晚之后，他虽然逼着许梦冬暂且承认了两个人的恋爱关系，但亲密的举动是再也没有了，最多就是拉拉手、亲一亲、短时间抱一抱。

许梦冬也不知道自己怎么了，面对谭予的诧异，她唯一的解释就是这段时间没那个心思。

一是太忙了。

人的精力有限，一旦全身心投入一件事就很难对另一件事提起兴趣。许梦冬读书时也爱看那种大本杂志上流行的青春小说，如今上了年纪再看才知有多扯，霸总男主企业破产还有闲情逸致和女主谈情说爱，那可真是太牛了。她如今只是守着直播的一亩三分地，就已经再无精力好好生活了，充其量是活着。

二是上次不愉快的经历给她留了点后遗症。这个不必多说，心理阴影是难免的。

至于第三个原因，她无法和谭予说出口。

那就是她始终觉得，只要她和谭予还没进行到最后一步，她就还有反悔的余地。

给自己留后路是她在娱乐圈混迹多年总结的人生经验之一。就如同当初答应谭予时，她反复给自己灌输的心理暗示——许梦冬，最好别走心，走也别走太多。

分开是必然的，到时候大家都别太纠纠缠缠，和八年前一样，闹得不体面。

谭予不知许梦冬的九曲连环心，只当她是太累了，于是尽可能帮她分担生活琐事，比如找工人帮她独居的平房重新铺了保暖层，给她买了几样常用的小家电以提高生活质量，每周末带她去市里的超市补充物资，再给她做一顿她喜欢吃的饭菜……

韩诚飞笑谭予："兄弟，你这日子是直接快进到了老夫老妻模式。"

谭予也笑："要什么自行车啊。"

能和许梦冬再走到一块儿已经是老天爷帮他圆梦。他真觉得这样的生活很好，不一定要大起大落，平平淡淡也有滋味。过日子，不都是这样吗？

当然，他也有小心思，适时索要一点点甜头。

许梦冬来找他询问零食品牌注册的事情，不是农产品，而是零食和食品预制品。许梦冬发现山货一类未经炒制的产品和调味过的零食类根本比不了，后者可即食，口味好，消费者更容易接受，所以销量很高。她动了心思，想研究研究。

"谭予，你农业大学毕业，应该有很多做食品相关行业的同学吧？"

谭予敲着电脑："有啊。"

"那帮我介绍几个好不好？我有些事情想找专业的人问问。"

"可以。"谭予把电脑合上搁在一边，面朝许梦冬坐着，微微仰头看着她，"过来。"

许梦冬明白他什么意思，四处望了望。这会儿已经是后半夜了，她刚直播完，连院子里的狗都睡了。她轻轻走上前，双腿岔开坐在谭予腿上，以面对面的姿态。这个角度可以伸手摸他的额头、高挺的鼻梁、柔软的嘴唇……怎么会有留寸头也这么好看的男生？干净又利落，像株风雪里的小白杨。

她捧着谭予的脸吻下去，谭予的手握着她的后颈，微微下压，两个人就这么吻了一会儿。许梦冬手欠，指尖顺着他隐约露出的胡楂，再往下，轻轻碰了碰他的喉结。

谭予当场气息就乱了，心里倒还绷着一根弦。许梦冬不说好，他是绝对不会造次的。

院子里北风呼号，屋子里暖意融融。

许梦冬手搭着谭予的肩膀，指尖从衣领探进去捏他平直的锁骨，指甲陷进皮肤，出血了才恍然回神，紧张地问他："疼不疼？"

"疼什么，"谭予拥着她，一脸的英勇，"继续，换一边掐？"

有毛病！

许梦冬扑腾着要从他身上下来，阿粥刚好上完卫生间，从外面走进来，看着此情此景倒吸一口凉气，急急转身："艾玛，艾玛……不好意思。"

阿粥在学东北话，鉴于黑龙江地区的东北口音并不重，所以她找了老家辽宁的韩诚飞当老师。学艺不精，乱七八糟，口癖倒是丰富，比如艾玛、老妹儿、怎滴呢、吃了没呀……

许梦冬就在这大杂烩一般的语言环境里，慢慢找到了自己的生活舒适区。太顺了，最近的一切都太顺了。

和谭予的感情像是平稳湖面上的落叶，慢悠悠的，随风微微动；事业上，有了阿粥帮忙，直播电商渐入佳境，直播间的恶评越来越少，交易额稳步攀升；零食的事询问了谭予的大学同学，得知品牌投资太贵，最后她联系了某零食品牌的市场部，试图作为其原料供应商，还在接洽中……

许梦冬看着远处的小兴安岭，心从来没有这么平静安宁过。

如今已是三月初，这里冬天漫长，远处的山脉依然被积雪覆盖着，但人们都知晓，不会太远了，那层银装之下就是即将破土而出的新芽，无须太久，山河换新颜，马上就是温暖的春夏。

许梦冬推开窗深吸一口气，冰凉的空气携着土地的青涩味儿，很好闻，她觉得自己这条路真是选对了。

这天是二月二，龙抬头。

老家习俗，二月二要吃猪头肉，包饺子。许梦冬觉得最近辛苦，就和谭予、韩诚飞商议着，大家一起去市里聚餐。她提前在网上买了一条漂亮的裙子，可惜最近天气依旧冷，穿不出去，于是把几条裙子并排搁在炕沿上纠结，正斟酌着，电话响起。

许梦冬预料到创业不会一帆风顺，一如坎坷人生，但她没想到的是，第一个绊子这么快就来了，且来势汹汹。

她看着手机屏幕上那串号码，本能地抗拒，迟迟不想接。

那是前经纪公司的电话，法务办公室的座机。

许梦冬之所以对这电话号码有印象，是因为在她绯闻最多的那段时间，公司隔三岔五就要替她出一封声明或律师函，虽然作用聊胜于无，落款就是"法务办公室"，附联系电话，看多了也就熟了。

电话一直在振。

许梦冬其实猜得到公司找她什么事，但她不想理，手机就搁在炕席上，嗡嗡嗡。她挂断，对方就再打来，大有不罢休的意思。她坐在炕沿上，烦闷半响，按了接通。

果然，法务办公室代表公司向许梦冬提出警告。

话筒对面是一道男声，以密集的专业术语向许梦冬重复她经纪约中的内容。

"……包括但不限于甲乙双方可以协商一致以书面形式解除本合约，但乙方解约后三年内不得从事演艺相关业务，包括配音、网络直播等。

"许女士，公司这边监控到您最近在从事直播电商工作，所以要提醒您，您和公司的合约原本是十年，而您在第八年提出解约，所以按照合约规定，您不能……"

许梦冬没有耐心听下去，直接打断："抱歉啊，我问一下，谁让你给我打的电话？"

对方明显一愣："没有谁，监控前艺人动态也是部门的工作内容之一。"

"哦，我还以为是周总让你打的。"周总是经纪公司一把手，也是当初签下许梦冬的人。

许梦冬语速快，但她其实特平静："你去问问周总吧，他会给你解释的。"

她就这么挂了电话。

许梦冬坐在炕沿发呆，她想起很久以前刚和经纪公司签约入行的时候。

表演系有规定，大一大二的学生是不能签公司，也不能在外面接戏的，这是对学生的一种变相保护。但事实上，不用等到大一开学，高考结束刚拿到录取通知书，许梦冬就被经纪公司找上门了。

对方先是拿出了她艺考时被抓拍的照片，大力夸赞她有多么多么上镜，多么多么有潜力，然后摆了一份合约在她面前，还表示条件不满意可以再谈。

对方告诉许梦冬，新人是要抢的。

当有第二家、第三家、第四家经纪公司找上她时，许梦冬才理解了这句话的意思。

这些公司有大有小，许梦冬忘记自己那时的心境了，只记得她那时候缺钱，很大一笔钱，二十万，而且很急。

她告诉所有与她洽谈的公司，自己可以签，但要二十万现金，马上付款。这笔钱可以从她以后赚的钱里扣，片约、演出费，或是其他什么，无所谓，那是以后的事了，总之她马上就要拿到这二十万。

公司前景、我个人规划、职业发展……这些全都往后放，只要不让她杀人放火，谁给她钱，她就和谁签。

绝大部分公司都觉得这小姑娘疯了，要么是见钱眼开，要么是没诚意，逗他们解闷儿呢。

只有一家名不见经传的小作坊，老板姓周，据说是其他行业的小公司转型过来的，旗下艺人数量为零，如果许梦冬愿意来，那她就是第一位签约艺人，所有资源都将以她为先，虽然也不是什么好资源。

许梦冬依然坚持："二十万，你先给我，我就签。"

那位姓周的老板回去想了一个礼拜，把钱打到了许梦冬卡上。

他没有询问一个十八岁刚高中毕业的小姑娘要这么多钱是要做什么，大抵是因为每个人都有自己的沼泽要渡。他只苦笑着告诉许梦冬："这笔钱是我自己掏腰包的，公司目前一分钱盈利都没有，你来了，可要给公司好好赚钱。"

许梦冬拿了钱，问："你就那么笃定我将来能赚钱？漂亮的人那么多。"

周老板大笑："的确，这个圈子里漂亮很重要，但不是最重要的。我愿意信你是块璞玉，是因为你身上有股劲儿。"

"什么意思？"

"你唯目的论，能豁得出去，这样的人才能在这个圈子里活下来。"

许梦冬那段时间的确给公司赚了不少钱。

她大一接了第一部戏，校园剧，爆了，她不是主角，但身价也跟着水涨船高，后面又接了几部网剧。

她接戏不挑剧本，给钱多就接，一方面是因为她要自己负担学费和生活费，太缺钱了，二是因为她所在的经纪公司的确不专业，像个皮包公司，没有人给艺人做规划，连经纪人都是个半吊子，只能靠自己。

许梦冬就带着阿粥亲自去一个又一个剧组面试，一笔一笔片酬拿回来，公司拿大头，她跟着喝口汤，不多，但也还凑合。

这种顺遂光景持续到第四年，那年，许梦冬大学毕业。

她其实还算幸运，入行第四年才见识到这个行业里的阴暗面——奢靡金贵的饭局、身不由己的宴会，她和一众小艺人一样，是饭桌上的一道菜。许梦冬自认为酒量不差，但那天莫名其妙就倒了，然后被人扶去酒店房间。

她靠最后一丝精神强撑着，打了与她同进房间、对她上下其手的老男人一巴掌，然后光着脚逃出生天。

那一巴掌打断了她的艺人路，打碎了她虽不大红大紫却顺遂无忧的未来。

她忘不了她慌张地给周总打电话，只因那饭局是他邀她去的，他是她的伯乐，也是她为数不多信任的人之一。

而周总是怎么说的？

他带着醉意，在电话里骂道："你怎么这么不懂事？我真是看错你了，我以为你能豁出去的。你知道你打的那个人是谁吗？名头吓死你！他生气了我们都别混了。

"许梦冬，你以为你很高贵吗？你当初为了二十万就能把自己卖过来，现在又装什么呢？放下身段，你能赚一百倍，一千倍！你去不去？"

许梦冬大脑一片空白。

她光着脚，站在上海的街头恸哭。

上海滩的秋天，街边金桂飘香，一轮明月挂在陆家嘴日夜不歇的灯光幻景之上，温柔又慈悲，如同情人眸。那是小说里描绘过的场景，也是无数女孩子梦想过的人生。许梦冬也不例外。

真好，外面的世界真好。

只是这一夜，她忽然无比想家。

脚底传来的冰凉，让她好想家乡的大雪。

十月末了，小兴安岭应该已经下过初雪了，她能想到树梢结霜，冷凇连绵，能想象出那样磅礴泼天的一场雪洋洋洒洒落下来，盖住人间喧嚣，万物动人而安静。

雪花很冷，但它能被一眼望穿，干干净净，明明白白。

人不就应该是干干净净、明明白白的吗？

她自认没有做过什么错事，凭什么从一处换到另一处，苦痛还是不肯放过她呢？

既然人间苦海漫溢无边、毫无章法，那她的逃离又有什么意义呢？

许梦冬后来想，就是从那一晚起，她在心里种下了一颗想要回家的种子。

之后的几年，她更加压榨自己，不断接戏拍戏，无缝进组，成了个拍戏机器。不沉淀的后果就是这么多年她的演技没有任何进步，但她不在乎，能赚钱就行。她用四年时间完成了别人八年的工作量，同时又配合公司，和其他男艺人炒绯闻，以自己一身骂名为代价，完成公司赚钱的目标。

当她把解约申请递到公司的时候，周总似乎已经料到了。他没有为难她，还把她原本的十年合约以双方签协议的方式调整成八年。这样一来，许梦冬不算单方面解约，而是到期不续约，一些解约条款对她则不会生效。

唯一的条件，他想问问许梦冬，当初她那么急着要二十万是为了什么？

"我当时以为你对金钱有很大的渴望，但现在看来好像不是。

"我终究还是看错人了。

"你的确是个能豁得出去的姑娘，但你又有底线，这底线不上不下，让你难受。"

以前难以启齿的事，如今时过境迁，好像也不是那么难说出口，许梦冬如实讲了自己拿了那二十万的用途，换来了一阵长久的沉默。

许久。

"你没发现吗？你太容易信任别人，又太为别人着想，感情就是你的命门。"周总说，"冬冬，有这个命门在，你永远也别想飞黄腾达，做人上人。"

把心挖出去的人，没了心的重量，才能一飞冲天。

许梦冬对自己了解充分，她这辈子都做不到。

什么时候重情义成了贬义词了呢？她不知道，也不屑去改变。

你坚持的东西终有一天会给你反馈，可能是正向的，也有可能是反噬，自己选的，受着就是了。

但总有人，总有那么一群人，他们会和你做出同样的选择。

你们被世俗的眼光划分到同一阵营，守着自己的一亩三分地，也能过得自在，最重要的是，安心。

离开了，又回来了。

放弃了，又拥有了。

许梦冬回头看向人群。

空旷的基地厂房，笑闹声是有回音的。

他们最终还是没去市里吃饭，韩诚飞说就在基地聚餐好了。二月二龙抬头，万事皆宜，大吉大利，顺便庆祝许梦冬的直播平台粉丝量更上一层楼，过了今天，以后会越来越好。

不知道韩诚飞从哪个村民家里搬来一套老旧的音响，麦克风上的灰很厚，放出去的音都劈叉，刺啦刺啦的。韩诚飞也不嫌弃，还把老婆孩子从市里接过来一起玩。

阿粥哄着小朋友。

工人从寝室搬来了菜和肉，现场包饺子。

还有工人在和家里人打视频电话。

韩诚飞拉着谭予唱歌，用他蹩脚的闽南话唱《世界第一等》。谭予嫌他傻，甩甩手要跑，被几个搬啤酒的工友抓了回来。

许梦冬远远看着这些，坐在操作台上，两条腿晃啊晃。

她发觉那年身上沾染的上海街头的深秋冷意，直至今日终于彻底驱散干净。

"梦冬妹子，你来一下！"韩诚飞喊道。

许梦冬跳下操作台，又被谭予拉住了："别去，他没憋什么好主意，找你打牌呢。"

"打就打呗。"许梦冬笑了，"你怕我输钱啊？"

她的杏色裙摆摇晃着。

离开时满身棱角，如今锋芒被裹藏，添了些温柔内敛，这是时光的力量。不过她的底色永远是鲜艳的、浓烈的，泛着耀眼光亮，不会被湮灭。

谭予揽了一下她的腰，难得服软："我牌技有点烂，打不过他。"

"那我来啊！"许梦冬咯咯笑着，"我厉害呀，不光打牌，赚钱也很厉害。"她还记得自己直播销量突破新高的事儿。

她眉眼弯弯："谭予，我来养你一辈子，也不是不行。"

她嘴比脑子快，还没意识到自己画了个多大的饼，说了多么出格的三个字。

一辈子。

好像她真打算和谭予有一辈子似的。

谭予听见了，却也不想提醒她，只把她捞过来，往怀里一搂，贴着她耳边：

"那我记住了。

"别反悔啊。"

　

小兴安岭林区封山育林已经二十多年，林区的人口越来越少，加上东北气候的特性，种地一年就一茬，土地大多都被闲置，人却闲不下来。

要吃饭，要过日子，怎么能闲呢？唯有自救。种植和养殖业成了林区新的发展方向。

许梦冬秉持干一行爱一行的精神，抱着小本本找谭予补课，了解菌种基地一年四季的作业规划——由夏到秋是生长季，由冬到春则是菌包加工。

她穿着无菌工作服到车间去看菌包加工的过程，机器把锯末子压成长条的塑料包，整整齐齐排列好，再由流水线运到菌房。

她觉得有意思，又缠着谭予讲得深一点，比如关于食用菌的生物知识。

谭予提醒她："有点难。"

她不服气："谁还不是上过大学的人呢？"

可当谭予把他自己的笔记成箱成箱搬到她家里时，她两眼发直。

许梦冬高中时是文科生，大学时是艺术生，根本就没上过生物和化学。她看见谭予的笔记上都是密密麻麻的专业名词，什么单糖寡糖，什么孢子，什么菌丝……

谭予双臂撑着桌沿，把她圈在自己怀里，问："什么感想？"

许梦冬戳戳谭予的手背，干巴巴笑两声："你的字真好看。"

学习就到此结束。

许梦冬被迫接受了术业有专攻的事实。

　

三月初，天开始暖和起来。

阿粥之前没来过小兴安岭，不工作的时候缠着许梦冬上山拍照，一边取景一边发出感慨："冬冬，春天了，积雪怎么还这么厚？"

许梦冬笑着说："没见识了吧？小兴安岭的冬天比其他地方都要漫长，节气上论春日虽已近，但四月飘雪也是常见的。"

她带着阿粥去了森林腹地。

溪水已经化冻，灿然阳光透过树梢照下来，被切割成不规则的光斑，落在水面上似碎金般耀眼。

这是许梦冬回家以后迎接的第一个春天。

基地上忙得按部就班，家里忙得千头万绪。

姑姑给许梦冬打电话，说然然坚持要住校。

学校刚结束高考百天誓师大会，然然学习劲头很足，说是住校能节省更多时间来学习。许梦冬虽然心里存疑，但也只好表面支持，只是帮然然送行李去学校的时候，还是忍不住嘱咐这丫头几句："你最好是为了学习，别以为我不知道你那点小九九。"

然然隔着车窗冲许梦冬吐舌头，还用眼神示意开车的谭予："姐，你咋能说我呢？你和谭予哥不也是……"

"停！"许梦冬让她赶紧住嘴。

见然然进了学校，谭予说："然然说得也没错，咱俩……"

"什么没错？"许梦冬瞪眼，"咱俩上学的时候很老实吧？"

一切都是高考完才戳破的。

谭予不仅严于律己，他还会冷着脸教育许梦冬："马上要考试了，别瞎琢磨没用的。坐下，我给你讲讲函数。"

他就是这么一个人。

许梦冬窝在副驾驶上，拨弄着安全带上绑着的小小跳跳虎。

她坐过韩诚飞的车，看韩诚飞的车上绑了个草莓熊，猛男粉，怪可爱的，就想着也给谭予放一个。

跳跳虎好，迪士尼所有角色里她最喜欢跳跳虎。

谭予也知道，所以他的钥匙圈上还拴着许梦冬高中时用的跳跳虎挂链，都磨掉色了，他一直也没扔。

他时常念旧，偶尔伤怀，这些年他好好保存着许梦冬上学时用的物件，大到她错题连篇的英语报纸，小到她遗失的发圈。

他把它们装进一个纸箱里，和他自己学生时代有纪念意义的东西放在一起，时不时拿出来看一看。

那样的夜晚只有昏沉灯光作陪，他无论如何也想不到，有这么一天，许梦冬会坐在他的车上，亲手安装她选的配饰。女人的创造力惊人，原本线条冷峻的越野车转眼就成了游乐场风格。跳跳虎朝他咧嘴，谭予有些无奈，除了跟着笑，好像也没什么办法。

这段时间还发生了一件事，年前就跑国外去神隐的章启回国了，正在准备资料申请学校。

许梦冬收到章启微信时正准备直播，回复他说下播再聊。结果，章大少爷在直播间怒砸了好几万，买了不知道多少土特产，扬言要把土特产当伴手礼带到澳洲去。

许梦冬权当他在胡闹，结果后者可怜巴巴地发出邀请："冬冬姐，我帮你解决了一个月的销售额，你能不能出来陪我吃顿饭？

"求你了，姐，我失恋了，真的很难过。"

语音消息公放，谭予从电脑屏幕前抬起头，面无表情瞥来一眼，语气十足欠揍："又失恋了？不到半年失恋两回，真厉害。"

许梦冬听出他字里行间的酸溜溜，攥着手机靠过去，肩膀抵着肩膀，轻轻拨弄他脖颈后面的头发："那……我去不去啊？"

"随便。"谭予捉住她作乱的手。

他又不是拎不清的自私鬼，不会限制自己女朋友正常社交，只是顿了顿，告诉许梦冬："去可以，我送你，我接你。"

许梦冬挑了个不直播的晚上赴了和章启的约。

章启和许梦冬讲述了自己和女友的爱恨情仇，带着青春气息的酸涩恋爱故事的那些矛盾在许梦冬看来都没什么了不得，无非就是你管我多了，我了解你少了，你和异性看电影了，我又忘了情人节了……一讲讲到大半夜，晚饭局延续到第二场，深夜喝酒局。章启絮絮叨叨，听得许梦冬头疼。

她受章太太所托，又担章启一声姐，干脆就真的摆出一副姐姐的架势，询问章启的感情经历："有钱有脸，性格也好，这样的男孩子一般不缺女朋友吧？"

言外之意——你每次分手都这么要死要活？

章启反问："那你也是性格好有钱有脸的女孩子，你分手了不难过？"

许梦冬卡壳了。

这一瞬间被章启捕捉到："姐，你不会就谈过谭予哥一个吧？"

深夜小酒馆，人不多，音乐是舒缓的蓝调。许梦冬捏着桌上的薯角吃："我那些花边新闻你不是都查过了吗？"

章启往许梦冬身后看了一眼，身子往后一仰，老神在在地笑："查过，忘了。姐，你详细讲讲。"

"有什么好讲的。"许梦冬说，"和被拍到的差不多，无非是同组男演员一起拍戏，低头不见抬头见……"

"哦，我想起来了，钟什么……钟既？"

许梦冬看他一眼，没否认，继续说："嗯，其实我和他的情况有点复杂，我们……"

谭予就站在许梦冬身后，表情一言难尽，有点微妙。

"其实狗仔也没拍全，我和他……"

"许梦冬。"谭予忍不住出声，直接打断她的后半段。

许梦冬惊愕回头，心情像是调酒杯里掉进一大块方冰。

章启捶着桌子大笑。

谭予本来是来接自己的女朋友回家的，却意外听见了女朋友聊起她的花边新闻。他并非大男子主义地要求许梦冬和他分开的那些年从未有过其他感情，可是自己亲耳听到，那感觉还是不一样，心里有点堵，也有点酸。

两个人一路无话地回了镇子。

谭予一般会先送许梦冬回家，然后再回自己的单人寝室，可许梦冬到了地方不下车，朝谭予眨着眼睛："……太晚啦，阿粥可能已经睡了。

"去你寝室呗？"

她不自觉把音调放软，一副做错事求原谅的姿态，更让谭予心里窝了火。

"生气啦？"她轻轻戳他的肩膀。

"没。"谭予将车掉头，往基地开。

谁也不说话，车里的气氛诡异得可怕。许梦冬莫名紧张，紧紧抓着安全带，这种紧张在她被谭予拉着进房间，再被他带着坐在床上的时候彻底喷薄而出。

谭予的床上用品是她选的，珊瑚绒质地，纯色雾霾蓝，她双臂揽着谭予的脖颈缓缓向下，背贴在床单上，感觉到珊瑚绒的柔软和温暖。她在谭予耳边耳语："……你还是生气了。"

倒春寒的寒凉夜晚，谭予硬是被她倾吐出来的气息激出一身热汗。他埋在她颈窝，手肘撑着，怕压疼她，哑着嗓子："我没有。"

继续嘴硬。

许梦冬觉得好笑："我可以给你解释。"

"闭嘴。"他才不想听那些轻飘飘没什么重量的言辞，有什么意思，那些情绪用唇舌宣泄不了，得用点别的。

最好是利刃相接，你死我活，好像凭空掉进一场憋闷狎昵的虚妄里。

许梦冬高估自己了，她开局就输，森林溪水被春风一拂就缓缓化冻，淅淅沥沥。她在黑暗里细细描摹谭予的眉眼轮廓，这种感觉很神奇，好像过往的复刻。

许梦冬想告诉谭予，她与他分开的那些年，她不是没梦到过他，不是没梦见那年夏天。

原来，失而复得竟是世界上最美好的词。

她很没出息地累到睡着，醒来的时候发现谭予在盯着她瞧，也不知道盯了多久。

有些羞赧，她把被子蒙过头顶。

"……我要去洗澡。"

寝室的卫生间很小，也只有淋浴，许梦冬对着镜子擦头发的时候，微信响了。这个时候还没睡的，也就剩章启了，他发来坏笑表情包，询问许梦冬是否还活着。

许梦冬手上还有水，干脆把手机扔给谭予，下指令："骂他。"

谭予才不屑，不把章启拉黑已经是他心存善念了。

他背对着许梦冬更换床单被套，说："住这儿吧。"

"不然呢，天都快亮了，我还回去啊？"

许梦冬从背后抱住谭予，把脸埋在他脊背上，闻到和自己身上一样的沐浴露香气，让人心底软成一摊泥。

其实不只是心。

她整个人也快困倦到瘫倒了。

"我要睡了，帮我把衣服扔洗衣机，手机充上电。"她整个人缩进被子里，"晚安，不要和我抢被子哦。"

谭予揉揉她的脑袋，去找手机充电器。屏幕一直亮着，停在章启发来的犯贱表情包上。他看着烦，点了点，界面跳到了对话列表。

他目光停了很久。

直到许梦冬唤他。

"谭予？"

"……来了。"

狭窄的单人床，他们的影子几乎叠在一起。许梦冬缩在谭予怀里，抱住他的腰，脚踩在他的脚背上。

"冬冬。"谭予轻声喊她。

没有回应。许梦冬真是累狠了，很快就睡着了。

"睡吧。"他俯首亲了亲她的额头。

对于今天的情绪上头和失控，谭予自知要负全责，但这不妨碍他们都很享受这一晚。

一切都很好。

如果刚刚他没有看见她的微信对话框就更好了。

章启是怎么说的？

——"哦，我想起来了，钟什么……钟既？"

谭予看着许梦冬睡梦中的脸。

她说，我可以给你解释的。

谭予那时并不想听，现在却后悔了。

他以为自己并不在意。可是此时此刻，他真的很想把许梦冬叫醒，问问她，这个钟什么的人，为什么一直在她聊天置顶的第一位。

即便他们上次说话已经是去年了。这么久，他的名字为什么还摆在她每天都能看到的地方？

许梦冬睡眠一如既往很浅，且不安稳，她抓着谭予胸前的衣服，眉头微微皱起。

人性都有沟壑，是人就有缺点。

谭予注视着许梦冬的脸，第一次发觉他原来并不如自己说的那样坦荡。

他也不是完全不在意她的以前。

他只要一想到许梦冬用爱他的模样去爱另一个人，在另一个男人身上付出同样的时间，更甚者，或许他们在一起的时间要更长……整个人就像被架在炭火之上。

他反复劝说自己，过去的都已经过去了，人在他怀里，这就够了……可还是不行。

谭予一直在自我熬煎。

直到山顶天际泛起鱼肚白，他总算顿悟。

哦，他终于知晓这一浪一浪汹涌而来、折磨他到无法入睡的情绪叫什么。

叫忌妒。

许梦冬上学时朋友很多，她性格好、开朗、仗义，还有眼力见儿，男生女生都和她走得近。

特别是校门口那一架之后，有几个高一年级被欺负过的小女生找到她，买了一堆零食对她表示感谢，还委婉地问："你是不是练过啊？"

那几年流行学跆拳道和散打，特别是女孩子们跃跃欲试，想学个一招半式防身。但许梦冬真没学过，她哪里好意思找姑姑姑父要钱去少年宫上课外班？

她连艺考上镜面试前的培训都是找学校舞蹈老师帮忙的。

上大学后的第一个学期，许梦冬给舞蹈老师买了一条昂贵的丝巾邮寄过来作为感谢。那条丝巾一直被舞蹈老师珍藏着，逢人便说自己教出过大明星！

许梦冬把那两大袋零食和班里同学分了，好像分享战利品。知道谭予不爱吃零食，但她还是挑出一些送了过去，在谭予班级后门等他。

她那种大战得胜的架势令谭予生气，搭配她额角一道被指甲划的伤口来看，效果加倍。

他没接那些零食，而是冷着脸从双肩包里拿出药膏递给许梦冬。他去药店买的，五毛钱一管，特便宜。不是他不舍得给许梦冬花钱，而是他问了店员阿姨，伤口怎么样才能好得快又不会留疤。

店员阿姨看了谭予手机里的照片："哎哟，小伙子！这么点伤，明天睡一觉都结痂了！还上什么药啊？浪费钱。"

看谭予一脸紧张，又看他身上的校服，阿姨特意逗他："你小女朋友啊？"

谭予涨红了脸，信口胡诌："不是……我妹妹。"

其实谭予也就比许梦冬大几个月而已，只不过在东北，男孩要照顾女孩是根深蒂固的观念，在谭予心里，许梦冬再要强，也终究是个小姑娘。她那么瘦，他一条胳膊就能把她给拎起来，她再厉害能厉害到哪儿去呢？

此刻，厉害的许梦冬正在默不作声折磨他，快要把他折磨死了。

一周七天，直播六天，许梦冬有一半时间下播后不回家，会在谭予这里过夜。好在谭予的这间单人寝室离工人寝室比较远，左右都没人，给了她偶尔放肆的机会。比如现在，她在床上缩成一团不想动，汗津津的发丝黏在脖颈上，她朝谭予伸出一根手指，指挥他忙前忙后，一会儿要喝水，一会儿要热毛巾。

对于她的要求，谭予向来满足，不论是在床上还是床下。许梦冬抿一口水，尝出水里的红枣甜。

"你快来例假了。"谭予说。

好家伙，许梦冬搁下杯子揶揄："你好像……我助理。"

她本来想说他好像她妈妈，又觉得不大准确。这种私密的事情，例如初潮和性教育，一般都是由妈妈告知女儿，可许梦冬没妈妈，她不记得自己妈妈长什么样，也并不好奇妈妈如今在哪里。

"以前我拍戏，阿粥也是这样帮我记例假时间，结果有一次还是提前了，我把戏服给弄脏了，差点给服装老师跪下。没办法，医生说我内分泌不好，包括睡眠问题也和这个有关。"

谭予把热水调成合适温度，过来抱她。

"中药还在喝吗？"

"上一批喝完了，过段时间我去复查一下，看看要不要继续。"

"我陪你去，韩诚飞认识一个很有名的大夫。"

"好啊。"

许梦冬洗完澡，被谭予用一条宽宽大大的浴巾裹起来，严严实实的，像春卷一样放在床上。要说睡眠不好，她最近倒是睡得还不错，这要归功于谭予，睡前运动真的挺重要。

她听着卫生间里的水声，昏昏欲睡之际接到了阿粥的电话。对方十分不好意思，说自己无意打扰，只是房子停电了。她之前没住过这种乡下平房，问许梦冬该怎么处理。

许梦冬在电话里教她，却还是不行。

已经是后半夜了。

许梦冬实在担心阿粥一个人在家，只好让谭予送她回去。乡下的夜静悄悄的，她回了家，远远看见家里窗户里映出的灯光。阿粥迎出来，说只是跳闸，她已经搞定了。

她再次展示自己的东北话学习成果："谭予老弟，不好意思啊，耽误你和你媳妇儿干大事。"

这都什么乱七八糟的？

谭予应付不来这种打趣，眼看脸颊要红，许梦冬赶紧把他往外推："行了，你快回去。"

阿粥大笑，说："谭予白长一米八多大个子了，脸皮这么薄呢？"

许梦冬说："别说谭予了，我都受不了你，哪里像个江南姑娘，嘴上没把门儿的，比我这个土生土长的东北人还虎。"

阿粥拿着手机，屏幕停在微信发红包的页面。

许梦冬看见了。

阿粥晃了晃手机："哦，我给我儿子发红包呢。他爸说幼儿园明天春游，我给孩子发个红包，买点好吃的。"

阿粥的儿子今年四岁，小名叫米米，在上幼儿园。许梦冬看过照片，小大人儿似的，不爱笑。只能说孩子他爸基因强大，反正是没从米米脸上瞧出一点阿粥的相貌。而阿粥，工作狂职场女性，来去如风，只有提到孩子时才会露出温柔的神情。

哪有妈妈不爱自己的孩子呢？

阿粥和许梦冬说："离婚以后，米米跟他爸生活，我以前一周和孩子见一次，现在来了黑龙江，太远了，我争取两个月和孩子见一次。"

她给许梦冬看孩子在幼儿园领唱的小视频："我特别想米米，但是没办法，为了生活嘛。好在现在孩子大一点了，自己能用电话手表接视频，我每天都跟他通话。"

父母和孩子，注定是一辈子的思念和羁绊。

许梦冬眼神黯了一会儿，笑了笑，点着屏幕上米米的小脸蛋："我一直没问你，孩子还这么小，你为什么要来这么远的地方工作？"

阿粥的能力许梦冬是知道的，就算离婚了，她依然是优秀的女性，虽然孩子跟爸爸，但离孩子近一点，能相处多一点。

"……我家的事太复杂了。"家长里短，谁家都不轻松的，阿粥苦笑，"没关系，我努力奋斗，也是为了给孩子一个未来嘛。我永远都是他妈妈。"

许梦冬喝水吃了药，打算回屋睡觉，阿粥叫住她："冬冬，我想问问你，咱们的工资是怎么发的？"

阿粥来了以后，许梦冬和她讲了发工资的时间和奖金分成，抬头的时候不经意捕捉到了她脸上的为难神色。

"有困难？"

阿粥纠结半晌："没事没事，我想这个月回去看孩子，看看什么时候方便，我买机票……"

阿粥话说得隐晦，但许梦冬听明白了。她认为以自己和阿粥的关系，不需要拐弯抹角，直来直往比较好，于是问阿粥："是经济上有困难？"

阿粥把手机一摊："其实是的。"

许梦冬翻出这个月的销售额给她看，按照分成算出她的税后工资，可能和她在杭州做电商时没得比，但许梦冬觉得会有上升空间。

"你缺钱的话，我先给你。"

许梦冬要转账，阿粥拦住她："不用，不用！我只是问下发工资的时间，孩子他爸问我要孩子的抚养费来着，我告诉他我回家看孩子的时候给……没事，我告诉孩子他爸，晚几天。"

许梦冬实在好奇："你一个月要给孩子多少抚养费？"

结果，阿粥回答的数字简直吓人。

许梦冬惊愕："都给孩子了？那你自己怎么生活？"

阿粥却摆摆手，再也不肯说什么了。

许梦冬心里装下了事，这一夜又没睡好。

第二天，许梦冬看见韩诚飞，顺嘴就问了一句："咱们基地招员工还有试用期这一说吗？"许梦冬就没在职场环境里待过，但是常识多少懂一点，一般来说试用期工资会比较少，她担心阿粥的生活。

韩诚飞先是愣了一下，然后笑了："你肯定是没有的。"

"那阿粥呢？"

"……你的人，工作起来也不用磨合，没啥毛病，那就一起都按正式入职算呗。"

许梦冬松了一口气："好，谢谢韩老板。"

"谢啥，你可折煞我了。"

韩诚飞想来想去觉得不对劲儿，下午寻了个机会旁敲侧击地问谭予。

谭予看见许梦冬在不远处和阿粥聊天，两个人拆了一包晚上直播间要卖的松仁酥糖，跷着二郎腿边吃边唠，时不时蹦出一阵响亮的大笑。她们这么一笑，把谭予和韩诚飞也逗笑了。

韩诚飞拍着谭予肩膀："梦冬妹子变了挺多，刚认识她的时候觉得她开朗是开朗，但心里可藏事儿了，你以为你跟她走得挺近了，但其实她还拒你千里之外呢。谁是自己人谁是外人，她心里画着一条线呢。"

谭予抬眼："想多了。"

他没否认韩诚飞对许梦冬的剖析。

韩诚飞善于和人打交道，三言两语就能摸清对方，这是能耐，但谭予就是莫名不想让韩诚飞分析许梦冬。换句话讲，这么多年了，连他自己都未必真的明白许梦冬。

他曾经以为自己是世界上最了解许梦冬的人，他们一起长大，一起度过半个童年和一整个青春期，他把自己身上一寸寸血肉的生长脉络都给许梦冬看了，知根知底，就应该是这样的。

后来他们都长大了。

十几岁刚成年的小伙子一身火气，觉得他从头到脚从骨到皮都是属于许梦冬的，他被她打上了铅印，这辈子不会有别人了。

怪就怪那时的谭予太年轻、太稚嫩，初上决斗场，他一边心疼她，一边又忍不住诱惑地只顾使蛮力，攻城略地。

都怪他，一切都怪他。

谭予在后来的许多年里无数次自责，许梦冬那时明明已经做好离他的决定了，他却没有读出她眼里的另一层。

眼泪并非全然出于爱意，那分明是决绝的告别。

他其实一点都不了解许梦冬，一点都不。

从前是，现在也是。

谭予那么幸运，生长在多少人最梦寐以求最羡慕的家庭环境中。父母都是读书人，有读书人的豁达明理，却没有读书人的迂腐和故步自封，谭予懂事以后做的每一个决定都是由自己做主的，从小时候书皮要包什么颜色，到研究生毕业以后毅然决然地回乡，父母从没有任何干涉，觉得孩子总要长大，人总要为自己的选择负责任。

热水渐凉。

许梦冬的两只脚晃啊晃，水面荡起波纹，她的笑四散在哗啦啦的水声里，声线也沾上湿漉漉的尾调："咱俩的事儿，你和叔叔阿姨说了吗？"

"说了。"

"怎么说的？"

"实话实说呗。"谭予这样回答。

如何实话实说的呢？

许梦冬盯着墙上谭予的影子。

他会告诉自己的爸妈，我和冬冬重新在一起了，但是我们只是谈恋爱，将来一定会分手？

他会给谭父谭母打预防针，说我和冬冬绝对不会结婚的，知道你们着急让我成家，但请先给我几个月或几年时间，让我和冬冬不计未来和后果，先快活一阵儿？

即便是再开明的父母，听到这样的混账话也会发飙的。

许梦冬知道谭予肯定不会这样说的，即便他自己不在意，他也得保全她的名声。这是东北的五线小城，不是北上广，就连不婚主义都是大逆不道。他不会将她搁在口舌纷争里。

许梦冬还想说点什么，却被谭予率先打断，转移了话题："从下个月开始，缩短一下直播时长吧，晚上早点下播，你下了播还要对货单整理数据，凌晨才睡觉。总熬夜，你的身体受不了。"

许梦冬问道："这是谭老板给员工的命令？"

"你可以这样理解。"谭予低头笑起来，"过一下当老板的瘾。"

"做你的梦吧。"许梦冬毫不留情，"直播这事我说了算，你不懂电商，用户习惯培养起来再改就难了。再说了，上夜班算什么事儿啊？你看看基地打更的刘大爷，快七十了还昼夜颠倒呢。我这么年轻，要想赚钱就得辛苦点。"

她又讲起自己拍戏的时候："小演员赚得少还没人权，我要是赶通告，一天只睡两三个小时都是家常便饭，每天靠速溶咖啡续命。别担心我，我熬得住，早习惯了。"

谭予蹲下，擦干她脚上的水，装作不经意地问："你最近缺钱吗？"

许梦冬乐了："这话问的，我什么时候不缺钱？"

谭予起身把水倒了，又把许梦冬的手机拿过来。她手机壳是卡通款，花里胡哨的，握都握不住。他把手机在她眼前晃了晃："给我解锁。"

"干吗？"

许梦冬解了锁，递过去，看见谭予添了一张银行卡在她的支付选项那里，设置成默认。

"花钱从这里出。

"还有你之前给韩诚飞的那几万块钱，我没让他动，回头转给你。直播电商这一块本来就预留了资金的，不用你掏自己的。"

许梦冬扬眉："干吗啊？"。

她抓起谭予的手，盖在自己脸颊上，感受他修长指腹上的温度，温温热热的，微微湿着。

"不用，"许梦冬有信心，"按照这个发展趋势，到今年夏天，我的直播就能达到之前定好的小目标。说好了的，到时候我都能养你了。"

谭予顺势捏了捏她的脸，又俯身用嘴唇碰碰她的额头："怕你累。"

"完全不累。"

许梦冬说的是实话，赚钱哪里会累？而且是一笔一笔看得见的入账，比她以前拍戏时劳务费被公司以各种条款抽成的感觉好太多了，她有点越战越勇的架势。尤其是听见工厂的大娘打包时的闲聊，说上个月计件多了，给上大学的孩子多打了五百块钱生活费时，许梦冬也跟着高兴，那种带着大家一起赚钱的感觉很踏实，还安心。

俩人躺下，谭予熄了灯，把许梦冬捞过来，下巴搁在她发顶。

她在黑暗里听见他低沉的声音："冬冬，遇见事了要跟我讲。"

许梦冬回抱住他，像抱着个大暖炉，从头到脚都熨帖。她咯咯笑："这也是我想说的。谭予，你可别被我发现你藏了什么，或者有什么事骗我，你知道，你瞒不了我。"

"嗯。"

三月初春，积雪未化，纸剪似的月亮安安静静挂在山巅之上。

基地院子里那么静，静得好像杳无人迹，但谁都知道，那山脚下的房舍人家错落，其实各家都有各家的烦心事，悄悄藏于暗处，无可言说。

许梦冬一直没睡，在黑暗里睁着眼睛，许久，轻轻叹了口气。

得到的回应是将她搂得更紧的谭予的臂膀。

他同样清醒着，心里有一股郁气，不知从哪儿来，也不知到哪儿去。

谁也不说话。

谁也不忍心打搅这安静的夜。

许梦冬太多年没回家了，忘了家乡的春天是什么模样。

最先报春的是冰天雪地里顽强钻出的冰凌花，它还有个更华丽的名字叫"林海雪莲"，小小一朵，明黄色的。

四月初的天，目之所及都是积雪和织网一般的灰白色枯枝，冰凌花就开在这样的山坳和小土丘上，叫人一眼就瞧得见，星星点点，各自为营，但每一朵都热烈鲜艳，顽强，野蛮生长。

许梦冬找了个空闲的下午，带了三脚架上山拍短视频。刚开始做直播电商时，她靠的是自带的话题和粉丝量，以及一点自然流量，现在有些不够用。她尝试把基地断更好久的短视频账号捡起来，尝试深耕内容，一来维持账号的生命周期，二来也能把家乡的漂亮风景拍给更多人看。这是她的小心思。

基地厂房辟开了一个屋子当会议室，谭予他们几个人在聊天，说的是过一段时间春木耳下地的事。许梦冬就在门外等着，谭予出来时，她悄悄钩住他的手指，有些为难地向他求助："你有没有空？能不能陪我去拍视频？我有点不认识路。"

韩诚飞听见了，逗她："你是土生土长的林区孩子，还能不认路？"

许梦冬拽着谭予袖子，有点不好意思："太久没回来了……"

大山无言，这里的人祖祖辈辈临山而居，即便如此也抵不过沧海桑田。许梦冬离开的这些年当然不足以令山石更移，可上山那条小路变了又变，她记得小时候和姑父上山挖野菜的那条路是沿着河边走的，如今河道也转了方向。

她像是没了族群带领而迷失在森林里的梅花鹿，灰溜溜走上半山腰，又灰溜溜地下了山。

谭予握了握她的手指尖："等会儿，我拿点东西，陪你去。"

谭予拿了些吃的，有大列巴、哈尔滨红肠，还有秋林格瓦斯，他怕许梦冬要在山上拍很久，会饿。

这些都是最常见的干粮，以前的林场工人做工一去一天，总会带上这老三样当午饭，便捷、便宜，能为劳动者提供最基础的碳水和糖分。直到今天，农忙时的人们也会带这些下田或上山，用塑料口袋装上，拎着。

朴实的人们对吃的没要求，能填饱肚子能有力气就行。烈烈太阳和漫天绯霞之下，那片金灿灿的土地是养家糊口的生计，能丰收，能过好日子，吃什么都有滋味。

许梦冬掰了一块红肠，又喝了一口格瓦斯——面包发酵而成的饮料，加了啤酒花，因此并非一味的甜丝丝，还透着粮食的香气。她喝猛了打了个嗝，有点尴尬，余光瞥见谭予嘴角的笑，抬腿就踹了一脚。

"你怎么想起给我带这个？"

"猜你应该挺长时间没喝过了。"谭予接过她喝剩下的半瓶，拧上瓶盖，"你就爱喝甜的，怎么也不胖呢？"

"胖了！"许梦冬捏了捏自己的手臂，"我回家这几个月，胖了快十斤了！"

她告诉谭予，幸亏自己如今直播只用露脸。不像以前拍戏的时候，镜头拍全身，胖十斤可不是说着玩的。

"我有一段时间焦虑状况有点严重，严重到吃药，那种药会发胖，还能让人思维变缓。我上镜又丑，又背不住台词，被导演骂成筛子，还要因为耽误了拍摄进程给全剧组的人买奶茶赔礼道歉……我那段时间每天都像活在云彩里，脚踩不到实地去，稀里糊涂，浑浑噩噩。那些日子，我想都不敢想。"

"都过去了，"谭予说，"现在呢？你现在开心吗？"

"开心啊。"

"开心就行。"

谭予其实特别想问问许梦冬，问问她这些年的生活，但始终没寻到好的机会开口。他以为她离开他是奔着更好的生活、更好的前程去了，可如今见到她，分明不是这样的。所以他想问问这些年她到底都遇见些什么事了，那些绯闻的真相到底是什么？

可他又不敢。

他生怕把她好不容易安定下来的一颗心再给搅乱了。

让人不愉快的事还有回溯的必要吗？谭予觉得没有，或者说，不急。

只是千头万绪最后汇成了一句：

"只要你开心，怎么都行。"

许梦冬蹲在一棵倒了的红松木旁支三脚架，远处河水又化冻了几成，流淌得正欢，比上个月带阿粼来时更漂亮了。她站在粼粼波光和幢幢树影构成的油画里，回眸问："你说什么？"

谭予摇摇头，没回答，默默起身去帮忙。

许梦冬速战速决，当天拍的短视频当晚就发出去了，没有剧情和文案，就是安安静静的风景，她踩在干枯的树枝和碎冰上，每一步都吱嘎吱嘎响。她在结尾处露了脸，是她坐在大树墩上晃着脚发呆，林中光影是真的浪漫，把人的五官都拍得柔和了几分。

评论区有人夸，说最近女艺人集体回春，许梦冬又美回来了。

当然还有人拆台，说许梦冬胖了，脸都圆了。

还有一些千篇一律的辱骂，不提也罢。

当事人第二天一早看评论区，一一扫过去，有些意外。评论和播放量都比她设想的高好多，细细查了转发才知道缘由——钟既转发了她的短视频，还附文案：【有人在家吃好喝好，有人在剧组当牛做马。】

他的评论区可比许梦冬的热闹多了，毕竟粉丝数不在同一个量级，被顶上去的几条热评倒是统一口径，清一色地让钟既离许梦冬这个灾星远点。所谓红颜祸水，在钟既的粉丝眼里，许梦冬还担不上这个词，她充其量就是大黑天儿马路上的一坨狗屎，谁不小心踩上去都要倒霉三天。

钟既很快给许梦冬发来了微信消息，此时距离两人上次的对话已有近一年之久。

钟既：【最近过得怎么样？绯闻女友？】

钟既：【看你视频状态还不错，我才敢联系你。】

许梦冬笑着回道：【电话聊？】

钟既：【在录综艺，有点忙，等等我，过几天回上海了打给你。】

许梦冬将手机搁在腿上，看向正在开车的谭予。他喜欢穿黑色，黑色毛衣衬得他面庞有棱有角，清隽又干净。

他迅速看她一眼，问："怎么了？"

许梦冬敛回目光，指了指另一条街的店："姑父爱吃那家的熏酱，买点带回去。"

"行。"

许梦冬住回镇子里，但坚持每周末不直播的那天来市里看姑姑姑父，谭予自然也是要一起的。姑姑准备了一大桌子菜，再添一道他们带回去的熏酱熟食，比如猪耳朵、松仁小肚、风干肠之类的。

姑姑在饭桌上提起下周就是清明了，然然有三天假期，一家人要回镇子，到后山去给然然的姥姥姥爷上坟。

也就是许梦冬的爷爷奶奶。

"冬冬，你忙就不用去了，我帮你把你那份纸和元宝带去。"姑姑夹菜之余瞄着许梦冬的脸色，那眼神和语气竟有些小心翼翼，很隐晦，但谭予看见了。

一家人，清明祭扫是应该的。谭予的爷爷奶奶也都已不在，他清明不回，但会在每年祭日和爸妈回到南方去祭拜。

他看向许梦冬，发现许梦冬一直低头戳着碗里的豆角炖肉皮，软软糯糯的肉皮浸了汤汁，被她用筷子尖戳得乱七八糟。她没抬头，垂着眼皮似在思考，过了半晌往嘴里狠狠扒了一大口米饭，囫囵着开口应道："我去。"

姑姑的表情又变了，有些担忧又有些惊喜。她往许梦冬碗里夹着肉："好，到时候我们回镇上接上你，咱们一家人一起去。"

谭予是外人，也是全程旁观的人，所以他将这些看得很清楚，不论是饭桌上凝滞的气氛，还是许梦冬冷着的脸。

他不想探究别人家里的事，可许梦冬的反应让他疑惑，这种疑惑在这一天晚上达到顶峰。

当晚，许梦冬依旧跟他回了寝室，门一关上，她不待他脱了外套，就拉着他的外套衣襟往墙上抵，踮着脚往他脖子上凑，左亲亲，又舔舔，感受他脖颈处的热气。

两人这么久了早有了默契，谭予揽着她的腰，轻轻捏住她的肩膀，低声问："怎么了？"

许梦冬也不回答，在黑暗里挣开他的手，继续闷声主动，一个劲儿地往上扑，咬住他的嘴唇，舌尖轻巧地往里探。

她的手也不老实，他的毛衣下摆里面还有打底，她像是等不及拆解礼物的小孩，这里扯一下，那儿蹭一下，所到之处燃起一簇簇火苗。

谭予只好把心里那股不对劲儿暂且搁下，俯身亲吻。可下一秒，他被她满脸的眼泪吓得动弹不得。

"冬冬？"

"嗯。"许梦冬回应他，只不过是勉强挤出的一声，鼻音浓重。

谭予将房间的灯尽数打开，又把许梦冬横在眼睛前遮挡的手臂扯开。

他实在不常见她的眼泪，大概也正因为此，她的每一次痛哭都让他心下崩塌。

他握住许梦冬的手，轻轻把她拽进怀里，把她的每一声哭声都埋进自己胸前的毛衣里。他轻轻拍着她的后脑勺："哭吧，冬冬乖啊，哭吧哭吧……"

女孩儿哭有什么丢人的？他当然希望许梦冬一生都顺遂，没有烦心事儿，可如若避免不了，他就盼着她每一次哭都能在他怀里。在别处他不放心，光是想想，一颗心就好像被丢上了磨盘，用石墩子重重碾过，血肉模糊。

许梦冬从一开始的小声啜嚅到号啕大哭。

她是真难受了才会全然不顾这是哪里，不顾别人会不会听见。她嘶哑的嗓子让谭予眼底也泛酸，他哄着她。好久好久，她终于松开他的肩膀，揉了揉红肿发疼的眼，坐在床上，一言不发，将脑袋埋进膝盖里。

"喝水。"谭予把杯子递到她手边。一勺椴树蜜，用热水一点一点化开，对嗓子好，也许会让心情也变好。

许梦冬默默把热乎乎的蜂蜜水喝完，然后对谭予说："你能别问我吗？"

谭予顿了顿："好。"

他不想多嘴，但还是忍不住："不想去祭扫的话，就跟姑姑说，或者……"

"没有，"许梦冬打断他，"和这没关系，爷爷奶奶对我很好，我也很想他们，不是因为这事儿。"

那是因为什么呢？

谭予把杯子搁在一边，坐在床沿靠近她的一侧，使劲儿掰正她的肩膀，逼她正对着自己："我记得我跟你说过，遇到事情了，要告诉我。"

许梦冬抬头，被打湿的睫毛一簇一簇的："告诉你有什么用呢？"

她的眼神不复平时的清亮，添了几分凄迷："不是所有事情你都能帮我解决的。"

"你怎么知道不能呢？"谭予忽然觉得憋闷，此时他的委屈和许梦冬的重量相当，且清清楚楚写在眼睛里。

许梦冬看到了，于是蓦然住了口，不再争论。

隔了一会儿，她起身："送我回家吧，我回去睡。"

那么多的心灵鸡汤和成功学都告诫人们要心胸宽广，海纳百川，方能百毒不侵，活得自在。

许梦冬做不到，她的心太小。

小时候学校组织春游，她就总会在前一晚激动到失眠，如今游玩的兴奋喜悦变成了堵心烦恼，效果却是一样的。她在隔天的直播里出了错，算错了优惠价格，阿粥也没注意到，直接挂了小黄车，走了几十单，损失了一笔钱，不多，但让人焦躁。

她心事重重地睁着眼睛熬了一晚，无论如何也睡不着。

第二天便是清明，一行人一早顶着林间露水上了山。

阿粥注意到许梦冬不对劲，于是问谭予："你俩吵架啦？"

谭予没回答。

他时刻关注着大门口的动静。

一般到后山祭扫，不到中午就能下山了，远远望着山腰，已经有袅袅青烟如缕，细细飘扬。中途，他被工人叫走商量新款包装袋的事，聊得有点久，从厂房回来却被阿粥告知许梦冬早就回来了。

"去你寝室了，说是先去洗个澡。"

可能她是上山出了汗，草籽沾满身，谭予没多想。

他回了寝室推开门，听见卫生间里哗啦哗啦的水声。许梦冬把鞋子脱在外头，连拖鞋也没穿，是光着脚进去的。再看，门口搁了个大黑塑料袋，平时装垃圾的那种，看着是要扔掉的。口袋没扎紧，谭予弯腰打算扎紧扔出去，却不经意看见里面的东西——

是许梦冬的衣服，从里到外，内衣、毛衣、外套……全都团成了一团。

谭予看出来那是她前几天刚买的牛仔拼接棉袄，喜欢得要命，才穿了几次，怎么就不想要了？

他把口袋放回去，没急着扔，坐在床沿等。

十分钟。

二十分钟。

四十分钟……

水声一直没停。

许梦冬一直没出来。

寝室的热水器是老式储水的，洗这么长时间，热水早没了，谭予觉得不对劲，心里有点慌，走上前去叩了两下卫生间的门。

"冬冬？"

"唔。"许梦冬闷声应了一句。

谭予松了一口气："冬冬，你怎么了？"

"……我没事。"

又隔了一会儿，水声渐渐平息，卫生间的门被推开，许梦冬走了出来。她周身竟一点热气儿都没有，身上的水珠都是冰凉冰凉的，森森冒着寒气。

谭予惊愕。

她一点衣服都没穿，什么都没披，整个人素寡着站在那里，脚边积了一小摊水。毫不夸张地说，她像个游魂。

这还不是最让谭予骇然的。

他看见许梦冬身上布满大大小小的血痕，前胸、后背、手臂、肩膀……明显是刚用指甲挠的，有些伤口深，甚至还往外冒着血珠。

最严重的是脖子。

她那么纤细的、不堪一握的脖颈上全是血痕，乱七八糟，交错缠织，像是一张骇人的网，网住谭予震惊的眼神。

"看我干吗？我忘拿浴巾了，递给我一下。"

她还在不停地抓挠着自己，没什么血色的脸朝谭予笑了笑，手遥遥一指，示意谭予："门口那袋衣服帮我扔了。全是味道。"

她顺着谭予的视线低头看了看自己，然后好心给他解释："不好意思啊，吓着你了是吗？

"我闻不得那烧纸烧香的味儿……我……

"……我总想起我爸。"

许正石不是个好儿子，不是个好哥哥，或许也不是一个好丈夫，但在许梦冬心里，他是个很好很好的爸爸。

即便他把她扔在老家，让她过了多年寄人篱下的生活，她还是说服自己要体谅、要理解——爸爸南下闯荡，是奔着赚钱、奔着给她更好的生活去的。

不能不懂事。

许梦冬记得，刚开始的几年，许正石杳无音讯，从来不往家里寄生活费。

姑姑不说什么，不代表姑父心里没意见，养个孩子，而且是需要富养的女孩子，这可不是闹着玩的。许梦冬也因此过得战战兢兢，平时尽力帮姑姑做家务，和姑父一起上山采山货出去卖，赚点钱交学费，唯恐自己被讨厌。

又过了几年，许正石在外的状况好了一些，他开始给许梦冬买许多衣服和零食，都是她没见过的高档东西，比如好多层纱的小裙子、美心的月饼。逢年过节，他也开始给家里寄钱，虽然和养孩子的花销相比九牛一毛，但好歹是有了进项。

再后来，在许梦冬的记忆里，她上了高中以后，许正石好像突然变得很有钱，开始往家里大笔大笔地汇款。

他还买了新车，黑色的轿车，开回镇子里。许梦冬不认识车标，但那黑漆漆的壳子一看就很贵。

他给许梦冬很多很多的零花钱，多到许梦冬觉得烫手不敢要。

许正石拍她脑袋："傻闺女儿，老爸挣的钱怎么不敢要？给你就拿着！"

他的大手在许梦冬脑袋上揉啊揉，似乎是在丈量孩子的成长："冬冬啊，你这些年受委屈了，老爸对不起你……现在好了，老爸生意做得可大了，以后全都补偿你，冬冬想要什么咱就买什么！"

许梦冬自始至终不知道许正石到底做的什么生意，她也不想知道，她只是盼着许正石每年多回家几次，不要只是趁着过年才回来短暂住几天。小孩子的虚荣心，她也有，她特别想许正石能去给她开一次家长会，趁她高中的最后几个月里。她那时已经拿到了好几所学校表演系的合格证，相当于一只脚迈进了大学的门槛。

那可是全国最好的艺术院校。

学校老师都说她天生就是吃这碗饭的，以后会是明星。

这份喜悦，她也想和许正石分享。

然而，事与愿违是世间常态，人的一生有太多无可奈何。

比如出身，比如家庭，比如脑子里反复研磨的记忆和皮肤上斑驳交错注定结痂的伤疤。

再比如普鲁斯特效应，是指闻到特定的味道就会开启当时的记忆，以尖锐的钩子拽出幕布后勾连的真相。

许梦冬在心理咨询师那里学到的这个词。对方还告知她，她的情况已经不适用于以交谈为主要内容的心理咨询了，要到精神科或心理科寻求专业医生的帮助。

这么多年，她一闻到香火味就焦躁到坐立不安，呼吸不畅。

谭予找来药箱给许梦冬上药。

房间里一时间充斥着药膏的苦涩，他们谁也不说话，谁也不先开口，因为都不知道说点什么好。

"抬头。"

棉签蘸着冰凉的液体划过脖颈处皮肤，许梦冬"咝"了一声，本能地往后缩，被谭予拽了回来。他没给她拿衣服，因为怕毛躁的衣料再弄疼她，只是换了新的床单被套，再用干净柔软的被子将她裹住，把她抱到床上去。

谭予记得这不是她第一次伤害自己了，上次是在除夕，各家摆供的日子，香火味也重，他来接她回市里过年，一开门也是类似的状况。许梦冬当时的凄惨模样和现在别无二致，像是精美的瓷器被划上丑陋的伤口，长长短短，横七竖八。他在她脸上看到了复杂的神情，糅杂着恐惧、悲伤，还有无奈。

是对自己现状的无奈。

她也不想这样的。

他当时以为她是想到什么或是看到什么了，如今才明白是因为空气里的味道。

"真烦啊，"许梦冬抽了抽鼻子，此刻房间里只有药味，她使劲咧了咧嘴角，挤出一个比哭还难看的笑容，"林区禁火这么多年，怎么还能烧纸呢？真是。"

"茔地又不在林场里。"

"哎呀，我知道……"这不是，没话找话聊嘛。

此时刚到中午，远处有炊烟渐渐升起。

这些年间，林区人家搬走了一大半，走几步便能看见破败的院子或半锁的屋门，还有比门高的杂草，以及一地积雪覆盖下的枯枝败叶。许梦冬记得小时候每到饭点，家家户户都热闹，如今就剩那么几家了，看着都凄凉。

她问谭予："我早上没吃饭，现在好饿，基地食堂今天做什么菜？"

谭予看她一眼："等着。"然后就闪身出去了。

不出二十分钟，他端回来一碗清汤面，是许梦冬最爱吃的那种。又清又亮的汤头里只加了几滴酱油，撒一把切得碎碎的葱花，最上面卧一颗荷包蛋，筷子戳个洞，是流黄的，金灿灿的蛋黄溢出来，沾在细细爽滑的龙须面上。

他又搬过来一张折叠小桌，撑开，就放在床上，摆好筷子："吃。"

哪就娇贵到连床都下不了了？许梦冬瞥了谭予一眼："你伺候月子呢？"

谭予不说话，把她要丢的衣服都扔出去了，担心房间里还有味道，有心开窗通通风，可又怕冻着她。

许梦冬挑起面条，慢慢吃着，觉得胃里有点热食了，心里也没那么空落落了。

谭予斟酌万分才开口："叔叔他……出狱了吧？"

"嗯。"许梦冬一张脸埋在面条的热气里，"你是怎么知道我爸的事的？知道多少？"

"刚上大学的时候，"谭予轻声回答，"那时候找不着你，我拜托我妈寻了很多关系很多人，才知道你去了上海，除此之外，还知道了一些你家里的事。"

"哦，"许梦冬握着筷子，指尖使劲儿，"那你知道他为什么蹲监狱去了吗？"

"听说了一点。"

"一点是多少？"

"……听说是因为赌，还有高利贷。"

许梦冬摆摆手："成，知道这些就够了。"

谭予望着她脖子上的伤，有些愣怔："所以……和叔叔有关？"

"很长的故事，你想听吗？"

"你想说，我就听。"

"那就从咱们高三那年开始讲起吧。"许梦冬放下筷子，凝眉思索了一阵，问谭予，"你还记得高三那年的四月，清明节假期，你在干什么吗？"

谭予想了下："我好像……和我爸妈回江苏了，祭祖。"

"嗯，"许梦冬笑了笑，"你不知道我想过多少次，要是那时候你在我身边，该多好呢。"

那年清明节，许梦冬很高兴，因为许正石要回来了。

在此之前，他已经几个月没给家里来电话了，这次回来，是给许梦冬的爷爷奶奶上坟。

头一天，许梦冬就去镇子口等，可等了一上午也没等到许正石那辆气派的轿车，反倒是等来了大客车。

许正石蓬头垢面、两手空空地从大巴车上下来，十足落魄，全然没了去年回家时的精神头。他有点不敢看许梦冬，只是沉默地牵着她的手，问道："姑姑在家吗？我有点事，要找姑姑谈。"

许梦冬不知道许正石和姑姑谈了些什么，许正石不让她旁听。她在小屋，堂屋里的争吵穿过两扇门隐隐约约传过来。她只记得那争吵很激烈，持续了整整一夜。

第二天一早，一家人去上坟，结束后许梦冬先回来，姑姑和姑父不知道去了哪里。

许正石是在下午进的家门，醉得双眼通红，脸却很白，白得吓人。

许梦冬给他倒了水，扶他去炕上躺下。

许正石摸着她的脸，问："冬冬啊，你有没有钱？"

许梦冬说："有。"然后把她攒的钱拿出来。许正石给她的零花钱她没怎么动，只是出门艺考需要路费，用了一些，剩下的都在这里了。

许正石拿眼一扫，冷冷地盯着她，问："还有没有？就这些？"

"就这些。"许梦冬说。

"不可能！"许正石忽然坐起来，冲许梦冬大吼，"我给你的不止这些！都拿出来！还有我给你姑姑的。你知不知道钱在哪儿？"

他浑浊的眼睛里闪着光："你告诉老爸，你姑平时都把钱藏在哪里了？你肯定知道。"

许梦冬傻了。

许正石降下声哄着她："反正那也是我给的钱，现在老爸遇到难事了，需要那笔钱，你告诉老爸，钱在哪儿呢？"

许梦冬摇着头。她已经被吓着了，只是频频解释，她不知道，她真的不知道，她甚至连许正石给姑姑汇过多少钱都毫不知情。

许正石突然就暴躁起来，抬手甩了许梦冬一巴掌："你个小白眼狼！帮着你姑对付我！"

那是许梦冬第一次挨许正石的打。她瞪大了眼睛，脑袋发蒙，连疼都感觉不到。

事情过去后的许多年里，许梦冬刷手机偶尔看到社会新闻宣传沉迷赌博的危害时，她总会迅速划过。没人比她更知道一个人滥赌会是什么样的下场——就是和许正石一样，完完全全从人变成没有理智的兽。

那时的许正石是被钱给逼急了，更要命的是，他身上摊的事远不是滥赌那么简单。

许正石跟了一个所谓的"大哥"，这么多年，他们一直在外放高利贷，俗称"放血"。

这就是他所谓的生意。

不被法律允许的借款、高昂的利息、见不得光的催收手段……

.123.

当然，他也没有那么多钱往外放，于是要找"上家"，经他手把钱散出去，到期收回来，赚个差价。

即便是差价，也是很大一笔，足以让他过上好日子。钱来得太容易就不被珍惜，于是他出去赌，就图快活，流水一样的钱进来，又出去了，连点痕迹都没有。

许梦冬呆愣愣地看着许正石，不知道她的零花钱和漂亮衣服都是这么来的。

醉酒的许正石抬起手，掐上她的脖子，把她按在炕上：

"我现在钱收不回来，上家还等我交供！你快告诉我，你姑都把钱藏在哪里了？！

"……小白眼狼，你就向着你姑是不是？！

"早知道当初就不该留你，反正你也不是我的种！

"反正也没什么意思，我弄死你得了！还有你那个没良心的妈，全家人一起去死！

"我白养你了！"

谭予几乎震惊。

他嘴唇微张，像是挨了当头一棒，半天没说出话来。

许梦冬朝他笑："这么惊讶？让我猜猜，你惊讶是因为他想掐死我，还是因为我不是他亲生的？"

她垂下眼，盯着干净的白瓷碗沿，上面有一颗小小的黑点，是烧瓷的瑕疵。

"我早就知道我不是他亲生的，我跟他没血缘关系的……"许梦冬深深呼吸一口气，缓解眼眶的酸涩，"有一次我姑和姑父说话，被我听见了。"

其实也不用偷听姑姑姑父讲话，周围挺多人都知道这事。当初许梦冬的妈妈是大着肚子嫁给许正石的，粉红色的蓬蓬婚纱遮住了她微鼓的小腹。乡下的家长里短、口舌威力不能小觑，一传十十传百，许梦冬长大懂事了，自然而然就知道了，无须谁来告知。

"我妈当初是酒厂车间工人，她长得漂亮，交了个不靠谱的男朋友，后来怀孕了，那男人却跑了。当时我爸也在酒厂，他追我妈追了好久，出了事也不嫌弃我妈，依旧把我妈当宝似的，后来就结婚了。"许梦冬笑着，"如果故事讲到这儿，是不是还算不错？"

可是大多故事都是华丽开头，潦草收场。

"但是我妈跑了，在我两岁的时候。"

许正石没什么大出息，工资很少，个子很矮，长相一般，性格木讷，爱喝酒、爱抽烟，喝多了摔东西，还骂人打人。他爱打麻将玩牌，那时就玩得很大，一输就是一个月的工资。这些在婚前瞧不出来的缺点，于日复一日里，构成了许梦冬妈妈出走的原因。

她妈妈那么漂亮，心高气傲，凭什么委顿在这样一个男人身边？就凭他接纳了自己和孩子？她生下许梦冬时还不到二十岁，还有大把的人生要过。

许梦冬其实想过，这个故事里没有绝对的施害人，也没有绝对的受害者，细细想来，每个人都有自己的慈悲心，也有各自的自私和软弱。说到底，大家都是凡人。

她能怨许正石吗？能怨妈妈吗？

好像都不能。

他们都有苦衷，都不容易。

老婆跑了，许正石成了"王八"，终于忍受不了周围人的评论，他拎着行李南下闯荡了。

大人们都逃了，剩下的呢？

剩下的是许梦冬，她什么都不知道，也什么都控制不了，只能留在原地，孤独生长。

"我不怨我爸，我不是他亲生的，他也没对不起我。"许梦冬说。

她始终记得许正石偶尔回家看她会给她带好吃的、好玩的，会让她骑在肩头，会带她去结冻的河面上滑爬犁，牵她的手去邻居家吃杀猪菜，给她买黄桃罐头，亲手做山楂糕，过年时带她贴对联，拿划炮吓唬她，见她哇哇大哭，再哈哈大笑去抱她……

她不怨许正石，他已经做到了一个父亲该做的。

但、但后来……

"后来我姑回来了……我姑再晚回来半分钟，我真的会被他掐死。"

那天是清明，空气里有挥之不去的香火味，成了她此生绕不出去的迷瘴。

许梦冬双手端起碗，碗里的面汤已经凉了，面条坨着。她视若无睹地喝了一口，眼泪就顺着脸颊滑到碗边，再落入汤里。

许梦冬把碗放下，盯着面汤上浮起的油花。它们不停地扭曲着，勾勒出奇形怪状的七彩轮廓。

"你来上海找过我，我知道。"

许久，她开口说。

谭予去过上海，在他们上大学的第一个学期。

那时候许梦冬忙到脚不沾地，每天的日程大抵是学校、兼职的饭店，还有经纪公司，三点一线。

公司帮她接洽了几个剧本，都是投资不高的网剧，却也是当时的许梦冬能接触到的最高水平了。半个身子挤进娱乐圈，可没人告诉她娱乐圈那么那么大，她处在边缘到不能再边缘的位置。这个圈子的繁华和奢靡都与她无关，她的愿望就是温饱，毕竟还有生活费和学费亟待解决。

她高中时朋友那么多，到了大学却成了孤家寡人。表演系的女孩子们大多数生活优渥，她们早已经有各自成熟的牢固的社交圈，许梦冬挤不进去，也没时间处理人际关系。

那时和她关系最好的人是钟既。

打算奔赴相同目的地的旅人理所应当结伴而行。钟既也缺钱，但他比许梦冬厉害一点，仗着一张好皮囊，从高中时就接各种平面拍摄，当过网店模特，做过乐队，还去综艺节目当过托儿。他也签了经纪公司，精挑细选过的，比许梦冬那家好了不知多少倍。

他们两个是班里的反骨，专业课不敢旷，那么大课能跑就跑。老师嘲讽他们："根骨不定，就心浮气躁想接戏赚钱，这条路走不远。"

许梦冬把头深深埋下去，脸蛋通红。

钟既却死猪不怕开水烫，他笑呵呵地和老师套近乎："老师啊，我就没打算走多远，我入这行就是为了赚快钱的。人各有志，求您就睁一只眼闭一只眼吧，谢谢您了。"

他拽着许梦冬出去接私活，两个人都用假名，背着学校也背着经纪公司，去高尔夫球场当陪打、在射击馆做陪练，反正都是有钱人玩的东西，他们以青春和姣好的面容兑换门票，赚钱，赚钱，疯狂赚钱。许梦冬去剧组拍戏，钟既会去探她的班，钟既被公司安排上一档选秀节目，通宵练舞，许梦冬也会在深夜等在他公司楼下，给他送一杯热咖啡。

是战友，是同伴，他们互相亮过伤口，所以惺惺相惜。

谭予去找许梦冬的时候，上海刚刚迈入深秋。

在那之前，他做过不少心理建设，他也有自尊心，被女朋友甩了还要上赶着去要个交代，求个缘由，他心里也有气，可这点怒气在得知许梦冬父亲出事之后就悄然消散了。

他担心许梦冬一个人扛不住如此巨大的家庭变故，一个小姑娘，肩膀能有多宽敞？即便他们不是恋人了，起码还是朋友。他想，如果她需要，他得帮帮她。

谭予从北京飞去上海，找朋友的朋友的朋友，终于辗转联系上了许梦冬的同班同学。对方甚至对许梦冬这个名字都略有陌生，仔细想了想才恍然："哦，你说许梦冬啊，她都不常来上课的。"

谭予下意识地皱眉："为什么？她怎么了？"

"没怎么啊，"对方觉得莫名其妙，"她谈恋爱了啊，每天和男朋友出去，瞧不见人，也不知道忙些什么。"

终归是个沉不住气的少年。

十八岁的谭予，能有多成熟，能有多周全？

当时的谭予感觉自己被深深背叛了。上海的深秋不如北方寒冷，却也让梧桐叶落了一地，他踩着那些落叶，执着地在学校门口等了一整天，终于在深夜等到了许梦冬。

她又瘦了一些，穿着一件卡其色大衣，整个人显出一些伶仃的姿态。她穿梭在秋风里，低头快步往寝室走着，跟在她身后的男孩子戴着卫衣的兜帽，手上拎着许梦冬的链条包。

他们那样般配。路过风口，男孩会快走几步，挡在许梦冬身前，帮她挡去那些被风刮起的猖狂灰尘。

从小优秀的谭予很少体会挫败，但那天，他离开得无比落魄，几乎是落荒而逃。

并不是他觉得自己不如人，而是在许梦冬心里，他早就排不上号了。

"后来我同学告诉我，有个高高的男生来找过我，还问我的近况，我就猜到是你了。"许梦冬说，"我得和你道个歉。"

谭予深深地望着她。

"我骗了你，其实从那年清明节，从我爸的事初见端倪开始，我就做好离开的打算了。"

那时是四月份，距离他们高考还有不到六十天。

清明假期过后，许梦冬照常去学校，照常投入到高考总复习中，照常让谭予给她讲数学题，只是校服外套里的衬衣换成了高领毛衣。谭予一边看卷子，一边打量她，说："你咋还穿毛衣？不热吗？"

许梦冬哽了哽："天气预报说过几天还有一场雪呢。"

小兴安岭要入春不是一件容易的事，四月落雪也是稀松平常，她用最轻松的语气和最自然的表情掩盖了衣领下的异样——那里斑驳紫红，全是指印。

许正石宠她、爱她，可那一天也是真的想要掐死她。

人性难以探究。

不要说是十八岁的少男少女，即便是如今，他们各自经历了许多事，却也难以窥知人心的精密框架。

许梦冬没有看谭予，自然也就没有瞧见他泛红的眼眶。

大男人不能掉眼泪，可谭予看着许梦冬微微弓起的背，觉得自己的一颗心也被剁得乱七八糟，汩汩往外冒着血。

"你还有什么想问的，"许梦冬抽了抽鼻子，"就趁今天一起问了吧。"

谭予沉默了很久，努力斟酌着用词，张口时声音不稳："所以你当初离家出走，考去了上海，不告诉我，也不告诉家里人，就是因为你爸爸？"他深呼吸，压抑眼底的湿意，"你想逃走？"

许梦冬顿了几秒，笑了："对呀。"

她顺着谭予的话往下说："你不要觉得我有多厉害，我只不过是比平常人的反射弧长一点而已。我用了几个月的时间消化这件事，后来终于想通了，既然我和这个家没有任何血缘关系，我的存在还会让我爸耿耿于怀，那么干脆我走，一切就都解决啦。

"我不想成为累赘，可也当了那么多年的累赘，我甚至不知道我做错了什么。那个时候我劝自己，索性就自私一点。我也胆小，也惜命，我怕我爸真的被逼到走投无路，我怕他伤害我，我怕他寻了个什么机会真的杀了我。

"所以我要跑，跑得越远越好。"

"你一早就做好决定了。"谭予深深看着她。

"是啊。"她抬头，午后的阳光透过窗户落进她的眼睛里，融成朦胧的一片光圈，"真的抱歉，谭予，你也是无辜的。我骗了你，高考结束我提出要和你在一起，其实从那时起我就做好了离开的打算。"

她说，谭予，你当我男朋友。

其实她真正想说的是，谭予，在我走之前，你当我的男朋友。

我们开心一天算一天。

从前是这样。

现在也是这样。

"我就没想过和你有什么好结局，从来就没这么想过。"

东北的春天绝对称不上温柔。

它饱含未尽的凛冽和粗粝，冷风掠过，春寒料峭，那点阳光不足以融化冰雪。经年冰冻的土地如此厚重，需要多少温热来灌溉才能长出禾苗，开出花？好像沉寂萧条了这么多年的东三省，到处都是斑驳的围墙、生锈的机器……

那些东西被冷了太久，已经麻木了。

许梦冬用手撑着额头，挡着自己半张脸："你真的不要把我想得太好了，人都有逃避心理，也都有自私的时候。我爱我爸爸，我小时候生病，他背着我去卫生所，给我买黄桃罐头，那一幕我记了好多好多年。可当他伤害我的时候，当他出事的时候，义无反顾逃跑的也是我。"

她的眼泪一滴一滴往下落："我就是这么个自私的人。"

谭予，你也是受我自私荼害的人。

我想和你在一起，但我不想和你有未来。

我遇到更好的人就会离开你，就和以前一样。

她胡乱抹着自己的眼睛："谭予，是我的错，我不能再害你一回了，咱俩断了吧。"

太阳渐渐下坠，垂入山际边缘，残阳半缕，风又刮起来了。

许梦冬一个人喋喋不休了很久，谭予始终不发一言，她说到最后都忘记自己说了什么，只觉得脑袋昏沉，鼻子和眼睛都发热。

谭予注意到她脸颊不正常的红，探手过来碰她的额头，烫得厉害。

"你发烧了。"

"……不能吧？"

"什么不能？"谭予站起来，"大冷天洗冷水澡，你不是惜命，你是嫌命长。"

他翻药箱找到退烧药，亲手喂给许梦冬，逼着她喝一整杯水，然后让她躺下，把枕头放平，被子掖到下巴底下，还把她的手机收走了。

"吃了药睡一觉。"

许梦冬眼皮有点沉，她看着正在穿外套准备出门的谭予，问道："你要去哪儿？"

"咱俩都断了，你管我去哪儿？"

发烧真不好受，许梦冬大脑有点迟钝，蒙了一霎，又浅浅点了点头："哦，那你注意安全，听说今晚又有雪。"

谭予没回答她，推门出去了。

从门外挤进来的一股冷风吹散了许梦冬的最后一丝清明，退烧药发作，整个人困得厉害，她稀里糊涂睡着了。这一觉睡了很久，而且并不踏实。

梦里光怪陆离，层叠扭转，全是自己的脸，还有谭予红着的眼。

床前灯光半明半暗，一如人心，也不是非黑即白。

人的烦恼来源于"不纯粹"，善良得不纯粹，恶毒得不纯粹，夹在当中不上不下才最难受。

经纪公司的周总是怎么说她的？

说她是个重情义的人，是个能豁出去敢闯的人，可偏偏心里的底线始终横在那里，是戳在她心里的一根针，痛觉时刻困扰她。

许梦冬没有告诉谭予，其实她远不如自己说的那么雷厉风行，那么飒爽。

那一天，姑姑从许正石手里把她救回来，她险些晕厥，坐在炕上缓了好一阵，始终是被吓傻的状态。

许正石回过神，酒也醒了，四十多岁的男人跪在冰硬的砖地上求她原谅。

"冬冬，对不起，老爸错了，老爸不是人，老爸怎么能说这种话。

"冬冬，你是老爸的命根子啊！老爸不能没有你啊，老爸就只剩你了啊！"

他拿起手边的烟灰缸，疯了一样往自己脑袋上砸。

厚重的玻璃烟灰缸砸下去，额角登时冒血。

许正石哭喊着，老泪纵横：

"我走投无路了啊！我欠了四十多万！还不上我就得去死啊！

"我求求你了，正华，冬冬，我求你们了！

"冬冬，你救救爸爸啊……"

许梦冬在梦中哭出声，滚烫的眼泪滑下来，洇进柔软的枕头里。

她怎么会不爱许正石？

那是她爸爸，有没有血缘关系有什么要紧？

她一直当他是亲生爸爸，她是他最乖最骄傲的好女儿。

东北的冬天怎么这么漫长啊？

多年前清明时节的冷风兜兜转转，再次刮在她身上，是透骨的凉。

许梦冬不知道自己睡了多久，中途醒过一次要水喝，有人把水杯递到她嘴边，宽大的手掌盖住她额头，轻声喃喃："退烧了。"

那声音好似从天边传来，很空，但很熟悉。

许梦冬半梦半醒间意识到，那是谭予的声音。

她无法如自己所愿的那样冷心冷血地抛弃许正石，彻底不管他，也无法拍拍屁股毫不留情地离开谭予。

她还有第二个秘密没告诉谭予。在他想着她的这几年，她其实也去看过他很多次。在不拍戏的空闲，她用口罩、帽子、围巾全副武装，去北京，去谭予的学校。最近的一次，她陪他上了一节课。阶梯教室里全是人，她偷溜进去，坐在最后一排，隔着错落人群望着他，哭湿了口罩和围巾。

人心太复杂了，不是骰子上的数字，摇到几就是几。

人间苦痛无限。

哪里是那么容易就说得明白的？

如果真的足够自私，很多烦恼就会烟消云散……可真正能做到的又有几个人呢？

许梦冬一觉睡到后半夜，然后醒了。

其实她还困着，只是她闻见了空气里冷而涩的味道。从小生长在北国的姑娘对雪最敏感，厂房寝室又是平房，接地气，她迷迷糊糊地坐起来，嗓子紧绷问了一句："是不是下雪了？"

"嗯，下雪了。"谭予早就回来了，他自温暖的灯光里朝她走过来，"看雪吗？"

"看。"

他去把窗帘拉开，窗外是空旷的基地院子，几盏照明灯映出雪花的轮廓，洋洋洒洒，安静落下。

落在白桦树梢，落在松柏枝叶上，落在广袤寂寥却热烈多情的黑土地上。

她的眼泪再次失守。

"哭什么？有脸哭？"谭予抽了几张纸递给她，一同递来的还有白白净净的小碗，里面搁着小勺。

许梦冬接过来，看见里面是一片片的黄灿灿的黄桃。

"我去镇上商店买罐头，人家没进货，就剩这最后一个黄桃的了，现在在你手上。"谭予挨着她坐下，"许梦冬，人不会永远都倒霉的。"

东北人生病可以不吃药，但不能不吃黄桃罐头。

许梦冬小时候生病，许正石背着她跋山涉水去卫生所打针，回了家后把冰凉凉甜丝丝的黄桃罐头喂她吃下。

你说感情怎么理？

你说人心怎么评？

许梦冬低头，忍住不让眼泪掉进碗里。

她想开口，却被谭予率先打断："许梦冬，我不想跟你断。咱俩就这么耗着吧，耗到我也累了烦了，耗到我对你这点感情也不剩了，可能我也就死心了。"

许梦冬抬头，看见谭予深邃但干净的双眼，好像最澄澈的云彩。

"你是什么样的人，我知道，你自己心里也知道，你说当初是因为这事要跟我分开，我是不相信的。

　　"但是你最难受的时候我不在你身边，这也是我该得的报应。

　　"我知道你这故事没讲完，你一定还有事瞒着我。没关系，我还愿意再等等，等你把后面的故事讲给我听。

　　"许梦冬，腐肉挖了才能长新肉，你别害怕。"

　　许梦冬埋头吃黄桃，听见谭予温声在她耳边说："冬冬，就快好了。"

　　黄桃罐头会保佑每一个东北人。

　　雪花会照慰这片土地上的每一个灵魂。

　　许梦冬眼前蒙着水雾，望向窗外。

　　这是今年的最后一场雪。

　　小兴安岭的春天终于要到了。

　　一切就快好了。

　　许梦冬后来细想，她和谭予重遇之后的事情发展，其实早就脱离了她的控制。

　　又或者说，从一开始，绳索的另一端就不在她手上。

　　她刚回到伊春的时候想法还算纯粹。她那时只觉得自己心思飘浮得厉害，急于找个地方落脚，谭予恰巧出现，给了她一处安身的地方。

　　后来则是成年男女的暗流涌动，你输我赢，需要反复较量。至此许梦冬也觉得没什么，她和谭予太熟了，即便分别多年，他们依旧了解彼此的每一处，这并不是多么难以跨越的障碍。一觉醒来，衣服穿起来，大家还是一样体面。

　　可是……

　　谭予口口声声说着和她只是短暂关系，露水情缘，可他做的桩桩件件全都超出了一个"短暂伴侣"的范畴。

　　她能感觉到，谭予是想亲手把她这些年的曲折捋顺了、抹平了，仿佛这样就能让她少受一点回忆的苦。

　　至此，许梦冬终于与自己曾扮演过的"绿茶"女配深刻共情——她既不想直面谭予的感情，又舍不得松开他朝她伸出的那只手。

　　就好比现在。

　　谭予拿纸巾轻轻沾去她的眼泪，小心翼翼的，生怕碰着她哭到发红发肿的眼皮。

　　"许梦冬，你真是年纪越大越活回去了。"他嘴上逗她，说她最近这眼泪也太容易掉了，但心里还是跟着狠狠难受了一回。他按着许梦冬的后脑勺，把人扣进怀里。

　　他衣服上有暖融融的、干干净净的味道。

　　许梦冬就缩在这一双臂膀圈起的小小堡垒里再次入眠。

　　醒来时天光已大亮，雪还在下。

只是初春的雪无论如何也起不了势，飘了一阵儿，很快就变成细沙一样的颗粒，落在地上也留不住，化成一摊湿润。

她原本就想睡一觉，等头脑清醒了再端正态度和谭予好好聊一聊，恰巧来了个契机，谭予的手机响了，是谭予爸妈打来的电话。

"……嗯，好。

"回头我给你们邮过去，地址发给我就行。

"好，那你们注意安全，乘索道吧，我妈不能走下山梯，她膝盖不行。"

谭予一手拿着手机，另一只手臂搭在眼前，嗓音里有倦意。

许梦冬睡得浅，但好歹也是睡着了，他就没那么好运，一个半小时以前还给许梦冬喂了一次药，量了一次体温，36.6℃，总算稳定下来了。

许梦冬起床去给谭予倒了一杯水，他接过来，看着她，对电话那边说：

"……嗯，我和冬冬在一起呢。

"我俩挺好的，放心吧。"

挂了电话，谭予解释说爸妈报了个旅行团去张家界天门山旅游，路上认识了一对投缘的夫妻，对方热情地赠送了很多家乡特产，谭予父母过意不去，于是打电话来让谭予也邮一些小兴安岭的农产品过去，当作回礼。

谭予自小懂礼，性格和善，招长辈喜欢，这些都是从小慢慢培养的特质。他生长在这样的家庭里，父母给他的教育就是如此——严于律己，宽以待人，要懂得感恩。最重要的一点是，要走正道。

许梦冬深知自己就是谭予正道上的一条小岔路。

她借这个契机再次问谭予："你到底和叔叔阿姨怎么说的我们的事？"她依旧担心来自谭予父母的压力，"叔叔不是给你介绍了相亲对象吗？你跟我耗着不要紧，你爸妈能让你这么不学好？"

谭予喝了一口水，用空下来的那只手捏她耳垂："有你这么说自己的吗？怎么就不学好了？"

他给许梦冬吃定心丸，告诉她，他的父母并非传统思想根深蒂固，他们也在接受年轻人的婚恋观、爱情观，再说他离三十岁还有两三年，之前的相亲也只是为了应付亲戚的好意，仅此而已。

"我暂时没有被催婚的压力。"

感觉到许梦冬的目光长久地在他脸上停留，凉幽幽的，谭予轻咳一声，顿了顿，继续喝水，然后听见许梦冬用平静却坚定的语气说："这不是催不催的事，我们根本就不会走到那一步。我这辈子都没有建立家庭的打算。"

她目不转睛地盯着谭予："和你无关，换任何人都是一样。所以我才问你，你确定要跟我耗着？"

所有决定都不是一蹴而就，许梦冬不婚的想法也不是一朝一夕出现的。做演员时，她遇见过很多秉承不婚主义的同龄人。在这个思想逐渐解放的时代，不婚、丁克、开放关系，都不算是什么了不得的事，因为大家逐渐明白，自己才是人生的重点。

许梦冬也这样想，但她不想结婚的原因没这么复杂，她只是对"家庭"这个词没什么概念和信心。

你总不能逼一个没吃过蛋糕的人去描述那蛋糕有多甜吧？

许梦冬斟酌了很久，决定跟谭予摊开讲一讲自己这些年可称为"空白一片"的感情经历，以自证她不婚的想法。

她和谭予分开后的这些年里，根本就没有过什么暧昧对象，更遑论以结婚为前提的交往人选。一是太忙了，要赚钱要生活已经耗尽她所有气力，二来她的社交圈寡淡，她也提不起交朋友的兴趣。

哦，有一个例外，钟既。

她和钟既传过绯闻，被拍到过同进同出房车的视频。

许梦冬那时已经被公司放弃，公司不会为她做任何正向公关，钟既的团队则采用冷处理的方式，想待热度过了再把这事慢慢揭过。娱乐至死，谁都站在戏台上，大家都是看戏的，一时间，媒体节奏甚嚣尘上，各种桃色猜测沸反盈天，许梦冬身上本来就有瓜，再加上和钟既咖位不对等，她被骂得狗血淋头。

没人在意两人究竟是何关系，以及那天许梦冬只是去找钟既还钱，顺便坐在房车里聊了一会儿天的真相。

"我和钟既，不是大家说的那样。"

同样是谣言。

高中时的许梦冬会把传谣的女生拎到校门口打一架，扯头发，挥拳头。

现在的许梦冬会一言不发，任由那些拳头打回自己身上。

她告诉谭予，自己之所以和钟既关系非常，无非是因为那些年他俩狼狈为奸疯狂捞金的经历，还因为她最难的时候，钟既借了她一笔钱。那笔钱对于那个时候的他们来说称得上巨款，而那笔钱她前年才彻底还完。

谭予迅速抓到重点："你为什么总缺钱？"

她前段时间还问过韩诚飞工资的事。

许梦冬不耐烦地啧了一声："你别歪题，我想说的是我不想结婚这事跟你无关，我也没交过什么男朋友……我要真想随大流，恋爱结婚成家什么的，也不会等到现在。"

后面那半句谭予不爱听了。

他觑她一眼，到底顾惜她感冒，没法收拾她，半晌才说："你慌什么？我又没拖着你去民政局。"

他又想起许梦冬的微信好友列表，钟既在她的置顶里。连他都没这待遇，想想就牙酸。

即便只是朋友，那也是非常非常亲近的。

谭予在脑子里迅速过完了这些，被自己的小心眼吓到了，他以前从来不知道自己是这样心胸狭窄的人，在许梦冬这儿，自己什么毛病都有了。

他问许梦冬："既然是你好朋友，""好朋友"三个字重读，"他知道你谈恋爱了吗？"

"不知道吧？"许梦冬说，"很久没联系了……而且没必要跟他讲吧？"

那你也没必要在我面前强调你们的关系有多么多么好。

谭予这样想着，但终究没说出来。

他看着许梦冬刚睡醒还乱七八糟的头发，腿间夹着她的跳跳虎大抱枕，一双肿起来的眼睛有干净的茫然，阳光透进来，降落在她毛茸茸的睡衣下摆，上面有黄色的小雏菊。

看着这些，谭予心里稍微顺当了些，他再次默念对付许梦冬的三字真言——不能急。

不是想谈恋爱吗？成，那就好好谈，谈他个五六十年。

耗着呗。

他才不怕。

谭予勒令许梦冬，感冒还没好利索就别嘚瑟，今晚再歇一天，不急着直播，别"创业未半中道崩殂"。许梦冬也是难受狠了，她不常感冒，但凡感冒就百般不舒服，思来想去还是让阿粥代播。出单量无所谓，主要是直播间刚有起色，不能连着停播两天。

她把直播事项嘱咐完，倒头就睡。

下午起床，她去基地食堂找了点中午剩下的菜吃。她食欲不大好，草草吃了几口就撂了筷子，回来接着睡，那架势像是要把这几个月缺的睡眠全都补回来。

到了晚上，谭予把晚饭给她端进了屋："你中午没吃什么东西，起来，吃饱了再睡。"

许梦冬揉揉眼睛，看见小桌上的晚饭，明显是给她开了小灶。

一大碗热气腾腾的疙瘩汤，西红柿切丁，汁水酸甜，再飞一个蛋花，白面疙瘩里还掺了玉米面，格外的香，捧着碗热乎乎喝几口，额头就冒了汗；还有刚烙的糖饼，谭予和他妈妈学的，烙的饼有金灿灿脆脆的焦边儿，对半扯开，里头的糖馅儿流淌出来，烫了手指头。

许梦冬不顾形象地含住手指，抬头时发现谭予盯着她看，那眼神……不好说，好像在他眼里，她才是桌上的菜，下一秒就要把她拆了嚼了。

"你别这么看我啊，你看着我，我吃不下去了。"

谭予听话地挪开眼。

许梦冬把最后一口糖饼塞进嘴里，去卫生间洗了个澡。睡了一天，又出了汗，身上黏黏的。

她洗好出来，就看见谭予坐在床沿，手边搁着她的手机，并且她的手机还在振动。

许梦冬擦着头发走过去，看见屏幕上闪着章启的名字。

"他找我干吗？"

"你问我？"谭予看看时间，晚上九点多了，"接吗？"

他幽幽的目光落在许梦冬潮湿的鼻尖和嘴唇上。

她的唇一开一合："……应该没什么正事，他这几天总找我聊他那小女朋友，俩人合了分，分了合，好几回了。"

章启追许梦冬不成功，之后的恋爱也不顺利，被那小女友狠狠拿捏了。

"拿你当知心大姐姐了？"

"好像是。"

许梦冬拿起手机，犹豫着接不接的时候，电话已经挂了。紧接着，章启的文字消息发过来，果然不出她所料——

第一条：【冬冬姐，她找了一男人出去吃夜宵，还拍照片发朋友圈，你说她是不是故意的？】

第二条：【姐，你们女人是不是都比较喜欢欲擒故纵啊？接下来我该怎么办呢？我要不要去找她？】

第三条：【可我又觉得我也没那么喜欢她。】

傻孩子，知道欲擒故纵也愿意上钩，还扯什么"我不喜欢她"？

许梦冬暂时不想帮弟弟处理感情事宜，在章启的电话再次打来时，她把手机递给谭予："喏。"

"干吗？"

"你和他说呗，你们男人比较了解男人，惺惺相惜嘛。"

谭予想也不想，直接接起："章启，你姐在忙，明天再说。"

"啊？忙什么？我看她没在直播啊！"

谭予逐渐不耐烦，特别是看见许梦冬挑衅地笑的时候。他挂了电话，把手机扔床的另一边去了。

许梦冬咯咯笑着："忙什么啊？"她把手指搁在谭予的嘴角点了点，指尖还有被糖浆烫过的微红，"我不忙啊。"

谭予真觉得这女人要成精了，她永远知道他的点，永远知道怎么惹他。

"你感冒好了是吧？"

"好像好了。"

"心情也好了？"

"嗯，好了。"

那就行。

那就算不上乘人之危了。

荒草野火，烧红漫天。许梦冬洗完澡刚换的另一套睡衣是温温柔柔的雾霾蓝，如今看来也白换了。她手指插进谭予短而硬的发茬，感受到颈肩的热气灼灼。

"谭予。"

"闭嘴。"

手机又响了。

手机就在床边，许梦冬伸手就能捞到。她以为又是章启小朋友，可看了看屏幕，错乱的呼吸陡然静止。

谭予感受到她的异样，"百忙之中"也投去一眼。

钟既。

谭予动作停了。

许梦冬有点难受，伸手去推他的肩膀："那个……"

谭予瞪她一眼，长臂一伸，捞来手机，挂断，直接扔了出去。

许梦冬听见手机着地的闷响。

谭予捏着她的下巴，命令她："专心。"

钟既打来两回。

第一次被谭予挂断了以后，隔了半个小时，又打来一次。

彼时的许梦冬蜷缩在床角，胳膊探出去，因一层薄汗消解后的凉意，打了个寒战。

谭予走到她跟前来，拨开她黏在脖颈和后背的长发，把正在作响的手机塞进她手心。

"挺着急。"

语气不怎么友好。

许梦冬累极了，掀开眼皮看了一眼屏幕，心里默念"对不起了"，再次挂断。

挂断之后，她给钟既发文字消息：【半小时，再等我半小时，给你回电。】

她只是想再去冲个澡，汗渍黏在身上真的不舒服，况且她身上还有自己抓挠过的伤，涂的药都蹭掉了，伤口被汗水刺得生疼。

她草草冲了个澡出来，谭予已经拿着药膏在等她了。

冰冰凉凉的药膏触及她的皮肤时，另一头的钟既刚好接起电话。

许梦冬轻轻呀了一声，配合着吸气，落进话筒里就走了调。

钟既瞬间笑出声来：

"许梦冬，你也太不拿我当外人了。

"要不我再等你一会儿？半个小时，够不够？"

许梦冬愣了愣。

"差不多得了啊……"他笑道，"我这还吃着素呢，您给我来这么一出，谁受得了啊？"

钟既就是这么个人，嘴欠得要命。他及时行乐，游戏人间，什么事都不往心上搁，洒脱里带着点蛮横和无赖。最近几年，他演了两部不错的剧，身价水涨船高，性格更加不可一世。许梦冬在生活里的能量场太低迷，钟既却是飘在空中不落地的，幸而他们携手挽扶彼此熬过那段最贫穷艰苦的日子，否则，许梦冬想，如果她现在才认识钟既，是肯定不会和他成为朋友的。

不说别的，光是他这张嘴就足以让许梦冬每天吐血三升。

当初她缺钱时，他倒是痛痛快快借给她，只是不忘讥讽她："许梦冬，你大公无私，你倾情奉献，谁都在意，谁都放在心上，唯独把你自己不当人看。你信不信，没人会领你情的？"

许梦冬当时的情绪逼近崩溃边缘，心理问题严重，整夜整夜睡不了觉。她用那双布满红血丝的双眼瞪着钟既，说："我乐意。"

"行行行，我再多说一句，最后一句，你这性格不改，迟早要把你自己累死。"

一语成谶。

可人的性格是一个人的底色，是经年累月的塑形与捏造，哪里有那么容易变？许梦冬一直如此，苦行僧一般熬着，所以后来钟既大红大紫，她灰溜溜退圈。

这结局，可能从一开始就注定了。

"怪我怪我，大晚上的，打扰你夜生活了。"钟既笑得不怀好意，"不过我也是没办法，我一会儿还有事呢，节目没录完，我这是趁休息时间给你打的电话。"

许梦冬坐在床边，谭予站在她面前，用棉签蘸了药膏轻轻往她脖子上点，这样的距离，他能够听见话筒里的男声。他抬眼，以眼神示意许梦冬仰头，他要帮她往下涂药。

"哦，没打扰。"许梦冬说，"我没有夜生活，刚刚看电影呢，看到关键情节，不想被打断。"

谭予的手顿了下，冷冷瞥了她一眼，用粗糙的医用棉签戳她的细嫩软肉，惹得她皱紧了眉头，无声地回瞪回去。

"你可算了吧，有什么不好意思说的？"钟既想告诉许梦冬，她的声音早就把她出卖了，随即更是揶揄她，"你行啊，这回家才几天就有男人了！"

他了解许梦冬不是那种今朝醉明朝醒的人，可是这回家几天就有如此进展，还是勾起了他的好奇心。

"我这段时间没联系你就是怕你回家了心情不好，现在看来你适应得很不错。是个什么人啊？靠谱吗？"

"不靠谱，一浑蛋。"

许梦冬这样说着，看向背对她站在书桌前的谭予。

这浑蛋正在翻药箱，帮她找口服消炎药，怕她身上伤口多又感冒了，会发炎。

他没穿上衣，背对着她露出坚实而线条流畅的脊背，肩膀上还有她刚刚太激动而抓出来的几道红痕，看着和她身上的一样深，一样吓人。

许梦冬有点懊悔自己下手太狠了。

"那行，你等我，下个月我去帮你出气啊。"钟既说。

"你要来东北吗？"

"对啊。"

"啊？"许梦冬本能地站了起来，"你来干什么？"

钟既那边忽然变得嘈杂。他换了个安静的地方和许梦冬解释，他正在录一档旅游探索类综艺，节目组在全国范围内寻找合适的城市进行拍摄，边拍边播，现在已经走了云南、新疆、广东等几个省份，可是马上要去的那个城市的对接方出了岔子，得临时换地儿。

钟既说："许梦冬，你可得记我的好，我力排众议建议节目组去东北取景，你预备着接驾吧。"

许梦冬"哎"了一声："怎么还用得着你力排众议？我们东北不好吗？"

"倒也不是不好，"钟既说，"东北那地方，冬天去看看冰雕看看雪还行，这季节……春夏之交，去干吗呢？"

许梦冬不爱听了，她想告诉钟既，春夏之交的东北也值得一来，别的不说，就说黑龙江有东方莫斯科之称的哈尔滨，中央大街随处可见街头表演，圣索菲亚教堂满是异国情调，不只是大雪漫天时才美；五大连池、汤旺河，看水看石，虽不抵南方山水那样温柔秀气，但苍苍茫茫都是巍峨的原始姿态，刚强的气韵和东北人的性格一样；再往北，去北极村，去漠河，去中国的最北邮局寄一封明信片；如果时间充裕，还能去抚远看日出，那可是中国最早迎来晨曦的地方……

东北的土地苍凉也热诚，生猛却也温柔，如果你想挖掘故事，这里最不缺的就是岁月痕迹。

钟既告诉许梦冬："行程定下来了，如果你在伊春能接待，节目组可以停驻两天左右的时间。"

"能啊！必须能！"许梦冬喜出望外地答应下来。

钟既听着许梦冬兴奋的语气，说道："我现在觉得你回老家也不是什么坏事了。"

起码会生气会高兴，会表露情绪，不似从前那样死气沉沉了。

挂断电话，许梦冬又激动了好一会儿，这才想起来屋子里还有个人呢。屋里很安静，谭予是能够听见他们全程对话的，可他一言未发，也没打断，就是默默背对着她翻药箱，翻了半个多小时了。

许梦冬踮脚走过去，从后面搂住谭予的腰，脸颊贴着他温暖的背。

有的人不肯承认自己心里的醋意，尽管已经快要溢出来了。

许梦冬感受到了，于是手上作乱，故意用指尖在他皮肤上划来划去："生气啦？"

"没。"

"生气了就说，我哄哄你啊？"

"我看你心情是彻底好起来了。"谭予把手上的药盒重重放在桌上。

许梦冬在他看不见的地方耸耸肩，没有否认，只是把他搂得更紧了些："我只是想，如果有综艺节目组来伊春，我们可以宣传一下菌种基地，这种机会可遇不可求，多好啊！钟既帮我找这么个机会不容易。"

"嗯。"谭予还是不怎么高兴的样子，"你人缘好。"

许梦冬不常见识谭予拈酸吃醋的时刻，每每看见却总是十足恶意地想挑衅他，原因无他，只是碰到肯为你吃醋的人太难得，这让她感觉到被偏爱。

"我跟你解释过了，我跟钟既就是普通朋友。"

"对，他是普通朋友，我就一不靠谱的浑蛋。"

许梦冬亲了亲他的肩胛骨："再较真儿可就不礼貌了。"

"嗯……"

她只穿了一条睡裙，还是皱皱巴巴的，也是谭予的杰作，她以更用力的姿态抱住谭予，紧紧贴合他的背。这些年，她就只有过谭予一个人。而重逢之后，谭予的种种表现也让她明悉，他也一直是空白的。

不是不能接受别人，只是唯有彼此才是最合适的。

钟既一行人于五月初来到伊春。

许梦冬和谭予去接机，同行的还有韩诚飞，以及韩诚飞正在孕期的妻子。

韩诚飞在头一天叫苦不迭地向谭予抱怨，说他老婆因为看过钟既演过的一部古装剧，对钟既简直入了迷，听说钟既要来伊春录综艺，她疯了似的要来求几个签名和合照。

"这女人啊，真可怕。"

韩诚飞如此说着，倒也不会干涉老婆的追星自由，且车接车送，无微不至。

相比之下，谭予就没那么大度。他甚至不知自己心里这一股股要命的愤然到底从何而来。

在机场，许梦冬将谭予介绍给钟既："这是谭予……"她再看一眼谭予冷着的脸，在心里叹了口气，"我男朋友。"

钟既看好戏似的接话："你也没跟我说你交男朋友了啊？"

他挑眉，小声问许梦冬："真的假的啊？"

"真的。"许梦冬说。

"哎哟，那是稀奇了。"他向谭予递出手，"第一次听说她交男朋友……什么时候的事？我和冬冬可认识八年了啊！"

谭予微笑着伸出手，回握住，特别礼貌周到："八年前就是了。"

现场最激动的人莫过于韩诚飞的老婆。

她望着钟既的眼神里全是粉红泡泡，毕竟线下追星成功，可喜可贺。

只不过那层滤镜很快就破碎了。

起因是她看见钟既在节目录制空闲时和节目组场务小姐姐聊天。

两个人几乎贴在一块儿，钟既聊得很开心，摆摆手示意对方闭眼，然后摘掉对方脸颊上一根掉落的睫毛。周围的人各忙各的，布景、架摄像机、对脚本……对此熟视无睹，也不知道是真没瞧见，还是出于职业操守装作没看见。

她不理解且大为震撼，悄悄问许梦冬："钟既在现实生活里是个什么样的人啊？"

许梦冬想了想，说："反正不是他剧里的那样。"

钟既最出圈的古装剧角色是一位温柔隐忍的朝堂文臣，为心爱之人的家人申冤而被贬黜，苦等十年，十年之间他从未放弃上谏，最终却在得知心爱之人的死讯后义无反顾饮鸩而终。

钟既的团队撕资源是真的厉害，这种谁演谁火的角色也能拿到。平心而论，钟既演得也不赖，只是许梦冬在网上刷到剧中片段时，总是毫无代入感。温柔隐忍、内敛沉稳、从一而终……她认识的钟既和这几个词毫不相干。

他们相识的这些年，钟既身边的姑娘多得能组一个女团，原地即可出道。偏偏他十分自信地认为这就是他的人设，没毛病，角色归角色，本人归本人，他可从来没披什么娱乐圈好男人的皮。

韩诚飞担心老婆的身体，毕竟还怀着孕呢，不能太累。许梦冬赶紧找钟既要了几张签名剧照，合了影，把人送回去。拍照时，钟既还邀请许梦冬一起，被许梦冬拒绝后，嘿嘿乐："胆子真小。"

许梦冬知道这人，打蛇随棍上，于是干脆不接他的话："对啊，胆子小，我男朋友可凶了，要打人的。"

"呀，他还虐待你呢？真惨。"钟既顺着她胡扯，又随手扔给她一瓶矿泉水，扭头走了，"先录节目，晚上喝酒啊。"

矿泉水在室外放久了，冰手心，但也没在许梦冬手里放久，那瓶水很快被谭予抽走。

谭予仰头，喉结滚动，喝了一口，然后拧上瓶盖，拎在自己手上，再把许梦冬的保温杯递给她："热的，别烫着。"

许梦冬在谭予的监督下已经没有了自由饮食的权利。她之前喝中药从来不忌口，因此没什么效果，如今这些坏毛病通通由谭予帮忙改正。

他悠悠地看着她，初春明媚的阳光洒在他肩膀上："我什么时候虐待你了？"

"怎么没有？"许梦冬示意他低头过来，然后贴着他耳边控诉，"昨天晚上我让你轻点，你轻了吗？你还……"

"许梦冬！"谭予的脸唰的一下红了，他肤色白，脸红就更为明显。

他迅速瞄了一眼四周，然后皱眉压低声音："小姑娘家家的，什么话都说。"

阳光下，她看见谭予脖子上浅浅的青色血管，还有他今早刚刮过的胡楂。他穿着浅灰色的连帽卫衣，整个人干干净净清清爽爽的，像是被雪水洗刷过的一棵山间松柏，土地之下藏着坚实的、不偏不倚的苗壮根蔓。

她真喜欢这样的谭予，于是控制不住，一次又一次地从他身上汲取养分。

"我带他们去找蜂场，你在山下领另一队人，可以吗？"谭予轻声问道。

"当然没问题。"

"好。"谭予把许梦冬的外套合了合。

节目组此行来小兴安岭的拍摄计划繁重。

谭予负责带队，领一队人进山取景，顺便到深山里的蜂场拜访当地的养蜂人。

小兴安岭的特产之一是椴树雪蜜，雪白如凝脂，香甜不腻，全靠东北黑蜂以及原始森林中没有受到工业污染的百年野生椴树而成。养蜂辛苦，来往交通不便，所以要住在山里，风吹雨打，追花逐蜜，但时至今日，小兴安岭仍有养蜂人在苦苦坚持这个行当。

坚守这件事本身就漫长且痛苦，幸而日复一日的辛苦会换来甜蜜的收获。生在这里长在这里的人们能挨过严酷寒冬，自然也不惧怕时间的熬煮。

谭予领人进山，走在最前面，带了对讲机，提醒后面的人："注意脚下别踩空崴了脚。开春之后山里蛇虫也多，遇到了别害怕，第一时间喊我。"

不是他多么有经验，他也并非在林区长大的孩子，对大山的了解也是创业这几年慢慢积累而来的。但远来的是客，他宁愿自己吃亏，也不能让客人有闪失，这是东北人骨子里的热血精神。没走多远，还真的传来一声尖叫，是组里的化妆师，小姑娘被钻进裤筒的黑色小虫吓得直喊。

谭予走过去蹲下看了看，是草爬子，拿出驱虫喷雾递了过去。他不方便处理，便让其他人代劳。

钟既在一边看戏，队伍重新出发后，他走到了谭予身边去。

"兄弟，你跟冬冬现在是什么状况？"

钟既手上把玩着一枚银色打火机，身上也有淡淡的烟味。谭予鼻子灵，闻见了，面色极其不善："收起来。"冷声提醒，"林区禁火。"

多年前的那一场大火让人们如今想起来都后怕，这一条规定，没人敢违背。

钟既悻悻地把打火机揣了回去。

谭予比他高一些，又不爱接他的话，冷下脸的时候一言不发，清清冷冷的，气场又很强。

钟既对谭予很好奇，摸不准谭予的脉，一心想探探底，于是再次发问："我觉得你对我有敌意。"

"想多了。"谭予拨开山间小路的杂草。

"别这样啊，兄弟，"钟既跟着他，"我真没别的意思，冬冬跟你解释过我和她的关系了吧？总之不是像娱记说的那样。她这人偏，一根筋，我知道她有个初恋，这些年也没见她谈个男朋友，应该就是因为她那初恋。"

"你知道的不少。"

"是啊，听说当时没处理好，她把人家甩了。你说她是不是有点毛病？明明是她甩的人家，自己还难受了好几年。"钟既啧一声，"太伤了。"

他一边感慨，一边观察谭予的表情，终于在他说到"难受了好几年"时，牢固冰面上有了那么一丝裂纹，于是笑道："你就是她那初恋男友啊？"结果他话还没落地，就踩了块石头，险些崴了脚，幸而被谭予手疾眼快扶了一把。

谭予依旧不看他，沉声提醒："你鞋上有虫子。"

"啊！帮帮我啊！"

山里虫子是真多，钟既最怕这玩意儿，尤其是长好多腿的。他嗷一嗓子跑后面去了，由他的助理帮他把虫子摘走。深知自己跌了面子，这下也不装了，他跟谭予说："我知道许梦冬当时为什么要和你分手，需要我讲一讲吗？"

谭予脚步顿了下。

五月春雨彻底融化了最后一块冰雪，一场雨过后，山间野草疯长，缠上了他的裤腿。

片刻后，他继续向前："不需要。"

"你不想知道？"

"不想。没必要。"

倒不是真的不想。

这件事让谭予迷茫了八年之久，怎么可能不好奇？只是他特别不想由别人说给他听。如果许梦冬愿意，大可以由她自己讲。

总有那么一天的。

谭予只觉得钟既聒噪，太吵了，还是说做艺人的必须要有强悍的脸皮？他再想到许梦冬，从前的许梦冬的确是个厚脸皮，任凭风吹雨打，永远跟个小太阳似的，现在却变成了高高挂起的、泛着寒意的月亮。

怎么就会变了这么多呢？

谭予在暗自揣度许梦冬这些年的经历，并不知道钟既此刻正在给许梦冬发消息。

钟既和许梦冬告状：

钟既：【你男朋友真闷啊，你跟他谈恋爱有劲吗？】

第二条隔了一会儿：

钟既：【不过你眼光还行，人是真挺像样啊。】

谭予在和养蜂的夫妻交涉拍摄和采访的事。

养蜂的大爷对节目组来了这么多人表示不满，谭予先道歉，然后再带人协商，全程没有一丝不耐烦，谦逊有礼又妥帖。他最后和节目组叮嘱要小心一些，现在正是预备授粉的时候，不能耽误人家收成，养蜂不容易。

他站在那儿，脊梁挺拔，肩膀平而宽，是能扛事的模样。

钟既一条条信息发过去，却并没有收到许梦冬的回复。

许梦冬正因为其他事情和节目组的另一队人起了争执。

节目组想拍摄一些有特色的东北农家菜，许梦冬表示没问题，东北人家待客的大菜样样都拿得出手，虽然现在不是冬日年节，但杀猪菜、小鸡炖蘑菇、酸菜大鹅贴饼子、现包的饺子……只要客人想吃，那就做！然而执行导演提出要拍热腾腾的饺子出锅，然后倒在桌上的那个片段。

许梦冬和阿粥都愣了一下，许梦冬问了句："……倒在哪儿？"

"桌上啊，这不是东北的习惯吗？"

执行导演的表情是真无辜，不是装的，所以许梦冬暂且压下火气。

她告诉对方："我长这么大，从来不知道东北有这习惯，那只是网上的作秀和谣传。"

许梦冬表示现在正是野菜茂盛的季节，猴腿儿、刺五加、黄瓜香遍地都是，大山的礼赠满满当当，如果想拍就上山去采。

结果现场有人笑称："还用去采野菜吗？太麻烦了，整点别的吧。不是说东北蘸大酱能吃掉一整个绿化带吗？"

所有人都当这是玩笑话。

可身在其中才知道，这并不好笑。

网络上作秀博眼球的事情那么多，人们敲字评论，笑着转发，从来不在意真伪。

一位飞行嘉宾从前便认识许梦冬，两人一起拍过戏，瞧出许梦冬脸色不对，于是站出来打圆场："开玩笑，开玩笑，都是讹传的，没别的意思。冬冬，咱们继续呀？"

许梦冬也知道众人没有恶意，所以没有当即发作，只是架不住心里有点堵，说不出来的烦躁。

谭予和钟既一行人回来的时候，正看见她坐在门槛上晒太阳，拽门边的毛毛狗草。

屋子里的拍摄还在进行。

阿粥简单讲了讲事情缘由。谭予眉头越皱越紧，钟既却没当回事："别太在意，冬冬这些年的委屈多了去了，这算什么啊，让她自己消化消化就行了。"

他告诉谭予，许梦冬前几年有次拍戏在大雪天里跪着，冻得嘴唇发抖，被镜头放大，然后被导演骂："你东北人还怕冷？"

有时候，有的人怕冷也是过错，你能辩驳什么？

当晚，许梦冬把节目组安顿好，拒绝了钟既喝酒的邀请，回了自己家。

人多，她不敢去谭予那里住，唯恐给谭予添麻烦。可刚一进屋，她还没来得及开灯，就被人从背后抱住了。

谭予的呼吸落在她头顶，轻轻浅浅的。

"怎么了？"

她这样问，谭予并不答话，只是把她拥得更紧。

好像也不用说什么，他明白她，也就只有他明白。

许梦冬叹了一口气，回头，回抱住谭予。

连她自己都没意识到眼角湿了，憋闷的心情似乎终于有了出口。

谁也没去点亮那盏灯，谁也没说话，这是一场无声的较量，一切都在黑暗中进行，只有苍凉的月光洒进来，照着她单薄的肩膀。

许梦冬的烦闷，谭予知晓。

他的心痛，许梦冬却不一定明白。

只是因为钟既的那句——冬冬这些年受的委屈多了去了，他终于知道许梦冬的变化是由什么造成的，只是她的那些委屈，还有比今天难过一万倍的时刻，他全都不在她身边。

因为彼此依旧熟悉，所以他之前一直忽略了客观的时间概念。

原来他错过她那么多年。

无可弥补的，那么多年。

　　表演系有一门功课是影片赏析，许梦冬借着这门课看了数不清的老电影，按照作业要求写影评写日记，除此之外她还喜欢做台词摘抄，这花掉了她原本就为数不多的大部分空闲时间，但她乐此不疲，因为写下一句句台词的过程令人内心平静。

　　她最喜欢的一句经典台词出自《乱世佳人》——

　　【After all,tomorrow is another day（不管怎样，明天又是全新的一天）。】

　　这句话被她写在本子上，也记在心里，无数个失眠到天亮的清晨，她都会在心里默念。

　　和谭予重逢之后，这个习惯的存在感稍稍降低，因为不必她自我洗脑。谭予会拥她入眠，亲亲她的额头，对她说晚安。这让她安心，无须确认。明天会是新的一天，而且是更好的一天。

　　不过这一晚，许梦冬睡得的确不大好。

　　白天太累，节目组的工作人员很晚收工，又很早开工，天刚微亮就传来嘈杂声。许梦冬坐起来，思考了好一会儿今夕是何年，然后才推门出去，看到基地院子里已经四处都是忙碌的身影。每个人脸上都是疲累，忙着布景、架机器。昨天拍了农产品的采摘收获，今天他们要借用基地的工厂流水线拍摄加工过程。

　　"早。"钟既和她打招呼。他坐在懒人椅上歇息，还装模作样地戴了墨镜，许梦冬猜他是为了遮黑眼圈。

　　"是够早的。"许梦冬说，"这才睡了几个小时……"

　　"大姐，你才退圈几个月，这给你娇惯的。"钟既摘了墨镜看她，"有通告的时候连轴转不是常事吗？赚钱！你当我是来度假啊？"

　　钟既的助理不知道从哪里弄来的咖啡，罐装的那种，递给钟既，又递给许梦冬一罐，带着歉意打了个招呼："这里只有这种了，冬冬姐。"

　　"不用给她喝，她不用这个提神。"

　　说着，钟既扬眉示意许梦冬身后。

　　谭予刚推门出来，看见他们在说话，也没过来打扰，转头走了。

　　突然，钟既正色起来，问起许梦冬严肃的话题："你们公司老周头没找你麻烦吧？"

"你怎么知道？"

"猜的。你刚解约，转头电商就做得风生水起，他这是放了个财神走，不得后悔死。"

"周总并没有多为难我，上次法务打来问询，我解释过后也就没了下文。后来又过了一段时间，周总亲自给我打了电话，嘘寒问暖，还让我不要担心，他承诺过放我走，就不会变卦，如果遇到任何困难都可以和公司提，即便现在不是合作关系了，还是朋友。"

许梦冬不想探究这话究竟有几分诚意，但她扪心自问，对于曾救她于悬崖边缘的人，即便后来闹得不愉快，她也依旧是感激大于抱怨的。

比如周总。

再比如钟既。

当初他们之间传出绯闻，老周不管，她被钟既的粉丝轮番轰炸时，钟既其实是可以澄清的。

但他没有。

因为他背后也有公司和团队，他要遵循团队的决定，公司让他冷处理，他也只能照办。说白了，他站在台前再光鲜，也只不过是商业运作里的一颗螺丝，没什么话语权。

现在好了，现在他红起来了。

虽然可做主的事情依旧不多，但起码有权决定自己走红毯穿什么衣服、接什么样的戏、录什么样的综艺、和谁一起。

他和许梦冬拍了一张合照发在微博，配文：【祝老朋友创业顺利，早日财务自由，活得没心没肺一点。】

有人评论：【你和许梦冬究竟是什么关系？】

他回复：【好朋友。我一万个朋友里有九千九百九十九个聪明人，就出了这么一个傻子。但我还是盼着这傻子过得好一点。】

至此，总算是把许梦冬从那场绯闻里解救出来了。

他还拉着许梦冬接受采访。

虽是旅行探索类的综艺，但每一期总要有一个可升华的主题，节目组希望在许梦冬身上做文章，宣传青年人才返乡创业。

许梦冬面对镜头发出招募邀请，希望更多对东北、对乡村创业、对电商感兴趣的年轻人来小兴安岭看一看。

"是要招新人吗？"节目组问。

许梦冬坦言："最近的订单越来越多，我已经有点力不从心。等整个电商流程跑通，需要更多人手加入团队，我还想忙一些别的事情……暂时保密吧。"

"如果是远道而来的小伙伴，伊春是适宜居住的城市吗？会不会太冷？"

"冷是冷了点……但是这里空气好、景色好，地广人稀也有优势，绝对不会内卷。"

.146.

"我们节目商务组有还在实习的妹妹拜托我来问一下，来这里的话，个人问题能解决吗？"

许梦冬笑了，她指了指远处站着的几个人："虽然东北人才外流严重，但也不至于一个年轻人都没有啊！我们基地这不是也挺多单身小伙的？看哪个顺眼？我介绍介绍。"

被指到的那群人里有章启。他申请留学的这段时间无所事事，听说基地有综艺节目来访，跑来凑热闹。听到许梦冬提到自己这边，他十分嚣张地朝镜头挥了挥手，还做了个鬼脸，要多青春有多青春。

站在他旁边的谭予却扭头就走，好像那镜头能吃人似的。

"你来干什么的？"结束录制后，许梦冬问章启。

"闲着没事干，"章启说，"哦，对，我妈找你陪她逛街。"

章太太的女儿就比然然小几岁而已，今年中考，但相比于姑姑姑父一家为然然的高考枕戈待旦，章太太显得轻松许多。她一早给女儿联系好了北京的私立高中，要送孩子走得远一点——以后的人生怎么选择要看孩子自己，父母的责任就是把更多选择摆在孩子面前，自己吃过的苦遭过的罪，没必要让孩子再吃一遍。

时间不知不觉来到五月末。

白昼一天天变长，小兴安岭的植被渐渐披盖上一层复苏的翠绿。天气在变暖，只是早晚还是很凉，南方省市早已穿上半袖和短裤的时候，许梦冬还需要穿一件衬衫，外面再加一件薄外套。

这一期综艺播出去之后，直播间的人多了不少，许多是来询问山野菜上不上小黄车。

许梦冬草率地答应了。野菜嘛，采摘起来没什么技术难度，漫山遍野都是。她很小的时候就跟姑姑一起拿着小铲子蒙着花头巾去挖婆婆丁，也就是蒲公英，有点苦，要用开水焯过再浸到凉水里才能把苦味去除掉一些，也是蘸酱吃，清口，去火。

好吃的菜都不是从地里摘出来就是好吃的，要经过处理，经过烹饪，经过水与火的煎熬，才能得到人们的好评。木耳也是，新鲜木耳不能直接食用，要晒干了再泡发，才能获得和其他食材一起下锅的资格。

一朵木耳都活得这么不易，何况人呢？

许梦冬答应了粉丝这几天开始上架山野菜，可是她低估了运输的难度。

刚采下来的新鲜野菜还沾着水珠，快递难度太大了，一捆捆的，要用保温箱加冰袋，首先是价格贵，其次是容易坏。路途近还好，稍微远一些野菜就全都蔫了。短短几天，直播间收到了几十条到货差评，眼看店铺评分要降，吓得许梦冬赶紧把野菜下架。

阿粥最近请假也越发频繁，许梦冬知道她有孩子的牵挂，也能体谅。

这天，阿粥下了飞机回到基地就急忙和许梦冬处理退款事宜，许梦冬眼尖，一下看到她太阳穴旁边紫了一块儿。尽管用粉底液盖了下，可还是难掩痕迹。

"别提了，陪我儿子去动物园玩，光顾着他了，走路没注意，撞栏杆上去了。"

"怎么撞这么严重？"

"我粗心大意的，你也不是第一天认识我……退款的话是不是要对方把差评撤了？"

阿粥就这么把话题转开了。

最后还是韩诚飞提起能不能找章太太问一问，他们家有专门的冷鲜运输链，如果货量大，应该能便宜些。

许梦冬厚着脸皮去市里找章太太商量，想着约一顿午饭或下午茶慢慢聊，可章太太打了几个电话就直接帮她把问题解决了，然后扔给她一本公司新项目的宣传册。

"我帮你解决了大麻烦，你是不是也得帮帮我？我上次跟你说的让你来我这里干，你考虑得怎么样了？"

"你告诉谭予，别生气，我这可不是挖他墙脚。你是他女朋友，他肯定也不想看你每天直播卖货那么累，来我这儿，待遇上肯定不会亏了你。"

刚求完人，又不能当场拒绝，许梦冬只好说再想想。

她来市里是开了谭予的车。

她现在对谭予这辆车熟得很，内饰全都是她买的，挂饰、摆件、号码牌……除了越野车的外形不太像女孩子的款，其余全都是可爱风，跳跳虎的大脑袋一晃一晃，傻乎乎的。看时间还早，她想顺便回姑姑家看一下，再给然然买点好吃的。那丫头还有几天就要高考了，也不知道准备得怎么样。

车往姑姑家开，可还有最后一个红绿灯的时候，许梦冬接到了姑姑的电话。

姑姑的声音明显带着哭腔："然然跑了。"

许梦冬心头一紧，问："跑了是什么意思？"

"离家出走。"姑姑抹眼泪，"老师说她和班里一个男生早恋，骂她了，然后她就跑了。"

"一起跑的？"许梦冬难免想到一些苦命小鸳鸯私奔的剧情。

可是姑姑却说："没有，人家男孩子在家好好的呢。就是因为那男孩子知道被老师发现了，毅然决然和然然提了分手，然然这才觉得自己被抛弃了，拎包出走。"

这傻孩子，咋有点缺心眼呢……

许梦冬努力深呼吸，安慰姑姑："然然已经成年了，能保护自己，遇到意外的概率很小，估计就是躲哪里哭去了。"

她开着车，在市里乱转，一家家商场、网吧、餐厅找过去，一直找到天黑。

谭予打的数个语音电话都落了空。

他给许梦冬发了信息：【什么时候回来？】

他怕她不敢开夜车。

许梦冬回了一句：【有点事，晚一点。】

谭予：【什么事？要帮忙吗？】

许梦冬：【不用，我可以。】

谭予在手机上打开车定位，发现许梦冬开着车在市区里转来转去，跟个无头苍蝇似的。

他再次问许梦冬：【遇到什么事了？你跟我讲。】

我陪你解决。

我帮你处理。

不然要我有什么用？

可他等了又等，手机却一直很安静。

这条信息，许梦冬始终没有回他。

市区本来就不大，许梦冬开车绕了几个来回，只觉得焦躁难安，除此之外，便是愧疚。

然然早恋的事，许梦冬其实是有猜测的，但她没和姑姑姑父讲，说到底一来觉得不是什么大事，二来觉得然然也长大了，相信小姑娘心中有数。

可谁承想这孩子一根筋，冲动又莽撞。

许梦冬后悔了，早知今日，她就该早点告状。

她怨然然，又怨自己，想了想，还怨那个男孩子……

许梦冬心里窝了一股火，车也开得急，幸好入夜了，街上车少。

她看到了谭予的电话，想和谭予说原委，但转念又觉得谭予在镇子上，离得那么远，告诉他了，除了干着急，还能干什么？

她索性就瞒着了，只和他说："我今晚住在姑姑家，明天再回去。"

谭予没有给她回消息。

暮春，初夏，晚风还是泛凉，盏盏路灯都结了一层冷霜，再往上，是一弯微不可见的细细钩月。

许梦冬一条条街道找过去，一颗心也越来越沉。就在她纠结要不要去报警的时候，姑姑那边有了消息，说是找到然然了。

死丫头根本就没跑远，待在家里小区的天台顶上呢，手机关机，跑那儿躲清静去了。

姑父先找到的她，看她上了天台还以为她想不开，差点吓得犯心脏病，后来问了，然然才说："我没事，没有想不开，我只是想在这儿看月亮。"

姑父顺过气来，直接甩了她一巴掌，用了全力。

"找到就好，找到就好。"许梦冬总算踏实下来，她安慰姑姑，"先别跟然然生气，十几岁的年纪，很容易激动，也很容易被情感裹挟。更重要的是再过几天可就高考了，别刺激她。"

姑姑还在抹眼泪："然然被她爸打了，这孩子气性大，死活不跟我们回家，现在爷俩跟仇人似的。"

姑姑姑父老来得女，把然然当成老天爷的礼物，平时教训归教训，可从来不动她一根手指头，这次属实是没控制住怒火。

"那然然现在在哪里呢？"

"在学校，和她班主任在一起。"

孩子离家出走，自然也惊动了校方。

许梦冬安慰姑姑："你们现在说什么她也听不进去，你和姑父先回家吧，我去学校看看，晚点带然然回家。"

同辈好沟通，从小到大，许梦冬自认为然然还算听她的话。

许梦冬赶到学校时，已经是深夜十一点，教学楼早就关灯了，偌大校园一片黑寂，只有校门口的门卫室还亮着灯，灯光透过窗户照亮一方。

许梦冬急急忙忙推门进去。

谁知，像是一脚踏进了剑拔弩张的战场。

班主任把那男孩子的家人也找来了。

男孩妈妈站在男孩身边，以一种保护的姿态占据门卫室一侧。而另一侧是躲在班主任身后的然然，她只穿了一件单薄的 T 恤，半袖的，低头抠着手，可怜巴巴的。

班主任是位男老师，年纪不大，看着推门而入的许梦冬："你是？"

"您好，我是郑超然的姐姐。"许梦冬向然然伸手，把她揽过来，"过来。"

然然脚步细碎，还抽噎着。

门卫室那么狭窄，气氛也像滞压了很久的铁皮罐子，稍有点火星就像是要爆炸。

终于，那男孩的妈妈轻哼了一声："怎么爹妈都不来啊？让个姐姐来聊，算什么事啊？"

许梦冬正脱了自己的外套给然然披上。

不待她开口，班主任帮忙解释道："郑超然的爸爸妈妈刚刚已经和我聊过了，现在郑超然可以回去了，我们接下来主要聊聊黄意远的事。"

那男孩戴着眼镜，看上去倒是很老实、清清秀秀的，站在妈妈旁边，高出一个头，却垂着肩膀。

"我们意远怎么了？全程都是那小姑娘主动给我们意远写信、写小字条。老师，您没觉得我们意远最近情绪不好吗？三模成绩也从前十掉出来了！全赖这小姑娘！小小年纪不好好学习，整些乱七八糟的。"

许梦冬眉头皱起，看那男孩一眼，男孩却始终低着头一言不发。她上前一步，把然然护在了身后，沉声说："这也不是一个人的事，不是只有你家孩子是个宝，想好了再说话。"

"什么意思？她这就是骚扰！"

"我没有！"然然拉着许梦冬的胳膊肘，"是他先说他喜欢我的！他还给我买了生日礼物！连续给我买了一个学期的早饭！是他！"

许梦冬握住然然的手。

"好啊，"男孩的妈妈更加找到了由头，"我说孩子最近生活费涨了不少，原来给你花了啊。小丫头片子不学好，什么东西……"

一根手指指向然然的额头，许梦冬一股火冒上来，直接抬手拍掉，指回去："你会不会讲话？什么叫不学好？你家孩子无辜吗？有问题就解决问题，你指孩子干什么？"

"我讲话怎么了？孩子有事，让个姐姐来处理，这家人办事还有没有章程？怪不得孩子家教不好！是没爹没妈吗？"

这话就过分了，班主任赶紧站在两人之间打圆场："两位家长，咱们先平静一下。孩子们马上要高考了，咱们还是以孩子的情绪为重……"

"要不是她影响了意远，意远至于成绩退步吗？"那男孩的妈妈不依不饶，尖锐的指甲再次抬起，差点就戳到然然的脸。

许梦冬实在忍不住了，一把攥住那只手，推了一把："你那是嘴吗？闭上！少夹枪带棒冲孩子！"

"小崽子，你敢动我！我扇你信不信？"

许梦冬把然然往后一搂，自己迎了上去，撸起袖子："来，你今天不动手就跟我姓。"

怎么说呢……

事情过后，然然说起那天的许梦冬，就一句评价——我姐可吓人了。

气势如虹，太能镇场子了。

可许梦冬却因为觉得自己没发挥好而懊悔不已。

她太久没和人吵过架了，尤其是这种不讲理纯发泄的吵架。她不喜欢这样的交锋，但没办法，然然还在身后呢，她不能塌架子。说不好听点，哪怕是老娘们骂街，她也要当最漂亮最有架势的那个。

许梦冬肾上腺素飙升，用手腕上的头绳把长发一扎，利索起来，迎着抬起的巴掌和咄咄逼人的唾沫星子直接冲了上去。

两个女人顿时扭打在一起。

大半夜的，年轻的班主任哪里遇到过这种事，顿时慌了神，拉谁也不是，挡了这个，又防不住那个。

然然也傻了。

最先反应过来的竟是那个男孩，他急于保护自己的妈妈，直接朝许梦冬扑了过去。

"你别碰我妈！"

许梦冬一个趔趄，后背险些撞上桌角，幸亏没穿高跟鞋，堪堪稳住了。

而谭予就在这个时候推门进来，刚好扶了她一把。

"哎？"许梦冬很惊讶。

谭予扶着许梦冬站稳，沉着脸，不去看她，而是转头看向那个男孩："你手里拿的什么？"

那男孩手里拿着的是门卫大叔喝水的大保温杯。

厚重的玻璃加不锈钢材质，实打实砸到人身上，不骨折也要青紫，况且里面还有滚烫的开水。

而他刚刚是冲着许梦冬的头去的，真要砸下去，不知道会是什么样。

"给我。"谭予伸手。

成年男人的气场终究不一样，男孩愣怔着把保温杯放下了。

许梦冬这才后知后觉害怕起来。

"有事说事，别把父母挂在嘴边。"谭予身上带着室外的料峭寒意，他推了一把许梦冬，冷声道，"你带然然去车上。"

许梦冬不动，问谭予："你什么时候来的？"

"刚到。"

这话不对。

谭予其实在外面站了有一会儿了。

他知道许梦冬大半夜不回家一定有事，于是打电话给许梦冬的姑姑。得知然然离家出走，他于是借了别人的车往市里赶，谁知刚到学校就撞见这么一遭。

两个女人的矛盾，他没法插手，就只能在外面站着，隔着窗看许梦冬张牙舞爪的模样，甚至被逗乐了。他知道许梦冬的实力，真要打起来，她肯定不是吃亏的那个……只是后来，那男孩把"凶器"举了起来。

他没法继续当局外人了。

"男人得敢作敢当，"谭予站在那男孩面前，沉着声，"自己做了什么就承认，遇事别往后缩。把女孩子顶到前面去，那不是爷们儿干的事。"

男孩显然被谭予镇住了，悻悻地不敢答话。

年轻的班主任终于有了机会插话，他探寻的目光在谭予身上扫来扫去："那个……是谭予吗？"

谭予回头，面色疑惑。

"真是你啊？我！你不认识了？"

小城市的好处就是遍地是熟人，谭予也没想到会在这里碰见高中同班同学。

对方研究生毕业后回了母校当老师，看见谭予也很意外："我还以为我看错了！郑超然是你的……"

谭予面不改色："我妹妹。"

另一边，有成年男人在场，男孩的母亲也终于偃旗息鼓。

许梦冬懊悔地抓了抓头发，然后听到谭予回头对她说："去吧，去车上，这里我处理。"

许梦冬一口气不顺，她总觉得然然受委屈了，她得替然然讨公道。

"我不！他们得给然然道歉！"

这又不是一个人的事，凭什么锅全让然然背？

许梦冬握着然然冰凉的手，心里特别不好受："谁家的孩子不是宝贝？为什么要让然然受委屈？不行！

"他们必须道歉！现在！马上！"

"冬冬！"谭予也提高了音量。但终究是在外人面前，他还是压着火，那是因为许梦冬而积攒了一晚上的火气。

他闭了闭眼，平静一下心绪，把许梦冬推了出去：

"我说了，这里我处理。

"你能不能信我一回？"

他的声音比室外夜晚的风还冷。

一个门外，一个门内。

灯光盈盈，他们对视着，风把她的发梢吹起。

许梦冬还是不明白谭予。

不明白他的怒意从何而来。

许梦冬带着然然先回了车上，借着车内顶灯，她瞧见然然脸上的红印。

"你爸打的？"

"嗯。"

"还疼不疼？"

"不疼了。"然然摇头，却还是噼里啪啦掉眼泪，"姐，对不起。"

许梦冬心一软，原本准备了一肚子教训的话，瞬间说不出来了。

然然出生那年，许梦冬八岁。

那是她第一次亲眼见到一个新生命的诞生，皱皱巴巴的小丑丫头，闻着一股臭臭的奶味，她还有点嫌弃。姑姑告诉她："冬冬，这是你妹妹，以后你们就是亲姐妹了。"

那时许正石已经去了广州谋生，许梦冬在姑姑家长久住下。因为怕她心里不舒服，姑姑不会说出"姐姐以后要让着妹妹"这样的话，但她还是自觉担任起姐姐的角色，给然然洗尿布、学着怎样抱小婴儿……

她和姑姑一起抱着然然去卫生院打疫苗，然然哭个不停，是她来哄。可那时候的她明明也只是个小孩儿，见着打针也会害怕。

一个生命会下意识去保护更弱小的生命，这是人的本能。

后来这种本能逐渐延伸，成了多年难改的习惯。

许梦冬总容易在一群人里自动扮演起"大姐姐"的角色，读大学时她不常回寝室住，偶尔回去，就会包揽寝室里所有的活计，扫地、拖地、通风、倒垃圾……换季流感高发，邻床室友发烧了，是她陪室友去挂水，给室友带暖水袋。

室友说："冬冬，你真好，你们东北妹子都这么会照顾人吗？"

许梦冬说："大概是。"然后转头打了个大大的喷嚏。

那天晚上,她也发烧了,38.2℃,她给自己喂了两颗感冒胶囊,喝了一大壶热水,沉沉睡去。

其实不是的。

不是所有东北姑娘都很会照顾人,只是她习惯了这样。

落实独生子女政策的东三省,几乎每家都只有一个孩子,都当宝贝养,十指不沾阳春水才是大多数。但许梦冬习惯了被人需要,照顾别人会令自己获得莫大的价值感和存在感,同时,她也愧于向别人露出自己的伤口。

"姐,你刚刚有没有受伤?她有没有打到你?"然然贴近许梦冬的脸细细端详。

许梦冬看着她肿成核桃的眼,觉得好笑,把她推开:"不用你操心,你顾好自己吧。"

许梦冬从车后座拿了一瓶水,拧开给然然:"跟我聊聊你的事吧?"

然然深深埋下脑袋,嗫嚅半晌:"……我真的好蠢。"

许梦冬听了个大概,其实也不是什么了不得的大事,青春期嘛,无非是那男生最近成绩有所下降,与此同时数封冒着粉红泡泡的手写信全都被班主任发现,东窗事发,男孩告诉班主任,都是郑超然缠着他,他可从来没有早恋过。

都是郑超然。

全赖郑超然。

然然从手机里翻出两人的聊天记录给许梦冬看,最后一条是那男生发来的:【你别缠着我了,我要写题了,你要是实在闲,就去天台……一了百了。】

什么混账话!

许梦冬霎时怒火中烧,问然然:"所以你今天去天台是想……"

"怎么会!我傻吗?"

那就好,那就好!许梦冬松了一口气,却依然抑制不住怒火,拿着手机下车:"不行,我得去问问这小崽子……"

"姐,你别去了!"

门卫室那边已经聊完了,男孩和妈妈已经离开,谭予和老同学寒暄了几句往这边走,刚好撞上气势汹汹的许梦冬。

谭予伸手一拦,揽住她的腰:"你要干吗?"

"我要气死了!"她晃着手机,"你看看!你看看他都是怎么唆使然然的!"

"先上车。"谭予冷着脸。

"谭予你别拦我。"

"我说让你先上车!"

借着灯光,许梦冬看见谭予的眼睛里像是有深不可测压抑着的火种,他罕见地对她吼:"许梦冬,你到底能不能听我话?"

这么一吼，许梦冬安静了。

她听见然然在车上低低的啜泣声，意识到是自己冲动了。说破了天就是两个孩子的事，而她是成年人，咄咄逼人地讨要说法只会激化矛盾，也忽略了当事人的感受——然然还难受着呢。

十几岁的年纪，第一次遭遇这样的事，尝到识人不明的苦楚。

许梦冬深呼吸，彻底冷静下来。

"刚刚聊过了，男孩家长同意孩子高考前这段时间回家自学，然然不会在学校再碰见他了。"谭予静静看着许梦冬，"先让然然好好准备考试最重要，不是吗？"

"是。"许梦冬惊魂未定地点点头。

"你们去哪里？"

"我先送然然回去。"她抿着嘴唇说，"……我今晚就在姑姑家住下吧，我再劝劝然然。"

"好。"

谭予这会儿才看见许梦冬握着手机的那只手，食指上有淡淡的红色。他伸手去抓，被许梦冬躲开了，她无所谓地甩甩："打架的时候指甲劈了。"

她自己也觉得丢人，尴尬地嘿嘿笑，自己找补："嘻，太长时间没和人动过手了，这也太丢人了……"

"去医院包一下。"

"哪用得着！"许梦冬从包里抽了张面巾纸，把手指包起来，"先这样，我回家处理。"

她没看见谭予越发铁青的脸色。

他自上而下，沉默着看着她，许久才问："用我送吗？"

"不用啊，"许梦冬说，"就这么点事儿，你小瞧我了，完全没问题。不过你的车还得再借我一天。"

谭予什么也没说，只是点点头，转身便走。

许梦冬上了车，然然轻轻问道："姐夫生气啦？"

以前还叫谭予哥，不知什么时候变成姐夫了。

许梦冬更正："你别瞎叫。"

她看着谭予开车离开，红色尾灯转眼消散在街角，心里莫名堵得慌："没生气。"

"得了吧，分明就是生气了。"

"没有。"

"有！"

许梦冬没了耐心："没空跟你耍嘴皮子，我告诉你，回家老实点，别再惹你爸生气了。"

许梦冬原本还想着，这丫头晚上如果又要挨揍，她得拦着点，可回到家的状况却是姑姑扑过来抱住然然，哭得厉害。姑父站在卧室门边手足无措，不敢上前。他还在为打然然那一巴掌而自责，那神态让许梦冬都跟着心疼。

然然这一天哭累了，上床很快就睡了。许梦冬给她掖被子时，姑父敲门进来，难掩战战兢兢。

他吞吞吐吐问许梦冬："然然今天是不是怨我了？"

许梦冬笑了笑："她还怕你不要她了呢。她没见过你这么生气。"

姑父在床边蹲下，用满是粗茧的手轻轻去碰然然的脸颊，那里通红的指印还没消。他叹了口气："傻闺女，父女父女，哪有深仇大恨的呢。"

是啊，父女，哪有深仇大恨。

太阳落下，月亮升起，再浓烈的爱恨都会在日复一日里慢慢融化、消散，变得透明，仿佛一张透明的纸，只要你不碰它，它就安安静静在那儿，不会来打扰。

许梦冬的手机在这时响起。

谭予给她发微信语音："睡了吗？

"下楼。我在楼下。"

许梦冬重新穿起外套快步下楼。

谭予站在单元门前，把手里的塑料袋递给她。

许梦冬撑开看了看，里面是酒精棉、纱布，还有云南白药粉。他抓住她的手，仔细看她指甲上的血痕。许梦冬觉得不自在，手指本来没觉得有多疼的，现在却好像被他的目光烫到，于是急急缩了回来。

"真没事。"她裹了裹外套，往谭予面前站了站。这一天兵荒马乱，她特别渴望一个拥抱来解压。

然而，谭予并没有像以前一样抱住她，他的手始终垂着，用特别冷静的语气问她："你这是在哄我吗？"

许梦冬脚步僵住，仰头笑了起来，温热呼吸贴着谭予的脖颈："你真生气了呀？"

谭予不想回应她的明知故问："你知道。"

"哦……"

四周寂静，只剩路灯和几乎捕捉不到痕迹的月色。

许梦冬继续向前，踮脚，嘴唇擦过谭予脖颈处温温热热的皮肤，用舌尖轻轻触了触他的耳垂。

谭予偏头一躲，攥住她的手腕："别闹。"

他现在没这个心情。

"干什么呀？"许梦冬佯装生气，"行啦行啦，我明天回去再好好哄哄你，好不好？"

"许梦冬！"

谭予今天喊她全名的次数未免太多了。

许梦冬咯咯笑，看着谭予受不了撩拨的样子越发觉得好笑。可她笑着笑着，突然发觉谭予眼里似要喷火，他是真的被她惹恼了。

"谭予，你可以了啊。"许梦冬往后退了一步，"我都道歉了！你还想咋样啊？"

"你这叫道歉？"谭予要被她气笑了，"你知道我为什么生气吗？"

许梦冬回呛："你告诉我啊，你不告诉我我怎么知道？"

谭予咬着牙："家里有事，为什么不告诉我？"

他一把攥住她的手腕，把她受伤的手举起来："如果不是我给姑姑打电话，我根本不知道你今晚去了哪里！你还和人打架，还挺自豪，是不是还想让我夸夸你？我就不懂，为什么你遇到什么事情都不肯跟我说？你是觉得你厉害到能处理所有麻烦，还是说我在你眼里就是个废物，压根儿帮不上忙？"

他语速飞快："许梦冬，日子是两个人过的，你当我是你男朋友吗？"

许梦冬也来了火气，一把甩开谭予的手，药撒了一地。

她仰头直视着谭予，提高音量："我就是这么个人，你说我油盐不进也好，狼心狗肺也成，总之，我自己吃亏无所谓，但我不想给别人添麻烦。

"又不是什么了不得的大事，我怎么就不能自己解决了？"

"我是别人？"谭予绷着唇，再次问，"我是别人？"

"不是吗？"

闻言，谭予的胸膛起伏着。

压抑了很久的怒气，如今还要继续压着，因为他还想跟她把事儿摊开好好聊。

"许梦冬，你非要这么欺负我吗？"

谭予深深看着面前的人，声音被深夜的冷风刮得七零八落，快要碎掉。

许梦冬的双手微微攥紧又缓缓放开，指甲的刺痛已经不算什么了，她这会儿只觉得一口气堵着，连肺叶都发疼。她瞪着谭予，尽量放平声线："我不懂我哪里让你生气了，我真的不懂。"

她没有否定谭予的价值，她只是认为自己能解决的事情就自己解决，她哪里做错了？非得遇到芝麻大的小事也找他哭？找他求助？找他撒娇？

许梦冬说："谭予，咱俩是不是分开太久了？"久到你都忘记了，我究竟是个什么样的人。

"对，"谭予直视着她，"太久了，不然我早该改改你这个毛病！"

逞能、自负、不可一世的坏毛病。

许梦冬一口气哽住。

他们说话声音有点大，在空旷的小区院子里格外刺耳，许梦冬听见楼上有关窗户的声音。她不想被别人看笑话，于是弯腰去捡散落一地的药。谭予也一起去捡，手指刚碰到那包柔软的纱布，就被许梦冬抢先一步拿走。她站直，捧着那一堆药，低着头不去看他，只是指了指远处：

"今天谢谢你了。"

"你走吧，我今天太累了。"

她得送客，实在没力气再吵架了。

又是一阵沉默。

谭予表情漠然，似乎欲言又止，却始终没说什么，只是垂眼看了她一会儿，转身走了。

许梦冬却叫住他："谭予，你不必负责替我解决一切麻烦，我对男朋友没有这项要求。"

谭予脚步顿住，没回头。

"可我不只是想当你男朋友。"

他的声线不甚清晰，像蒙了一层厚重的吹不散的尘。后半句他没说出口，但他知道许梦冬会明白。

他不只是想当她的男朋友，他还想当她的家人，那种遇到事情可以彼此依赖，放心把后背交给对方的一家人。

孤零零的路灯把他的影子拉长再缩短，直到消失在视野里。

许梦冬呆愣愣地看着那背影，心里有点堵，说不清是因为不欢而散，或是别的什么。

单元门的门锁长久不用，门被拉开，吱呀一声，再重重合上，发出一声闷响。

许梦冬站在一楼的楼道里，深呼吸了两下，在墙上的信箱里找到姑姑家的门牌，顺手拿了里面的水电单子。

她回来的这小半年，姑姑家的水电费一直是她在交，姑姑提过好几次不需要麻烦她，但她还是想多替家里分担一些。楼道里是老式声控灯，不灵敏，且发暗，许梦冬看不清单子上的数字，几次贴近眼前却还是模糊。灯灭了，她跺脚，再灭，再跺脚……

她正想着明天要找物业来换灯，另一只胳膊肘没夹稳，夹着的药又掉了一地。

许梦冬挽起衣袖，俯身再次去捡。

一样、两样……捡到第三样的时候，她再也忍不住，把手里的药重重摔在地上。

毫无重量的一包纱布，砸在地上也没声响，像个潮湿的哑炮。

许梦冬喘着粗气，感觉自己这一天繁复的情绪到达了一个临界值，她背靠着冰凉的瓷砖墙壁，缓缓蹲了下去，抱着双膝。

那是一种自我保护的姿态。

瓷砖很凉，她想着，靠一会儿就起来。

就一会儿。

她捏着那张水电单子，薄而脆的纸张和她此刻的心情一样。

她在思考，一定程度上，其实她并没把谭予当成外人，比如艺考时她丢了身份证和钱包，会给谭予打电话；高考结束，她对答案时发觉自己英语答题卡貌似涂串行了，第一时间就找谭予哭，抹了他一身眼泪……

有些事情她可以向他求助。

但有些事情不行。

因为求助也无用。

比如和家里有关的一切，比如她不正常的家庭构成，比如那年清明节的闹剧，她一句都未曾和谭予提起，如若不是身上的伤偶然被他撞见，她会把伤口藏一辈子。

再比如谭予没有说出口的那半句话。

家人……

自她十八岁那年起，家人在她的认知里就不再是相互扶持，而是相互拖累，不是彼此支撑，而是彼此亏欠。

她最厌恶、最痛恨、最难平的，也是这两个字。

八年前。

那年清明，许正石在外闯祸，东窗事发，姑姑肿着眼睛坐在炕上数着许正石的借条，一张张苍白的纸上都是不同的笔迹……那一幕许梦冬记了很多年，那时的无助和恐惧也记了很多年。

"不算零头，四十一万。"姑姑捂着脸痛哭。

而许正石在炕的另一侧，深深低着头，像是霜打的烂茄子。半晌，他犹豫着开口："这些借条里有些钱很急，不还的话对方会上门，那都是些地痞流氓，什么事都干得出来。还有一些则不那么急，是从银行和网贷那里借的分期贷款。"

可即便这样，也是一笔天文数字。

姑父蹲在院子里，头顶一片灰沉沉的天，眉头拧成死结，一言不发地抽烟。

姑姑则一直在哭。

哭够了，她抹干净眼泪，拿出了自己所有的积蓄、自己结婚时的金手镯、金项链，还有爷爷奶奶去世时留给她的一笔压箱底的救急钱，一共十万出头。她又把许正石这两年寄回来的生活费凑了凑，再加上许梦冬自己攒的，最终凑齐了二十万。

这是全部了。

先把那些要命的钱还了，剩下的分期只能慢慢还，走一步看一步。

姑姑再三逼许正石发毒誓，不能再赌了，也不能再参与高利贷的一切，彻底和之前的狐朋狗友划清界限。

"你就算不为所有人考虑，起码、起码要为冬冬考虑。"

许正石老泪纵横，牵着许梦冬冰凉的手，满口答应。

姑姑是刚强且乐观的人，有着东北女人的豁达，她狠狠哭了一通，然后告诉许梦冬："这事就算过了，你马上就要高考了，不要被你爸影响，好好准备考试。"

能用钱解决的事都不是大事，只要许正石能改，一家人慢慢还钱，日子总是会越过越好的。谁家都有后院着火的时候，谁家的日子细细数来都是一地鸡毛，千万别觉得没指望了。

许梦冬信了。

那段时间，许正石一直住在家里，人不像以前那样风光，走路不再昂首挺胸，烟从几十一包的万宝路变成几块一包的红梅，但他的的确确变得老实了。

他以前在酒厂当工人，还会一点瓦匠活，能给人修灶台、修烟囱，偶尔在镇上打个零工，赚得虽然不多，但起码能贴补家用。许梦冬周末回家的时候还能吃上许正石亲手炒的菜，当爸爸的自觉对女儿有亏欠，夹在她碗里的鱼肉都是没刺的，这让许梦冬觉得他真的在尽力弥补。

她也信奉着姑姑的那句话——

"一家人终究是一家人，打断骨头连着筋，只有家人才会真心盼着你好，不会抛弃你，不会害你。你原谅你爸爸一次吧，他会变好的。"

好啊。

好啊。

许梦冬满心相信着"一切都会变好"的剧情，她努力忘记许正石在她脖子上留下的指痕，忘记他说过的"一起去死"的恶毒诅咒，只要在许正石身边，她依旧努力做个乖女儿，也努力相信许正石会重新做回那个好爸爸。

如果……

如果她没有不小心打开许正石手机的话。

那时高考成绩刚刚出来，明明该是她最开心的一段日子，顶着巨大的压力，她考了个好成绩——英语答题卡根本没有涂错，是她太过紧张记错了，她考了几次模拟考都没有达到的高分，文综甚至过了两百，完全够报任何一所艺术院校。

哦，还有谭予，谭予一如既往地成绩稳定。出成绩的那天，谭予第一时间给她打来了电话，他在电话里哄着喜极而泣的她，说着甜蜜的情话。

"我的冬冬真厉害。

"接下来是报志愿，我们可以一起去北京了。

"离开学还有很长时间，你想去哪里旅游？不是一直想去内蒙古草原吗？我陪你。"

最后一句，也是呢喃重复最多的一句——

"冬冬，我真的好喜欢你。"

许梦冬把自己蒙在被子里，眼泪鼻涕糊了一脸。她说："就只有喜欢吗？"

十八岁的少男少女，谈爱未免太过深刻，但谭予还是果断说出口，没有一丝犹豫："许梦冬，我爱你。"

许梦冬又哭了。

她那时觉得自己踩在彩色的云端，人生可望也可即，一切都很好，特别特别好。

许正石也高兴，他在家里准备了一桌子菜犒劳许梦冬，临开饭前却发现家里没酒了，让许梦冬去镇上小卖部买一瓶。

"买贵的。"许正石这样说着，又看了姑姑一眼，还是重复道，"就这一回，咱们也高兴高兴，买贵的！"

许梦冬美滋滋地拿着零钱出去了。

路上，她还想和谭予再聊会儿电话，可走到半路才发现自己拿错了手机。

那是智能手机刚刚大规模普及的年代，没什么花样，她和许正石的手机是同款，是许正石还算富有时给她买的，黑色的联想，外壳朴素像板砖。她的那一只有细微差距，后盖贴了一个小小的跳跳虎贴纸。

手里的这个却没有。

许梦冬懒得回去换，横竖谭予的手机号也记得滚瓜烂熟。

可尴尬的是，她发现许正石的屏幕有锁屏密码，是那种九个点点连接成图案的密码。

后来无数次，许梦冬想起当时的场景，不知该庆幸还是该后悔。她知道许正石这个人爱偷懒，密码一定很简单，她先试了 L，不行，再试了 Z，不行，最后画了一个口，屏幕开了。

她看见未读短信，鬼使神差地点了进去。

许正石给一个陌生号码发消息，那些词许梦冬不懂，什么返水，什么抽利……

她看到许正石发出去的文字：【什么时候能到账？】

对方回了他驴唇不对马嘴的一句：【照片拍了吗？】

许正石问：【利息多少？】

对方回：【看时间，也看照片质量。】

对方紧跟着又一句：【照片必须要全身的。你女儿多大来着？】

就是这句，让许梦冬的心猛然跳动，无比剧烈，好像巨大的鼓槌一下下重击着她的大脑。

她自己都没意识到她手指在抖，险些拿不住手机。

她小心翼翼地点开手机相册。

她只看了一眼，如遭雷击。

六月初夏，蝉鸣尚未登场，残阳与红霞在山际相融，浓郁得像喷射蔓延的鲜血。

呼吸被切割得细碎，许梦冬险些缺氧。

她这才知道，前几天她在家里卫生间冲凉水澡时听见门外的窸窣声不是她的错觉。

彼时的许正石拿着手机，就站在门外，黑洞洞的手机摄像头越过门缝，对准她……

许梦冬不记得自己是如何回家的，只记得那条走过无数次的回家路变得无比漫长和坎坷，她甚至被路上的碎石头绊了好几下。

什么是家？什么又是家人？

她真的迷惑了。

比起上一次被许正石掐着脖子时切切实实的慌乱，她这回竟然镇定了许多，迈进家门时，她脸上的眼泪已经干了。

饭桌上还有姑姑姑父，还有然然，她不能发作。

许正石接过她手里的酒，拧开，给她也倒了一杯："闺女辛苦了，老爸以你为傲。"

许梦冬攥着小酒杯的边沿，抬眼看着许正石的脸，直到变得越来越模糊，越来越扭曲。

许正石一直在笑，一直在喝，一直在吹牛，他是真的高兴，许梦冬却不知道他的喜悦是来源于她的好成绩好前途，还是即将以她的照片换来的赌资。

八年了。

许梦冬蹲在寂静的楼道里，将脑袋深深埋着，以一个鸵鸟的姿态。她的鼻尖似乎还留有辛辣的白酒味，许正石的脸一直在她眼前晃，晃了八年，每次都是以一张和善的眉眼做开头，然后逐渐扭曲变形，撕扯破碎，最后变成晦暗的梦魇。

亲生女儿。

好爸爸。

一家人。

……

楼道里寂静无声，她时不时咳嗽一声，使声控灯亮起。

亮，灭。

再亮，再灭。

去而复返的谭予就站在单元门外的院子里，远远看着没关严的门缝透出的断断续续的光亮。

他原本都出了小区了，想来想去，觉得还是不能就让她这么带着气过夜，这太伤人了。在废墟里扒拉出骨架，好不容易小心搭建起来的感情，不能就这么糟蹋。他想着就在楼底下给许梦冬打个电话，把事情讲清楚，让她透过窗户跟他挥挥手，这就行了。

他愿意低个头，认个错，她今天都这么累了，他不想再给她平添压力。

可谁知，隔着一扇门，谭予清楚地听见里面熟悉的咳嗽声，还挺有规律，一会儿是咳嗽，一会儿是拍手。他有点想笑，她今天仿佛就和这破灯过不去了。

谭予走过去，缓缓拉开那扇门，已经尽量放轻了脚步，却还是把门里的许梦冬吓了一跳。

她刚刚经历了一场不那么愉悦的回忆，而这个回忆里出现过的角色此刻忽然闯入她眼前。

"蹲这儿琢磨什么呢？"谭予无视她的惶然，把手递给她，"起来。"

许梦冬迟疑地望着朝她伸来的那只手，忽然想起了那段回忆的后半段——

那天晚上，她也是这样孤零零坐在镇子口的大石头上发呆。她接了谭予的电话，很想哭，但是很奇怪，她一滴眼泪都没有，一颗心像是被风干过，完全没有湿润的迹象。

她听见谭予在电话里问她："想没想我？"

她无声地点头，然后听见谭予继续说："我也想你。

"今天去镇上的客车没有了，明天，明天我就去找你，好不好？"

"好。"

你一定要来。

你可不可以现在就来？

可她没有说出口，只是犹犹豫豫随便聊了两句就挂了电话，她不想给谭予添麻烦，也不想这么不堪的时刻被谭予目睹。她只是在冰凉的大石头上坐着，一直到月亮升得老高。

过了很久，镇子口有行驶而来的车辆，打着刺眼的远光灯。许梦冬伸手遮了一下眼睛。放下手时，她看见谭予从那辆拉货的大金杯上跳下来。

"谢谢你了，叔叔。"

他和顺道捎他来镇上的司机道谢。

许梦冬完全傻了，她目瞪口呆地看着谭予奔她而来，在这样一个让她几乎破碎的深夜。

"我听你声音不对，有点不放心。"他朝她伸出手，"蹲这儿琢磨什么呢？起来。"

昏暗的楼道灯，清澈寒凉的月亮，它们是否散发着同一种温柔的光线？

许梦冬的心被这光线穿透，穿成密密麻麻的洞，而后又被谭予缝补，针脚细密，足以挡风挡雨。

她默不作声地向前，主动抱住了眼前的人，一直没有掉下的眼泪就在此刻落了下来。

而谭予没有过多追问她的眼泪，他只是以更大的力气和温度回抱住她，把她扣进怀里。

隔了八年，谭予给了她同样的回应。

"我在了。"

没有人不爱自己的家乡。

因为这里有塑你筋骨的春夏秋冬，有填你血肉的白昼与黄昏，你的人生由这里开启，也该在这里结束，所以多数人走到人生尽头之时会盼望回到家乡。

许梦冬上大学时看了那部好评颇丰的公路片《落叶归根》，本山大叔演的农民工费尽千辛万苦，把意外身亡的工友的尸身送回家，影评里说，这是独属于中国人的乡愁和浪漫。

许梦冬不是不理解这种浪漫，只是她那时想不到那么遥远的以后，十八岁的她脑海里只有一个念头——她得跑，她得离开。

发现照片的第二天，许梦冬无比平静地拿起许正石的手机，调出手机相册。许正石只看了屏幕一眼，表情就如同初春的天气一般变幻不定。不待她开口，他就扑通一声，直直朝她跪了下去。

这是爸爸第二次向她下跪。第一次是震惊和茫然，这一次，许梦冬的一颗心都木了，像在河滩里被冰冻了一整个腊月的野草，起不了一丝波澜。

许正石的眼泪落得比她想象的还要疾速，他近乎疯狂地握着许梦冬的肩膀，一声声哀求，一声声道歉

"冬冬，老爸最近有个很好的机会，现在就缺这么一笔钱，马上就能翻身。

"冬冬，你信老爸啊，老爸这次绝对能赚的，能把咱家欠的账全还上，真的。

"他们答应老爸了，只要按时还上，就把照片毁了不留底，绝对不会害了你！

"闺女，我求你了，老爸求你了啊！"

……

纵使没有血缘关系，可从许梦冬会说话的那天起就喊许正石爸爸，许正石在她脖子上使的蛮力没有击垮她，手机里几张轻飘飘的照片却让她彻底清醒——所谓父女之情，或许根本没有文学作品里描绘的那样坚不可摧。

许正石是爱她的，这些爱可以让她在许正石风光时收获丰厚的零花钱、漂亮的小裙子，还有许正石偶尔回家时带她出去逛商场、逛公园的父慈女孝，快乐时光。

可是许正石也没有那么爱她。他落魄了，则不顾她的前程和未来，不惜以她的照片来换取赌资，这是他亲手养大的女儿当下时刻最大的价值。

到底什么是家人？

世界上到底有没有真诚不掺假、不权衡利弊的爱？

许梦冬不知道，但在她最迷茫的时候，谭予抱紧了她。

十八岁的谭予，二十六岁的谭予，一样温暖的胸膛，一样灼灼的热血。

他在黑暗里沉默地把许梦冬紧紧拥在怀里，他的虎口贴着她的耳垂，轻轻哄她：

"没事了。没事了。

"我在了。"

他并不知道许梦冬刚刚一个人在这黑洞洞的楼道里瞎琢磨些什么，但她滚烫的眼泪告诉他，她一定是想到了一些不那么愉快的回忆。

因此，他再次提醒："不管是什么事，只要你愿意讲，我随时可以听。"

以前的许梦冬会拒绝。

但今天的她没有。

或许是那段回忆太过沉重和尖锐，她需要给那些被刺痛的伤口一个透气的机会。她浅浅应了一声，告诉谭予："想到了一些以前的事……你再等等我，最近事情太多了。"

然然要高考，基地要进一批新机器，电商这边要找新主播，新产品要上线，章太太请她去那边上班的事她还没给回复……繁乱的事情堆叠在一起，许梦冬想把这些都处理好，等一切都安稳下来，她再好好地和谭予聊一聊。

聊一聊他们的关系，聊一聊八年前在她身上发生的那些事，聊一聊长久以来她都瞒了谭予些什么东西。

谭予那么真诚，他拿一颗清澈的心对她，理应获得同样真挚的回报。

等她再攒一攒，把勇气再攒一攒。

等她可以直面过去，把那些事情亲口说出来。

"行，不急。"谭予轻轻贴着她的额头，手掌轻拍她的背，"最近是不是压力太大了？"

许梦冬说："是，你是老板，我有什么办法。"

谭予笑着哄她："下个月我爸妈会回来东北，他们想在周边旅游，我们一起去好不好？就当散散心。"

许梦冬问："在这边生活这么多年了，有什么好旅游的？"

"还是有很多地方没去过，他们现在退休闲下来了，想转一转。黑龙江比较熟悉了，主要想去吉林和辽宁，像长白山天池、沈阳故宫，还想去大连看海。"

许梦冬想了想："吉林我可以带路，然然的爷爷奶奶就住在长白山，我小时候去过。辽宁的话，找韩诚飞啊，那是他老家。"

"我问了，他拒绝。"

"为什么？"

"他说除非我承认东三省是辽吉黑。"

东北三省的兄弟姊妹永远是牢不可破的一家人，只在一个问题上会起"内讧"——关于黑吉辽，还是辽吉黑。

许梦冬扑哧一声乐出来，笑声点亮迟钝的楼道声控灯。她的额头靠在谭予肩膀上，声音闷闷的："好。"

难过被驱散了一些。

她抬头，谭予高挺的鼻梁映入眼帘，还有他微抿的唇。她心念稍动，踮起脚，唇贴住谭予的。

她的嘴唇很凉，谭予的嘴唇却是温热的，在这样充满寒意的冷夜，她贪图任何一点温暖，于是主动将舌尖探出去，然后很快被谭予捕捉、裹挟，再以重她千百倍的力气回吻住。

寂静的楼道里忽然传来开门声，是二楼。姑姑把门推开了个缝，试探地问道："冬冬？是你在楼下吗？"

许梦冬吓了一跳，轻咳一声赶忙应声："是我，姑，我跟谭予说几句话。"

"谭予来啦？这都几点了……你俩上来说。"

许梦冬这才后知后觉已经凌晨了，再过一会儿天都快亮了。

"不上去了，姑，太晚了，不打扰您休息了。"谭予回答，然后用手掌贴了贴许梦冬的脸颊，压低声音问她，"心情好点了？"

许梦冬点点头。

"那就好，上去吧。"

许梦冬在谭予的视线追随下上了楼，换衣服，洗漱，再去看一眼熟睡的然然，然后打着哈欠在然然身边躺下。入睡前，她再次收到谭予的信息，是道歉——

谭予：【今天是我冲动了，不该大声吼你，但我得警告你，以后遇到事情要跟我讲，别自己傻傻地往前冲。】

呵，还警告。

许梦冬回他：【我要是不呢？】

谭予：【那有惩罚措施。】

许梦冬：【比如？】

谭予：【比如不再满足你的某些需要。】

家里暖和，被子有点厚了，许梦冬终于觉得体温回暖。

黑暗里，她再次按亮手机，想给谭予发消息，可胡乱敲下几个字，又匆匆删掉了。今晚的一切像一把钩子，把她十八岁时的记忆通通钩了起来，一时压不下去。

那时的他们不过是十八岁的少男少女。

她那时已经做好了离开的打算。

她要远离许正石，远离这个给她带来痛苦多于幸福的家乡，远离这一方冰天雪地。说她自私也行，白眼狼也行，总之她是要走的，她的路还很长，她不能委顿在这里，不能让许正石真的毁了她往后几十年的人生。

她就是这样想的。

她未来的人生再也不会有贫瘠的记忆，不会有寄人篱下的悲怆，不会有风头如刀面如割的寒冬腊月，不会有苍凉孤寂的茫茫黑土。

也不会有谭予。

她并不打算告诉谭予，尽管那时谭予贴着她的耳侧反复说着他有多爱她，以最温柔的语气，她依旧钢筋铁骨、铁石心肠。

要走就走个干净利索。

可是谭予啊……

她忍着心和身体的疼痛，捧住谭予的脸用力地回吻他。谭予看见了她眼角的晶亮，还以为是自己太用力了，急急要退，许梦冬不肯。

她在心里对谭予说了千遍万遍对不起。

对不起谭予。

但我把我能给的都给你了。

你怨我吧，恨我吧。

反正我们再也不会见了。

那时的许梦冬预料不到后来，预料不到她还会和谭予有重逢的一天。时隔八年，她再看见谭予的那一眼才明白，她出走了那么久，摒弃了那么多，却始终没在心里摒弃掉谭予这个人。

他在她心里种下种子，生了根，冲破冰冻的黑土，长出茁壮茂盛的枝枝蔓蔓。

第二天，许梦冬是在然然的啜泣声中醒来的。

丫头估计还沉浸在无疾而终的初恋里无法自拔，她醒来哭着对许梦冬说："姐，我梦见他了。"

许梦冬也不知道怎么安慰她，但想着出去逛逛，换换心情或许会好些，于是问然然："今天要去学校吗？"

然然摇头："我不想去，学不进去。"

"那行吧，"许梦冬掀被子起床，"去洗漱，一会儿我带你出去玩。"

经过昨天那一遭，姑姑姑父再也不嘱咐什么好好复习别分心，高考结束再出去玩的话了。眼看只有几天就要上考场，这时候磨刀磨的都是细枝末节，大局差不了多少，他们干脆叮嘱许梦冬："去就去吧，散散心，你劝劝你妹妹。"

许梦冬说："好。"

姑父还在为他扇然然的那一巴掌而愧疚，一大清早准备了一桌子早饭，还起早骑自行车去肯德基买了早餐套餐，那是然然最爱吃的。

然而，丫头不给面子，还生着气呢，顶着脸上的巴掌印朝桌上的早饭轻嗤一声，一口不动，扭头就走。

许梦冬看着姑父讪讪的尴尬神情，心里怪不是滋味。她把肯德基装袋，告诉姑父她们拿到车上去吃。

姑父连连答应，说："这孩子还恨我呢。"

许梦冬下楼，上车，把纸袋子扔给坐在副驾驶座的然然："你过分了啊。"

然然攥着袋子边缘不吭声。

"不就打你一巴掌吗？你不想想你做的那事，哪个当爹妈的能不生气？"

"什么叫不就打我一巴掌？"然然大声说，"他打我！还打脸！姐！你爸要是这么打你，你不生气？你……"

然然话说了一半。

许梦冬启动车子，一言不发。

然然意识到自己说错话了，生生住嘴，一言不发地咬着汉堡，嘴里塞得满满的。等到许梦冬把车开出小区了，她闷声道歉："对不起啊，姐，我不是故意的。"

.167.

不是故意揭你伤疤的。

　　许正石出事的那一年，然然十岁，已经懂事了。她虽然不知道大舅到底是闯了什么祸，但她亲眼看见过表姐脖子上骇人的红印，也见过那一摞子雪白的借条，感受到了那年夏天家里死气沉沉的氛围。最关键的是，出事没多久，表姐就走了，一走就是好多年，中途也没回过家。

　　她记得表姐是偷偷走的，谁也没告诉。等爸妈发现时，到处都找不到这个人了。

　　后来又过了没多久，大舅许正石也走了。

　　这对父女像是约好了似的。

　　再后来。

　　许正石入狱。

　　许梦冬这个名字在娱乐圈崭露头角。

　　两三年以后，她再大些了，逢年过节，表姐会往家里打个电话，问好报平安。

　　她问起妈妈关于表姐的近况，妈妈会说："你表姐在上海呢，现在是大明星了。你要是想你姐了，就在电视上看她。"

　　然然那时尚读不懂妈妈眼里的愁苦与担忧，她觉得表姐现在是明星，多好啊，还有什么愁事呢？她这样发问，得到了回答——

　　妈妈叹了口气，告诉她："你表姐是好孩子，就是命不好。"

　　"没摊上个好妈，"半晌，妈妈又再叹一口气，"……也没摊上个好爹。"

　　那是很久很久之前的事了。

　　许梦冬开着车，余光瞥见然然一直在偷瞄她，觉得好笑："有事你就说，别跟个贼似的。"

　　然然咬着汉堡，说话含含混混："……我前段时间听见……妈妈跟大舅打电话了。大舅回来了，回伊春了，现在开出租车呢，你知道吗？"

　　许梦冬望着前方，语气很平静："知道。"

　　"你见过大舅了吗？"

　　"没有。"

　　"那你想见吗？"

　　"不想。"

　　"哦……"

　　然然没话了。

　　又过了一会儿，她把手里的汉堡吃完了，擦了擦手，对许梦冬说："没事！姐！都会过去的！"

　　很稚嫩的安慰人的语气，如若不是她一个小时之前还哭鼻子呢，许梦冬应该真的会被安慰到。

许梦冬在等绿灯的队列里调整了一下座椅，说："你顾好你自己吧！"

不提还好，一提然然的嘴角又耷拉了。她低着头，抠着安全带上的跳跳虎，闷声问许梦冬："我还是不明白，他明明说喜欢我的，怎么说断就能断了呢？"

然然告诉许梦冬，那个男孩在被老师发现的当场，第一时间和她撇清了关系。

"他给我写了那么多封信，我不信是假的。"

许梦冬想告诉然然，喜欢或许不是假的，但权衡利弊也是真的。说白了，那只是最肤浅的喜欢，没有什么分量。

"我还想跟他考同一个大学呢，他学习好，我们说好一起去北京的。"

"没他，你一样能去北京。"

"话是这么说，可我就是觉得被抛弃了。他骗我。"

然然说着说着，又开始噼里啪啦掉眼泪。

太酸涩无奈的少女心事。

许梦冬属实没有安慰别人的技能，尤其是感情问题，尤其是十几岁无疾而终的初恋。她只能用匮乏的语言劝说然然："你好好考试，考得比他好，就能出一口恶气，就能……"

"不会的，"然然打断她，大人似的摇了摇头，"有些事就是过不去的，我以后可能会忘，但永远过不去。"

说到这儿，然然忽然想起另一茬，问许梦冬："姐，你知道姐夫来咱家找过你吗？"

许梦冬纠正她："你换个称呼。"

"哦，谭予哥，"然然说，"你知道谭予哥来咱家找过你吗？就是你高考完的那个暑假，你不是走了嘛，谁也不知道你去哪儿了，谭予哥就来了咱家。"

她告诉许梦冬，那天的谭予没了往常的模样，像个被石头敲打过的落水狗，要多可怜有多可怜，要多卑微有多卑微。

"那眼神儿碎得……啧啧啧。"

许梦冬觉得她在胡扯："你那时候十岁！你懂什么？还眼神儿……"

"真的！"然然据理力争，"他一直求我妈，一个劲儿鞠躬，说他没别的意思，就是想知道你去哪里了，就看你一眼，跟你说句话就行……我那时候是小，不懂，但我现在懂了。"

少女敏感的内心此刻竟也能品味出那时谭予的心境。

"姐，你咋忍心的。"

闻言，许梦冬有片刻晃神。

她怎么忍心？

她怎么可能忍心？

只是命运丝丝缕缕都不遂人愿罢了，她那时被更加痛苦的事蒙住双眼，一心想要逃离。人一旦有了必须要完成的目的，其他一切通通顾不上了。

她不忍心，真的。

"哎，姐！"

然然一声尖叫。

许梦冬比然然反应还要快几分，却已经来不及了，只听砰的一声。

她转弯，刚巧碰上了一辆逆行的电动车，电动车车筐里是新鲜的蔬菜和水果，骨碌碌滚了满地。

许梦冬看着倒下去的电动车，冷汗都出来了，赶忙下车查看。幸好车速不快，人没事。

逆行的电动车主是个上了年纪的大叔，且蛮不讲理，也不分谁对谁错，从地上爬起来，指着许梦冬的鼻子破口大骂。

许梦冬忍受着辱骂尽量深呼吸。

她从来没处理过交通事故，努力回想考驾照时背的题……应该报警，还应该给保险公司打电话，还应该……还应该什么来着？

然然从副驾驶探出头来："姐，找谭予哥啊。"

"啊？"

"车不是他的吗？"

哦，对对对。

眼看人越聚越多，许梦冬着急忙慌地站在原地掏手机。

万幸，谭予昨晚没回镇子，此刻就在市里。他以为出了大事，匆匆赶到这条街不过花了十分钟，可见到这简单明朗的现场，登时气得哭笑不得，对许梦冬说的第一句话是："你有没有事？"

许梦冬摇头。

谭予揉了一把她的脑袋："上车去。"

许梦冬灰头土脸地回了车里，然后看着谭予和那大叔交谈，说明情况。对方见来了个男人，这会儿也不骂了，人也能走了，电动车也扶起来了。

许梦冬惊魂未定，反倒是然然率先镇静下来，啧啧两声："我原本还想趁这个暑假学骑摩托车呢，太吓人了，我不学了。"

"你要是敢这么不守交通规则，我打死你。"许梦冬眼睛一瞪，拿出姐姐的威严，"还摩托车，嗯瑟，你还想干什么？"

"我还想去旅游。"然然顺手拿起扶手箱上搁着的宣传册，那是章太太上次送给许梦冬的，上面有明年往相邻省市发展分公司和冷链运输的规划。

然然指着上面的地图，说："姐，我想去这儿旅游。"

许梦冬认真盯着前面处理事故的谭予，没心思理然然，只是顺便看了一眼，那宣传册上写着的是蒙东地区。

人们常说的东北地区，除了省市划分上的东三省，还有一块就是蒙东。别说然然想去，许梦冬也特别想去内蒙古看草原，不想走太远的话，蒙东刚好是个不错的选择。黑龙江往西，沿路风光好，气候凉爽，白天看牛羊成群和油菜花海，夜晚看银河低垂。

许梦冬忽然想起来，也是在八年前，她和谭予约好了毕业旅行就是去内蒙古，还没兑现呢，她走了。

她抻长了脖子，看见谭予拿手机出来，似乎是给那大叔转账。

奇了怪了，明明过错方又不是她。

"姐，你是打算去这个公司吗？"然然指着宣传册。

"嗯，"许梦冬没心思和然然闲聊，她一心关注着谭予那边的进展，顺口答道，"有可能，还没定下来……关你什么事？你给我好好考试。"

"那你去的时候带上我。"

"行。"

"什么时候？我暑假能赶上吗？"

"能。"

"好耶，那我做做攻略，我想去加格达奇，还想去满洲里……"

看热闹的人群逐渐散开，那大叔骑着电动车飞驰而去。

谭予走过来，拉开车门："你和然然坐后面，我开吧。"

许梦冬关心处理结果："你咋给他转钱呢？"她有点生气，"明明不是我的错！"

"我知道。"谭予系上安全带，"讲不清楚道理，就不要浪费时间，不值当，大清早的。"

"那你的车呢？"

"没什么事。"

他透过后视镜看到许梦冬气歪了的脸，笑了出来："干吗？心疼钱？"

"废话！"她大喊，"凭什么啊？给了多少？"

"没多少钱，他的西瓜摔碎了。"谭予说，"我说我媳妇也吓坏了，他知道自己不占理，没想着纠缠。"

许梦冬还有点愤然，却看见然然身子前倾，问谭予："谭予哥，你和我姐以后结婚了，谁管钱啊？"

谭予不假思索："你姐。"

"哇，哥你好屌。"

谭予歪脑袋一笑："媳妇管钱，天经地义。"

许梦冬却打断他："胡说什么呢？"她拧了拧然然，"回家别跟你爸你妈瞎传话。"

然后，她又透过后视镜回望谭予："我俩没打算结婚。"

在她的注视下，谭予的嘴角渐渐平缓下去。

"嗯，对。"

顿了顿，谭予又说："你别害怕，我也没想着结婚。遇到刚刚这种事，你知道给我打电话，就够了。"

"不是你说的吗？有事找你。"

"嗯，表现还行。"谭予重新笑起来，"这就成，我没求别的。"

车里突然安静下来。

然然还在认真看着手里的宣传册。

许梦冬转头望向窗外，长久的沉默，旭日东升，照在她的侧脸，火辣辣的。

她不想和谭予结婚，不想和谭予有以后，可又不得不承认自己越来越习惯谭予的存在。

她忽然意识到这或许就是谭予想达到的效果。

他成功了。

即便没有任何关系上的束缚，如今的她也很难从他身边走开了。

许梦冬已经忘了自己走上高考考场时是何种心情，太久了，但她记得高考那天是个大晴天。

东北的初夏再热也不会热到哪里去，微风和煦，许梦冬和谭予刚好都分在本校考试。高考当天一大清早，校门口挤满了考生、老师，还有送考的家长。许梦冬望着天上的大太阳喃喃："完蛋了，大凶之相。"

当时流传着一个说法，说是雨水旺考运，如果高考当天下雨，那么这一年考生成绩就会很好。

谭予翻着书包，听见许梦冬在自言自语，一会儿是什么天气，一会儿又是什么衣服的。

哦，对，那些年考生们讲究穿耐克，不能穿特步，因为耐克是对号，特步是叉。各运动品牌早早就挂出了高考季的促销活动，许梦冬身上穿着姑姑给她买的橙色耐克T恤，寓意"心想事橙"。谭予就比较随意了，穿着校服，以他的成绩，也的确不需要玄学加成。

"准考证，身份证，涂卡铅笔……"谭予检查完自己的书包，又去翻许梦冬的，帮她也检查一遍。

这时候，他听见许梦冬嘴里叨叨的内容又变了，她在默背《劝学》。

第一科考语文，语文老师说古文填空是必拿分的题，谁丢分谁是大傻蛋。许梦冬不想当大傻蛋，她本来成绩就一般，这种题绝对不能错。

"故不积跬步，无以至千里；不积小流，无以成江海……"

谭予瞧见她紧紧攥住书包肩带的手已然勒出红印儿，额角有细汗，眼巴巴望着还没打开的考场大门，满脸枕戈待旦。他伸手在她眼前晃了晃："许梦冬，你别太紧张了。"

许梦冬则说："你当然不紧张，你闭着眼少说也是个211，我咋办？我不想复读。

"谭予，我是不是太笨了？

"我小时候姑姑找人给我算过命，那人说我这辈子不会离家太远，也没啥大出息，不会飞黄腾达，但衣食无忧，会过得很幸福……你说这算好还是坏呢？

"他是不是唬我？

"……怎么办？我真的好想去北京呀。"

许梦冬一紧张就话多，她喝了一口矿泉水润润嗓子，继续背古文。

"骐骥一跃，不能十步；驽马十驾，功在不舍……"

谭予看着许梦冬被清水滋润过的嘴唇一张一合，脸颊有被太阳晒过的微红……他心里有话呼之欲出，忍了忍，终究还是没说出口。

他想告诉许梦冬，没事儿的，考砸了没关系，复读没关系，去不了北京也没关系，反正以后的日子有他。

他不在意许梦冬未来究竟能不能飞黄腾达，他不想做她华丽人生里锦上添花的那个人，他只想给她兜个底。所谓兜底，就是哪怕你这一生毫无作为，我依然会尽力让你吃好穿好，平安开心。

这是十八岁的谭予能想到的最浪漫且最实际的人生理想。

他完全没意识到，自那个时候起，他的人生理想里就有"许梦冬"三个字。

他完全没意识到，这已经不是简简单单的喜欢，这是爱。

许梦冬还在喃喃。

"锲而舍之，朽木不折；锲而不舍，金石可镂……"

学习的功夫不是一朝一夕，不仅是学习，任何理想的达成都要经过痛苦的雕琢和漫长的等待。

用什么证明你的赤诚与真心？

用时间。

用日复一日，用年复一年。

细细的警戒线拉起，人头攒动的送考家长队伍被隔绝在马路对面。

许梦冬朝考场那边挥手，示意然然快点进去，然后双手拢起，大喊道："别紧张啊，我就在这儿等你！"

前进与等待，回望与追逐。

谭予从拥挤的人群中穿过去，把他刚买的矿泉水拧开递给许梦冬，然后牵起她的另一只手，十指相扣。

"姑姑姑父没来吗？"

"然然不让他们来，说是见着他们紧张。"

话是这样说，许梦冬刚刚还是在街角看见了姑父。他偷偷来了，却只敢在远处躲着，推着自行车张望。

所谓可怜天下父母心。

"这孩子像谁呢？死犟死犟的。"

"像你。"谭予捏了捏许梦冬的手，"没人说过你们姐妹俩特别像吗？我是说性格。"

"得了吧。"许梦冬嗤一声，"我就像她一样倔？"

谭予以沉默作答。

"谭予？"

"你怕是对你自己有什么误解。"谭予笑起来，牵起许梦冬的手，轻轻亲了亲她的手背。

许梦冬望着考场逐渐关阖的电子门自言自语："幸好我没有生孩子的打算，养孩子好难啊，太操心了。"

谭予没有接她这句话，只是轻声问："要在这里等吗？"

"傻啊，我在这儿等着她又不会多考几分。"许梦冬说，"中午回来就行了。"

许梦冬拉着谭予去了附近一家奶茶店。

奶茶店为了揽客，在门口摆了几张大遮阳伞和塑料凳子供考生家长休息，许梦冬手疾眼快找到最后一个空位，正要回头喊谭予，却发现谭予被人拦下了，正在说话。站他旁边的是谭予的同学，也是然然的班主任，前不久有过一面之缘。

碍于这层关系，许梦冬多买了一杯奶茶走过去打招呼。

他们在聊然然的成绩。

"郑超然挺聪明的，而且在学校里人缘特好，简直一呼百应。上次那事儿吧……嘻，总之那男生差点被全班孤立，大伙都觉得他不地道，全都站在郑超然这边。"

许梦冬嘴上应和着："哎哟，这可不好。"

心里却十分恶劣地腹诽：该。

谭予默默看了许梦冬一眼，像是猜到了她的内心想法，将话题转走："那按照然然平时的成绩，能报什么大学？"

"这个还是要看她自己的兴趣，班里的梦想墙上，她写的是北京的大学。但北京你知道的，好学校分数特别高，你当初是考了全省多少名来着？"

太阳逐渐攀升，热气缓缓汇聚。

许梦冬咬着奶茶吸管，听着这俩人聊起学校、专业、文理科分数线……很快开始昏昏欲睡。

想当年她就是一个成绩平平的艺术生，论起陪伴，她可以陪着然然，但论起未来选择，她真是一点忙都帮不上。她正把嘴里的冰块嚼碎，听见然然班主任说："你这姐夫当得真够尽职尽责……回头成绩出来了，你带郑超然来我家，我让我爸妈帮忙看看报考的事。"

"行啊，"谭予笑了，"我请叔叔阿姨吃饭。"

"那不用，你什么时候结婚，喜酒一顿请了，给你省点钱。"

许梦冬晃着手里的奶茶杯，冰块撞杯壁，哗啦哗啦地响。

她挑了个没人的时候悄悄问谭予："为什么要拜托他爸妈？"

"他爸妈都是名师，已经退休了，不知道带过多少毕业生，填报志愿这种事他们更懂。"

许梦冬哦一声，她逐渐明白了小城市人际关系的重要性。

谭予顺手拿了她的奶茶喝了一口，就着吸管上她斑驳的口红印。今天为了博个好彩头，她特意用了灿烂的正红色，谭予倒是没在意，只是喝了一口过后皱起眉问她："怎么又是冰的？"然后拒不归还，"不怕肚子疼了？"

"最近这几个月很少疼。"

多亏了有人帮她用热水泡脚，叮嘱她吃药，陪她一起忌口。

谭予双肘撑着膝盖坐在那儿，微微倾身，许梦冬只觉得怎么看怎么喜欢。她把手臂搭在他肩膀上，垂下的那只手也并不老实，以指腹细细描摹他因太阳照射而微微泛红的耳郭。

"谭予，你咋这么好呢？"

"哪里好？"

"哪都好。"许梦冬说。

灿烂的六月初夏，暖洋洋的阳光洒下炽烈光辉，人心也似被炙烤过的奶油面包，内部组织变得蓬松而柔软。

这一刻的许梦冬打心眼儿里觉得谭予真好，挑不出毛病的那种好。

他仿佛能够胜任一切社会角色，好儿子，好女婿，好丈夫，也会是个好父亲。许梦冬不自觉幻想到谭予以后当爸爸的模样，幻想他牵着女儿的手去上幼儿园，去游乐场……当然也会像今天一样，和自己的妻子一起，等待孩子迈出人生第一个重要的考场。

谭予值得这些人间美好的时刻。

"可你不珍惜啊。"谭予轻声说道，"我再好有什么用？"

许梦冬在网上看过一句话——人这一生看似百年，其实说穿了，只是活几个瞬间而已。

那些闪着光的值得被反复品味和珍藏的美妙瞬间，是构成漫长人生的锚点，是走到尽头回溯过往之时，依旧会觉得感动的记忆存档。

许梦冬毫不怀疑它们的意义。

是她的问题。

她无法品尝出这些瞬间的美妙，一如她无法相信那些俗语。

父母爱子，视之珍宝。

榴花照叶，伴之团圆。

关于人生的亲密关系，她没尝出什么好。

除了谭予。

谭予是例外。

但她不能自私地把这份幸运的例外永远据为己有。

收卷铃声响起时，考场外等待的人群开始骚动。第一科考试结束，还有漫长的征程要走。家长们要接孩子回家吃午饭，顺便午休。许梦冬眼看人群越挤越密，往前一步都是艰难。她告诉谭予，把车开到路口去，她和然然约好了，出了考场如果人太多，就在路口会合。

许梦冬上了车，看见憨头憨脑的跳跳虎摆件冲着她傻笑。谭予昨天刚洗的车，车里干净整洁，不过她还是觉得好像少了点什么东西。

是行车记录仪被拆下来了。

"坏了，送修了。"谭予说。

"哦。"

许梦冬趴着窗沿看外面流水一般的行人，忽然听见谭予问她："然然考完试，打算带她去哪儿玩？"

"没想好，看她想去哪里吧。"

许梦冬随后又说："现在想这个太早了，我可不敢提前答应她，不然这丫头没心思考试了。"

"冬冬。"

"嗯？"

她的视线在人群里搜寻着。

"你会不会哪一天突然就走了，特别干脆，特别果断，不给我解释，突然就要跟我分手？"他问，"就像以前那样？"

谭予微凉的声线像这正午时分飘忽而来的一缕风。

许梦冬蓦然回头，愣愣地看着谭予。她没明白这话题为何如此突然，且不合时宜。

两人对视了一会儿。

"当然不会啊。"她说，"咱们不是说好的吗？我答应你了，不会不告而别。"

如果我要走，我会提前跟你说。

如果这段关系要结束了，我们好聚好散。

"嗯，那就行。"

谭予收回视线，看向另一侧，没有再继续这个话题。

"然然！"

"姐！"

然然抱着书包飞奔而来，一屁股坐进车后座，先向谭予打招呼："谭予哥！"

"嗯，"谭予笑笑，发动车子，"考得怎么样？"

"还行，作文好难……你们刚刚聊什么呢？"

"没什么，"谭予说，"在聊你中午想吃点什么。"

又是一个大晴天。

八年前也是这样的大晴天。

蔚蓝清澈，天边仅有一丝薄薄的云，像是纯净翡翠上的一抹，碍眼、多余，任你雕刻技术多么炉火纯青也避不开。

许梦冬的承诺听上去很真诚。

谭予也很想相信。

他想，要是行车记录仪没有录下肇事那天车里的对话就好了。

要是他没有手欠去听就好了。

"姐，你是打算去这个公司吗？"

"有可能，还没定下来。"

"那你去的时候带上我。"

"好。"

"什么时候？我暑假能赶上吗？"

"能。"

在我规划未来的时候，你又在预谋离开。

一模一样的剧情，重蹈覆辙，卷土重来。

谭予深呼吸，将车开出去。

轮毂重重碾过他的心脏。

许梦冬一直陪着然然到高考结束，被气氛感染，自己也像是从紧张的战场滚过一遭似的。不过然然考完就解放了，她不行，马上就是购物节，她还有一场硬仗要打。

这是她接触电商领域后的第一个重要节点，万幸新招来的主播是位全能型选手，之前混迹在知名网红经纪公司，经验丰富。许梦冬和阿粥跟着一起熬了几个大夜，总算把节日促销规划确定下来。

新主播对许梦冬说："姐，这几天你得亲自下场播。"

许梦冬倒没有多抗拒，只是招了新人之后她有一段时间没播了，问了句为什么，得到的答案是——

"购物节艺人直播带货都是神仙打架，你虽然是只'小虾米'，但好歹也凑凑热闹，要是能和别的艺人直播间联动个什么剧情就更好了，管他是连麦聊天还是扯头花，主要是要造势，找话题，把人吸引到直播间里来。

"不要觉得不好意思，走剧情是电商必不可少的环节之一，你一个人干巴巴地坐着念稿，谁乐意听啊？"

许梦冬思索半天，唯一能想到的人就是钟既，可惜人家钟既正当红，不搞直播带货这一套。

新主播比许梦冬还要大几岁，她看出许梦冬的为难，笑着说："亲爱的，你真不像你们那个圈子里的人。"

那个圈子里的人都是什么样？

聪明，机敏，审时度势，最重要的是目标感强。

许梦冬显然缺乏这种坚毅的目标感，她总是会被这样那样的诱惑拉住脚步。所谓乱花渐欲迷人眼，最要命的就是瞻前顾后。

谭予来喊她吃饭。

基地食堂新换了个师傅，做传统菜手艺一绝，大锅菜没有一点水气，五花肉煸得干香干香的，加上刚摘的油豆角和土豆一起炖，软烂入味。最后锅底那点汤是精髓，加上米饭，裹上酱汁，许梦冬能吃两碗。

芹菜炒粉，也是自家小园儿里刚摘的小细芹，味道正，撒一把手工晒的红薯粉条，不能用筷子挑，得带着饭碗往嘴里划拉。

都说东北菜下饭，尤其是这种灶台大锅做出的柴火饭，没有精雕细琢的讲究，却有铺天盖地的浓郁香气，每一样食材的本味在打架，激出淋漓的食欲。

谭予给许梦冬盛了一碗素烩汤，里面是满满当当的鸡蛋木耳黄瓜片。

"谭予，我是不是胖了？"她早上化妆的时候发现自己的脸好像圆了一圈。

"没有。"谭予不假思索。

许梦冬还想追问，可一回头，看见阿粥站在食堂门口朝她尴尬地笑。

阿粥最近总有些心不在焉，直播数据出过错，还有一次把上架商品的优惠券搞错金额。最要命的一次，她在屋子里用电热水壶烧水，按压开关卡住了她也不知道，水壶一直在加热，水一直在沸腾，直到那一整壶水都烧干有了煳味才发现，险些着火。

自从许梦冬频繁宿在谭予这边，阿粥就独自一人住那一间老房，这种事简直太危险。

许梦冬询问："怎么了？"

"冬冬，我想请个假。"

许梦冬下意识皱了一下眉，很轻的一下，只因阿粥最近请假太频繁了。

阿粥不好意思地和许梦冬解释："这次是因为米米生病了。"

许梦冬问："严不严重，需不需要帮忙？"

"不用，原本不是很严重，就是幼儿园的流感，只不过孩子爸爸太粗心，不会照顾，一来二去拖成了支气管肺炎，住了院。"

许梦冬当即帮她订了机票，临行前又给她塞了个红包。

阿粥不要，再三推辞。

许梦冬说："你收着，我们这边有这个讲究，这是给孩子的。"

时间真快，孩子也要变成照顾别人的大人了。

阿粥这一去没有说归期，许梦冬也没问，只是这样一来就少了个人手，要更忙了。

除此之外，她还敏锐地发现最近谭予也有些不对劲，工作上倒没啥，只是独处时他总出神。斟酌再三，她还是开口问了："你是最近压力太大了吗？"

毕竟新的流水线刚引进，整个基地忙得脚打后脑勺。

谭予朝她笑了笑，用唇碰碰她的额头："我没事。反倒是你，阿粥总请假，你会不会太累？"

累是难免的，但孩子生病，阿粥哪怕远在天边也没办法不回去。绕来绕去还是那一句话——可怜天下父母心。

许梦冬暂时无法站在母亲的角度考虑问题，但她当过孩子，孩子在求助时第一个想到的就是父母，这是下意识得本能，无一例外。她体会过，她明白。

同一时间，向父母求助的还有然然。

只不过她遇到的困难并不棘手，无非是高考结束想去的地方很多，第一站暂定上海迪士尼，可惜爸妈担心安全，不放人。

姑姑姑父给许梦冬打电话，问她是否有时间陪同。

时间肯定是没有的，但然然刚从人生中第一次重要的角斗场走出来，作为姐姐，许梦冬给了她一笔钱做奖励，还在朋友圈里问谁认识上海的旅行社。

很巧，第一个回复她的人是章启，他也正打算趁夏天的主题活动去迪士尼玩，可以顺便捎上然然。

许梦冬怎么想都不放心。

然然才多大，论私心，她并不想让然然和章启那种二世祖们接触，小孩子心性不定，何况又是远途旅行，两个人，她怕出点什么事。

章启人精似的，迅速发来了消息：【我这次和我发小们一起去，男的女的一大堆，都是知根知底从小一块长大的。哦，对，还有我妹妹，我妹比你妹还小呢。】

跟骂人似的。

见许梦冬不回复，他火速又发来一条：【哎哟，冬冬姐，真的，我们就是觉得人多热闹，不信你问我妈。得，我让我妈跟你说。】

许梦冬没想到章启这小子果真让他妈妈来当说客。

章太太笑着解释说："上海那边有我的朋友接待，安全问题不用担心，如果然然去，正好和我女儿一块儿玩，年龄相仿的女孩子好说话。我女儿是个特别内向的性格，多个朋友也好。"

许梦冬疑惑："不是马上要中考了吗？"

"哦，不考了，她想直接出国，国外那边早就联系好了，随时都能走。"章太太在电话里叹了口气。

可被电波过滤一层的语调在许梦冬听来也染了幸福的意味。

章太太说："冬冬，你是不知道养孩子多难的，什么都要替她考虑好了，还要处处顾及她的想法。这天底下最难干的行当就是父母，真的。"

许梦冬想，一定是这样的，一定很辛苦，甚至可以称得上是枷锁。不然也不会有人中途卸下责任，不顾孩子的死活，落荒而逃。

"冬冬，今晚我要请客吃饭，和相关部门的人，你要不要一起来？"章太太提醒她，"有些人可是很难见的，对你现在在做的事也有帮助。"

许梦冬没有拒绝的理由。只是饭局难免喝酒，她怕谭予担心，随便扯了个谎，说是要回姑姑家，今晚不回镇上了。

她也不知道自己为什么要骗谭予，就只是本能地不想谭予知道她和章太太的往来。细细想一想，应该是和章太太邀她跳槽有关。她一直没有找到合适的机会好好和章太太聊一聊，委婉拒绝。

很显然，今晚也不是个好时机。

饭桌上的宾客超乎许梦冬的想象，也让她更加怀疑章太太为何带她来，后者给了她解释。

"因为你很能干，冬冬。

"这么短的时间里，你能从一个陌生行业进入，并把农产品电商做得有模有样，学习与工作都是一种能力，而你的能力很强。所以我真的希望你把手里的事情告一段落之后，能和谭予一起来我这边。

"我做梦都希望章启能出息点。有你这么好的女儿，你爸妈一定很骄傲。

"还有谭予，他一定也为你骄傲。"

……

许梦冬很克制，只喝了点白酒，但筵席散场时却还是有些脚步打晃。

章太太的司机问她去哪里，她不想回去打扰姑姑姑父，思来想去，说："麻烦您往三中开，我要去老家属楼。"

谭予家没人，她可以借宿一晚。

老家属楼的人都快搬空了，没几家亮着灯，花坛破败，时不时有野狗打架发出呜咽。上楼的时候，许梦冬已然昏昏沉沉，一只手撑着生锈的铁扶手，另一只手给谭予打电话。

"谭予，你家备用钥匙还放在老地方吗？"

所谓老地方，是楼梯拐角那个腌酸菜的缸底。高中时就放在这儿，一直没变过。

许梦冬俯身去掏，掏到了，嘿嘿傻乐："我还记着呢，我厉害吧？"却忘了掩饰自己醉醺醺的声音。

谭予果然瞬间厉声："你在哪儿？在我家？"

"是啊。"

她打开门。

家里黑黢黢的，木质书橱和躺椅散发晦涩的味道。

许梦冬驾轻就熟摸到开关，开灯，往谭予的卧室走去。虽然长久不住人，谭予的床还是整洁的，床单被套都很干净，她向前一扑，趴在了被子上。

手机还在通话。

谭予问："你不是在姑姑家吗？"

"是啊，我刚从姑姑家出来呢，"她张口就编，"我陪姑父喝了点酒，姑父喝多了，我就不添乱了……而且我想来你家看一看。我每次来你家，总会想起咱俩小时候。"

"你在哪儿呢？"她问。

谭予没回答。

他站在小区楼下，抬头就能看见许梦冬姑姑家早已经熄了灯。

夜风飘忽，有处来无处去，最终吹动树梢的新生枝丫，摇摇晃晃。

"谭予，你说我现在算不算很厉害呀？"许梦冬喋喋不休着。

喝大了的典型表现，话多。

"他们都说我很厉害，说我工作能力很强，做哪一行都会很优秀……你说是这样吗？我怎么不觉得呢？

"我明明做什么都很差劲，小时候学习不好，考试考不好，当演员当不好，遭了那么多年罪，也只能卷铺盖回家……"

许梦冬脑袋埋进被子里，给她的声音罩了一层朦胧的壳。

"我真的挺招人烦是吗？我要是聪明点、乖一点、省心一点，是不是就不会给别人添麻烦了？

"我爸妈就是觉得我麻烦，养孩子太操心了，他们不想操这份心……"

许梦冬的声音越来越低，也越来越含混。

"谭予，就只有你不嫌弃我。

"谭予，你觉得我好吗？你会为我骄傲吗？"

手掌摊开，手机屏幕的幽幽荧光显示着通话时长。

许梦冬觉得自己好像没睡着，但又好像睡了很久。酒精麻痹大脑，她用很短的时间做了一个长长的梦。

她梦见她和谭予结婚了，还有了孩子，孩子肉肉的小手抓着她的小拇指晃呀晃，也不知是男孩还是女孩。她疑惑万分，想问问谭予，却看见谭予蹲在床边，用满是温柔的目光牢牢罩住孩子，长久注视着。

那样的温柔和专注，明明之前只会对她一个人。

许梦冬登时就火了，甩开孩子的手去拍打谭予，一边哭一边喊：

"你不爱我了，你不爱我了。

"你也骗我，就连你也骗我。

"连你也不要我了。"

……

许梦冬在梦里闹得越凶，睡得就越浅，模糊之中，她听见门锁转动的声音。

吱呀，那是开门声。

脚步声越来越近。

她猛地睁开眼睛，直直坐起身。

手机不知什么时候已经扔下了床，只是通话时长仍在继续。

谭予站在卧室门口，客厅的灯自他身后打进来，她看不清谭予的脸色，只觉得他周身都凉。

"谭予，你在啊？"

不对不对。

"谭予，你回来了啊？"

许梦冬从床上爬起来，脚步虚浮地去抱谭予，她知道谭予会接住她的。

她知道。

她以为。

可是……

"你晚上去哪儿了？"

谭予眼里是没温度的漠然，好像大雪封山后毫无生命力的枯树。

他没有伸手接她，任由她扑了个空，扑通一声坐在了地板上。

"……谭予，我做了个梦。"许梦冬揉了揉脸，仰头看着谭予，"我梦见你不要我了，连你也不要我了。"

眼睛有点烫，许梦冬猜这是喝酒的后遗症。

然而幻听也是酒精作用吗？她分明听见谭予冷漠的声音好似从遥远的山际传来，空旷虚无，却有洪亮的回响。

"对，不要了。"他说，"你听好了，许梦冬，我不要你了。"

连你也不要我了。谭予，到底还是有这么一天，连你也不要我了。

许梦冬清楚地知道自己已经醒了，不是在梦里。谭予的话是初夏的暴雨，是腊月的大雪，把她的一颗心埋起来，埋得密不透风，呼吸不畅。她抬头看着谭予，并不知道自己的神情除了讶然还有本能的惊恐，谭予随手按亮的白炽灯照得她的脸颊毫无血色。

"啊？"许梦冬愣愣的，是疑问的语气。

谭予没说话，也没有拉她起来的意思，只是依旧沉着一张脸，垂在身侧的手微微握成拳。

许梦冬火速回神，飞快撑着地板站起来，没站稳，踉跄一步，小脚趾不小心撞到踢脚线。

一阵剧痛袭来，更添几分清醒。

"没事，没事……我没事。"她自言自语，"我有点喝多了，不好意思啊。那什么……我坐会儿，我再坐会儿。"

实在是有点疼，她不是故意要矫情，低头看一眼，脚指甲边缘已经渗血了。她坐在谭予的床沿俯身，眼前却落了一片阴影。

谭予终究是走了过来，在她面前蹲了下去。

他刚从室外回来，掌心微凉，不由分说抓住她的脚去查看。

许梦冬想缩却动弹不得，她从没见过谭予这么生气，是那种明晃晃的怒气。他还大声吼她："别乱动了！"是真被她逼急了。

许梦冬吓了一大跳。

在她的记忆里，谭予大声说话的次数屈指可数……

她坐在床沿，手把床单抓出褶皱："没事，有创可贴吗？给我一个。"

谭予铁青着脸，把她的脚从他膝盖上放下，起身去另一个卧室找药箱。药箱里的创可贴年头太久，已经没了黏性，他准备下楼找药店买新的，可一转身，许梦冬把外套都穿好了。

"没事，我回去处理吧。"她说。

"你回哪儿？"

这么晚了，回姑姑家敲门？许梦冬迟疑了一下："我出去找个酒店住一宿吧，对不起啊。"

谭予皱着眉问她："许梦冬，你拿我当什么？"

"我男朋友啊……"许梦冬想也不想就回答，然后又改口，"哦，你要跟我分手，我知道了。"

谭予不要她了。

许梦冬连连点头："嗯，我明白了，可以。"

气人三连，偏偏她觉得很合理。当初说得明明白白，这段关系好聚好散，那么自然谁先提出结束都可以。只是她这会儿心里难受，谭予带给她的那种窒闷越发有存在感。她尽量不去看谭予，才能把脸上的不自然掩盖。她微微低头，语气尽量放轻松放和缓："可以的，我接受，你放心，我不会纠缠你的，这段时间谢谢你了。"

"谢我什么？"谭予只是侧了一下身，挡住她的去路。

"谢谢你这段时间对我的照顾，我领你的情，"许梦冬说，"你千万千万不要觉得我在欲擒故纵或是怎样，真没有，我就是想谢谢你。咱俩干干脆脆的，在一起也干脆，分开也干脆，结束的时候没有谁对不起谁，这就够了。"

谭予觉得自己越发忍不住火气了，身体里有东西在爆裂。他冷冷看着眼前的人："你不想问问原因？"

许梦冬丝毫没有犹豫，果断摇了摇头："不用啊。"她抿了抿嘴唇，"当初我离开也没有给你交代，现在你也不用给我什么解释，咱俩扯平。"

这一句话彻底点燃怒火引线，谭予自嘲地笑了："你跟我扯平，你想怎么扯平？"

他看着她的眼睛，再也忍不住了："我想了你八年，等了你八年，你拿什么跟我扯平？！"

谭予的语气激动，眼里的温度却像冬日屋檐下尖锐的冰凌。

许梦冬感受到了，也结结实实被冻到了，僵硬自指尖开始缓慢蔓延。她光着脚，需要仰头与谭予对视，因此也更加直观地看见了谭予泛红的眼圈。

"我告诉你，我告诉你为什么。"他深呼吸，然后返回客厅，步伐很急。

再回来时，他手里握着那张物流公司的硬质宣传册，那是他刚刚从车上拿的，是许梦冬落下的。他深深望着许梦冬："冬冬，你还是想走，是不是？

"如果不是我发现了这个，如果不是我听到你和然然的对话，你就打算一声不吭，再离开我一回？"

"你有更好的去处我不拦你，只要你告诉我一声……可你有打算和我说吗？"他弯腰从地上拾起许梦冬的手机，"如果不是恰巧看见你的推送通知，我不会知道你订了下周去满洲里的车票。你是要去干什么？你能说吗？就像今晚你和谁喝酒，又聊了些什么，能说吗？许梦冬？"

谭予声调不稳，像是雾气布满窗玻璃而后缓缓滑落的水滴，也像是被布满斑驳痕迹的玻璃本身。他一字一顿地问许梦冬："我到底哪里做得还不够？

"到底哪里不够，你要这么对我？

"我等了你八年，跟个小偷一样在暗处躲着，看着，盼着，我盼了你八年，好不容易把你盼回来。你知道，你全都知道，你就是欺负我无论如何也离不开你是吧？原来咱俩最后是这么个结果，我对你全部的那些好，就换不来你的一次坦诚。"

谭予声音低哑，红着眼眶，宽阔而平直的肩膀微微塌陷。

他缓慢地说："如果早知道今天，我宁愿你从没回来。"

许梦冬有一肚子话想说，可都被谭予这最后一句噎了回来。

她想解释，想反驳，想告诉谭予她其实没打算答应章太太的邀请，她暂时没想要离开。可转念一想，又觉得没必要。

解释什么呢？谭予说的字字句句都在理。

当初她回到家乡其实只是暂时落脚，并没打算长住，因为生她养她的这座城属实没给她留下什么美好记忆，除了谭予。也正是因为再次遇到了谭予，她萌生了暂时留下的念头。

东三省的冬天太冷了，大雪漫天，风头如刀，是不回家能冻死人的那种冷，而她就是那个没家的人，只有在谭予身上才能汲取到一点儿暖。窝在他怀里，够她安安稳稳地睡一觉，猫一冬。

她自私，也自负。

她贪恋谭予这个人，却从来没有和他长相厮守的打算。

人这一生，谁又不会离开谁？

这道理，她十八岁时就懂了。

"谭予，对不起。"

"我不想听对不起，"谭予看着她，一个劲儿地逼问，手攥着她纤细的胳膊，攥得她生疼，"我想听你说你爱我。许梦冬，我爱你，可你爱我吗？"

我爱你。

我爱你。

许梦冬的心脏猛烈收缩着，嘴唇翕动，她想说，谭予，我爱你，我爱你，可怎么也开不了口。

如果感情有重量，能衡量，她与谭予注定无法站在天平两端保持平衡，和谭予相比，她的爱连放上秤盘的资格都没有。只要她打算离开，不论今天明天，明年后年，她和谭予就注定有这样一场交锋。难道真如谭予所说，到她真正要走的时候和他打声招呼，两人就能坦然拥抱，各自安好了？怎么可能？

许梦冬终于清醒地意识到自己有多自私，她其实一直在逃避现实。

谭予毫不留情地把她这层愚蠢的皮撕开来，露出里面不堪的骸骨。

她快速呼吸着调整眼泪，然后轻轻重复了一句："对不起。"

谭予的手缓缓垂了下去。

许梦冬不敢抬头看谭予，因为无法直视他同样红着的眼眶。

他们面对面站着，她却不知他的目光落在何处，也许是她垮着的脸，也许是她窘迫的肩膀。

过了许久，谭予终于说话了："行，我知道了。

"你在这儿睡吧，太晚了，有什么事你明天再去办。"

声音干巴巴的。

你要走，走去哪儿，去找谁，都和他没关系了。

谭予离开，老旧铁门砰的一声响。

他把家留给了许梦冬。

反正也是最后一晚。

许梦冬在房间里站了一会儿，地板冰凉，她却好像感觉不到冷。半晌回神之后，她把灯关了，在一片黑暗中爬上床，掀开被子钻了进去。

被子很柔软，是谭予特意给她准备的。虽然知道她来这儿睡不了几回，却还是把她的生活用品都买好了，一应俱全。

所谓自惭形秽，许梦冬上学时总读错，读成"自惭形岁"，后来语文老师告诉她，这是秽，污秽的秽。她何尝不是谭予光洁顺遂人生里的一团污秽。她是积雪上的泥点子，是水泥地上的脚印子。

她在黑暗里狠狠扇了自己一个嘴巴。自懂事起，她就不想当累赘，不想被抛弃，己所不欲的事，可到头来还是让谭予把她的痛苦体验了一遭。

事已至此，唯一能做的就是及时止损。

许梦冬平躺着，望着有裂纹的天花板发呆，品味脸颊的刺痛。

她发呆了很久，突然听见铁质门锁的转动声，在寂静中格外刺耳。她没有坐起，甚至有那么一瞬间的冲动，即便现在冲进来一个强盗把刀架她脖子上，她也绝对不会反抗。

可是没有强盗。

进来的人是谭予。

他去而复返，没有开灯，在黑暗里穿过客厅，走进卧室，在许梦冬的床尾蹲下。许梦冬感觉到谭予冰凉的手探进被子，准确抓住她的脚踝，一扯。

"我爸妈明天回来，我没法告诉他们咱俩分手的事。刚在一起就分，解释不了。"

谭予将一枚创可贴撕开，贴在她破皮渗血的脚指头上。

"过一段时间吧，找个合适的机会我再和他们说，你跟我一起陪他们玩几天，就当帮我这个忙。"

许梦冬没说话。

谭予继续说："……你不是想跟我扯平吗？就几天，过了这几天，咱俩就谁也不欠谁。"

"我本来想让你亏欠我一辈子的……"谭予声音有点发飘，"这样你才能记得我。

"许梦冬，我没法恨你。"

许梦冬还是不说话。

她的声带短暂罢工，因为皮肤上的触感太强烈。

谭予的手冰凉，她的脚也冰凉，唯一有热度的是谭予的眼泪。

滚烫的，直直落下来，砸在她的脚背上。

然然的毕业旅行开始了。

她和章启一行人说走就走，很快到达上海。暑期的迪士尼人满为患，不过章启他们几个人花了大价钱请了私人导览，不必排队，所有项目都是走快速通道，还可以挑位置，花车游行与烟花也预留了第一排最佳观景位。

然然给许梦冬发微信：【姐，我算是明白了，赚钱才是我的人生方向。我学什么专业以后才能赚多点呢？】

收到这条消息的许梦冬很欣慰，然然应当是人生头一遭如此直面钞票的威力，第一反应是努力赚钱，而不是寻找攀登捷径，这本身就是一种值得表扬的赤诚。她当即给然然又转了两千块钱，让她好好玩。

然然回复：【我悟了，原来抱我姐大腿才是奥义。】

紧接着，她打来视频电话，许梦冬接了，看到屏幕那边是琳琅缤纷的货架。

然然在逛纪念品商店。

"姐，我给你带个礼物回去，你想要什么？"

"不要。"

"不行，必须要。"

"真不要。"

许梦冬真心觉得自己过了花高价买仪式感的年纪。

"哎呀。"然然手指划过一排闪闪亮亮的钥匙扣，看穿许梦冬的心思，"那挑个便宜的嘛。"

许梦冬在仓库里忙着做发货单，余光瞥过屏幕里一闪而过的一抹亮橘色，顿了顿："就那个吧，跳跳虎。"

她对跳跳虎的喜爱源于读书的时候。

初三那年，教育局领导来学校视察，学校为了展示学生风貌，举办文化活动和表演。许梦冬没什么才艺，唯一的长处是长得好看，老师安排她去校门口迎宾，校服肩膀上披一条红色绶带，频繁鞠躬微笑，看上去有点蠢。但比她更蠢的是谭予，他在班主任也就是他妈妈的指示下，套上毛茸茸的玩偶服装演舞台剧。

那玩偶服装就是橘色的跳跳虎造型。

盗版玩偶服装，不知在仓库积了多少年的灰，毛都打结了。

那时的谭予已经开始蹿个子，半大小伙子也有了自尊心，套上玩偶服在台上上蹿下跳，别提多丢人。他演完了，把头套一摘，整颗脑袋都被汗水打湿了，脸通红通红的。许梦冬好心给他递矿泉水，他还凶许梦冬："你再笑一个？"

"傻了吧唧的，还不让人笑了？"

谭予用食指勾起她肩膀上的绶带："你好意思笑我？"

"怎么？我好歹比你强啊。"

谭予气不打一处来，把手里的玩偶大头直接往许梦冬脑袋上套："来来来，你试试，你试试，我叫你嘚瑟……"

头套里湿漉漉的，全是谭予的汗。许梦冬嗷了一嗓子，在看不清路的状况下，胳膊腿儿一起扑腾，最后逮着谭予的手腕就是狠狠一口，咂吧咂吧滋味，有点咸。

谭予捂着手腕大吼："你属狗的啊！"

他们正打闹着，叫站在楼上窗边的领导看了个正着。

领导笑眯眯地说："咱学校的孩子们，初三这么累，还这么有活力啊。"

当然，这是谭予的妈妈后来复述的。

那件事后来的结果是谭予和许梦冬各自被罚跑四圈操场，权当为即将到来的体育考试做练习，并额外一人抄十篇英语报纸。

这么一件小事，许梦冬硬是记了很多年。英语报纸的纸张是何触感她早就忘了，唯对她咬谭予那一口记忆犹新。那天他手腕上的牙印还没消呢，就站在全班同学面前替她背锅："是我欺负许梦冬了，我错了。罚我得了，别罚她了。"

他妈妈朝他屁股狠踹一脚："你晚上回家等着。"

后来，迪士尼又出了很多大热动画电影，小孩子钟爱冰雪奇缘，同龄人之中更流行漫威宇宙，可许梦冬还是最喜欢跳跳虎。十四五岁的谭予穿上那丑了吧唧的衣服，有种清澈的愚蠢，还有点超级英雄般的热血。

"姐啊，你要哪个？这个？还是这个？"

许梦冬指了指右手边的："这个吧。"

"好呀，那谭予哥呢？我给他也带一份礼物。"

仓库里的打票机突突突响个不停，工人们忙前忙后，没人在意许梦冬这边突如其来的沉默。她敛下目光，说："都行，你回来自己给他，人家帮过你，你要谢谢他。"

"那当然了！"

许梦冬想起另一茬，告诉然然："之前答应等你回来就陪你去满洲里玩的，我都买好车票了，但是临时有点事，所以……"

"你鸽我啊姐！"

许梦冬说："是的。"

章启挤过来，在手机屏幕里露出半颗黄毛脑袋："哪儿？你们要去哪儿？我也去。"

他又问许梦冬："对了，姐，你不是打算去我妈那里上班吗？啥时候去啊？"

许梦冬无端一阵头疼："我没说会去。"

"啊？哦。"章启说，"我就说嘛，也就我妈把她那破公司当个宝，谁稀罕去啊……"

"章启哥！你说话就说话，别掰我手机壳！！"

"哎哟，哎哟，我强迫症，手欠了，走，哥赔你一个。"

迪士尼商店里音乐很大声，就这么吵吵嚷嚷地挂断了。许梦冬把手里的活忙完后走出仓库，站在门口给章太太打电话。

她尽可能礼貌又客气地婉拒了章太太的邀请，得到的反应却好像是意料之中。章太太笑着说："得，你们两口子我一个也请不来，我可真失败。"

言语里的另外一位主人公此刻刚巧从许梦冬身旁路过。

谭予中午在镇上挨家挨户发上半年菌种基地的分成，此刻一身疲累地回来。有工人立刻迎上去询问产品成分怎么标注，谭予一边看着手里的包装袋，一边微皱眉头听人讲话，全程没有看许梦冬一眼。

这是他们见面不识充当陌生人的第四天。

那天晚上谭予的眼泪砸在她脚背上，也砸断了他们之间最后一缕情谊与关联。

谭予起身走了，没回头，自那晚以后再没与她有过任何交流。即便工作如常，他们也没再说过一句话。

许梦冬独自去食堂吃午饭。

今天去晚了，菜都凉了，肉段茄子有点油，西红柿炒鸡蛋也就只剩下西红柿。许梦冬没什么食欲，索性盛了一碗温热的紫菜蛋花汤捧在手里慢慢喝。

中途手机响了，明明就在一个院儿里，谭予却选择给她发微信：【晚上去我家？】

他没有给她误会的时间，马上又来了一句：【我爸妈回来了。】

说好的做戏，说到就得做到，许梦冬倒是不担心自己的演技和临场发挥，只是她总控制不住把对谭予的歉疚映射到谭予的爸妈身上。她很担心露出破绽，又怕伤了谭母的心。

　　下午时分，谭予在镇子口等她，她上了谭予的车，发现车上所有配饰全都没了，号码牌、摆件、跳跳虎玩偶全没了，车里又回到了她第一天上谭予车时的样子，简单、苍白。她只愣了一下就迅速收敛表情，然后听见谭予说："你把手里的事交接一下，这几天就不回镇里了。"

　　"叔叔阿姨要先去哪里玩？"

　　"不知道，我没问。"

　　"哦。"

　　车子驶上高速，两侧山林叠翠，终于有了盛夏的模样。车里气氛却比外头浓绿的庇荫还凉，话茬落地，谁也不再起头。

　　许梦冬忽然想起什么，翻手机查饭店。

　　谭予瞄了一眼，说："不用。"

　　"啊？叔叔阿姨刚回来，我请叔叔阿姨出去吃顿饭，算接风。"

　　"不用。"谭予重复道。

　　许梦冬看着他。

　　"他们刚来电话说累了，想直接回家。"

　　"哦，那行，你一会儿找个市场停吧。"

　　许梦冬会做饭，只不过就是太久没做了，一个人生活能简则简。她努力回忆自己最拿手的茄汁大虾，还有小白菜排骨汤。虾得去水产市场买刚运来的活蹦乱跳的，排骨要精排，没有肥边的。

　　谭予握着方向盘，脸色并不明朗："不用你做。"

　　"那你让叔叔阿姨吃泡面啊？"

　　"不用这么辛苦，"谭予没有正面回答她的问题，只说，"反正也是表演，你也不用太尽力。"

　　许梦冬这才突然意识到她的行为和表现很像新媳妇进门那种特别幼稚的示好，索性往椅背上一靠，不说话了。

　　当天晚上，谭予家的厨房到底还是派上了用场，不过是谭予下厨，许梦冬在客厅帮忙打扫。

　　她中午只喝了一碗汤，早就消化了，短短一会儿肚子响了好几回。谭予在厨房里炸什么东西，香得要命，许梦冬俯身去擦电视柜，然后听见厨房门推拉的声响。

　　谭予端了一盘刚出锅的炸茄盒喊她："你过来。"

　　许梦冬走过去，盯着金灿灿的茄盒。

　　"你尝尝。我也挺长时间没做了，怕做咸了。你试一下，然后告诉我。"谭予把盘子搁在桌子上，转身回了厨房。

许梦冬迅速解决了一个滚烫酥脆的茄盒，外酥里嫩，咸淡刚刚好。

"许梦冬！"谭予喊她。

"啊？"

"你过来。"谭予沾着面糊的双手举起，"围裙开了，帮我系一下。"

许梦冬手上也有油，她快步跑去卫生间洗了手，再回来，从谭予背后把手越过他腰侧。

"……许梦冬。"

"在找了。"

她发誓她不是故意的，只是那围裙是化纤布的，轻飘飘的，不知不觉她竟以手掌梭巡了谭予的整个腰腹，终于在靠下的位置摸着了那两根围裙系带。

"……你摸哪儿呢？"谭予憋了一口气，太阳穴突突地跳。

许梦冬终于意识到不对了，她迅速把系带绕过谭予身后，打个结，然后急急退开两步，后背撞上厨房门。

"不好意思，不好意思，不是故意的。"

谭予微微躬身，手指厨房外："出去。"

厨房门砰一声，隔绝出两个世界，留给各自消化尴尬。

许梦冬在客厅听见谭予剁排骨的声音，咚咚咚，显然是在抒发戾气。

谭予家这两年一直空着，即便偶尔有人留宿，譬如她或是谭予自己，也只是匆匆住一晚。

没人气儿的房子老得很快，许梦冬浸湿了抹布去擦木头书橱，还没怎么用劲儿呢，就擦掉一层皮。她想起自己刚回镇子上的时候收拾家里的老平房，也是这样一点一点自己拾掇，只收拾出来一部分她日常生活需要的区域，没有太仔细。

她那时想的是反正不会住太久，迟早都得走，凑合凑合算了。

在外这些年，她很少想家，只是在心理问题最严重、压力最大的那段时间总做梦，她总梦见家乡的田地、火红的高粱穗儿、猎猎北风刮散的炊烟、大锅里焯着的热乎黏苞米，还有大年三十挂起的红灯笼，映着窗上温柔又热闹的冰花儿。

这里的山水都苍凉，人心却滚烫。

她还总梦见一大片荒芜的雪地，积雪到小腿肚那么厚，她深一脚浅一脚地在雪地里跋涉，雪水灌进她的鞋里去，冷得牙根儿都打战。有人在她背后喊住她，紧接着她的手就被牵了起来。深深覆住她的那只宽大手掌掌心滚烫，牢牢握着她，在她踉跄的时候给她支撑。

她回头，看不清那人的脸，可她在梦里就是清清楚楚地知道那是谭予。

刚和经纪公司解约的时候，许梦冬其实没想回来定居，她只是想回来住几天，看看姑姑姑父。

在老家碰上谭予是偶然。

留下也是偶然。

但唯独离开这件事，她是早早想好了的。不是她不喜欢这里，一个土生土长的东北孩子，北风和大雪能滋养她的血液，只是久留没意义。

家乡家乡，这里是乡，却没有家。

这里从来就没有她的家。

她原本想的就很清楚，在谭予这里把电商做起来，待到一切步入正轨她就走。好歹也算是做成了一件事，也算为生她养她的地方出了一份力，至于以后去哪里……谁知道呢？想去哪儿去哪儿。她还有一点积蓄，够她去几个城市晃一晃，晃累了就找个落脚的地方，找一份普通的工作，过普通的一生。

不是没有贪恋。

只是人可以自私，却不能自利，不能只顾着自己抢那块浮木，而把别人推进火坑。这是她从许正石身上学来的。

饭桌上气氛融洽，谭父问了谭予许多关于菌种基地的事，还有一些专业问题。谭母则不停地给许梦冬夹菜，问："听说冬冬最近在和谭予一起做电商，做得特别好？"

许梦冬笑着点点头。

谭母说："你们年轻人现在都拼工作，那词叫什么来着？哦，内卷。我是觉得卷点好，人得有盼头，日子才过得有滋味，但也不能太累了。"

她给许梦冬夹了个茄盒："你和谭予是怎么打算的？"

许梦冬表情茫然，什么怎么打算？

"现在是夏天，如果想明年结婚的话，现在就要开始计划了。你们想办什么样的婚礼？"谭母笑眯眯的，"我和他爸有一回在云南碰到了一对小年轻拍结婚照，我们上去问了才知道，现在的婚庆可厉害了，办婚礼还可以去国外了，巴厘岛啊什么的。那种悬崖草坪婚礼我还问了价格和档期，要了名片呢。"

谭母翻出手机，给许梦冬看她手机里存的图："我和谭予他爸结婚都没办婚礼，就想把你和谭予的好好办办。你俩不用操心，钱我们出……哎呀，可真是，我看着都羡慕，真好。"

许梦冬兴许是饭前偷吃吃多了，碗里的茄盒怎么也吃不下去。她用筷子尖戳着碗底，余光观察谭予的反应。

谭予表情自然地回看过来，问她："吃不下了？"

许梦冬点头。

谭予默不作声地把许梦冬咬了一小口的茄盒夹了过去，几口吃完，对谭母说："先不考虑这个。"

"是，是不着急，我又没催，我就是提醒你们，得提前准备了。"

"不着急，过几年吧。"谭予很果决。

过几年……可是他们都清楚，他们不会有过几年了。

吃过晚饭，许梦冬想走，却被谭母留下，说是想和许梦冬说说话。

老样子，谭予和谭父住一间卧室，许梦冬和谭母住另一间。

许梦冬其实对谭予从前睡的这间屋很熟悉了，谭母拿起床头柜上的相框看，对许梦冬说："这是你们上学的时候，你俩去金山鹿苑照的吧？"

那时许梦冬被女生小团体排挤，又刚和人在校门口打了一架，谭予陪她去看梅花鹿散心。

"嗯，谭予他从小就挺护着我的。"

谭母笑了："你想不想看看谭予小时候的照片？"

很多很多的老相册，一本又一本，掀开床板，都在床底搁着呢。许梦冬第一次见。

谭母解释："我特别喜欢旅游和照相，那时候相机还是用胶卷的。

"你看，这是谭予满月的时候。"

在那个奶油蛋糕还没什么花样的年代，双层蛋糕简直是奢侈，但刚满月的谭予就拥有了，他的爸爸妈妈给了他力所能及最多的爱。谭父搂着谭母的肩膀，谭母怀里抱着裹小花被的谭予。许梦冬仔细辨别谭予的五官，却发现实在是认不出来，照片里的他看上去又软又小。

"其实我那个时候没想着要谭予的，说得再夸张点，我连谭予爸爸都瞧不上。"

许梦冬惊讶地问："您和叔叔不是同事吗？"

"是啊，是同事，当时他追了我好久，我没同意。我想得多，我俩都是外地人，在黑龙江人生地不熟的，我那时一心想找个本地人，觉得会踏实一些。"

"那后来呢？您怎么又答应叔叔了？"

"我不是特别喜欢拍照吗？"谭母说，"那时候胶卷贵，谭予爸爸一个月赚得也不多，但是他每个月都拿出一大半工资给我买胶卷，还攒钱给我买新相机。他在学校出了名的脾气不好，他的学生，甚至是老师都怕他，可他对我态度特别好，说话跟小猫儿似的，我说啥是啥，他从来没二话。我就想着，要不试一试，看看他能坚持多久……算一算，几十年了，他一次重话都没跟我说过，一次都没有。"

许梦冬翻着老相册，笑着说："嗯，好像谭予也没跟我发过脾气。"

"对，他们爷俩儿性格可像了。"谭母指着另一张照片。照片是在广场拍的，谭予不过七八岁的模样，谭母揽着他的肩膀，母子俩手上都举着大棉花糖，一人一个。棉花糖是那种街边小摊贩用机器打的，花里胡哨的。身后是广场起伏摆动的音乐喷泉。

"阿姨，你好年轻，都没怎么变。"

谭母哈哈笑，接下这一句夸奖："他爸拍的，拍完这张照片，身后的喷泉柱子突然起来了，喷得老高，水把我俩的棉花糖都打湿了，化了，手上黏糊糊的。"

"谭予没哭吗？"

"没有。"谭母撇嘴，"但是我哭了，哭得老惨了，他们爷俩就哄我。"

许梦冬幻想了一下那个场景，如果换做自己，八成也会变脸。

"他们爷俩都是情绪稳定的人，尤其是谭予，他从小就这样，没见他因为啥事儿发火或是掉眼泪……哦，不对，有一回。"

许梦冬抿了抿唇。

她记得，谭母说过了，是她不告而别的时候。

"冬冬，阿姨想问你个问题。"

"阿姨您说。"

"你是不是有点害怕？"

许梦冬愣了愣："什么？"

"我说，你是不是有点害怕和谭予在一起，也害怕结婚生子，害怕婚姻，还有家庭？"

怎么可能不害怕呢？

当你没有尝过一件事情的好，甚至毫无端迹可察，你怎么可能会毅然决然地投身其中呢？

许梦冬想到自己心里的疑虑可能会被发现，但她没想到的是，谭母会如此直白地问出来。谭母是个非常聪慧的人，她大概早就察觉出许梦冬和谭予之间有点不对了，却能一言不发，直到时机合适。

"冬冬，我看着你长大，还当过你的老师，你在想什么，我怎么可能不知道？我知道你的家庭情况有点复杂，初中每次开家长会都是你姑姑出席的。其实我从来没有多想过，同学们也没有注意过，但是有一次我撞见你在走廊拐角擦眼泪哭，我才意识到你可能是因为家庭自卑。"

一个不正常的家庭构成，一段小心翼翼的童年，一段自我纠结的青春期。

"我姑姑对我很好。"许梦冬说。

"但也代替不了爸爸妈妈，是吗？"

许梦冬没有点头，也没有摇头，只是默然盯着泛黄的相片边角出神。

"冬冬，阿姨想告诉你的是，家庭背景、职业、学历、社会分工……这些其实都不是构成人生的地基框架，只要你自己想得开，这些都不足以让人自卑，但是，爱会。"

爱会让人变自卑。

谭母将相册合上，把许梦冬搂过来。许梦冬顺势躺在了谭母的腿上。

"谭予他爸和我结婚的时候，我俩手上都没钱，婚礼也没办，回趟老家吃个饭，这就完了。其实我没觉得有什么不好，我本来也不想请太多人，但谭予他爸就觉得对不起我，这么多年他想起来就要说一遍，跟我道歉。

"冬冬，你在畏首畏尾的时候有没有想过，其实谭予也纠结着呢？"

谭母的手掌轻轻拍着许梦冬的背："他爱你，所以他会自卑啊，他也会觉得自己配不上你。"

许梦冬张张口，声音有点哑："……可是我什么都没有。"

"你什么也不必有，爱你的人只会担心给你的不够多。"

卧室里的老风扇是十几年前的老牌子，早已经停产，转起来有嗡嗡的声响，可它还在顽强转动着。

许梦冬盯着飞速旋转的扇叶，听见谭母说："冬冬，我和谭予爸爸都没有催你们结婚的意思，但有句话我要和你说明白，不论什么时候，只要你来，只要你愿意，这里就是你的家。我和谭予爸爸对你的一切都支持且接受，一部分是相信你，一部分是相信谭予的选择。以上，是我作为可能是你未来的婆婆想对你说的话。"

谭母帮许梦冬捋着被风吹起的碎发。

"还有一句话，是作为你从前的老师说的，如果你还愿意听老师的唠叨。

"你千万不要觉得自己不配拥有什么，所有的不幸都是偶然的，不具备延续性。冬冬，人不能把自己困住。"

许梦冬反复想着这句话，一夜浅眠。

她夜里有几次醒来，发现谭母在给她盖被子，薄薄的夏凉被盖在肚子上，盖住肚脐。

"吹着风扇呢，肚脐受凉，明天就该拉肚子了。"谭母说。

许梦冬上一次听这句话还是住在姑姑家时。

这些口口相传的小事，这些以亲情做底的来自长辈的关心，她很多年没有经历过了。

第二天中午，简单吃过午饭，谭父谭母没有按照原定计划立刻启程去长白山，而是去了他们从前的单位，也就是谭予和许梦冬的初中，探望从前的老同事。

许梦冬也去了。她很久很久没回初中了，从前觉得那么大怎么跑也跑不完的 800 米，其实也就是绕操场两圈儿，抬抬腿就到了。

她在操场一侧站定，仰头看玻璃罩子里的公告栏，谭予就静静站在她身后。

"这里以前是不是光荣榜啊？"

"是。"

"我记得你中考是前三名，这儿……"许梦冬指了指公告栏一角，"这个位置当时还有你的照片呢。"

谭予随口回答："也有你的照片。"

"啊？"许梦冬回头皱眉，"别扯了，我中考擦边过重点线，可差了。"

"学校合唱队当时去省里比赛拿了奖，你是领唱，忘了？"谭予提醒她。

许梦冬恍然，好像是有这么一回事。

之所以让她当领唱，除了她唱歌还行，不跑调之外，最大的原因也是因为她上镜好看，还机灵、爱笑。

想想也挺惭愧的，她前半生能拿得出的优点竟只有这张脸。

"你当时的照片在这里，"谭予指了指旁边一点的位置，"大合照，你站第一排，穿着统一的服装，戴着贝雷帽。那照片贴了好几个月。"

许梦冬讶异谭予怎么会记这么清楚。

"中考只有前三名能上光荣榜，我为了考进前三，中考前一个月都没怎么睡觉，凌晨四点就起来背单词。"谭予自嘲地笑了笑。

许梦冬也笑了："你还有这样的时候？不就是露个脸嘛。"

"不是，"谭予说，"因为当时你在光荣榜上，所以我也想上。我就是想让咱俩的照片在同一排，挨着。"

许梦冬幻想了一下那个场景，两张年轻的脸，两个青涩的人。

不经世事的年少时光，连梦想都那么直白。

我就是想和你站在一块儿。

哪怕只是两张照片。

"走吧。"谭予率先走远。

许梦冬望着谭予的背影，操场边绿树成荫，他行走其中，脊背挺拔，半分光彩都没被遮挡。

她一直都知道谭予从小就优秀，可她不知道的是，那么优秀的人也会有幼稚的时候，也会为了张照片为难自己，拼尽全力。

爱会让人自卑。

在我的仰望里，你永远身居高处。

许梦冬跟着谭父谭母在校园里逛了一圈，中午找了个商场吃饭。席间聊起接下来去哪里玩，谭母说想先去延边，她想去拍朝鲜族风情的写真，还约了个个人工作室。

摄影师拍惯了年轻人，碰到谭母这样对拍照如此积极的中年人，觉得十分稀奇，在线上聊天时还邀请谭母给他们当新服装的模特。

"冬冬跟我一起去吧？"

许梦冬抬起头，还没等她开口，谭予就替她回答了："她去不了，她还有事。"

许梦冬看着他。

"有什么事？你抓苦力呢？"谭母给许梦冬夹菜，夹她爱吃的羊肉烧卖，面皮薄薄多褶，肉馅多汁，咬一个小口，一不小心就会让咸香的汁水烫到舌头，"哪有你这样的？上班归上班，工作归工作，还不让休息了？冬冬，你跟我走，咱去玩，甭管他。"

谭予瞟了一眼许梦冬，她埋头吃烧卖，老实得像只鹌鹑。

"不是基地的事，她要忙她自己的私事。"

"什么私事？"

.195.

谭予说："我不知道！"

"什么私事？"谭母又问许梦冬。

语气不是无礼的窥探，并不会让人感到不适，就是单纯的长辈对晚辈的关心。

许梦冬对谭母歉意地笑了笑："……确实有点事，和我一起工作的同事又请假了，少人手，最近会有点忙。"

谭母向谭予瞪去一眼："什么私事，这还不是你的事？"

紧接着，她开始数落谭予自从开始创业就忙得不知东南西北，没见赚多少钱，没见基地做得有多大，一天天的就瞎忙，然后嘱咐许梦冬，女孩子终究和男人不一样，少熬夜，少生气，如果太忙太累要懂得自己排解。

"她长了腿，又不傻，在我这儿太累了她自己会走的。"谭予说了这么一句，拿起手机起身。

"嘿，你说的什么话！"谭母骂道。

许梦冬则盯着在结账的谭予的背影，有些蒙蒙的。

这是谭予吗？这是她熟悉的那个谭予？嘴这么损吗？

她不知道原来谭予也有这样的一面，当她不再站在"谭予女朋友"的位置上，谭予对她竟也会冷心冷面，和对待一个陌生异性没什么两样。不对，比陌生人还不如，起码他对待陌生人是客气礼貌的，对她却像是……

怎么说呢，许梦冬想了半天，想出一个词——有仇。

冬天她刚回老家的时候，和谭予被一场大雪困在镇子里，他们一人守着冰冷硬炕的一边。那晚她问谭予："你恨过我吗？"

谭予说："恨。"

恨你，为当年种种。

他这样说着，却在后来的朝夕相处里对她极尽体贴与照顾，好像将往事一笔勾销。

现在呢？

她又伤了谭予一次。

这一次，谭予不再原谅她了。

"走吧，去逛逛街，消消食儿。"谭母这样说。

谭父谭母挽着手走在前面，谭予和许梦冬走在后面。许梦冬比谭予慢了半步，上电梯时谭予拦着电梯门，回头示意她先上。许梦冬快步走过去，不小心被绊了一下，她余光看见谭予朝她伸出了手，伸到一半堪堪停下，好像扶她一下都是多大的越界似的，幸而谭父谭母没瞧见。许梦冬在电梯里站定，就着拥挤的空气深深呼吸。

谭母提议要去做指甲。

她其实一直都是这样性格的人，爱美爱娇，只是大半辈子站在讲台上为人师表，头发不能染色，裙子必须过膝，鞋跟不能太高，被条条框框束缚，如今退休了，想怎么美就怎么美。她询问许梦冬，让许梦冬带她去好一点的美甲店，要符合年轻人审美的。

许梦冬看了看自己有一段时间没修整的指甲，也起了兴致。只是两个女人的逛街美容局，势必要为难两位男士。许梦冬翻手机给谭母看，帮她挑最近时兴的款式，一回头却发现谭父和谭予都没影了。

"让他俩买奶茶去了。"谭母说。

果然，没一会儿，谭父和谭予一人拎了两杯奶茶回来了。许梦冬和谭母这时已经在给指甲修型，她们的一只手被美甲师拉着，另一只手在光疗灯里，腾不出空来喝。谭母极其自然地把身子一侧，回头朝谭父扬扬下巴，谭父当即领会，把奶茶吸管插好，递到谭母嘴边。如此默契，行云流水，许梦冬简直叹为观止。

她正要笑，嘴刚咧开一半，干燥的纸质吸管就触到了她的唇边。她抬头，对上谭予微微皱起的眉。

"喝不喝？"

"哦，喝。"

许梦冬就着谭予的手喝了一口。

他还记着她生理期的日子，给她点的奶茶是温热的。许梦冬没想到是这样的口感，愣了一下，咬着吸管扬眸看谭予。

对视了一眼，两个人明显都不大自在，可没办法，戏还得演。

许梦冬咽下口中的甜腻，回头继续帮谭母挑款式。

美甲师和许梦冬搭话："小姐姐你真好看，你长得像个演员，想不起来叫啥了。"

许梦冬回家以后偶尔会被人认出来，如今已经能游刃有余应对这种状况，她装成一副特别骄傲的模样，说："哎呀，好多人都这么讲，没办法，我可能确实挺好看的。"

谭予坐在她后面的长椅上看手机，听见这话，低头笑了一下。

都说美的最高境界是美而不自知，可许梦冬不是，她一直都知道自己这张脸的优势。

高中入学时军训会演，许梦冬被选出来站在班级方队第一排。从他眼前路过时，同班男生撞了撞他的胳膊，说："你快看快看，文科班第一排那女生真好看呀。"

他又不瞎，他当然知道许梦冬好看，是那种即便大家都晒黑了，也依然能在人群里一眼瞧见她的好看。

而许梦冬也知道自己特显眼，头扬得特高，踢正步踢得特标准。

后来班里男生知道了他和许梦冬是同一所初中升上来的，缠着他把许梦冬的企鹅号交出来。

他不给。

男生们勾肩搭背："那我们自己去要。"

谭予记得自己那天发了脾气，一改往常在班里和善的模样，凶巴巴地大吼了句："你敢！"

占有欲是私心，而私心见不得光，一旦坦坦荡荡的感情有了见不得光的背阴面，那就完了。

谭予很聪明，他就是从那天开始清楚认知到，他好像不能再像以前一样把许梦冬只当个"普通同学"了。

他们都长大了。

再后来，高中毕业，终于到了可以光明正大谈论爱情的年纪。

那年夏天的记忆被擦拭多次，因此始终清晰。记忆中，许梦冬紧紧搂着他的脖颈，用似蒙了一层雾气的眼睛盯着他，问他："谭予，我好不好看？"

谭予用压抑的嗓音闷声说："好看，特别好看。"

她在为他动情，红透的脸，晶亮的唇，怎么会不好看？

许梦冬还觉得不甘心，继续追问："谭予，那你会记得我吗？"

她的声音带了哭腔，还有脱力的气音："谭予，你要记得我，我这么好看，你可不能忘了我。"

以后的人生还很长，不论你再遇到多少人，你都不能忘了此时此刻十八岁的许梦冬。

谭予说："好。"

他是个傻子。

他那时根本没听出许梦冬的言外之意，她明明是在向他告别……

"冬冬，我觉得这个好看。"谭母又回头招呼谭予，"你要不要帮我们看看，选一选样式？"

谭予原本在盯着许梦冬的背影，此刻陡然回神，摇摇头，说："我不懂。"

"你们挑吧，我付钱就行了。"随即，他把头低下，假装认认真真喝奶茶，不再盯着许梦冬看，不再看她坐在那铁艺椅子上露出的纤弱后颈和盈盈腰线。

他怕他再多看一眼，就控制不住把她撕碎嚼了的心。

许梦冬最终还是选了黏水钻的款式，美甲师一个劲儿夸她手白好看，黏上水钻显得手更修长漂亮了。

"我们家用的都是施家的水钻，特别亮，一会儿出去在自然光线下你就知道了。"

谭母闻言，当即就要带着许梦冬去买真钻。

"我刚看商场一楼就有首饰柜台，冬冬，我们去看看钻戒吧？"

许梦冬吓死了，一个劲儿摆手。

"你别误会，我不是逼婚，"谭母再次重申，甚至举起双手做发誓的动作，"我就是想送你个礼物，等以后你们要结婚了，婚戒让谭予自己买去。"

许梦冬还是觉得被赶鸭子上架了，她以求助的目光望向谭予，换来了谭予施舍般的解围："妈，你别闹了。"

"谁闹了？"

"你。"谭予揽过谭母的肩膀往前推，"你想买戒指了就直接和我爸说，别拿我和冬冬说事。"

"我没有！"谭母个子矮，仰头朝他喊。

"好好好，你没有。"谭予回头，朝许梦冬使眼色，"你不是要和阿粥打电话聊事情吗？"

他把车钥匙递给她："我们再去买点东西，你去车上打电话吧。"

许梦冬心领神会，赶忙点头，衷心感谢谭予把她从谭母这迷魂阵里解救出来。

谭母满腔好意，她明白。

她也为自己无法接受这份好意而感到遗憾。

如果谁能成为谭母的儿媳妇，有这么个婆婆，应该确实挺好玩的，但那个人不会是她。

晚上回家，谭母累极，早早睡下了。

许梦冬碍着谭予父母都在家，等人都睡熟了才去卫生间洗澡。她正对着镜子卸妆呢，听见有人轻轻敲卫生间的玻璃门。她把门拉开，谭予将一小瓶风油精递到她手上。

许梦冬愣了愣。

"你不是被蚊子叮了吗？"

许梦冬摸了摸自己的脖子。她今天穿的 T 恤领子有点宽松，一只蚊子在她后颈狠狠咬了一口，她在车上一直用黏了水钻的指甲挠啊挠，谭予看见了。

"哦，谢谢。"

"我妈今天说的什么你别在意，她就那么个人。"

许梦冬点了点头，挤出个笑来："阿姨什么性格我还能不知道吗？没关系。"她看着谭予的脸，"不过……好像和你说的不一样。"

"什么不一样？"

"你说阿姨思想开放，能接受年轻人的婚恋观，比如不婚主义……我看未必吧？"许梦冬握着那瓶风油精，"阿姨挺着急你成家的，你之前还骗我。"

谭予漠然地看着她："不然呢？我还能逼你吗？"

许梦冬也是今天才看明白，可能谭予一直都在承受压力，只是他从来不说罢了。

门被关上。

许梦冬脱了衣服，对着镜子把蚊子包处理好，打开花洒准备洗澡。

夏天蚊虫就是多，特别是家里，特别是老楼，特别是潮湿的卫生间。她一低头就看见一只蟑螂趴在沐浴露瓶口，还带须子的，那么大个，还在动。

许梦冬不怕蟑螂，但这视觉冲击还是让她叫了一嗓子。玻璃门登时自外面被拉开，她这才知道谭予没走，他就站在外头呢。

干吗啊？偷听啊？

许梦冬怒气冲冲，但碍于家里还有长辈，压低了声音凶他："把门关上！干什么呀你！"

蟑螂被吓跑了。

谭予原本只是一时情急，如今看见许梦冬没事，反倒涨红了脸，一瞬间，天灵盖都好像通风了。

卫生间里萦绕的风油精味和灯影下许梦冬白得晃眼的皮肤，让他觉得自己心里那根绷了很久的弦在断裂的边缘。

他站在门外，咬着牙拉上门。在门关阖的最后一刻，他对许梦冬恶狠狠地说："就几天而已，马上放你走，求求你，别再折磨我了。"

砰的一声，门被关上。

许梦冬站在卫生间里发蒙，怎么也想不明白自己到底折磨谭予什么了。

和谭予的相处让许梦冬觉得窒息。

她刚回东北碰见谭予的时候没这样，重新在一起的日子也没这样，偏偏现在分开了，她觉得和谭予并排站着都是一种煎熬。

谭予看上去比她好一些，他还能情绪稳定地安慰她，对她说出类似"再熬几天，我爸妈走了你就自由了"这样的话，每天说几遍。

许梦冬想，或许因为这不是他们第一次分手。

人都会成长。

现在的谭予拿得起放得下。

她觉得自己应该向谭予学习，要干净利索一点，八年前能做到的事，没理由现在就做不了。

谭母在许梦冬的推荐下，下载了某个生活方式软件。许梦冬原意是想让谭母搜一搜旅行攻略，可谭母像是打开了新大陆，各种美食推荐、美妆视频和影评让她一头扎进从前没了解过的花花世界。谭父看着并排在沙发上刷手机的谭母和许梦冬，不由得发出感叹："社交平台大行其道是好也是坏，好在让你看到更大的世界，看见别人的精彩生活，坏在你看得越多，锱铢必较的心就越盛，难免会觉得自己的人生没意思。"

"我可没那么觉得，我日子过得挺好的，"谭母说，"只不过有点感怀吧，看看这些年轻人，我真的老了。"

谭父摊手："看吧，不抱怨生活，开始抱怨时光了。"

谭予把切好的冰镇西瓜从厨房端出来，放在客厅的茶几上。

两室一厅的房子，四个人住稍稍有点拥挤，可他看见许梦冬抱着抱枕玩手机，脑袋靠在谭母肩膀上，涂着砖红色指甲油的白皙脚趾踩在沙发边缘，心里突然起了波澜，如同春风拂过水面，粼粼波光不断。

他没什么偏执的传统观念，也并非那种将父母妻子其乐融融当成人生追求的男人，可是这种温馨他没法抗拒，不为别的，就为这人是许梦冬。若是换了别人，不行。

"这个电影下周上映，我想去看。"

谭母把一部新电影的宣传给许梦冬看，那是一部暑期档的喜剧。

许梦冬终究是在行业里待过的，看看团队和出品公司就知道质量应该不算太高。不过爆米花电影嘛，当放松也没什么，她问谭母："下周吗？可是我们不去延边了？"

"去啊，可是不着急，旅行不就是走走停停？要是赶行程就没意思了。"谭母是把住了几十年的老家也当成旅行里的一站。

她告诉许梦冬，这一年多她和谭父已经走了很多个地方，她主打一个随心所欲，到了一座陌生城市不会急着去看著名景点，在酒店睡懒觉订外卖也挺开心的。

"那说好了，我买电影票。"

"行。"许梦冬点点头，"……如果今晚我们没什么特别安排的话，我出去见个人，谭予陪您和叔叔吃晚饭，行吗？"

"行啊，那咋不行呢？你去忙你的。"谭母看了谭予一眼，"我早就跟谭予说过，你们有事就去忙，我俩又不是一定要人陪，是他非要缠着我俩的。"她把锅扣在谭予脑袋上。

许梦冬向谭予望去一眼，后者装作没看见，绝口不解释。

他其实就是想借这由头和她再相处几天。

他知道许梦冬看穿他了，可也无所谓了，反正马上就散伙了。

想到这儿，他站起来，拎着车钥匙先下了楼，跟许梦冬说："去哪儿？我送你。"

许梦冬要去见阿粥。

阿粥这段时间不仅频繁请假，昨天半夜还给许梦冬发了一条微信，密密麻麻全是字，跟写信似的，中心思想是感谢许梦冬在她最需要的时候给了她一份待遇很棒的工作和照顾，以及，她打算辞职了。

许梦冬给她回电话："你先不要草率下决定。"

她能从字里行间看出阿粥情绪不大对，于是先安抚道："我等你回来。你迟早还是要回来一趟的吧？我们见面聊。我总要知道你想辞职的原因。"

阿粥的回应模棱两可："我现在还在杭州呢，有些事情还没处理完。"

许梦冬说："好，什么时候见都行。"

谁知就隔了一天，阿粥就又联系了许梦冬。电话那边有机场大厅的播放电子音，阿粥嗓子哑得不行，像是几天几夜没休息似的，她告诉许梦冬，她正在北京转机，马上就回伊春。

许梦冬说："好，那晚上一起吃饭。"

阿粥犹犹豫豫地说："吃饭就别了……冬冬，你能不能帮我个忙？"

"你说。"

"帮我在市里找个房子，不用太大，够两个人住就行，租金也别太贵，短租。"

许梦冬讶异："你给谁找房子？"

"我自己。"

"你为什么要租房？你和谁住？你老公来啦？"

阿粥沉默了很长时间，叹了口气："我和米米住。

"我把米米从他爸爸那里带回来了。"

谭予把许梦冬送到一个小区门口。

是前几年的新楼盘，商品房，小区环境很好，只不过住户不算多。东北的五线小城年轻人太少，房源一向是满溢的。

谭予把车停下，问许梦冬："这是哪儿？"

许梦冬说："……就，一个小区呗。"

谭予又问："你来这里见谁？"

许梦冬本来不打算告诉谭予的，可又怕引起不必要的误会，还是说了实话："见阿粥。"

"你俩约在这儿？"

"对啊。"

对啊，不行吗？

许梦冬怕谭予再追问，下了车，朝谭予摆摆手："回吧，不用等我，也不用接我。"

谭予皱着眉头欲言又止，最终还是一脚油门离开了。

见谭予走了，阿粥从小区门卫室后面的拐角走了出来。她戴了个口罩，一手拎着个 26 寸大行李箱，一手牵着个小男孩，孩子手里也拉着一个奥特曼的小旅行箱，怯生生地与许梦冬对视。

阿粥轻推了一把孩子："这是冬冬阿姨，和阿姨问好。"

"nongnong 阿姨好。"

许梦冬对待小孩子有点手足无措，磕磕巴巴说了句"你好"，正要问阿粥怎么把孩子带回来了，可一抬头，被阿粥黑色口罩下遮不住的瘀青吸引了目光。看惯了社会新闻，许梦冬脑子又转得快，几乎是瞬间就反应过来，没有控制住音量："你被打了？"

怪不得……

这不是第一回了，阿粥前几次回家就总是顶着这样那样的伤回来，还说自己是不小心磕了碰了，许梦冬那时没在意，如今却是不在意都不行了。

"谁打的？他爸？"

许梦冬指着孩子，孩子被吓着了，哇一声就哭了。

阿粥急忙蹲下身子去哄："米米不怕啊，米米不哭。"再抬头时红着眼，几乎是哀求，"别当着孩子面说这些……"

听着孩子的抽噎声，许梦冬脑子乱得很，她走在前面帮阿粥拎箱子，一言不发，带着阿粥和孩子绕过小区花园，来到后面的一栋楼，上楼，按密码，开门。

不大的房子，但装修好了，挺精致的，家电也都有，拎包就能入住的程度。

"冬冬，这谁的房子？"

许梦冬拉开窗户通风，回答："我的。"

她买的。

大概六七年前买的。

她那时刚出道，红过一段时间，赚了点钱，但除去经纪公司的分成，离买房子还远远不够，即便是老家小城市的房子。

可她就是想买。

她找钟既借了一笔钱，很大一笔。钟既那时也不算太富有，但还是掏光腰包借她了。她打欠条的时候，钟既问她："你要这么多钱干吗？买房子也别回老家买啊，一点升值空间都没有。"

许梦冬没想着什么升值空间，她只是特想给姑姑姑父在市里买套像样点的楼房，让他们从镇子里搬出来，然然也大了，升学读书什么的也更方便。她当时有点穷人乍富的扭曲心态，觉得自己闯出来了，是时候该报答姑姑姑父了，毕竟从小在人家家里住着，得知恩图报。

"逗我呢吧？你家那什么地方？不是小城市吗？房价这么贵？"

"不是，"许梦冬埋首签下自己的名字，"我要买两套。"

"两套房子？一套给你姑姑，另一套呢？给谁？"

许梦冬没有回答。

但她心里有答案，且早就想好了。

她要买一套房子送给谭予，以无偿赠予的方式。

离开家乡以后，她对谭予有深深的愧疚，这份愧疚折磨得她寝食难安，她不得不自救，想用昂贵的报偿来填心里那个大洞。

钟既劝过她无数次："你这不是愧疚，是因为想念，你就是太想他了。有什么过不去的坎呢？他要真喜欢你，就不会在意你家里的那些事。你们把话说开就好了。"

许梦冬摇摇头。

开弓没有回头箭，决定不是早就做好了吗？

她对欠条这东西有本能的抗拒，但没办法。她把欠条折了两道，递还给钟既，上面明确写了利息和还钱时间。为了不拖欠，后来的那段日子，许梦冬把自己当成一个抗高压的机器人，不停地接戏拍戏、跑通告，什么脏活累活都接，惹得钟既骂她："你真有病，累成这个样子，就为了给自己前男友买房。"

许梦冬咬紧牙不说话。

她不仅要给谭予买房，还要把这套房子装修好再送他，用最好的家具，最新的电器，找装修公司做最漂亮的软硬装，完完全全当成自己的房子那样用心。但她没有为谭予选择跟姑姑姑父同一个小区，她怕他们会撞见。

装修公司问："您是要做婚房吗？"

许梦冬犹豫了，她没有否认。

如果以后谭予想把这套房子作为他的婚房，她也没意见。谭予那么好，他会找到一个优秀可爱的女孩子组建家庭，到那时候，她愿意隔得远远的，给谭予真心的祝福。

祝他新婚快乐，一生顺遂。

即便他们相隔经年尘土，万水千山。

这是补偿吗？

是。

但许梦冬觉得，与其说她是在补偿谭予，不如说是补偿她自己，用以安抚自己的愧疚，还有时不时就要跳出来的、发了疯似的思念。

买房手续复杂，她无暇回家，也不敢回家，只好全权委托律师代为办理。房子一开始写的是她自己的名字，选楼层、交易、等待交房，然后拿到钥匙……一切都很顺利。只是前几年她太忙，远程与装修公司沟通，房子装得断断续续，终于在去年全部装修完毕。她一直在咨询律师关于房产无偿赠予的相关事宜，她想在谭予不知情的情况下把这套房子送他，可是律师表示产权变更必须本人签字，她可以委托处理，但不可能瞒着另一位当事人。

拖来拖去，这件事拖到了许梦冬退圈回乡。

她回乡除了看望姑姑姑父，还为了处理这套房子。她还没有想出如何将这份昂贵的礼物交到谭予手上，却在冰天雪地里碰到了谭予本人。

充满消毒水味的医院走廊里，空气都是冰凉苦涩的。

他们八年没见了，谭予朝她淡淡瞥来的那一眼，令她心脏抽疼，也以此种直白的方式向她告知——没用的，你再怎么补偿，再怎么自欺欺人，也终究没办法解救你自己，只要你还爱着他。

房子装完很久了，当初用的乳胶漆和家具也都是精挑细选的，不必担心甲醛，可以直接入住，唯一的不便是积尘有些大。

许梦冬把所有电器都打开，空调也开始运行，然后在手机备忘录上列单子，看还需要买些什么日用品。

抹布，洗洁精，床单被罩，热水壶……

阿粥把她拦住："冬冬，不用你操心，你帮我找住的地方我已经很感谢了，晚点我自己出去买。"

阿粥把口罩摘下来，许梦冬看见她嘴角结了痂，特别肿，顿时气不打一处来。刚到一处新地方的米米好奇心很强，这里看看那里摸摸，许梦冬不想让孩子听见，于是拽着阿粥去了卧室，浅浅掩上门。

"作为朋友，我帮你忙，不需要你说谢谢，但你起码要告诉我你这是怎么了，发生什么了吧？"

阿粥苦笑了一下，把两颊的头发挽到耳后，向许梦冬展示她伤得更吓人的耳垂。

阿粥平时喜欢戴比较夸张的耳饰，比如圆圈或长长的耳链，这次她回去接米米，她前夫一只手拽着她的头发，扯着她的耳环，另一只手高高扬起，重重落下，她的耳垂直接沿着耳洞裂开了。

许梦冬不敢想象那有多疼。从小到大，她不是没见过姑姑姑父吵架，但吵得再厉害也没有动过手，这是她第一次直面家暴。夫妻关系破裂后，当初的海誓山盟、信誓旦旦，都会变成一道道血痂和疤痕。

好在，万幸，阿粥也说那是前夫了。

"对不起啊，冬冬，我跟你撒谎了，年初我刚来找你的时候，其实不是为了找工作，而是为了逃跑。

"我发现我前夫出轨，却没有及时处理。我逃了，逃了大半个中国来找你。"

阿粥透过门缝看了一眼正仰头看墙上挂画的米米，对许梦冬说："我不是一个好妈妈，我一直认为女人当了妈妈就该把孩子放在第一位。但我结婚这么多年了，潜意识里还觉得自己是个小姑娘，碰见事情了会想着逃避。"

阿粥苦笑了一下："我想着躲得远远的，不去处理，事情就会慢慢冷下去。但其实不会的。前几个月我回去找他谈，发现他已经把那女人领进了家门，过起了日子。"

当一个男人对你没感情了，永远不要去揣测他的绝情程度，因为永远会刷新你的认知。

许梦冬震惊："那米米呢？"

"米米在爷爷奶奶那里……"阿粥骂了句脏话，"我每个月给他打那么多生活费，是给米米的，我怕米米过得不好。我以为他不是个好丈夫，但起码是个好爸爸。没想到，他连孩子都不想照顾。"

"我这次回去是算好了日子和他办离婚的，我们已经过了冷静期，可我没想到他又发疯了，对我拳打脚踢，他不想让我带走米米……好笑，这时候想起米米是他的儿子了。"

阿粥说完，两个人一起沉默了。

许久，许梦冬叹了口气，问阿粥："那么我能帮上什么忙？"

作为朋友，作为女人，她不知道自己该做些什么，才能帮帮阿粥。

"我可能要在这里住一段时间。"

"可以，多久都行。"

"我要给米米在附近找一家幼儿园，顺便租个房子。"

"你要留在东北吗？"许梦冬其实想说，既然你要留下来，就不必辞职，多一份收入也是好的。

"是。"阿粥朝米米招招手，蹲下身，接住飞奔而来的小调皮蛋，"我爸妈还不知道我离婚，我不敢告诉他们……就先这样吧，米米没见过雪，我想带他在这里住下来，住到他上小学，以后的事，以后再说吧。"

这就是小城市的好处了。

生活节奏缓慢，人际关系密切，物价低，不论你从哪里来，落魄成什么样，你总能在这里找到落脚的地方，总能得以温饱。

"但是冬冬，电商的事我没法做了，昼夜颠倒我没法照顾米米。"

许梦冬点点头，学阿粥的语气说："以后的事以后再说。"

当务之急是眼前的这几天。

阿粥白天要出去买东西，看幼儿园，看房子，她自己尚且人生地不熟呢，总不能带着米米瞎跑。她拉下脸皮向许梦冬求助："冬冬，孩子白天你帮我带，晚上我自己带，行不行？"

许梦冬哪里带过孩子，可阿粥和米米一大一小两个人，四只眼睛可怜巴巴望着她，她就心软了，稀里糊涂答应了下来。

当晚，两个女人先把孩子哄睡了，然后下楼买了点烤串和啤酒，直接在地板上坐下来，颇有一醉方休的架势。

许梦冬已经很久没有和人这样口无遮拦地彻夜畅聊了，所有的情绪和压力都在啤酒的冰凉之中被消解。

阿粥和许梦冬讲了自己与前夫的故事，听上去挺俗的。

她当时还是许梦冬的助理，赚得不多，忙得要死，没时间谈恋爱，当她觉得自己到了该结婚的年纪时，却发现身边没什么适龄男性。而她的前夫，也是她的高中同学，就在那时突然出现。两个人都觉得这是缘分，吃了几顿饭看了几场电影就确定了关系。

阿粥家境一般，前夫的父母都是体制内的，家庭优渥，用阿粥的话说，她当时有点草率了，草率地认为这就是合适的结婚对象。

"我前夫说，他从高中时候就喜欢我，只是那时候不好意思表白。"阿粥喝一口啤酒，"我还真信他深情这一套了。"

女人注定是感性动物，阿粥答应了求婚。

婚后前两年还算太平，第三年开始频繁吵架，阿粥逐渐发现前夫有暴力倾向，他常常在争吵时有推搡和砸东西的行为。

之后他就像慢慢拉紧的绳索，循序渐进，暴力越来越明显，越来越大胆。

最终，在出轨被发现时，前夫露出了真面目。

阿粥说："我后来才知道，结婚前他就有过谈婚论嫁的对象，也是因为他家暴才分手，女方家父母知道了以后差点打断他的腿。后来之所以选择了我，是因为他觉得我爸妈都是农民，家境又不好，比较老实，好拿捏。"

许梦冬拉开一个易拉罐，罐口绵密的泡沫流淌下来，她仰头喝了一口，舌根都是苦涩的。

"冬冬，你记得我这句话，男人都一个德行。"

许梦冬反复思忖这句话，还真的记到了心里去。她抱着抱枕在地板上睡着时，脑子里还在循环景象，关于阿粥脸上的伤，还有阿粥无助的眼泪。

　　谭予在附近等到了深夜，得知许梦冬还没回家。
　　他打过去，接电话的是阿粥。
　　"……我跟冬冬喝酒呢，她睡着了。"
　　"方便告诉我哪一栋吗？"谭予将车转弯，"我去接她回家。"
　　回家？哪个家？什么家？
　　许梦冬在睡梦里迷迷糊糊听见谭予的声音，还以为只是幻觉。
　　她多想有个家。
　　可是身边的样本一次又一次告诉她，即便组建了家庭，最终的走向也大概率会是破裂。一辆火车，当你知晓它的最终归宿会是悬崖，还有出发的必要吗？
　　她有点恶心想吐，瞬间清醒过来时发现自己在谭予背上。
　　谭予正背着她下楼，不知道他什么时候来的，她也不知道他要把她带到哪里去。
　　"难受？"
　　"嗯。"她低着头，下巴抵着谭予的颈窝，呼出的淡淡酒气并不难闻，却让谭予周身僵直。他往旁边偏偏头，躲开许梦冬柔软滚烫的嘴唇。
　　"忍一下。"
　　"你带我去哪里啊？别让叔叔阿姨看见我喝成这样，不好。"她还顾及着在谭父谭母面前的形象。
　　"嗯。"谭予应了一声。
　　最终照她的意思，谭予在附近的酒店开了个房间。
　　深夜，孤男寡女，醉酒的女人。酒店前台似乎对这种组合见怪不怪，可谭予十分自然地从许梦冬包里翻出她的身份证，和他的一起递过去，要了个双床房。
　　许梦冬进了房间就跑去马桶前面吐，吐够了，站起来，接过谭予拧开的矿泉水。
　　谭予问道："你俩喝了多少？"
　　许梦冬回忆了一下，记不清了，只记得中途阿粥下楼去便利店又买了瓶白酒上来。阿粥明明是个南方姑娘，酒量却比她还要好。
　　"挺厉害的。"谭予这么评价了一句，也不知是不是真心的。
　　"那孩子是？"
　　"米米。"许梦冬回答。
　　"房子呢？"
　　"……一个朋友的。借住，阿粥遇到了点难事，我得帮帮她。"
　　许梦冬本不想和谭予说阿粥的事情，可是心里憋得慌。她盯着谭予的小臂、手腕，还有他T恤之下的身躯，莫名其妙问了一句："谭予，你会打人吗？"

"你猜。"

"我猜会。"

谭予十几岁时就替她打过架，或者换句话说，谭予为数不多的几次动手都是为了替她出头。平时那么稳重、人人都夸的好孩子谭予，一旦在意的东西被人伤害了，动起手来也像个十足的痞子，校服脱了扔一边，只顾着凶神恶煞地和人斗狠。

可能这是男人的天赋。

许梦冬歪着脑袋，靠着卫生间的瓷砖墙，眼神幽幽地看着谭予："那你会打我吗？"

谭予皱着眉，觉得她还没醒酒："我打你干什么？"

许梦冬点点头，自言自语："爱一个人，怎么舍得动手呢？"

她的目光再次落在谭予身上，咬咬牙，走过去，挥起一拳就打在谭予的肩膀上。

其实不疼。

一米八多的小伙子，她又那么瘦，根本没什么劲。

谭予接了这一拳，皱起眉看她："干什么？"

许梦冬不说话，继续打，继续砸，一拳又一拳落在谭予的胸膛、肩膀，还有腹部，谭予一声不吭。

体脂低的人身上的肌肉线条是硬的，很明显，许梦冬打了几下，反倒自己手疼了。她停下来，看着谭予起伏的肩膀还有沉沉的脸色。

他看着她，冷冷问道："打够了？"

许梦冬摇摇头。

"来，继续。"

许梦冬站在原地，还是摇头。

她心里的那股气散了，取而代之的是一股针刺般的酸涩，很不好受。

她很想找个人聊一聊，于是犹豫很久，还是对谭予开了口。

她讲阿粥身上的伤，讲阿粥遇人不淑识人不明。讲着讲着，她低了头，闷声喃喃道："怎么能那么狠呢？

"……要是爱一个人，恨不能把心都掏出来……怎么能动手打人呢？"

谭予紧紧咬着后槽牙："那你还打我？"

"……我舍不得，"许梦冬说，"对不起，谭予，我就是想试，结果我打你那几下，我比你还疼。

"谭予，我舍不得。"

说到后面，她的声线已经低不可闻，但安静的房间里，谭予还是听见了。

他浅浅地叹息一声，上前一步，握着许梦冬的肩膀，把她带进怀里，唇贴着她的额头，问道："你不舍得打我，倒是舍得离开我？"

许梦冬不说话。

她垂着双手，并没有回抱谭予。

这份倔强谭予感知到了，并没有强求，也没有多问，而是帮她调热水拿浴巾，让她洗了个热水澡，再照顾她安安稳稳躺下。

一人一张床，井水不犯河水。

酒店的窗帘很厚实，严丝合缝，一丝月色都挤不进来，房间像一个偌大的黑洞，只有清浅的呼吸声。许梦冬望着天花板发呆，不知过了多久，她听见谭予下床的声音，紧接着，她的被子被掀开，谭予的体温迅速贴了上来。她本能地想躲，谭予却从背后搂住她，不让她动。

"放心，我不碰你，我只是想和你说说话。"

许梦冬感觉到谭予的喉结贴着她头顶的发丝，他说话时有微弱的震感。

谭予说："统计学里有一个概念，当你的统计样本太少，结论往往是不能生效的。"

这话莫名其妙。

可许梦冬偏偏听懂了。

她沉默了一会儿，说："可是我身边只有这些样本，每一个样本的结局都差不多。"

她的父母一拍两散，各自奔前程，留下她一个人苟活，还要替父亲收拾烂摊子。

阿粥奔着安稳人生而组建家庭，最终却落得无家可归的下场。

章太太有钱，思想开放，她倒是不想要家庭，于是给章启兄妹挑了个"优质"却素未谋面的父亲，可许梦冬听过章启苦笑着抱怨说自己从小不知被多少小伙伴骂过，骂他没爹。

还有姑姑姑父。

许梦冬从小听家长里短，知道姑姑姑父在街坊亲戚中已经算是非常和睦的两口子了，踏实过日子，不搞花花肠子，可即便是这样和睦的家庭也会有日复一日的磋磨，像是钝钝的刀，割肉不疼，却也能留下深深浅浅的伤痕。

"谭予，我是不是没有和你讲过我小时候挨我姑父揍的事？"

自许梦冬记事以来，姑父就揍过她那么一回。

那年春天，她和姑父一起赶镇上的大集卖野菜，野菜卖完了，她瞧见集市上有人推着自行车卖氢气球。

"就是那种有卡通图案的氢气球，一大把，花花绿绿的，有的还是两层呢，里面是彩色的，外面是透明的。"许梦冬向谭予描述她那时候有多想要那气球。在没什么玩具的童年，那漂亮的气球简直是莫大诱惑。

"我那时候太小了，还没上小学吧，我姑父不给我买，我就坐地上哭，躺在地上撒泼，好多人围着看，可丢人了。"许梦冬笑起来。

谭予将手指插进她的发间，顺着她的长发："那后来呢？买了吗？"

许梦冬摇摇头："没有，太贵了，一个气球要五块钱。那时候卖一小堆黄瓜才五毛钱。"

姑父就在大街上把她拎起来，夹在胳肢窝底下，狠狠打屁股。

她眼睛都哭肿了。

本以为这事就这么完了，可等晚上回了家，许梦冬睡到半夜醒来，却听见姑姑和姑父的争吵。

姑姑指责姑父："就给孩子买个气球又怎么了？为啥打孩子啊？"

姑父本来是个沉默寡言的人，那晚却像是情绪上头，不吐不快，连珠炮式地吐槽罪行："打两下怎么了？我这是给谁养孩子呢？冬冬又不是我闺女，你弟往家里邮过生活费吗？

"供她吃供她穿就不赖了，还想咋的？

"许正华，我告诉你，我爹妈在吉林呢，我为了跟你过日子来了黑龙江，这就够意思了，你们一家人别太得寸进尺了！"

姑姑不说话了。

春寒料峭的夜里，只有低低的啜泣。

看吧，再恩爱的夫妻也有争吵，也有失衡落寞，也有失望，也有夹枪带棒的攻击。

而许梦冬是导火索。

那时的她其实听不懂家长里短，也不懂什么是得寸进尺，可她听得出姑父对她的嫌弃。

披上一层知恩图报的皮，一家人其乐融融，可底下有无委屈、有无拉扯与退让，只有许梦冬自己知道。

"谭予，好难啊。"

许梦冬侧躺着，背贴着谭予的胸膛，被他用手臂安稳箍在怀里。

她说，好难啊。

长久不变的亲密关系好难，忠贞不渝的爱情好难，安稳幸福的家庭好难。

这世上的事但凡和感情沾了边，就没有容易的。而她显然算不上是勇敢的战士，去贯彻落实知难而退的方针。

因为她身边所有的样本都告诉她，这注定是一场艰难战斗，大概率会失败。

许梦冬讲到困意上涌，后来也不知道自己都说了些什么，枕着谭予的手臂睡着了。后半夜她醒过一次，翻了个身，额头贴着谭予淡淡的胡楂，往他怀里缩了缩。

只是在彻底坠入黑暗之前，她感觉到谭予好像又亲了亲她的脸，说了句什么，她没听清。

翌日清早，许梦冬说要去阿粥那里接米米，而谭予提议把米米带回他家。

"让我妈帮忙照顾吧。"

"不好吧？"

"不然呢？"谭予问她，"你会带孩子？"

当然不会。

许梦冬有些犹豫，怕这突如其来的变故打乱谭母出门旅行的计划。

可谁知谭母全然没有扫兴，反倒见了米米格外开心："在家逗孩子可比出门玩有意思多了！"

她逗着米米，对许梦冬和谭予说："你们忙你们的去，孩子交给我，放心吧，让孩子妈妈也别担心，晚上来我这儿接……米米，是吧？

"米米咋这么乖呢？哎哟，小伙子好帅呀。"

谭母当了大半辈子教师，对付孩子最有一套，可许梦冬怕她累着。

谭母带着米米出门逛公园，许梦冬也默默跟在后面，帮忙拿水壶，拎相机和包。

"谭予，你来一下，过来帮我们拍照。"

正逢暑假，又是周末，公园里人很多，谭母抱着米米站在紫粉色云霞一般的花枝前，谭予则半蹲着为他们找角度，看着就像是无数热闹之家的其中之一。

谭予明显也不会带孩子，眉头皱得紧紧的，拍个照像是要了他的命。

"谭予，这边这边，拍这个。"

许梦冬坐在公园长椅上，看着远处的花坛与假山发呆。没一会儿，她回神，却发现谭母、谭予和米米都没影了。

她猛地站起身，快步去假山那边找。仿古造型的亭台楼阁交错纵叠，她还没走几步呢，一抹明黄色自飞檐之下冒了出来。

远处，背着小双肩包的米米咯咯笑着朝许梦冬飞奔过来，嘴上大喊着："nongnong阿姨！nongnong阿姨！"

他小手里攥了两根线，两个太阳花气球在半空中纠纠缠缠。他光顾着跑，差点被地上的鹅卵石绊着。

许梦冬俯身接住他，蹲下，帮他擦掉嘴边的油："米米这是吃什么了？"

"烤肠！谭予哥哥请我吃烤肠！"

许梦冬啧一声，帮他更正："叫谭予叔叔！"

凭啥她是阿姨，他是哥哥？

"哦……"

许梦冬环顾了一下四周，问："你谭予叔叔在哪儿呀？"

"他躲起来啦！"米米一笑，还缺了颗门牙，看着很喜感。他张开小手，要把气球递给许梦冬，谁知没抓稳，险些飞走，许梦冬手疾眼快一把捞了回来。

太阳花上有一个蠢蠢的笑脸，笑得阳光灿烂。

"……在哪里买的？丑死了。"许梦冬问，"你谭予叔叔给你买的呀？"

米米摇头："是给你买的。"

"阿姨不要，你留着吧。"

许梦冬把气球递回去，可米米态度特坚决："我吃了烤肠！谭予叔叔说，吃了烤肠就不能要气球了！"

干吗这么抠门？

许梦冬环顾一圈，还是没发现谭予的人影。

她俯身悄悄地朝米米勾勾手指："你谭予叔叔躲哪里了？"

米米指了指假山后面。

"那谭予叔叔还说什么了？"

米米还装作小大人似的清了清嗓子，大声喊道："谭予叔叔说！收了他的气球，就得当他女朋友啦！"

"啊？"许梦冬腾一下站起来，"什么气球，这么贵啊？"

米米显然没听懂，把气球交给许梦冬，这就算交了差，噔噔噔又往假山方向跑远了。

许梦冬拽着那两根气球线抬头望，高远蓝天里，明黄色的气球和太阳一个颜色，闪着金灿灿的光，有风吹来，气球东倒西歪、飘飘荡荡，可线的另一端始终牢牢握在她手心里。

这么一瞬，许梦冬萌生出一股冲动。

这注定是一场艰难战斗，大概率会失败。

可那一点点小概率，值不值得试一试？

反正线的另一端，谭予是交到她手上了。

她忽然就回忆起昨天半梦半醒之际，谭予亲吻她脸颊时说的话是什么了。

他说："勇敢点，许梦冬。"

勇敢点。

也不一定没有好结局，对不对？

许梦冬牵着气球去找谭予。

谭母坐在草地上晒太阳，笑呵呵地看谭予和米米吵架。

"说好了买一个，就只能买一个，你到底是要巧克力的还是橘子的？"一个大男人牵着个小不点，站在卖冷饮的冰柜前大眼瞪小眼。

谭予需要微微俯身才能牵住米米的小手，然后弯腰和他讲："男子汉，答应的事要说到做到。"

米米才不吃这套："我不是男子汉！"小孩子的声音可尖了，"我吃两个！我能吃两个！"

谭予想严肃一点，又觉得不好对小孩子这么凶，生生把到嘴边的话咽回去了，伸出一根手指："就一个，你吃不吃？不吃算了。"然后松开米米的手，扭头就作势要走。

米米嗷一嗓子，哭声毫无预兆地响起，盖过了公园广播里的音乐声。

周围好多带孩子出来玩的家长这下全都往这边看，目光越多，米米哭得越来劲，倒是没什么眼泪，就是仰头张大嘴干号，号得许梦冬头疼。

她走过去，蹲在米米身前："我买我买，我给米米买，你要什么味道的？"

谭予隔着几步远，提醒她："他妈妈不让他吃甜的，你忘了啊？"

阿粥知道这两人都没带过孩子，所以把米米交给许梦冬的时候用手机写了点注意事项，比如不能太惯着米米，不要给他买玩具，不要让他吃太多甜的，摔倒了要让他自己站起来，不许他看太久电子产品，哭了也不要管，小孩子其实可会看脸色了，你不理他，晾他一会儿，他自己就不哭了。

可是许梦冬听不得米米撕心裂肺的叫喊，她一边哄着米米，一边回头和谭予商量："偶尔破例一次嘛。"

谭予不理她，瞪米米："你！不许哭了！"

"谭予，你有毛病啊！吓着孩子！"

有人撑腰，米米哭得更带劲儿了。

谭母在草地上坐着看戏，笑得前仰后合。

她乐得看谭予吃瘪。她的儿子她了解，优点挺多，缺点也有，比如太爱按部就班地解决问题，把自己束缚在理智与思考的条条框框里，用她新学的人格测试来描述，他大抵是个彻头彻尾的"i人"。

谭母不常见到自己儿子被感情和情绪所裹挟，为数不多的几次都是因为许梦冬，如今又多了一项——原来谭予面对小孩子时也会手足无措。

谭母站起来，掸了掸裤子上的草屑，朝米米走过去，说道："米米不哭了好不好？我想吃橘子味的，但是吃不完，米米可以陪我一起吃一个吗？"

路过谭予时，她顺便也斜他一眼，那意思是，不就是哄孩子嘛，看把你难的。

"来，米米帮我去买，好吗？"

米米不挪脚，显然对巧克力味的也念念不忘。

谭母捂着脸颊，做出很苦恼的表情："怎么办呢？吃多了冰激凌就会牙疼，我昨天疼得都没睡着觉。你呢米米，你疼不疼？"

米米稀里糊涂点点头。

"这样吧，明天我们还来这个公园，"谭母从包里拿零钱出来，递给米米，"你去告诉卖冷饮的阿姨，我们买一个橘子的，再预定一个巧克力的，明天来取，行吗？"

"行！"米米回答得超响亮。

看着米米拉着谭母跑远，许梦冬松了一大口气，走去谭母刚刚坐着的大草坪上休息。半空中的气球被横生出来的树枝刮到，翻了个跟头，许梦冬没好气地扯了扯，生闷气似的，一屁股坐在地上。

谭予坐在她旁边。

"哎。"许梦冬先开口。

"嗯。"

"哄孩子真难。"

"嗯。"

"你小时候也这么调皮吗？"

"嗯。"

不论许梦冬说什么，谭予永远都用一个字作答。

许梦冬看出他情绪不高，仿佛和刚刚让米米来送气球的不是同一个人，哄孩子让他耗了大半心力。

许梦冬悠悠说："章太太跟我讲过，说章启小时候也很淘，上房揭瓦的那种……你们男孩子都是这样的吗？"

莫名其妙提到不相干的人。

谭予皱眉看她："你什么意思？"

"没什么意思，"许梦冬说，"我这个人吧，是我做的事我认，我没做的，就一定得解释清楚。

"你看到的公司宣传册是真的，章启和他妈妈确实邀请过我，可我拒绝了。我没想瞒你，并且觉得这事不重要，所以没有第一时间跟你说。但是谭予，我必须要告诉你，我没有打算不告而别。"

她对上谭予微愠的眼神："……别这么看着我，我在和你复盘。那天晚上你冲我发脾气，扬言不要我了，要跟我分开，不就是因为这事吗？你别否认。"

谭予没打算否认。

他反问许梦冬："你敢说你没有离开的念头？"

"有。"许梦冬痛快承认，"但不是现在。我原本打算等我们分手了再走，离开你，换个城市生活。我对家乡没什么留恋，你知道的。如果不是我回来的第一天就碰上了你，我根本不会留下。"

谭予迅速抓到重点，逼问许梦冬："什么叫等我们分手了？我什么时候真想要跟你分手了？我一直都想跟你在一块！从来都是！"

"好好好，我知道。"许梦冬连连摆手，气球在她脑袋顶上一个劲儿晃，"可是谭予，你也看到你爸妈对你的期待了，他们那么好，对我也那么好，我没办法骗他们。"

"骗什么？"

"骗他们我们会永远在一起。"许梦冬看着谭予在阳光下澄澈的眼睛，"我不想结婚，不想和谁组建家庭，传统意义上的安稳生活对我没有任何吸引力，我感受不到幸福。"

她指着面前奔跑而过洋溢着笑声的孩子和孩子身后的父母们，暑热在他们额角留下晶亮汗渍，但他们眼神满足，表情甘之如饴。

"你看看，就这些，我不想要，甚至很抗拒。谭予，你很清楚我从小到大的经历，我身边的所有家庭，是所有，没有任何一个令我羡慕。他们的生活各有各的不幸，谁家后院都会着火。出轨、家暴、赌博、丢弃孩子、不赡养父母，为了利益各藏心思……"许梦冬声音有点沙哑，"谭予，你真的很幸运，你的父母恩爱，他们把你保护得很好，你无缘得见这些。

"可是谭予，我害怕，我真的害怕，怕将来我也会是不幸的那一个。"

此时此刻的小兴安岭森林，盛夏的灿阳照在茂密枝条上，树叶向阳生长，努力呼吸，可你见过没被太阳照射到的背阴面是什么样子的吗？

潮湿、阴暗、布满蚊虫，净是发酵出臭味的枯枝烂叶，日复一日，继续沉沦。许梦冬就在这样的背阴面里长大。

"与其那样，还不如不要参与其中。我不想给别人伤害我的机会，所以我才说我们想要的未来不一样，总有一天要分开的。"

谭予盯着她："那你想要的未来是什么？"

"自由一点，一个人，去很多地方，然后找一个喜欢的城市落脚，过最普通孤独的日子，一直到老，然后一个人死去。"

谭予想了想那场景，心里疼得要命。

他问："那为什么不能带上我？"

许梦冬回答："因为对你不公平。"

谭予沉默了。

看见许梦冬眼里的水光，他一时不知如何反驳，因为许梦冬说的这些矛盾的的确确存在。他站在阳光下，很想拉她一把，帮她走出这片困住她的沼泽，可是又不知道手臂该往哪里伸。

谭予曾经以为许梦冬是这世界上最热烈的姑娘，他仰望她，就像仰望太阳。

可他从来不知道，她其实一直站在沼泽中央，臭水烂泥没过她的小腿，且还持续不断地下陷。她朝他笑，他却没看见那笑意盈盈里也有泪光。

谭予张了张口，没有发出声音。

他好难过，从来没有这么难过过。明明是夏天，心却像被冻住了。除此之外就是愧疚，他突然觉得自己引以为傲的爱和忠诚其实一文不值。

他根本帮不了许梦冬。

"干什么呀？别这副表情。"许梦冬伸手触上他的眉毛，碰了碰他皱起的眉头，"我想告诉你的是，我刚刚说的那些，是我以前的想法。"

她往谭予身边挪了挪，手臂挨着他的，两个人的体温相差无几。

她歪头，脑袋靠在谭予肩膀上，喃喃道："谭予，我会听你的话。"

"嗯？"

她看着他："你不是让我勇敢一点吗？"

谭予愣住了。

许梦冬很难说清自己是被哪一个瞬间击中。

也许是谭予让米米来给她送气球，太阳花在半空中翻着跟头；也许是在深夜里被谭予臂膀揽住时耳边的私语；也许是她看见什么事情都游刃有余的谭予也会为了个冰激凌和小屁孩争吵……这些都让许梦冬意识到，世界的确很糟，可是，也有那么几个瞬间，阳光能穿过密集的树叶，沿着缝隙照在她的身上。

还有最重要的一点。

八年前她尚且能咬咬牙不告而别，可是八年后，她难以做到。不知道谭予对她做了什么，是潜移默化的改变，还是日复一日的陪伴？总之她的那颗心没那么硬了。

一旦心软，腿也就软了，她无论如何也迈不出离开谭予的第一步。

诚然，天生悲观的人有更多苦涩要尝。

可是勇敢的人会率先突破桎梏，迈出寒冬，迎接第一缕春风。

她挽着谭予的手臂，与他挨在一起，细细摩挲谭予的手指。

"到这一分这一秒，我依然不觉得自己能从生活的满地鸡毛里幸存下来，我还是说不出我要永远跟你在一起这种话，"许梦冬很笃定，"但是我想试一试。谭予，你愿意跟我试一试吗？"

"以长久在一起为目的，奔着一辈子的那种，行吗？"

许梦冬知道谭予感受到了她的真诚，因为她看见谭予眼里也泛了红，在这吵闹的公园里，在热热闹闹的大太阳底下。

刚刚明明是绝望，霎时又变成巨大的喜悦。

谭予一时没反应过来，他垂下了头，声音很低，张口艰难："……你的要求，我什么时候拒绝过？"

许梦冬笑了，压抑住自己掉眼泪的冲动，把气球线换了一只手拿，然后递到谭予眼前："帮我系一下。"

"嗯？"

"系到手腕上，不然一会儿拿不住，该飞了。"

谭予在她的注视下抹了一下眼睛，然后低头，认真帮她把气球线套在手腕上，打一个结。

经年累月的分别与隔阂，在她和谭予之间竖起一层厚实的透明的冰墙。他们都能看得见彼此，重逢以来的一轮轮交锋，一次次潮起潮落，令那冰墙融化了一些，可还是不够，需要一点尖锐的东西彻底将它打破。

许梦冬愿意做手起刀落的那个人，这一次，她想勇敢一点，不要再做逃兵。

"但我还是要约法三章。"

她望着天上的气球，气球也在朝她笑。

"你说。"

"第一，你要和叔叔阿姨说实话，就说我们正在相处，但短时间内不会结婚，你不能骗他们。"

"好。"

"第二，我知道你一直好奇八年前我离开的原因，你一直没放下过，我会告诉你的，我答应你，但你要等我找到合适的时候。"

"好。"

"第三……"

许梦冬其实还没想出来第三条。

谭予打断她："第三条我提吧。"

"可以啊。"

"第三，许梦冬，不论遇到什么事都要跟我讲，不要把我当个外人，永远永远不要再跟我说什么扯平之类的话，不能草率地提分手。"

谭予攥着她的手，用了大力气，让她有些疼。

他就是想让她疼。

"……有些话不是随随便便能说出口的，言语伤人。我不是圣人，不是铁石心肠，我也会难受。

"如果再有下一次你主动提出分手，我不会追究原因，也绝对不会再挽回。"

谭予定定地看着她："那就是我们彻底结束的时候。你听清楚了？"

许梦冬后背渗出了汗。

这是她记忆里，谭予和她说过最重的一番话。

"彻底结束"这四个字太有威慑力了。

她丝毫不怀疑谭予此刻的认真，她正式踏上了谭予的船，踩上了甲板，

.217.

只是不知道这条船究竟能否带她顺利驶离那片沼泽。

试试吧。

勇敢一点，我们试一试。

"行。"许梦冬闭了闭眼，深深呼吸，"我答应你。"

连续的几日大晴天过后下了一场大雨，早起时，小兴安岭山间萦绕着雾气，像蒙了一层薄纱。

许梦冬在上海那几年恨透了多雨的闷夏和梅雨季，却无比怀念东北夏天酣畅淋漓的雨水，凉的、爽利的，下一场雨气温就能低几度，比空调还要解暑。

然然的高考成绩下来了，考得还行，够得上一本线。姑姑姑父松了一口气，全家都好像卸下重担。

许梦冬特高兴，要带然然出去吃饭庆祝，可人家有自己的打算，约了朋友出去玩。许梦冬只能提供经济支持，给钱的时候顺便就问了一句："那位姓黄的男同学考得怎么样？"她一边问，一边小心观察然然的神情。

然然翻了个白眼："谁管他啊？好像是没考好……懒得理，我听说他考砸了，比我自己考好了都高兴。呸。"

许梦冬原本还担心然然"余情未了"，怕她高考结束闲下来了又钻牛角尖，如今这么看是自己多虑了，然然的自愈能力很强，如今已经完全走出来了。

许梦冬问然然和谁逛街，然然只说和朋友，收了转账打扮得漂漂亮亮出门去了。

这一场大雨过后，雨过天晴，除了带来好消息，也把小兴安岭带入另一茬丰收里。

野菜的季节过去了，各种浆果开始在林间地头轮番冒头，蓝莓、蓝靛果、红黄树莓……自己吃的话，几块钱买一小盆，都还挂着冰凉的露水。

可惜就是储存难度太大。

基地从村民手里大量收果，然后做深加工制成果干，能当零嘴儿吃，也能泡水喝，一袋一袋贴上商标运出这大山。

许梦冬和谭予这几天就在忙这事。没了阿粥，新品上架的许多环节都要许梦冬自己摸索，她提出继续招人的打算，按照现在的工作强度，起码得再招两个人才够。谭予当然没什么意见，可是这小城市，招人难呢！许梦冬不得不在直播间里放上一个大大的背景板，上面写着——

【诚邀专业人才，私信咨询。】

看着跟闹着玩似的。

可还真有不少人发弹幕，大多都是许梦冬从前的粉丝，纷纷表示如果直播间缺人，自己可以去帮忙。

最瞩目的一条：【冬冬，眼熟一下我，我是你超话主持人，也算粉了你好几年了，我新媒体专业刚毕业，发简历给你，如果合适的话，我去找你。】

许梦冬受宠若惊。

她想起自己半年前第一次站到直播间里，骂声险些把她淹没，说什么的都有，有说她作秀洗白的，有说她业务不过硬被撵回老家的……

也就是半年时间而已。

风向慢慢转头，疾风恶雨逐渐消散，谁能说这不是一场战斗的胜利？

世上万物免不了蒙尘，但真实总能换真实，真诚的人总能收获同等回报，只是时间问题。在这漫长的时间里，你要做的只有坚守和等待。

她和谭予、韩诚飞一起去看基地即将引进的新设备——完整的果蔬深加工生产线。

许梦冬看着硕大的轰隆轰隆运作的机器，拽了拽谭予的胳膊，和他头抵着头说悄悄话。

韩诚飞看见了，拿他俩逗笑："哎，你俩注意一点，我媳妇产前心情不好，所以我最近精神状态也不大正常，你俩别在我面前卿卿我我，不然我咬死你们。"

许梦冬笑了，赶紧解释："我正问谭予正事呢，我就是好奇这一套流水线多少钱。

"……六位数？"

她对设备这种东西完全没概念。

韩诚飞用手指比了一个"七"。

许梦冬龇牙咧嘴的表情把谭予逗笑了，他把她往前推了推，说："这么害怕干什么？又没花你的钱。"

"你们的钱也是钱啊！"

谭予又笑了："今年盈利挺好的，你做电商给基地赚了多少钱，你心里没数？而且助农项目政府有扶持，投入不像你想的那么夸张。"

那就好。

他们几个人其实都算不上是正儿八经的商人，很多东西看得没那么重，又或者说，在他们心里，远远有比挣钱更痛快的事。

韩诚飞问来送沙果的大娘："你儿子今年是不是高考来着？考得怎么样？"

大娘把套袖摘下来，昂首挺胸地掸了掸灰："还行呗，考了市里前十。"

"嚯！"

厂房里扬起此起彼伏的叫好声。

大娘特豪爽地大笑，招呼韩诚飞和谭予："晚上来我家，我弄两个菜，你大爷要找你俩喝酒。"然后朝许梦冬说，"小谭媳妇也来啊！"

这称呼……

许梦冬的脸一下就红了。

谭予站在离她半步的位置，刚好挡住了她尴尬的脸色，笑了笑："成，晚上就去。"

韩诚飞也就着话茬问起来："哎，说真的，你俩啥时候结婚啊？"

许梦冬一时卡壳。

"少管我闲事。"谭予笑骂一句,然后回头对许梦冬说,"你去食堂看看今天什么菜,我看师傅今早上去赶集拎鲤鱼回来了。"这就算帮她解了围。

得莫利炖鱼,又是一道东北下饭菜,要用江水鱼,肉肥,有滋味,加上白菜、五花肉片、豆腐和粉条一起炖,鱼肉菜一锅出,浓厚酱汁浇在米饭上,能鲜掉牙。

可许梦冬不爱吃炖鱼,因为不喜欢鱼腥味,她唯一能接受的鱼的做法是松鼠鱼,就是聚餐宴会上常吃的菜,鱼先用油炸了,再淋酸甜酱汁。

不过毕竟是过油菜,难度大,一不小心就会被烫伤,得常下厨的人来做。

谭予闷头帮许梦冬挑炖鱼里的配菜,说:"明天去我家,我爸说他给你做松鼠鱼吃。"

许梦冬哪好意思。阿粥自己的事还没处理完,米米还在谭予爸妈那儿,小孩子把二老闹得鸡飞狗跳。虽然谭母连连说自己特别喜欢小孩,完全不觉得烦,可许梦冬心理压力还是挺大的。

阿粥是她的朋友,朋友的事她帮忙理所应当,可再麻烦到不相干的人就不大好了。

谭予看一眼许梦冬,察觉出她满脸纠结,再看那筷子,筷子尖快把米饭戳出一个洞了。他把手探过去,用温热的手背贴贴她的额头:"你累不累?"

许梦冬一愣:"嗯?"

"你每天琢磨这么多,累不累?"谭予看着她,"你怎么答应我的?"

她答应过谭予,有什么事要和他讲,不能把他当外人……

可话是这么说,做起来就是有难度啊!

许梦冬突然想起什么来,问谭予:"阿姨是不是快过生日了?"

"嗯,农历二十。"

那就是过几天了。

"明天去你家之前先陪我去趟商场吧,我得给阿姨买个生日礼物。"

谭予想说没必要,可许梦冬很执拗。

许梦冬特别不想欠别人人情,尤其是谭予的父母。她挑礼物也实在,拉着谭予就往一楼卖黄金首饰的柜台冲。

店员还以为是小情侣来挑戒指,正要介绍,许梦冬指着玻璃柜台里那个很有分量的足金吊坠,说:"你把这个拿给我看看。"

店员看看兴致勃勃的许梦冬,又看看一脸无奈的谭予,目光再绕了回来:"……这款稍微成熟了,适合年纪大一点的长辈。小姐姐你可以看看这边的……"

"不不不,我就是送给长辈的。"

"哦,那可以,送妈妈的?"

许梦冬点点头,摇摇头,又点点头。

她心里画了一条线，叫作"和谭予以长久在一起为目标，以结婚为目的的恋爱"，她答应了谭予要迈过这条线，就要认真在心态和行为上做调整，就要说到做到，从逐渐亲近对方的家庭开始。

她手指在玻璃上画着，很轻很轻地说了一句："……送我婆婆。"

谭予的心猛跳了一下，说不清是什么东西在鼓动。他自己都没意识到，自己的眼神一直跟着许梦冬跑，眼睛里还有点火星。

"还有戒指、耳钉……这个是不是同系列啊？你都拿出来我看看吧。"

店员再次瞄了瞄他们两个人，心说都是婆婆给儿媳妇买三金，没咋见过儿媳妇给婆婆买金货，还买这么大的。

再看许梦冬，店员的目光就多了点同情——这姑娘是不是有点憨？

"这边结账。"

谭予蓦然回神，拿着手机去结账，却被许梦冬拦下。

"我送阿姨的，你付钱算怎么回事？你要送礼物就送别的，别学我。"

谭予没有坚持。事实上，他一直在走神，许梦冬的那句亲昵的称呼让他心念狂动，说不清是什么滋味。

许梦冬又拽着他去楼上的儿童专卖店，给米米买了点吃的用的一起带回去。

回程的路上，谭予开着车，依旧一言不发，但是开得有点快，有点急。

许梦冬不知道他急个什么劲儿，心里还在盘算着得帮阿粥尽快处理好手边的事，尽快把米米接走，她真的怕累着谭母。

家属楼差不多都搬空了，且老小区没有地下车库，谭予把车开进小区最里头的车位。

这里一边靠山，除了俩垃圾桶就剩丛生的杂草，没人路过。谭予把车停稳，安全带一解开，他二话不说俯身过来亲许梦冬。

许梦冬还没回过神，就被他这裹挟风浪的架势逼得整个人都抵在座椅上。

这亲吻多少带了点杀气，谭予力气大得吓人，一只手死死按着她的后脑勺不让她动，舌侵进来，像席卷池塘。

许梦冬怎么也想不明白他这是怎么了，只能一边被迫回应，一边睁大了眼睛，用手轻轻拍他的背，像哄丢了玩具的孩子，嘤声问："你怎么了啊？"

谭予不想回答，他觉得自己快被烧着了。许梦冬明明什么也没干，就只是表达了一下对他父母的亲近，他就能失控成这样，这真的挺没出息。

"……冬冬，我真的很高兴。"

他暂且放开许梦冬，俯身，额头抵着她的颈窝，沉重的呼吸在狭小的空间里升腾再落在她的皮肤上，像往火堆里撒了一把干燥易燃的麦粒。

许梦冬还被安全带束缚着，背挺得直直的："高兴什么啊？"

谭予摇了摇头，他解释不清。

"那……你先放开我呗？"

谭予还是摇头。

许梦冬舔了舔嘴唇，轻轻地问："那……再亲会儿？"

说完，她自己扑哧一声先笑了。

谭予也笑了，笑得胸腔都在震，笑够了继续去寻她的唇。

许梦冬看车外没人，只有蝉鸣，她使起坏，手从谭予的 T 恤底摆探进去，同时用尖牙咬谭予的嘴唇，换来谭予一声闷哼。

"不好意思啊，咬疼你了是不是？"

最后一缕斜阳落下去，车里朦胧昏暗。谭予哑声说："没事，你咬。"

许梦冬又笑了出来，可清亮的笑声里夹杂了几声低声催促，是从车外传来的。

"走啊！你走啊！"

"哎呀，你也走啊！"

"有毛病啊，回家回家……"

许梦冬吓了一跳，本能地狠咬了一口，顿时出现一股血腥味。谭予嘴唇被咬破了，他终于肯放过许梦冬，回头往窗外看。

谭父谭母一人手上拎了一袋垃圾，并排站着，身后跟着米米。

"那啥……那边垃圾桶满了，"谭母觉得好笑又尴尬，晃了晃手里的垃圾袋，"我跟你爸先上去了，菜好了，你俩……嗯……尽快上来哈，一会儿该凉了。"

许梦冬不敢露头，缩在谭予手臂撑起的一方暗影里，死死揪着谭予的衣服。

他们没敢在车里待太久，赶紧上楼。许梦冬拎着礼物，谭予拎着许梦冬。

是真实的"拎着"，因许梦冬每上几阶楼梯就要停下来，不肯再往上。

谭予一边把她往上拽，一边握着她的手腕安抚："没事，没事……"

当然没什么事，只不过是尴尬罢了。

谭予觉得好笑，把她手里的东西拎过来，就着她的手背亲了一口，然后指指自己的嘴唇："行了啊，你看看我？"

他们一进门，谭母瞄见谭予嘴唇上的伤口，果然憋不住笑，赶紧钻进厨房忙活去了。

许梦冬也想去帮忙，被谭母推出去："我们家的传统是男人下厨。"

许梦冬的目光落在谭母手上的菜刀还有半截胡萝卜上。

谭父正好拎着鲤鱼下油锅，热油刺啦作响："嗯，我跟你阿姨过一辈子了，她也就只会给胡萝卜雕花。"

在过去的许多年里，许梦冬一直羡慕甚至钦佩谭予，他拥有永远稳定的情绪、耐心和理智，那种遇见什么事情都不急不躁，还能把事情拆解且处理好的能力真的太难得，他的性格色彩是暖的，像是冬日透明冰灯中橙色的烛火。而在真正见识且了解谭予父母在家的相处方式以后，她才渐渐明白谭予为什么会是今天的谭予。

谭母又下楼了一趟，去买水果，回来后先给许梦冬洗了个桃子，让她垫垫肚子。

许梦冬一边扔抛着桃子，一边靠在卧室门边看谭予换衣服，对谭予说："你真幸运。"

谭予听懂了，他的回应是捏了捏她手里的桃，去厨房给她换了一个。

"你也挺幸运，"他重新洗了一个桃子递给许梦冬，粉嘟嘟的桃子皮儿上还沾着水珠，"口袋里就这么一个脆的。"

那些年闹得沸沸扬扬的粽子咸甜之争，软桃脆桃之争，许梦冬的口味他永远记得。

许梦冬咬了一口桃子，说："不甜。"

"我尝尝。"

谭予往厨房望一眼，然后俯身握住她的后颈吻了下去。

许梦冬急忙把他推开，低声斥责："我咬轻了是吧？"

谭予尝到了桃子的味道，心满意足地笑了。

许梦冬不明白，为什么今天的谭予那么奇怪，种种表现像个毛头小子，急躁又热切，甚至在吃饭时都奇奇怪怪的。

谭母戴上了许梦冬送的生日礼物，让谭予看看耳钉戴得正不正。他可倒好，愣着神儿呢，抬头看了眼许梦冬，蓦然来了句："哦，好看。"

谭母笑得掉了筷子。

晚上回家的路上，许梦冬发现自己包里多出了两沓钱，每一沓都是厚厚的，当即反应过来，问谭予："阿姨给的？我不能要。"这比她的礼物多太多了。

谭予却说："收着吧，你阿姨借口买水果下楼取的现金，她怕你不收转账。还让我转告你，如果你拿她当一家人就别拒绝，她本来是想给你更多。"

等红灯的空当，谭予淡淡地提起："她还说，想找个机会去你家拜访，串个门儿。"

许梦冬愕然。

"别紧张，我替你推了。"

他嘴角有笑意，却不肯告诉许梦冬自己偷笑的原因。

东北林子里有种生存力很强的小动物，叫傻狍子，长得像鹿，没獠牙，跑得还贼快。你越是步步紧逼，它越是躲，你需要做的只是站在原地等待，与它沉静地对视，对视久了，它认定你没有威胁了，就会自动放低警惕，主动朝你走过来。

"没事，不急。"谭予牵起许梦冬的手，放在唇边亲一亲，试图安抚这只傻狍子。

傻狍子果然上钩。

许梦冬抠着安全带，对谭予说："双方家里人见面的话，是太快了点……但如果阿姨想，也不是不行。"

许梦冬不知道怎么描述自己的想法，她只是觉得既然下定决心了，就势必要有所行动，比如邀请谭予去她家，正式一点，或是双方家长见个面，彼此心里有个数，以商讨两个人的未来为目的，像电视剧里演的那样，男方得信誓旦旦向女方家人表忠心，发一些让人肉麻的毒誓。

真奇怪，许梦冬竟还有点隐隐期待，好奇谭予会怎样表现。

她回握谭予的手，说："你也知道我家的情况，我没爸也没妈，长辈就只有姑姑和姑父，酒都喝过好几回了，你也很熟了。如果阿姨愿意，我就告诉我姑姑……"

他们都明白这话的意思，还有它的重量。

许梦冬看见谭予握方向盘的手背显露出青筋——那双手使了力气。

他肉眼可见的情绪激动，但出乎意料的是，他并没立刻答应，反倒是陷入了沉默。

过了几个路口，他把车停到路边，开始翻手机，许梦冬抻长脖子看了一眼屏幕，发现谭予在查手机银行。

"干什么啊？"

谭予不说话。

"喂！"

还是不说话。

许梦冬侧过身子直视他的侧脸，看他被手机屏幕荧光照亮的深邃眉眼、皱紧的眉头，还有眼睛里跳动的光。

过了好一会儿，谭予放下了手机，转头问许梦冬："明天跟我出去一趟？"

"去哪儿？"

"看车，看房子。"

许梦冬没转过弯来，足足愣了好一会儿，然后咚一声捶在谭予肩膀上："你有毛病啊？看什么房子？"

但谭予认了真，他把手机交给许梦冬，示意她看："……我如果要去你家正式拜访，就一定得是万事都周全了的，我不能让姑姑姑父觉得我像个愣头青，两手空空就要跟你在一块儿。"

他告诉许梦冬，按照基地和厂子之前的规划，今年是盈利大年，而如今看起来进展顺利，他作为合伙人，能有一笔可观的进账。伊春房价低，这笔钱加上之前的积蓄，足以在市中心买一套合心意的房子。家属楼太旧了，他不能让许梦冬就凑合着住在那里。

还有许梦冬喜欢的车。她那么喜欢韩诚飞开的那辆新能源，尽管新能源车在东北的冬天根本没有用武之地，但没关系，喜欢嘛，那就买。

之后余下的钱他也做好了打算，他才不信如今那些什么零彩礼的新风俗，在他略有几分传统的认知里，结婚就是该给女方一笔钱，这是保障，也是责任。

男人要担责任，是他从小到大被反复灌输的观念，且退一万步讲，你爱一个人，怎么可能不想给她全部？

别说是钱了，就是现在让他割块肉，他也绝对手起刀落不犹豫。

他的冬冬就该拥有这世上最贵的、最好的，哪怕是他的血肉。就连最宝贵的仅有一颗的真心，他也早都给出去了。

"我原本是想今年年底再跟你说这事，但提前一些也行，那我……"

许梦冬越听越迷惑。

她把手机塞还给谭予，打断他："只是见个面……这是要干吗？我说马上要跟你结婚了？"

怎么就快进到谈婚论嫁的阶段了？

可谭予的眼睛似红非红，许梦冬看愣了。

半晌，谭予长长呼了一口气，阖上眼皮捏了捏鼻梁，低声说："是，我忘了……"

忘了他自己说的，不急，慢慢来，来日方长。

到底谁是傻狍子？

许梦冬伸手摸摸他的脑袋："而且我什么都不要。"

她还没告诉谭予呢，哪怕真的要结婚，她有房子，还是装修好了的，拎包入住的那种呢。

谭予摇摇头，没有说话。

"你老实跟我讲，你预谋了多久？"

关于想把她绑回家这事，预谋了多久？

谭予坦言："从见着你那天开始，我就开始琢磨。"

你尝过想念一个人的滋味吗？所谓思念，很虚幻、很缥缈，如何让它具象起来？当你想念的这个人重新站到你面前，那种恨不能冲上去的疯了一样的占有欲，就是思念的形状。

那天他在医院走廊里看见许梦冬，若无其事挪开的那一眼几乎耗尽他全部心力。

谭予苦笑着问许梦冬："吓着你了是不是？"

许梦冬愣怔地摇摇头，问："我现在觉得自己挺过分的，你当时跟我说你也不想结婚，分明就是怕把我吓跑了，将就我罢了。"

谭予没有否认。

"我们定个期限吧。"许梦冬思索了一会儿，下了很大决心，盯着谭予的眼睛，"我喜欢冬天，我想在冬天办婚礼，如果当天下雪就最好了……就定在今年，好不好？"

她迎上谭予微震的目光。

"我也不会让你一直等呀，这不公平……就今年，如果没有什么意外的话，我们结婚。"

不会有什么意外，能有什么意外？

谭予在心里这样说，做出的反应却只是点了点头，平淡到许梦冬都以为他是不是没听清楚。

总之一点激动都没表现出来。

"我们不回镇上吗？"许梦冬觉得时间还早。

"不了，"谭予直视着前面寂寥的马路，"我送你回姑姑那里，你今晚在姑姑家住吧。"

"那你呢？"

"……我还有点事。"

一路沉默，谭予把许梦冬送到姑姑家楼下，然后目送她上楼。

许梦冬一步三回头，总觉得谭予不对劲。她进了家门，迅速跑到卧室窗前，往楼下看，谭予的车果然还没走。

她打电话过去，倒是很快接通。

"谭予，你咋还不走？"

一段安静。

"然然的成绩下来了，你不是认识很厉害的老师吗？能不能帮然然看一看报什么学校？"许梦冬躲在窗帘后头，盯着谭予一动不动的车，"我是艺术生，对其他学科一窍不通，你高考那么好，明天来替然然参谋参谋？"

又是长长的一段寂静。

他简短回答："好，你等我，我明天来。"

谭予的嗓音哑得不对劲，在狭小的车内空间里加倍明显。

许梦冬听出来了。

她试探着问："你哭啦？"

"没有。"谭予才不承认呢，"不说了，挂了。"

"哦。"许梦冬应了一声，正要挂断，又听到谭予急急问道，"你不会再反悔了吧？"

"不反悔。"许梦冬笑了，"你不是都说了吗？再有一回，你就要跟我彻底结束。"

"这话都这么硬了，我哪敢啊？"

眼看就是十五。

夏夜很静，只有蝉鸣，天上一轮纸剪般的月亮泛着凉，缺了一角，像是冷兵器的锋刃被磨损了一点。

差一点点，就差一点点，马上就是团圆满月。

第二天一早，许梦冬临时出了趟门。

阿粥找到了合适的房子，她去帮阿粥搬东西。

快中午的时候，谭予来了，拎了不少东西。

然然把她从迪士尼买的钥匙扣给了谭予，是和许梦冬一样的跳跳虎。她把钥匙扣交到谭予手上时，重重拍了拍谭予的肩膀，跟托孤似的，压低声音说道："姐夫，我就认你是我姐夫，你得加油啊！"

谭予笑了，说："好，我努力。"

姑姑在厨房喊然然："别缠你谭予哥，我忘买酒了，你下去买！"

谭予说："我去吧。"

他下楼去便利店，走到小区门口，却那么巧，刚好碰见回来的许梦冬。当了一上午苦力，她累出了一身汗，头发也乱了。她从一辆出租车上下来，脚步有点迟疑，频频回头，直到撞上了谭予。

谭予扶她一下："看什么呢？"

许梦冬依旧望着已经驶离的出租车："没事。"

"那走。"

谭予去牵她的手。

"等等。"许梦冬一把甩开谭予的手，脚步顿住，仰起头朝谭予笑了笑，"你先去吧，我有点东西落在出租车上了。"

她迅速转身，快步朝小区门口走去。

谭予抓她一下，抓了个空："什么东西落了？手机还是什么？重要吗？"

许梦冬不回头，只是仓促回应："不用不用，我记住车牌号了，我去找。"她夺了谭予的车钥匙，去开车。

"记住车牌号有什么用啊？"

也追不上了呀。

谭予心里冒出好多疑惑。

可许梦冬没回答。

她迅速钻进车里，车窗降下，把手伸出去碰了碰谭予皱紧的眉头。又觉得这安抚不够，她半个身子从车窗探出去，也不顾是在大庭广众之下，捧着谭予的脸亲了亲。

"你先回去和然然他们吃饭，好不好？"她语速很快，在谭予的注视下牵动嘴角，笑得并不自然，"我马上回来，真的。

"乖呀谭予，我爱你。"

姑姑准备了满满当当一桌子菜，满心欢喜招待谭予，和许梦冬到谭予家的待遇一样。两方家里人都看好这段感情，自然而然以诚相待。

姑姑接过谭予手里的酒，招呼谭予洗手吃饭："你姑父出门去了，晚上才能回来，这酒留着晚上再开，中午多吃点饭菜。"

"姑，我不饿，等冬冬一起吧，她说她马上回来。"

"啊？"姑姑擦擦手上的油，"不对啊，冬冬刚刚来电话了，说她临时有点事，中午不回来了呀。"

谭予皱了下眉："什么时候的电话？"

"就刚刚啊，你进门之前，我刚撂下手机没有半分钟。"

谭予不知道许梦冬在搞什么名堂，他迅速给许梦冬发了消息。

意料之中，没有收到回复。

谭予从小家教好，吃饭从不挑食，也不狼吞虎咽，端正安静，走坐都是稳稳当当的模样。

姑姑喜笑颜开，怎么看都觉得这姑爷哪里都好，是实打实的满意了。

可转头再看一手拿手机打字，另一手拿筷子的郑超然，觉得没有对比就没有伤害。

"郑超然！别玩手机了，吃饭！"

"郑超然，你再看你那个破手机，我就给你砸了。"

"干什么呀？"然然讪讪地把手机放下，"我姐刚给我买的，你砸了再给我换个新的？"

姑姑拧她胳膊一下，朝谭予笑了笑，礼貌客气："平时都是你和冬冬惯着她，还有报志愿这事，也得麻烦你……"

"别这么说，一家人，不麻烦。"谭予说。

三个人迅速吃完午饭，谭予得到允许后走进然然的卧室。

其实这也是许梦冬的卧室，他在电脑桌上看到了许梦冬揽着然然的照片，裱在卡通相框里，照片里的许梦冬是高中时的模样，扎着高马尾露出光洁的额头，笑起来眉眼弯弯，他一眼就认得出。

然然把自己的成绩条拿出来，看见谭予盯着那照片出神，便把相框拿过来，递给谭予："你要吗？可以给你，我还有我姐不少照片。"

"不用。"谭予把相框放了回去。

他也保存着许梦冬的很多照片，初中的、高中的……他们分开以后，他也会时不时上网搜许梦冬的消息，只是网页跳出来的，要么是许梦冬在剧组的抓拍，要么是她妆容精致对着采访镜头笑。

谭予不想看，看了难受，可是下一次又控制不住手，有那么一段时间，连他自己都觉得自己像个变态痴汉。

他接过然然的成绩条，搬了张椅子坐在旁边，把电脑打开："来吧，说正事。"

他给然然班主任，也就是自己的老同学打了电话，一起研究郑超然同学的高考志愿问题。

郑超然对于自己未来想选择的专业没有任何想法，可对即将要去的城市却有要求——只要离家远一点。

她受够了被爸妈看管，一心想要摆脱，自然想要走得远些。而且东北太冷了，南方多好啊，上海、杭州、南京、广州……还有那些新一线城市，她在短视频平台看到长沙凌晨三点熙熙攘攘的夜市，羡慕得直流口水。

东北本来人口就少，冬天天黑得又那么早，在外头待几分钟就能把腿冻麻。这里没有丰富的生活色彩，只有非黑即白的冰雪与高墙，平均工资低，新兴行业稀少，交错斑驳的铁路线和绿皮火车载着一批又一批年轻人驶向远方……谁不愿意往更加温暖富庶的巢穴迁徙呢？

谭予笑了声："跟你姐一样。"

许梦冬当时也压根儿没考虑东三省的大学，一心要往北京跑。谭予跟着她，可直到后来被丢下了才明白，许梦冬志不在此，她要去更远的地方，去个没他的地方。

几个小时过去了，一直没收到许梦冬的回复，谭予反复按亮手机屏幕。

他不知道许梦冬干什么去了，到底是什么东西落在了出租车上。最关键的是，他忽然想到被自己忽略的一点——她咋就那么厉害，上车就能记住人车牌号呢？

然然悄悄观察着谭予心不在焉的神色："姐夫，你等谁消息呢？"她露出八卦的目光，"咋了？跟我姐吵架了啊？"

谭予抬抬下巴，示意她继续研究自己的事，顺口带过："她把东西丢出租车上了。"

然然倒是见怪不怪："我姐丢三落四也不是一天两天了。"

顿了顿，她仿佛是忽然想起什么，又好似无意提及："落在出租车上了？那要给出租车公司打电话吧？我有一次书包落了，就是这么处理的。"

谭予思忖着要不要给许梦冬打个电话，可心里莫名一阵不安，不知从何而来。

"哎，我这个脑子……"然然敲键盘的手停下，看着谭予，"要不找我大舅？他现在开出租车，认识的司机多，让他帮忙问问。"

话音才落，她又补了一句："……不行不行，忘了忘了，我姐才不能找我大舅帮忙呢。"

谭予是怔了一会儿才捋清楚这个关系。

然然口中的大舅是许梦冬的父亲。

忽然被提及的人，似乎把乱糟糟的丝线捋顺了，谭予心头不受控制地猛跳了一下，眼前蓦然出现许梦冬慌张泛白的脸。

强压下忽然聚集的紧张，他淡淡问了一遍："……他现在开出租车？"

谭予知道这样不礼貌，可他实在想不出合适的称呼，他从未这样幼稚，打从心里为许梦冬抱不平，以至于喊一句叔叔都不愿。

"啊？我大舅？是啊……"然然很聪明，她不想透露家里的私事，看了看谭予的脸色，斟酌着说，"……应该开了有一年多了吧。"

谭予很直接："他出狱之后就回来了？没在哈尔滨吗？"

然然吓了一跳："你知道我大舅的事？我姐告诉你的？"她很警觉，"你还知道些啥？"

谭予说："我都知道，全都知道。"

他的脸特别热。骗小孩着实不光彩，可又没别的办法。

他在脑海里迅速理了理许梦冬和他讲过的故事，包括她与许正石并无血缘关系，许正石有赌瘾，险些掐死她的暴行，而后恶习不改，锒铛入狱……

算来算去，他知道的并不多，也就这些了。连许正石之前被收监的地方在哈尔滨都是他自己打听到的，许梦冬对此闭口不谈。

谭予喝了一口水，压抑自己陡然加速的心跳。他没有看然然，装着若无其事，寻一个平实的、自然的开场白："你舅舅……是个什么样的人？"

许正石是什么样的人？

然然第一反应是，他是个还不错的人。

除了脾气有些差，爱抽烟喝酒，爱显摆，话多，平日在外做生意不咋回家……刨去这些，还挺好的。唯一的不好，是他把许梦冬扔在了老家，后来又因为赌博上瘾给家里带来了大额欠款，拉了很多饥荒。

那年春天东窗事发，她十岁，刚刚懂点事，被家里一摞又一摞的借条吓坏了。妈妈在哭，姐姐也在哭。

尤其是姐姐脖子上那吓人的瘀青，分明是被掐的。

很久以后，她才知道当年发生了什么，可她无论如何也想不通，爸爸怎么能对女儿下死手呢？

她看着谭予，眼神里有防备和探究，问："我姐都跟你说什么了？"

谭予坦言："她到现在闻不了烧纸烧香的味儿……她会伤害自己。"

然然听了这话，眼圈唰一下就红了："我姐真的好可怜。"

谭予回头看了看客厅。

姑姑刚刚进来送了一趟西瓜，这会儿正在客厅沙发上躺着打盹儿，鼾声渐起。

谭予伸手将卧室门稍稍带上了一些，然后压低声线，尽量装作自然的语气问然然："后来呢？我想知道后来的事。"

从孩子嘴里套话不体面，可他也顾不上了。

许梦冬对过去的事情三缄其口，他也不想揭她伤疤，可从另一个角度，他又无法完全抑制自己的好奇心，许梦冬身上到底背了多晦暗的秘密，他直到现在都没有头绪。

有力气没处使，就是这样的感受。

如今这个巨大的迷雾终于被驱散了一角，他无力抵御这样的诱惑。

"后来……后来的事我也记不大清了，我那时候才多大啊……"

"你姐告诉我，她是从那年清明节开始有了离家的打算。"谭予声音有点急，他意识到自己离迷雾中心越来越近，"她说怕自己再遇到危险，所以迫不及待要跑，甚至连最后考了哪所大学都没敢和家里说。她恨她爸，想躲着他，不想再见他。"

"咋可能啊？"然然很惊讶，"不对啊？你记错了吧？我姐当时高考完确实是悄悄跑了，我妈担心她，天天在家里哭。可是后来没过多久，她就往家里打了二十万，现款，直接打到我妈卡上的。"

"多少？"

谭予险些以为自己听错了。

他重复问道："二十万？她哪儿来的钱？"

十八岁刚上大学的学生，从哪里搞到的二十万？

"我也不知道啊，我就记得我妈吓坏了，她问我姐从哪里弄的钱，我姐也不说，只说要给我大舅还钱。当时我大舅一共欠了四十多万，我妈还了一半，剩下的一半刚好用这钱补上……不过可惜的是我大舅最后还是蹲监狱去了，他除了赌博，还涉及放高利贷，跑不了的。"

然然说得有理有据："要是真像我姐说的，她恨我大舅，大可以一走了之……但她没有。"

谭予不敢想象十八岁的许梦冬当时面临的纠结与困境。

有人说，世上大部分的烦恼都来源于感情的不纯粹，爱得不彻底，恨也不彻底，许梦冬一边恨许正石的所作所为，一边又放不下亲情。

即便没有血缘关系，她也终究喊了许正石十几年的爸。

然然讲到这里也有点难过："我姐就是这样的人，只记得别人对她的好，最擅长道德绑架自己，你说她累不累啊？"

"姐夫，我其实不想把家里的事告诉你，但既然你都知道了，我就不瞒着了。你是没看见过我大舅当时是怎么对我姐的，"然然指了指自己的脖子，"全是瘀青，一条又一条的血印子，他是下了死手，把他的不顺全都归结到我姐身上。"

许梦冬坐在一家家常菜馆里，点了几道菜，又要了几瓶啤酒。

午饭点刚过，晚饭点还没到，小菜馆里只有她这一桌，手机搁在手边，显示着几分钟前的通话记录。她给出租车公司打电话，报出车牌号，骗对方她钱包落在了车上，要来了司机的联系方式，要求见一面。

许梦冬是在临近下车时才从后视镜里认出了许正石。

八年未见的父女，彼此都变了模样，许正石苍老到她不敢相认，眼神似乎也不大好，并没有发现后座坐着的是自己的女儿。

他还不到六十，头发已然全白，额头的沟壑很深，目光浑浊如同斑驳藻荇，安全带下绑着他佝偻的身躯。

也是同一副脊背，当年背着发烧的许梦冬翻山越岭去打针，绕遍整个镇子给她买黄桃罐头。

"姐夫，你信不信？如果现在让我姐和我大舅见一面，我姐还是做不到只当陌生人。

"我其实特理解我姐，如果同样的事情放在我身上，我也不知道怎么办。他伤过你，可他也爱过你。你恨他，可又做不到彻彻底底地恨他。

"父母和孩子，真的不是爱与恨那么简单。"

许梦冬想了很久的开场白，在许正石进门的那一霎全都忘干净了。

她安然坐着，在许正石震惊的目光里打量他，看见他穿着一条洗得发白的旧裤子，裤腿长得盖住了脚背。再往下，是一双秋冬季的厚运动鞋，而此时是一年最热的三伏天。

许正石就站在饭店门口，迟迟不敢走过来。他的眼泪掉得比许梦冬要快，干裂的嘴唇翕动着，也说不出话。

"姐夫，我姐真的不容易，以后如果她有什么错，你千万不要怪罪她。她只是从小就没有家，妈妈不要她，爸爸对不起她。"然后把手机和平板放在桌上，"她给我买了这么多东西，你以为是她钱多烧的啊？只是因为她寄人篱下，不得不好好表现。她从小就是这样的，她习惯了，习惯了付出，只要别人给她一点点回报，她就紧紧抓着不肯放。"

瓶盖叮当掉在地上，啤酒瓶口冒着凉气，许梦冬先给许正石倒了一杯，然后又给自己倒。

泡沫溢出来浸湿桌面，她抖着手端起杯子一饮而尽，喝得急，眼泪激了出来，她用手一抹。与此同时，她听见许正石沙哑似风箱的嗓音："冬冬啊，你……"

许梦冬摆摆手，示意他先不要说话。

她瞪着泛红的双眼直视许正石，冷声问他："你怎么还不死？

"许正石，你要是死了多好，再也别出现在我面前。"

然后合上电脑，叹了口气："我姐是最重感情的人，心思很沉，还特别会装。如果她哪天对你说重话了，你千万千万不要当真。她说让你走，就是想你留下，她说不需要你，其实是在祈求你。你可不要顺着她了。"

谭予觉得心里闷得慌，胸口像压了一块巨大的山石，苍老枝蔓捆绑住他的心脏。

"我妈说，重感情的人活着可累了，因为她有最硬的骨头和最软的心。姐夫，我姐就剩你了。"

"来来来，姑娘，腾一腾，腾一腾。"

居民楼底下的小菜馆经济实惠，主要做街坊四邻的生意。老板娘把一份松仁玉米端上桌，左右腾挪碗碟，才堪堪放得下。

许梦冬不常来这儿，是生脸儿，她看看许梦冬，又瞧瞧桌对面坐着的男人，两人的年纪看着像父女，五官却没一点相似。菜还没上完呢，酒先喝了两瓶了，都是许梦冬喝的。

老板娘好心提醒："姑娘，给你换常温的吧，凉酒不能这么喝，伤身哪。"

许梦冬放下酒瓶，开始吃菜。

菜也没少点，都是传统老菜，扒肉、扒油菜、熘三样、大拉皮儿、松仁玉米……东北菜码大，满满一大桌子，六七个人也够吃了。许正石想拦，但没敢开口，因为许梦冬除了点菜以外，自始至终面无表情，一言不发。

除了开头给他倒的那杯酒，还有那句"你怎么还不死"的诅咒，两个人再无交流。

许梦冬闷头吃饭。

筷子一掰，碗一拿，真就是饿急了的架势，一口一口往嘴里塞。

"冬冬……"

许正石却不敢动筷子。

他看着多年不见的女儿，忍不住从头到脚细细打量。许梦冬从前就漂亮，像她妈妈，如今更是出落得明艳，且有了锋芒，像是尖锐的冰碴。这种锋芒让他感觉很陌生，也很难以亲近。

好在许梦冬也没想着和他亲近。

她大口吃菜，好像和许正石完全没有话讲，两个人并无隔阂，也无亲昵，就是拼桌吃饭的两个人而已。许梦冬吃饱了，也不会去问许正石吃没吃好，看都不看他一眼，起身去结账。

许正石赶忙起身，筷子都撞掉了："冬冬，我去，我去……"

这种小店，点一桌菜也不会很贵，抹完零头一百二十元。许正石微信扫了一百块，又从兜里掏了二十元纸币。他一回头，许梦冬已经起身走了，他急急追出去，喊道："冬冬，我送你啊！"

他如今开出租车，干白班，赚得不多，日子过得紧巴巴的。今天接到公司电话他吓了一跳，还以为是被乘客投诉了，投诉要罚钱不说，耽误的时间怎么算呢？

他得知乘客丢东西了，还约他去饭店见面，心里还画魂儿呢，直到掀开门帘子，一眼看见安静坐着的许梦冬，冷汗唰一下浸湿整个后背。

许梦冬淡然地盯着他，和看一团没有生命力的空气没什么两样，眼神像是能穿透他，没有恨意，没有感情，甚至连点反应都没有。

但他有。

他的本能是缩了一下肩膀，然后目光自动下垂三分，不敢直视自己的女儿。

"冬冬，上哪儿去？"

上了车，许梦冬坐在后排，就是她上午坐过的位置，静静望着窗外。夕阳余晖烧灼着，落进她眼睛里。

"随便，你开吧。"她的声音漠然，"半个小时就行，我问你点事。"

车辆速度不快，沿着城市主干道前行。

老旧出租车里有一股滞涩的酸臭味，来源于常年没有彻底清洗的座椅。许正石频繁透过后视镜看许梦冬，眼神微弱发怯，等待着许梦冬开口。

许梦冬问出的第一个问题是："怎么想回来了？"

许正石吞咽了下，苍老的颈皮下喉结滚动："就……没地方去。"

"为什么不留在哈尔滨，或者去别的地方？"许梦冬很平静，就是单纯的询问，"你不是有很多朋友吗？从南到北的，没有人愿意让你落个脚？"

"嘻，那都是，那都是……"许正石肉眼可见地涨红了脸，"后来我不是进去了嘛……"

哦，也对。

那段许梦冬永远不想再提起的故事，最终是以许正石入狱落下句点。

如果那个句点有颜色，不是惨烈血腥的红，也不是刺目悲怆的黑，而是落寞的浅灰，没搞出什么大动静，如同天际偶然飘来的积雨云，摇摇晃晃，最终悄无声息地消散。

不是站在那朵云彩下的人，是体会不到那雨水有多么凉的。

许梦冬体会到了。

高考结束后，她拿了不错的高考成绩，却始终失魂落魄。

最先看出她不对劲的人是谭予。

那时许梦冬每天早上坐最早的客车到市里去谭予家，抱着厚厚的填写院校专业编码的大本子，两个人并排趴在谭予家的凉席上，共同研究去哪里读大学。

谭予知道许梦冬一直想去北京，就盯着北京的学校看，那几页都被他翻烂了。

许梦冬会突然瞪圆了眼睛，问他："你家是不是有人？"

谭予喘着气："哪有人？有什么人？"

谭父谭母带学生出去夏令营了，一个月，家里就只有他一个人住。

许梦冬绕着谭予家两个卧室、一个客厅走了好几圈，卫生间洗手池底下都不放过，低头检查了才放心。

她迎上谭予疑惑的目光，问："没人吗？那会不会有摄像头什么的？"

"哪有什么摄像头？这是家里！"

"那……谭予，你没有偷拍我的照片吧？"许梦冬直直看着他，"就是我们没穿衣服的照片，你有没有拍过？"

这都什么跟什么啊？

谭予有点生气，可看到许梦冬眼里的恐惧分明不是装的，一瞬间心又软下来。

他从自己身上找原因，女孩子心思敏感是正常的，是他考虑得太少了，没有顾及许梦冬的感受。

认识到自己错处的谭予说改就改，接下来的几天专心填志愿，绝对不动许梦冬一根手指头。

许梦冬是艺术生，提前批次录取，他帮她把院校专业编号都查好了，写在纸上，交给她，然后帮她打开电脑，登录填报页面。

许梦冬指尖轻轻点着鼠标，若有所思，过了一会儿忽然回头问谭予："谭予，我想喝奶茶。"

"啊？"谭予说，"行，那你填，填完了咱俩去楼下买。"

楼下就有奶茶店。

"我不想喝那个，我想喝咱学校门口那家。"许梦冬看了看墙上的挂钟，"那家阿姨每天珍珠就煮一桶，下午就没了。"

谭予虽然不知许梦冬为什么一定要喝那一家的，色素粉和植脂末冲出来的奶茶，也没好喝到哪儿去，可她提了，他就二话不说照办。

"那你在家等我？"

"好啊。"

骑自行车一来一回，半小时后，谭予拎着两杯奶茶满头汗水，一进门却发现电脑关了，凉席重新铺好了，许梦冬走了。

他打电话，那头倒是很快接起："谭予，我家里有点事，我要先回去了。"

谭予抓起钥匙转身："我送你去坐客车。"

"不用不用！"许梦冬拒绝，"我都到车站啦！车马上就开了。"

话筒里真的有嘈杂人声，谭予信了，可又觉得哪里不对。他问许梦冬："你志愿都填完了？"

"填啦。"

"提交了？"

"嗯。"

许梦冬的声音依旧很自然，甚至带着笑。她告诉谭予，自己填了北京的戏剧学院，以她的成绩，十拿九稳。

回了家，她又把同样的话告诉了姑姑姑父，说自己要去北京了，那是全国最好的艺术院校，走出了那么多明星，她以后也会是其中一个。

许正石蹲在院子里抽烟，不敢看许梦冬。

许梦冬主动走过去，停在他面前，自上而下睇着他，眼里全然没有刚刚的笑意，只剩漠然："爸，我要去北京了。"

许正石低着头抠地上的石子儿："好，好，挺好的……"

许梦冬向前一步，把那小石子儿踢远，然后用仅他们两人能听到的音量沉声问许正石："那些照片，你发出去了吗？"

许正石已经澄清过无数次，最后时分他后悔了，并没有让那些照片流出去。

他仰头，一遍一遍重复："冬冬，你信爸爸，爸爸真没有，真没有……"

许梦冬不在意他眼里的泪光，也不再相信那眼泪是否代表悔恨，究竟有几分真诚。

她没说话，转身，又被许正石叫住。

"冬冬，爸爸现在没钱了，外头还有债，你上大学，爸可能帮不了你太多。"

许梦冬说："不用，大学有空闲时间，我自己可以赚生活费。"

"那学费……学费我跟你姑姑说了，她会给你。"

"也不用，"许梦冬很冷静，"除了第一年，剩下的所有学费我也可以自己负责，不劳你费心。"

"那……冬冬！"

她的脚步再次被许正石的呼喊绊住。

"冬冬，你是个有出息的孩子，将来一定有前途，爸爸替你高兴。"也许是感受到了许梦冬的决绝，知道她很难再原谅自己了，许正石挤出一个难看的微笑，"等把事情都处理好了，爸爸去看你。"

许梦冬笑了声，慢悠悠回头，笑着问许正石："看我？去哪儿看我？北京？"然后又自问自答一般点点头，"行啊，来呗。"

许正石没瞧见她眼里的嘲弄。

没人知道。

所有人都被蒙在鼓里。

她在提交信息的最后一刻，把第一志愿改去了上海。

上海的学校也很好，也是专业里的王牌，一片通途。可对于许梦冬来说，这只是一场无人可诉的孤独逃亡。

她甚至顾不得所谓前程，所谓未来，只想逃跑。

她原谅过许正石一次，原谅他那些掐死她的恶行，可却换来了变本加厉的对待。她光是想想那些见不得光的照片就几近窒息，她不再对"父亲"和"家人"抱有任何幻想。

跑，随便跑去哪里都行。

只要别被找到。

只要逃出生天。

老天保佑，留她一条活路。

同样的暑热，同样的盛夏，同样的大太阳，隔了八年，再次照在这对父女身上。

许正石因为开车暴晒，左边胳膊已经晒出黑红黑红的不自然的肤色。

他平时在车上是舍不得开空调的，可现在闺女在车上。他怕许梦冬热，把空调打开了，继续悄悄观察许梦冬的神色，小心翼翼瞄一眼，再瞄一眼，像阴沟里的蛆，不敢直视阳光。

"许正石，你说话不算数。"

许梦冬拒绝那个称呼。

她看着后视镜，盯着许正石灰黄的眼珠，神色淡淡的："你还记得当初怎么答应我的？"

许正石讷讷："……冬冬，我没去打扰你们。"

"我问你话呢！当初是怎么答应我的？？"

许梦冬的音量陡然升高。

"我答应你……答应你再也不回家，这辈子再也不见你们，死也死在外面……"许正石重复着当时的承诺。

.236.

那时他们打着电话，他看不见许梦冬面若死灰的脸，只是一遍遍重复："冬冬，我答应你，老爸对不起你，老爸对不起你……"

"不要再说这种话了，真的恶心。"

说完，许梦冬挪开眼。

接到录取通知书后，许梦冬一天都没多留，只身一人去了上海。

那时离开学还有一段时间，她想早点去，找份包吃住的工作，起码先把第一个学期的生活费赚出来。她坐绿皮火车，倒了两趟，拎着两个大编织袋，里面是衣服、书、日用品。如果不是她那张明艳年轻的脸，看着真像逃荒的。

也多亏了这张脸，她找到的第一份工作是在上海一家影楼做助理，负责帮摄影师拿道具。

上班的第三天就挨了骂，因为她发现自己惧怕镜头，惧怕一切黑洞洞的能留影的东西。影楼老板拿着她的录取通知书挪揄她："你不是表演专业的吗？你这以后怎么拍戏啊？"

许梦冬觉得有道理，开始有意识地克服。

然而麻烦这东西是永远克服不完的。你迈过一座山，还没喘口气呢，眼前又有一条河，你过还是不过？

当一切都安定下来，她借了个外地手机号给姑姑打了个电话报平安。毕竟是不告而别，她告诉姑姑自己马上要入学了，一切都好，却绝口不谈自己此刻站在哪一座城市的土地上。

姑姑犹犹豫豫，先是哭了一场，然后和许梦冬说了实话："你爸被打了，现在在医院。"

他欠了四十万，还了一半，剩下那一半的债主找上了门。

都是一群放高利贷的人，催收手段可想而知。当时称兄道弟的关系，转眼就成了仇人，许正石被打进了急诊。

许梦冬握着手机，手心里冒汗，却生生忍住了冲动，她不想问发生了什么事。

她在心里告诉自己，许正石这个人是死是活都与她无关，他们的父女之情已经断了，在他对她下了狠手，拍下那些照片的时候就断了。

姑姑好像也明白许梦冬的苦楚，在电话里安抚道："没事，没事，冬冬，你一个人在北京好好的，家里人帮不上你，起码不给你添麻烦，这边的事不用你管，你照顾好自己就行。

"有事儿给姑姑打电话。

"你爸没事，以后……以后的事，以后再说，有姑姑呢。一家人，姑姑不会真扔下你爸的，放心吧。"

许梦冬心如刀绞，因那句"一家人"。

挂断电话的最后一刻，心里的枷锁断裂开来，她听见自己的声音不受控制般猛然问出："还欠多少钱？"

姑姑没回答。

"姑，你算个数吧，告诉我，还差多少钱。"

"还差二十万。"姑姑哭着说，"实在不行，我再借一借，再借一借……"

再借？拆了东墙补西墙吗？

许梦冬没有说话。

挂断电话之后，她开始给之前所有联系过她的经纪公司打电话。

不是有人看好她吗？不是要和她签约吗？可以啊，预付二十万，谁拿得出来，她就和谁签。

后来想一想，那时的许梦冬有不幸，却也有幸运。

幸运的是没遇到什么坏人，老周把她签了，虽然是个小作坊，但好歹是个正规公司，毕竟漂亮的缺钱的年轻女孩太容易走歪路了。

不幸的是，那份合约简直称得上霸王条款。

钟既有一次看了许梦冬的合同，卷成纸筒敲她的脑袋："你这里面装的是什么？你不看内容就签约？我可以明白地告诉你，这就是流氓合约，你被人拿捏了。"

拿捏就拿捏吧，也没有什么办法。

许梦冬朝钟既笑了笑："我那时候缺钱啊，二十万呢。"

"你要二十万干什么？"

"替人还债。"

"替谁？"

许梦冬依旧笑着："替我爸。"

最后一次。

那是她最后一次称呼许正石为爸爸。

许梦冬在电话里告诉许正石："二十万我替你还了，但你得答应我一件事。"

许正石沉默着。

"你走吧，随便你去哪儿，过得是好是坏，你走，不要再出现在我和姑姑面前，我们不想再被你连累。

"从今天开始，我们再也不是一家人，你可以继续赌，哪怕是被人打死了，也要死在外面。你放心，我会给你买最好的骨灰盒，报答你养我一场，但我不会去葬你，我再也不会见你。"

还是沉默。

两头都是沉默。

后来是许正石先开口："好，我答应你。冬冬，对不起。"

在许梦冬离家没多久后，他也黯然离开，人间蒸发，从此再也没有露过面。

再后来，就是许正石被捕的消息传出来。

当时和许正石走得近的那伙人，要么早早抽身自保，要么和许正石一起被抓了。高利贷、非法集资、为网赌平台引流……许正石只是个边缘人物，自己也背了一身债，也是受害者。他在看守所没住多久，很快就判了，六年。

六年，六个春夏秋冬。

好像也就是一眨眼的工夫。

可再相见时，很多人和事都不是当年的面貌了。

许梦冬看了看时间，刚好半小时，她不想再和许正石待在同一处，车里的气味让她不舒服。

她说："把我送回刚刚吃饭的地方。"

"别，你现在住哪儿？还和你姑姑一起住吗？我送你回家。"

"送我？"许梦冬目光陡然凌厉起来，"你想干什么？你想打听我们住在哪儿？"

她炸了毛："我告诉你许正石，你想都别想！别再出现在我们面前！

"今天我和你见这一面就是要提醒你，离我们远一点！

"杀人不过头点地，你还想怎么样？"

许梦冬红着眼，大喊："你到底什么时候才能放过我！"

够了，真的够了。

许梦冬不想承认，她好不容易构建起来的关于"家庭"的信心，关于"家人"的温暖幻想，再次被击得粉碎。

许正石甚至什么都不用做，他只需要轻飘飘出现一下，就能瞬间把她拽回那些不堪的污沼里去。

许正石这个人本身就是一种提醒，像寂静夜里猛然拉响的警报，提醒她不要对任何关系抱有长久不变的期待。

妈妈的离开告诉她，血缘关系不可靠，许正石则教会她，家人不可信。

所以人们前赴后继地抱团取暖到底是为了什么？

就是为了互相亏欠，互相怨怼，然后撕破脸皮，嚼别人的骨头喂饱自己？

多可笑。

如果结局殊途同归，那还不如一开始便各走各的，还能给彼此少添点麻烦。

许梦冬站在那家饭馆门口，不肯先走。她必须确定许正石先离开，确保他不会尾随，不会看见她往哪个方向走。

饭馆老板娘出来倒垃圾，刚好看见踟蹰的许梦冬。她打了个招呼："姑娘，还没走啊？你爸呢？"

许梦冬像丢了魂："能看出那是我爸？"

"那咋不能呢？"老板娘笑着说，"你和你爸长得不像，但他看你那眼神就是爹看闺女，担惊受怕、战战兢兢，生怕你不高兴了，受委屈了……嘻，全天下当爹的都是同一颗心。"

许梦冬轻笑了一声，心说，担惊受怕是没错，可不是因为父亲的心。

许梦冬在最热闹的街口站着，直到天黑透了，才找了个代驾开车回家。

谭予已经在小区楼下等了两个小时，远远看见车进来，赶忙迎上去，步子有些急。

一拉开车门，他就闻到一股特别重的烟味。

他自己没有抽烟的习惯，且车上没有任何香熏，也正因此，这一股烟草气被无限放大，不怎么好闻。一开始他还以为是代驾在车里抽烟了，谁知许梦冬坐在后排晃着手里的烟盒，朝他笑了笑："我试了，学不会。"

谭予拉开车门坐进去，第一反应是查看她身上有没有伤，他怕她见到许正石后控制不住伤害自己。见她好端端的，他一颗心才放下来。

"怎么忽然要学抽烟？"

"没有，我只是好奇。"

许梦冬摸了摸嘴唇，有残存的苦味，她是下午在许正石身上闻到熟悉的烟味才心血来潮。

"我就是想试试，烟、酒、赌……这些让人上瘾的东西到底有多神奇。那么多人戒了那么多年，却怎么也戒不掉，家破人亡也不在乎。"

这话一出，证实了谭予的猜测。

他顿了顿，轻声问许梦冬："见到了？"

"嗯，见到了。"许梦冬说，"我特威风，我骂他，让他不要再出现在我面前。我可厉害了，真的。"

许梦冬低头抠手，一边说一边笑，可是笑着笑着，大颗大颗的眼泪就忽然掉了出来。

"我真的恨他，可是为什么我看见他穿得破破烂烂，脚上是冬天的厚鞋子，老成那个样子，背都直不起来，我还是心里不好受？

"他要是过好日子，我会生气，但真亲眼看见他过得不好，我好像也没觉得解气……

"谭予，到底是为什么？"

她反复地询问，落在谭予耳朵里也是一阵阵心酸。他叹了口气，长臂一揽，把许梦冬捞过来，按在怀里。

狭小的空间里，她身上有淡淡的烟味，眼泪濡湿他的衣领。

"很多事情就是没有原因的，人因为有感情才算复杂动物。"谭予轻轻拍着许梦冬的背，轻声哄，"没事，如果你愿意跟我讲，我随时都愿意听。"

这话他说过无数次了。

可每一次的答案都是拒绝。这一回也一样。

许梦冬的额头贴着谭予的锁骨，手臂钩着他，轻轻摇了摇头："谭予，我还没准备好。"

声音被闷住，听上去不那么清亮。

"没关系，不急。"

许梦冬说："不，我的意思是，我好像对你说大话了。

"我好像还没做好组建一个家庭的准备。我以为我可以，但其实不行。

"我还是没办法相信别人，包括你。"

谭予笑了一声："虽然意料之中，但听你亲口这么讲，还是有点难过。"

他松手，换了个舒服的姿势抱着许梦冬，脸颊贴贴她的发顶，温声说："没事，慢慢来。"

"你能等我多久？"

"你猜呢？"

许梦冬沉默了一会儿，小声说："谁知道啊……"

"小白眼狼，原来我这八年都喂狗了，"谭予抬起她的下巴，亲了亲她的嘴，假装厉声，"好的不学，净学些乱七八糟的，你再敢抽烟我捏死你。"

一声微信响。

谭予腾出手来看了一眼，迅速关了屏幕，似乎是怕许梦冬看见似的。可还是露馅了，许梦冬眼尖，一眼就瞧见那是然然的头像。

她朝谭予伸出手："你跟然然说什么了？"

"你应该问然然都跟我说了些什么。"

"哦，"许梦冬保持着索要手机的姿势，"给我看看，她都跟你说什么了？"

谭予才不会给呢。

他按着许梦冬的后颈吻下去，品尝她齿间残存的那点烟草味。直到他的口腔里也尽是苦涩，他才和许梦冬额头抵着额头，低声说："然然告诉我，她也不知道你的许多事，你走了太久了。我们这群人，都被你抛在身后了。"

许梦冬默然。

"我有点挫败感，冬冬。"

挫败来源于他们分开的这些年是实打实的时光，他们在不同的轨迹里各自雕刻人生，可再相逢的时候不论曾经多亲近，不论能把那亲近重塑几分，也终究不是从前的样子了。

许梦冬欠他很多真相。

她不肯说，他也没法逼她。嘴上说着不急不急，天知道他都要急死了。

当晚，许梦冬只睡了几个小时，趁这短暂的时间，竟还做了个奇怪的梦。

她梦见谭予和许正石见了面，两个人还打起来了，打得特凶，互相都是要命的架势。

许梦冬在梦里是旁观者，想拉架，却怎么也使不上劲儿。

谭予回头喊她："冬冬，你帮谁？帮我还是帮他？"

许梦冬急出汗了，两人不论是身材还是年龄，怎么看都不是同一个级别，她脱口而出，冲谭予喊："你轻点啊！他打不过你的！"

谭予停了手，眼里流露出难过："他也打了我呀！"

许梦冬急死了："好好好，要不这样，你打我，打回来，就当扯平了行不行？"

谭予当然不会对她动手，他只会委屈地望着她，说："你都不关心我，也不想着我。

"你只会欺负我。

"我明明也受伤了……

"许梦冬，你根本不爱我是不是？"

……

梦里，谭予墨黑的眼睛盯着她，盯得她心都快碎了。

她使劲深呼吸，醒了。

天光已大亮。

她摸一把脑门，汗是凉的，再往下，也是湿漉漉的，那是眼泪。

她抓起手机就给谭予打电话。

等待电话接通的那几秒，她脑海里迅速闪过的是谭予与她的约法三章。他那么严肃，说出的话是一百分的认真。

他说，永远不要再说什么扯平之类的话，不要再对他藏私，不要把他当个外人，如果再有下一次，就是他们彻底结束的时候。

许梦冬慌了神，她甚至有点分不清梦境和现实。

不能吧？不会吧？谭予昨晚不会误解了她的意思吧？她没有要和谭予分开的意思，一丁点都没有。

电话等待音持续响着。

每响一声，就在她心尖上多坠一枚砝码。

许梦冬犯了轴，谭予不接，她就一遍一遍地打，最后急到眼泪都掉下来，电话终于通了。

接电话的人却不是谭予。

"我说冬冬啊……"韩诚飞那边特吵，有模模糊糊的广播电子音，"你这啥急事啊？谭予去托运了，他手机在我这里呢。"

许梦冬怔住："你们要出门？去哪儿？"

韩诚飞翻了个白眼："我说你最近是不是忙糊涂了？上海有农产品展销会，我和谭予要去一趟，提前好几个月就定下来了。"

"……他没说啊。"许梦冬的声音弱了下去。

韩诚飞难免替谭予打抱不平，忍不住捋许梦冬："你也多少关心关心我兄弟，成吗？"

许梦冬问："你们去几天啊？"

"一个星期，半个月，都有可能。哎，谭予回来了，你跟他说吧。"

"算了算了，一路顺风，落地我再联系他。"许梦冬脸一热，直接挂了电话。

韩诚飞说得没错，她的确对谭予的关心有点少。

歌词里说，被偏爱的有恃无恐，可大多数被偏爱着的人都意识不到自己正在经历一场多大的幸运。简而言之，还是不知足。

许梦冬躺在床上翻看她和谭予的聊天记录，却发现在所有的对话里，谭予永远是结束对话的那一方，从来没让她的回复飘在空中。

谭予还特别喜欢说"我爱你"。

尽管收到同样回复的次数屈指可数。

平时不善于剖白自己的钢铁直男竟然喜欢隔着对话框表白。许梦冬咬着手指偷笑，为这可爱的反差。

她翻个身，趴在床上，给谭予发消息：【虽然不常说这种话，但是我爱你，你知道的，对吧？】

谭予那边应该到了起飞时间，他回了一条：【抱歉，我不知道。】

然后就再没后文了。

这透着心酸的几个字让许梦冬心里七上八下的，黑龙江到上海两千多公里，三个多小时，许梦冬举着手机，像是有感应似的，知道谭予正在离她越来越远。

直到飞机降落，失而复得的信号如纯净的氧气灌满胸腔，许梦冬终于收到了谭予延迟了三个多小时的消息。

谭予：【抱歉，我不知道。】

谭予：【所以冬冬，麻烦你多说几遍给我听。】

谭予和韩诚飞落地，先去酒店放行李。自从创业开始，类似的展销会，大大小小的，他们去了不知多少。这次的规模比较大，又是在上海，两个人不得不亲自来。

"晚上你自己吃饭吧，我约了人。"谭予说。

"啊？约谁了？带我一个啊！"

"不方便。"

谭予把韩诚飞甩在酒店，自己出了门。

如果不是不得已，上海这座城市，他是真心不想再踏足了。

因为实在有些不好的记忆。

他那年鼓足勇气来找许梦冬，满腔怒气，想让她为自己的不告而别给个交代，然后他再狠狠教育她一番，再然后……

谭予那时想得简单，他不觉得他们之间会遇上什么棘手的、不可调和的矛盾，横竖就是吵吵闹闹。他想问问许梦冬到底对他哪里不满，哪里都行，他都愿意改，只要还能重归于好。

他想进入她的未来。

可惜，他来到上海的第一天，就在许梦冬的校园里看见她和一个男生并排走。深秋梧桐落尽，满地都是脆黄的枯叶，踩上去吱嘎吱嘎响，谭予看见许梦冬瘦得不成样子，而那男生站在许梦冬面前，以半拢着的姿势替她挡风。

他这辈子都没有那样的崩溃时刻，仿佛她脚底下踏着的不是落叶，而是他的一颗心。

时移世易，万事难猜。

谁能想到，几年以后，他会主动约那男生见面，以平和的姿态聊天交谈。

几个月前，钟既录完综艺，离开小兴安岭时给谭予留了自己的联系方式。

谭予没当回事，且心里难免有醋意，但钟既强硬地把联系方式扔给他，说："谭予，你别嘴硬，你小子总有一天有事求我。"

这一天来得很快。

然然发来的消息，谭予深觉有道理。

——【我姐走了太多年了，那些秘密她不说，我们根本不会知道，除非你能找到和她关系很好的朋友，无话不谈的那种……哎？我姐有朋友吗？】

有，而且就这么一个。

钟既很快给谭予回了信息：【行啊，你定地方，请我喝酒。】

谭予：【可以。】

钟既：【哦，对了，我还得多问一句，你今天找我是要问你前女友的事，还是问你现女友的事？我总要搞清楚你们现在是什么关系。】

谭予站在上海街头一隅，站在许梦冬也许踏足过、奔波过的地方。

头顶是安静的树影，他好像坠入一场永无止境的酷夏。

有些永冻的冰雪，总该融化吧？

谭予笑着：【不算现女友吧！许梦冬，是我未婚妻。】

刚录完综艺最后一期的钟既难得喘口气，他看到所谓"未婚妻"的称呼，差点被酸恶心了。

他接过助理递来的维生素和矿泉水，顺口聊起来："许梦冬要结婚了。"

"冬冬姐？"小助理觉得很合理，"正常啊，她那男朋友挺好的。"

他们当初去找许梦冬录综艺，结束的时候一致对谭予评价特高——挺沉稳一人，话不多，待人接物很周到礼貌，但也很有分寸感，通俗点说就是有点冷。可唯独对许梦冬是真好，一颗红心向太阳的那种好。

小助理说："我吃饭的时候看见谭予用干净的小碗盛了黄澄澄的小米粥，硬是耐心等凉温了再递给冬冬姐。"

那天节目组为了拍镜头，工作人员吃的都是有东北特色的铁锅炖，大锅饭，也不知道谭予是什么时候熬的粥，别人都没有，应该是给许梦冬的小灶。小助理好奇问了一嘴，谭予说："许梦冬前段时间胃疼，晚上不能吃太油的。"

连钟既都觉得许梦冬是走了什么大运，捞着这么个人。

但是吧……

"冬冬姐找到个不错的人，你怎么还不高兴呢？"

钟既伸了个懒腰："没不高兴，就是觉得有点太快了。"

这么快就确定关系，做好在一起一辈子的打算了？

"他们不是之前就认识很多年了吗？这还快啊？"

"你不了解她的情况。"钟既说，"二十多岁的人长了颗八十岁的心，每天纠结这个纠结那个，前怕狼后怕虎，她这人就适合孤独终老，不适合成家。"

"为何这么说冬冬姐？"

"阐述事实罢了。"

钟既不会把许梦冬的私事往外说。

他承认，在得知谭予要和许梦冬结婚的消息之后，他对谭予多了一丝怀疑，他怕许梦冬被谭予骗了。但转念一想，许梦冬那样铁石心肠油盐不进的人，谁和她在一块，怕还是对方受的委屈更多。

除非是特别耐心特别包容的人，多年如一日把许梦冬泡在一泓暖泉里慢慢感化，不然注定收服不了她。

这不需要很多技巧，但需要很多很多的爱。

钟既就持这样的怀疑态度去见了谭予。

他的行程不那么自由，于是约在朋友开的一家餐厅，一进门就看见早早到了的谭予。

谭予面前搁了一杯水，个子高，坐得端正挺拔，沙发那么软，他也没有东倒西歪。

钟既站在门口偷偷拍了张照片发给许梦冬：【虽然不是第一回说这话了，但你爷俩儿是真像样。】

许梦冬看到照片吓死了：【谭予去找你了？？】

钟既：【废话，你瞎啊？】

许梦冬当即打了个电话过去，被钟既挂断。

许梦冬：【你接电话！】

许梦冬：【我警告你，不许把我的事情告诉他。】

钟既想说你做梦吧，人家今天来找我是为了什么，你想不明白？

他把电话关机了，走过去，朝谭予打招呼："等久了？见你一直在看时间。"

谭予把手机放在一边，说："没有，我是在等冬冬回消息。"

"你没告诉她你来找我，对吧？"

"没有。有些事情她不想回忆，我也就不想揭她伤疤……可我一定要知道。"谭予语气极其坦诚，钟既甚至还从字里行间听出了点无奈。

"有什么意义？"

谭予沉默了一会儿，问钟既："你种过树吗？"

钟既表示不理解。

"我大学学的农林专业，天天和草啊树啊打交道，"谭予笑着说，"小兴安岭最常见的是松树，像红松、落叶松……松树生命力很强，保水能力好，耐寒，有时候奄奄一息，你以为它死了，但其实没有，它会在冬天调缓生长速度，被严寒改变，也变得更加适应严寒。"

钟既挑眉看谭予："所以？"

"可是再顽强的树种也难免会生病，"谭予继续说，"这个时候你就要耐心帮它换土、挪地、修剪枝杈、人工灌养……治病的过程会很漫长，需要耐心，而我这一门课程，从来都是满分。"

钟既听明白了。

他向后仰去，靠着沙发打量谭予，不夸张地说，他是在谭予说这番话后放下了戒心。倒不是他信谭予说了什么，而是谭予眼里的真诚快要满溢出来。

他有理由相信许梦冬确实是一株病树，从小到大经历风霜雨雪，长出了能够保护自己的针叶，可针叶也在汲取她的营养。她需要一个耐心的园丁来修剪、来拯救，然后长出新的枝丫，否则就将永远丑陋而孤独，永远立在悲凉的月光之下。

他不想看到许梦冬这样。

"行吧。"钟既把随身带着的文件夹放在桌上，递给谭予，然后找服务生加了两盏桌面灯，"你想知道的都在这儿了，你先看，看完了我再给你补充。"

谭予知道许梦冬睡眠有问题，有长期焦虑的症状，还知道她曾经求诊过精神科，也服用过一些药物来辅助治疗，这些年也一直保持着定期心理咨询的习惯。

钟既把许梦冬近些年的心理咨询记录都装订成册给谭予看。

"……你别担心，这个心理咨询师是我的朋友，也是我介绍给许梦冬认识的。做我们这行的，每天活在别人嘴里，难免有想不开的时候，心理问题是常见病。她一开始时每周两次线下咨询，后来回黑龙江了，就变成了每周一次线上，最后一次咨询是今年四月份。对话的所有内容全都有记载，她不会和心理咨询师撒谎。我懒得费口舌，你自己看。"

钟既要了一份轻食，用叉子戳着盘子里干巴巴的鸡胸肉和菜叶子，实在没什么食欲。可谭予翻看记录的表情倒是很有趣，很下饭。

他干脆就端着盘子欣赏谭予的神色变化，且能从这些变化里分析出谭予大概阅读到了哪里。

都是小事。

顺序是倒叙。

八个月前。

许梦冬下定决心回老家，退掉了在上海租的房子，临走前还被房东阿姨以卫生间墙壁有挂钩为由扣了一千块押金。

……

一年半前。

许梦冬接了个零食广告的拍摄，春节档剧情，演在外多年突然归家的女儿给父母惊喜，一家人紧紧相拥。许梦冬在片场 NG 了几十次，因为那场戏需要笑，可她一直控制不住眼泪，哭成了泪人。

……

三年前。

许梦冬终于还清了借钟既的钱，两套房子傍身，她也算是个小富婆了，可惜没一套留得住，一套送给姑姑姑父，一套要找个机会和借口赠与谭予，要不知不觉，还要让对方心安理得地接受。许梦冬和心理咨询师表达了自己的烦恼——从来没觉得送别人礼物是这么难的事。

……

四年前。

许梦冬因为不服从安排而被公司打压，只能拍些吃力不讨好的小角色。那年冬天，她被困在山区片场过年，剧组工作人员聚在一起包饺子，许梦冬不会包，被人嘲笑，她忽然想起以前有人教过她，可她当时不乐意学。

那人是谭予。

她当时想的是，即便她不会包，以后也有谭予操忙，只要有谭予在，她好像什么都不用担心，一切都能搞定。可她万万想不到的是，有一天她会离开谭予，她形容自己的感受，就好像是断了一只胳膊或是一只脚，她不再是完整的人。

……

五年前。

经纪公司周总瞒着她，把她塞进了一个全是大佬的饭局，几杯酒下肚，她被扶去房间，看不清脸的老男人对她上下其手，嘴上说着"放松，别怕，我除了让你舒坦，还能让你感受到父爱呢"，然后用满是酒气的嘴唇碰她的脸。许梦冬强撑着最后一丝力气光脚逃跑，蹲在深秋的上海街头痛哭。

她想不通，为什么"父亲"这个词能一直恶心她到这种程度。

……

六年前。

许梦冬偷偷瞒着经纪人和助理独自坐飞机飞北京，结果出发时在机场被围堵。因为那时钟既正在北京参加活动，所有人都以为她和钟既关系不明，多半是去探班的。许梦冬被钟既的极端粉丝飞来的热咖啡浇了一头，可她什么也没说，也不想解释，去卫生间擦了擦头发，坚持踏上飞机。

那天是北京某高校的校庆，每个院系都会出一名优秀学生代表拍照发言。她在官网得知谭予在列，她只是想去看一看，远远看一看就行。

……

七年前。

许正石入狱的消息传到许梦冬的耳朵里。那时许梦冬刚拍完那部让她崭露头角的校园网剧，凭着一副初出茅庐的新面孔，着实红了一阵儿。姑姑在电话里哭着对她说："冬冬，你回来看看你爸爸吧，好歹给他送点换洗的衣物。"许梦冬握着手机面无表情地拒绝，然后挂断，转身继续投身庆功宴的热闹中。

所有人都以为她是喝多了酒才眼圈泛红。

……

八年前。

许梦冬在许正石的手机里发现了几张裸照，那是压垮她的最后一根稻草。那之后不久，许梦冬就离开了家乡。可她人走了，心还没走，她用另一种"卖身"换了二十万，帮许正石还了钱，虽然后来依旧没免他锒铛入狱，但许梦冬已经尽力给这段父女之情一个体面结局。

……

八年间，上百页的心理咨询记录，她费心周全了所有人，却唯独没有周全自己。

该是有多失望和崩溃，才会愿意离开？

又该是多大的勇气，才会敢回来，敢留下？

钟既喝了口水，他看到了谭予震骇到近乎发白的脸色，特别是当读到八年前的那一段。

谭予显然不知道许梦冬当初离开的真实原因，这一份记录，扯掉了许梦冬在谭予面前最后一块体面的遮羞布。

从此她再也没有秘密。

钟既觉得，这是值得的。

他看着谭予通红的眼和紧攥的拳，突然放心了："看你这反应，我应该不用担心许梦冬了。"

"你应该能理解她之前的不告而别了。"

钟既不是个感性的人。

很多导演说过他表演程序化，因为缺少一颗感同身受的心，无法与角色共鸣，可唯独在许梦冬身上，他好像能感知到痛苦。

"许梦冬身上的这些事，也就只有她能扛得住，真的，但凡换个人，早崩溃了。"

说完，钟既忽然想起什么来，把那一摞资料翻到最后："她最后一次找咨询是在四月份，之后就再没有了。我朋友还悄悄问我，担心她出什么事，但现在看来，应该是她这几个月过得还不错，没时间想东想西。"

谭予当晚和钟既告别时，已是深夜。

上海的夏日夜晚，空气潮湿，适合故事发酵与滋长。谭予站在树下，听着来往的喧闹声，给许梦冬打了个电话。

许梦冬刚洗完澡，正在吹头发。

她下午去陪阿粥买东西，顺道把米米送回阿粥那里。小孩子和谭母相处久了，竟然还舍不得，狠狠地哭闹了一场，可看到了新家里有属于自己的小房间，又咧嘴笑了。

阿粥在幼儿园附近租了个两室一厅，包取暖费物业费，房租不高，适合她和米米住，今天买了一些小家电家具填补进去，顿时有了家的氛围，清灰扫尘，焕然一新，新的开始。

许梦冬关闭吹风机，听见电话那边清浅的呼吸声。

"谭予。"

"嗯。"

"钟既都跟你讲什么啦？"

看来自己去找钟既这事许梦冬已经知道了，谭予抬头，透过高楼之间的缝隙望月亮，他这会儿特别想念许梦冬。

"讲了点以前的事。"

在许梦冬的沉默里，谭予轻轻叹一口气："我突然发现，我没有任何怪你当初离开的理由，那已经是你当时能做的最好的选择。"

时隔八年，当他真正看见许梦冬血肉模糊的过往，这处心结终于打开。

"对不起。"

"对不起。"

他们同时说了这句话。

许梦冬笑了。她回了镇子，这会儿在谭予寝室，换了新床单新被子，还给寝室的地板铺了一层毛茸茸的毯子。她发现她不再习惯一个人住，哪怕谭予不在，她也愿意待在他的房间，在他睡过的床上安然入眠。

"这有啥对不起的？"许梦冬说，"我还要谢谢你，谢你那时不计前嫌，又收留了我一次。"

年末那场大雪盖了满地清白，也盖住了许多秘密，后来经历草长莺飞的春，流金铄石的夏，一切终于得见天日。

许梦冬问："那你什么时候回来？"

"起码下周。"谭予想了想，"如果你想我早点回去，也行，只不过让韩诚飞忙一些呗。"

"不用不用，"许梦冬赶紧拒绝，"真不用。"

她只是在思考，谭予能不能赶上下周郑超然的升学宴。

"真的？"

"真的！"

谭予挂了电话，当即订了两天后的回程机票。

他告诉韩诚飞，自己只能参加展销会行程的其中一部分。韩诚飞叫苦不迭，痛骂谭予："就你有媳妇！我媳妇还大着肚子呢！"

谭予难得露出没皮没脸的一面："嫂子在你丈母娘家住着呢，现在最烦看见你，你当我不知道？"

韩诚飞嗷嗷嗷地叫："你就急这几天？"

"对，急。"谭予说。

然然告诉过他，许梦冬是个心口不一、嘴硬心软的人，她的不要就是要，她的拒绝就是祈求。

钟既也告诉他，许梦冬这个人啊，如你所说，就是一根木头，你不能指望她自己挪步，必要的时候，谭予，你帮帮她，帮她换换土、浇浇水，多陪她晒晒太阳。

谭予从没有这样踏实过。

许梦冬的咨询记录厚厚一摞，放在床头。最后一次记录发生在今年清明节后，也就是她回到小兴安岭的第五个月。谭予在当晚临睡前，借由酒店的暖橙色夜读灯又读了一遍，逐字逐句，很仔细，很缓慢。

【20230407】

——"你好像有一段时间没给我发消息了，最近过得还不错？"

许梦冬："是呀，还不错。"

——"可是钟既说你是因为最近缺钱才不找我的，毕竟我的咨询费用不低。"

许梦冬："别听他放屁。"

——"那能跟我讲讲最近发生了什么吗？"

许梦冬："可以，不过有点无聊，我依旧和我的前男友共同创业，前段时间他突然向我提出要和我重新恋爱，他向我强调是那种不计后果、不考虑未来、只活在当下的恋爱。他是看出我不想结婚，不想和他长长久久，所以退而求其次。"

——"妈呀，好惨一男的。那你答应了吗？"

许梦冬："答应了。"

——"嗯……"

许梦冬："我知道，你会觉得我很草率，我很自私。"

——"我没有这样觉得，我只是好奇，因为在我看来，你仿佛对感情很抗拒，且不信任，那为什么会信任他呢？仅仅是因为你们事先约好了这是一段没有结果的恋爱？这样结束时你的痛苦会少一些？"

许梦冬："不，还是会一样痛苦。我光是想到自己总有一天要和他分开，就心疼得快死掉了。这种感觉我经历过一次，真的扒了我一层皮。"

——"那为什么还要答应？"

许梦冬："是因为我拒绝不了。你没来过东北，我给你形容一下这里的冬天有多冷，就像是把你浑身浇透凉水，然后扔进冰箱冷冻层里冻三个月。但他就是冬天里的火炉。哦对，我还要再给你普及一下，我们这边平房取暖除了火炕就是火炉，小小的，烧木头的，上面可以烧水，我小时候喜欢靠着炉边写作业，再就着火炉烤两个地瓜吃。总之，既能管暖，还能管饱。"

——"我还是第一次听人这么形容自己的男朋友。"

许梦冬："是啊，他特别好。前几天清明节，我们家这边烧香烧纸，我闻到那个味道又有点不舒服，结果被他看见了……我告诉了他一些事。"

——"关于你爸爸？和盘托出了？"

许梦冬："那倒也没有，我只讲了我们没有血缘关系以及那个人险些掐死我的事。至于后面的偷拍，以及我帮那个人还钱的事……我没敢和他说。"

——"反正都是促使你离开的理由，说一条说两条，有什么区别吗？"

许梦冬："有，我不知道你能不能理解，我非常清楚他喜欢我的原因。开朗，坦荡，果断勇敢，坚硬，我们东北姑娘就是这个样子的，我展示给他的也是这样一张面具，但真实的我呢？心软，敏感，矫情，瞻前顾后，就连被人那样伤害了还放不下，贪图虚假的亲情，故步自封，真的很没出息。我不喜欢这样的自己，他也不会喜欢这样的我。"

——"过度揣测别人想法是烦恼之源哦。"

许梦冬："可能吧，但有一点我很确定。"

——"什么？"

许梦冬："哪怕以后的某一天，他认识到真正的我，不再爱我，我也愿意接受，并不会埋怨他。我永远感激他在我掉入谷底的时候一次次拉我上来。我觉得我就像是一棵树，他是捏塑我枝干形状的园丁，我永远感激他，甚至超过爱情的范畴。"

——"不是爱情？那会是什么？"

许梦冬："你知道我多想有一个真正的家。他不只是爱人，也是家人。是我自己选择的家人。"

一方水土养一方人。

极北之地的风霜雪野注定培育不出娇气的玫瑰。

东三省是前些年计划生育落实最到位的地区之一，几乎每家都只有一个孩子，因此男孩女孩的教养方式通通一样，管你是小姑娘还是小伙子，最重要的品质不是温柔内敛，而是勇敢坚强。多数东北姑娘从小听到最多的一句教诲就是——不许哭！

许梦冬也一样，可她接受的教诲要比别人还凌厉几分，因为她从小在姑姑手底下长大。

姑姑许正华是女中豪杰般的人物，年轻的时候就知道哥哥许正石不是个靠谱的人，指望他给父母养老送终怕是不行，于是她对上门说亲的媒人们提要求——

"我不用男方家有房有地，我就一个要求，人好，能踏实过日子。我不嫁到外面去，哪怕是邻村、隔壁镇子也不行，我要男方来我家里。"

俗称倒插门。

在那个年代，能接受倒插门的不多，于是许正华晚婚，三十多岁才结婚生孩子。好在姑父的确是个传统意义上的踏实好人，没什么不良习惯，闷头干活养家，缺点是性格火暴，常常和姑姑一言不合就"大打出手"。

倒不是真的动手，就是你推我一下，我搡你一把，饶是这样，也把小时候的许梦冬吓得嗷嗷哭。

姑姑一根手指头指过来："不许哭！我数三个数，给我憋回去！一！"

许梦冬缩在炕头，顿时不敢出声了，她死死咬着下嘴唇，用手背蹭眼睛。

后来，然然出生了。

然然可不吃数数这一套，管你数到三还是数到十，该发脾气还是发脾气，该哭还是要哭。她几岁的时候就拥有许梦冬一辈子也学不会的坦然——那种面对爱，接受爱的坦然。

然然小学一年级时春游，不小心把裤子磕破了，膝盖破了皮，当即闹开来，哭号着要老师给家长打电话，最后是姑姑姑父把手上的活计都推了，急急忙忙去接然然回家。

娇气有娇气的好，被爱和娇惯包裹长大的孩子，有天生的底气。

然然也让许梦冬意识到，其实眼泪也是可以被容忍的。

自那以后，她也偶尔会用哭泣来发泄情绪，不过是自己闷着哭，绝对不能被别人看到。

除非忍不住。

然然的升学宴在周末举行，在市里的一家酒店，包了其中一层宴会厅。当然然在台上拿着麦克风哭着说"我特别感谢我姐"的时候，许梦冬还是泪崩了，几乎是在众目睽睽之下捂着嘴跑出去，差点哭出鼻涕泡，要多丢人有多丢人。

亲戚、朋友、街坊邻居，大都来了，除了在外奔波的谭予和韩诚飞，以及阿粥。

阿粥委婉地告诉许梦冬，她前夫来找她了，两个人约好就米米的抚养问题开诚布公地谈一谈。

许梦冬不知为什么有种不安感，只能叮嘱阿粥务必注意安全。

她不顾形象地坐在酒店大厅的休息区擤鼻涕，旁边摆着升学宴的易拉宝。

她被然然的一句话感动到用了一整包面巾纸，偏偏这丢人的一幕还让来赴宴的谭予爸妈看见了。

谭母为了去街上买一个寓意好的红包和礼物，耽搁了时间。她听了许梦冬在这儿偷抹眼泪的原因，哈哈大笑："我就知道我们冬冬心软善良，又有很强的共情能力，我现在可比谭予还了解你……谭予呢？还没回来？"

"还没。"许梦冬说，"他还要在上海忙一段时间呢。"

"行，不管他。"

然后，她们又说起升学宴。

本地升学宴的习俗，一般是拿到录取消息后再办，而然然只出了成绩，还没确定最终去哪个学校。许梦冬解释说，是姑姑觉得过段时间肯定预订不到好的酒店，还不如提前办了。

"明智。"谭母竖起了大拇指，"这家酒店开了好多年了，谭予当时也是在这里办的。"

许梦冬笑了笑，没接话。

谭予办升学宴的时候她已经走了，自然也无从得知当时的热闹。谭予会不会也被爸妈逼着上台讲话？他又讲了些什么？

人生不是电影还能回看，有些事情一旦错过了，就再也无缘得见了。

许梦冬带着谭予的父母进宴会厅入座。

菜色不错，有她喜欢的松仁玉米，她坐在谭母的身边吃了几口，突然想起自己的手机还落在酒店大堂，于是返回去找，却意料之外地透过酒店的玻璃墙看见停驻在门口的一辆出租车。

蓝白相间的出租车，很旧，斑驳落灰。

她不信邪地挪了几步去看车牌号，继而心里一沉。

许正石是什么时候来的她竟然没发现，似乎是阴错阳差与她打了个时间差。待她迅速乘电梯跑回宴会厅时，一推开门，第一眼就看见了穿着广告印字文化衫的许正石。他坐在最角落的一桌，靠门最边缘的位置，闷头吃菜。

同桌的都是亲戚朋友或者街坊邻居，自然是认识许正石的，可谁也没和他搭话。他无视别人八卦的眼神，只顾吃自己的。

"老许家蹲监狱那个回来了啊？"

"怎么回来了？"

"造孽啊，他怎么敢回来？"

……

许梦冬气血上涌，根本不确定是不是幻听。

她撑着厚重的大门迟疑的这几秒，许正石已经看见她了。他迅速扒了几

.253.

口饭菜，又迅速起身想走，起身动作太快拽到了桌布，骨碟酒杯全倒了，碎了满地狼狈。

万幸，宴会厅很吵，没人注意到这边的状况。

许梦冬几乎是本能反应，上前一步把酒杯扶起来，在同桌人探寻的表情里，用冷到结冰的眼神瞪着许正石："你给我出来。"

正午烈阳，照得人头昏脑涨，微风并不能缓解一分一毫。

许梦冬不想被别人看热闹，却也不想钻进许正石的车里去说，车里的那股陈旧腐朽的气味似乎也把她的理智侵蚀到腐烂了。她索性就站在车边，用手撑着车顶滚烫的铁皮才能稳住身形，回头看向许正石的眼神像在烈火中淬过的刀："你来干什么？"

许正石连头都不敢抬，曾经的意气风发仿佛是上辈子的事，如今的他就是蛆虫，是老鼠，是见不得光要避开人群的肮脏生物。

尤其，要避开许梦冬。

他们说话间，已经有吃完饭的客人陆陆续续从酒店出来了。

许梦冬远远望一眼，本能地往许正石的反方向挪了一步。她再次开口，更加凌厉急促："我问你话！你来干什么？"

许正石闷声回道："然然考大学，我来送个红包。"

"缺你这个红包吗？！"许梦冬几乎压制不住火气，火苗在燎她的心尖，有令人作呕的焦煳味。

她死死盯着许正石："你答应我的，从来就做不到是不是？"

许正石终于有了反应，他连连摇头，许梦冬看见他已然泛白的头顶也有了秃头的迹象。

"不是不是，冬冬，"许正石磕磕绊绊地解释，"我这次回来是和你姑姑聊点事，我不久留，你放心……"

"许正石！"

许梦冬终于忍无可忍直呼大名，略微提高的声调也吸引了门口将散的宾客。姑姑就站在酒店门口送人，远远看见这父女俩在大街上对峙，慌了神，一路小跑过来："冬冬，冬冬，你爸是我叫来的，让他过来吃个饭，没别的……咱别在这儿说。"

姑姑拉着许梦冬僵硬的手臂，却无法拽脱她气愤到极点的锋利眼神。

"姑，你知道？"许梦冬声音飘忽，"你叫他来的？所以你们一直都有联系，就只是瞒着我？为什么？"

姑姑也被她的反应骇到，眼神开始游离："别，别在这里吵。冬冬，你先上车好不好？我跟你姑父说好了，晚上要回一趟镇上，去一趟咱家的老房子。

"……有什么事晚上再说，咱们自家人关起门来说话，别在这里，让大伙看笑话……"

还要回镇子。

有那么一瞬，许梦冬真的有破罐破摔的念头。笑话？那就让大家都来看好了，反正丢人都丢到这份上了，多一分少一分有什么要紧？干脆把家里这点破事全抖搂出去，让人都来评一评。

可看见姑姑脸上的焦急神色和她今天为了然然的升学宴特意穿的红色连衣裙，许梦冬到底还是心软了。

她摒着心里的恶心，扭头："我不坐他的车。"

不远处，酒店门口，谭父谭母并排站着往这边张望。

他们无意看热闹，只是酒足饭饱，想和许梦冬打声招呼就走，谁知看见了别人家的私事。许梦冬的家庭构成他们都是了解的，稍微想一下就知道，那个看着不大体面、穿着泛黄文化衫的男人是谁。

谭母犹豫许久，最后隔着老远清楚地看见阳光底下许梦冬眼里的湿意，终于是下定决心给谭予打了个电话。

"谭予你赶紧回来。"

"怎么了？"

"我管你是在哪儿，北京还是上海，哪怕你现在在南极你都给我滚回来！"谭母叉着腰，"忙忙忙，一天到晚瞎忙，你管不管冬冬？"

此刻的谭予刚下飞机，在哈尔滨落地，正在转盘等行李。

"冬冬怎么了？"

"我和你爸来参加冬冬表妹的升学宴，好像……看见冬冬她爸了。"

电话里，谭予的语气很平静："冬冬什么反应？"

"吵架了，还哭了。"谭母再次发怒，"你赶紧回来！我儿媳妇挨欺负了，你管不管？"

谭予说了声"好"，电话就被挂断了。

从哈尔滨回伊春还要倒火车，平日里短短的一段路到了这种时候简直要急死人。谭予握着行李箱把手，一边给许梦冬拨电话，一边到机场出口打车。

许梦冬很快接了电话，周遭很吵，酒店旁边就是商业街，不知是哪家店在做促销广告，大喇叭喊出的宣传语模糊刺耳。相比之下，她的声音就沉静得有些离谱了，且挂着一种僵硬无温度的笑意问谭予："怎么啦？怎么突然给我打电话呀？今天不忙吗？"

谭予脚步顿住，反问她："你呢？今天在做什么？"

"没什么呀！然然今天升学宴，可惜你赶不上了。"她停顿一下，把手机换另只手拿，"菜可好了呢，有我爱吃的松仁玉米，不过我忘了问这席是多少钱一桌，酒水也不错。

"然然感动死我了，死丫头还当场感谢我呢，给我整哭了。

"你说然然最后能录到哪个学校呢？

"今天她还问起你，问你怎么没来，我说你出差去了……"

"许梦冬，"谭予打断她，"你有没有事要跟我说？"

.255.

许梦冬答得特别快："没有啊。什么啊？"

"我再说最后一遍，遇到事了，要和我讲。"谭予咬着后槽牙，面色很冷，"你还好吗？"

许梦冬笑了："什么玩意儿……你安心出差，我真的没事。真的。"

许正石是回来借钱的。

确切地说，是拿钱。

他们一起走进那间老房子。

许多年没回来，姑姑看见老房子被许梦冬重新打理了，有些触景生情，可看见许梦冬僵硬的表情，又讪讪地耷拉下肩膀。

这间屋子里的一家人，滔天翻搅的一些事，许梦冬是最可悲的苦主。

"冬冬啊，这老房子是你爷爷奶奶留下的，其实不值什么钱，原本也没人买，但是最近有人和我问价，也是咱们以前的老邻居，你叫李姥爷的那个，他跟他儿子去南方住了几年，不适应，打算回来，看上了咱家的房子。"

闻言，许梦冬露出难以置信的神情。

"这个房子就卖了吧，加上咱家的地，反正也没人种，就包出去，凑凑能有个几万块钱……"姑姑说话的时候，许梦冬一直没瞧见姑姑眼里的神色，因姑姑全程不敢直视她。

"你爸上岁数了，身体也不好，开出租车挣不着钱，我打算让他去我鹤岗的朋友那里做铝合金门窗……你放心，离我们很远，是个小店，但好歹你爸有这门手艺，也不浪费，赚得能比以前多点，能给他自己攒点养老钱。"

许梦冬近乎崩溃，她看着姑姑的嘴唇一张一合，却仿佛根本听不见声音。

她微愣地发问："为什么？"

"……就是想让你爸有条活路。"姑姑那样刚强的人，却也屡次为了许正石抹眼泪。

"活路？"许梦冬语气干涩，"凭什么？谁又给过我活路了？"

她险些站不稳，一手撑着角落的立式吸尘器。

那是她刚搬回来的时候添置的，用以代替屋子里原本那把旧到掉渣的笤帚。

空调、电视、取暖器、衣柜、墙纸、便捷煮饭的小饭锅……

老房子里的所有东西，要么是从前留下的，那些都陪许梦冬度过了她整个童年和少年时光，要么是她自己后面慢慢填补的，犹如填补自己内心的小小缺口。她离家，又归家，在这个过程里逐渐完整自己锯齿状的灵魂边缘，现在却又要把这一切让出去。

许梦冬从喉咙里溢出一声凉丝丝的笑。

她是真的觉得好笑。

"冬冬，我们毕竟是一家人。"

姑姑在叹气。她并不知道如今许梦冬最听不得这三个字。

"一家人？"许梦冬上前一步，细细地、努力地观察着许正石，"你拿我当一家人了吗？

"这话我想问你许多遍了。你究竟是真的把我当你的女儿，还是只当一个小猫小狗？你顺心的时候会回来看看我，对我好，不顺心了，你会记起我莫名的出身，然后毫不犹豫把我掐死？"

许梦冬的声线特别平稳，内心毫无波澜，毫无生命力。

"……哦，还有，又或者是在你有需要的时候，毫不犹豫把我抽筋扒皮卖了换钱？"

此话一出，许正石顿时往后退了一步，胶鞋底蹭着水泥地面有沙沙声响。

这话里的意思，许梦冬明白，他也明白，这间屋子里三个姓许的人，唯独许正华不知道当初那些照片的存在。

许梦冬没有公之于众，甚至连她自己也想不通这到底是给许正石遮羞，还是给这段虚假的父女情最后保有一点点残骸。

"我问你呢，爸？"

太久太久没有发出这个音节了，有些陌生。

许梦冬在脱口而出的同一秒，眼泪夺眶。

"我是真的把你当爸爸。你呢？你有把我当女儿吗？我多希望你真的把我当成女儿，我就是你的女儿。"

她的眼泪再也止不住。

好像经年的委屈都在此刻喧嚣、升腾、冲破她的皮囊。她缓缓蹲下去，吸尘器的杆倒下来，砸在她的背上。她仰起头，盯着许正石，问出最后一句话："你对我有过一点歉意吗？"

口头上的道歉不算，下跪求饶也不算，真正的歉意是要用行动来表现的，只承认错，却不弥补，倒还不如一错到底。

"你要把我从小到大生活过的房子卖掉，把我最后一点回忆也毁掉，然后拿着钱再次远走高飞。"许梦冬哭到撕心裂肺，"爸！我也不想把那些事记一辈子，我也不想这一生都困在那个噩梦里！

"我只想让你补偿我，有这么难吗？！"

许梦冬终于亲口承认，她并非下定决心一辈子不再原谅许正石，只是希望许正石能认识到对她的亏欠，包括那些年的遗忘、抛弃、背叛、轻视……

社会规则上他做的错事自有法律去处罚，六年，够了。那父女情分上的呢？

"我一直在等你一句真心实意的道歉，我在等你告诉我，是你对不起我，你会弥补我，你会留下来担负父亲的责任，当个好爸爸，补偿那些以前。"

许梦冬瘫坐在地上，水泥地冰凉。

"但是没有。

"如今你面前摆了一条更轻松的路。你走了，远离我，就不必受良心谴责，所以你还是选择抛弃我，再一次抛弃我。

"是我的错，我根本不该抱有这样的幻想。"

对亲情依旧怀揣信心——许梦冬此刻清楚地得以认知，这是她所有痛苦的源头。

此时夕阳西下，彻底坠入山的那头，浩渺天地变成暗色的樊笼。

许梦冬离开家，失神地走在田埂上，石头硌得她脚心生疼，再往一边看，是一大片无垠的墨绿。风吹叶浪，那是正在生长的大豆，它们在春日落地，在盛夏汲取太阳和雨水，而后即将在秋日迎来金色的丰收。

这是自然规律。

但她从小就听过另一句话，叫自然无常。

即便是种地这样一分耕耘一分收获的活计，也难免遇到天灾年，遇到洪水，遇到干旱，可能颗粒无收。

付出，也不一定就会有回报。

这就是无常，你得认。

可许梦冬越是反复劝说自己，越是觉得委屈。她明明也没有奢求很多，就这么一点点，怎么就不能如愿？

刚刚她离开的时候，姑姑拉住她，眼泪汹涌地劝她："冬冬，是你爸爸不好，是他对不起你，孩子，你受苦了。"

许梦冬没有看向姑姑，而是再次望向许正石。

话都说到这个份上了，他依旧低着头，依旧没有站出来，全程沉默，没有任何表态，连句话都没有说。

这么多年，许梦冬终于在这一刻彻底死心。

他有什么滔天大罪吗？也未必。

他只是自私而已。

你无法指责他。

许梦冬发觉自己没地方可去，便在田埂边上坐了一会儿。

她刚回来时，也是坐在这个位置上看雪，那时是谭予朝她伸出手，把她拉起身。现在谭予不在，她得自己站起来。

夏末的野外，蚊子毒得像是能吃人，许梦冬裸露在外的皮肤几乎全都被叮了，起了一个又一个红肿的大包。一轮明月挂起时，她终于起身，往基地的方向走去。

她不会傻到一直在田地里喂蚊子，没人爱护她了，她得自己爱护自己。

然而……

她走到基地厂房，发现工人们早已下班，院子里昏暗到只有月光照明，估计是电路又坏了。她低头在包里翻钥匙，打算在谭予的寝室睡一晚。

此时，身后一道高大的阴影罩住她。

很难说电光石火间她猜到了什么，她还以为是谭予回来了。

她转头，月光背投，只知道是个男人，却看不清来人的脸。

可下一秒，一块砖头朝她额头砸了下来，力道十足。

许梦冬在失去意识的前一秒，看见了掉在地上的砖。

半块，红色壳，黑色芯，比一般的砖头更硬。镇子上有很多房屋报废，随处可见这种砖。

她倒地，合上眼皮之前，看见红色的鲜血滴在砖上，开出惨烈的花。

电视剧里都是骗人的。

昏迷之时，脑海中根本不会有所谓跑马灯一样的情景再现，起码许梦冬是这样的。她只是感觉到自己额角热热的、麻麻的，倒没有多少疼痛，就像是你困急了，在车上打了个盹，晃晃悠悠之间就醒了。

可是睁开眼的过程特别艰难。

这是第一次醒来。

她的眼皮都是麻木的、酸疼的，只能把眼睛睁开一条缝。透过那条缝，她看见了雪白的墙，来来往往的影。听力貌似也未完全恢复，她隐约听到"核磁共振"和"消炎"之类的词。

她很清楚自己是被人打了，却无力说话，微微张开口就好像用尽了全部力气，电量耗尽，又坠入昏睡。

第二次醒来，她听到机器的轰鸣，看到圆滚滚的桶，她像被塞进炉子的烤鸭。

等她被机器运出来，做检查的大夫"哎哟"一声："姑娘，你哭什么呀！"

哭了吗？许梦冬不知道，她只是觉得自己脸上湿漉漉的。

第三次醒来，就是在病房了。

她这次醒来得很痛快，眼皮虽然还是麻木，但总算能睁得开了。光线侵入，映入眼帘的是坐在她床沿的谭予，他一只手握着她，另一只手握着输液管，以手心的温度缓解药液的低温，这样药流淌进她血管里时就不会那么凉，不会那么难受。

许梦冬抬手，晃了晃，声音特虚："谭予，我昏迷了几天啊？"

谭予明显松了一口气，然后看向她的眼神就变得很复杂："别跟我装。从你被打到醒来，一共不到三个半小时……而且大夫说你是最近睡眠不足，睡着了，不是那种深度昏迷。"

"啊？"

"啊什么？"谭予瞪她，"嫌挨揍轻了？再来一板砖？"

许梦冬想抬手碰碰自己脑袋，却被谭予拦下："别动！绑着纱布呢！"

许梦冬这次确信自己是被打了。她觉得脑袋还挺昏沉，不过万幸，脑部和颈部都无大碍，就是外伤，在医院观察几天就可以了。

她还有很多问题要问谭予，比如，我被谁打了？我是怎么从镇子到市里医院的？你是什么时候回来的？

可是谭予不理她，好像见她醒了就已经完成了义务。他起身，看也不看她，直接往病房外走。

"谭予！"

谭予顿住脚，看向她。

"我眼睛好疼呀，真的没事吗？"

谭予说："躺着吧，一会儿换人来陪护。"

"别呀！"许梦冬急出了哭音，"你别走呀。"

"我不走留这里干什么？"谭予哼笑一声，"我是你谁啊？我要留在这里？"

"你是我男朋友……"

"停。"谭予直接向她做了个手势，示意她闭嘴，"我是路人，我和你毫无关系，你的事轮不到我操心。"

深夜，这间病房就只有他们两个人。谭予的手放在门把手上，幽幽看着脑袋绑着纱布的许梦冬，似是沉沉叹了口气，然后一指头指了过来："许梦冬，从现在开始，你不要和我讲话。"

"为什么？"

"自己琢磨去吧。"

他把门带上，出去了。

许梦冬很快得知是谁下的黑手。

阿粥的前夫来找阿粥，两个人没谈拢，不欢而散，而对方本就是个情绪极不稳定的人，在大庭广众之下就对阿粥动了手，被人拉开，然后又把矛头对准了许梦冬。

他知道阿粥之前是在菌种基地做电商，也认得许梦冬，且一心觉得是许梦冬给他们原本摇摇欲坠的婚姻压上了最后一根羽毛。

他一路坐车，一路打听，来到基地守株待兔，用随手捡的砖头给深夜独归的许梦冬来了那么一下。

是打更的刘大爷听见声响过来，才赶紧找人把倒在地上的许梦冬送到市里医院去。

好在那砖头并没有打到关键部位，这东西讲究个寸劲儿，指不定碰到哪里就极有可能脑部瘀血。许梦冬走了运，只落了个皮外伤。

至于谭予，他是在许梦冬进了医院之后才知道的消息。

他知道前因后果之后当着民警的面动了粗，照着阿粥前夫的脸颊狠狠挥了一拳。他那样理智的人，鲜少有那样失控暴躁的时刻。民警把他拉开，他还目眦欲裂地指着对方大吼："我弄死你。"

一副要拼命的架势。

民警喝止他："弄死谁？不许再说了！"

当然，这些细节都是借由别人之口告诉许梦冬的。

医院建议许梦冬住院观察一个礼拜，毕竟脑袋不是小事。许梦冬在床上躺着，姑姑照顾，除此之外，来探望的人一拨又一拨。先是谭予父母，接着是韩诚飞，然后是章太太，再然后是章启。

谭予虽然对许梦冬说了重话，到底也没狠得下心真不管她，洗脸刷牙、擦手擦脚，谭予做得极其自然，只是有一点，他仍旧不理许梦冬。

任由许梦冬怎么撒娇，怎么用手指挠他手心，怎么趁着病房没人轻轻用脚蹭他膝盖，他都无动于衷，烦了还会骂她："你再欠儿欠儿的，我马上就走。"

许梦冬撇撇嘴，消停了。

姑姑给许梦冬倒热水，可暖壶空了，谭予站起身："我去打水。"

姑姑把他拦到一边："不用不用，我去我去。你们朋友聊天。"

韩诚飞和章启并排坐在病房的陪护床上打游戏。然然不会打，刚学，章启正在教她怎么回血。

章启是最懂许梦冬的，来探病没买花，没买水果，反倒买了两大桶炸鸡和几杯奶茶，还有两大袋子零食。

许梦冬悄悄给他竖大拇指。

本来就没什么事儿，干吗搞得兴师动众的？

这一天护士站调班，刚来的护士和许梦冬不熟，站在病房门口问："家属需要下楼缴费了哦。"

"哦，好。"许梦冬应了一句。

姑姑打水去了。

许梦冬下意识就看向谭予，可谭予却跟没听见似的，背对着她，望着窗外发呆。

小护士悄悄看了看这一屋子人。

她听护士站的同事们说这屋住个女演员，特漂亮，女演员的男朋友也长得特养眼，对媳妇儿跟哄女儿似的，凡事亲力亲为，简直羡煞旁人。她本就想来看看，于是发问："要不叫你男朋友跟我下去一趟吧，正好签个字……呃，男朋友是哪位？"

许梦冬再次看向谭予。

谭予依旧一动不动。

"哎？"章启把手机揣兜里，"我去，我去！"

韩诚飞飞快抬起脚，踩在章启那双白鞋上："烧的啊你。"

白鞋上登时出现一个大脚印子。

然然急忙去翻包拿湿纸巾递给章启，还埋怨韩诚飞："小飞哥！你干吗呀？章启这是新鞋！"

许梦冬看着这丫头猴急猴急的样儿，再看看章启，俩人站得近，胳膊都快贴上了，她越发担心起来。可无奈，现在有更值得让她担心的事。

谭予自始至终没有承认身份，将陌生路人的身份做到底了。

最终还是姑姑接完热水回来去缴的费。

这不妙，这很不妙。

接下来的几天，许梦冬越发担心起谭予，可他分明除了不跟她亲近以外，其他处处都无可挑剔。

又是一天。

吃完晚饭，姑姑去涮饭盒。

许梦冬朝在角落坐着看手机的谭予"喂喂"了两声。

谭予没抬头。

"喂喂。"

还是不抬头。

"谭予……"

"有事就说。"

谭予长腿交叠着，那是一副看戏的姿态。

许梦冬恨得牙痒痒。

"谭予，你过来一下呗。"她把姿态放低，声音软得跟小猫似的，"你过来呀，你帮我看看这里，有点疼。"

谭予把手机放下，走过去："哪儿？"

"这儿。"许梦冬指指自己的额角。

发际线靠里面一点，上面还有药水和缝线的痕迹。

谭予俯身仔细看了看："是不是沾水了？容易感染。"

"不知道啊，好疼啊，谭予。"

"那我叫护士去。"

"别呀！"她急了，直接伸手，双臂圈住谭予的脖子不让他动弹，"谭予……"

"松手。"谭予脸色特别不好看。

许梦冬不松，反倒努力挺身搂得更紧，用她冰凉的脸颊去贴谭予，声音细细小小的："谭予，我头疼。"

"我又不会治病。"

谭予并无回抱她的打算，任由她像个考拉一样挂在自己身上。这是个很累的姿势，她累，他也累，但他能忍。

许梦冬胆大包天地去亲吻他的耳朵，小声问："你怎么样才能不生我气呀？"

好，很好，起码还知道他在生气。

谭予往旁边侧了下脑袋，躲避她的唇,冷声道："用不着,别跟我扯这套。"

"干吗呀你！"许梦冬火了，她哄人的耐心就两分钟，"不就是有事没第一时间打电话嘛！我跟你道歉还不行吗？"

她说罢，蛮不讲理地钩着他脖子勒令他低一点，然后二话不说就去亲他的嘴唇，不让他躲。谭予还憋着气，想要把她扯开，却发现她用了特别大的力气，他怕一个不小心又伤了她的脑袋，索性就不动了。

谭予自始至终回应她的就只有冷脸、沉默、不动如山。

他只将自己的手掌贴合她的后颈，以帮她保持平衡而已，除此之外毫无动作。

他甚至还睁着眼睛，睁眼看许梦冬微阖双眼动情吻他的过程，像看漫画似的，一帧帧，一幕幕。

直到许梦冬自己有点呼吸不畅。

她累了。

"不亲了？"谭予用指腹擦了擦自己的嘴角。

"不亲了。"许梦冬丧气，躺下，然后缓缓盖上被子，"你走吧，谭予，这几天麻烦你了，不用你照顾了，我马上也该出院了。"

"好，我知道了。"谭予这么答了一句，起身，拽了拽自己的衣服，然后去寻手机。

他手机刚刚一直在响。

"好，那就今晚见。

"可以，我现在就有空。

"我到了给你打电话，你可以先点吃的。

"……这边晚上已经降温了，你穿个外套，别感冒。"

在许梦冬愣怔的目光里，谭予挂断电话准备离开。

他推门前朝她瞥去淡淡的一眼，说："以后出去别说咱俩在一起过。"他站定，"你接吻像啃人，我没这么教过你，别砸我招牌。"

许梦冬清楚地感知到自己的呼吸断断续续，是被气的。

她盯着谭予，刚刚那点热情全都掉进汪洋里了。

"你把话说清楚，什么意思？"

"就是字面意思。"

"你要跟我分手？"她看着他。

顿了顿，谭予突然柔软下来，用平时最常用的平和语气对许梦冬说："我觉得我们真的没有在一起的必要。你不觉得累吗？

一次次承诺，一次次违背。

不仅累，还伤人心。

再有一次，就是我们彻底结束的时候。

谭予从来就是说到做到的人。

许梦冬眼瞳晃了晃，盯着床前的人，鼻音特别重："你说准了？谭予。"

"嗯。"

"不后悔？"

"不后悔。"

谭予走了。

他前脚离开病房，许梦冬后脚就疯狂砸枕头、踢被子，踢累了，脑袋有点晕，就平躺着望着病房长条的白炽灯管发呆。最后，她吸了吸鼻子，抹一

把脸，给韩诚飞发了条微信：【你知不知道谭予今晚出去见谁？】

韩诚飞消息回得快：【之前不是要说要招新主播嘛，你这最近也忙不开，只能招新人了呀。谭予约了几个见面吃饭聊一聊……今晚就有一个。】

许梦冬：【女的？】

韩诚飞：【嗯，女的，嘎嘎漂亮。】

许梦冬：【别蒙我了，你俩在一起呢吧？】

韩诚飞笑到砸桌。他把手机越过一堆烧烤递给桌对面的谭予："你媳妇儿真精啊。"

谭予也笑了："骗不了她。"

他轻轻碰了碰屏幕，指尖仿佛还保留着许梦冬脸颊的凉意。

"但我得治治她这毛病。"

他话音还没落呢，许梦冬就连发了几条消息过来。

这次是语音。

谭予直接点了播放。

"你转告他，最好多约几个，有合适的也可以发展发展其他关系。

"三十岁的人了，这辈子就只谈过一段恋爱，只睡过一个人，这匮乏经历还想给人当导师呢……

"滚吧！"

谭予实实在在生了许梦冬的气，接下来的几天，他再也没在医院出现过。

三天后，许梦冬出院。

住院的这些天，许正石也一次都没有来看过许梦冬，但姑姑每天都会往病房拿来新的水果，明明她没有出去过。

许梦冬猜是许正石买的。硕大圆润的提子，一串串的，病房没冰箱，她不吃，第二天就蔫了，然后第二天晚上又会有新的。

许梦冬不想追究，也不想多问，她觉得这样也挺好，彻底挖去树干的腐瘤，来年开春或许会更加枝繁叶茂。

然然的录取通知也下来了，完全如她所愿，去了海南，离家十万八千里远。

姑姑看着手机上的录取消息，愣愣地问许梦冬："海南在哪儿？"

"在……离东北最远的地方。"许梦冬也不知道怎么解释，"但是那里东北人很多。"

"那是为啥啊？"

许梦冬信口胡诌："可能因为东北太冷了，东北人更喜欢暖和的地方吧。"

录取通知下来，就需要准备入学的东西了，许梦冬给然然买了个很贵的日默瓦行李箱。许是因为她读大学时孤身一人没有这些，所以就想让然然全都体验一遍。

怕然然离太远会想念家里，许梦冬不再占用然然的房间，出院后直接搬到了自己的那栋空房子住。阿粥把房子收拾干净，将钥匙归还，并把自己手里全部的积蓄都转给许梦冬作为赔罪，毕竟许梦冬是因为她才遭受了无妄之灾。

许梦冬没收，她对阿粥说："对方希望和解，但是我不同意，这是故意伤害，我会追究到底，如果可以，我一定要送他进去蹲几天。"她握着阿粥的手，"你应该知道，我这也是为你和米米好。"

当晚，许梦冬独自睡在新家。两个房间，却只有一张床，另一个屋子她原本是想做书房的，因为谭予受父母熏陶，他有很多书，要一间大大的屋子才够放。

她躺在仅有的那张床上翻来覆去，脑海里全是谭予的脸。

终于忍不住，她拿出手机，开始编辑朋友圈。

"我在××小区××栋406，突然断水断电了，有人知道怎么回事吗？"

明明灯火通明。

"冰箱里好像没吃的了，要断粮了……"

明明冰箱满满当当。

"有人能帮我送点生活用品吗？？？"

这当然是仅谭予可见的，因为谭予已经彻底不回她微信了，若不是没有收到红色感叹号，她甚至以为谭予把她拉黑了。

她只能用这种方式。

许梦冬反复观看自己的朋友圈，险些被自己给恶心死。

她实在太少撒娇了，所以这种矫情的文字总是从字里行间溢出一些令人尴尬的笨拙感……实在看不下去了。她给谭予发了一篇一百多字的小作文，大意就是想和他聊聊。

她务必要和谭予见一面，聊清楚，是因为她发觉自己的心境有了变化，而她迫不及待想要把这种变化与谭予分享。

房子里安了电视和宽带，可她不会连接，只能对着电视屏幕上花花绿绿的电影推荐发了一会儿呆，然后洗了个澡，裹进被子里想开场白。

但愿，但愿谭予能来。

其实只要她稍微自信一点，就会知道谭予不可能不出现。

她怀揣着这种忐忑昏昏欲睡，直到夜深了，门铃突兀响起，她从混沌之中猛然回神，起身就往门厅跑。

防盗门打开，谭予的目光首先落在她光着的脚上，然后皱了皱眉，侧身进来，把门带上。

他手里拎了几个塑料袋，如她所愿，吃的喝的、日用品，都有。

谭予没有理许梦冬，也没有说话，而是径直绕过她，无师自通般找到了厨房，开始归置手里的东西。

许梦冬依旧光着脚站在厨房外："谭予。"

"有话就说。"他背对她，没有回头。

八月份的东北，早晚已经开始降温，许梦冬敏感地察觉到谭予身上有室外携来的寒凉气，像一层薄雾一样绕着他。她咬了咬嘴唇，踮脚走了过去，在他身后站定，然后轻轻地伸出双臂，拥紧了他。

谭予手上的动作停了停，他把刚买的水果放下，然后打开水龙头洗手。整个过程中，许梦冬依旧紧紧锁着他的腰，身体贴上去，贴着他紧实微凉的背。

"许梦冬，你去加件衣服。"

她身上只穿了一件吊带睡裙。

许梦冬摇摇头，她的额头抵住谭予的肩膀，低声反驳："知根知底的，搞什么纯情啊？"

谭予不乐意听这话。

他今晚来，不是急于和许梦冬发生点什么，而是许梦冬自己说她要和他好好谈谈。

他挣了挣，可许梦冬的手在他腰上扣得紧紧的。

"……不是有话说？"谭予拿她没办法，也不敢对她怎么着，唯恐她的脑袋还没好利索，"走，去客厅聊。"

"不去，就在这儿。"许梦冬仰起头，用温热的嘴唇轻轻触了触谭予后颈处的皮肤，引得他一阵战栗，也莫名焦躁。

"在这儿怎么谈？"

"我说能谈就能谈。"

"好……"谭予呼出一口气，"那你先把鞋穿上。"

许梦冬还是不动。

不是不能动，而是她不敢去看谭予的表情，有些话就是不能面对面说出口的。她怕看见谭予的脸、对上那双清澈墨黑的眼睛时，自己会忘词，还怕眼泪吞没刚刚想好的开场白。

"对不起。"她轻轻说。

谭予没有说话。

"对不起，我又瞒你了。"许梦冬的侧脸牢牢贴合谭予的背脊，好像在以自己的体温去消解他衣料上的寒意，"我和你道歉，我只是还没适应有任何事情都要找你求助。我习惯了，而习惯又是很难形成也很难改变的，但你相信我，我会变的，真的。"

她轻轻蹭了蹭，谭予T恤上微小的线绒柔软贴肤。

"那天我和我爸把话说开了。"

爸？

谭予为这个称呼微愣了一下，随即想回头看许梦冬的脸，但她依旧躲着，不让他瞧见。

"你先听我讲。

"我姑姑把我家在镇子上的那个老房子卖了，又把地包出去了，凑了几万块，给我爸出去谋了个活，在鹤岗，不远。"

谭予静静听着。

"我原本特别生气，我以为我这辈子都过不去那个坎了，但不知道为什么，那天我突然就想通了。"她深呼吸，"我发现，原来这么多年，大家都在往前走，所有人，包括我爸，都在往前，都在奔着更宽敞的人生，只有我还困在原地。

"没人给我设限，是我自己把自己困住的。"

许梦冬一直觉得是她在主动选择自己的人生，但其实不是的。

两岁时妈妈出走，紧接着许正石南下打拼，她住在姑姑家小心生活，而后又因为许正石的那些对待而心灰意冷地离开……这些通通不是她的主动选择，而是她身后有一只手在推着她走。如果说她那时无力反抗，但现在，她可以了。

她长大了，她有能力负担自己想要的生活。

她不能一直活在以前，不能一直活在对感情和爱的祈求里，连许正石都能够从以前的阴霾里走出来，她为什么要停滞不前？意义是什么？

"这一次，我爸还是选择离开，和我小时候一样，和我妈妈一样，他们都选择奔赴自己的人生，"许梦冬的眼泪洇湿了谭予背上的衣料，她声线近乎破碎地喊他的名字，"谭予……还是没有人要我。"

谭予心里发紧，他被许梦冬的眼泪烫到不知所措，他想回头，想拥抱她，但许梦冬仍旧死死锁着他的手臂，不让他动弹，似乎用了十成力气。

"你等我说完，谭予。"

许梦冬把头深深埋着："不要就不要吧，我想明白了，真的，我不能活在对别人的期待里，我不能去期待我注定无法拥有的东西，而忽略已经到手的。"

"姑姑很爱我，然然很爱我，叔叔阿姨爱我，你也很爱我……"她哽咽着，艰难地往下说，"你们给我的爱足够了，我注定没有父母，没有爸爸妈妈的爱，但你们的爱就够了，足够我走下去了，是不是？"

谭予心都要碎了。

他不敢想象这是怎样一种惨烈的自我和解，要让一个人彻底放弃自己从小到大梦寐以求的东西是一件多么痛苦的事！而比这还要痛苦的是，你清楚认知到这个东西就是不会获得的，任凭你怎么努力怎么坚持，怎么哭怎么闹，就是不会有的。

许梦冬的妈妈不会回来的。

许正石不会成为许梦冬心目中的好爸爸，他能做的就只有这些了。

许梦冬注定无法拥有她想要的那个家。

但是，人的眼睛长在前面，就是要往前走。

人的双手就是为了创造出想要的东西。

许梦冬缓慢松开手臂，谭予回身。

"谭予，你愿意当我的家人吗？"

她仰头望着谭予，已是满脸热泪。

"以后不论任何事，我都会和你讲，我不会藏任何秘密。

"你会是我最亲近的人，最了解我的人，知道我所有弱点的人。你会是我最相信的人，我远比相信我自己更相信你。

"你和我说过那么多遍我爱你，但我好像从来没有认真对你说过同样的话。"

许梦冬双手覆住脸颊，把所有水渍全都擦干净，她要以最正式的态度和谭予说接下来的话：

"谭予，我很爱你，我特别爱你。请你不要怀疑。

"你可以再接受我一次吗？

"就和从前的每一次一样。"

谭予的回应是拉住她的手臂，把她捞进怀里，以沉默的胸腔吞没她所有的眼泪和哽咽，即使他自己也有想要落泪的冲动。

谭予胸前的衣料被抓到走形。

许梦冬第一次有这种渴望，她恨不能把自己融入到谭予的身体里去。他的衣服下是坚硬的骨骼，能支撑起她所有软绵绵没出息的小心思，那些自卑、那些自我怀疑，在谭予面前通通都消散掉了。

谭予把她牢牢拥在怀里，如同护着什么稀世珍宝。

她听见谭予在她耳边的低声重复，一字字，一句句，一遍遍：

"我爱你，我爱你。

"我想当你的爱人，更想当你的家人。虽然这样说很矫情，但是许梦冬，我十八岁时的愿望就是想给你一个家。

"从来没有变过。"

许梦冬在谭予这句话落地之后，号啕大哭。

她哭到脱力，哭到缺水，到最后，需要谭予握着她的肩膀才能让她站稳。好像这些年的人生终于得以打碎、重建，她终于有了一个新的人生目标——不再祈求天降好运，而是拉起爱人的手，一砖一瓦，亲自构筑一个家。

她被谭予打横抱到床上，她的睡裙已经皱巴巴不成样子，但谭予依旧坐怀不乱地帮她整理好，掌心握着她的肩头，将睡裙肩带提上来，然后以一个哄睡的姿势把她护在怀里。

"你今天累了，不哭了，好吗？"他把许梦冬哭湿了的头发轻轻别到耳后，然后俯身亲吻她的眼睛，"睡觉，好不好？"

他是真的怕她脱力，怕她身体不舒服，毕竟如此大的情绪波动实在太伤身。

"来日方长，我们还有好多好多个晚上。"

许梦冬的眼泪又要出来了，她看着谭予的眼睛，轻轻问道："这个房子你喜欢吗？"

谭予在她嘴唇上亲了亲："喜欢。"

"那我们以后就住在这里好不好？"

"好，或者我们换一个更大的。"他早就做好了娶许梦冬回家的全部准备，房子也看了好几套，就差许梦冬点头。

"不要，就住这里。"

她没有告诉谭予，她之所以对这栋房子有执念，是因为这是她这些年一分一块攒出来的，这里的每一件家具、每一块瓷砖，都是她爱谭予的证据。

她想把这份证据一直摆在眼前，提醒自己能重新回到谭予身边到底历经了多少千辛万苦，要好好珍惜。

她哭得狠了，体力耗尽，果真很快就入睡了。半梦半醒之间，她头顶着谭予下颌，喃喃开口："你今天去见我爸了，是不是？"

她的声音极轻极小，像是梦呓，但谭予听清了。

"我看见你拎回来的水果里有提子，我从小最爱吃提子，但是那时候卖得好贵，只有等我爸逢年过节回家的时候他才会给我买。没人知道我爱吃这种水果，连你都不知道，只有我爸知道。"

所以许梦冬住院的这些天，许正石每天都给她买提子，每天送到病房门口，也不敢看她一眼，扭头便走。

今晚也是许正石主动找到了谭予。

他给了谭予一笔钱，卖老房子的钱他没有动，而是原封不动送给许梦冬。

"谭予，咱俩不熟，我作为冬冬的爸爸恳求你，如果我还有这个资格，"许正石同时递给谭予的还有那串提子，"从今以后我不会再回来了，我没有脸再见冬冬了，这笔钱作为你们俩结婚我给冬冬的嫁妆。我没能力了，能给的就这些，你别嫌弃。你也不要告诉冬冬，她会不好受。"

他在谭予面前哭了出来："好好对冬冬，祝你们家庭和睦，一生幸福。"

一滴浑浊的眼泪流进沧桑的皱纹里。

一滴冷掉的眼泪滑下来，渗进柔软的枕头。

许梦冬还在回忆小时候，许正石牵着她的手带她去买水果。

许久，她闭着眼睛轻声说："我不记恨他了。"

每个人爱别人的额度注定是不一样的，许正石爱她，但也就到此了。

谭予沉默着，将她拥得更紧，体温交换，在这初闻秋意的凉夜里。

"我以前做过一个梦，梦见我回了老家，但是家这边下大雪，特别特别厚的大雪，我站在雪里找不到路，是你伸手把我从雪地里拽出来的。"许梦冬莫名说起这个梦，"梦里你让我跟你走，你说你会带我回家。"

谭予信这个梦，原因在于，他的确在心里这样想过。

去年冬天，许梦冬初回家乡，她坐在光秃秃的田埂边，看一片银装素裹的小兴安岭泛着冬日沧桑。

那天之前下了两天两夜的大雪，积雪那么厚，跌进去真的要摔跤。

他那时朝着恍惚的许梦冬伸出手，对她说的是——"起来，地上凉。"

天知道，他心里一直在叫嚣的声音其实是——"起来，我带你回家。"

声声入心，震耳欲聋，飘散在茫茫雪原。

我们回家。

童话故事里的团圆结局往往是一句简短的描述，比如从此他们在一起，过上了永远幸福的生活。

许梦冬觉得自己是个没什么童心的人，从小就这样觉得。她看到类似的故事结尾总会抱有疑惑——真的会幸福吗？会有人没有任何烦恼永远活在幸福里吗？这样的描述不是虚假的吗？

但她最近的想法有了微妙变化。

她依旧不相信有完美无缺的幸福，苦海人间，大浪滔天，深一脚浅一脚地向前，没人能做到不摔跤、不掉眼泪，但总有一些瞬间能盖过这些苦痛，让你觉得人生其实乐大于苦。在那一刻，你会发现人生百年的这场修行，并不是一场只充斥眼泪的苦修。

九月中旬，小兴安岭秋色渐浓，由满眼翠绿再度脱胎换骨成色彩斑斓，一片片山岭的变迁昭示着岁月更迭，这是许梦冬回到东北后度过的第一个秋天。

乡下的秋天忙碌，要做的事情太多了。

基地的果蔬深加工生产线正式投入使用。

采山的人们又纷纷从四方聚集而来，上山"寻宝"，灵芝、核桃、蘑菇、榛子……这是大山的馈赠，一年又一年，周而复始，从不停歇。

许梦冬又招来了一个全职主播和一个运营，巧的是，这两位小伙伴都是她曾经的粉丝。线上面试时，许梦冬并不知道他们的身份，直到他们从手机里翻出许梦冬从前的剧组探班照，他们指着照片里的许梦冬，对比现在戴着遮阳帽、穿着工作服的许梦冬，说："姐，你变样了。"

许梦冬恨自己没提前化妆换衣服。她撇撇嘴："不就是变丑了吗？"

"没有没有，我们都觉得你变好看了，是那种活过来了的好看。"

是东北这片蓬勃土地带给她的生命力。

黑土之下，蕴藏万物。

许梦冬的身体在逐渐变好，经韩诚飞介绍，谭予陪她去看了个知名中医，对方一下说出许梦冬的根本问题所在——情志不畅、肝郁滞涩才会睡眠不佳，内分泌紊乱。总而言之，还是心眼太窄，心思太重。

许梦冬胆怯地看了看谭予的脸，然后收获了一个鼓励的眼神："没事，慢慢来。"

谭予这样耐心的人，从来就不怕慢慢来，他愿意帮许梦冬细心修剪她的每一处枝杈和根茎，让她能更舒坦自如地向上生长。

没关系的。

这才只是许梦冬回家的第一年。

阿粥决定继续在基地上班，打算将米米托付给老家的外公外婆和舅舅，因为她忙起来实在无暇照顾。

这事儿许梦冬本不该掺和，可她还是没忍住说出自己的想法："我们可以尽量协调你的工作时间，保证不会昼夜颠倒，另外也可以帮米米办理异地借读。这里的教育资源或许不是最好的，但最好的成长环境是在爸爸妈妈身边。"

她也相信阿粥会给米米双倍的爱，填补父爱的空缺，最重要的是……

她拉着阿粥的手，说："我体会过父母不在身边，寄人篱下的滋味，不要让米米和我一样。"

谭父谭母亲眼见到谭予和许梦冬感情稳定下来，也终于能放下心继续他们的全国旅程，延边之行拖了这么久，终于能够出发了。

临行前，许梦冬上网淘了一个特别可爱的 CCD（相机）送给谭母，倒不是多么高级的设备，只是最近流行这个风格，希望能给谭母热爱拍照的事业"添砖加瓦"。

谭母捧着相机爱不释手，向许梦冬夸下海口："等我练一练，冬冬，下次再见你，我给你拍写真！"

许梦冬挽着谭予的手，笑着说："阿姨，那你要好好练练，下次回来，给我们拍婚纱照。"

"啊？"谭母先是吃惊，可看到许梦冬眼睛里的肯定，几乎是瞬间就落下泪来。

她上前拥抱许梦冬，连连说道："孩子，谢谢你信任谭予，也谢谢你信任我们。"

当晚，许梦冬和谭予去了家属楼收拾旧物，打算隔天就搬去新家住。

谭予的小卧室真的很小，只不过处处是回忆。许梦冬洗完澡，躺在谭予的床上跷着二郎腿翻相册。谭家有那么多旧照片，她还是最喜欢谭予床头柜摆着的这一张——十六七岁的他们，年轻稚嫩，但热烈真诚，他们并排站在山坡上，身后绿色养眼的草地之上的一团团棕色花皮毛是下山觅食的小梅花鹿。

他们与生长在这里的人们共同分享这片坦荡又深情的山河。

谭予洗完澡从卫生间出来，刚好看见许梦冬捧着那张照片发呆。他走过去，坐在她身边，揉揉她刚刚吹干的柔软长发："想什么呢？"

"你还记得拍这张照片的时候，你跟我说过什么话吗？"

谭予当然记得，但他没承认："说什么了？"

"当时我挨同学欺负，你说你会永远护着我。"

谭予把相框拿过来，另一只手单手撑在床沿，倾身去找许梦冬讨要一个湿润的吻，然后抵着鼻尖问她："我没做到吗？"

许梦冬伸手揽住谭予的脖颈。短发发梢还带着没擦净的水珠，顺着他白皙的皮肤滑进睡衣里，看得许梦冬有点渴。

她手上又紧了紧，拉近距离，然后低声问："谭予，你跟我说实话，你那个时候就琢磨起我来了吧？"

九月秋老虎，天气这么热的吗？谭予有点冒汗，宽大手掌覆上许梦冬的后脑勺，手指插进她顺滑发间。他并不否认，只是以汹涌的亲吻来回应。

这种事，往往不可言说。

许梦冬偶尔也会以己度人，担心一下然然，毕竟连姑姑都看出来了。

姑姑旁敲侧击地问许梦冬："然然最近是不是谈恋爱了？"

许梦冬心里有个疑影，想来想去还是决定问问然然，没想到郑超然同学特痛快地承认了："我在追章启啊，有什么问题？"

许梦冬皱起眉："你知道他家是做什么的吧？"

"知道啊，怎么啦？"

许梦冬不知怎么跟一个十八岁的小姑娘解释家庭差距这个问题，不仅仅是经济上的差距，还有家庭构成、家庭习惯、从小树立的三观……总而言之，她并不觉得章启是个靠谱的对象。

"姐，想那么多干吗？"然然往她的行李箱里装东西，这个暑假她学会了口琴和长笛，打算带着乐器去学校。

"任他家财万贯，跟我也没有关系啊！我并不觉得我配不上他，他有他的好，我有我的好，人不能妄自菲薄。"她装老成似的拍了拍许梦冬的肩膀，"姐，你就是瞻前顾后想得太多，想要什么就冲，别让自己后悔。"

"他答应你了？"

"还没啊，我在努力中。"

许梦冬一时哑口无言。

她在原地站了好一会儿，回头问谭予："你听这丫头说啥了吗？"

谭予笑了声："人家说得没错啊，这世界上又没规则说谁和谁是固定搭配，酸菜能炖大骨头，就不能包饺子了？"

"……什么破比喻。"

许梦冬决心找个机会再和然然聊一聊，可是又一想，然然好像说得也没错，谈恋爱嘛，多谈也挺好，像自己一样这辈子只谈过一段恋爱就把自己给交出去了，还有点亏呢。

"琢磨啥呢？"谭予并不知道她的腹诽。

他正和姑姑姑父一起包饺子，满手沾着面粉，饺子在盖帘上排列整齐，像一个个元宝。这面食，许梦冬是无论如何也学不会了，只能寄希望于谭予，好歹以后逢年过节不至于吃速冻的。

"冬冬，明天你和然然下了飞机就地吃碗面，上车饺子下车面，不能忘了。"姑姑说。

然然的学校开学晚，九月中旬才正式报到。明天许梦冬要和然然一起奔赴海南，帮她收拾收拾寝室，陪她熟悉一下校园环境。

第二天，谭予开车送她们去机场。

然然去便利店买水的工夫，有拖着行李箱的乘客小心翼翼来和许梦冬打招呼："你好，你是许梦冬吗？"

许梦冬先是愣了一下："我是。"

"太好了！"男人拉起许梦冬的手，使劲握了握，"我家吉林的，最近也开始做电商了，就是受你启发。我原本以为做电商挺难的，不投钱做不起来，但没想到一做还真做成了，我就是学你的直播间……哦，对，我也是做山货的！"

长白山脉和小兴安岭山脉一样，都是藏宝地。

"哥们儿，给我们拍个照呗？"

闻言，谭予接过对方的手机给两个人拍了几张合照，然后把手机递回去。

"谢谢你啊。不然家里这些东西真的难走出去。"大哥几乎要对许梦冬鞠躬了，"你一点也没藏着掖着，还在直播间教我们怎么卖货。妹子，我替不了所有东北人，但我替我家人谢谢你。"

许梦冬眼泪都快下来了。

大哥留了联系方式，还邀请许梦冬有空去做客。

她也不矫情，爽利地说："好。"

目送人走远，谭予拍了拍许梦冬的脑袋："看你这点出息，又要哭啦？"

"没有！"

谭予又故作严肃地问她："那你这次走了，不会不回来了吧？"

不回来她能去哪儿？

她牵挂的，牵挂她的，都在这里了

许梦冬挑眉："嘻，不好说呀。"

她做好被谭予捏脸的准备了，可谭予却只是笑了笑，牵起她的手，牢牢包裹在自己手心里，还凑到嘴边亲了亲。

"没事，我可不担心。"

"真的？"

"真的。"谭予帮她把衣领正了正，"你家在这儿呢，往哪里跑？"

大庭广众之下的拥抱，别说谭予了，连许梦冬都有点不自在。她甩了甩手，朝谭予咧了咧嘴，推着行李箱一溜烟跑远了。

"慢点！"

飞机滑行。

攀升起飞。

许梦冬再次透过舷窗看到了连绵蜿蜒的小兴安岭，在灿烂的烈日下熠熠生辉，那灿烂斑斓又饱满的颜色令人眼睛发胀。

她问一旁的然然："你大学毕业了，想去哪里工作定居？"

然然说："还没想好，但想去个暖和点的地方。"

许梦冬轻轻点了点头。

停顿半晌，她还是忍不住说："如果有机会，如果你愿意，如果你在外面逛够了……还是回来吧！"

"怎么啦？"然然把脑袋靠在许梦冬肩膀上，"你会想我呀？"

许梦冬摸了摸然然的脸，回道："不仅我会想你呀，这里的人，这里的树，这里的河，都会想你。"

2022 年人口数据显示，东三省常住人口减少数量均超过 20 万人，经济总量和人均 GDP 除辽宁外均位列后十。

这里是东北，三个省是难兄难弟。

人口流失严重、经济发展滞缓，那句著名的"投资不过山海关"已经流传了许多年。网络上还流传着许多对东北的误解，东北人却无力反驳，因为能在网上为东北发声的那群年轻人大多乘着交错的铁轨奔波迁徙到了千山万水、四面八方。

但这里也是麦波稻浪的中国粮仓，是曾经无比辉煌的重工业基地，有大庆石油、长春汽车、鞍山钢厂、鸡西煤矿……

东北平原一望无垠，白山黑水之下有山货满筐，也有玉米高粱。

这里还有欢声笑语的二人转、小品，还有寒冬腊月里的热炕头，铁锅炖里的花卷粉条，从屋里笑看屋外的霜花满窗。

这里的冰天雪地能冻住世间万物，却唯独冻不住一颗颗热气蓬勃的心，这里的人习惯在忙中作乐，在苦里找糖。

没人不爱自己的家乡。

许梦冬是最近才开始意识到，原来自己做的这件事情的意义大过她的想象。她也终于明白韩诚飞、谭予这样的人为什么愿意回来，放着高薪工作和更加舒适便捷的城市不去奔赴，远道归家。

因为总有人热血难凉。

总有人想要回来，试着扛一扛这里的脊梁。

"然然？"

然然已经睡着了。

许梦冬却毫无睡意，她在飞机上完成了下个季度的销售计划，还有去周边市县农产品创业基地参观的行程计划。

许梦冬下了飞机，谭予的消息第一时间蹦出来，问她到了没有。

"到啦！"她给谭予发语音，"怎么办？我好像已经开始想你了。"

谭予笑了，话筒里的声音不大清晰，反倒为他原本就温和的语气更添一层柔软："那就早点回来，我在家里等你。"

"好呀。"

我会早点回家。

我一定会回家。

当万水千山路过，漫漫征途走遍，当我看到你在家里等我吃饭，我会用跑的。

尽我最大的努力，跑向你怀里。

新年伊始，雪就没停过，仿佛老天一入腊月就撒了泼，戳破了盐袋子，雪花洋洋洒洒，化一层，又叠一层。

进市里的路又封了。

好在镇子里的生活缓慢，能自给自足，几天不出门也没啥。听闻这几天牡丹江镜泊湖有冬捕活动，许梦冬原本想去拍些短视频素材，也耽搁了，只能一口气把自己埋进电商年货季大促里，每天就是寝室、厂房和直播场地三点一线。

谭予也没好到哪儿去，韩诚飞回家陪产去了，只剩他一个人负责进货出货，还有基地新消毒设备线的试用。

腊月二十三过小年那天，韩诚飞的老婆生了。

八斤的大闺女。

老婆在生产时遭了罪，韩诚飞在电话里哭得嗷嗷叫。

许梦冬也跟着高兴，一边安慰着，一边计划买点东西去探望。路通了，也顺便去市里买点年货。

她和谭予说起这事，谭予想了想，问："你那边什么时候发完货？"

"今天最后一天，全部发完了。"

"好，那放假。"

许梦冬眼睛瞬间亮了："真的？提前放假了吗，谭老板？"

"嗯，我说了算。"

谭予就这么给基地所有工人放了假，包了过年红包，把手里的事儿收了尾，检查设备和菌房温度，排除安全隐患，然后就是在大铁门上贴红彤彤的对联和福字，待来年再开启。

一般开门做生意的人家，对联都会选"八方来财"或"招财福地"，谭予不喜欢，他从来不觉得赚钱是最重要的事。钱嘛，走了会再来，还是得把身边的人珍护住了，人活一世，情义最要紧。

打更的刘大爷和谭予说："我儿子带儿媳妇回来了，今年回来过年，我三十晚上估计得在家里吃个饭。"

"没事儿，大过年的，不要紧，您回家团圆。"谭予给刘大爷包了红包，还给了两条烟，"给家里人带好。"

"哎，好。"

去市里的路上，许梦冬坐在副驾驶座调着车内空调，跳跳虎小挂件在挡风玻璃前晃啊晃。

谭予的车提前换了雪地胎，行驶稳当。

为了防滑，路上还撒了些炉灰渣，车轮轧上去咯吱咯吱地响。

谭予说："你喜欢的那辆车，年后一起去看看。"

许梦冬反倒犹豫了，因着东北的天气，新能源车就是个摆设。

"那没事儿，你喜欢就行，又不指望你开着它跑远路，有我呢。"

如今谭予所有的积蓄都在许梦冬手里，她把握着经济大权，难免考虑得多些。她趁等红灯悄悄盯谭予利落的侧脸，尝试着问他："你真的决定不要孩子？"

谭予完全没犹豫："不要。"

"是因为我影响了你的想法吗？"

"不是。"谭予伸手过来，摸摸她的后脑勺，"瞎琢磨什么呢？"

"韩诚飞都二胎了，你确定不想当爸爸？"

谭予意识到许梦冬小心翼翼的语气里包裹的认真，于是也认真回答："我不想要孩子只是因为我和你一样，暂且不知道自己能否承担为人父母的担子，鲁莽地把孩子带来世上，太不负责任了，我干不出来这事。"

"那以后呢？"

"以后的想法，以后再说。"谭予捏了捏许梦冬的耳垂，"照顾你和照顾孩子没两样，现在我挺知足的，冬冬，真的。"

能把她护得好好的，在自己身边，拉着手把日子一天天地过好，还有什么可贪图的？

许梦冬趁红灯没结束，倾身过来亲了亲谭予的脸。温热的嘴唇碰上冰凉的脸颊，像在寒冬腊月里开出了一朵花。

他们去商场买了些婴儿用品，又到黄金柜台给宝宝买了一个小金锁。

恰逢年关，商场里人满为患，各家商户年促的海报和灯笼挤在一块。一个小姑娘在人来人往的商场大门口扯着嗓子哭，许梦冬听了一会儿才听明白，她刚在商场的淘气堡里出了一身汗，她妈妈怕她出门吹风会感冒，让她把围巾和手套戴上，她咬死不戴。

许梦冬拽了拽谭予，笑着说："我小时候也这样，特别不喜欢我姑给我织的毛衣毛裤。"

一笸箩毛线，四根长针，许梦冬小时候穿的毛衣毛裤都是姑姑亲手织的，密实、暖和、厚重、压风。美中不足的是，有些毛线是拆了织织了拆，用了好多次的会起球，织好的毛衣领子贴着细嫩皮肤，又痒又扎。

许梦冬难受，可她不敢说，因为那是姑姑辛苦劳累亲手织的，她不能不

.277.

领情。

小学三年级的许梦冬就有这种觉悟，可以说是共情能力强，也可以说是卑懦胆怯。后来还是姑姑发觉她脖子一圈都被毛线磨得起了红疹，才赶紧把那毛衣给换了。

许梦冬是当笑话给谭予讲的，可谭予笑不出来，他无法想象许梦冬从小遭过的罪、流过的眼泪，光是想就让他心底绞着疼。

许梦冬看着他，说道："我知道你在想什么，谭予，我对姑姑姑父没有任何怨言，即便然是亲生孩子他们也有照顾不周的地方。姑姑姑父能十年如一日接纳我，足以让我感恩戴德，我从来都当他们是我最亲近的人，所以我以后得给他们养老，就当我亲爸亲妈那样。"

"嗯，我知道。"

他的手包裹住许梦冬的，牢牢攥着，贴上自己的嘴唇。

他一直记着许梦冬的话，所以在谭父谭母给他打电话，询问他和许梦冬今年除夕到谁家里过时，他顿了顿，说："去冬冬姑姑家里过吧。"

他解释："结婚后第一年春节，在她家人身边，她会舒服些。"

"好好，我和你爸也是这么想的。"谭母说，"那我们就不回去了，我跟你爸打算出趟国，趁春节人少。你和冬冬好好过年，你新姑爷上门，去人家里别空手啊。"

"妈，这还用教啊？"谭予笑着挂了电话。

谭母多虑了，谭予从小优秀，什么都要做到最好，现在要当个完美的老公，自然也要是个完美的女婿。

转眼就是腊月二十九，谭予起了个大早去早市买年货。东北冬天的大清早，呼气成冰，他有心不带许梦冬，让她多睡会儿，可许梦冬不肯，撑着昨晚熬夜看剧的一双肿眼泡也一定要跟着去。

她有多喜欢东北的早市呢？就是即便已经逛过无数次，还是会着迷于熙熙攘攘的热闹。

摆在地上冻得硬邦邦的鸡鸭鱼、成板的冻豆腐、不用放冰柜的雪糕冰棍，所有水果也都是冻住的，像冻柿子、冻梨，回家搁在温水里缓一缓再吃，一咬就是一汪甜滋滋的汁水。

也有暖和的——

大锅里现成炖好的酸菜血肠，回家热热就能吃，老板穿着棉捂子来回踱步，响亮叫卖着。

热气腾腾冒着热气的小笼包、铁锅烙好的苞米面黏火烧、热油浸润过刺啦作响的豆沙油炸糕，还有立马就可以端上桌的热乎豆浆豆腐脑……

谭予让许梦冬在车上坐着，她不肯，偏要跟着走，手冻得只能捧一个热乎乎的烤地瓜来暖着。僵硬的手指按不准手机扫码，她就站在原地喊："谭予，你来付钱！"

谭予走过来，掐掐她冻得通红的脸蛋，把她羽绒服的帽子兜上，又系紧了些。

姑姑家这么多年过年的习惯是大年三十吃两顿晚饭，当天晚上吃年夜饭，午夜十二点吃饺子。

谭予不仅把年货和年夜饭的食材都买齐了，还主动承担了年夜饭的所有活计。大菜是许梦冬喜欢的松鼠鱼，鱼用油炸过，再浇汁，掩盖了鱼腥味，酸甜口。

许梦冬帮忙在菜板前切猪耳朵，切一片，偷吃一片，还偷偷摸摸喂谭予一片。

这是她人生中第一次吃谭予做的年夜饭，这感受很奇妙，他在灶台前的背影落在她眼里，挺拔利索，那么顺眼，那么好看。

心思放松下来就得意忘形，年夜饭正菜还没上桌，她就先和姑父开了一瓶干红，俩人就着那盘凉拌猪耳朵，一不小心就喝多了。

她脸颊发烫，身子犯困。

春晚还没正式开始，电视上播着春晚幕后花絮，纷乱人声很助眠，许梦冬窝在沙发里，枕着然然的腿闭眼小憩。

睡一觉醒来，酒劲灭了，她发觉谭予在摸她的脸："醒醒，回家睡。"

她睡眼蒙眬地问了一句："回哪儿？"

"回家，咱俩的家。"

许梦冬倏地坐起来："晚上不是还吃饺子吗？"

谭予笑了："这怎么只记得吃了？"

姑姑从厨房出来，手上拎了几个饭盒，里面是冻好的饺子："给你，拿走，半夜那顿饺子你俩回家去煮吧。你姑父也喝多了，我还得照顾他，不留你俩了，反正离得近……好家伙，一家出俩酒鬼。"

其实许梦冬隐约明白，好像所有人都在成全她的心愿。

她想拥有一个属于自己的家的心愿。

许梦冬先下楼，到车上等谭予。

二十分钟后谭予才下来，她问道："钱给姑姑了？"

"给了。"

说的是许正石给谭予的那笔钱，卖镇上老房子得来的。

许梦冬不想要这笔钱，于是两人决定还给姑姑。

"那咱俩结婚，我可真是一穷二白，没有嫁妆了。"

"要什么嫁妆？"谭予唇边溢出笑，他没喝酒，心却像是在烈酒里浸过，是暖的，"人都是我的了。"

许梦冬系好安全带，车子从小区门口驶出的时候，恰好有一辆蓝白相间的出租车进小区。两辆车短暂交逢，又迅速错开。

许梦冬望去一眼，又低头看了看手机。

"怎么了？"

许梦冬笑了笑："没什么，回家吧。"

除夕，团圆夜，人们都要回家的。

即便他从前迷路过、走失过，她还是打心眼儿里希望每个人都能有家可归。

晚上那顿饺子，谭予没有煮姑姑带的那些，他把那些饺子放回冰箱里冻着，然后从冷藏层里把和好的饺子馅拿出来。

许梦冬满脸愕然，惊讶地问："你这是提前就预备好了？你早就打算自己包饺子是吧？"

谭予并不否认。

许梦冬不会做面食，只会添乱。谭予和面、揉面，扔一个面团给她玩，然后继续擀饺子皮儿。

谭予的手好看，手指修长，指甲干净，这么好看的手才能包出好看的饺子，圆滚滚的，整整齐齐排列着。谭予告诉许梦冬，他只是自私地想往饺子里多放几个硬币，好让她吃到。

"那今年也有糖饺子吗？"

谭予说过的，糖饺子的寓意比硬币好，寓意着人生不会永远苦涩，以后的日子会越过越甜。

"有啊，去把红糖拿过来。"

许梦冬去厨房找红糖，新房子，东西不多，很快就找到了。她顺便从冰箱里掏了根雪糕，打开，咬一口。

真奇怪，原来这世上甜蜜的东西这么多，她以前从未发觉。她靠近谭予，知道他满手面粉不能抱她，所以钩着他的脖子主动亲上去。马迭尔的奶油冰被舌尖融化，传递，她舔舔谭予的下唇，问："够不够甜？"

谭予点点头，俯身探着，把吻入得深一点。

电视上春晚热闹，各家灯火正酣，他们只是其中最平凡的一盏。

可惜当晚还是没人能坚持到守岁就睡了。

热烘烘的暖气笼罩里，谭予做了个梦。

他梦见自己回到了大学。

那是大一的冬天，距离许梦冬人间蒸发已经半年。北京的冬天虽然远不及东北那样悍烈，但阶梯教室里也是冷如冰窟。大学英语课，几个班级一起上课，人头密密麻麻，谭予照例坐在第一排记着笔记，忽然福至心灵。似乎冥冥注定，他转了下头，在教室的最后一排看见一个人。

她穿着单薄的羊绒大衣，戴着鸭舌帽，肩膀瘦削，头埋下去，一整张清瘦的脸都隐在帽檐后面。

即便这样，他还是认出她了。

下课铃响起的那一刻，他扔了书狂奔，可她走得更快，穿过教学楼、食堂、林道……

任由他怎样追赶，她都仍然在他前面几步的位置，怎么也碰不到她的衣角。

冰冷的空气灌入胸腔，令肺叶发疼，谭予终于跑不动了。他停下脚步，用尽周身力气大喊："许梦冬，你站住！"

喊声震落了树梢上薄薄的一抔雪。

她停住了，肩膀起伏着，片刻后，缓缓转身。

终于得以让他看见了牵着自己魂魄的那张脸。

许梦冬的声音像是从很远很远的地方传来，越过了湖泊山川："谭予，我现在还不能跟你在一起。

"但是我爱你，我一直都爱你。

"你一定要找到我，过程可能会很辛苦，但是求你，找到我，抓紧我。

"抓得牢牢的，一定别松开……"

谭予醒了。

嗓子有些发干，那是暖气地热使房间干燥的缘故。他动了动手臂，听见了一声低低的呓语。梦里的那个人此刻就在他身边，与他分享同一个枕头，睡在同一床被子里。

许梦冬抓着他的一条胳膊，眉尖微微皱着，还没醒。

谭予很难形容这一刻的感受，是如释重负，还是劫后余生，又或者是千帆过尽后的心安踏实？

许梦冬半梦半醒中感觉到谭予亲了亲她的眉头，然后被子被掀开，他先起了床。等她彻底清醒过来时，入眼便看见窗外的雪白。

谭予煮了小米粥，又把昨晚剩下的饺子煎一煎，煎出脆脆的边儿。

他把早饭端上桌，看到许梦冬光脚站在窗前的背影，雪光描摹她的轮廓，嵌了一圈温柔的光。

"冬冬，吃早饭。"

许梦冬回头："谭予，又下雪了。"

又是一场雪。

瑞雪兆丰年，蜡梅报新春。

东北永远不缺冰与雪，也不缺冰天雪地里的热血与浓情。

她伸出手指，戳了戳窗玻璃边缘细细小小的霜花，霜花被她指尖的温度融化，化成汩汩流水。

金色朝阳打下来，打在他们肩膀上。

许梦冬被谭予从背后抱紧了，他们一起看外面飘落的硕大雪花。地上积起厚实松软的白，雪面上星星点点如花一般火红的，是昨晚燃尽的鞭炮皮子。

远处的小兴安岭岿然不动。

马路上已经有串门拜年的人们，他们携手并肩，笑呵呵地打招呼，在一片雪白里留下脚印。

漫山雪，正月里。

每一片雪花都在执着落下。

它们在护佑这片土地上有情有义的人们。

终能得偿所愿，永远幸福安康。

许梦冬和钟既关系很好，却鲜少踏足他的朋友圈。

一来是她性格使然，不再像十几岁时一样如同蚊蚋趋光追逐热闹，二来钟既这个人的社交着实太杂太广，三教九流、牛鬼蛇神，他和谁都能坐在同一桌上喝酒。

这次如若不是钟既的杀青宴，许梦冬是断断不会参与他的饭局。

他自信、张扬、狂傲，有人格魅力，在一群人里特别耀眼，大家会理所应当地觉得她是他带来的，也该和他是一样的人。

杀青宴结束，转战夜场，许梦冬技术不过关，摇骰盅把骰子摇掉了，被勒令喝一打纯饮。钟既嬉皮笑脸过来搭她肩膀，把人往后面拽了拽："哎，许梦冬是我带来的，我替吧。"

有人起哄："喝酒不是目的啊，这不是为了玩嘛。要不这样，让你朋友自曝一段八卦，情史之类的吧。黑料在手，以后就是自己人了。"

这一圈都是和许梦冬咖位差不多的小演员，钟既还算站得最高的那一个，只要他开口解围，应该能救得了她。但她不想让人误会她和钟既的关系，于是在钟既开口之前先说道："可以啊，不就是爆八卦嘛。我顶级恋爱脑加'舔狗'，分手六年了，还给前男友买了套房子，这算不算八卦？"

"牛哇！"

"我的天！我前女友为什么不给我买房子？"

"……"

钟既朝她翻了个白眼，分明是无语。

一阵喧嚷过后，再一次输的竟然是钟既。

没人想听他的八卦，因为网上从来都不缺。这是他们大学毕业后正式迈入这个圈子的第二年，钟既已经有了混出头的迹象。

可他不想喝酒，偏要讲。

"我想想哈……"暗色灯光流转如修罗地狱，偶有绛紫灯影从钟既妖孽一样的脸上迅速划过，衬得他格外像深夜鬼魅。

他舔舔牙齿，眼神从众人身上扫视一圈，笑得邪恶，像被过量酒精夺了舍："我呢，傍上了个有钱的女人，有偿，对方按周结钱，从不拖欠。"

"哈哈哈……"

"钟既，你就适合干这行，不比你拍戏来钱快？"

"……"

轰隆隆的音乐声里，众人起哄鬼叫此起彼伏。

钟既也跟着笑，仰头喝下一杯酒，卸了力，重重瘫在沙发上。对上许梦冬的眼神，他伸出一根手指，指指她，又指指自己的太阳穴。

许梦冬这才后知后觉自己被耍了。他们这群人闹着玩儿呢，没人会真对别人的八卦隐私感兴趣，就她傻了吧唧地讲了实话。

应该像钟既一样，满口跑火车，糊弄过去就行了，反正大家都穿着一层皮在圈子里混，哪句真哪句假，谁也不知道。

许梦冬嗤笑一声去卫生间，走出几步发现手机忘了，她回头去拿，却刚巧看见钟既靠在卡座角落里，抱着个抱枕歇憩。

空气里味道复杂，混合着酒味、汗味，还有电子烟雾的甜香。他像是累极了，也像是醉意上头，一双桃花眼此刻没了光彩，漠然看着灯光舞池里幢幢人影发呆。

许梦冬发誓，她是第一次见到这样的钟既，好似置身热闹之外的孤魂野鬼。

他眼底有水光泛亮，可惜只一霎，就迅速坠进昏暗的灯光里，不见了。

钟既在上海出生长大，父母却都不是上海人，他们都是高才生，也是第一拨闯沪的佼佼者，在这寸土寸金的金融宝地扎下根来。他们原本想着好好培养钟既，将来要么考个名牌大学，要么干脆出国留学，可惜钟既从幼儿园开始就表现出对学习的抗拒，反倒在六一会演崭露头角。

老师都说钟既以后估计要走文艺道路了。

走文艺，走就走，钟既父母也不是不开明的，管他什么路，能走得通也是本事，既然有天赋，那砸锅卖铁也要培养。

他们带着钟既四处寻觅特长班，钢琴、吉他、小提琴、声乐、主持、舞蹈……钟既倒也争气，样样学，样样精。尤其是到了十几岁，他长得越来越白净秀气，五官无可挑剔，比小姑娘还好看，从小练舞蹈的身形格外挺拔。

与他的腰背一起变得纤薄的，还有家里的钱包。

那可是上海。

钟既父母为了培养他，近乎掏空了家底。

小学毕业，升入初中，立志学遍各个舞种的钟既开始入门拉丁舞。

那年他十三岁。

也是在那一年的深秋，他推开舞蹈教室的玻璃大门，第一次见到十七岁的张瑜佳。

"介绍一下，这位是老师以前的学生，张瑜佳姐姐，现在在美国读高中，假期回来玩，顺便来陪大家上两节课。"

她真好看啊。

钟既觉得自己眼前赫然出现了一朵初夏的菡萏。

那时没有什么白月光的概念，他不知怎么描述那种片刻之间被浩渺月光照耀铺陈的感觉，他就是觉得他挪不开眼。

张瑜佳没有穿华丽鲜艳的拉丁舞裙，而是穿着修身圆领运动衣和宽松长筒练舞裤，裤腿微微开衩，露出纤细脚踝。她随手把头发扎了一个高高的髻，朝舞蹈教室里一群小屁孩们打招呼："你们好呀，叫我师姐就好。"

很久以后，钟既才知道，以张瑜佳的家庭条件，平日请的都是舞蹈学院的老师一对一上课，或是国外知名舞蹈演员授课，一节课就要上万的那种，她那天来到这个小舞蹈班，只是一个意外。

她那天背的运动包，穿的练舞服，甚至发髻后面别碎发的小水钻夹子都来自奢侈品柜台，所以她面容姣好，周身馨香，那是被优渥人生和家世浸泡出来的温柔窈窕、落落大方。

钟既不自觉往后退了两步，结果踩了后面一位男同学的脚。

"哎呀！"男同学夸张地大叫一声，然后说了句上海话，知道钟既听不懂，又"好心"换成普通话，还上下打量他，"你把你妈妈的裤子穿出来了？"

舞蹈教室爆发出一阵哄笑，穿着紫红色练功长裤的钟既死死低着头，脸红得快要滴血。

练功裤是妈妈随便给他买的，断码的，打折，他也觉得有点丑，但是便宜嘛。

那段时间不知是谁在周围一圈人里瞎传，说钟既家是外地来的，可穷了。钟既急急辩解，完全没用。他那时不明白人言可畏，十几岁的孩子最是捕风捉影、随波逐流的一把好手。再加上他又瘦又矮，白白净净，清秀好看，有点"娘"，不知有多少不堪入耳的话往他身上倾倒。

钟既紧紧攥着拳头，然后看到一道影，哦不，是闻到，张瑜佳那时比他高，她身上有馥郁的晚香玉气息。她轻飘飘站到了他面前，把他罩在了她的影子里。

张瑜佳的上海话说得比那男同学溜多了，钟既一个字都听不懂，愣愣站了一会儿，再回过神来时，张瑜佳已经握住了他的手腕。她的指节那样软，白葱细嫩，甲床是柔和的绯粉。她扬高下巴，居高临下地看着他，急促说话时鼻尖和眉尖都一紧一紧的："他们欺负你？"

钟既迅速把手抽了回来，摇了摇头，退到了最角落去。

也称不上欺负，只不过他和同龄男孩玩不到一块罢了。

那天的课结束，他满头的汗，张瑜佳抽了张面巾纸递给他，对他说："换个颜色的裤子，这个的确不好看，像……像……"结结巴巴半天，张瑜佳也没说出什么合适的比喻。钟既明白这只是她善良，连他自己都知道这裤子像市场卖年糕嬷嬷的工作服。

他接了那张面巾纸，却没用，而是按照原来纸上的折痕小心放进语文书里夹着。

张瑜佳在上海待了两个多月，从金秋到初冬，从梧桐婆娑摇摆到落下满地金黄。

钟既每周三次拉丁舞课，每一节都能看见张瑜佳，她好像是真的没事做，难得的假期竟然全都耗费在舞蹈班。老师教课，她当助教，帮忙纠正动作。

她俯身，蹲下，钟既感觉到他的脚踝被一只温热的手掌握住，然后轻轻捏了捏。

"这里用力，用力……再用力。"

钟既从脸红到了脖子。

他再也没穿过那条丑丑的练功裤，可还是丢了舞伴——这次倒是不怨他，舞伴调去了其他时段的班级。

拉丁一男一女是标配，钟既成了班里唯一那个落单的。张瑜佳将散掉的头发拆开，再重新绑好，施施然走到钟既面前。

"跟我搭档，可以吗?

"我个子比你高，其实不是特别合适，但将就一下吧。"

钟既没有拒绝的理由。

他诚惶诚恐地伸出手臂，扶住她的腰……没敢碰上去，只是虚虚拢住。就只是这样，已经让他手心冒汗。

十三岁的男孩，身体本能的开关刚刚被打开。他还糊涂着，不知道自己为什么会有这样的反应，总之每一次他碰到张瑜佳的手，被她发梢甩到脸颊，都会凭空激起一身薄汗。

她身上的香好像每天都不一样，一如她每节课结束递给他擦汗的面巾纸都是不同的品牌。钟既分不出来她身上是什么护肤品的香味，总之都是花香，馥郁浓烈，远远比十七岁少女的体香更有侵占性，在跳舞的那两个小时里，短暂却坚定地侵占他的脑子。

也是那一年深冬的某天。

那时张瑜佳假期结束，早已回到国外。

原本就是萍然相识，以后也不会有交集，可钟既却莫名其妙在某个夜晚梦见了她。

梦里的内容……讲不出口。

钟既于深夜起床，坐到书桌前。张瑜佳给他的每一张面巾纸他都留着没用，如今工整夹在各种各样的书籍里，就当书签，有二十多张。

他把那些依旧暗香浮动的面巾纸全部放在一块，展开，铺开，再叠好，合上。如此反复很多遍，他重新有了困意，才把纸依次收好，夹回书里，回到床上沉沉睡去。

那年深秋的舞蹈教室里，张瑜佳对他说过最多的话是——

"哎呀，钟既呀，你不要低头呀，这样跳舞好丑呀!"

"明明你跳得这么好，为什么怕他们? 去去去，把他们都比下去!"

他那时自卑、敏感、寡言、沉闷。

有人轻拍他的后颈，反复提醒他抬起头来。

抬头能看见什么？

能看到树梢最漂亮艳丽的那朵花。

后来的很多年，他都保持着昂首挺胸的习惯。

他想让那朵花一直在自己的视线里，可直到忠诚的仰望成了本能动作，直到那朵花在他的注视下盛开、萎靡、掉落，最终化成臭烘烘的一摊泥。他才终于明白，这是他亵渎那朵花的惩罚。

再见到张瑜佳，比钟既预想的要早。

那是两年后，他初三，彼时学校从上到下都在因中考而枕戈待旦，唯独他以特长生身份提前迈入重点高中的门槛。

他在老师的带领下去参加舞蹈比赛，下场休息到场边喝水，矿泉水瓶口刚触到嘴角，肩膀就被人重重拍了一下。他回头，看见那张他梦见过许多次的脸。

不一样的是，这两年他蹿了个子，如今已经能轻松俯视她。

"呀，你还记得我？"张瑜佳吃惊，她从他的眼睛里看出了同样的惊愕，还有大过惊愕的惊喜，"我还想逗逗你呢……你吃饲料啦？怎么长高这么多？"

两年时间，何止是身高外貌发生了改变！

钟既在一场又一场比赛里拿到名次，自信多了几分，肩膀不再习惯性下垂，人也比从前善谈开朗，不再沉闷闭塞。

只是他见到张瑜佳，还是会脸红。

"师姐。"他攥着矿泉水瓶小声打招呼。他的嗓音就像捏瓶子那样难听，因为难熬的少年变声期。

张瑜佳却不在意，她穿着黑色及踝长裙，外面罩一件丹宁外套，显得身形单薄。她抖着肩膀夸张地大笑："舅舅！你学生还叫我师姐呢！"

钟既哑言，他这才知道张瑜佳其实是舞蹈老师的外甥女，也正因为这层亲戚关系，她才会频繁出现在这里，像误入乱糟糟尘世的仙女一样。

她怎么这么好看？

钟既再次悄悄于心底发问。

都说人的审美是天生的，后天很难更改，但钟既始终觉得他对于异性的审美是由张瑜佳构成的——她明明五官秾艳鲜烈，整个人却露出清淡萧瑟的气质，或许是因为过于消瘦的身形，又或许是因为冷白到近乎没血色的皮肤。

这种矛盾感让人难忘，也让人着迷。

那次再相见，他们互留了联系方式，在之后的几年里一直保持着还算密切的联系。

钟既习惯把他的近况和在比赛里获得的成绩，再添几句闲聊一起发出去。

比如自己进了一所很好的高中，周围的同学都很厉害，他压力有点大，学习跟不上，但又不敢懈怠；

比如他已经决定考戏剧学院，学表演，但是还没想好留在上海还是远赴北京，现在就要开始学习专业课准备艺考了，很辛苦；

比如已经有经纪公司联系了他妈妈，他即便还没上大学也可以先签约，经纪公司的人说他注定是要吃这碗饭的，早入行早出头，但他爸妈还没想好，因为签约培训要交一大笔钱……

就这么过了三年。

张瑜佳的回复往往会跨越半个地球以及十几小时时差，于第二天送达他的手机里。

大多数是鼓励和赞扬。

他事无巨细地讲自己，张瑜佳却从来不说她自己的事。他在深夜台灯下翻看国内外各个社交平台，抽丝剥茧般寻找张瑜佳的痕迹，比模拟考还认真。

他得知了她就读的大学含金量很高，得知了她常住纽约，得知她朋友很多，男朋友也不少，她社交广泛，爱好颇多，上个月去滑了雪，这会儿又在潜水。他把她发的和朋友的合照放大放大再放大，仔细端详她的脸、瘦削的下巴和笑起来微微露出的贝齿。

佛罗里达的阳光没有令她肤色变黑，反倒使每一个毛孔都散发着透明近乎圣洁的光亮，像是海上一掠而过的海鸟的白色翅膀。

钟既把照片存在手机相册里，又在心里暗骂自己像个网络变态。

他给张瑜佳发信息：【师姐，我下周就高考了。】

张瑜佳的回信照例在隔日送达：【好啊，考试加油。我刚好这个月过生日，要回国一段时间，见面聊？】

她还发了一张图片，是她的航班信息。

钟既断然不会拒绝。

他从未那样期盼过哪一场考试。可最后卷子交上去了，他却没有如释重负的感觉，因为即将到来的见面。

他已经三年没见张瑜佳了。

他清楚那种感情叫作想念。

月底之前，钟既还拍了一个广告，是轻奢品牌的视频贴片广告，年轻线，于是找了一堆年轻模特来，他只是其中一个。他看中了其中一块女款运动表，果断买下——那块表的价格比他拍广告的酬劳还高。

他揣着那块手表去见张瑜佳。

外滩边上的露台酒吧，他踏上最后一节台阶，却一眼看见张瑜佳和一个穿衬衫的男人接吻。

她又瘦了许多，穿一件吊带上衣，瘦骨嶙峋，手臂上的文身图案是夸张华丽的浮世绘，攀满一整个小臂。她撑在男人的胸膛上，脸上有酒后绯红，仰头吻得动情。

钟既一时没反应过来，直到有人提醒，张瑜佳才推开那男人。洁白海鸟此刻变成了暗色蝴蝶，她在艳丽灯影里朝钟既飞扑过来。

"钟既！"她几乎是跳过来的，用力抱他，"好久不见！真的是好久啊！"

"师姐。"

"别叫我师姐，难听死了，叫我名字。"张瑜佳挽上他的胳膊。

闷热的沪市夏夜，空气潮湿，他们的皮肤上都有薄汗，她向朋友一一介绍钟既："这是钟既，是我认的干弟弟。帅吧？人很好，是很腼腆的孩子。"

其实钟既已经不腼腆了。

此时距他和张瑜佳初识已经近六年时光，他的年少自卑并没有持续很久，如今的他是学校里的风云人物，是佼佼者，是马上一只脚要踏进娱乐圈的明日之星，他的前途抬腿即达。而且再也不需要张瑜佳提醒，他已经习惯昂首挺胸，即将完成由少年到男人的蜕变。

可他还是近乎本能地向衬衫男那里望去一眼，又低头看了看自己身上的白T恤。

"哎，你成年了吧？"张瑜佳在递给他一杯酒前这样问他。

"半年前你给我发过生日快乐。"他接过那杯甜滋滋的酒。

"哦，对，忘了忘了。"

他是水瓶座，而她是双子座的最后一天。前一阵她迷上了星盘占卜，还发短信要了钟既的生日给他算了算前程和考运，结果考运没算明白，倒是算出他情路不顺，怕是要所爱不得，孤独一生。

她觉得自己没占卜的天赋，后来作罢了。

钟既端着那杯酒如坐针毡。

张瑜佳短暂招待了他，然后又回到了那个男人身边，依偎在他怀里，脑袋靠在他肩窝。

音响里是王若琳迷幻醇厚的爵士嗓，隔着烟雾，钟既看见张瑜佳脸上的笑也似要融化在这憋闷的夜里。他有点坐不住了，喝了那杯酒就打算走，谁知张瑜佳起身比他快。

她似水蛇一般攀附在那男人身侧，朝众人摆了摆手："谢谢大家捧场啊，玩得开心，我们先撤了，拜拜！"

大家再次祝她生日快乐。

钟既目送她和那个男人一起离开，后来才意识到忘记把生日礼物给她了。

要当面给，看着她戴上，这好像成了执念。

他发信息给张瑜佳，可是没有马上接到回复。

直到凌晨两点多，他才收到一个地址，是一家酒店。

她问他：【是什么了不得的东西？你在街上晃了这么久？还没回家？】

钟既二话不说，打车去酒店，然后看见了妆容半卸、神态疲惫的张瑜佳。

套房里只有张瑜佳一个人，那个男人应该已经走了。她请钟既进来，在套房会客厅坐下，然后顺手关上了卧室门。但钟既还是看见了，看见乱糟糟的床单和地上的杂物，房间里满是旖旎气息。

他不是小孩了，他懂。

他皱着眉头默默把手表盒子放在茶几上，然后看着张瑜佳把它打开，露出惊喜神色，再轻飘飘挂在手腕上。

她太瘦了，宽大的运动款式其实不适合她的风格，也不适合她纤细的腕骨，但她还是收下了，戴上了，然后在钟既面前晃了晃："好看吧？"

"嗯，好看，你戴什么都好看。"

"嘴真甜。"

她的口红早就斑驳了，就剩周围一圈细细的唇线，长发有几缕黏在脖颈上，黑发白肤，显眼得要命，锁骨上还有新鲜的吻痕。

他尽量不去幻想这里刚刚发生过什么，却总也忍不住，心里一阵一阵针扎似的疼。

最终，他起身，简单告别，落荒而逃。

谁知这个夜晚还没结束，引发他幻想的当事人却不放过他。

张瑜佳很快给他打来电话："你到家了没有？"

"到了，"他说，"刚洗完澡，在床上，还没睡。"

"哦……"张瑜佳的声音懒懒的，似乎也是躺着和他说话，"这手表，是你挑的？"

"是。"

"为什么选这一款？"

"因为我给他们拍了广告，还因为它很好看，我看到它就想起你了，就想送给你。"

"哦，"张瑜佳顿了顿，"不是因为表盘后面的字？"

钟既心头一突，沉默了。

还是被发现了。

其实这个系列的手表有宣传语刻在表盘后面——"love in the sea（爱藏于深海）"。

这句话此刻也从张瑜佳的口中喃喃而出："……挺好，我喜欢大海。"

她笑了两声，又问："钟既，你是不是喜欢我啊？"

钟既难以形容那时的心情，好像是考试作弊被抓包。

如若真的平稳度过，感情无人知晓，好像也不甘心，于是，他大大方方承认了："是，我喜欢你。"

他还擅自给自己加台词："我喜欢你好几年了。"

张瑜佳笑得清亮爽脆："少来了，你才多大？"

"这跟年龄无关。"

"那跟什么有关？"

夜特别静。老房子底下有高大的樟木，路边的灯泡在摇晃，钟既倚靠床头望向窗外乱糟糟的树影。

有些白天见不得光的放肆，可以借着夜色出动。

他听见张瑜佳虚幻缥缈的声音："这些年，很想我吗？"她柔声说话，仿佛近在咫尺，就在他的耳边。

"……想。"钟既开口，嗓音干涸。

"都想我什么？"

"……"

"说出来，说给我听。"

想你跳舞时候一袭白衣，隐约透出脊椎骨节形状；想你手腕上永远有护手霜馥郁的香；想你额前有汗，却先递纸给我；想你拽着我的手，覆上你的纤瘦腰侧；想你仰头喝水时伸长的脖颈；还有那舞蹈教室惨白的灯在你脸庞罩了一层朦胧仙境一样的光。

以上，是一切的开端。

中间这几年，他离太远，只能窥视张瑜佳生活的残碎片段。

但过了今晚，他的幻想中又将多一些场景和情节。

他幻想，那个半躺在沙发里、怀里抱着张瑜佳的人其实是他，他能够肆无忌惮揽住她的腰，手指绕着她的发梢，在朦胧的夜色与音乐声中与她交换一个吻。

他幻想和她狂欢一整夜，把她的头发扯散、揉乱，捉住她的手腕举过头顶，细细观察她手臂上文着的花鸟图案。

他幻想自己平躺着，成了一根大海中被巨浪翻搅的木头，他没有了双手，没有了双脚，甚至没有了自我，一切全靠她来操纵。

……

钟既觉得自己是疯了。

他把自己脑子里所想的全部说了出来。

他望着天花板，过了半晌，忽然问张瑜佳："他很有钱吗？"

他是说那个衬衫男人。

或许是张瑜佳的现任男友，又或许不是。

他知道在这样的时刻聊起别的男人多少有点煞风景，但他忍不住，他心焦。

"是啊，很有钱。"张瑜佳说。

"有多少？"

钟既知道，以张瑜佳的家世，她无须攀附别人。那男人有钱，说明他们门当户对，彼此合适，是同一个圈层里的人。而他就是想知道，自己要赚多少钱，才能迈进他们的世界。

也可能永远都迈不进。

他做得再好也就是个艺人，资本与工具，幕后与幕前，永远有壁垒。

但他就是想问问，想有个奔头。

"他有多少钱？"

"干吗啊钟既？别钻牛角尖啊。"张瑜佳笑着说，"你就好好当你的大明星去，自信一点。还有啊，你别觉得我是什么好人，我没你想的那么好。"

"好不好，你说的不算，我说的才算……"

"钟既，"张瑜佳打断他，声音褪去几分柔软，有些肃然，"你不会傻到以为我会搞什么门当户对吧？我只会和我爱的人在一起。"

"那你爱他吗？"

"不爱。"

"那你爱我吗？"

"也不爱。"

张瑜佳回答得斩钉截铁。

她听到钟既沉默了，又有点心软，哄了哄他："别闹了好不好？你送我的手表我很喜欢，谢谢。我会戴的。"

钟既现在顾不得什么手表了，他继续逼问张瑜佳："那你爱一个人是什么样子？"

"我哪知道！"张瑜佳大喊，"等我碰见了一定跟你说！再见！"

她挂了电话。

晨风把窗帘吹起，带起一段段波浪，这是夏日唯一短暂的凉爽，待到日头高高挂起，又将是热辣酷暑。

钟既眯眼望向窗外的晨光，这是他第一次觉得张瑜佳不如他。

她不知道爱一个人是什么样子。

可他知道，并深信不疑。

从这天清晨开始，他确信自己陷入了爱情。

单恋也是爱情。

既然是爱情，就没有高低贵贱。

钟既反复给自己灌输这样的洗脑言论，却还是难以在喜欢的人面前做到绝对坦然。

张瑜佳回了美国，继续她自由奢侈而鲁莽的生活。

她在各种社交平台上的动态依旧五光十色，身边景色和男伴的更换频率很难说哪一个更高，钟既很难从她的照片里提取并构建她的全部社交圈。

精彩的生活似乎也汲取着她的营养，也不知是不是不好好吃饭的缘故，她越来越瘦，对着镜头大笑时，两颊会不自然地凹陷，肩膀处的骨头突出而锋利。她手臂上的文身又变多了，照片不清晰，钟既看不清图案，只能清楚地看见揽着她腰的那个金发碧眼的高大白人一笑露出一排白牙。下一张，就是他俯身，张瑜佳踮脚，两个人在镜头前旁若无人地拥吻。

钟既看不下去，重重合上电脑。

钟既留在了上海，进戏剧学院学表演。

爸妈研究了很久，最终帮他签了一家规模不大的经纪公司，预约了大二上学期的档期参演一部电视剧，他即将迈出真正出道的第一步。

张瑜佳给他发来了祝贺的消息，还给他买了一台昂贵的游戏机作为礼物，尽管他从来都不打游戏。

他们好像恢复了和从前一样的礼貌和客套，他依旧称呼张瑜佳为"师姐"，照例频繁地给她分享日常，而张瑜佳再也没纠正过他的称呼，仿佛在强调这种微妙的疏离感。

这样宁静的日子持续了几个月，一直到上海进入初冬。

钟既原本打算攒够机票钱趁寒假去美国看望张瑜佳，万事俱备，就差个借口。

可这借口还没找到呢，出行计划就被母亲突如其来的重病打乱。

胰腺癌，查出来就已经是晚期。

钟既傻了。

家里这些年为了让他走艺术这条路，几乎刮干净了所有积蓄，根本没钱支付昂贵的医药费，况且这病已经到了不是钱能解决的地步。

可他不肯放弃，那段时间，他一边兼顾病重的母亲，一边瞒着学校、家里、公司，疯狂敛金。

谁都不怀疑，以钟既这张脸，赚钱不是什么难事，全看他想不想。也就是那段时间，他与许梦冬相熟。

他们都是缺钱的可怜人，是走投无路被折断腿脚的野兽，结成搭档，出入各种场所——高尔夫球场陪练、射击馆陪打、出席一些不知名的秀场、给一些地下设计师当试衣模特……这些还算见得了光的，还有些不能被人知晓的、太过缺德的，他连许梦冬也瞒着。

比如他当过婚托；

比如游走于各个高端夜场，赚酒杯底下压着的一沓一沓粉色钞票；

比如替一群公子哥儿参加山地摩托暗赛，赢一场七位数，输一场命都没了。

他咬着牙，从延环山路急速俯冲而下，风声在他头盔边游走、爆裂、消散。他那时脑子空空的，除了想着奖金那一串泛着冷光的数字，什么都没有。

赚钱是一件非常机械且毫无乐趣的事，尤其是钱无法在你身上久留，只以数据形式一掠而过的时候，这种感觉尤为强烈。

他赚再多钱也无法救回一个将死的亲人。

张瑜佳从国外回来的时候，钟既的母亲已经火化。

其实之前的几个月她就察觉出钟既有些异样，他给她发信息的时间变得不固定，有时是清晨，有时是午夜。他说话的语气也不那么神采奕奕，反倒有些沙哑，有些沉闷，完全不像一个不到二十岁的少年该有的音色。她并不知道那是过量烟酒和长时间熬夜带来的摧残。

钟既对自己遇到的困难绝口不谈，依旧只和她聊一些鸡毛蒜皮的小事，什么食堂的饭不好吃啊，什么地铁票钱涨了两块啊……如若不是她刚巧在朋友那儿看到了钟既跑暗赛的小视频，她真的要被他糊弄过去。

小视频里，钟既抱着头盔，头发都被汗水浸透了，一绺一绺搭在眉间。他弯腰去捡地上被夜风吹起的名片，他还要保存这些有钱人的联系方式，他还要从他们身上继续赚钱。

父亲的口袋比脸还干净，在母亲刚查出病的时候，他就说回老家借钱，竟然一去不返，深刻证实了"夫妻本是同林鸟"的后半句。

母亲的骨灰还暂存在殡仪馆里，钟既还得给母亲买一块像样的墓地，也要几十万。

张瑜佳等在他租的老房楼下，仰头看那扇破旧的小窗，里面一丝光亮也没有。她等到接近天亮，钟既才一身酒气地回来。

他没穿外套，身上只有一件混夜场的廉价黑西装勾勒出身形，胸前发亮的小名牌上的英文名是瞎写的。

他还没傻到用自己的真名出去混，张瑜佳不由得舒了一口气："你傻不傻啊？"

她双手攥着他西装的领子往上提了提，然后上前一步，亲了亲他干裂的嘴角。

在这深冬的街边，张口就有雾气升腾。

"你还想不想当明星了？这黑历史你打算怎么处理？"

钟既什么话都说不出来。

距离上次见面其实也没多久，大半年而已，可他不想让张瑜佳看见他这副样子，即便对方可能并不在意。

张瑜佳牵起他的手，把他的手指放在鼻子下闻了闻："你抽了多少烟啊？"

钟既从未觉得这个冬天的冷气如此具象，因为有了对比，张瑜佳的手是有温度的。

这温度让他想要流泪，犹如冻僵的躯体蓦然浸入温热的水，侵入他每一个毛孔和细胞。

"我毕业了。"张瑜佳纤细的手捏捏他的指节，"家里人不知道我回国，所以能不能在你这里借住一段时间？"

钟既依然不会拒绝。

他想，他永远不会拒绝张瑜佳，不论她提出什么样的要求。

哪怕她勒令他分一半房间和床给她。

大半个月里，两个人像两只相依为命的蟑螂一样委顿在狭小的出租屋里，张瑜佳不许钟既再出去赚快钱，由她出钱帮钟既的母亲买了墓地，下葬，联系亲友，办了个简单的仪式。

"你哪里也不许去，就在家里，就在这间屋子里，陪我。"

钟既不会做饭。他一个人的时候通常吃外卖和泡面。

张瑜佳也不会，但她跃跃欲试想给钟既做一顿能吃的饭菜出来。从来没去过市场菜摊的人出去游晃了一圈，最终只买了一点肉馅和一打鸡蛋。

钟既看着张瑜佳穿着他的大 T 恤，将头发拢起，露出两条细白的腿光脚站在厨房地砖上，对着手机教程和肉馅。肉馅和鸡蛋搅在一起，加酱油，加五香粉，上锅蒸，最终得到一盘像肉饼一样的东西，多汁，闻着很香。

她小心端到餐桌，说："小时候家里的阿姨是广东人，她最拿手这道蒸肉饼，据说是给生病的小孩子吃的，你尝尝。"

钟既说："我没有生病。"

他好好的，冷静、平淡，就连母亲下葬时他也一滴眼泪都没有掉。

可张瑜佳看穿了他薄如蝉翼的壳子，直直看进他的眼睛里。她伸出一根手指，把盘子往前推了推："你先吃，这可是我第一次给男人做饭，就为了安慰你。"

钟既终于明白张瑜佳强硬地住在他这里是为了什么，她是怕他心情不好，想给他些安慰。

"师姐，你不用担心我。"他终究没吃那盘东西，"我没事，我妈病了有一段日子了，我早有心理准备，不会垮掉。"

张瑜佳没有强求。她把那盘蒸肉饼三下五除二解决完，然后把筷子一扔，回床上躺着了。

钟既在她身后叹了口气。

他缓缓把盘子端起来，就着盘边喝剩余的汤汁，一滴都不剩，喝得干干净净。

"这样可以了吗？"

张瑜佳满意了，她轻哼一声："我可没逼你。"

"是，是我不识抬举了。"

钟既把厨房收拾好，上床时张瑜佳还没睡，她主动往钟既身边挪了挪，伸手抱住他的腰，躺下，把头埋在他紧实的腹部，仰头看他："对了，你签的那家经纪公司叫什么名字？告诉我，我听听。"

经纪公司是钟既母亲帮他签下的，他自己其实并没有多少了解，且这么多年里他参加比赛、拍广告、高中暑假去影视城当群演这些事全都是母亲在帮他安排，如今就剩他一个人，还有点手足无措。

张瑜佳躺在他腿上打了几个电话，打给她家里有娱乐公司的朋友。

放下手机，她对钟既说："你那个经纪公司不行，小作坊，你要出道，要大红大紫当明星，得有靠谱的团队。"

钟既终于深刻认识到他和张瑜佳之间隔的是天堑，在他为医药费和一块墓地钱出去搏命的时候，张瑜佳只要轻轻松松几个电话，就为他争取到了国内知名娱乐经纪公司的面试直通车，这是他从小学艺术这么多年也未能触及到的机会。

张瑜佳在电话里和她的朋友说笑："这是我弟弟，你们要重视他哦。"然后又对钟既说，"不要拒绝我，这对我来说只是举手之劳，当作我借住你这里的报酬。"她伸手轻抚他的眉尖，"你长这么好看，皱眉头就丑了。"

钟既看了她一会儿，然后俯首，把嘴唇贴上她的，捏着她伶仃的腕骨，搭在自己后颈上。

这大半个月，他们每天同床共枕，可最多的就是接吻，再没别的了。

往往这种时候男女的体型差距就显现出来了，即便张瑜佳年岁比钟既大，力气却不如他。张瑜佳能感觉到他不那么熟练，却很努力，努力勾着她的舌尖纠缠追逐，她被他的蛮力逗得有点累，于是轻声说："……别乱来，怎么这么久还学不会？我教你，好不好？"

张瑜佳教他太多了。

教他跳舞，教他反抗周围人的鄙夷和恶言，如今又要教他怎么接吻。

他的初吻，以及初吻后的每一个吻都属于张瑜佳。他的骨骼和细胞被她打散了，重建了。

森林里的精灵在轻语，海上的人鱼在歌唱，这一晚，他真正从无数次深夜的幻想里走了出来。

钟既在张瑜佳清亮的笑声里缓缓合上眼。

他的皮肤很烫，像要冒烟，而在那昏冥的烟雾里，穿着白色衣裤站在舞蹈教室里的十七岁的张瑜佳，和如今躺在他腿上的张瑜佳重合了。她拥有一双眼尾上翘的秀目，妖精一样盯着他瞧。

她摸他额前的碎发，像安抚小狗一样：

"你很厉害的，钟既，我们认识这些年，你的每一步我都知道，所以，别不自信，在任何方面，你都很厉害。

"你从千军万马里走出来，现在越来越靠近你当演员的梦想。

"妈妈生病，你也为你妈妈做了你能做的。

"别人我不知道，但我为你骄傲。真的。"

钟既抬眼，眼睛里面有点红："师姐，我要跟你在一起。"他也不知道自己为什么要在这种时候说这种话，可就是忍不住剖白。

多么青涩又单纯的词。

在一起。

不是我想，而是我要。

一定要。

他以一种颓废又不肯彻底放弃的姿态坐在床沿，而张瑜佳坐在他身边。她轻轻揉捻他温度未褪的耳垂，轻轻问他："你到底喜欢我什么？"

钟既自己也不知道。

或许是因为他这人本来就感情迟钝，也有可能是接受的教育使然，他从小到大听到过的最多的一句话就是"你得有出息，你要出头，家里把所有都投在了你身上，你不能辜负"。

就连母亲去世前，用干枯的手抓着他的胳膊，说："回去，你是要成名的人，别被人拍到你落魄。"

不能落魄。

可他在张瑜佳这里落魄过一万回了，从小到大，从多年前那个逼仄的舞蹈教室，一直落魄到今时今日的出租屋。

你不在意我的落魄，你让我觉得人生可能就是要硬碰硬。

小时候，她告诉他，把腰挺直。

如今她告诉他，别皱眉。

她好像一直都在教他如何舒服自如地行走站立，在这本就充盈苦难的人间。

张瑜佳自上而下望着他，目光如天使降爱世间，翅羽的光辉永远照耀他的全身。

钟既在这样的眼神里低下了头，他将脑袋埋于双膝之间。

母亲离世后，他也没有掉过眼泪，即便一颗心已经切割崩坏，但在张瑜佳面前，他有哭的冲动。

他说："我不知道，但是我需要你。"

我需要你。

我无法解释我对你的情感是爱情还是其他。

我只知道我需要你。

"怎么办啊，钟既，你怎么这么好骗啊？我陪你几天，说几句好话，你就相信我了。"

张瑜佳靠了过来，轻轻张开双臂。

"可是我不爱你。即便这样，你也愿意跟我在一起吗？"

钟既的眼泪掉在她的腿上。

他鬼迷心窍地点了点头。

"好，但我要和你说清楚的是，我喜欢自由，我最多最多和你保持自由的开放关系，你不能约束我，也不能过多要求我，我不喜欢。

"可以接受吗？"

钟既没有说话。

张瑜佳当他默认了。

她抬起钟既的下巴，轻轻亲了亲他，身上还穿着他的 T 恤，即便那非常不合身。

钟既的眼圈还红着。

他什么也没做，只是关了灯，挪过去，轻轻钻进她怀里。

"张瑜佳，我爱你。"

黑暗里，张瑜佳在轻笑。

"钟既，怎么办呢？我不爱你。

"可是，除了爱，我什么都能给你。"

钟既大二那年拿到一档选秀网综的参赛资格，机会很难得，他每天去排练室排练到深夜。他累到虚脱走出大楼时，许梦冬往往也刚结束兼职，她在石阶上坐着，然后从纸袋里拿一杯滚烫的咖啡递给他。

"喝吧，没加糖的。"

因为要控制热量，保持上镜状态，钟既已经很长时间没有吃过正常的东西了。他接过纸杯喝了一口，上下打量一身疲态的许梦冬："你看着像只流浪猫。怎么惨兮兮的？"

"你也没好到哪里去。"许梦冬回呛他，"我是流浪猫，那你就是流浪狗。你不用朝我龇牙，咱俩谁也别说谁。"

话音落，两个人一起笑出声。

钟既跺了跺脚，上海的冬天阴冷阴冷的，他踩着路灯下自己的影子，语气有点哀怨："要是来接我的不是你就好了。"

"除了我，谁管你？"

许梦冬不知道钟既的感情状况，只知道他母亲去世之后他一直心情不好，可是过了没多久，他突然说自己恋爱了。

那恋爱对象貌似对他不怎么上心。

许梦冬从来没见过钟既和女朋友打电话，就像寻常情侣那样，像她从前和谭予那样，一点小事也要黏黏糊糊聊上半小时。

从来都没有。

她有点担心钟既遇上了什么坏人，或者陷入了一段不健康的感情，终于忍不住问他："你女朋友对你好吗？她知道你马上要出道吗？知道你换经纪公司了吗？知道你……"

钟既摆摆手打断她。

"你话真多。"

他站在垃圾桶边上喝完那杯咖啡，把纸杯扔了，裹紧外套继续向前走，把影子甩在身后。

张瑜佳对钟既好吗？

当然好。

她帮他找了更好的经纪公司，那是业内的天花板，传说中的造星工厂，操作了一番，把他从原公司手里接手过来。他有了更老到的经纪人，能对接更好的资源，如果不是这样，他想参加这档声势浩大的选秀简直就是痴人说梦。

张瑜佳还找了最好的公关团队，帮他把之前在外疯狂敛金的那些黑历史都消除了。钱的力量那么强大，如同秋风扫落叶，干干净净。

除此之外，昂贵的衣服、鞋子、奢侈品手表、香水……张瑜佳甚至还送了钟既一辆摩托车，就是他替那些二世祖们跑暗赛时骑的那种摩托车。钟既也是那时才知道，原来两个轮子的车也不比四个轮子的便宜。

张瑜佳说她喜欢看钟既骑摩托车的样子，风在他外套里鼓动，像是裹藏了剧烈的火苗。但有一点，她不许钟既在别人面前骑，也不许他骑太快，他的车只能载她。

许梦冬说得对，钟既就是只流浪狗。

张瑜佳打发他就和打发宠物没什么两样，好吃好喝地养着，买最好的生骨肉，买最漂亮的狗罐头，像在玩某种养成游戏。

她能付出金钱，因为她不缺。

但她没办法在他身上付出时间，因为她要照顾的流浪狗太多了。

张瑜佳偶尔会来这里看钟既。

虽然她也提议过让他搬到她的大房子里去，可他很强硬地拒绝了。

两个人在狭小的出租屋里共同洒汗。

老旧的玻璃窗外，闷滞很久的雨水落下，将土壤浇灌得沃润。出租屋一年四季都散发着一股淡淡的霉味，不知是来源于布满霉斑的墙角，还是有裂缝的地砖。

恶劣的环境是滋养负面情绪的温床，狠戾、争斗、抢夺、撕扯。

很奇怪，张瑜佳喜欢钟既恶劣的模样，野兽的尖齿刺破皮肤，液体从血管里涌出，她觉得自己变成了餐桌上那只碎裂过又重新被粘起来的花瓶，上面雕刻着的图案早已看不清模样，有各种各样层层叠叠的伤疤。红的紫的，掐痕或齿印，越严重，她就越满意，这种感觉令她百般痛快。

钟既不懂张瑜佳，不懂她的偏好，只是盲目顺从。

钟既坐在椅子上，双肘撑着膝盖，沉默地抽烟。

他抽烟倒不是张瑜佳教的，也不是她要求的，是他自己心情不好时拿来抽着玩，一不小心就上瘾了。

这世界上能让人上瘾的东西真的很多。

张瑜佳去了趟卫生间，出来的时候已经用创可贴盖好了锁骨间的齿印。她夺来钟既指间的烟，就着湿漉漉的烟蒂吸一口，然后再塞回他嘴里，抚着他的头发，察觉出他的情绪。

"为什么不高兴？"

钟既有些颓丧："我不想参加那个什么选秀了。"

"原因？"

"没什么，就是不喜欢。"

钟既没有告诉张瑜佳，他只是无法忍受作为爱豆出道，虽然这是一条转型演员极好的道路，可他不想要女友粉，一是觉得对不起这些为他打投花钱的人，二是不想让张瑜佳看见他在镜头前假装元气满满、意气风发，伪装成如今市场喜欢的那种少年气。张瑜佳能看穿他，他是什么样的人她最清楚，这会令他难堪。

"我还以为什么事呢。"张瑜佳揉揉他的脑袋，"可以啊，他们都知道你是我的人，不至于让你一点发言权都没有。"

钟既皱眉，看着张瑜佳言笑晏晏的脸。她纤细的眼线微微挑起，扬眉时分外风情，只是脸颊太过瘦削，显得有些病弱。

"还有什么不高兴？讲给我听听？"

钟既深吸一口气："你是不是从来不想我？"

"谁说的？"张瑜佳走到床沿坐下，荡起小腿，"我有没有说谎，你难道感觉不到？"

钟既还是定定看着她。

"好啦好啦，"张瑜佳到底拗不过他，换成了哄孩子的语气，"钟既，你有时候真的特别轴，总是在意一些无关紧要的东西。"

什么东西是重要的？什么又是无可厚非的？

钟既只知道与张瑜佳有关的任何，在他这里的优先度都无限靠前，且保质期漫长。

他去行李箱里翻腾，最终拿出一个圆圆的铁皮饼干盒，上面的图案已经很模糊了。张瑜佳讶异他箱子里怎么会有这种东西，可当盖子打开，她脸上的表情有些复杂。

里面装的是一张张叠好的未使用过的面巾纸。

那年夏天舞蹈教室里，她递给他用来擦汗的所有纸巾，他全都悄悄保存下来。洁白的，带有整齐花纹的，香味早已消散的……

他保存了很久很久。

张瑜佳神色有些恼怒："你变态啊？留着这些干什么？"

"对，我变态，我心理扭曲，我人格不健全。"钟既放着狠话，"我是个神经病，神经病对你示爱，你当然可以不在意。"

张瑜佳一时不知道怎么回话了。

那些时隔几年依旧崭新的纸巾搁在生锈铁盒子里简直称得上皎洁。

她往钟既身边挪了挪，脑袋靠在他肩膀上："钟既，你好乖。"她又亲亲他的脸颊，"可是我不喜欢乖的哦。"

"……"

"我喜欢野一点的，坏一点的，就是……"她以娇俏的双目与钟既对视，

"没人会对轻而易举得来的东西倍加珍惜，钟既，你聪明些，能懂。"

钟既明白了。

她重塑了他的外表和皮肉，现在又要来重塑他的骨血了。

这场养成游戏里，她实在是个高明又尽兴的玩家。

"张瑜佳，你只是不想对我负责罢了，我表现得花心一点，你就能更肆无忌惮，对吧？"钟既笑了声，然后沉沉应了句，"好，我答应你。"

坏孩子变好很难，好孩子学坏却很简单。

钟既不是不明白，他有超强的领悟能力。

这是一个节点，就是从这一天开始，他再没有主动联系过张瑜佳。她来，他就接待；她走，他也不留。除此之外，他还摆出一副拈花惹草的姿态，在以张瑜佳想要的轮廓勾勒描画自己。

大学毕业第二年，钟既二十四岁。

他演了部古装剧，一夜爆红。他还好心带带许梦冬，让她客串了个小角色，结果被狗仔爆出他们交往甚密，同在房车过夜。

许梦冬看见新闻急得跺脚："怎么办？怎么解释？"她上钟既车上还钱说话的工夫就被拍了。

钟既一笑，满不在乎："解释什么？你在意吗？"

许梦冬想了想："我当然不在意。"

"那就行，我也不在意。"钟既戴上鸭舌帽，准备赴晚上的约。

他最近和圈子里的一些艺人走得很近，那些都是出了名的玩咖，许梦冬以前并不知道钟既跟他们有往来，难免想多嘱咐一句："哎，你……"

"嘘——"钟既以手指抵住唇，朝许梦冬笑了笑，"不劳费心，管好你自己。"

"那谁管你？"许梦冬很想骂醒钟既，"指望你那姐姐吗？钟既，你别祸害你自己了。"

钟既原本已经走出去了，闻言脚步又顿住，停了几秒，又继续向前。

他要依照张瑜佳的喜好，把自己的骨头磋磨出锐利的边角。她喜欢他野一点，浑蛋一点，那他就做给她看。不知不觉，从十八岁到二十四岁，他与张瑜佳在一起已经六年时光，有时他自己都会忘了他们已经纠缠了这么久。

这些年他从不干涉张瑜佳的社交，也没立场和勇气去质问张瑜佳对他是否忠诚。她还是常常国内国外地玩，世界四处走遍，给他发来的照片有时是在璀璨的多瑙河两岸，有时是在烈日当空的非洲草原。玩累了，她就回来和他厮混几天，然后继续出发。

张瑜佳也并不关注钟既的社交圈，最多会在他喝酒泡夜店的照片底下留言"注意安全哦"。

看吧，也不是完全不管他。

钟既心里升起一股无名火，拎起酒瓶重重砸下去，玻璃碴散了满地。

朋友带来的小网红往他身边凑："干吗呀这是？出来玩，生气了？"

"没有。"

"那咱换地方玩？"一只纤手覆上他的腿。

"不去。"

钟既拎着那只手搁到一边，拿了外套扭头便走。

从闷热嘈杂的音乐声里走出去，一脚踏进寂静的夜，微凉的空气涌进肺腔，那一瞬，他竟有点眼酸。

他想起许梦冬说他的话——

"钟既，咱俩都是一样的人。"

一样傻，一根筋，自己折磨自己。

钟既站在路边犹豫，有醉醺醺的外国人从他身边怪叫大笑着走过。这座城市永远不缺热闹与快乐，可他的快乐只和另一个人绑在一起。

愣神的片刻，钟既听见拐角处传来一声轻嗤。

"好惨呀，没有女孩子愿意跟你回家吗？"

钟既脊背僵直。

原本应该在塞维利亚度假的张瑜佳就这么悄无声息地出现在他身后，在此之前，他们已经近两个月没有联系了，这也是他们最长一次断联。

钟既回头，却看见一个坐在轮椅上的张瑜佳。

她腿上盖了张质地很好的羊绒毯，即便这样，她也妆容精致。在安静的路灯之下，她面目温柔，只是多了几分病态的苍白。

钟既没有任何犹豫，一个箭步冲上去："你怎么了？"

张瑜佳装作紧张，左右环顾："你小点声，都是明星了，不怕被拍啊？"

"不怕，随便。"

"哟，了不得，惹不起了。"

钟既满目焦灼，看着张瑜佳毛毯下的腿。

"别看了，也别瞎猜，我好好的，不是生病，就是把腿摔断了。"

"什么？"

"我喝了点酒去骑马，技术生疏了，摔下来了。"

钟既将信将疑，他想象不到骑马怎么能摔得这么严重。

两个月没联系的那点愠怒，都在看见张瑜佳的这一刻消失殆尽了。他并不知道自己此刻眼里的心疼闪着多么动人的光。

"……好了，钟既，我真的没事。"

钟既默不作声，不顾形象地蹲在她面前，好让她伸手就能碰到他的额头。

"我回来是想问问你，想不想和我去看海呀？"

"去哪儿？"钟既以为自己听错了，他站起身，冷眼看着张瑜佳，"你能不能别这么疯？"

张瑜佳说："我疯？能有你疯？你那点花边新闻我在南半球都听见了。"

她要挪动轮椅去压钟既的鞋子，"我不管你，你就真的玩野了是吧？"

"你不是喜欢这样的我吗？"

钟既在压抑自己的心跳，那心跳间隔中充斥着欣喜，一是因为张瑜佳愿意跨过大半个地球回来探望他，二是他意识到，张瑜佳倒也不是真的对他毫不在意。

"话是这么说，可是我偶尔还是会想念以前那个乖乖的钟既。"张瑜佳叹了一口气，"娱乐圈果真改变人哪。"

钟既想说，改变他的可不是什么圈子，他的成长轨迹由张瑜佳引导，他的每一条肌肉的走向都和她分不开关系。

改变我的其实是你，也只能是你。

"为什么突然要看海？"钟既问，"去哪里？"

"你签证和护照还在吧？"

"嗯。"

"工作能处理吗？"

"没有工作。"钟既把手机拿出来，他直直看着张瑜佳，一个扬手，手机被投进了垃圾桶，"如果你说不想我做这行了，我马上就退圈。"

"……疯子。"张瑜佳咯咯笑着，"走。"

钟既又问了一遍："去哪里？"

张瑜佳朝他勾勾手指："私奔。"

充满随机的冒险，这是点缀生活的高光。

钟既觉得自己被张瑜佳眼里的火苗点燃了，她虽然现在可怜兮兮连站都站不起来，但一颗心是长着翅膀的。他无法反驳，他就是爱惨了这样的张瑜佳。

"你是什么时候回来的？你的腿真的没事？可以坐飞机？"

"……别再追问啦，你真的好烦。"

后来无数次，钟既后悔他那时没有好好在意张瑜佳的伤腿。但凡他有点常识，就该知道骑马摔下来总不会把两条腿同时摔断。

她身上还有其他伤。

她的髋关节也险些碎裂。

是摔的，却不是从马背上。

张瑜佳朝他笑着伸出手。

也是这双手，在不久前攀上过家中别墅阁楼的小窗，她像一只蒙眼断翅的鸟，毫无犹豫，一跃而下。

张瑜佳在国外买了一座海岛。

小小的，很荒凉，植被茂盛，未经打理的灌木虬结着，散发出浓烈的草木气息，越靠近海边，越是遍布锋利干枯的礁石，错落紧致地排列着。

"烦死了，被坑了。"

张瑜佳告诉钟既，他们那一圈人里不知道谁先起的头，不再追逐投资收藏品，流行在国外买海岛，好像在这颗星球上拥有一块属于自己的小小领地是一种很浪漫的事。张瑜佳一时兴起，加上有朋友引荐中介，她也买了一个。

这些无人岛单论价格真不算什么，可是后续维护太复杂了，张瑜佳喋喋不休着，关于来回上岛的游艇、岛上的供电系统、饮用水系统、安保系统……费钱也费心，她才没那心思，原本想着找人打理，可如今这么一看，感觉给这岛花一分钱都是多余。

她也是第一次亲自来。

"……跟我想的一点都不一样。"张瑜佳失望透顶。

钟既给她推着轮椅，地上粗糙的沙石偶尔会硌着轮子，钟既怕她颠簸，往前走了几步，尽量踢走那些石块，可是太多了，怎么也扫不清。

"你想象的是什么样子？"

"就是那种没有山，没有树，干净的岛，有金色的沙滩，踩上去脚心是暖的，海浪打过来，把脚印填平……"

钟既笑了："你走南闯北的，什么国家什么气候什么风景，不是应该最清楚吗？"

这里根本不会出现张瑜佳描述的地形地貌。

"……所以我说我草率了。"张瑜佳夸张地扶了一下额，"最近这几年感觉自己脑子不好使。

"这个岛原本是我送给自己的二十八岁生日礼物，现在全毁了。这是我从小到大过得最糟糕的一个生日，收到的东西没有一样合我心意。"

"我的礼物也很差？"

"你的最差。"

几个月前，钟既在张瑜佳生日前夕为她买了一颗钻石，白钻，成色还算不错。他也想像文学作品里的男主角那样在拍卖会上一掷千金，可以他现在的能力暂时还做不到。那颗白钻已经掏空了他出道这几年所有的积蓄，付完款，他身上就剩三百多块钱，于是对许梦冬自嘲："我现在和你一样穷了。"

一个给前男友买房，一个给所谓的姐姐买钻石。

果真相似的人才能做朋友。

张瑜佳告诉钟既，她打开那个平平无奇的国际包裹时吓了一跳，但转念一想就知道是他的手笔。

"除了你，没人那么任性。那么贵的东西，打个包就寄过来了。"

钟既淡淡地说："因为你不回来，你已经很久没回来看我了，我只是想哄你开心。"

"别这么说，好像你是我养的一只宠物狗。"张瑜佳牵着他的手。

"难道不是吗？"

"当然不是。"张瑜佳轻轻抠着钟既的手心，反被他捏住手指紧紧一握，"你年纪还小，赚点钱不容易，以后不要为我花钱。我不缺钱。"

"那你缺什么？"

张瑜佳仰头看着钟既，日暮时分，他的发梢被镀上一层淡淡的金色。

"……我可能是缺心眼。"

说完，她自己笑得不行，钟既却笑不出来。

张瑜佳笑够了，又去抓钟既的小臂，勒令他俯身低头，钩住他的脖颈："你快亲亲我，钟既，我真的好想你。"

他们在日落时分接吻，漫长而平静，海潮一浪一浪的，把最后一丝余晖带走。

有些想念会穿越云层、季风、日与夜。

钟既俯身就着张瑜佳亲吻，动作近乎虔诚。这个姿势很累，却不如想念一个人辛苦。

入夜。

扑面的咸腥海风格外剧烈，甚至可以感受到在皮肤表层流动的水汽，海滩后的别墅长久无人居住，今天临时打理，只有零星几盏灯火摇摇晃晃。

钟既怕张瑜佳冷，提议回到室内，可张瑜佳不肯，她坐在轮椅上看着暗色的海面，神色有些呆滞。钟既不知道怎么形容，他总觉得这次见面张瑜佳有一点点不一样，可是又说不清哪里不对，好像她最近太累了，累到只是一个吻就掏空了她。他蹲下，把盖在张瑜佳腿上的羊绒毯往上拉了拉。

"这到底是怎么摔的，会这么严重？"

张瑜佳没有回答这个问题。

她的目光落在远处的海面。今夜有月，落在水上有缎带一样的光。

钟既以为她累了，没有吵她，谁知隔了一会儿，她突然开口："你还记得你送过我一块手表吗？"

夜里海风声音太大了，钟既没听清："你说什么？"

"我觉得那是我收到过最好的礼物！"张瑜佳大声说话，几乎是在喊，"表盘后面的字！我很喜欢！"

一转眼已经六年。

如今钟既自己想来都会觉得那个生日礼物太过草率。他那时还没出道，只是在拍贴片广告时觉得那块手表很好看，他那时太年轻，十八岁，不懂如何爱人，盲目但真诚，一心想把自己认为好的东西交付出去，却从未考虑别人喜不喜欢，想不想要。

那块相貌平平的粉红色的运动表显然不是会出现在张瑜佳手腕上的东西，她该配钻石、珍珠，或是耀眼的宝石。

没有什么比最高处枝头盛开的花更高贵，更让人心生仰望和憧憬。钟既保持仰望的姿势很久，不止他们纠缠的这六年，从他十三岁那年在舞蹈教室看到张瑜佳的第一眼就开始了。

海风割得脸疼。

巨浪拍打礁石。

钟既在噪声里向张瑜佳靠近，最后干脆蹲在轮椅前想要替她挡风。

张瑜佳身子前倾，靠近他的耳边："你知道我为什么喜欢大海吗？"

钟既摇了摇头。

诚然此刻不是聊天的好场合，但她想聊，他没有理由不听。

张瑜佳笑着说："因为我爸爸妈妈在海里。"

他们的头发被风吹得乱七八糟。

这是这么多年以来，钟既第一次听张瑜佳聊起自己家里的事，却是这样一个充满苍凉意味的开头。

他愣怔地听张瑜佳讲故事。

关于张瑜佳的父亲继承家业，天之骄子，却爱上一个贫穷女孩的浪漫邂逅故事。

关于家里人不同意，严防死守，却依然抵不住有情人强烈执念的坚定爱情故事。

关于有了爱情结晶，原本一切都能皆大欢喜，剧情却急转直下的荒诞悲剧故事。

张瑜佳的母亲在生张瑜佳时出现羊水栓塞，生命终止于手术台。

无可避免的生育风险，任你家财万贯，手眼通天，也救不回来。

张瑜佳的父亲在两个月后投海自尽。

所以殉情到底是不是古老的传言？

张瑜佳觉得不是，因为她的父母以这样一桩爱情为她开启人生，开启她对于人类情感的认知。原来所谓爱情，说到底也是求仁得仁的事情。

"他们给我留下了公司，还有花不完的钱。"

这么多年，公司由张瑜佳的大伯代管，张瑜佳不是做生意的料，她本身也对此毫无兴趣，家族的荫庇足以让她无忧无虑过完余生。

可她不知这是好还是坏。

她也忘了是从什么时候开始发觉自己情绪上有了问题，她爱好毁灭、暴力、争斗等等一切负面的东西，在同龄女孩子们还在幻想童话、买漂亮裙子的时候，她躲在房间里打拳皇。

她喜欢看动物世界，看狮子撕咬羚羊，并皱着眉分析它是从哪里下嘴，欣赏咬断的白生生的骨头和血淋淋的喉管。

那是小时候的事了。

爷爷和大伯发现她喜欢用自动铅笔芯扎自己的手背，在皮肤上留下灰黑色的斑斑点点，然后开始重视她的心理问题，带她进行心理干预。

张瑜佳第一次见心理医生是在小学三年级，至此就长久与精神科打交道。

心理医生说，孩子成长过程中激素分泌水平不稳定，要多运动，转移注意力。所以张瑜佳一到周末就被舅舅带走去练舞，从童年到青春期。

张瑜佳很努力，她也不想自己和别人不一样，但有些离经叛道的想法总会突然冒出来。

她曾坐在空无一人的舞蹈教室的落地镜前皱眉观察镜子里的自己——身体的线条、泛红皮肤上的薄汗、黏在脖颈的发梢、起伏的胸腔，还有脱鞋踩在地板上的光洁脚趾……

很奇怪，她的心态不是欣赏，不是平静，而是有一种想要毁灭的冲动。

她觉得自己像是被裹在气球里，漂浮在无垠的海面，周围没有同伴，也瞧不见陆地，气球随时可能破裂，她随时可能溺亡。最吊诡的是，她竟隐隐期待着，期待落入水中那一刹的痛快。

"我也不知道我爸妈如今过得怎么样。"张瑜佳语气很平静，"他们可能在海里依然相爱。"

钟既还没从故事里跳出来，他伸出双手盖住张瑜佳的脸颊，是干的。

"你想他们吗？"

"怎么可能？"张瑜佳说，"我甚至没见过他们。照片倒是有，我妈很漂亮，我爸也很帅。"

不过就是没什么感情。

她甚至觉得自己天生没有爱人的能力，不是后天丧失，而是先天就没有体会过。

但她渴望，甚至祈求，她尝试以一些实质性的行为来佐证虚无缥缈的感情的存在，证明她的心脏不是空空如也。

"你不是说你有一个朋友想要做心理咨询吗？把我的心理咨询师介绍给她吧！"张瑜佳拨开钟既覆在她脸颊上的手，"但我觉得没什么用，这么多年了。"

她有些累了。

海风越来越大，浪也汹涌，但月亮依旧安静地挂在天际，并不参与这番热闹。

她抬起双臂，抱住蹲在她身前的钟既，使劲摆出一副撒娇的姿态。她很想再次索要一个吻，但钟既怕她冷。

"我推你回去，你手都冻僵了。"

"不。"张瑜佳亲了亲他的脸。

最后还是钟既退步。

他跪在了张瑜佳眼前，跪在了轮椅前面几公分的位置。虔诚，此刻不再是一份心意，而是一种行为。

膝盖硌在锋利的礁石上，很疼，但他不在意。

高度对调。

他仰头，吻上张瑜佳冰凉的嘴唇。

张瑜佳身上的文身刺青又多了好几处，原本白皙的皮肤几乎被各色图案掩盖了，变成了一块斑驳的破布。她还残存心软，不想让家里人失望，于是尽量文在衣料之下，外人瞧不见的地方。但钟既能看到。她没来得及告诉钟既，其实他们在一起的这几年，她也未曾让别人瞧见过。

只有他。

只有他愿意跪在她身前，心疼她的破碎，体谅她的渴望。

钟既完全没意识到自己掉了眼泪，莫名其妙，却又很合时宜。

再抬头时，他死死盯着张瑜佳的眼睛，轻声说："我爱你。"

张瑜佳其实根本没听清，但她看懂了口型。她给钟既擦眼泪，然后倾身吻住钟既的嘴唇，品尝那和海水一样腥咸的味道，笑着把话题带歪："你们演员是不是说爱都很平常？这句台词是最没含金量的一句吧？"

钟既反问："你爱我吗？"

"我不爱你，钟既。"

月光依然苍白，静静落于海面，也公平地洒在她嶙峋的身体上。

"最近一段时间我会很忙，如果我不联系你，你也不要主动联系我，能做到吗？"

钟既红着眼："我一直都是这样做的。"

"嗯，好。"

水汽在皮肤上流动，张瑜佳笑得特别开心。

"钟既，你再叫我一声姐姐。"

钟既说："我从来没这么叫过你，最多是师姐。"

"师姐也行，你叫一声。"

钟既闭口不应。

"叫一声，你好久没有这样叫我了。"她提出了今晚的第二个要求，"一声就行，我好好记着。"

"……师姐。"

"真乖。"

她揉了揉他的头发，大海的潮湿凝结在她的睫毛上。

午夜，圆月，孤岛，海浪，还有冰凉的皮肤和眼泪，像一场值得被反复回忆的梦境。后来的很多年里，钟既一直被这个梦困扰。

再后来，他有次去东北探望自己最好的朋友——许梦冬与自己的初恋重修于好，他看着眼前亲密的一对人说说笑笑，忽然就想起张瑜佳这晚看他的眼神，和这别无二致。

那是信任，还有托付。

我把我的故事、我的碎片、我的全部都交到你手上，你要收好了，你要珍惜。

又过了很多年。

钟既已经和许梦冬的丈夫、那个性格温和沉稳的男人混成了无话不谈的好兄弟。

有一次，他们在酒桌上齐齐醉倒，许梦冬来领人，他和谭予碰了最后一杯，红了眼眶：

"你能救得了你的爱人，可是我不行。

"我救不了她。"

钟既和张瑜佳在海岛上住了几天。

被海风侵蚀的破旧别墅，物资也没有准备充足，还会断电，他们偏偏觉得好玩，有一种避世的快乐。

可是再逃避，日子还是要过。

他们一起回了国。

张瑜佳回国之后果然变得忙碌，虽然钟既不知道她在忙些什么，但他坚持从不主动联络张瑜佳，答应了就要做到，况且张瑜佳并未对他们的关系重新做界定。他对自己的定位依旧是玻璃橱窗里众多宠物里的其中一只。

张瑜佳倒没有人间蒸发。

她百忙之中也会抽空来找他，两个人见了面什么也不聊，直奔主题。

张瑜佳越发不对劲，她的要求越来越汹涌，甚至勒令钟既伤害她，钟既不肯，她便苦苦哀求。

"钟既，你送我的那颗钻石我做成了戒指。"她歇憩在钟既臂弯里，语气淡淡地提起这一桩。

钟既帮她顺着头发："那颗不够好，你喜欢的话，我攒钱给你买更好的。"

"谁用你啊，我瞧不上你那点存款……给我买这个已经掏空你了，我知道。"

钟既亲了亲她的额头，说："我不知道我还能给你什么。"

语气是无力的。

张瑜佳听出来了，她隔了很久才回答："还没到时候，我该找你讨要的一分都不会少，你再等等。你那些收藏品……就是我从前给你的那些面巾纸，你还留着吗？"

"嗯。"

"能不能还给我？"

"好。"

钟既又说起自己托朋友联系了国外的心理医生，想带她去看。

张瑜佳笑着咬他的手指："别闹了，你能找到的，我都找过了。

"你好好陪着我，比什么都有用。"

那是他们最后一次见面。

最后一次联络也很快到来。

那天是个雨天，钟既结束了一个广告的拍摄，回家的路上被人拦下了，就在安保系数极高的小区里。磅礴的大雨冲刷掉他吐出来的血沫子，他躺在地上，仰面看着殴打他的一群人。

一个男人蹲下来，给了他一巴掌。

"当演员的，脸很重要啊，"男人好似真的在认真端详钟既，"何苦呢？钟既，我们联系你很多次了，你怎么就是不听劝？咱们都是普通人，就别想着一步登天。你知道姓张的都是些什么人？你以为就是单纯的生意人？有钱人？你说你何必呢？

"人家都给你捧成明星了，别不知足了。"

血色融进浑浊的雨水里，成股流进下水道。

钟既艰难地撑着坐起来，又吐了一口血水，笑得畅快："棒打鸳鸯？这剧情真俗，早就没人拍了。

"没事儿，我脸上保险了，能赔不少……来吧，继续。"

这事张瑜佳并不知道。

钟既没说他受这群人威胁已经整整一年。

当她更换许多伴侣时，没人会盯着其中一个，可一旦她身边只剩一个钟既，他就不得不被拎出来。

这次他被人打到爬不起来，也依旧没和张瑜佳讲。

他说好不主动联系，就真的听话。

后来是张瑜佳听到了些消息，给他打来了电话："他们打你了？"

钟既躺在床上，好像去了半条命。他笑着问："他们说你要结婚了？

"你不是说你学不会爱人？你不是说你不搞门当户对那一套？

"为什么？"

张瑜佳沉默了很久。

"我要是结婚了，我们还能继续这样的关系吗？"

"什么关系？"许是身上的疼痛，又或是张瑜佳模棱两可的回答令他暴躁，他干巴巴笑着，"我等你来找我，陪你搞婚外情？

"你不能仗着我爱你。"

"好，我知道了。"

说完，张瑜佳就挂了电话。

钟既当下的情绪占了上风，可他没有想到，那是张瑜佳对他说的最后一句话。

一个月后，他忍不住了，第一次主动联系了张瑜佳。

收到的回复却是一条讣告。

张瑜佳独自去了那个海岛，在她和钟既短暂生活过的别墅里引火自杀。

她的手腕上戴着那块粉色手表。

引火的工具是那些被保存了十几年的、早已边缘泛黄的面巾纸。

钟既在葬礼上第一次接触到张瑜佳的家人。

许是人走万事空，出乎意料的，没人为难他。众人看着他目光呆滞地望着张瑜佳的照片发呆，像是欣赏一部默剧。

他在张瑜佳面前流过很多次眼泪，可这一回，他的眼眶是干的。

张瑜佳没有留下什么东西，唯独给钟既留了个沉甸甸的信封，里面是一封信和一枚戒指，由张瑜佳的大伯转交。

钟既，你还记得你见我第一面是什么样子吗？

我记不清那个时候的自己了，我吃了很多药，那些控制情绪的药让我反应迟钝，好像脑袋进了水，每天都很混沌，但我能记住那个时候的模样，当时你看我的眼神像是看花，看云，看月亮。

你应该很早就喜欢我了，我知道。

我时常觉得我是误入这个世界的某种暗物质，扭曲汇聚成人形，我有人的外表，却没有人的心。

我的亲人都很爱我，他们希望我好，给我安排最好的人生，可以自由，也可以安稳。他们觉得我找到一个合适的完美的伴侣或许能帮我脱离不良的情绪，我理解，我原本也想尝试，起码让他们放心，但好像不行。

我过不了心里这关。

哦，对了，你也不要怪我家里人哦。

他们只是误会了，误会是你让我的病情更加严重，他们以为你是贪图富贵的小白脸。哈哈哈，你当然不是，你是我唯一爱的人。

对不起，我在人生的最后才说出这句话。

爱是一种很珍贵的能力，我爸妈有，我的朋友家人也有，可是很遗憾，我天生不具备。

是当我意识到自己被你需要的时候，我才恍惚看见了爱的形状。

你爱我，所以你将自己的姿态无限放低。

我爱你，所以我希望我能一直在高处，你的仰视让我有活着的欲望。

而我离开，是因为我意识到了这对你不公平。

对不起，这些年。

你送我的钻石我没有带走，我把它做成了戒指。我本来想做婚戒的，不管嫁给谁我都戴着它，可还是失败了，我真的坚持不下去。抱歉，让你，让家里人失望了。

我对人生都没有期待，又怎么会对婚姻有期待？

我不怪任何人，也不希望任何人怪我。

最后，钟既，我知道此刻你在想什么，我的离开与你无关，我只是不想再坚持了，我有点累。

你不要来找我，我要和我爸妈好好聊一聊我这二十多年的人生，请你暂且不要来打扰。

你一直很听我的话，我对你最后的要求是，努力爱上别人。

我知道这很难，但要试一试。

就像我努力爱上你那样。

故事到了结尾，总有"后来"两个字。

后来的钟既依旧拼命作死拼命玩，拼命维系他情场浪子、游戏人间的人设，可是圈子就那么大，没什么秘密，被他撩拨过的女孩子都说钟既就是口头招惹，从来没听他和哪个姑娘真正在一起过。

后来，钟既在某电影节上拿了奖，那是个含金量极高的奖项，他解散了张瑜佳给他的经纪团队，把这么多年的收入，还有一颗戒指尽数捐出，宣布退圈。

再后来。

有人在一个小城市偶遇了钟既，他在一家文身店当学徒，脱了黑色手套时会露出他无名指上的文身——ZHANGYUJIA。

他说那是他爱人给他设计的字体。

另一半自然是他的名字——ZHONGJI。

张瑜佳当初把他的名字文在了指节上，一并带走了，并把自己画的手稿放在信封里交给了他。

那封信的最后一句——

钟既，如果你尝试过发现还是不能爱上别人，也不要勉强，这辈子就将就将就，记着我，别忘了我。

如果有下辈子，我希望自己是个健康的人，能把这句话早一点告诉你。

虽然我从未说过爱，但我早已经爱上你。

郑超然同学上大学像搬家。

许梦冬一手一个 24 寸行李箱，拎不动，只能推着走。郑超然走在后面，手上还有个箱子，背着双肩包，里面装着新买的笔记本电脑、游戏本，死沉死沉的，累得她肩膀直不起来，鸭舌帽檐耷拉着。

"姐！"

许梦冬没听见。

"姐！！！"

许梦冬回头，脸颊两侧有汗："怎么了？饿了？还是渴了？"

"还有多远啊？"

"快了。"

网约车定位错了，她们在离学校一公里的地方下了车，好在已经能看到学校大门。门口有巨大遮阳伞搭建而成的斑斓色块，那是各院系迎新报到的登记处。

"姐，我要融化了。"

"再坚持一下。"

"这里为什么这么热？"

"你自己选的。"许梦冬觉得好笑，"当初选学校的时候想什么了？你妈让你留在黑龙江，你听吗？"

海南属于热带季风气候，有海风加持，早晚还好些，白天烈日当空，真的热。同样是九月中旬，小兴安岭已经是另一个天气极端，半袖穿不住了，要加外套。

郑超然没想到自己出远门的第一天就开始想家。

"走快点，到室内吹空调就好了。"许梦冬说。

郑超然把帽子摘下来，咬住帽檐，把披散的头发拢起，扎了一个丸子头。校门口替她登记的同专业学姐在名单上确认着院系、学号和寝室位置。

她用帽子扇风，左右环顾，就这么巧，看见了个熟悉的人影。

"……哎？你？"

她有点不敢确定，她没怎么见过那人没穿校服的样子，这么打眼一看，只觉得眼熟。

被她喊到的高瘦男孩子在隔了两个遮阳伞的另一个院系签到处俯身签字，听见郑超然的声音明显一滞，笔尖快了几分，合上笔帽就要走。

要是不匆忙，郑超然还真的有点犹豫，可偏偏他这被踩了尾巴的反应太过剧烈和明显，郑超然在心里翻了个白眼，一撇嘴，高声喊道："李嘉诺！你给我站那儿！"

男孩子的脚步停了。

李嘉诺是郑超然高中的同班同学。

高中时的规矩是单人单桌，按每次考试成绩排座位。李嘉诺有点偏科，语文差，但物化生很好，巧的是每次他和郑超然的总分成绩都差不多，几乎每次他的座位都在郑超然的前面、斜前方，或者干脆左右邻座。

郑超然在家里娇生惯养，性格强势霸道，在学校也有乐意听她话的小跟班，李嘉诺就是那个小跟班。

"我说李嘉诺，你躲什么？"

许梦冬问："谁？"

郑超然说："我同学……怎么这么巧？"

她喊了一声，那男生就真的不敢动了，他穿了件白色 T 恤，手紧紧攥在行李箱拉杆上，高高瘦瘦的，微风把他细软的发丝吹起来，看着有点乖。

郑超然三步并作两步走上前去，高高抬起手拍了下男生的肩膀："哎，不是，你怕我？"

"……"

"你怎么不戴眼镜了？"

郑超然印象里的李嘉诺只有几个标签——高度近视、化学课代表、篮球打得好、不爱说话。

还有就是他总犯困。

自习课常常见他撑着脑袋打盹儿，有次她想借他的化学卷子用一下，于是伸长了腿踹他椅子腿，他猛地惊醒，扶了下眼镜，从一摞工整的卷子里抽出化学那一沓递过来。

可今天他没戴眼镜。

没了厚重眼镜片的遮挡，郑超然终于看清了李嘉诺的瞳色是漂亮的浅棕，像灿烂阳光下清澈无比的溪水。

"……我暑假做飞秒了。"

李嘉诺还是习惯性去扶眼镜，但鼻梁上早已空空如也。他的脸颊有点红，郑超然猜那是晒的。

还未待她开口，李嘉诺已经回过神来，向她打招呼："好久不见，郑超然。"

这么一算，的确是好久了。

郑超然高考前那段时间心情太差，就没去学校，她的课桌一直空着，各科老师发的卷子在桌上铺了一层又一层，雪白的，乱七八糟。后来是李嘉诺帮忙收拾起来，按学科和进度装订好了，鼓起勇气拍了张照片给郑超然。

【你在家吗？我可以送过去给你，如果你需要的话。】

可消息没发出去。

因为屏幕上赫然出现一个红色感叹号。

郑超然不知什么时候把他拉黑了。

他们高考考场离得远，再见面就是考完试回校拍毕业照了。李嘉诺在人群里一直盯着郑超然的方向，打算拍完毕业照和她说几句话，起码问清楚自己哪里得罪她了。可是刚拍完照片，他就被年级主任叫去帮忙搬东西，再回来的时候，郑超然早走了。

郑超然好像染头发了，漂亮的栗子色，闪着光，像是深秋时节的林海。

"啊，我把你拉黑了吗？"郑超然有点懊恼，"不好意思啊，我那时候心情不佳，把和黄意远有关系的人全都删了……你就当我脑子不好。"

郑超然同学自愈能力很强，如今坦然说出那个人的名字也没觉得有什么。好像人就是这样，有些事当下觉得纠结万分难过得要命，可是过了那段时间回头看，又会不齿自己的情绪化。

你的心脏比你想象的强大多了，哪有那么容易碎掉？

"你也报了这学校？"

"嗯。"

"那帮我拎箱子。"

"我帮你拎箱子。"

两人几乎是同时开口的。

许梦冬还没反应过来，李嘉诺已经走过来了。男生看着特害羞，伸手去拿许梦冬手里的箱子："姐，给我吧。"

"啊，那谢谢你。"许梦冬转头拧郑超然，"你也好意思让你同学帮你拿？多沉啊！"

"为什么不？"郑超然重新把鸭舌帽戴上，顺了顺头发，表情自然，"他一直热心肠，你让他拎吧。"

所谓小跟班，李嘉诺做得尽职尽责。从帮郑超然整理卷子，到帮她做花坛值日、倒垃圾。食堂炸串盖浇饭的窗口只在每周四开放，次次人满为患，李嘉诺到底是男生，跑得快，他和黄意远往往能稳稳站到窗口前排的位置，然后等郑超然姗姗来迟，他再把抢到的位置换给郑超然。

学校食堂里往往还会有年级主任"巡逻"，不允许男生女生单独在一起吃饭。那时李嘉诺的作用就再次显现出来，他和篮球队的几个男生一起，围着黄意远和郑超然坐，说白了就是给他们打掩护。

郑超然一直觉得李嘉诺平时照顾她，多数也是看在黄意远的面子上。

他们是兄弟嘛。

所以她和黄意远闹掰了之后，一股脑儿删了好多人，想着老死不相往来，再也不要沾边，李嘉诺也在其中。

没想到这么巧，他们高考分数再次相近，又到了同一所大学来。

到了女生寝室楼门口，男生就进不了了，许梦冬交代郑超然："我去帮你缴费，你带你同学喝点东西去吧，你看他累的。"

如果说刚刚李嘉诺脸上的红来源于高温和紫外线，如今切切实实是累到了，他手里还有自己的箱子呢。

郑超然也觉得有点过意不去了，去寝室门口的贩卖机买了两瓶脉动，递给李嘉诺一瓶，然后指了指李嘉诺脑袋上的汗："你擦擦吧，我这有……"然后翻自己牛仔裤的口袋。

可惜，大大咧咧的郑超然同学忘了自己从来就没有随身携带面巾纸的习惯。

"不用，我有。"李嘉诺说。

"哦，那也给我一张。"

没必要在意形象，他们随便找了处马路牙子并排坐着。这边的树长得很高，就顶端才有叶子，想沾点树荫都沾不到，郑超然用手遮着额头抬头望："这是什么树？

"椰子树？"

光秃秃的树干，没有旁逸斜出的枝条，顶端的叶片倒是又宽又大。

李嘉诺顺着她的目光看上去，说："好像叫大王椰。"

"哦。"

郑超然没什么兴趣。

她打量了一圈行色匆匆的学生和家长们，各个都是头顶热汗。这么一会儿，寝室楼门口竟然排起了队。还有带着猫包来报到的，意料之中被宿管老师拦在了门外，包里那只美短好像也很热，正在用爪子扒拉拉链……

环顾四周，郑超然最终把目光落在李嘉诺的侧脸上。

他竟还在盯着那棵树看，仰头使他的下颌线绷紧了，鼻梁微有棱角，鼻尖下至明显的喉结显现出一条年轻的、清隽的弧度。没了眼镜片的遮挡，郑超然第一次清楚认知到，原来李嘉诺长了一双漂亮的眼睛，没有攻击性，眼睫浓翘，瞧一棵树也那样专注认真。

还挺好看的。

"哎。"她用胳膊肘碰碰李嘉诺的小臂，"你学什么？"

"动物医学。"

"……你喜欢宠物？要当宠物医生？"

李嘉诺再次下意识去扶并不存在的眼镜，他和郑超然说话的时候总会把视线下移，移到别的地方去，总之，永远不会直视郑超然的脸，语气也会随之柔和。

"确切地讲，是兽医，不仅小猫小狗，畜牧业也很需要兽医。"

"哦。"郑超然说，"我学汉语言文学，传说中的万金油。"

"……挺好的。"

"为什么要来这么远的地方？"郑超然猜想李嘉诺也许和她一样，也想离家远一点。

李嘉诺的回答并不干脆，他甚至思考了一会儿才说："……其实就是随便报的，这边天气好。"

天气……好吗？

郑超然在大太阳底下眯了眯眼，瞧见李嘉诺浅色嘴唇上未干的水珠。

"你们篮球队的那些人都去哪里了？我当时把他们都删了，想来挺抱歉的。"

"……周珉去了大连，梁哥去了上海，大蒙在长沙……"李嘉诺的声音越来越低，他悄悄观察着郑超然的反应。

"姓黄的呢？"

李嘉诺捏脉动瓶子的那只手紧了紧："他最后还是决定复读了……他考得太差了。"

"哦。"

要搁两个月前，听到这个消息的郑超然怕是要鼓掌，她这辈子与渣男势不两立的誓言就是在黄意远身上立下的，可是如今竟然没有一丝波动。他考得好与坏跟她有什么关系？最多当个故事听。

但李嘉诺有点担忧，还有一点说不清道不明的、连他自己都没意识到的心酸……

"郑超然，你没事了吧？"

"我能有什么事？"郑超然反问他，"我还以为你们是兄弟，他会凑合着和你来同一个城市，真要是那样我才要骂街，我真是不想再碰见他了。"

"我们不是兄弟。"

李嘉诺又重复了一遍："我和黄意远不是兄弟，也不是朋友。"

郑超然嗅到一丝八卦的味道："啥意思？"

"……没什么。"李嘉诺脸又红了。

他不再说这事，起身站到了郑超然面前，落下的一片阴影刚好罩住了她。这比那什么大王椰有用，起码在他的影子里，她能觉出凉快。

一辆轿车自寝室楼前驶过，卷起的热浪也尽数被李嘉诺遮挡。

虽然他真的瘦。

郑超然啧了一声："你可多吃点儿吧，哥们儿。"

寝室是四人间，两个广东姑娘，还有一个来自天津。郑超然在走进寝室大门之前还有点心虚，她听过太多大学寝室不和的故事，可推门进去就知道自己多虑了。

三颗脑袋正齐刷刷聚在一起看剧，她们比郑超然早来一天，已经混熟了。

郑超然也因此有了融入寝室的话题，她把上来帮忙收拾寝室的许梦冬往自己身前拽："你们喜欢看剧吗？这我姐！她以前是演员！"

气得许梦冬狠狠剜她一眼。

当晚是寝室第一次人齐，许梦冬请客，带四个妹妹出去吃了顿椰子鸡。

晚上回到寝室躺回床上，四个人闻着幽幽的花露水味，第一次寝室夜聊随之开启。

寝室里的天津姑娘和其中一个广东姑娘有男朋友，另外一位广东姑娘是单身，郑超然自然而然地站在了"过来人"的阵营里。三个姑娘合起伙给那位单身室友科普男人到底是多么不靠谱的生物。

郑超然先说自己现在正暗恋一个大哥哥，然后又把自己被初恋背刺的故事讲给大伙听，收获了一片骂声。

"那时候都快高考了吧？他怎么这样！"

"对啊！敢做不敢当，还把锅都给女孩子背，呸，什么东西！"

郑超然倒是没啥，她还老神在在地传授经验："谈恋爱嘛，就是要多谈，放宽心地谈，不然怎么能有看人的眼睛呢？"

"对对对。"

话题至此还是素的，可很快就跑偏了，主打一个聊天百无禁忌。

天津姑娘咳嗽了一声，小声问另一个广东妹妹："……你和你男朋友，进行到哪一步了？"

高中毕业后，大多数准大学生都已经成年，如此漫长热闹的暑假，好像发生些什么也正常。

聊起这个，郑超然可就没经验了，她静静听着两位室友的科普。

天津姑娘说起一则好玩的："据说……只是据说哈！男生鼻子的形状能看出他那方面……"

"啊？真的假的！"

"真假我上哪儿知道去，就当个笑话听呗。所以姐妹们，找男朋友时看脸还是挺重要的。"

"……那什么样的算好？"

"不知道，鼻子好看？鼻梁挺一点的？"

"……"

郑超然望着脑袋顶上的蚊帐发呆。

她几乎是不自觉地放空，脑海里的内容一路滑坡，由室友的话题开始，联想到自己喜欢的男明星、花边新闻，又想到明早吃点啥。听说食堂的海鲜粥特好吃，但她高中三年最常吃的早饭是校门口小摊上的手抓饼，一个肠加俩蛋。一般是黄意远给她买，只是他早上经常要去老师办公室帮忙改卷子，便会拜托李嘉诺转交，那手抓饼到她手里时还是热乎的……

其实李嘉诺长得挺好看的。

她是今天才发现的。

那以前怎么没有意识到呢？大概眼镜真的会封印颜值？还是他不穿校服，会打扮了？可是再会打扮，他那性格也不招女孩子喜欢，太软绵绵了，说话也细声细语的，还容易害羞，一米八的大高个儿，你说你害羞个什么劲？

而且话说，李嘉诺的鼻子好像也……

李嘉诺！

郑超然咝了一声，倒吸一口凉气，她为什么会想到李嘉诺的鼻子？！

这都什么玩意儿？！

室友的夜聊还在继续，郑超然插不上嘴，打算睡了，翻了个身脸朝白墙，又发了一会儿呆，最后悄悄从枕头底下把手机摸了出来。

李嘉诺今天重新加了她的好友，两个人的聊天框是空的。

郑超然同学心平气和地浏览着李嘉诺的朋友圈，发现他朋友圈很寡淡，除了几条篮球新闻，什么也没有。朋友圈封面是哈利·波特电影的一个截图，斯教说出那句经典的——Always（永远）。

没什么特别的内容。

郑超然从李嘉诺的朋友圈里退出来，突然想起他今天说的那句"我和黄意远不是朋友了"，好奇心战胜困意，于是给自己的闺密发信息问询这事。

郑超然：【今天好巧，我碰见了李嘉诺，我和他同校呢！】

闺密：【哦。】

郑超然：【你知道他和黄意远出什么事了吗？以前不都穿一条裤子吗？今天他说他和黄意远掰了。】

闺密：【是啊，都打成那样了，还能当朋友啊？】

郑超然：【！！！打起来了？什么时候的事？我咋不知道？】

闺密：【就高考前，你不在学校的那几天，因为啥我也不知道，反正是打起来了，黄意远被揍得不轻。】

郑超然放下手机，发现自己貌似错过好大一个瓜。

手机亮光陡然熄灭后眼前是绝对的盲区，她在黑暗里幻想李嘉诺打人的样子。

他会打人？那棉花一样的性格，会打人吗？

当晚。

郑超然梦里的李嘉诺没有挥拳头，只有他给她讲化学题时的模样。她不想让黄意远觉得自己太笨，所以从不找黄意远问问题，反倒是李嘉诺，她毫无顾忌，因为不论她向他提出多么愚蠢的问题，他都会一笔一画给她写公式，填步骤。

郑超然没了耐心，把笔扔了："不对啊！这个为什么是弱碱性？你糊弄我呢吧？"

李嘉诺挠了挠头，有些无奈："我没有……"

他把草稿纸换到另一面，把郑超然的笔捡起来："那我再讲一遍吧，你不要再走神了。"

郑超然到底也没弄明白那道题。

铃声响起，又是痛苦的一节课。

临近下课的时候，趁老师写板书，坐在她斜前方的李嘉诺回头，递给她两张字条。

一张来自黄意远，借由李嘉诺的手传过来，字条上有龙飞凤舞的几个字：【周末一起桌游吗？你太笨了，卡坦岛都玩不明白，这次干脆换三国杀吧。】

另一张字条上的字是李嘉诺的。

他把刚刚那道题的解题步骤又完整地写了一遍，连配平公式都一字不落，下方附小字：

【你那么聪明，一定能弄明白。】

【不明白也没关系。】

【需要我再讲一遍吗？】

光看字都能脑补出他怯生生、软绵绵的语气。

郑超然撇了撇嘴，片刻后又笑了出来。

没有很多适应时间，军训在新生报到第三天开始，会一直持续到国庆假期前。

郑超然同学的长发是从初中开始留的，每次剪发都舍不得，捏着手指告诉理发师只修一点点，就一点点。她的审美几乎是照搬许梦冬，因为在她心里，表姐简直漂亮得惊为天人，于是有样学样，留了及腰的波浪长发。高考结束后，她还去染了个漂亮的栗子色，整个人显得成熟了一点，仿佛脱离了要人命的高三生活，精气神也回来了。

可她顶着这头又厚又长的头发参加军训，不过两天就受不了了，太热了。

这天的军训结束，郑超然回寝室冲了个澡后直奔校门口的理发店，一个小时后出来，长发没了，变成了刚刚过耳的短发。忽来的一阵晚风把发梢荡起，洗发水的香味飘散出来，是清清淡淡的海盐鼠尾草味道。

她在理发店门口偶遇了刚下公交车回学校的李嘉诺。

两天军训，他们都晒黑了些，可李嘉诺的衣服洗得很干净，白色T恤、白色篮球鞋。郑超然的视线落在李嘉诺的小腿上，她忽然发觉李嘉诺也不是瘦得离谱，还算有点紧实的肌肉，小腿到脚踝那一处线条很好看。

她挪回目光，看了看李嘉诺的脸，不承想直直跌进他略带震惊的眼神里。

"你的头发……"

"怎么了？很丑？"郑超然撩了撩发梢，"也没有吧？是不大好看，但也没有很丑？"

"不丑。"李嘉诺说，"很好看。"

"……你夸人一点都不真诚。回学校吗？"

"回。"

"那陪我去趟隔壁小超市吧，我添点东西，然后一起回去？"

"好。"

许梦冬临走前已经尽量帮郑超然把生活用品都添置好了，可难免有遗漏，比如她还缺一个稍大些的塑料盆用来洗衣服，她还想买瓶洗洁精来刷她的小泡面锅，还有，快来姨妈了，她需要买些卫生巾。

李嘉诺原本是跟着郑超然一起进超市的，可看见郑超然往卖卫生巾的货架走，他停住了脚，犹豫了一会儿决定出门去。郑超然拎着购物篮在比价，发现她最常用的那一款卫生巾放在货架最顶端，她想喊李嘉诺帮她拿，可一转头，人没了。

待她结完账走出超市，更好笑，李嘉诺背着双肩包杵在超市门口，人来人往里，他站得很直。超市旁边就是宾馆，偶有小情侣挽着手走进去，他目不斜视，仿佛看一眼都是冒犯。

郑超然觉得奇怪，因为她再次看见李嘉诺的耳垂红了，都晒黑了怎么还能红得这么明显？

她把黑色塑料袋往盆里一放，连盆一起塞到李嘉诺怀里。李嘉诺十分自然地接着，就好像在高中教室接过她的空水杯去开水房接水那样一气呵成。那时李嘉诺是老好人，周围一圈人的水杯都交托给他，他甚至能记住谁要烫的，谁要温的。

两个人一起往学校走去。

"你去哪儿了？"

一颗硕大血橙似的夕阳落下去，风里终于有了一丝丝凉爽。

"书店……去买几本书。"

"图书馆的书不够你看的？"

"新书，图书馆没有。"

闻言，郑超然看了看李嘉诺背上的双肩包，应该重量不轻。

李嘉诺以为她感兴趣，把手机里的书单给她看，一排书名，都是和电影赏析相关。

"我报了电影解说社团，提前做做功课。"李嘉诺如此解释。

"所以你平时的课余娱乐除了打篮球就是看电影？"

"是。"

"……我也看，但我绝对不会额外花时间去做什么解说或者鉴赏。不累吗？"

"不会。"李嘉诺提起自己喜欢的东西，那双永远清澈透亮一望到底的眼睛总算有了点情绪色彩。

郑超然对这样的李嘉诺有些许陌生，或许他在篮球场上也是这样，意气风发的男孩子在太阳下挥汗、跳跃……只是她那时去篮球场边当观众，眼里只有黄意远，她发现除了李嘉诺给她讲题的短暂片段，自己的记忆里并没有留存李嘉诺的高光时刻，并为此感到遗憾。

"……其实我也只是解压而已。"

"怎么解压？"

"我高中桌洞里有一个大本子，有一次你拿走翻了两下，又放回来了，你还记得吗？"

郑超然眼里流露茫然："什么本子？"

她根本没印象。

"哦，"李嘉诺挠挠头，"……那没事了。"

郑超然叫住他："最烦说话说半截的，你那本子是写什么的？"

李嘉诺犹犹豫豫地说："没什么，只不过是些英文电影台词的摘抄。"

他从初中时就开始看原声，也算是帮自己提升听力和口语的方法之一。

"我可没那浪漫细胞。"对于李嘉诺的爱好，郑超然最终发表了这样的评论。

他们一路走到寝室区，李嘉诺把郑超然送到女寝楼下才把怀里的塑料盆递给她，盆边都被他的掌心焐热了。

郑超然的微信刚好响起，是室友群，问有没有人要带晚饭。郑超然腾不出手打字，单手发语音说："我不吃晚饭了，今天开始 16 + 8，过午不食，我要减肥。"

李嘉诺无意插话，可听了这句还是低声嘀咕了一句："你又不胖。"

郑超然撩了下头发，眼睛一瞪："你说什么？"

她伸出一根手指指着自己的脸："好歹咱俩以前也是低头不见抬头见，你摸着良心说话，我没胖？"

长发还好，今晚剪完短发，她一照镜子，险些被自己圆润的脸蛋吓到，怪只怪这一个暑假不修边幅，如今开学了才想起来减肥。

李嘉诺把头死死埋下去，到了低无可低的地步。

郑超然借着寝室楼前的暖灯能看见他抿着嘴唇憋笑的表情，这令她更有挫败感。

"……你想笑就笑出来，我反正笑你闷葫芦笑了三年，你想报复，我也能接受。"

"我没有！我不是笑这个！"李嘉诺一听这话赶忙抬起了头，"我是觉得你短发很可爱，白白的，圆圆的，像是年画娃娃。"

郑超然险些气到吐血。她今晚在李嘉诺身上又安了一个新的标签——这是个不折不扣的死直男。

他大概意识不到到底怎样夸女生才能让对方高兴。哪个女生愿意听到自己像年画里的胖娃娃？

可李嘉诺很认真。

天色一点点坠入浓浓的黑暗，没了阳光，他的眸色也不再呈现清澈的浅棕，而是凌凌的黑，用这双认真又无辜的眼睛看着郑超然，对她说："节食不是好办法，但如果你一定要坚持，早饭就要多吃，也要吃好。"

"我想吃高中学校门口的手抓饼，那个铁皮车小摊上的，"郑超然说，"就是以前黄意远每天早上排队去买，拜托你转交给我的。"

李嘉诺的眼尾一敛，盯着郑超然的脸看了好久，紧抿的嘴唇张开又合上。

郑超然看出他的欲言又止，更生气了："你有话能不能直说？一个大男生，磨磨叽叽的。"

"你和黄意远从前关系那么好，怎么性格差这么多？你俩是怎么当朋友的？

"他不会嫌你性格太闷吗？"

这俩人虽然看着差不多，又都戴着眼镜，温和内敛的做派，可黄意远明显要比李嘉诺话多，在一群人里是绝对的话题中心。乐于社交的人往往知道怎么讨人欢心，就比如郑超然只说过一次那家的手抓饼特好吃，阿姨的生菜和酱料都给得足足的，黄意远就记住了，每天早上去排队帮她买。

郑超然为此感动过，即便到了现在她依然觉得那饼味道很好，即便她以后会吃到更多美味，但那就着清晨寒风和早读声、在高三一摞一摞卷子书本垒砌的高塔之中偷偷咬下的那口饼，滋味永远忘不掉。

当然，她也会因此时不时沮丧。

因为后来黄意远的表现玷污了那饼。

李嘉诺的眉头渐渐隆起。

他额前有碎发，发质很软，可以被微风吹动，黑发之下是同样墨黑的眼瞳。就在郑超然被这沉默注视搞得浑身不痛快的时候，他开口了，仿佛是经过了深思熟虑，又像是不想再忍耐："……你真以为是他天天给你买早饭？"

自行车社团迎新，一伙人骑着车从寝室门口疾驰而过，路过郑超然和李嘉诺身边，卷起更明显的气流。清脆车铃声短暂而急促，伴着几声欢快的笑声。

郑超然想问什么意思，刚开口就被李嘉诺出声打断，被她屡次指责说话办事不够干脆直接的人，或许只是没遇到令他激动难忍的事。李嘉诺面色不好看，眼睛里说不清是愠怒还是悲伤，他幽幽地看着郑超然，沉声说：

"是我。

"每天，每个早上，都是我。"

郑超然脑子卡住了。

她拎着塑料盆和袋子回到寝室。

一推门，迎面而来的就是热烘烘的混杂气味，臭臭的，原来是室友们聚众吃螺蛳粉火锅，见郑超然回来赶紧起身去关门。

"味道别散出去了，要臭就臭咱们四个，不要滥杀无辜。"

郑超然把塑料盆往书桌上一放，脱了力气似的坐在椅子上。

"不错不错，好乖，东北甜妹儿。"天津姑娘一边嗍粉，一边打量郑超然的新发型，"哎，对了，我刚看你在楼下和一个挺帅的男生说话，谁啊？这才开学几天啊，你这么快就脱单了？"

"我高中同学。"郑超然自动忽略了后半句，抓住句子中的重点，反问，"帅吗？就刚刚那男生，帅吗？"

三个室友齐刷刷点头。

广东妹妹咬下一口鱼丸，耐心地帮郑超然分析："你们东北男生本来个子就高，刚刚那男生虽然看不清脸吧，但是体态很好，清瘦那一挂，可又不瘦弱，手臂有点肌肉，应该是经常锻炼的，而且最关键的是……"

天津姑娘接话："最关键的是，你俩站一块儿好养眼啊，他听你讲话的时候是微微俯身的，给人感觉很有礼貌。总之看得出来是个乖乖的男生，不错，可以处。"

"啥呀？！"郑超然站起来，走到小火锅旁边盘腿坐下，随手抽了双一次性筷子，"还有螺蛳粉吗？再帮我煮一袋。"

"你不减肥了？"

"心情不好，减肥暂停，明天再说。"

许是郑超然嗍粉的架势凶巴巴的，室友们都以为她真的心情不佳，没人敢惹她。她沉默地捞了一碗又一碗粉，耳边是室友们的叽叽喳喳，脑子里却全是李嘉诺的脸在不断变换，可不论怎么变，她都逃不出被他认真目光捕捉的范围——他就静静看着她，什么也不用说，就好像有千句万句沉甸甸的话劈头盖下来，砸得她不知所措。

粗心大意的郑超然同学直至今天才知道，原来她吃了李嘉诺好几年的早饭，怪就怪她那时根本不在意。黄意远每天早上要去老师办公室，要去打球跑步，还要去学校广播站当导播，他家又住得那么远，怎么可能每天早上雷打不动排队就为给她买手抓饼？

他把这件事情拜托给住校的李嘉诺，后者就这么默不作声地应下了。

郑超然忽然觉出委屈来。

过了这么久，那手抓饼和茶叶蛋的热度透过薄薄塑料袋终于让她感知到了烫，烫手，也棘手。可明明这件事情里最该委屈的是李嘉诺，偏他不发一言，若不是今天燥热晚风催人念随心动，他估计也不会讲出口。

郑超然喝掉碗里的汤，搁下筷子打了个饱嗝，发一会儿呆，抬手捏了捏自己的右脸。

不对，力道不对。

刚刚在楼下李嘉诺不是这么捏她脸的。

她刚刚被真相震惊到，一时难以接受，偏偏手上还抱着个塑料盆，腾不出手来整理被风打乱的头发，短发发梢一扬起就糊了满脸。她眯起眼睛甩脑袋时，一只手伸了过来，停在她面前。

李嘉诺的指尖是温温热热的，他总打篮球和握笔，指腹有一层薄茧，可碰到她脸的触感竟不像看起来那样粗糙。

他小心翼翼地用指尖帮她把遮住眼睛的头发捋到耳朵后面。

两人的距离有点近，她也借由这一瞬得以闻到李嘉诺身上洗衣液的味道，清清淡淡，好像空山雨后的气息，如果加上她头发上残留的海盐鼠尾草洗发水的气味，混在一起就变成了一幅具象图景——

磅礴大雨，海边沙滩，雨水声势浩大地与海面相击，空气里是微咸的水汽，水汽缓慢地、密实地包裹住她的心。

"啊……"郑超然一声哀号。

她觉出自己有点不对劲了。

晚上躺在床上，郑超然给章启拨了个电话。

章启也马上要出国继续学业了，在国内和朋友们进行最后的狂欢。章启的朋友们都知道有个小姑娘在追章启，纷纷取笑他："人家小姑娘刚上大学，青春懵懂，你比人家大好几岁呢，她看上你什么了？"

章启特别风骚骄傲地说："那可没办法，哥们儿人格魅力强。"

背后他却也因为郑超然的追求而头疼不已。

一来她是许梦冬的妹妹，二来他对她真没那意思。

他们一起去过迪士尼，大概是游乐园的氛围会让女孩子的浪漫细胞空前活跃，总之从迪士尼回来，郑超然就勇敢地跟他表了白，他当下的反应是——这可完了。

他带领郑超然逐步分析她喜欢他的种种原因，态度认真，步骤严谨，从脸，到性格，再到为人处事的方法和态度……可郑超然给出的理由特别直接，她对章启说："章启哥，你不要对你的脸太过自信了，我真没觉得你长得多好看。"

章启被撑得半晌说不出话来："那妹妹，方便告诉一声你到底喜欢我什么吗？"

"我也说不清。"郑超然说到这里也有点不好意思，"就在迪士尼玩那个极速光轮的时候，速度太快了，我害怕，攥紧了扶手，你就把手盖在我的手上，还一直安慰我，我觉得你保护了我。"

"哈？"

章启不想把自己置于一个"负心汉"的位置上，可他确实想不起来还有这茬。

"啊？我……我牵你手了？"

"嗯，牵了。"郑超然点头。

章启有点头疼，他尽量给郑超然科普："男人要想追一个姑娘太容易了，可要付出真心是件难事，你要擦亮眼睛，分辨出谁对你是真的好。过山车上牵你手，这算哪门子动心时刻？

"你还是拿我当哥哥好不好？我也拿你当亲妹妹，以后你遇上什么男生，拿捏不了，尽管给我打电话，哥哥帮你摆平。"

郑超然给章启拨去电话的时候，章启正在打游戏，语气激动。郑超然倒也不急，听着电话里章启"问候"队友，等他这局输了，才悠悠开口。

"章启哥。"

"怎么了妹妹？"

"我遇到感情难题了。"

"来，讲讲。"

当晚，郑超然和章启煲了很久电话粥，临睡前，李嘉诺的一条消息挤了进来。他语气真挚，就是有点让人摸不着头脑。

李嘉诺：【我今天说错话了，对不起。你的新发型其实很漂亮，我不该那样形容的。】

李嘉诺：【我语文太差了，我向你道歉。】

郑超然一只手攥着手机，另一只手拨弄自己的头发。

她问李嘉诺：【你的电影台词摘抄，还在继续做吗？】

李嘉诺：【在做，一直没有停。】

郑超然：【是不是也能练练英文花体字啊？如果这样的话，我能跟你一起做吗？】

隔了一会儿，李嘉诺才回复：【当然可以，如果你愿意，可以跟我一起参加电影解说社团。】

郑超然回绝：【不不不，我社交悍匪，会把你的同学们吓到……等你有空，我们一起看电影吧。一周一部电影的频率，可以吗？】

她怕李嘉诺误会，于是补充解释：【线上的那种，现在很多两个客户端同时播放视频的软件，满足异地恋……啊不是，我的意思是，这样方便点。】

李嘉诺说：【当然可以。】

第一个周末，他们选的电影是《绿皮书》，一个讲述平等的电影，基调温馨，他们同时登录，同时观看，全程挂着语音电话，却始终没有人打破沉默。话筒里只有电影音乐和人声的回响。

郑超然给自己的上床下桌安装了一个吊椅，她跷着腿，摇晃着，在自己新买的手账本上写下自己最喜欢的台词。

买手账本的时候，她挑了一个厚的，也不知当时是出于什么样的考虑，或许冥冥中她期盼自己有朝一日能把这个本子填满，用一部部电影，用一次次和李嘉诺安静观看同一部电影的小聚时刻。

她还买了漂亮的丙烯笔，写下来的台词金灿灿的，很漂亮，她把自己写好的台词拍给李嘉诺看，还说：【这部电影里我最喜欢这一句。】

她的消息刚发出去，李嘉诺的消息就回了过来。也是一张照片，他的笔迹也和他人一样，没有任何旁逸斜出，没有任何出格的锋芒，工整端正，却不失筋骨和棱角。

郑超然放大那张照片，又看了看自己的手账本，笑了。

他们在未经讨论的情况下选了同一句台词——

【The world's full of lonely people afraid to make the first move。（这世界上有太多孤独的人害怕踏出第一步）】

军训结束后就是十一假期。家太远了，郑超然没有回家，李嘉诺也没有回，他们借着国庆假期又看了几部电影，依然是各自在各自的寝室，抱着电脑，听着话筒里传来的杂音隐隐约约，有时是喝水，有时是敲击键盘鼠标。

郑超然吃薯片的动静也被李嘉诺听到，他斟酌过后善意提醒："如果要减肥的话，还是要少吃零食。"

郑超然把薯片袋子一捏："你又说我胖！"

"不不不，我没有，我不是这个意思。"李嘉诺声音明显慌乱，"我只是担心你减肥没成果又会难过，毕竟不吃饭只吃零食会事倍功半……我们继续看吧。"

郑超然在试着探索自己心中所想，也努力去摸李嘉诺的脉，虽然她把和李嘉诺之间的种种都告诉章启后得到了肯定的答复。

当时，章启以男性角度给她分析："我跟你说然然，那小子百分百喜欢你。"

郑超然抠着墙皮抿嘴乐。

"真的，你不是说他性格太闷吗？没事，哥帮你刺激刺激他。"

于是，十一假期后的第一个周末，郑超然约了李嘉诺晚上一起逛夜市。

发出邀约的时候，李嘉诺正要去图书馆自习，郑超然问："能陪我去吗？要是不能也没关系的。"

"能能能。"李嘉诺时刻警醒，保持自己作为小跟班的自觉。

学校附近的南门夜市特别有名，室友们去过好几回了，李嘉诺还悄悄在网上找了点攻略，比如黑榜红榜，哪一家比较好吃，从哪里逛才能不走回头路地逛完……

他做足了准备，可没想到的是，郑超然带了另外一个男生来。

那人一看就比他们年纪大一些，个子很高，长相不赖，皮肤很白，打扮花哨，跟朵花蝴蝶似的，一笑就露出一排大白牙，最令他紧皱眉头的是这人居然揽着郑超然的肩膀。

"你好啊，兄弟，自我介绍一下，章启，然然的哥哥。"

听到"哥哥"两个字，李嘉诺拎着奶茶的手稍微松了松，可脸上还没调整出一个笑容，章启就说了下一句："干哥哥啊，不是亲的。"

李嘉诺刚想好的开场白用不上了。他愣怔着在章启和郑超然两个人脸上看了一个来回，章启搭在郑超然肩膀上的那只手戴着夸张的克罗心指环和手链，金属光泽真刺眼。

他最终把目光落向了郑超然的脸，她今天化了淡妆，他看出来了，浅淡的带珠光的眼影和卧蚕，还有唇间一点点晶晶亮的樱红。

李嘉诺自然是分不清什么色号的，他也不会比喻，只是这一点红让他心里极其不舒服，却又说不清楚这闷滞的心头压抑到底从何而来。

郑超然穿了一条露肩的裙子，是她平时绝对不会涉猎的款式，也是许梦冬从前给她买了被压箱底的，为了今天，她特意拿出来穿上。

章启打了个响指，朝李嘉诺抬抬下巴，表演痕迹很重："我来看看然然，听说你们学校的夜市很有名，辛苦你带我俩逛逛呗？"

郑超然一直在观察李嘉诺的反应。

"……好。"李嘉诺说。

"行嘞。"章启的手机忽然响了，他捏了捏郑超然的肩膀，"我接个电话，等我下。"

他去了不远处的僻静地。

傍晚的校门口人来人往。

郑超然和李嘉诺面对面站着，像是电影里的一幅静止背景。

她低头盯着自己的小高跟，两侧短发垂下来，遮住她一半的视线。她和章启今天的表演都有些用力过猛，李嘉诺很聪明，他看出来了也不一定。

她因此忽然觉得有些难堪。

然而，她暂时还不明白一个道理，人但凡陷入感情就会变成小狗，被冲动的情绪牵着脖子走。只要是人，不论男人女人，不论成熟青涩，都会在感情里自遮双目，慌乱盲从。

就连好脾气的闷葫芦李嘉诺也不例外。

他胸口起伏着，额前碎发挡不住他眼睛里碎片似的波光。他往章启那边看一眼，然后用没拎奶茶的那只手猛然拽住郑超然的手腕。

郑超然吓了一跳。

他的手很烫。

"郑超然。"

"……干吗？"

"你为什么要这样？"

"……"

坏了，还是被看出来了。

郑超然正犹豫着如何挽尊，李嘉诺抓着她的那只手却更加用力，他瞪着郑超然，面色冷清，语气却像受了天大的委屈："你见我的时候为什么从来不化妆？是因为我不值得，还是因为我在你心里不算男人？"

"啊？"

"啊什么啊？！"

李嘉诺竟然敢吼她了！

"你化妆打扮就是为了他！"他松手，指向正在接电话的章启。

"凭什么？凭什么啊？郑超然。"

李嘉诺肩膀垂下去，眼神也落寞下去。

那场降临在海边的磅礴大雨停了，却不是雨过天晴，而是渡入更沉抑的低气压之中。

水汽再一次涌上来。

郑超然不知道怎么回答垂头丧气的李嘉诺。

他却不看她，只盯着脚下一寸，用极轻的声音说："我好难过。真的。"

章启这通莫须有的电话一直在讲，他余光瞄着远处面对面而站的两个人，估摸着俩人聊得差不多了才假模假样地挂断。

"好，知道了，等我回去再说吧。"

他回到郑超然身边，却觉得气氛不对。

回忆起自己的初恋，好像也发生在和郑超然这时差不多的年纪。诗人们喜欢讴歌初恋，无非因为这是人生对于多重情感的初体验——冲动、心跳、自卑、酸涩……这些感情糅杂后被年轻的荷尔蒙一催，如同一阵一阵扬起的春风。

春风拂在少男少女的脸上，变成具象的绯红。

章启轻咳一声，手臂再次搭在郑超然的肩膀上，指腹还摩挲了两下她的锁骨。

他们之前商量过，这场戏能做到什么份上。当时，郑超然几乎是恶狠狠地说："不管怎么样，要把那人的心里话逼出来。"

可当事人的反应显然出乎他们的意料。

他们期望出现的"冲冠一怒"绝对不会出现在李嘉诺身上。

他低着头，不去看郑超然，说话时嘴巴不大张开，近乎喃喃："你们去吧，我就不去了。"

章启得逞似的笑："别啊，来都来了，一起吧，还指望你带路呢。"

"不了。"李嘉诺摇头。

章启啧一声，朝郑超然使了使眼色，意思是让她出言劝一劝。

可郑超然有自己的处理方式，她和李嘉诺的相处模式早已既定，张口就是命令："李嘉诺，我让你跟我一起去！"

李嘉诺终于抬头，眉头蹙紧了。

他没法拒绝郑超然。

无法拒绝高中三年每天早上给她带加了烤肠的手抓饼，也无法拒绝每个课间她递来的空水杯。

夜市人很多，除了附近的学生，还有不少慕名而来的游客，扛着自拍杆打光灯的网红也不少。章启和郑超然走在前面，李嘉诺跟在几步之外，落在后面。就这么几步，他们之间就隔了不少人，郑超然屡次回头去找李嘉诺的人影，却只能勉勉强强看见李嘉诺白色干净的衣角，在乱糟糟的人群里跳脱而出。

章启去掰她的脑袋："别看了，能不能端着点儿？"

郑超然嘴角下耷："是不是有点过了？"

"过什么过？听我的。"章启揽住郑超然的脖子，凑到她耳畔说话，顺便偏头看一眼后面，他个子高，倒是一眼就能看见李嘉诺，"……你小男朋友眼圈都红了，哈哈哈。"

郑超然一急，想要回头，又被章启拦住了："啧，你先等会儿再心疼，没到时候，咋这么急呢？"

"我不是急，我就是觉得……"

我就是觉得他怪可怜的。

"我听你说你欺负人家高中整三年，那时候你咋没觉得人家可怜呢？"

是啊，为什么呢？郑超然也在心里自问，为什么她以前从未在意过李嘉诺？甚至连他的长相、身高这些都是不具象的，她脑海里的李嘉诺是一个模糊的代号，代号背后的含义是黄意远的好哥们儿，是她遇到困难可以求助且一定会得到解决的人，并且很多时候，她碍于面子不想向黄意远开口的时候，都是找李嘉诺帮忙的。

这是一种习惯。

习惯真的很可怕。

习惯了他对自己好。

郑超然终于迟钝地收到讯号——哦，原来，可能，大概，他是喜欢我的。

"当然了，没人会无缘无故对别人好的，如果不是愧疚，那就是有鬼心思。你要永远记得这句话。"

章启用他一塌糊涂的恋爱经验向郑超然同学传道。

在她迷糊时，他揉了揉她的脑袋，极度亲昵："等着，我去加加码。"

李嘉诺脸红得要滴血。

他远远看到那只手揉在郑超然发顶，手指与发丝交缠在一块，心里快要烧起来，偏偏章启还故意走到他面前，用轻蔑的眼神打量他："呀，兄弟，你热？脸咋这么红？"

"我不热，"闷葫芦李嘉诺不爱讲话，更别提讲脏话，起码郑超然认识他三年一句都没听到过，就是这么一个人，对着章启低声骂了一句，"把你的狗爪子拿开！"

章启感慨，心道有效果啊！

"你说什么？"

"你是郑超然男朋友吗？"李嘉诺反问。

"你觉得呢？"章启也不示弱，他越发觉得逗别人特有意思，尤其是这种不经逗的人。

他上下打量李嘉诺："不论我俩什么关系，兄弟，你怕是没机会吧？"

李嘉诺手里还拿着奶茶纸袋，是他等待郑超然时买的，他以为只有他和郑超然两个人，所以只买了两杯。纸袋子的把手勒在他手里，微微发痒。

"你俩聊什么呢？"郑超然也逐着人流走过来，"干什么呀？不逛了？"

章启脸上挂着笑，刚要解释，李嘉诺竟抢先开口，他脸上挂着红，胸口起伏着，看向郑超然："……他说，我有点多余。"

郑超然愣了。

章启傻了。

"哎，你……"郑超然拽了下章启手臂，然后难以置信地以目光询问。

——你跟他说什么了！

——我什么都没说！

更令郑超然愕然的是，李嘉诺眼底真的有颜色，与他脸颊泛出一样刺目的微红，他盯着她的眼神都快碎掉了，也将她原本就慌慌的心戳了个稀巴烂。

他把奶茶往郑超然手上递，垂着双眸："给你们喝吧，你减肥，我给你买的无糖。"说话几乎是气音，"……你早说我就不来了。"

章启一脸吃了苍蝇的表情。

隔半晌，他狠狠骂了句脏话。

章启：【他故意的，我跟你讲，这小子装呢。】

章启：【今天的目的是什么？】

章启：【郑超然，我告诉你，你清醒一点啊。】

章启连着给郑超然发了数条微信，郑超然都没回，她真的以为章启和李嘉诺说了什么不客气的话，逛了半条街已经用眼神"杀"他一万遍了。她倒也没有和李嘉诺亲近，三个人如同签了什么条款一样各居一隅，就这么别别扭扭地挤在人群中往前走，谁也不和谁讲话。

章启时刻观察这两人，发现他俩总是你偷瞄我一眼，我偷看你一下，偶然间目光对上，再匆匆挪开，要多矫情有多矫情。

他有心再帮帮忙，正要挤到郑超然身边，郑超然先停下了。李嘉诺也跟了过来，还在郑超然背后朝章启落去一眼，那眼神哪里还有刚刚的可怜和心碎。

章启问道："怎么了？"

"你看。"郑超然指了指面前的摊位。那是个套圈游戏的小摊，占了挺大地儿，地上大多是些摆件和毛绒玩具，之所以围了这么多人是因为正中间的塑料凳子上放了个小笼子，里面是只小猫，活的。

"好可怜啊，猫很怕吵的。"郑超然说。

"我去问问老板能不能直接买。"章启说。

"我帮你赢回来。"李嘉诺说。

章启的提议意料之中遭到了老板拒绝。挺着啤酒肚的中年男人手里拎了一摞塑料圈，说："兄弟，不瞒你说，我指着这猫给我揽客呢，就这一只，你买走了，我生意还做不做？"

"我加钱。"

老板摆摆手："你加多少也不卖，那边有猫舍，你去那儿买。"

章启思忖的时候，李嘉诺已经在扫码付款了，他从老板手里接过二十个圈，先问郑超然："你要试试吗？"得到否定的回答后，他开始动作，可惜圈圈落空。

章启这时又对李嘉诺再次改观了，他实在说不清这孩子是精明呢还是傻，又或是憋着什么装可怜的新招数。

"那笼子比那圈都大，不可能套到。"

郑超然也看见了，她提醒李嘉诺别冲动，可他一副认死理的样，好像救世主属性上身，今晚一定要救猫于苦难。

"李嘉诺，我累了，我要回寝室了。"

李嘉诺手上动作顿了顿："你可以让你男朋友陪你。"

"他不是我男朋友！"郑超然脱口而出，马上又后悔了，急忙往回找补，"暂时还不是，他晚上还有事呢，不能送我。"

"连送你回寝室都不行吗？当初黄意远也没差劲到这份上。"

"李嘉诺，嘴挺巧啊？原来以前都是装的。"

李嘉诺仿佛没听到她讲话，执着地扔着手里的圈，塑料圈一次次撞到笼子的棱角，一次次被弹回。小猫已经麻木了，在笼子里蜷缩成一只虾的姿势，睁着眼睛看着笼子外的人潮。

郑超然看不下去了："你玩吧。我走了。"

章启跟在郑超然身后，一路陪她回学校。

郑超然步速很快，到寝室楼下才终于停下，垂头丧气地坐到寝室楼对面的长椅上。长椅足够长，原本坐了一对小情侣，她这一来，小情侣跟看傻子似的瞪她一眼，起身走了。

"我说你别情场失意，报复社会啊。"章启到她旁边坐下。

晚风把她的裙摆吹起，小腿有点凉。

"要不你上去吧？"

郑超然看他一眼："你知道如果换了李嘉诺他会怎么办吗？他会飞奔回寝室给我拿一件外套，然后我想坐多久都行，他会安安静静陪着我。"

章启摊手："那可没办法，他喜欢你，我又不喜欢你。"

真话挺刺耳。如果放到两个月前，郑超然听见这话会难过，可此时此刻，她心里一点波澜都没有。不想承认也没用，她这会儿满心满眼都是李嘉诺。

"完了，被那猫勾了魂儿了。"

她假装听不懂章启的嘲讽，问他："你真的看得出来他喜欢我？可他不跟我说啊！他为什么不跟我说？"

章启答道："成年人了，告白是最低级的。那都是小孩子玩的。"

"可是他不说出来，我怎么知道呢？怎么敢确定呢？"

郑超然和章启讲起许梦冬和谭予，她也期望那种明确的、果断的、坚定的被选择。章启实在听不得这俩人的故事，他作为全程见证者已经够腻了，不想再听这段爱情故事的传颂了。他问郑超然："别双标啊，你不是也喜欢他？你怎么不说啊？主动开口啊！"

"那怎么一样？他是男的。"

"感情里不分男女，也不分胜负。"

章启这晚对郑超然小同学传道授业到底，他的最后一句忠告是："勇敢点哈，咱东北姑娘脸皮不能薄。"

郑超然反驳："那李嘉诺还是东北爷们儿呢！"

"他也配？你俩以后处上了别领我面前来，我烦他。"章启骂骂咧咧地走了，来一趟连顿夜宵都没混上，路灯下的身影略显凄凉。

当晚，没心没肺的郑超然同学罕见地失眠了。

她当初和黄意远闹掰也只是哭了几场而已，饭没耽误吃，觉没耽误睡，李嘉诺却成了她十八岁人生里第一个过不去的坎。她想不明白为何李嘉诺肯对她好，却不肯对她表白心意。而她明明也喜欢上李嘉诺了，却放不下脸面主动出击。

就这么半睡半醒过了一夜。

寝室早上六点就可进出了。她原本想去三食堂抢炒面来着，一夜纠结过后竟连食欲也减退了，她躺在床上百无聊赖地刷手机，却意外接到了李嘉诺的电话。

"你在寝室吗？"

他的声音一听就在室外，空旷，有啁啾鸟鸣。

室友还没醒，郑超然抿嘴不答话。

"你如果在寝室，可以下来吗？"李嘉诺嗓子哑了，是宿醉的那种哑，但他肯定做不出为爱伤身而醉酒的事儿，郑超然一点都不担心。

他顿了顿，仿佛在她的沉默中妥协了："我不知道你昨晚有没有回来寝室住，没有的话也没关系，我在你楼下，你总要回来换衣服再去上课吧？"

郑超然在心里骂了一句，天人交战过后，轻手轻脚下床，穿鞋。

天津妹子从窗帘里探出头："这么早？炒面给我带一份。"

"我不去食堂。"郑超然把手机挂断，"我去吵架。"

"谁？谁惹你了？走，我也去，干死他！"

"得得得，歇着吧。"

郑超然带上寝室门后一路狂奔，大清早，寝室走廊静悄悄的，她好像能听见自己的心跳声，于晨起时格外健硕，打了鸡血一样在胸腔中狂蹦。她对自己的这种状态很满意，毕竟有些话只能在冲动时说出口。

她想好了开场白，这是她思索斟酌一夜的成果，然而，当她狂奔到一楼，看见寝室门外站着的李嘉诺时，瞬间忘词。

他比她还憔悴，是结结实实的一宿没睡，甚至是一夜未归——他还穿着昨天的白色T恤，额前碎发被露水沾湿，熹微晨光落入他浅色瞳孔，像是诗歌，像是云和海浪，还有秋天的叶片脉络。

他的手里拎着猫笼子，小猫在里面睡得香。

"它有点饿了，我给它喂了火腿肠。我们晚点把它送去救助站吧。"

郑超然不知道自己此刻的脸色有多精彩，她问李嘉诺是怎样把小猫赢回来的，他回答得云淡风轻："一直到凌晨，到他收摊，他觉得这小猫有点蔫，觉得它活不久了，就干脆给我了。也有可能是我花了太多钱，足够买下它了。"

"你有钱？下半个月不会喝西北风吧？"

"不用担心，我做电影解说视频已经开始赚钱了。"李嘉诺说起自己的小小成绩，还是会不好意思，"不过那老板可能还会祸害新的小猫，我给附近的流浪动物公会发了私信，他们应该会去交涉。"

"李嘉诺，"郑超然盯着李嘉诺的脸，她还想做最后的挣扎，"你有没有什么话想跟我说？"

她小声解释："章启是我找来的，想气一气你。至于为什么要气你，你应该明白。"

李嘉诺眼睛里的云彩动了。

他嘴唇微微翕动，却还是不知如何开口。

他习惯沉默，沉默得太久的人会丧失表达能力，当惯了旁观者的人会不自觉地将自己永远置身事外，即便那并不是他所愿。

"你给我买早饭，帮我写笔记，为我打架，会因为看不惯黄意远对我做的事而和他闹掰，我觉得你应该喜欢我不止一天两天了。"郑超然抱着自己的双臂，"虽然我长得不好看，性格也不好，但我觉得我还是值得被人喜欢的，对吧？李嘉诺？"

李嘉诺以猛烈的点头回应郑超然的问题。

喜欢一个人就是会连她的小小雀斑都觉得性感，还有她剪完短发露出的圆圆下巴，他也觉得那是天下第一可爱。

"那李嘉诺，你喜欢我吗？"

晨风如飘扬缎带，把两颗心脏包裹，拉近。

"你等一下。"李嘉诺忽然有些激动，他学着章启的样子摸摸郑超然的脑袋，力道却很轻，仿佛怕把她揉疼了似的，然后转身就跑，往寝室的方向，"一定等我！"

郑超然等了十分钟。

李嘉诺跑回来时脸上已经有了汗，他先把手上的外套递给郑超然："冷，你穿着。"他刚刚看见了她胳膊上的鸡皮疙瘩。

"还有这个，送给你吧。"

"这是什么？"

"我的电影台词摘抄，从高一开始就写这个本子，英语老师让咱们练衡水体，我就用英文台词练，一举两得。"

很厚很厚的塑胶皮 16 开大本子，特别沉。

郑超然不解，但李嘉诺只是让她收着。

当天早上第一节没课，郑超然回到寝室时室友们都走了，可她坐到桌前还没翻开本子就耐心告罄，拿手机给李嘉诺发消息。

郑超然：【你逗我玩呢？我问你的问题怎么说？】

郑超然：【你到底喜不喜欢我？】

李嘉诺第一节可是有课的。

但他还是回了消息。

李嘉诺：【你看第一页就行了。】

郑超然：【我看看看，看什么？你到底啥意思啊？！】

没有回复。

郑超然无奈地翻开那个大本子。时间太久，胶套已经发黄，但里面的纸页干干净净的。李嘉诺的台词摘抄很漂亮，一如他这个人，内敛含蓄的笔锋在一条条墨线当中延伸，绝不越界。

第一页只写了一句话，来自电影《怦然心动》——

【I blessed a day I found you。（我感激遇见你的那一天）】

落款时间是九月一日，那年高一入学的第一日。

班里没有熟人，大家按中考成绩选座，郑超然恰巧坐在李嘉诺身后。那天周围全是男生，她想挑个最面善的搭话，于是用圆珠笔捅了捅李嘉诺的后背："你好啊，同学，认识一下，我叫郑超然。"

郑超然后知后觉，原来李嘉诺是她走进一个陌生环境中第一个选择的人，好像冥冥之中的注定。

室友群里正消息乱飞：【晚上吃烤肉去啊！】

郑超然抿着嘴盖不住笑意，她犹豫着给李嘉诺发去第二条消息：【那我能问问你，喜欢我多久了吗？】

这是一个明知道答案的问题，但她还是想听。

李嘉诺很快给了答案：【最后一页。】

郑超然几乎是屏住了呼吸去翻开最后一页的。他这本子用了三年，三年过去，笔迹也有微妙的变化，但不变的是一笔一画认真细致，如同手下雕刻而成的艺术品。

他是最浪漫的艺术家。

几秒后。

郑超然呼了一口气，后仰，靠在了椅背上，胸腔里胡乱作响的心跳此刻终于归于平静。

她在室友群里发言：【行，晚上我请客。】

有人问为什么？

郑超然：【因为……我有男朋友啦！】

寝室的空气中弥漫着甜甜的洗护用品的香，缱绻围拢。

笔记本的最后一页摊开着。

那上面是李嘉诺给的回答，也是他的小小承诺，闪着微弱却温柔的光。

【Always.】

他写道。

一月时，学校放寒假，郑超然买了机票回家，先到哈尔滨。

外出求学的孩子第一次离开家这么久，家里人除了想念就是心疼，好不容易回来了，恨不能把最好的都塞给她。许梦冬和姑姑提前几天就开始准备，冰箱里堆满了然然爱吃的。

怕春运人太多，然然再丢三落四，许梦冬本想去接机，却在头一晚收到了语音消息："姐，别忙了，我打算在哈尔滨玩几天再回家。"

许梦冬还没来得及问是什么意思，紧接着收到第二条："哦，对了，我还要带几个挂件儿回去。"

"挂件儿？"

"对，南方小土豆。"然然回答，"姐，你和姐夫过年休息吗？准备接驾吧。"

这么一说，许梦冬就明白了。

这一年的冬天，黑龙江文旅在短视频平台上大分，"南方小土豆"火了，来东北旅游的人数从来没有这样多，如此场景，多少年难得一遇。许梦冬如今也算靠网络吃饭的人，不会连这点敏感度都没有，早在上个月她就开始琢磨在直播间搞活动，配合年货节。

传统的口播没有竞争力，她开始写段子，把直播间搞得像春晚一样热闹，还重新开通了个人社交平台账号，后缀不再是演员黄标，而是助农创业团队的蓝标，经常发一些东北旅游攻略。

双管齐下，付出即有回报，单场销售额翻了倍，许梦冬累得脚打后脑勺，每次下播都要大喊："累死了！明天就停播！"

钱是赚不完的。

可看到后台数据，她又觉得自己还能再撑一撑，第二天又化好妆，端端正正坐到直播间里了，镜头一开，嘴角立刻到位。

如此事业心，想不赚钱都难。

"明天不播了，真不播了，谁说什么我都不播了。"

许梦冬关掉手机，又说了同样的话。

讲了太多话，每场直播结束嗓子都要冒烟。超大号的保温杯递到她手里，她把口红擦了，又舔舔干裂的嘴角，拧开杯盖却发现里面不是温水，而是粥。

"今天腊八。"谭予擦了擦不锈钢小勺，塞到她手里，"基地食堂做了腊八粥，给你留的。"

老话讲，小孩小孩你别馋，过了腊八就是年。

"加冰糖了？"

"嗯。"

"那不吃了。"许梦冬撇撇嘴，低头捏自己的腰，"你没觉得这儿多了圈什么东西吗？"

谭予在帮她整理当场数据，闻言从电脑屏幕前抬头，看她一眼，又低下去："没觉得。"

作息不规律，又控制不住夜宵，硬生生长出一圈小肚子，这谁能受得了？许梦冬把保温杯往桌上一磕，睨着眼看谭予："好不公平，你怎么不胖呢？男女有差异？"

"别赖男女，让你运动，你听话吗？"

许梦冬不爱动，一点都不爱动。

小时候上学体育测试，八百米跑丢半条命，之前做演员时控制体重，她也是以节食为主，宁可饿到头晕眼花，也不肯去健身房晃一晃，各种内分泌失调和胃肠疾病就是从那时开始的。如今不用那样严格的减肥，人就松懈了，快乐和肥肉一起来了。

危机感来得毫无征兆，许梦冬从桌子后头绕过去，冰凉的手从谭予的毛衣领探进去，冻得谭予一激灵。她却不松，在背后勒住谭予的脖子："好哇，你说我懒？"

谭予没回答，扭了扭脖颈，拽住她的手腕，又伸长手臂把桌子另一头刚充好电的暖水袋拔了，塞到她怀里。

热水让人回魂，许梦冬低头看了看自己，做出让步："天太冷了，等春天，春天暖和了，我就跟你出去跑圈。"

厂房的人都走光了，她一屁股坐在谭予腿上，额头抵着他的，跟只小猫似的蹭啊蹭。

谭予最受不了她撒娇，许梦冬再清楚不过。

可今天谭予不对劲儿，他睨着眼睛看了她一会儿，没遂她的心愿："换换新的吧，许梦冬，这招不是每次都有用。"

"哼？"

"不用开春，明早就跟我绕着基地跑，两圈就行。"谭予下了命令，"必须要跑出汗，耍赖没有用。"

"我不！"

"扯嗓子喊更没用，你省省力气。"谭予起身，几乎是把许梦冬夹在手臂之间，拖着人往寝室走，"有时候不强势一点，你就蹬鼻子上脸。"

"我要离婚！"

"你试试？"

谭予大部分时间是温柔的、内敛的，偶然爆发出来的侵略性则让人招架不住，起码许梦冬是无力抵抗。她只记得自己当晚沉入昏睡前听到了谭予滑动手机闹钟的声音，随即听见他再次提醒："七点半，起来跑步。"

七点半！有病吧！冬天的伊春，天还没亮透呢！

"锻炼身体一开始都很痛苦，慢慢习惯了就好了。"谭予说。

许梦冬才不信他的鬼话。

气不打一处来，可无奈太困了。

她半梦半醒中感觉到谭予横揽过来的手臂，轻飘飘一捞，就把她捞进怀里，紧紧裹住。寒冬腊月，室外冷得有多离谱，室内就有多么温暖如春，这强烈悍猛的对比是独属于东三省的浪漫。仓房寝室今年入冬前刚清理了锅炉管道，暖气这么一通，蒸烤得人五脏六腑都是暖暖的，许梦冬一边用最后强撑的思绪腹诽谭予，一边拉过他的手抵在唇边碰了碰，就这么睡着了。

许梦冬想，没有哪里比谭予的怀抱更加令人安心。那好像是在飞沙走石之中的一方小小堡垒，刻了名字的，只属于她的。每每她与谭予肌肤相贴，一同入眠，总会睡得格外沉。

谭予感觉到许梦冬轻轻吻他指尖，心里也觉熨帖，把她抱得更紧了几分。

然而……

一夜酣眠，清晨闹钟响起，窗外晨光熹微，映着院落四处灰扑扑的积雪。

谭予先是捞过手机，把闹钟关了，然后低声提醒："冬冬，起床了。"

身边没动静。

"……别装啊，昨晚说好的，今天开始跑步，我监督你。"

还是没动静。

谭予终于察觉不对了。他微微睁开眼，却发现床另一边空荡荡的。

许梦冬起得更早，人闪了。

这几日都没下雪，清晨的空气干冷干冷的，从镇上去市里的道路还算好走，跳跳虎的小车挂一晃一晃。许梦冬开着车，手机响了，是谭予的消息。

第一条是：【许梦冬，你真有出息啊。】

他以为她是为了逃避运动，宁可天不亮就跑路。

第二条随即挤了进来：【你去市里吗？天气预报说今晚有雪，如果下得大就在家里住吧，别回镇上，不安全。】

说的是他和许梦冬的家。

那间由许梦冬出钱买的"婚房"。虽然生活设施方便，拎包即可入住，可两人一个月都不会去住一次，他们绝大多数时间还是住在镇上的菌种基地，挤小小的工人寝室，因为忙碌的工作让人无暇分身。

许梦冬没有立刻回消息，直到进了市区，路遇红绿灯，她才拿起手机。

却不是回复谭予，而是找阿粥。

如今阿粥继续跟着许梦冬做直播电商相关工作，不过不再做一线，平时更多是联络库房、对接物流，工作内容烦琐但相对机械轻松。米米要上学，阿粥要照顾。阿粥告诉许梦冬，好像人到了三十岁，就势必要在家庭和工作中做出抉择和倾斜。米米虽然是单亲家庭，但阿粥不想让米米受一点委屈，所以只能将孩子放在第一位。

许梦冬很理解。

她给阿粥打电话，得知米米去了南方的外婆家过年，于是提议阿粥一起出来吃个饭，聊聊天。

"晚上行吗？这大清早的。"

"就现在。"许梦冬往阿粥的住处调头，"下午还有事。"

"那就改天啊！"阿粥不懂许梦冬急什么，有什么要紧的，非要赶在年关当面聊？

"还是不是姐妹儿了？"许梦冬语气有点急，还夹杂了点委屈，"阿粥，我感觉我的婚姻可能出问题了。"

"你疯了吧？"

"真的，我觉得我和谭予已经快相看两厌了。"

"啊？"

一切都源于昨晚许梦冬做的一个梦。

她也不知道怎么了，自己其实已经很久不会情绪失控，也很久不做噩梦了，可大概因为昨晚睡前关于运动和减肥的话题太过于深入人心，她迷迷糊糊中做了个奇怪的梦，梦见自己和谭予一起跑步，谭予跑得很快，她跟不上，于是很不客气地和谭予吵了一架，她再次扬言要离婚。

和现实世界不同的是，梦里的谭予答应了，还面目凝重地对她说："分开吧，分开对彼此都好，不觉得我们的感情变淡了很没意思吗？"

醒来的许梦冬一头冷汗，又气又懊恼，她看着身边安静睡着的谭予，心里说不上有多堵，想揣他两拳，再联想到谭予勒令她锻炼晨跑，就更觉得他话里有话。

这才结婚多久，就嫌弃她懒，嫌弃她胖了？

嗯，一定是的。

阿粥听完这个梦，觉得自己面部表情快要失去控制，一抽一抽的："你找我就说这？"

就因为个梦？

"嗯。"许梦冬搅着面前的豆腐脑，却吃不下一口，"阿粥，你说爱情的保质期有多久呢？谈恋爱就好了，为什么要步入婚姻呢？"

她曾经烦恼的那些问题，现在仍然烦恼着，虽然谭予给她的安全感足够多，但胡思乱想往往不受控制。她依然惧怕婚姻变质，仍然质疑世上一切的亲密关系，仍然怕爱情这事儿不牢靠。都不用往深了讲，就单说外貌焦虑，许梦冬就很头疼。她捏了捏自己的下巴，确保只有一层。

早点铺子立在寒风中，玻璃门一开一阖，白雾四散。这个点儿只有交班的司机和周围工地的工人来吃早饭。

阿粥拖了个塑料凳子坐着，调侃许梦冬："你是不是太闲了？别的不说，你再胖两圈你家谭予也不会嫌弃你。过日子嘛，就是要暴露彼此的缺点和软肋，怕什么？"

"哦，还有……"阿粥见许梦冬吃不下那豆腐脑，索性挪过来自己吃，在东北生活至今，她已经能接受咸口的豆腐脑，"我现在完全站谭予，你自己说，你俩结婚以来，谭予有做过任何扣分的事情吗？你这么冤枉他，我都替他委屈。"

许梦冬和谭予结婚不过一年而已。

摸着良心讲，这一年以来，谭予完成了从好男友到好老公的转变，任谁都挑不出一丝毛病来。反倒是许梦冬自己，工作太忙了，基地正处在上升期，所有事情都需要亲力亲为，有时候忙到无暇顾及家庭生活，就连今年谭予的生日她都给忘记了，还是姑姑提醒，她才急急忙忙买了件衣服当礼物，向谭予的妈妈学着烤了个蛋糕，好歹算是交代过去了。

"就为了个噩梦，小题大做了吧？"阿粥站在旁观者的角度，说话尽量客观，"不过许梦冬，你确实应该平衡一下家庭和工作，没你这么拼命的。

"这和外貌没关系，和感情好坏也没关系，我给你鉴定一下吧，冬冬，你只是最近对家庭付出的精力太少了。"

所以才会做奇奇怪怪的噩梦。

所以才会隐约觉得你们不似以前相爱。

归根结底，都是错觉罢了。

一语中的。

许梦冬仔细想了想，好像确实是这么回事儿。

不是她和谭予之间的感情出了什么问题，而是他们的工作正处于上升期，她又是个定下目标不达成决不罢休的实干派。人的精力统共就那么多，难免多了这里，短了那里。是她最近太忽略谭予了，这个噩梦只是心理暗示的展现。

"所以……"阿粥试探地询问许梦冬。

"所以，"许梦冬用吸管扎开豆浆，喝了一大口，气势如虹，"所以，我要和谭予重新找找恋爱的感觉！"

踏实过日子固然是人生主题，但也不能一点调剂都没有，再昂贵新鲜的食材，烹饪时也需要有调料做衬啊！

阿粥四两拨千斤地指出了许梦冬如今的感情误区，而执行力超强的许梦冬当即决定要有所行动。

"出去玩？"

这一晚，连播了一个多月没休息的许梦冬终于撂挑子了。谭予以为晚上她会留在市里住，没想到，人家开夜车回了基地，且回到基地第一句话就是提议出去玩。

"马上过年了，你想去哪儿？"谭予虽然诧异，但没多问，以为许梦冬想去远一点的地方过春节。

谁知许梦冬把电脑一转，指着屏幕上她做的行程给谭予看："就这些，明天就出发吧？"

许梦冬想去的都是从前上学时去过的地方。

金山鹿苑、鹤岗，还有早已经搬迁如今成了危楼的老校区。哦，还有从前在校门口卖奶茶的阿姨，听说她已经当姥姥了，如今不开奶茶店了，和女儿女婿搬去了齐市，开了家烤肉店。许梦冬想去看看。

谭予翻着页面，忽然笑了。他把电脑一阖，回过头，拉住许梦冬的手，和她面对面："冬冬，你是不是有什么话对我说？"

"没有啊。"许梦冬想把手抽回来，却没抽动。

她也将目光投向屏幕，心中不解，以为是自己的行程安排得不好："去我们以前很熟悉的地方看一看，不好吗？"

"好是好，但你要告诉我原因，怎么突然怀旧了？"

"你不是早跟我说过你是个念旧的人吗？"

谭予挑眉，却没说话。半晌，他又问："那年货节的直播呢？"

"让别人播。"许梦冬咬牙，说不犹豫是假的，"都这么久了，团队已经很成熟了，少我一个又不会出什么大事。"

她摇了摇谭予的胳膊："到底行不行？"

"行啊，怎么不行？"

面对许梦冬的要求，谭予什么时候拒绝过？

"不过明天我们要先去车站把然然接回来安顿好，然后才能出去玩。"谭予办事永远妥帖有章程，"春节了，我提前给姑姑姑父订了点补养品，还有烟酒，要送过去。"

许梦冬一拍大腿："那……"

谭予知道她要说什么："我爸我妈今年还是在广西过年，告诉我们不要邮东西，他们什么都不缺。"

"那也不行啊，"许梦冬急了，"大过年的，不去见面也就罢了，我总不能空着手……"

"没关系。"

她正说着，余光瞥见谭予的神情，那是一种事情在把握之中，游刃有余的自信。处理家里的这些事情，仿佛永远都不用许梦冬操心。

果不其然，临春节还有几天的时候，谭母给许梦冬拨来了视频电话。视频里，老两口都穿着新衣服，外套的吊牌都还没摘。谭母满脸都是笑："冬冬！你买的衣服我和你爸都试了，很合适！你这孩子，都说了不要买东西，还这样费心……"

许梦冬当下是蒙的，等到反应过来，脸颊唰一下就红了。

她看了看卫生间，谭予正在洗澡，一时间惭愧难当。

等到谭予浑身沾着水汽出来，许梦冬从背后把人给抱住了，跟个树袋熊似的，挂在了谭予身上。

"我突然觉得好对不起你。"

谭予用毛巾擦着头发上的水珠，又怕把许梦冬的睡衣弄湿了，只好强行转过身来，面对着她："怎么？"

许梦冬把自己做噩梦的事情告诉了谭予，还有阿粥的分析和劝告。

"是我的问题，工作、家庭、爱人、家人、长辈，还有那些生活里的琐事，人到中年如何平衡这些东西好像是门很难的学问。谭予，我又不及格了，但你还是满分。"好像和谭予相比，许梦冬做的少得可怜，"我提议出去玩，无非就是觉得咱们前段时间的日子过得太平淡了，我怕太平淡可能会出问题，但现在看来，好像不是的。"

不是所有人的爱情都是大开大合，上天入地的。

谭予就是这么个人，他给许梦冬的爱情、婚姻、生活，无一不是细水长流、温暖延续的。

或许一辈子不会有抓马的戏份，不会有起起落落的剧情，但他会在她忙于工作无暇顾及生活的时候，给她无尽踏实的支持。

比如保温杯里的热水；比如一碗加了冰糖的腊八粥；比如逢年过节给双方长辈的礼物；比如她不论加班到多晚，只要回头，他永远都还没睡；比如谭予永远会让许梦冬先洗澡，因为基地寝室晚上热水不多，他宁愿冲凉水……

这些无关其他，只要用心。

爱这件事，用心之人永远不用教。

想到这儿，许梦冬倏而笑出声。

谭予永远不会知道她在笑什么。

他上下打量许梦冬，觉得她这一番话说得感人是感人，就是有点莫名其妙。

"我告诉你，许梦冬，给我戴高帽也没用，明天扫完雪，还是要跟我跑步。"谭予很严肃，"这不是体重的事儿，你手还是这么凉，喝多少中药都没用，不找找原因？"

因为气血不足，体寒爱生病，他不知道带许梦冬看了多少医生。病因其实简单得很，一是先天体质，二是基础代谢慢，要多运动，少食多餐，这是需要慢慢调理的病症。至于胖不胖的，谭予压根儿没关注过，饶是许梦冬再长二十斤又算什么事呢？只要健康，怎么着都行。

"好哇，你还是嫌我胖！"许梦冬抓着谭予的胳膊使劲儿拧了一下，看他吃痛，又嬉皮笑脸地整个人靠过去，"跑就跑呗，我怕你了？"

跑步也有意思。

只要和谭予在一起，干什么都很有意思。

灯熄了。

基地大门口的两盏大红灯笼在风中晃着。

"谭予？"

"嗯。"

"我们会一直这样，对吧？"

生活平平淡淡、无波无澜，但踏实，暖意盈盈。

一弯冬月静悄悄照着窗棂，永恒的东西总都是无声的，无须多言的。

"慢慢走，"谭予闭着眼，抓着许梦冬的手搁在胸口暖着，"日子长着呢。"

这里的冬天那样冷，冰雪那样厚，也正因此，他们的每一步都会留存印记，留在这片浪漫的土地上。

后记

一切抉择，皆由爱起

　　写下这个故事的契机是我几年前的一次网购经历。那一年是电商直播百花齐放的伊始，各平台开始大力扶持直播带货，我偶然点进了一个卖东北特产的直播间。

　　那是一个体量非常非常小的直播间，直播间里并不热络，主播卖的东西都是类似木耳、玉米面条、大小楂子、袋装酸菜、巧克力糖之类的东北食材和零嘴儿，短视频作品也均是分享东北乡村生活的片段，剪辑配乐粗糙，粉丝量尚不过千，看得出来无公司，无团队，纯属"个人玩家"。

　　因为直播间人少，所以主播和大家闲聊。我得知她在黑龙江双鸭山，年纪比我大些，已经是两个孩子的妈妈。直播时，她的孩子就在她身后的炕上看电视，花花绿绿的炕席子，还有满炕的塑料玩具。

　　那段日子，各行各业都不好干，她说起丈夫在外打工养家挺不容易，而她做直播的缘由也是想赚点钱补贴家里。恰巧，那时的我也正在瓶颈期，工作生活没一个顺心，后来去她直播间唠嗑倾诉成了习惯。我在弹幕里说自己已经两年没有回家过春节了，情绪上头，边哭边打字。她劝我说，老妹儿，想开些，过日子朝前看，总会好。

　　我是辽宁人，但同是东三省，她依然称我为老乡。她从自己开始讲起，讲生活里的鸡毛蒜皮，家长里短；讲北上广杭迅速崛起一大批电商直播基地，东北却无人问津；讲黑龙江发货运费太贵，而且太冷，很多东西会冻成坨；讲商标注册好麻烦，食品包装规范十分严格；讲村里年轻人都走了，没人和她一起做电商，而爸妈年迈，已经帮不上忙……

　　我明白她的意思，唯有"比较"才能解决烦恼。她是想告诉我，大家的日子其实都是问题叠着问题，比上不足比下有余，因此苦中作乐，凡事笑笑，这是东北人敞亮诙谐的人生智慧。

　　我说我不想在外了，压力好大，我想回家。而她说，回来，回来跟我一起卖货呀！

　　我们都知道这是一句玩笑话，却成了我写下这个故事的灵感和初衷。

　　从断断续续构思到犹犹豫豫动笔，我花了近两年时间，最耗时的是角色经历。冬冬在我心中是个"完美"的女孩子，因为她的每一个缺点都有优点

.345.

做对照,我理解她的每一步,共情她的每一个抉择和转变。她离家出走很自私,是因为她对家人无私;她屡次拒绝爱情,是因为不想伤害爱人;她性格拧巴多虑,是因为想周全所有。

我眼中的许梦冬,明亮、热烈、坚毅、敢闯敢拼、顶天立地,是个"有性格"的东北姑娘,还有最重要的一点,重情重义。她是太阳,谭予则是"大地",他的爱温柔、坚韧、厚重,年少分离,沉淀成长,他终于承接住了他朝思暮想的恋人,一如东北的无垠黑土,接纳了在外漂泊伤痕累累归来的冬冬。

这篇故事的重点是破镜重圆的爱情,是乡村振兴,还是东北情怀?我片面地想,应当是"家"。家这个词,是从小寄人篱下的许梦冬最梦寐以求的,为了拥有一个家,她自年少时便委曲求全,辗转漂泊,咬牙扛住每一遭困苦。而故事的后来,她在皑皑雪野中与谭予重逢,是谭予让她明白了"家"不在过去,也不在原地,而在未来。既然老天不眷顾,那么就靠自己,携手爱人,亲自搭建一个温暖的家。

至此冰雪消融,凛冬散尽,草长莺飞。

我喜欢伊春,那里毗邻小兴安岭,林区密集,景色好,空气好,是许梦冬和谭予的家乡,也是他们奋斗的地方,他们会坚守爱情,也会尽自己所能为家乡出力,把东北特产推向更远。我永远感动于这种携手并进的使命感。

在写这段后记时,我去查了下手机,订单记录还在,但那位主播姐姐的账号已经注销了,她可能不再做电商这一行,但我依然相信她的生活会越过越好,滚烫有滋味,因为每一个真诚热烈的人都会赢得生活的回馈,或早或晚,就像谭予和冬冬,他们也是熬过寒冬才终于迎来好日子。

出发与归乡,流浪与团圆,一切抉择,皆由爱起。

祝看到这里的每一位读者朋友有爱可依,幸福安康。

拉面土豆丝